「世界」文学論序説

日本近現代の文学的変容

坂口周

Shu Sakaguchi

松籟社

目次

凡例

・同一文献から繰り返し引用する際、二回目以降は脚註を用いることをせず、引用文直後に括弧付でページ数のみ記す場合がある。
・引用文中の〔　〕は、引用者によるルビ・注記・補足を示す。
・引用文中の傍点等の強調は、断りのない場合は原文表記を表す。
・引用文中の〔中略〕及び〔……〕は引用者による省略を表す。
・「　」は、引用、記事、論文、短編小説を表す。『　』は、単行本、雑誌、新聞、中長編作品、映画作品を表す。
・引用原文の旧字表記は新字に改めた。一部、旧字のままの箇所もある。
・暦は西暦表記を基本とした。一部、和暦を用いた箇所もある。

「世界」文学論序説——日本近現代の文学的変容

はじめに

「世界」の両義性

世界文学という概念が生まれたのは一九世紀前半の半ば頃、晩年のゲーテの発言からと言われている。(1)その記憶がそれほど古びていない気がするのは、二〇世紀の終わり頃、冷戦の終了をきっかけとしてアメリカのアカデミズムを中心に世界文学論が徐々に再燃し、二一世紀の初頭に最大火力となった流行のおかげである。当然その間、世界文学の概念は多少の更新を遂げてきた。

一番決定的な変化は、「世界」性の評価基準がシフトした感があることだ。二〇世紀後半くらいまでは、芸術作品として技術的／内容的に(現代から見ても)優れているか、あるいは国境や時代を越えてどれだけ流通し、読まれたのか、どれだけ他国語の文学に影響を与え、モチーフを伝播させたのかなど

(1) 一八二七年(=ゲーテ七七歳の時)にエッカーマンとの対話で「世界文学の時代」の始まりを語った例が特に知られる。

が重視された。世界文学の称号を得た作品が、その内容においても使用言語においても特定の国家や地域の枠内に収まっていて全く構わなかった。『源氏物語』を世界文学と呼ぶ際に拠って立つところは、そのような事後的な「世界基準」の評価である。ところが時代を下るにつれ重心が少しずつ移動し、第二次世界大戦前後辺りからは国境を越えた範囲が作品の舞台となっていることや、内容として異文化交流／衝突が描かれていることが条件となる割合が上がり、現代では技法面を絡めてバイリンガル文学や多言語環境など、言語的な越境性へと注目が移っている。その一つの到達点が、文学テクストは原語を起源とするのではなく、常に既に翻訳されているという認識から、そうした特徴が顕著なテクストを集中的に論じてみせたレベッカ・L・ウォルコウィッツの『生まれつき翻訳——世界文学時代の現代小説』(二〇一五、日本語訳二〇二一)[2]だろう。越境文学やマルチリンガル文学、あるいは(プロダクション面での)多国籍文学など代替の呼称はいくらもあるのに、「世界文学」という言葉にこだわるのは、近代文学を背後で権威づけてきた西洋中心主義(発展史観)とそれが世界中に輸出した国民主義的なフレームワークに対する解体の企てを込めるという意味もあった。つまり国民国家や母国語をベースに世界性が考えられていた時代から国民国家の解体を志向する時代への変化を、その概念的「更新」は多かれ少なかれ反映している。だがその推移の間に見失われたものがあるのではないか、というのが本書の見解である。それは世界文学の「世界」が元々は含意していたはずの、内的な「世界」に基づく「世界」文学論的な観点である。

たとえ想像の次元でも国家を一主体と見なす「国語」文学が成立していた時代には、例えばフランス人がフランス語で書いた文学作品は自動的に「フランス文学」という独自の「世界」に属した。日本人の作家にとっては「日本文学」という名によって括られた単一の「世界」への参入が第一に目標とされる。つまり、世界文学とは当初から「世界」文学の集合、複数形の世界文学でもあったのである。世界文学の「世界」には、国家や同一言語地域、同一民族文化圏などの強固な枠組を借りた主観的「世界」が含意されていた。例えばドイツ文学の「世界」観で書かれた文学が他の「世界」(例えば日本文学の「世界」)においても読まれるのなら、そのテクストは世界文学の認定を受ける蓋然性を高める。精確にいうなら、一九世紀的な意味での世界文学は多数ある下位の個別文化の「世界」を客観的にまとめ上げているのではない。個別文化的な「世界」に対して弁証法的な〈止揚〉の関係にある上位の「世界」に属する文学の集合が世界文学である。言い方を簡易にすれば、各国文学それぞれの「世界」観に基づいて選ばれた「世界選抜」の代表作品たちである（したがってそれは二〇世紀の覇権国家であるアメリカの英語文化を選考基準としたラインナップに引き寄せられがちとはいえ、原理的には単一の姿として安定することはない)。世界文学には内的な「世界」の意味が最初から入り込んでいる。

しかしながら、そのような「世界」の主観性は世界文学という概念に従属的に同化しているために強く意識されることは稀である。国民国家の閉鎖性の批判や世界性の価値観の全体的な変化と一緒に、心的な「世界」は世界文学の語義から閑却されていったのである。だが国家が「世界」を囲うイデオロギー的枠組としての機能を以前のようには担えなくなっても、ある使用言語地域、作家グループ、単独の作家、そして究極的には一テクストというミクロの単位まで、全て独自の「世界」を抱えていることを

（2）佐藤元状、吉田恭子ほか訳、松籟社、二〇一一。

忘れてはいけない。私たちはどんなに前衛的な小説でもそこで展開されている「世界」観を問わないような読書の仕方はしない。近代以降は個人個人の意識が個性的な「世界」を自由に作ることを許されただけでなく、各々の自分の「世界」を他者の「世界」と干渉させることでコミュニケーションを取る時代なのである。その「世界」の善し悪しを公的に問う最良の手段が近代文学だった。そしてその意味での個々の「世界」がますます根無し草となり、「世界文学」と聞いて一般にイメージされる地球的規模の現実的時空間を意味する世界から切り離され、相対的に自立して増殖したのが現代である。つまり両者の概念は普通には交わらない別個のものと考えられるようになった。地球を各地域に分割して囲っていた中間的な国家単位の「世界」意識の受け皿の安定性が壊れたからである。その結果、文学にグローバルな流通を求める傾向が増大する一方で、自己意識としての「世界」の用語はいまや作品の中だけでなく巷にも溢れている。この二つの事態は一見そうと思われるようには無関係でないからこそ、同時に進行しているのだ。

本書は世界文学論の枠組を借りながら、このような文学のグローバルな動向とテクストの内的な「世界」の組成との関係を探り、その変化に注目することで文学の歴史と役割を見直そうという研究である。とはいえ対象範囲は膨大である。さしあたって最も身近な「日本文学」のカテゴリーに属するものに絞るほかない。

世界文学の国際化

述べたように、二〇〇〇年代以降、世界文学論と銘打った結構な数の書物が現われた。気になるのは、そのほとんどの議論において「世界」はもっぱら地理的な実在空間（とそこに投影された多文化的な歴史）の拡がりを指していた点である。つまり、各地の歴史情報が埋め込まれた世界地図の拡がりのイメージである。それに地政学的なニュアンスも加味して、端的に「国際」的イメージと言い換えてもいい。冷戦構造が潰え、多文化共生の重要さが強く訴えられる二一世紀へと移り変わる矢先、九・一一（アメリカ同時多発テロ事件）の出来事でグローバリゼーションに関する反省的な言説が一気に増えていくなかでのことだ。国家や特定の文化地域の単位に閉じ籠もって文学史を記述するアカデミズム（伝統的ディシプリン）の限界を超える方法として、国境や言語・宗教分布を越える「世界」的な視野が見直されたのは、当然の成り行きだった。

だが振り返れば、そのような動向は人文学全般の潮流の変化を表してもいた。日本国内にあっては、全国的な大学再編の嵐のなかで文学研究のすみかが規模縮小や廃止を余儀なくされていたという状況とも関わる。「国際」という言葉をどんな組織にでも冠することが流行った時代にあって、研究領域の「国際」性を訴えなければ国家のサポートや産業的な恩恵を受けることができない。既に超国家規模の文学研究を行う古典的なジャンルとして「比較文学」があったにも拘わらず、改めて世界文学が研究界で人気を博した理由の一つはそこにある。従来通りの「比較文学」的な——基本は外国の文学作品の影響を探る——視点の論文に「世界文学」の題だけをくっつけた研究も現れた。研究の方法を指すだけの「比較」よりは、「世界」の語を含むほうが「国際」の言葉に託されたのと同じ、非限定的な広さの印象を与えるのは確かである。

しかし、国際的な文学とは何だろう。そもそも「国際」と文学の相性は良くなかった。それは

「国際文学《インターナショナル・リテラチャー》」という名称の違和感を考えればわかる。[3] 既に一九八〇年代から国際日本文化研究センター（日文研）などの存在もあるが、日文研の場合も、「国際」が修飾しているのは「文化」であって「文学」ではない。理由はおそらく、「国際」が国際関係学や国際政治・経済学などの社会科学領域の用語に由来するものを多分に含意するからだ。ただ、「国際文学」という複合語が全く成立しないわけではなく、早くは野上豊一郎（漱石門下の英文学者であり能楽の研究と海外普及の第一人者）による「岩波講座世界文学」シリーズの第一五回配本『比較文学論』（岩波書店、一九三四・六）で実際にみかけたことがある。野上は、「研究者の観点が national（国民的）から international（国際的）へと拡がらねばならぬ」（八三頁）近代において「文学の国際的影響」を研究する学として比較文学を解説しつつ、「国際」の語を繰り返し使用している。そのうえで、ジョゼフ・テクスト[4]がルソーのコスモポリタニズムを論じた学位論文「ルソーと文学的コスモポリティスムの起源」（一八九五提出）の内容を「国際文学史」と呼んだり、また、比較文学の対象領域を指すのに、日本文学やフランス文学という代わりに「国際文学」と述べたりする箇所もある。論考の最後のほうでは興が乗ったのか、それを「国民文学」に対立する専門用語ふうに扱ってさえいる。野上の論考以外に、この用語に出会った覚えはないが、探せば使用例は結構出てくるのかもしれない。とはいえ「国際文学」を名乗る習慣が、結局二〇世紀を通じて、ほとんど根付かなかったことに異論はないだろう。その理由は何か。「世界」という言葉に、文学の性質の根幹に関わる意味が含まれているからではないか。

話を二一世紀の初頭に限れば、野上の「国際文学」という発想は大学における新規の講座名や科目名として十分に使用可能な響きを持って聞こえたかもしれない。その時期の世界文学の再生の機運は、確かに「国際」性の推進に勢いづけられていたからだ。一方で、ちょうど冷戦体制が終わりを告げる頃からフランスの社会学者ピエール・ブルデューの名が知られ始め、生産・流通・消費など社会制度の「場」や文学界の約束事や心的慣習の集積である「ハビトゥス」に目を向ける研究スタイルが徐々に周知されてきたところに、一九九〇年代後半から二〇〇〇年代初頭にかけてのカルチュラル・スタディーズの流行があった。さらに一方では、競争的研究資金獲得の圧力が高じ、大学系研究者たちは量的成果と科学の体裁を装う必要から、分析的客観性という点において文芸批評よりは大分良好に見える社会学的な問題設定や記述に身を寄せる動向が強まった。そのような方法論の切り替えをチャンネルとして、二〇世紀初頭には、社会科学方面の学術的価値観が文学研究のそれへと急速に浸透していった。この潮流は、冷戦体制崩壊以前にアメリカで起こった新歴史主義（ヘイドン・ホワイト）の文学研究への応用などのような〈理論〉の拡張とは土俵が違っている。文学研究というディシプリンの組成自体の解体と再編が含意されていたからである。そのため、「世界文学」は人文諸学の全般的な社会科学化（＝国際化）の文脈抜きには、積極的に土俵にあげる意味のない言葉のようにさえ映ったのである。

極端なところでは、ポスト冷戦時代の世界文学論の印象を決定づけたフランコ・モレッティの『遠読』

（3）ただし、「国際文学研究」まで記すなら「国際」は「研究」の修飾と読めるので違和感はたいぶ減るし、同じことは早稲田大学が近年創設した「国際文学館」にもいえる。

（4）進化論を文学史に応用したことで知られるブリュンティエールに師事した一九世紀フランスの文学研究者。一八九六年、リヨン大学に史上初めて正式に創設された比較文学講座の担当教授に就任。

（二〇一三、日本語訳二〇一六）[5]において、文学研究の最後の砦に思われていた「精読」という質的分析に取って代わり、〈デジタル・ヒューマニティーズ〉の潮流にあやかって統計資料等に基づく量的分析が勧められたことは、文学研究の社会科学化にタイミング良く波乗りした典型例だろう。しかし、仮に「精読」（close reading）の反対語である「遠読」（distant reading）などの挑発的な言葉が提示されなかったとしても、情報化社会のグローバルな進行が意識されると共に、水面下で着々と進行してきた文学研究という分野の離散化は必ず発現していたはずである。

　最初に述べたように、近年の世界文学論における「世界」の多くは、基本的には世界規模の外的拡がりとしての「世界」が念頭に置かれており、その人文学的な困難（最終的には両義的な「世界」のずれをこそ問いの対象とすること）に正面から向き合ってこなかったように思える。簡単にいえば、文学において最も重要な心的な「世界」を一緒に問題として方法論的に深化させる可能性を、世界文学論は逃してきたように見える。無論、周辺国家に対する地政学的な抑圧が進んで、あげく九・一一を引き起こしてしまった反省に促されたアメリカを中心に興った世界文学論の再流行は、多国籍企業化した「帝国」としてのアメリカが体現する領土拡張的な空間意識に対する批判を念頭に置いたものが主だったのかもしれない。二一世紀の世界文学論を代表する存在であるデイヴィッド・ダムロッシュによる『世界文学とは何か？』（二〇〇三、日本語訳二〇一一）[6]からは、グローバリズムに対する文学的な抵抗力への矜持が漂う。しかし、流通や市場、そして翻訳の問題を軸に、地域的・言語的な多様性として捉えられた世界のイメージは、結果だけみれば歴史・社会学的な多文化交流史論に多少飲まれているように見えることも否定できない。現代文学を話題にする場合は尚更だが、流通や消費の側面にだけ焦点を当てるのであれば「グローバル文学」と呼ぶ方が今や自然な時代である。それでも「世界文学」の呼び名に固執する論者が後を絶たない理由の一つが、文学の根幹を構成する「世界」の両義性を手放すことに対して無意識的な拒絶の念を覚えるからではないか。本書が試みるのは、客観的な延長としての世界ではなく、テクストのなかの「世界」（語りの主観的世界）に関する考察を、文学的な力として世界文学論の中心的な位置に引き戻し、活性化することである。発想の逆転なのだ。

世界文学の「起源」

近代後期の哲学の基礎を築いたエマニュエル・カントは、勤めていたケーニヒスベルク大学で「自然地理学」の講義を担当していた。その期間は「生涯にわたって」といっても過言でない一八世紀後半を覆う四〇年間（一七五五～一七九六）であり、その後に講義録（一八〇二）まで出版している。なぜ哲学者として名声を確立した後いつまでも、その職を放棄しなかったのか。講義録の序文に記されるように、自然地理学を「世界を認識するさいの予備学」と呼んで、認識的な「世界」を取り扱う哲学を支える学問として重要視していたからである。つまり、地と図の区別でいえば、図としての哲学的かつ心的

（5）最も古い初出の収録論文は一九九〇年代初頭まで溯るが、「遠読」による世界文学論の骨格を示した「世界文学への試論」の発表はちょうど二〇〇〇年である（「訳者あとがき」『遠読――〈世界文学システム〉への挑戦』秋草俊一郎ほか訳、みすず書房、二〇一六、三二四～三二六頁を参照）。

（6）秋草俊一郎ほか訳、国書刊行会。

な「世界」を成り立たせる地（背景面）の学問として「地理学」を考えていた。

われわれは外官と内官という二重の感官をもっているので、われわれはやはり、外官と内官に即して、世界をすべての経験認識の総体として観察することができる。世界は、外官の対象として観察すれば**自然**であるが、内官の対象として観察すれば**心**ないし人間である。

自然に関する経験と人間に関する経験とが一体となって世界認識が形成される。人間に関する知識をわれわれに教授するのは人間学であるが、われわれは自然に関する知識を自然地理学ないし自然地誌学に負っている。[7]

要するにカントは、「世界」概念は二つの意味を併せ持っており、哲学は基本的には人間の「内官」の世界に焦点を当てる学問だが、それと表裏一体である自然の「外官」の世界を完全に切り離すことはできないと言っている。両者の差は、ただ「観察」の違いにしかない。反対にいえば、内在的な「世界」の哲学的解明は、外在的な「世界」を明らかにすることに直結するのだ。「世界認識」を問題とするにあたって、外官の世界は内官の世界とぴたり重なり合っている、ほかならぬこの〈私〉を基点として。それがカント哲学やそれを継承するドイツ観念論（フィヒテ、シェリング、ヘーゲルたち）の思考の骨格である。

マルティン・ハイデガーは、第二次大戦期の講義「世界像の時代」（一九三八）で、明言はしていないものの、おそらくこのドイツ観念論や、同じくカントの強い影響下にあって言語と民族（固有の世界認識）の有機的結びつきを説いたヴィルヘルム・フォン・フンボルトの言語思想などの登場を念頭に置きながら、「世界像の時代」の始まりを一八世紀末から一九世紀初頭とした。ハイデガーは、現在、私たちも日常的に使用するようになった「世界観」（Weltanschauung、英語なら world - view）という言葉が現れたのがようやく一八世紀末であったことを指摘して、「世界」が「像」として把握される近代後期への決定的な転換を読み取っている。[8] そして、一九世紀になってその語がより一般的な「人生観」を意味するようにもなったことは、人間の主体的パースペクティヴが世界の中心的な基準枠に据えられたということを意味する。つまりは、「世界」が決定的に人間中心の視点に相対する「像」（picture）となった証拠なのである。このような意味での「世界観」だけが、近代的な倫理を意味する「ヒューマニズム」（人間主義）の母体となるのであり、それは中世にもそれ以前にも存在しなかった。「中世的世界観」や「カトリック的世界観」などは、人間によって主観的に捉えられた形での「世界」ではないからである。[9] このような「世界」の主観的転回が一九世紀を境として生じたというハイデガーの（時期に関する）確信は、カントやドイツ観念論による「世界」哲学の登場と無関係ではありえないだろう。

（7）『カント全集16 自然地理学』宮島光志訳、岩波書店、二〇〇一、一六頁。

（8）カントにも強く影響を受けたヴィルヘルム・ディルタイ（一八三三〜一九一一）は、晩年に「世界観」の研究に取り組み、その哲学的なスタンスを「世界観学」として提唱する。第一章註15も参照。

（9）ハイデガー『世界像の時代』桑木務訳、理想社、一九六二、三六〜三七頁。同書の内容に関しては次章以降においても、英訳版アンソロジーの一つである William Lovitt 訳、*The Question Concerning Technology and Other Essays* (Harper Perennial Modern Thought, 1977) に所収の “The Age of the World Picture” も参照した。

そして、この種の新しい「世界」の形成を経なければ、世界文学という概念の祖と言われるゲーテによる「世界」への固執も現れなかったのである。ドイツ・ロマン派とドイツ観念論との密接な関係はよく知られている。ドイツ古典主義の代表とみなされる一方で、続くドイツ・ロマン派の祖ともいわれるゲーテは、晩年の一八二〇年代（定説では一八二七年頃）に「世界文学」のコンセプトを語った。全くの同時期（当然存命中）にゲーテ的「世界」の全体像を明かすべく刊行が開始された『ゲーテ全集』（一八二七〜）にも、「神と世界」の題のもとに哲学的（自然科学的）詩編（一八二一〜二二編纂）が収録されているし、一八一五年にはその原型に当たる詩「神と心情と世界」がまとめられている。つまり、「世界」の語自体には一貫して固執してきた詩人であり思想家であった（これらのタイトルに使われた「神」は「造化」、すなわち「自然」と読み替えうるような言葉である）。

直接の影響は、ドイツ観念論に括られる一人、シェリングとの交流から受けたものが大きいと言われる。[10]シェリングの『世界霊について』（一七九八）において提唱された自然哲学は、同年から始まる当人との交流を通して、ゲーテなりの「世界」の捉え方にヒントを与えた。まさに内界の「世界」と外界との統一のプロジェクトとしての「世界創造」を目指して、哲学的な観念論と詩人としての経験論を融合していくことを思想的課題としていたゲーテは、主観的な「世界」を重視するフィヒテよりも客体としての「自然の無限の広がり」を哲学的に優先するシェリングとの出会いを通してそのイメージを具体化していった。つまり、晩年のゲーテは哲学の観念的な「世界」意識を、経験的な世界——外界としての世界——にすり合わせていくことで世界体系を捉えたということである。もちろん、もともと観念論的な文学観を多分に持っていたゲーテは、ベタな「唯物論者」の支持者ではなかった。かといって、ハードコアな「(超越論的)観念論者」や行き過ぎた自我中心主義・民族主義に傾くロマン派とも相容れなかった。自然世界の神秘の解明に取り組むシェリングの「客体」寄りの、しかし哲学である以上は観念論的(=主観的)でもある「世界」把握に惹きつけられたという事実は――実際にどれだけの作用をゲーテの思考に及ぼしたかよりも――ゲーテの「世界」が抱えていた振り幅の広さを示してくれる点で重要である。

したがって文学は内容の多様性が売りであり、哲学のような還元的な思考に比べれば遥かに経験的である以上、世界文学は、確かに地理学的に展開している多種多様な形の文学を第一に意味したが、同時に「世界」全体を漠然とイメージ可能なものにしているという点では観念的な性格を多分に残してもいた。ゲーテが晩年を迎えていた当時、既にフランスには「比較文学」がアカデミズムのなかで定着しつつあった。「比較文学」は、比較文献学由来の歴史学的な実証性を疎かにしない研究である。国家統制的な力を誇り、上流階級の公用語としてコスモポリタニズムを展開していたフランス語文化の実質的な先進性に対して、世界を主観的に(あるいは美的に)一気に包摂しうる観念的なイメージが世界文学の発展を支えたのである(人は身辺のスケールを超えて巨視的にしか想像することのできない「世界」という単位を語るとき、どんなに経験科学的な装いを施しても多少は観念的になることは避けられない)。世界文学は地理学的であると同時に観念的でもあるという両義性を備えた思想として機能する。

(10) ジェレミー・アードラー「シェリング哲学とゲーテの世界観抒情詩」高橋義人訳、『モルフォロギア――ゲーテと自然科学』第一八号、一九九六・一〇。

世界文学は翻訳で読んでも構わない――世界文学全集は比較的年齢の低い子供に買い与えられるべきものである――という考えが昔から根強くあるが、それはこの観念的な側面から発展してきた主張である。何語で表現されようと文学作品が伝達するアイデア（観念）は同一なのだから、翻訳は「世界」全体を一つのイメージにまとめ上げる必要な手段である（したがってどの国のどの言語を翻訳語として形成された「世界」なのかという観念的なイメージの差が次に学問的に問題となってくるわけだが、一般的な理解では差は無視される）。観念は容易に国境を越えるのだ。今日の大学でも、高度な文献読解力が求められる比較文学研究に対して、世界文学講義は語学力に拘わらず受講可能な教養コースに置かれることが多い。

加えて、実体なき「資本」の普遍化作用が（こちらはイギリスを起点として）世界中を席巻する資本主義の本格化の時代に、世界文学のイメージが現われたことは偶然ではない。ちなみにイギリスでは一八一五年に保護貿易政策として制定された穀物法が一八四六年にようやく廃止されて貿易の自由主義へと大きく舵を切るわけだが、そのわずか五年後の一八五一年にロンドンで第一回万国博覧会が開催された事実は、経済の世界化が文化の産業的な拡張と連動することを教える。ゲーテの「世界文学」のアイデアも、資本主義が本性を現し始める世界的な動向とほとんど軌を一にして成熟していったことを忘れてはいけない（このことはさらに、世界文学における観念的越境性の要素が、出版や流通体制の整備による物理的な拡張に伴って、それを支える「消費」の原理と癒着していった可能性を示している）[11]。

無論、一般的な商品や意匠的な文化商品と、ゲーテが考えるような文学作品の国外流通を最初から同一のレベルで考えることはできない。「一国民全体の内部自然[12]」に支えられた一つの文学的「世界」を他国の人間に楽しんでもらうハードルは、決して低くない。だからこそ、まずもって他国文学の特性を認めて尊重する態度が必要であり、それが結局は、自国文学の他国での受容を保証するという、相互理解の精神が世界文学のグラウンド（普遍性）を作るのである。したがって世界文学の提案は、ゲーテのリベラルな良心の表れであり、排他的なドイツ・ナショナリズムに傾倒するロマン派たちへの牽制だったという面は確かにあるだろう。また元々は、異種の文学間の交流を通して、文学の世界全体が活性化することへの期待からくる、創作目線から生まれたアイデアだとは時に指摘されることである。[13] しかし、世界経済の一元的な進行に精神的に反発を覚えながら、国民文学の発展に努めるほどに、それはますます国境を超えて拡大し、他国文学に広く影響を与えていく。そのような世界文学形成のイメージ

（11）ただし先に個々の自己意識としての「世界」がグローバルな客観的世界から自立して増殖したのが現代だと述べたように、「消費」の重要性に本格的に光が当たるのは、観念を消費する「消費社会」（ジャン・ボードリヤール『消費社会の神話と構造』今村仁司・塚原史訳、紀伊國屋書店、二〇一五〔原書一九七〇〕）が存在感を露わにする一九七〇年代、そして主観的に閉じた自己意識の「世界」を普遍的な世界の姿であるかのように描く逆転の方法で世界的作家となる村上春樹が登場する一九八〇年代を待たねばならない。

（12）ゲーテ「世界文学再論」『ゲーテ全集』第二四巻、谷川徹三訳、改造社、一九三六所収。

（13）ゲーテ以前にも Weltliteratur（＝世界文学）の語を使用した学者は存在したが、「世界文学を代表作品のリストとして理解するシュレーツァーや世慣れた人々のための文学として世界文学を理解しているヴィーラントに対して、ゲーテは交流や伝達や翻訳の面を主張し、プロセスとしての世界文学を論じた」（ダリン・テネフ「序論」、野網摩利子編『世界文学と日本近代文学』東京大学出版会、二〇一九所収、一四頁）。

が、既に国民的作家（ドイツ国民代表）として名声を確立していたゲーテの、文学者としての承認欲求をさらに観念的に拡大させた面があることを否定するのも難しい。文化資本も「資本」と呼ぶ以上、グローバル化（世界進出）の欲望とは切り離せない。「遅れ」て来た者がナショナルなものに引き籠もるか、グローバルな普遍を志向するかは同じコインの裏表の反応である。そもそも国民文学なくしては世界文学など意味をなさず、同時に世界文学の視点なくしては国民文学研究の存在もおぼつかない。文献の記録上の発生においては時差があるとしても、国民文学と世界文学は生まれながらにして共依存である。国民文学の「世界」同士の競合から世界文学の「世界」への止揚という弁証法的な発展のモデルは、あくまで単純化された理解のモデルであり、実際の概念のネットワークの生成は遥かに複雑系である。失われた過去に民族の通時的な根拠を探る国民文学と共時的な広がりを志向する世界文学のコラボレーションの可能性を考えなくてはいけないだろう。歴史的時間は常に転倒しながら形成されていく。一国文学史の記述は世界文学に先行しているとは限らない。

以上のように、内官と外官の二つの「世界」の意味が不可分のまま複層的に発展してきた初期の世界文学ではあるが、そもそも文学が実在的な世界の広さを重視する表現であることに加えて、地球共通の近代的時空間に基づく近代小説の物理的な伝播に伴って、その概念が世界各地に知識として届けられていったのであれば、水平化の進行としての世界の意味が強まり、心的な「世界」のニュアンスが閑却されていくのは自然の流れである。その下流には、社会科学的な観点でもって国境や言語環境の問題に心血を注いで、意識の世界性の問題を顧みない学問的傾向が待っている。とはいえ、近年の世界文学に関わる具体的な論考が、意識としての「世界」を考察の対象にしていなかったわけではない。文学研究においてそれは不可能である。問題は、「世界」が元々観念的な意味を含んでいる事実、つまり「国際文学」論的な傾向に反発する学問的な可能性が、近年の世界文学論の再流行の理由の一つを密かに提供していたにも拘わらず、そのことに対して文学論者たちが概ね無自覚に振る舞ってきた点である。少々大げさな言い方をすれば、世界文学論は、その発展の過程で「世界」の初源的な主客同一性（心と自然の同一性）の記憶を抑圧してきたのだ。

そのように一九世紀的世界像におけるグローバルな世界意識とテクストが表象する主観的な意識世界との基盤的関係が次第に変容するのに伴って、「近現代文学」の新たな様式や方法、主題の変化が生み出されてきた一世紀半以上にわたる過程を整理すると同時に、逆に世界文学それ自体の理解を更新し、あわよくば他ジャンルの発展との領域横断的な関係も描き出してみようというのが本書の狙いなのである。そのようにして二一世紀の次なる「世界」表象のスタイルに備えたいと考える。したがって本書は文学研究というよりは、「世界」を表象する最も複雑で持続的かつ包括的な方法である文学を通した「表象」の研究というべきかもしれない。だが文学に現れるそれをもっぱら基準とする以上、結局一周まわって文学研究である。

本書の構成

以下、簡単に各章の内容を記す。

第一章は、「**「世界」文学試論――貧乏的世界文学の系譜と村上春樹**」と題して、「世界」文学論という方法に則った議論の一例を示しながら、本書のコンセプトの理解を深めることを目的としている。

一九世紀末頃から、日本語文学は西洋中心の「世界文学」概念の流入に対抗して、日本文化の固有性を主張する「世界」意識を膨らませていった。本章は、日本近現代文学と世界文学との関係を表す一形式として、「写生文」に始まって大正期に全盛となった「貧乏的世界」像を描く小説の系譜を抽出したうえで、そのような創作的態度が「純文学」の本流を作り、やがて世界的作家として成功した村上春樹ら現代文学にまで継承されていった可能性を考察する。

第二章は、「**「世界」表象の歴史と近代小説の形成**」と題して、一九世紀に資本主義経済が軌道に乗るのと連動して、近代小説が「世界」を意識していく必然的な過程を、思想史的かつシステム論的に考察する。そのうえで、近代の「日本文学」が「世界」の概念体系に本格的に参入していく様子を理論的に概説する。第一章は本書を貫く思考の基本イメージを共有する目的のため、コンセプチュアルな批評的分析が表立っているが、本章以降の議論は、テクストを具体的な文脈に位置づけることをより意識した内容になっている。

第三章は、「**近代文学の現象学的転回**」と題して、比較文学と世界文学論の方法論的な差異と調停の可能性を検討しながら、角度を変えて第二章の内容的な続きを論じる。特に一九世紀末以降、ちょうどゲーテが唱えた「世界文学」の言葉が到来した頃に、日本の小説が描こうとする「世界」の組成が大きな転回を遂げたこと、またそれに伴って「語り」のスタイルが、西洋中心主義的な世界の拡がりへの反発と従順のせめぎ合いのラインを辿りながら多様に変遷していった様を論じる。

近代は常に近代への反発を主要な力として抱え込みながら前進していくものである（モダンの〈新しさ〉の志向とは基本的には〈反抗〉の新しさである）。近代の文学のイメージを決定づけた「ロマン主義」も、「自然主義」も、その後に登場する「印象主義」や「象徴主義」も全て大文字の「近代」に対する批判として現れたのであり、批判が近代文学を主導したのである。そのちょうど入れ子となるように、非西洋圏の最初の実験場として日本の近代文学も大文字の「世界文学」に対する批判として自己形成していった。その観点に基づいて、従来の日本文学史のイメージに修正を加えることを本章は目的とする。

第四章は、「〈**感情移入**〉**の機制——他なる「世界」に生きる**〈**演技**〉」と題して、第二、三章で論じた時代的な範囲（主に一九世紀末頃から二〇世紀半ばまで）を、今度はテーマ的に異なる視点から照らしなおして議論の更新をはかる。種々の「語り」の様式の背後に潜んでいる広義の「感情移入」の理論的な働きに対して、多くの近代作家がその重要性をあまり自覚していなかったように思われる。しかし、これが実際には彼らのスタイルの選択を裏で決定づけてきたことを、逆に作家たちが意識的にこだわってきた「演技」というテーマへの着目を通してあぶり出す。結果、近代文学の歩みに「世界」様式の構造的な変容という物差しが当てられて、第二、三章の議論が補強されるだろう。本書中最も時間と労力をかけた章のため、通しの読書時間が取れない方は本章を優先的に読んで頂ければ幸いである。

第五章は、「**小説家としての正岡子規——先駆する**〈**写生**〉」と題するが、いわば間奏的な短い章であり、第四章までの議論の補遺にあたる。文学の新時代をリードした子規が、俳人として名を成す前に書き残した小説が数点あるが、これらは実に興味深い近代文学史の転回の兆候を示している。その分析を通して、子規の文学的センスが世界的な動向として胎動していた「生」の思想と無意識的に感応・共鳴しており、後に提唱される「写生」の語も、文字通り書き手が「生」を「写」す（＝表出する）文章であると同時に、読み手が自らの「生」を登場人物のそれに「移」す文章――すなわち「感情移入」を促す文章――という意味でも捉える必要があることを論じる。

第六章は、「**現代文学と〈想像力〉の問題――村上春樹の場合**」と題して、戦後におけるフランス実存主義の哲学者サルトルのブームから大江健三郎、そして村上春樹へと引き継がれた「想像力」を重要視する文学観が、近代主義的なものと比べてどのような構造的変化を遂げたのか、また最終的に一九八〇年代に至って「想像力」がその価値を急激に低下させたことが、逆にいかに新時代の文学の主題となっていったのか、主に大江健三郎と村上春樹とを意図的に対立させながら論じる。その作業を通して、広く一九八〇年代から二〇世紀末にかけて古い「世界」が消滅していく過程で現代文学が抱えた新たな課題と、その困難の具体性を明らかにしたいと考える。

終章は、「**「世界」の消滅のあとさき――〈経験的‐計算論的二重体〉の時代に**」と題して、第一章から六章までの議論を要約しつつ、新たに文学以外の表現ジャンルを含めた多角的視点の議論を付け加えて（第二次大戦後の大衆文化の全面的な台頭の時代にあっては、文学は表現史の主導的役割の多くを失っており、言語芸術だけ追っても片手落ちになる）、およそ一世紀半に亘る「世界」文学の表象史を復習する。

*

ところで、奇しくもハイデガーが「世界像の時代」の始まりとしたのとほぼ一致する時期を画して、M・フーコーが「人間」の誕生を論じたことはよく知られている。そしてフーコーはその一九世紀の新しい人間像を〈経験的‐超越論的二重体〉と表現したが、近代小説の真のステージはそこに符合して始まるのだ。本書はフーコーの発想に倣い、戦前戦後（一九三〇〜六〇年代）に模索された新しい人間像を、ハイデガーの登場からサルトルへと続く存在論哲学の流行に基づいて〈経験的‐存在論的二重体〉と命名し、さらには一九八〇年代以降の近代的な「世界」消滅以後の人間のイメージを技術哲学の議論を参考にして〈経験的‐計算論的二重体〉と呼ぶことにした。

〈経験的‐存在論的二重体〉の時代は、一九世紀的な主体性の〈否定の否定〉として新たな主体性の立ち上げが求められ、多くの作家たちが再び「世界形成的」であろうと志した時代である。大正時代には独善的な世界に引き籠もって見えた多くの作家たちも、「世界文学」への参画を本気で試みるようになった。ところが、一九七〇、八〇年代以降ともなると、一九世紀的な進歩主義と保守主義の対立関係が捻れたために、社会福祉国家（民主主義陣営）や共産主義などの強い政治体制によるグローバル資本主義への抵抗が諦められていった。その捻れを解消しうる態度として「新自由主義」が全面的に台頭する。それは一九世紀的な「自由主義」に支えられていた近代小説の不可避的な更新と、古い「世界」の消滅を意味していた。一九八〇年代文学がこぞって「世界」の「消滅」、ひいては文学的「想像力」の消滅を主題としたのはそのためである。

新しい作家たちの狙いは、「消滅」に対して直接的に抵抗するヒューマニズム（人間主義）の復活ではない。それは「反発」によって常に〈新しさ〉を担保する近代文学のやり口であり、社会福祉国家や共産主義がなし崩しにされたのと同じように、矛盾を包摂し利用する力として生まれた「新自由主義」のような相手には通用しない。本書終章では逆に、人間的な自由意志の「消滅」を肯定的・積極的に描くことで現代社会の権力関係に内在批判的に作用し、空無化する戦略へと向かった作家たちの流れを簡単に紹介する。そして、このスタイルが二一世紀の文学にどのように接続するのか、あるいはしないのか、簡単な見通しを記して本書を閉じることにしたい。

以上の内容は見ての通り、私が得意とする「日本近代文学」研究に直接関わるものがほとんどである。しかしある文学現象の発生経緯をひたすら資料を通して詳らかにする、専門家以外には興味の湧きにくい通常の文学研究とは一線を画したつもりである。人文社会学系の書や文芸評論的な読書一般に興味があれば読みやすさを感じるよう、語彙やロジックの選択にも若干の気を使った。村上春樹以外にも、多和田葉子や村田沙耶香などの現役の作家の名前はちょこちょこ出てくるが、「これから」の二一世紀現在の文学の進行について包括的に切り込むことは、ただでさえ広汎な議論がさらに散漫になることを懸念して諦めた。別の執筆機会を待つことにしたい。

本書のタイトルは、新しい世界文学論を主張したくて、当初「シンセカイ文学」を考えたが、映画『シン・ゴジラ』（庵野秀明監督、二〇一六）以来、類似の「シン」名称があちこちに出回った状況では、そのあざとさに躊躇した。かといって素直に漢字表記にした「新世界」という字面では、コロンブスや大航海時代の記憶に接続することはないと思うが、アメリカ大陸を含む非ヨーロッパ世界全体を想起してしまう懸念がある。結局当初の予定は全て破棄して、地味ではあるが本書のコンセプトをより反映していると思しき「世界」文学論とした。これをもって最初の一歩とするので「序説」である。

第一章

「世界」文学試論
——貧乏的世界文学の系譜と村上春樹

一 世界文学論の流入と整形

「はじめに」でも取り上げた「岩波世界文学」(一九三二~三四)の一冊である野上豊一郎『比較文学論』(一九三四・六)は、その文章の最後で世界文学についても触れている(世界文学に絞った総括的な議論は、同じ岩波講座の『世界文学論』を担当したドイツ文学者の茅野蕭々が著わしている)。野上が「国民文学」と「国際文学」を二分したことは先に述べたが、この「国際文学」をまた二つの分類に分けて、一方を「比較文学」、そしてもう片方の項目を「一般文学」とした。通常、「比較」は二元的にしか行えない。したがって、その国際性は二国間(二作品間、二作家間)で行われる比較の作業によって担保されるわけだが、それではロマン主義や古典主義など、多地域で同時多発的に生じる文学現象を論じることができない。よって「多元的」な「国際的交渉」を全般的・総合的・統一的に比較検討して得られる知見はまた別物であるとし、野上はこれを「一般文学」と呼んでいる。今日の私たちからみれば、この「一般文学」は世界文学の内容に吸収して構わなく思える部分もあるが、野上による文学研究の基礎分類表からは世界文学は除かれている。それを踏まえたうえで、野上は世界文学に関して最後に次のように付言するのである。

近時しきりに論議せられる世界文学との交渉についてはどうであるか。「世界文学」*World Literature* の著者なる教授モールトンは、世界文学とは昔から世界各国に堆積してゐる文学の総和を意味するのではなくして、各人がそれぞれの国民的見地から見た全世界の文学であると定義した。〔九二頁〕

前述の茅野蕭々の『世界文学論』でも真っ先に引き合いに出されるリチャード・モウルトンの定義（「各人がそれぞれの国民的見地から見た全世界の文学」）が抱えていた歴史的な意味が、野上がそれを文学研究の範囲から差別化したことでかえって浮かび上がってはこないだろうか。(1)

つまり、モウルトンの世界文学の「世界」は、心的な世界観の「世界」の意味を相当量ひきずっている。見る者の視野ごとに姿を変える「世界」。そこには「一般文学」の普遍性や理論性と対比されて浮き彫りになる主観（私）の「世界」という概念がまだ十分に生きていたのだ。「はじめに」で略説したような「世界」の二重性の記憶の残響は、二〇世紀半ばくらいまでは良くも悪くも感じられたのである。だから、野上は学術的研究の分類に関わる議論から世界文学を除外した。〈私〉の「観察」に応じて現れ出る「世界」の不安定さは、学の体系化にとっては障碍に働くことのほうが多いからである。「世界文学」の「世界」には異なる水準の意味（外的と内的）が二重に絡み合いつつ潜勢している。それは戦前の世界文学論では感覚的には理解されていた様子である。取って付けたように最後に「世界文学」に言及し、結局それが学問的にどう位置づけられるべきなのかをはっきりさせないまま議論を終了させた野上の文章からはそう読める。しかしこの二重性は、戦後以降の教養主義に支えられた世界文学の流通（マーケット）においては、世界文学全集のような縮図的な多文化空間のイメージとして統括されて、あえて問い直されることのない閑却された論点となっていったように思われる。それを下地とした二〇〇〇年代以降の日本における表面的な世界文学論の再燃が、多くカルチュラル・スタディーズや広域の地域研究のスタイルと融合した「国際文学」論とでも名づけるべき体裁にすり替わって違和感なく見えたのは、無理からぬことだった。

近代文学を代表する「小説」というジャンルは、その個々の作品によって個性的な「世界」を表象する形式である。それは文芸の歴史のなかで最も「人間」化した〈作者〉の想像的な「世界」（内面）であると同時に、自立したリアリティをもつ空間であるという二重性を持っている。つまり、心の「世

（1）モウルトン自身は、「ユニバーサル文学とは全ての文学作品の総体をしか意味できないが、世界文学とは、私がこの語を使う限りでは、ある視点がつくる視界〔世界〕に限定されたユニバーサル文学のことで、ここで想定されている視点とは、観察者が属する国民的観点のことである」と述べている。Richard G. Moulton, *World Literature and Its Place in General Culture* (New York: The Macmillan Company, 1911), 6.

界」と外在的な世界の不可分な関係そのものを体現している。一つの作品が描き出す「世界」は、近代の人間中心主義的な世界像を原型として生み出された、個別具体的な実例（ミニチュア）なのである。よって、その個々の作家や小説の「世界」は世界文学の「世界」に何らかの関数を通して概念的に連結している。

しかし繰り返すが、その始めから世界文学論は空間的拡張の志向に引っ張られる宿命だった。二一世紀の初頭、ガヤトリ・スピヴァックは、グローバリズムとそれに基づく種類の「グローバル」（地球的）な「世界文学」の権力性を集中的に批判していた。確かに globe に「内官」の世界の意味はない。それは、「自らの手でさわり、自らの目でみることのできる具体的形象としての球体」（sphere）を意味する「幾何学用語」として生まれ、やがて「「地球」という天文学・地質学の名詞へと指示対象を広げて」[2]、二〇世紀のアメリカを中心とする資本主義の拡大と重ね合わされた語である。換言すれば、世界の地理学的あるいは地政学的な空間性と経済学的な合理性の認識とが結託した語なのだ。そのことを踏まえてスピヴァックは、各地の生の内部性を含む平準化不可能な固有の空間を、そのまま無限に抱えうる「惑星的なもの」（planetary）というぎこちない概念を対置したのである。「世界」をめぐる思考が、なし崩し的に計算可能な領土に回収される事態を避けるためだろう（辞書を引くと planetary には「放浪の、気まぐれな」という意味もある）。「世界」という用語を丸々拒絶するまでに高じたスピヴァックの危機意識は、一九世紀グローバリゼーションの歩みの只中に生まれ、共に発展することになった世界文学（の「世界」）の外面化という帰結の避けがたさを逆に強く表していた。

ただし、世界を客観的統一性において捉える偏向は、一九世紀から二〇世紀にかけて一挙に地球上を覆い尽くしたわけではない。少なくとも日本では、明治半ば（二〇年代）に欧米のPhysical Geographyの概念を翻訳・輸入した際に、天文学と人文学のあいだを担う「地文学《ちもんがく》」という、通常の地理学に加えて目に見えない「空気」をも研究対象として射程に捉えた学問が一時的に栄えたという。この場合の「空気」（あるいは「水蒸気」）とは、「雰囲気」という言葉に代表されるように「生命の観念」と直接に結びついている。「自分たちの生命に直接かかわりながら、不可視の対象であるために、これまで注意を向けることのなかった空気」を「地球の生命的な活動と人間活動を統一的にとらえる」(3) 基準とすること。そのとき生じた流れが、イギリスの美術評論家ジョン・ラスキンの大著『近代画家論』（一八四三〜六〇）に触発された島崎藤村や徳冨蘆花による雲（＝水蒸気＝空気）の観察と描写や、その後の作家たちにも散見される日本的湿潤（水の表象）の美学の形成へと密かに注ぎ込んでいったことは想像に難くない。それはまた、日本の二〇世紀初頭の「自然主義」流行における「自然」の意味に、自然科学を推したゾライズムに由来する「自然」以外の、英国ロマン主義的な自然賛美としての「自然」が混ぜ込まれていった際の素地ともなったのだろう。時代を下ればさらに、文学的哲学者とでも称すべき和辻哲郎の『風土――人間学的考察』（一九三五）にまで、その思想は部分的に継がれていった。しかしながら、

（2）下河辺美知子「21世紀における惑星的想像力――globeの濫喩についての一考察」『成蹊大学文学部紀要』二〇一四・三。
（3）亀井秀雄「日本近代の風景論――志賀重昂『日本風景論』の場合」、小森陽一ほか編『岩波講座文学7――つくられた自然』岩波書店、二〇〇三所収、二七頁。

そうした人文学への派生的な成果とは別に、地文学自体の学問的な見識は表舞台から消えていったのである。それは語用レベルにおいても、山川の「自然」と心の「自然」の両義性が次第に分離していき、前者の意味が優位となって流通していった過程におそらく相即している。

一九四〇年代初頭に、世界を測量可能な時空間としてばかり捉える先の落とし穴に気が付いていた文学者の一人が花田清輝だった。[4] 当時は、異なる歴史を抱えた民族グループやイデオロギー組織が世界の覇権（地政学的な世界地図の作成権）を奪い合った戦中期である（それゆえ同時期のハイデガーも、一八世紀末まで遡って「世界像」を改めて問題に取りあげたのだろう）。やがて戦いに敗北した日本の主要な知識人たちは近代空間的な国際秩序への参入を掲げて、西欧発の「国際主義《インターナショナリズム》」や「近代主義」に立脚する「近代的主体」の確立の必要を改めて訴えることになる。そうした動向に対しても、「『近代文学』派の人びとは、すべてこの無条件降伏の精神に徹底したいのではなかろうか。そうして、天下無敵になりたいのではあるまいか[5]」と皮肉る花田は、戦前と戦後をまたがる世界主義の潮目に立って、次のように述べていた。誰もが知るダニエル・デフォー『ロビンソン・クルーソー』（第一部、一七一九）についてである。

> 絶えず拡大してゆくかにみえる空間的世界は、デフォにむかってそれまでかれのいだいていた空間概念の批判を余儀なくさせた。ユークリッド的空間から非ユークリッド的空間へ——そこでは三角形の角の和が、百八十度以上になるのだ。きわめてありふれた疑問の余地のない毎日のいとなみが、そこでは奇怪な相貌をしめすのだ。

この不意にひろがった空間の不思議な姿に、かれが眩惑《げんわく》されたのは無理もない。空間だけが問題だ。そこで『ロビンソン・クルウソオ』は、ひたすら世界を空間的のみにとらえ、自分の手廻りの道具や、さまざまな計画をつくりだす。

そうして、理知で空間を切りきざみながら、建設にむかって邁進《まいしん》する。我々の主人公の闊達《かったつ》さは、かれが、かれ自身の世界を、空間だけに限定しているから生れるのではなかろうか。〔中略〕

しかし、ミンコフスキーをまつまでもなく、時間ぬきの空間のなかでの建設を、はたして建設の名をもってよぶことができるであろうか。時間から分離された空間、空間から分離された時間は、いかにそれが圧倒的であろうとも、いわば、ギヤのはずれた大きな機械のようなものにすぎないであろう。(6)〔傍点引用者〕

近代小説の嚆矢の一つでもある『ロビンソン・クルーソー』の内容が「冒険」よりも日常的・反復的

---

(4) この文脈で取り上げるべき作家としては、中島敦の方が適当だと思われることを最近知ったが、議論に組み込む余裕がなかったため付記に留めたい。石井要『中島敦　意識のゆらぎから複数の世界へ』(ひつじ書房、二〇二四)を参照。

(5) 花田清輝「動物・植物・鉱物――坂口安吾について」(原題「坂口安吾論」『人間』一九四九・一)『七・錯乱の論理・二つの世界』講談社文芸文庫、一九八九所収、三七九頁。

(6) 花田清輝「ロビンソン・クルウソオ」(原題「ロビンソンの幸福」『文化組織』一九四二・六)、同上書所収、九四〜九五頁。

な「計画」や「労働」を描くことにもっぱら注力している事実を指して、世界の理知的空間化（建設）という近代的営みの典型だと指摘する。そして、「突然縮小してしまった空間を絶えず意識しながら、つねに時間を問題にしつつ、新しい『ロビンソン・クルウソオ』が、これから我々の手によって描かれなければなるまい」と結ばれるとき、空間的な覇権争いの土俵に乗せられてしまった当時の世界意識がもはや一貫性を保てなくなったことに対する危惧の声が響いている。だが本書にとって、この評論の真の重要性は、そのような哲学（認識論）的な社会批評の妥当さにあるのではない。世界文学作品の一つである『ロビンソン・クルーソー』を、そのテクストに描かれた主観的な「世界」から批評してみせたことにある。これは簡易ながらも、世界文学論を「世界」文学論の観点で読み替えた実践例なのだ。『ロビンソン・クルーソー』がなぜ誰もが認める世界文学となったのかを、テクスト内に展開されている世界意識から読み取っている。

　そもそも、これまで確認してきた一九世紀後半から二〇世紀を通しての「世界」の客観化の進行は、主に世界文学を論じる側の話であり、書く側（作家）にとって問題として大きいのは、常に意識としての「世界」の方だった。むしろ二〇世紀以降の文学は、拡張進歩路線の近代的世界に対する抵抗（脱近代）を模索してきたのだ。ゲーテ発の世界文学という主客混合した概念は、その「世界」の内に含まれるのか否かわからなかった当時の日本のような周辺国に到達すると同時に二つの様相への分裂を明らかにし、一方で西洋基準に従った客観的な世界文学（学問的対象）を自立させるが、他方ではそれに反発するかのように作家たちは独自の〈私〉的「世界」の表現の追求を深めていった。しかし、その二つの様相の連携が断ち切れてしまったわけではない。二〇世紀初頭のモウルトンの定義に示唆されていたように、世界文学は複数の主観的「世界」の文学が競合してはじめて成立するからだ。世界文学の「世界」とは全人類的な融和を示すものではなく、多数の個性的な「世界」が権利主張を求めて相争っている「世界」なのである。ゲーテの時代には判然としなかったその事実が、世界中で西洋文学が読まれるようになった二〇世紀の初頭頃には急速に顕在化しつつあった（そして「世界」の二つの様相の分離がさらに進んだ結果、二〇世紀後半には、世界文学の客観的で調和的に見える様相だけが出版界等を通して一般的イメージとして流布していくことになる）。したがって日本のような地方の文学の作家たちが目指していたのは、従来の西洋的な世界文学基準に当てはまらない、抵抗としての独自の「世界」表象であり、その実現によって世界文学の新たな一員として認定されること――〈私〉の主観的な「世界」の世界普遍的な価値を認めさせること――にあった。

　ところが花田の評論が書かれたのは、そのような日本近代文学の対抗的「世界」意識の枠組――ある意味で安定的な依存構造――が、大日本帝国の東アジア／南洋各地への侵略という立場の反転によって崩れていたことが顕在化した時期である。西洋中心主義的なオリジナル・モデルをそのままなぞるのではない新たな世界像と「人間」の再定義を、果たして日本の文学者は提案可能なのか。つまり、ここで花田はイギリス人を主人公とする小説を語りながら日本の文学者の「外地」に対する意識のあり方を問うている。無論、それに対する一解答案として花田の文章は些か物足りない思いつき的なものに見えるかもしれない。だが決定的に不安定化した世界像をそのままの状態で取り押さえようという発想の転換は、現代の私たち研究者が学問的体裁に囚われて、「世界文学」を論じる際に世界意識／意識世界の問題を閑却してきたことを改めて突きつけてくる点で意義深い。

二　二〇世紀文学「世界」の変容――〈ゆらぎ〉から〈ポップ〉へ

ところで、花田は新しい時代の文学が描くべき世界像を、「時間」を生（ネイティヴ）のまま組み込んだ「世界」――つまり歴史記述の可能な客観的時間に均された「世界」のことではない――と考えたが、古代ギリシアのゼノンによる「運動」のパラドックスを持ち出すまでもなく、言語的論理で構築・整理された観察者の空間に、手懐けられていないリアルな持続的時間を導き入れることの困難はいまさら強調するまでもない。表象空間が捉え切れない「運動」の発生によって、その世界は幾つもの間隙（無の穴）が穿たれた景色となる。当の花田は、安部公房の『砂の女』を触発したことでも知られるエッセイ「沙漠について」（『思索』一九四八秋季号初出）において、「抽象的なもの」であると同時に「具体的なもの」でもある砂の破壊力を転じることで、逆説的な創造の力を汲み出す必要を熱く語っていた。そのためには、無を有の「形《フォルム》」をもって空間的に限定するのではなく、文字どおりの「虚無からの創造」の根拠を「砂」という矛盾的存在によって可視化される「運動」に置かなくてはならない。

砂時計は、砂の運動によってのみ創造的であり得る。同様に、鋳型に砂を使うのも型をつくりやすいからではなく、むしろ、型をこわし易いからなのだ。〔中略〕したがって、この際私は、元来、静止が運動の特殊の一現象であることを認識し、すすんで砂の創造力を、砂の運動に求むべきであろう。方法論上、その砂の運動が、一粒の砂の運動ではなく、無数の砂の運動――つまるところ、沙漠の運動でなければならないことは繰返すまでもない〔後略〕。(7)

砂は粒子であると同時に波であり、具体的であると同時に抽象的であり、空間的であると同時に時間的でもあり、そして破壊的であると同時に創造的であるという花田の矛盾語法の極み――沙漠的「状態」とは「対立を、対立のまま、統一した「状態」である」――は、そのまま人間的「世界」の再定義のための〈人間‐動物〉論へと導かれる。それは、戦後思想の〈人間‐動物〉論の典型を研ぎ澄まされた形で示している。花田が象徴的に取り上げるのは、まさに沙漠に鎮座する動物人間、すなわちスフィンクスである。

人間の顔と動物の体との結びついているスフィンクスは、魂と肉体との対立を、対立のまま、統一している状態であり、それが両者の対立を形式論理的に二者択一の問題として取りあげず、魂による肉体の支配だとか、肉体による魂の支配だとかを、いずれも感傷的な態度としてしりぞけながら、魂と肉体とのもつれあい、からみあっている状態を――その状態だけを本質的なものと見做《みな》し、無用の煩悶《はんもん》に耽《ふ》けらず、悠々と砂の上に寝そべっているありさまは、まさに沙漠的精神の「乾燥《ドライ・ハードネス》したはげしさ」を物語るものとして感心するほかはないが、量子力学においても、波動函数によってあらわされ、厳密な因果法則にしたがう「状態」が最も本質的なものであり、これが、波動や粒子というような偶然的なものを透して現象する点において、おそろしくスフィンクスのばあい

(7) 同上書、二一八～二一九頁。

に似ており、いずれも対立物を、対立のまま、見事に統一しているのだ。〔二二〇〜二二二頁〕

花田の議論は、地方の世界（周辺国や被植民地国）の抵抗や内部の社会主義の隆盛に始まり、二回の世界大戦によって半ば壊れてしまった前世紀の西洋的な世界像の復活を目指して、戦後の思想家たちがヒューマニズム（人間中心主義）にもとづく近代的世界観（理性的人間）の再肯定を余儀なくされたこと、しかし一度分裂してしまった「人間」を復活させるためには、論理的なアイロニーに基づく逆説的な人間像——反人間——を提示せざるをえなかったことをよく表わしている。そのとき、そのアクロバティックな思考の捻れにおいて形成される世界像は、絶えず空間的領域を否定されて揺れ動き、実体的には捉え切れないものになる。究極のところ花田の理想とするような「運動」に根拠づけられた「世界」は、いかようにも定位しないのだ（これは同時代に流行する実存主義において、常に自己を「世界」の外部に向かって「投企」し続ける実存が、本来は安定的な世界像を結べないことと精神を共有している）。

では、どのようにして、このような不安定な世界像を小説は具体化するのか。花田のような詩的イメージからは遠くなるが、一つの方法は、テクストの「世界」全体を形成している語りの言葉と、その「世界」の中で生きる登場人物の行為（運動）とが矛盾的に対立するような否定的関係を結んだ構造（＝論理的な構造）を採用することである。これは一人称小説（語り手も登場人物も「私」）が基本になる。語る側の「私」（思惟）と語られる側の「私」（行為）との間に自己矛盾のアイロニーを演出する上で効果的だからだ（三人称小説にする場合は、語り手が主人公の思惟を内側から伝えつつ、行為の描写との齟齬を積極的に演出するなどの方法になる)。

さらに具体的には、語り自体を観念的な言葉の論理を駆使した生硬なものにすることで、語られる側の人物の行動とのズレを増幅する。「世界」は、そのような矛盾的な構造によってかろうじて留め置かれるものになる。戦後のまじめな文学の中心的一群は、二〇世紀初頭のように西洋文学の理知的な「世界」に対してドメスティックな感性で抵抗することはしない。逆に翻訳を通してでも世界に通じるはずの論理的な文章を過度に意識して観念化(抽象化)した思考が、身体感覚と齟齬をきたして「世界」の定位を拒み続けるという困難な闘いを強いられるのである(大江健三郎の「あいまい」のテーマなどに連なっていく)[8]。なお戦後文学期は、日本文学史上他に例がないほど評論が栄え、見ようによっては文学作品の需要を質・量ともに凌駕した。時に翻訳による難読・誤読に満ちた文芸理論や哲学の用語、そして政治的言説を攻撃的に運用し、時に生活の現実と否定的な関係を結んでしまうスタイルは、逆説的な形でしか本質を示さない人間性に迫る戦後文学の「世界」の捉え方と多分に連関している。

そうした戦後文学を中心とする一九三〇年代から一九六〇年代くらいまでのパラダイムが終わり、村上春樹が良くも悪くも世界文学者として認知される二〇世紀末までの文学が創造しようとした新たな「世界」とは、したがって言葉の過剰さが抑えられて再びある程度の調和を取り戻した「世界」である。だが当然ながら、それはグローバリズムと連動した一九世紀リアリズムの「世界」像への揺り戻しでは

(8) 大江の「あいまい」の思想に関しては、拙論「「人間」を定義する文学——ポストヒューマン時代における「あいまい」な人間性」(『ユリイカ』二〇二三・七臨時増刊号)を参照。

ありえなかった（この文脈限定で使っているリアリズムの意味は相当に広義のもので、ロマン主義小説も怪奇小説もSF小説も区別なく、幽霊や人造人間が出ようが未来の話だろうが、物語内現実の法則と客観性が単一かつ安定的な構造によって保たれていれば成立する）。文学表現の「世界」のポップ化とでも言い表すべき状況の進行を体現していたのである。この場合のポップとは、原義である「大衆《ポピュラー》」の省略形であるポップというよりはポップ・アートのポップの意を噛ませて借用したものである。ポップ・アートの芸術史的な意義をめぐって様々な解釈があるのは承知の上だが、ここで念頭に置くのは、虚実合成（二重性）の「世界」の演出である。ロゴ、広告写真、既製品、マンガ的キャラクターなど無限に複製可能な商用イメージを引用し、文脈から切り離して拡大視して作品として提示すると、本来それぞれ対象（商品や作品）に従属的だった虚構性が自立し、私たち鑑賞者の現実世界の方に入り込んで実体化しようとする。だがそれは必然的に中身を欠く、空虚を抱え込んだ異質な存在物とならざるをえない。無を包んだグロテスクな物体は、鑑賞者に一種の目眩を引き起こす。虚構的世界において自然法則化された事物と私たちの現実世界の法則とが同じ水準で両立する世界が現出するからである。美術という制度の膨大な歴史において、額縁は日常的な事物を特別視（聖化）して芸術化する強固な枠組として機能してきたし、一九世紀後半以降の近現代美術、とりわけダダイズムなどはその制度性を逆手にとって大文字の芸術の欺瞞性を炙り出すことに努めてきた。しかし、ポップ・アートにとって美術館という額縁はむしろ、境界線を引く代わりに壊し、不可視化する方に機能したのである。

不可視化するといっても差異を完全に消滅させるわけではない。鑑賞者は、私たちの通常の現実感覚の世界と虚構世界において自然法則化した仮想イメージの世界との視差《パララックス》と融合の経験を同時に強いられる。つまり小説におけるポップ化した「世界」とは、独自の基準で法則化された「非現実」の世界に属している（語り手寄りの）視線と、私たちの現実的な原理原則に生きている（登場人物寄りの）視線とが交差している「世界」である。[9] 詳細は第二章で論じるが、近代小説は構造上、語り手と作中の視点人物の双方が、同じ自然法則（現実感）に基づいた「世界」を共有しているのが基本である。異なる現実原則が交差し、同じ水準で両立している「世界」は、それだけで近代小説の破壊なのだ。なお先の戦後文学と同じく、一人称小説（語り手も登場人物も「私」）でも構わない。その場合、テクスト内の異常な事態を異常と受け止めない「私」と、現実感覚に沿ってやはり異常と捉えている「私」とが（同一次元に重ね合わされて）共存している。違いは、戦後文学のように語りが過度に運用されているといった次元の話ではなく、通常の現実感とは相容れないはずの非現実的な法則が「世界」の基盤を司っていることだ。加えて二つの原則とのズレを否定的に演出しているのではなく、両者の合成形を実体的に描くことに特徴がある。結果として、観念的で難解な言葉使いや論理を駆使する戦後文学とは逆に、ポップな「世界」の叙述において、語り自体は幼稚化とまでは言わないにしても単純化された素朴なものと

（9）あるいは反対に、語り手が現実的な法則に従った世界を前提として見ている一方で、登場人物は異なる法則に基づいた非現実的世界に生きている「世界」も想定しなくてはならないが、この場合、三人称小説となれば単に「異常者」の人物を描く小説となるため、通常の近代小説の枠に収まる。仮に一人称の場合、村田沙耶香『コンビニ人間』（二〇一六）などのように、現代文学特有の「世界」の捻れが現出するが、ここでは議論がややこしくなるので省略したい。『コンビニ人間』に関しては、第四章と終章も参照されたい。

なる。頭の中の非現実的な世界の法則がその語りの水準を作っているのだから、これも観念的といえば相当に観念的な産物のはずだが、戦後文学のような強い語りの〈意志〉によって生み出されたものではない。

さて、そのような「世界」に置かれた主人公はどうなるのか。我々の日常の現実原則に従った思考や目的を持って理に適った選択と判断をしているつもりにも拘わらず、不可思議な出来事や運命に曝されながらそれを全的に受け入れて行為する形になり、その世界の歪みに対して受動的な〈傷つきやすい《ヴァルネラブル》〉存在になる。しかも、造形美術と違って時間芸術である小説の場合、理論上、その人物が生かされている虚構的な「世界」の虚構的水準の自然法則は最初から固定している必要はなく、物語の進行にしたがって書き手が恣意的に法則を書き加えたり変更したりすることができてしまう。そうなると、そもそもダブルスタンダードで合成された「世界」という困難な事態に加えて、「世界」の基準自体が常に変化する可能性にも曝されることになり、なおさら人物は不安定な「世界」に翻弄され、その中の迷子者になる。そのように「世界」のルール自体を書き換えてしまうのは、それこそフィクションの作り方として（読者との関係において）約束違反な印象があるが、実際には現代のマンガやアニメでは結構な頻度で行われている。それらの媒体が極めて長期にわたる連載形式を取っていることとも関連するだろう（想定以上に連載が続く場合、最初の物語設計を超えて連載が続けば、やがて「世界」のルール自体を改変しないことにはプロットが行き詰まること、加えて視覚的表現のため、多少のルール変更は視覚の具体性で有無を言わせず表象できてしまうこと、そして複数人によるプロットの共同制作がごく普通の形態であることが大きな理由である）。だが「世界」の全てを単独でコントロールする作家性を尊ぶ文学作品では基本あり得なかった。その特徴を備えた小説を書く作家として現われたのが、村上春樹である。個人的な話で恐縮だが、今でも大学生の時、生まれて初めて村上文学（『羊をめぐる冒険』）に接した時のことを覚えているが、この作家は行き当たりばったりで話の展開を考えているのではないか（しかもその手つきが見える）というネガティヴな印象を持ったのは、おそらくそこに理由がある。

繰り返すと、この種の小説の構造においては、登場人物は人為的な「世界」の中に置かれ、その独自の虚構的法則に従って操業されつつ「世界」の現実を経験する存在になる。「世界」形成に主体的に関わるのではなく、自律した虚構的な（しかも可変的な）「世界」によってシミュレートされた実験体、あるいはヴァーチャルな環境に包摂されて生きている受動的な存在に近いものとなる。これは心的な想像世界や無意識の運動が人間を取り巻く環境世界へと裏返ってしまったとでもいうべき事態である。ポップ化した現代小説では「世界」が剥き出しの内部空間と化しているのだ。

そもそも、近代における地球規模の世界空間の資本主義的領土拡大の裏側に、ぴたりと重ね合わされた内的世界（表象の世界）の巨大なスペースを生んだのが、カント以来の超越論的主観性が支える「世界」の登場の意味であった。近代小説という形式が体現したのは、本来はそのような肥大した（普遍的人間の）主観的「世界」である。しかしそれは現実の広がりであると共通了解されている限りでは、実は内部空間であるということは露見しない。あくまで客観的な世界が現象しているのであり、近代文学はその象徴的ジャンルである。その意味でいえば世界文学という概念の登場と近代空間の拡張の連動として論じた事態は、必然的な結果である。しかし、神はおろか人間主義（普遍的な超越論的主体性）が弱体化した二〇世紀も後半に向かって、テクノロジーの進化が心的世界の機械的な外在化を促し始めると、「世界」は全体を俯瞰的に束ねる主体性を欠いて、ついに自律的に生成変化するものとなるまで歩を進めていった。

したがって、一九八〇年代頃に村上春樹らが表現し始めたさかしまな世界像を理解するには、普遍的な近代的世界像への抵抗として内的世界が露出と自律の徴候を表わし始めた一九世紀末から二〇世紀初頭あたりの転回点まで、参照の糸を辿り直すのが良いのである。

三　日本近代文学における「世界」文学の形成[10]

日本の近代文学史のなかで「世界」という言葉が中心に躍り出るのは、一九世紀末から二〇世紀初頭にかけてである。以後、近代文学は第一に「世界」との関係において把握される文学となる。つまり、昨今様々な教育機関に乱立した講義名よろしく「世界の中の日本文学」になる。だが急いで注意を促したいのは、この「世界」はグローバルな規模をいう世界以上に、主観的に現象する「世界」を意味していた。つまり、単一の［World］だけではなく、「私の世界」「あなたの世界」「彼女の世界」……といった「世界」を形成する主観的中心をそれぞれに持つ複数形の世界［worlds］をむしろ多く含意していたのである。

繰り返すが、その萌芽が本格的に現れるのが、日清戦争後から日本が国際社会に列なる可能性に邁進し、日露戦争を挟んで西欧列強の中に主体的地位を確保するべく掉尾の努力をしていた頃、すなわち、帝国主義を実践する側に立つ可能性を持ったことで、国民国家の「世界的自意識」が急速に肥大した頃である。まずもってグローバルな世界地図を意識し、それに対抗的な自意識を半ば空疎に膨らませるイデオロジカルな態度は、優先して国内の制度的・産業的発展（内需の拡大）に眼を向けていた従来のナショナリズムとは微妙に袂を分かっている。竹越与三郎を主筆とする雑誌『世界之日本』（開拓社）が、執筆陣にも名を連ねた陸奥宗光と西園寺公望の援助によって一八九六～一九〇〇年に刊行されたことは一つの典型例である。

日清戦争後の一八九〇年代半ば以降は、いわゆる「世界主義」者と呼ばれる一派が現われた時期である。『雑誌 世界之日本 復刻版（全十巻）』（柏書房、一九九二）の解題（福井純子）によれば、西園寺は第二次伊藤内閣（一八九二・八～一八九六・九）の文部大臣の任にあった当時（一八九四・一〇～）、その「教育方針が「世界主義」であるとして言論界・教育界から批判されていた」[11]。その西園寺が「日本はどうしても世界之日本となり、日本の世界としなければならない」という理由で雑誌を命名したという。ゲーテ由来の「世界文学」の重要性が説かれるのも日清戦争後の一八九〇年代半ばなので[12]、「世界文学」

(10) 本節以下は、図示も含めて講演「世界文学の中の村上春樹——日本近代文学の環世界」（早稲田大学国際文学館イベント「オープン・トーク」二〇二二・七・二八）の内容（原稿）に基づき、加筆修正を施したものである。
(11) 同書 Vol.1（第一巻一号～五号）、一一頁。
(12) 笹沼俊暁『「国文学」の思想——その繁栄と終焉』（学術出版会、二〇〇六、三三～三四頁）を参照。一例として内村鑑三による評論「如何にして大文学を得んや」（『国民之友』一八九五・一〇・一二、翌年刊行の『警世雑著』にも収録）において「世界文学の攻究」を論じる箇所を取り上げている。

【図 1】『世界之日本』発刊時の表紙絵

の受容がこうした思潮の台頭と明らかに相関していたことがわかる。政治的言説内の出来事として限定すべき話ではない。「世界の思想及び生活と相触着」し、「世界衆流融化」の一員となりつつある今こそ「日本国民は漸く世界の舞台に上らんとするもの」と考える「世界主義」者の代表的論者だった竹越は、先立って「世界の日本乎、亜細亜の日本乎」(『国民之友』一八九五・四・一三)と題した論説を発表して、「地方的、偏安的、地理的、人種的」な枠組に日本を押し込めてしまう「東洋」の一員というアイデンティティをまずは脱することを強く訴えている。さらに『世界之日本』第一号の社説「世界の日本」の冒頭において、明治二〇年頃より盛んに主張されたのは「『日本人の日本』にてありしが、三四年来此声一変して『東洋の日本』となり、今や将さに再変して『世界の日本』とならんとす」と述べていて、「日本」や「東洋」といった狭い単位に固執することで「世界の勢力」(この場合、欧米基準)に対抗することの愚を力説している。全くの同時期に国文学や「志那文学」(漢文学)の呪縛を逃れ、「世界文学」(西洋文学基準)の一員として身を転じることを促す世界文学論が文学界に現われたことは偶然ではない。

とはいえ注記すべきは、「日本国民」を世界市民準拠の存在にしたいと考える「世界主義」者の発想においては、より強固なナショナル・アイデンティティの確立を前提かつ目標としている点である。『国民之友』（一八九六・七・一八）や新聞『日本』（一八九六・七・二〇附録週報）に出された広告文において、「世界万邦の一として日本を観察し、〔……〕国民的思想と世界的精神の間に純正なる愛国心を求め、国民的勢力と世界的勢力の間に賢智なる経綸を尋ね、世界を舞台として翺翔《こうしょう》し、万邦の間に適当の位置を有せしめんと欲」（傍点引用者）すると書かれているが、各自の固有の「世界」が真価を発揮できるために、世界という共通の場が必要なのであって、それは多種多様な「世界」の自立と競争的共存を含意する。「世界主義」者の西園寺が、日本は「世界之日本」であると同時に、「日本の世界」となる必要があると述べたのは、そのためだ。大文字の普遍的な「世界」への志向（グローバリズム）は、皮肉にも、「世界」の分裂と自分自身が属しているという意味では唯一無二である〈私〉の「世界」に対する矜持を伴わずにはいない。

同時期に起こった強烈な文化的ナショナリズムの一例を言えば、実質的な美術教育に奮闘してきた岡倉天心の活動がある。一八九七年に農商務省の委嘱を受けて公式美術史（日本帝国美術史）を主任編纂し、一九〇〇年のパリ万博の開催にあわせてそのフランス語版 *Histoire de l'art du Japon* を刊行（日本語版は稿本を元に一九〇一年発行）した後、国際語である英語を駆使して *The Ideals of the East: with special reference to the art of Japan*〔東洋の理想〕（一九〇三）、*The Awakening of Japan*〔日本の目覚め〕（一九〇四）、*The Book of Tea*〔茶の本〕（一九〇六）と、立て続けに「世界の中の日本（東洋）美術」を位置づけ、宣伝していったのである。

さらに、事は以上のような国家的な単位に留まらない。竹越は広告文の中で、「〔当雑誌は〕政論に偏して能事終れりとするものに非ず。文学美術に忠に、文教の変革を志し、科学の普及を望み、社会的顕象に注目し、経済法律に論及し、有ゆる人事に亘らんと欲す」と記すように、分野的差異を横断的に包摂するような意味合いとしても「世界」の広さを捉えていた節がある。実際、本書でも扱う多くの文学者――田山花袋から夏目漱石まで――が執筆者として関わっており、特に正岡子規は第一号から「我が俳句」と題した評論を寄せていた(13)。

ここからわかるのは、人は「世界」の広さを語るとき、地理的な広さだけではなく、領域横断的な広さ（ジャンルの多様性）を自然と含意してしまうことだ。「世界」は政治学や経済学、文学などの細目を超えて統一的に語りうる概念なのである。とすれば、「世界主義」が「日本の世界」などの各国の個別世界の確立への志向を伴うことと同じく、領域横断的な広さへの希求は、各領域世界の自立を促す力として働くことを伴うはずである。かくして先述したように、一九世紀末から二〇世紀初頭にかけて、複数的な「世界」――すなわち主観的現象としての「世界」の多様性――が様々なスケールで胎動する。

事実、対外的に自国の「世界」の特徴が強調されるのと並行して、国内の言論空間においても、当事者の社会的・思想的な属性を指す〈テリトリー〉としての「世界」――ある集団や仲間を括る「世界」――も論説的な文章において急増している。同時期の文芸誌関連のタイトルを眺めてみると、早くは年少者向け雑誌『少年世界』（一八九五・一創刊）、総合誌の括りにはなるが第二次女学生ブームにあやかった『女学世界』（一九〇一・一創刊）、そして少々遅ればせながらも文学史的に重要な『文章世界』（一九〇六・三創刊）など「世界」を題に含んだ書籍が次々現れるように、その時期「世界」は急速に出版界に広がった(14)。ひとつの業界に特化した情報を提供する雑誌という出版物の性格にも関わると思われるが、仮に『文学界』（一八九三・一創刊）のような「界」だけで「世界」を含意するものをカウントし出すと範囲も量も切りがない。社会は興味と関心を同じくする各集団によって生きられている各種の「世界」が無数に乱立した状態でできている――そのことが可視化される時代となっていたことが確かめられるだろう。(15)

以上の背景を条件として、一人の人間のレベルにまで還元された主観的な「世界」という意味での「世界」が急速に文学表現にも現れてくるのだ。象徴的な文学テクストは、夏目漱石の『虞美人草』(『朝日新聞』一九〇七・六～一〇連載)である。『虞美人草』は、登場人物の各人が各様に重層的に生成する主観的な「世界」が互いに――あるいは自己矛盾のかたちで――「喰い違い」をきたさざるをえない「二十世紀の人」たちの有様(コミュニケーション齟齬の「悲劇」)を演出することを試みたテクストで

(13) 同誌は俳句欄も備えており、子規以外にも虚子や鳴雪など子規派が中心的な寄稿者である。
(14) 同じ「世界」の語用を含む雑誌は、内容は未確認なものも多いが簡単に検索をかけた限りで、児童雑誌の『生徒世界』(一八九七創刊)、娯楽読物・講談雑誌の『人情世界』(一八九六創刊)、労働組合の機関紙『労働世界』(一八九七創刊)、商業誌の『商業世界』(一八九八創刊)、受験雑誌の『中学世界』(一八九八創刊)、花柳雑誌の『花月世界』(一九〇一創刊)、経済誌の『経済世界』(一九〇二創刊)など枚挙に暇がない。
(15) ちなみに、二〇世紀初頭の日本における「私生活」を描く文学の台頭は、ヴィルヘルム・ディルタイ(一八三三～一九一一)が晩年になって、種々の「世界観」を「生」に基づける研究に取り組み、その哲学的なスタンスを「世界観学」として提唱する時期(一九〇七頃)と符合する。二〇世紀初頭は、日本のみならず地球上で諸「世界」の共立が肯定され始めた時代ともいえるが、それがより一層意味を持つのは日本のような後発の自立を目指す周辺国である。

ある（ちなみに時代の変化と新しさを強調する「二十世紀」の語は同作でおよそ十回は使用される）。次のような語り手の言葉は作中の随所にみられる認識である――「一人《いちにん》の一生には百の世界がある。ある時は土《つち》の世界に入り、ある時は風《かぜ》の世界に動く。またある時は血の世界に腥《なまぐさ》き雨を浴《あ》びる。一人《いちにん》の世界を方寸に纏めたる団子《だんし》と、他の清濁を混じたる団子《だんし》と、層々相連つて千人に千個の実世界を活現する。個々の世界は個々の中心を因果の交叉点に据ゑて分相応の円周を右に劃《かく》し左に劃す」、「わが世界とわが世界と喰ひ違《ちが》ふとき腹を切る事がある。自滅する事がある。わが世界と他《ひと》の世界と喰ひ違《ちが》ふとき二つながら崩れる事がある。破《か》けて飛ぶ事がある。あるひは発矢《はつし》と熱を曳《ひ》いて無極のうちに物別れとなる事がある」[16]。つまり、個々人に現象する「世界」が互いにせめぎ合う様態が小説世界の全体として設定されているのだ。その種の「世界」が文学の中心的題材として俎上にあげられた証拠とされる。そして、ちょうど『虞美人草』が書かれた直前頃、漱石は自ら「俳句的小説」と称した『草枕』（一九〇六）や「写生文」（一九〇七）において、西洋文学のように「煩悩」的に内面を穿つのではなく一種の「覚《さとり》」をもって「世相を一フエノメナとして見る」[17]という「見方は西洋にないもの」であり、「西洋の傑作として世にうたはるゝもののうちに此《この》態度で文《ぶん》をやつたものは見当らぬ」[18]として、世界基準における日本文学の独自性と新しさを繰り返し主張していた。「小説界に於ける新らしい運動が、日本から起つた」[19]とまで強気にも言っていたのである。同じホトトギス派の高浜虚子も「国文学固有の俳諧趣味」と印象派絵画の美学を結びつけた「主観的写生文」を唱え、[20]一方で島村抱月を中心とする『早稲田文学』派も一九世紀半ばに登場したフランス自然主義を日本的な「感情」あるいは「情動」に基づく「自然」観を介して止揚した新しい「自然主義」を推進した時期である。つまりは、一九世紀末以来の文学界は世界文学の趨勢を意識し、世界に伍する独自性を持った日本語文学の実現を追究していた。このようなグローバルな世界意識が論壇に高じた時と、〈私〉という主体的基盤を根拠とする）現象的「世界」を土俵とする小説の登場とは完全に同期・連動している。換言すれば、明治近代において「世界」意識の二重性が明瞭に現われたのである。

そして二〇世紀初頭から日本の文学界においては、世界意識は主観的な「世界」を表現の基点として、グローバルな西欧的フレームワークを意味する客観的な世界に抵抗する形態を取っていくことになる。言い換えるなら、物質的豊かさやギリシア時代以来の文化的遺産を誇る西洋的世界（詳細な描写を旨とする一九世紀長編小説を生んだ環境）に対して、限られた情報によって形成された心象の「貧しい世界」をもって新しい優位な表現を作ることを基本的な戦略としていく。一九世紀末より子規派によって始まり、二〇世紀初頭の文学理論の中核となった「写生」も、俳句という情報量の欠如の芸術から

（16）『漱石全集』第四巻、岩波書店、一九九四所収、一一五〜一一六頁。以下、漱石の引用は同全集（全二八巻＋別巻、一九九三〜一九九九）に拠り、巻数と頁数のみ記す。
（17）「漱石氏の写生文論」『国民新聞』一九〇七・一・二一、『漱石全集』第二五巻、二二三頁。
（18）「写生文」『読売新聞』一九〇七・一・二〇、『漱石全集』第一六巻、五五頁。
（19）「余が『草枕』」『文章世界』一九〇六・一一・一五、『漱石全集』第二五巻、二一二頁。
（20）都田康仁「高浜虚子「風流懺法」論――「主観的写生文」と印象派」（『国文論叢』第六〇号、二〇二三・三）に詳しい。

生まれた「貧しい」文芸の方法である。その「写生」の精神を汲んだ伊藤左千夫、鈴木三重吉といった「ホトトギス」派は、その世界を「淡泊」[21]な描写によって紡ぎ、登場人物の性格を〈質素〉に彩って未完成感を残すことで、逆説的に読者から哀感を引き出す小説の執筆に成功している。しかも、前者の「野菊の墓」（『ホトトギス』一九〇六・一）も、後者の「千鳥」（『ホトトギス』一九〇六・五）も、十年以上も昔の純愛経験を「回想」する形式を採用した点は見逃せない。純愛というウブな心的働きが〈社会〉を描く複雑なものではありえず、そのような若い時分の「貧しい世界」のなかの存在であった「余」や「自分」の哀れさに感情移入する形式なのである（三重吉が後に児童文学運動を主導する道を行くのも無関係とは言えない）。これは、国木田独歩がワーズワースの詩「童なりけり〔There was a boy〕」に出てくる少年（一二歳で亡くなる）に触発されて、同じように一二歳の少年を登場させる「少年の悲哀」（一九〇二）や「春の鳥」（一九〇四）において、「世界」認識の「貧しい」彼ら（後者はさらに動物と同一化する「白痴」の設定）を回想的に描き、「哀しみ」の感情移入を喚起した手法にも通じている。

　実際、漱石は写生文の要点は「作者の心的状態である」と強調して述べ、それを説明するのに「大人《たいじん》が小供《こども》を視るの態度」と比喩的に要約したが[22]、描写の対象の例として「小供」を選んだことを軽視すべきではない。『夢十夜』（一九〇八）を象徴的な分水嶺とする夢小説の展開も、筋《プロット》という語りの目的（意志）を除けているために、語り手（＝夢見る「自分」）が主体性を欠く「世界」を描く試みだった。また、文人画（南画）を特に好み、自身でも水彩画を描いていた漱石は、職業画家ではない素人風味の熱心な筆捌きによる技術の〈足り無さ〉に美的情趣の〈充実〉が生成することを構築的な美よりも重んじていた。青木繁の《わだつみのいろこの宮》（一九〇七）を同時代の黒田清輝の構想画と比し、技量の面で「画を仕上げる力」を欠きながら「一種の気分」を湛えている点を高く評価したのも[23]、同じ美的感性からきている。漱石の夢小説を引き継いだ内田百閒の小説も、「私」が「世界」の外部から到来する情報を明瞭に認識できないために、捉えどころのない〈風〉や〈小石〉や〈物音〉となって「私」という自己認識を揺るがす「不安」が鍵となるテクストである。百閒文学における「私」の世界は情報制限されており、三島由紀夫が適切に評したところの「俳画風な鬼気[24]」は、ある種の認識的な「貧しさ」を条件として醸し出されている。逆に、後述する白樺派は、自我の満足が人類の善へと直結するという自我の世界規模への拡大志向をもつが、これも社会や国家という中間項を欠くゆえに保証されており、衝突の火種となる他者性を排除して得られる「世界」は、実際のところ、まことに「寂しい」気分に覆われていた。日本近代文学において、文字どおり金のない、物資面で貧乏《びんぼう》な生活を描いた「私小説」の隆

(21)「淡泊」は、写生文家たちの美的趣味を示す合い言葉のようなものである。写生文が基本的には情報を粗く配置することで観察者の心に鮮明な〈印象〉を宿す手法であることは、高浜虚子が「白馬会寸評」(『ホトトギス』一九〇五・一〇)で、印象派のラファエル・コランと黒田清輝を褒めて「絵の具を沢山合はすと大方光を無くしてしまう、其を無くさぬやうにするのが画家の苦心の存する所と聞いた」と述べる評言に端的に表われている。
(22) 前掲「写生文」、四九〜五〇頁。
(23) 泰井良「夏目漱石『文展と芸術』――漱石の「自己の表現」と黒田清輝、高村光太郎」(展覧会カタログ『夏目漱石の美術世界』東京新聞／NHKプロモーション、二〇一三所収)を参照。
(24) 三島由紀夫「〈内田百閒〉解説」『日本の文学』三四、中央公論社、一九七〇所収。

盛は言わずもがなだろう。これらの一見して無関係な文学的事象は、共に「世界」の「貧しさ」を無意識的に求めての結果だと考えて、同じ文脈から一度は整理してみる必要があるのではないか。その文芸の系譜を、以下に論じるハイデガーの言葉にならって「貧乏《ひんぼう》的世界」文学と呼びたい(25)。

その流れは、昭和年代にはメタフィクションによる技巧的演出の「過剰」性によって空無化された「私」の「世界」へと反転し、さらに戦後には岩波書店の『世界』（一九四六・一創刊）に代表されるように、戦後文学の真面目な国際意識によって掻き消されたように見えて、その実、一九六〇年代には再び頭をもたげ、一九八〇年代頃に大々的に復活する。その中心にいた作家が、日本で最も早い時期に「世界文学」作家として認知された村上春樹となるわけだ。村上の場合、テクスト内で多用される「世界」の語が、むしろ主人公「僕」の意識が形成する「世界」、すなわち「僕」の存在を閉じ込めると同時に保証している「世界」の意味で用いられている場合がほとんどである。『世界の終りとハードボイルド・ワンダーランド』（一九八五）において典型的だが、その「世界」の現実的広がりは狭い。ただ、この時期は、物語構造によってクリエイターの想像する「世界」を表象する複数の芸術ジャンル（映画、マンガ、アニメ、ビデオ・ゲーム等）が一気に台頭し、文学が「世界」表象の主役の座から降ろされた時でもあった。近代小説以後に続く物語構造を持つ動画芸術は、基本的には独自の「世界」を作品空間のなかに構築し提示する表現であり、いずれも市場（消費）がグローバルに国境を越えていく傾向に特徴がある。村上の戦略的な巧みさは、文学ジャンル以外の新しい「世界」表象に自らの「世界」をシンクロさせてみせることによって現実の国境を越えて読まれていったことにある。その意味において彼の文学的「世界」は同時に広い。二〇世紀初頭に描かれた、「私」的意識に閉じた現象世界と世界文学との二つの「世界」の一致という夢は、ある意味で達成されたのだ。

なお、その後の「純文学」的な「世界」表象の行く末についてもひと言だけ言及すると、脱人間的主体を中心とした「世界」表象の模索へと継承される道筋を見ることが可能である。そもそも、本書の「世界」概念を基準とすれば、「純文学」とは、「世界」形成の仕組みそれ自体と意識的に向き合う文学のことである（誤解無きように断ると、それは例えば差別や反核運動などの社会問題を扱わないということではない。それらの事象を「世界」表象の問題として扱う文学ということである）。漱石は西洋画における印象派の方法論を参考にしながら、現在の写生文は表面的に精緻な技巧にのみ拘泥する「印象派」となっており、「Art for art〔芸術のための芸術〕[26]」の悪しき流れを作っているとして戒めているが[27]、

(25) 戯画的な白人女性崇拝あるいは中国人女性に対するエキゾチズム趣味を描いてまでも、「貧乏」的世界の逆をいくことに徹した例外的な小説家が谷崎潤一郎である。

(26) ビクトリア朝文化によって重視された道徳的価値や物語性に反発して、一八六〇〜一九〇〇頃にイギリスを中心に興った唯美主義（the aesthetic movement）――ラファエル前派に端を発して、J・M・ホイッスラー、A・ムーア、W・モリス、O・ワイルド、A・C・スウィンバーンなど――によって盛んに唱えられた標語。彼らの美的源泉がジャポニズムにあったことを考えれば、一九世紀末から二〇世紀初頭にかけて起こる「世界に伍する」日本独自の芸術様式を求める勢いを、近代的グローバリズム（西欧中心主義）に抵抗する日本回帰の現象として単純に理解するわけにはいかない。この時期の日本語の文芸が戦略的に美学主義とならざるをえない理由を循環的に補強するからである。

(27) 「文章一口話」『ホトトギス』一九〇六・一一・一、『漱石全集』第二五巻、一九七〜二〇二頁。

逆に言えば、「純文学」と「私小説」が同義だった時代もあるような限定的な意味での「純文学」は、写生文の「貧乏」的精神に端を発していたことを明かしている。「純文学」はちょうど一九世紀末から二〇世紀初頭における「世界」意識の文学の登場と共に形を整えたのだ。[28] したがって日本語文学の文脈に限れば、定義からいってもそれは理想的人間の「世界」を欠如によって相対化する貧乏的「世界」の文学である。人間主義的な語りの構造を顕著に脱臼させ始めた二〇一〇年代以降の芥川賞受賞作においても、その点は例外ではない。

四　環世界と貧乏性

以上のような特異な「世界」が求められた背景には、一八・一九世紀的な近代的主体に対する批判が二〇世紀を目前にして世界的に強く顕在化したことがある。哲学でそれを代表するのはフッサールの現象学である。第一節で言及したモウルトンの世界文学論も、時期といい発想といい、同種の文脈の形成に適合した主張であることが窺える。だが世界像の「現象学的転回」をわかりやすくイメージとして体現しているのは、生物学者のヤーコプ・フォン・ユクスキュルが『動物の環境と内的世界』（一九〇九）や入門書的な目的で著わされた『生物から見た世界』（一九三四）などを通して練り上げた「環世界」(Umwelt) という概念である。以下ではこれを援用して、まさに環世界的な「貧しい」世界像を描いてきた日本近現代文学の系譜が、やがて村上春樹の「世界文学」として結実した流れを理解する補助線としたい。

はじめ日本では原語の汎用性の高さにならって「環境世界」と訳されていたユクスキュルの「世界」は、「自然」の意に近い「客観的に記述されうる環境」（Umgebung）と対比的に区別するために、『生物から見た世界』の訳者によって「環世界」と改められた[29]。ひと言で定義するなら、「ある主体が主観的に作り上げた環境世界」の意であり、別の言葉に置き換えれば、「〔各種生物〕それぞれの主体が環境のなかに意味を与えて構築している世界」のことである。概念の中身は現象学的世界と多分に重なる点があり、何らかの関係が示唆されることから、動物の「現象世界」と言い換えても良いかもしれない。

動物は、環境の無限の要素の中から、その生命活動のために意味のある特定のものしか知覚しない。そして、その知覚要素に対して特定の生命活動をおこなう。この極度に限定された知覚世界と作用世界

(28) 無論、「芸術としての文学」を意味する「美文学」や「純文学」といった概念は、日本で美術研究や美術教育が整備され始めた頃——ちょうど前々註の唯美主義が英米で興った頃に当たる——には既にあったはずで、一九世紀末から二〇世紀初頭の頃までは、その流れを汲んだ『明星』などの詩歌を中心とする象徴派的な「芸術至上主義」のほうが「芸術としての芸術」のイメージを直接請け負っていたと見えるかもしれない。だが同時期、正岡子規が「我が俳句——美の主観的観察」（『世界之日本』第三号、一八九六・八・二五）で加賀千代女の句（例えば「朝顔に釣瓶取られて貰ひ水」）を取りあげ、その種の「比喩的の句」を昔は非常に好んだのは確かだが、「実際にはあるまじき事実」を詠む句は「純粋の文学に非ず」としたような意味での「純文学」を「写生」の方法は生み出した。二〇世紀以降、「純文学」の意味は、この後者の「写生」の系譜によって上書きされていったように思われる。

(29) 日高敏隆・羽田節子訳、岩波文庫、二〇〇五。

の総合によって主体の周囲に立ち現れる情報ネットワーク領域を環世界という。これは情報処理学的な世界観でもある。環世界とは主体が生きるために不可欠な知覚標識のネットワーク（情報網）であり、それ以外のものは（当の主体の眼からは）一切存在していないに等しい限定された世界である。余分をそぎ落とした記号論的な世界、という言い換えも可能である。

ユクスキュルを引き合いに出す際に必ず言及されるのが、『生物から見た世界』の第一章に例示されるマダニの生態である。枝の上で獲物を待つマダニは、たまたま下を通過する哺乳類が発する酪酸の匂いを、自らを「落下させる」という行為の信号として受けとり、獲物の上に着地したことを温度感覚で確認したあと、毛の薄い箇所まで移動して食い込む。つまり、酪酸の匂い（嗅覚）、獲物の体温（温度感覚）、毛の有る無し（触覚）という三つの知覚指標の連携だけでその環世界は構成されていて、それ以外の要素は全て排除されている。

哺乳類の体に由来するあらゆる作用のうち三つだけが、しかもそれらが一定の順序で刺激になるのである。ダニをとりまく巨大な世界から、三つの刺激が闇の中の灯火信号のように輝きあらわれ、道しるべとしてダニを確実に目標に導く役目をする。これを可能にするために、ダニには受容器と実行器をそなえた体のほかに知覚標識として利用できる三つの知覚記号が与えられている。そしてダニはこの知覚標識によって、まったくきまった作用標識だけを取り出すことができるよう行動の過程をしっかり規定されている。

ダニを取り囲む豊かな世界は崩れさり、重要なものとしてはわずか三つの知覚標識と三つの作用標識からなる貧弱な姿に、つまりダニの環世界に変わる。だが環世界のこの貧弱さはまさに行動の確実さの前提であり、確実さは豊かさより重要なのである。[30]

同書は解説本らしくイラスト（クリサート作）を用いて、同じ部屋を〈人間からみえる世界〉、〈犬からみえる世界〉、そして〈ハエからみえる世界〉を色分けして各環世界の比較を示しているが、生命活動が単純と思われる生物になるほど、「世界」の〈意味〉構成が縮減されて表わされる。つまり、人間以外の動物の環世界の世界像は、決定的に「貧弱」なのだが、しかし反比例する「確実さ」によって「充足」（自足）している。それは一つのプログラムに統べられた「世界」であり、高次の「目的」のない「世界」である。

ところで、この生物学の理論を「哲学的な目で読む」ことから、ハイデガーの哲学が大きな糧を得たことはよく知られる。一九二九〜三〇年にかけてフライブルグ大学にて行われた講義録『形而上学の根本諸概念　世界‐有限性‐孤独』[31]のなかで、ハイデガーは「世界とは何であるか？」を問うために三種のテーゼ――すなわち、無機的な物（石）は「無世界的」であり、動物は「世界貧乏《ひんぼう》的〔weltarm〕」であり、そして人間は「世界形成的」である――の比較考察をしたが、その議論の中心に置いたのが、物

（30）同上書、一二二頁。
（31）『ハイデッガー全集 第29／30巻』川原栄峰訳、創文社、一九九八。

質的自然と人間の実存との中間の存在者である動物の住まう「貧乏的世界」だった。文学世界を考察する上でも、科学の実証的研究と形而上学の内的連関を捉えようとするハイデガーの態度は大きな助けとなるが、しかし、「有る」ことの根本を問う哲学的言説は厳密すぎて、そのままの借用は適さない。よって、ユクスキュルとハイデガーの言葉とをあえて混乱させて簡易に話を進めたい。

動物は「自分の中へとり込まれ」、「自分ーのもとにー有る」という〈とらわれ〉においてのみ「振る舞う」ことができるが、それは人間が「世界」の内で「態度をとる」ことと同じではない。動物は「世界」をもち、かつ同時に「世界」をもたない。動物はそのような「世界」に「ぼんやり」とした状態で〈とらわれ〉ている、すなわち環世界においてのみ生を有している。一方、実存としての人間は、衝動的行為に「とりさらわれ」ている動物と異なり、意志的な態度決定を通して環世界の外へと出て行って環境世界とは別に在ること（二重主体となること）ができ、「世界」を無限に拡張する可能性を持っている。そしてユクスキュルが、人間だけにその姿の一面を現しうる「客観的環境」（物自体）と規定した領域は、サルトルへと続く実存哲学の場合、認識論的には到達不可能なもの（否定性）であり、存在論的には「無」として表すべきものとなる。人間だけが現状の「世界」を否定し、その外部である「無」へと自己を繰り出し、「世界」が内包するものを書き換えることが可能になる。その際、「無」に立脚して「世界」に作用する力とは「想像力」と同義になるだろう（サルトル哲学の核心が否定性と想像力といわれる所以である）。

五　動物的世界への感情移入——志賀直哉と大正作家たち

村上春樹のテクストを構造的に把握する前提として、ひとつの結論を先に提示しておきたい。その登場人物たちは、以上にまとめた形での環世界的（＝「動物」的）な狭い世界に〈とらわれ〉ているように見える者ばかりだということである。物語の想定上の開始点が、そのような「世界」状態に置かれている。だがさらなる前提として日本の近代文学史を遡れば、ユクスキュルが理論を練っていたのと同時期にも、類似する世界観を抱えた作家たちが登場していた。武者小路実篤、志賀直哉、有島武郎らに代表される『白樺』派（一九一〇〜二三）、及びその周辺の作家たちである。後述する鶴見俊輔の世界文学論「ドグラ・マグラの世界」（『思想の科学』一九六二・一〇）のなかでも「世界意識というと白樺が考えられるけれども」と自然に断っているように、戦後、白樺派は近代文学史のなかで最初に「世界意識」（国際主義）に目覚めた連中として評価されるのが一般的だった。だが一方で、そのことが西洋文化を重んじる副作用となり、一種の従属意識を日本の知識人に植え付けたとして批判の対象ともなってい

(32)「われわれドイツ人は普通この語〔とらわれ〕で意識と意識喪失との間のあのもうろう、ぼんやりとした中間状態を意味する」（同上書、三七九頁、傍点引用者）。

(33)「世界」を「形成」するためには、逆にいちど意識と密着した「世界」を機能不全の白紙状態に還元しなければならない。対象への〈とらわれ〉の原因となる〈志向性〉を外して認識的「世界」を〈括弧いれ〉する必要を言ったのが、ハイデガーの師であるフッサールの現象学的還元（エポケー）である。

た。

改めて振り返れば、初期の白樺派が抱いていた「世界」志向は、国際的視野を獲得することの必要を訴える真っ当な主張にみえて、実のところその種の世界では全くない。あくまで私的現象を土台とする「世界」である。彼らの思想は一般に、「自我の肯定や人間の善への信頼」あるいは、現実的・社会的な問題意識のレイヤーを飛び越えて、自己と人類を直接に結合させる楽天的な世界観として定義される。換言すると、自我の無限の発展（自己実現）だけが、社会的・国家的葛藤を飛び越えて直接に人類普遍の善につながることを信じる平和主義思想である。

例えば、人類普遍の善との同化を目指す代償であるかのように、目の前にいる他者への共感の可能性を失い、「憐み」の自己完結に振り切ったのが、武者小路実篤の『お目出たき人』（一九一一）である。近所に住む鶴に恋した「自分」は、彼女と夫婦になることの妄想が止まらない（彼女に動物の名が付されていること、加えて民話の鶴女房の「鶴」を想起させることも、主人公の人類的な「世界意識」が、実のところ視野の狭い「動物」的世界に彩られていることを暗示しているが、ここでは詳細な考察を控える）。一度も声を交わしたことがなくとも、鶴の一家が引っ越して一年も会う機会がなくとも、鶴は空想のなかで「理想の女」に近づいていく。「自分」は鶴が自分を愛しており、どのような障碍があろうといずれ夫婦になること、それが最高の幸福であることを信じてやまない。「彼女の心が知りたい」と繰り返し、鶴と「一緒」になって「全《ホール》人間《のにんげん》」になるのだという思い込みは、ある意味で他者との同一化という「感情移入」を実演する意志にもみえるが、そうではない。

いくら鶴を恋してゐるからと云つて、自分の仕事をすてゝまで鶴を得やうとは思はない。自分は鶴以上に自我を愛してゐる。いくら淋しくとも自我を犠牲にしてまで鶴を得やうとは思はない。〔……〕女に餓えて女の力を知り、女の力を知つて、自我の力を自分は知ることが出来た。〔……〕自分は自我を発展させる為にも鶴を要求するものである。(34)

ここにあるのは、自我の保全を最優先し、その十全な発展のための媒介としてのみ他者を認めるという非対称性の関係である。「自分を他人の為に少しでも犠牲にすることを喜ばない自分は、他人を自分の為に少しでも犠牲にすることを恥とする」ために、繰り返し拒絶にあっても、お目出たい奴であろうとする自我の強さだけで、それを想像的に否認し続ける。最後には、こともあろうか、彼女が彼女自身の本当の心を分かっていないとして鶴を「あはれむ」という同情の態度で終わっている。全く他者に届かずに自己循環する同情。これは、常に世界を語り、世界を見据えているために広いように見えて、同時に視野狭窄的で独善的に自足した環世界的な「世界」でもある。

そして、その意味での「世界」意識の発端は、本来は白樺派が登場した一九一〇年代ではなく、一九世紀末か二〇世紀初頭に置かなくてはならない。その系譜を遡るには、武者小路のように天上に理想を大々的に広げる振りをせず、最初から経験的事象の細部を拡大視して視野を狭窄させ、「世界」の全体を自らの「心象」と化する内向きの方法を選んだ志賀直哉のほうが切り口としては適切である。

(34)『武者小路実篤全集』第一巻、小学館、一九八七、八二頁。

第一に、志賀は戦前の文学者のなかでは、最も動物に固執した作家だったことを確認しておきたい。犬猫はもちろんのこと、兎から猿までペットを多種飼育していただけでなく、特に初期は小動物の描写の多さが顕著である。小品「家守」（一九一七・七初出）から一部引用しよう[35]。

庭へ下りると家守は逃げ出したが自分は杉箸で胴中をおさへてひどく地面へ擦《こす》りつけた。柔かい胴が只《(ただ)》よれるだけで却々《なかなか》死なない。自分は家守の少し弱つた所を上から頭を突きつぶしてやらうと思つた。二三度失敗した後《あと》うまく丁度眼と眼の間の脳天に箸を立てた。箸の先は黒く焦げて尖つてゐた。家守は尾をクリッ〱と動かして藻掻《もが》いた。自分は手に少し力を入れた。家守はキュー〱と啼《(な)》いた。それからぐつと力を入れると片方の眼が飛び出した。そして自然にさうなるのか又は抵抗する気か口を大きく開けた。口の中は極《(ご)》く淡い桃色をしてゐた。箸は脳天から咽《(のど)》へ突きとほつた。箸を上げるとその先に家守がだらりと下つた。未だ死にきつてはゐなかつた。然しそれは部分的に身体《(からだ)》が生きてゐるので脳天を突きぬかれた家守の命は消えたも同じだつた。〔……〕

死骸は箸からぬいて庭の隅へ捨てた。〔……〕

家守は何時《(いつ)》の間にか生きてゐた。片眼は飛び出したまま、脳天は穴の開《(あ)》いたまま、自分が近よると弱々しい歩き方で逃げ始めた。

〔引用者註——「自分」はそれを箒で払って壕に落とそうとするが、勢いで向こうの茂みまで飛んでしまい……〕

たうとう家守は見つからなかつた。自分には夜になると又其片眼の脳天に穴の開《あ》いた家守が自分の部屋に這込んで来る事が想像された。自分はその想像を直ぐ打ち消した。が、それにしても家守が生きてゐる事は自分にとつて凶事のやうに思はれた。一寸気分の暗くなるのを感じた。

家守が嫌いな「自分」はその脳天を箸で突き刺すのだが、そいつは片眼を飛び出させながら生き続け、最後は消滅してしまう。志賀の小動物の扱い方には、いわゆる「情けの心」が皆無である。志賀は、多くのエピソードにおいて各々の生物が死に至る経緯を描くが、きわめて即物的で残酷な描写をする。ところが、この対象に対する理性的な突き放しが、各動物たちが抱える矮小な「世界」との美学的同化の作用を作り出すのである。動物の心を同情的に理解するのではない。自分の「世界」自体が、結局、小動物の貧しい環世界的なものと変わらないことを感得する形での一体化である(36)。

この点に関して、やはり象徴的なテクストは、「蝉」「鼠」「蠑螈《いもり》」の三者の死が描かれる「城の崎に

---

(35)『志賀直哉全集』第二巻、岩波書店、一九九九、三二一〜三二三頁。

(36) 動物との同化の描写は、「児を盗む話」(一九一四・四)にもある。「私」は下宿から町へ行き、また帰ってくる際には必ず道の途中に敷かれた線路を横断する。ほとんどどうでも良さそうな線路がわざわざ描写されるのは、線路に物語空間を二分する境界線の意味が込められているからで、実際、女児をこちら側(下宿)の世界に連れ帰った途端、向こう側(街)では魅力的に見えた少女がみすぼらしく映る。その象徴的な境界線上で突然動物との同化は起こる——「踏切りの所まで来ると白い鳩が一羽線路の中を首を動かしながら歩いてゐた。私は立ち留つてぼんやりそれを見てゐた。「汽車が来るとあぶない」といふやうな事を考へてゐた。それが、鳩があぶないのか自分があぶないのかはつきりしなかつた」(同上書、一〇九頁、傍点引用者)。

て」（一九一七・五）である。山手線で列車にはねられる事故に遭い、その養生に城崎温泉にやってきた語り手の「自分」は、死んでいった「蝉」「鼠」「蠑螈」に対する観察を通して、「静かさ」と「寂しさ」に覆われてはいるが（つまりは情報量的には「貧しい」のだが）、同時に「充足」した「癒やし」の心境的「世界」（「ぼんやり」）を得ていく。この「城の崎にて」は、三匹の動物たちに対する「同情」(sympathy）の要素をやはりほとんど欠いている。そして最後には、「蠑螈と自分だけになつたやうな心持がして蠑螈の身に自分がなつて其心持を感じた」（一八二頁）とあるように同化を果たすのである。小動物の（死の）世界を共有し、自分のものとして感性的に知るという美学的同化の実現になっている。確かに直後に、「可哀想に想ふと同時に、生き物の淋しさを一緒に感じた」とあるので、「可哀想」という同情を記してはいるが、自分が投げた石で蠑螈を殺していながら、それを偶然として殺意を否認し続ける文脈における発言なので一種の自己欺瞞とみるべきである。[37]むしろ同時に感じた「生き物の淋しさ」との美的同化が本意だろう。「淋しさ」の美的情趣とは、同時期（明治三〇年代から大正時代）に起こった芭蕉ブームにおける「わび・さび」の概念の説明にあるように「欠如」の感覚に由来する。ハイデガー風にいえば「世界を欠如していること」を美学的に受容する方法なのだ。

この大正時代前半期、たとえば里見弴「或る年の初夏に」（一九一七・六）のやもりや、広津和郎「ある夜」（一九一八・四）のげじげじ、「線路」（一九一八・一）の縞蛇、そして「やもり」（一九一九・一）など小動物を描く作品が多発するが、大正時代くらいから活躍を始めた作家は、動物好きが非常に多い事実がある。他にも、生涯に優に十四を超える犬猫を飼っていた室生犀星、[38]犬を方法的に用いた佐藤春夫、百閒の鳥好きもあれば、志賀と同じく好きという感情なき感性的同化を捉えた作家として、後発ながら「冬の蠅」（一九二八・五）を書いた梶井基次郎の名も挙げるべきだろう。さらには、芥川龍之介が「羅生門」（一九一五・一一）で、初期の大江健三郎ばりに動物の比喩を大量に用い、仏教でいう生（存在）と死（無）の間を意味する宙づりの「中有《ちゅうう》」の状態を描くことにこだわったことも変種として加えたいところである。(39)

彼らの環世界的な狭小世界を拡大視する興味はどこからきたのか。神経衰弱による「疲労と倦怠」に染まった心が、小動物に「逃避的な休息の場」を求めたという説明の仕方もあるだろうが(40)、裏を返せば、他者とのコミュニケーション齟齬を触媒として私的「世界」の確実さを形成することが、決定的に

（37）志賀直哉は初期の代表作の一つである「剃刀」（一九一〇・六）から「范の犯罪」（一九一三・一〇）まで、潜在意識の働きによる自動運動（衝動）に「とりさらわれ」て殺害を犯す人物を多く描いた。この点においても、動物は対象に対して自分を「関係」させる（＝「態度をとる」）ことができず、「振る舞い」という「衝き動かされ」の行為以外の行為をし得ないとするハイデガーの議論に接続可能である。ハイデガーは、動物の「振舞いの根本特徴」は「除去」であり、それは「殺す――くらい平らげてしまう――ことでもありうる」（前掲書、三九五頁）とも述べている。

（38）幼少期から魚を愛好していたことも有名で、擬人化された金魚と戯れの対話をする「蜜のあはれ」（『新潮』一九五九・一〜四）は晩年の代表作である。

（39）「中有」は芥川が好んだ概念で、言表不可能性や一元的解釈の不可能性を描いたといわれる「藪の中」（一九二二・一）では実際に語が使用されている。このテクストは動物こそ登場しないものの、多襄丸、真砂、武弘の個々の「世界」への〈とらわれ〉が衝突する話と考えれば、本論との関連性は深い。

（40）『片岡良一著作集』第七巻〈日本自然主義文学研究〉、中央公論社、一九七九、一四〇頁。

重要なフェーズに入っていたことを教える。西洋近代を発生源とする人間中心主義的な世界像が地球を覆い尽くした状況に対して、どのように世界地図の〈周辺〉に位置する自分たちの「世界」を軸にした自己肯定的な言説を立ち上げるのか。日本の作家たちは、その課題と向き合う必要があった。国力において近代的グローバリゼーションに基づいた世界基準に立ち後れている状況下において、「私」的世界の肯定は、そのままグローバルな世界の空間的発展への抵抗になる。「私小説」が流行した理由はここにもある。

あわせて、志賀の作品は近代文学史のなかでも「夢」の表象に突出した興味を示している特徴があるが、これも先述したように同時代作家に共通する傾向であり、彼らの動物への固執と明らかに相関性がある（「城の崎にて」自体、夢中の「ぼんやり」した場そのものの実体化と読むことが可能である）[41]。共通点は、動物の世界も夢の世界もともに「貧乏」的である点で、その「世界」にはユクスキュルのいうように目的が不在である。このような貧しい「世界」を自我の宇宙の広がりと同一視し、肯定することが、白樺派の「世界」意識の内実だった。実際、武者小路の理想を実地に実現する試みだった「新しき村」（一九一八開村）の掲げた精神などは、文字通り貧しく、かつ自給自足の「世界」を物理的に実現する構想だったといえる。

六　「世界の像」を描く作家——村上春樹文学の「世界」構造

以上のような〈広くて狭く、狭くて広い〉「世界」を現象させる感覚は、村上春樹の作品群にも随所に見られる特徴である。突出して「世界」という言葉自体の使用が多いことに加え、ほとんどの場合において、その語は「私」的な現象としての主観的世界を指すことをまずは押さえておきたい。なお、このような「世界」文学が白樺派の時代から村上春樹に直に接続したわけではない。詳細は次章以降の議論に譲るが、戦後直後の国際主義による反動はあるものの、既に一九六〇年代前半には、先述の鶴見俊輔の変則的な世界文学論「ドグラ・マグラの世界」において、「私」の潜在意識的な「夢」の「世界」を描いた夢野久作『ドグラ・マグラ』（一九三五）が日本における真の世界文学の嚆矢だと明言されている。夢見の世界のような最も「私」的な主観的世界を描く日本語文学こそ「世界文学」になり得るという認識が、水面下で密かに進行していたことは想像に難くない。

ところで、村上文学を特徴づけるものに具体的な音楽（曲名）の描写があるが、これは場所を問わず環世界をテンポラリーに発生させる不可視の結界であり、そこに属する登場人物の私的な「世界」の領域的延長を意味している。マスキング効果とイメージ演出によって、その音楽の及ぶ範囲を主観的なスペースとして作中世界の中に入れ子的に作り出す。加えて、村上春樹のテクストにおいては、音楽という曖昧なスペースを物理的に仕切るものとして自動車が頻繁に使用されることも付言したい（車の中はいつも音楽がかけられている）。要するに、音楽の可聴範囲に「居心地の良い場所」としての親密な「世界」が展開する。その内側に埋没している限りにおいては、その場は「仕切りのない広々とした」[42]

（41）拙書『意志薄弱の文学史――日本現代文学の起源』（慶應義塾大学出版会、二〇一六）第二章を参照。
（42）本書九三頁を参照。

スペースとして主観的に現われる。しかし、その場をひとたび離れるならば、その領域の閉塞性が途端に露わになる。ちなみにユクスキュルは、一つの環世界を形成する生の営み（アルゴリズム）を音楽の比喩を使って「メロディー」と言い表しているが、興味深い符合と言えるだろう。村上は短編集自体を音楽の一アルバムに喩えてもいるので、ひとつの音楽はひとつの小説「世界」を表す比喩にもなる。(43)

さらに、村上春樹の描く物語には非常にストイックでこだわりの強い行動様式を持つ人物が数多く登場する。(44)自ら課した決め事あるいは習慣に忠実に従って生きる人間たち――バーで必ず同じ時刻に同じ席に座って同じものを注文する人、理想通りに体を鍛える人、数学に没頭する人、定期的に納屋を焼く人。ひと言で約すれば、彼らは環世界に固執している人々である。あるいは、彼らの生活を取り巻く「環境」の厳しさのなかで、仮構の環世界を保護的な殻として作り出し、武装している人々である。そのような環世界に自閉するキャラクターは、短編「トニー滝谷」（一九九〇・六）における「妻」が新しい服を買い続けなくては生きていられないように、強迫行為の形を取ることもある。村上春樹の描写は、ごく普通の日常的ルーティーンの何気ない行為を魅力的に見せる力がある、とはしばしば耳にする評言だが、結局それは、ある種の〈とらわれ〉の美しさなのである。

志賀直哉と同様、村上春樹もまた動物に固執してきたことはつとに知られている。人気作家に駆け上がりつつあった一九八〇年代半ばのインタビュー（聞き手：川本三郎「「物語」のための冒険」『文學界』一九八五・八掲載）に次のような発言がある（過去の近代文学が「内面」の差によってキャラクターを描き分けてきたことに対して、外的特徴で人物を描き分けることの新しさを説明する文脈である）。

村上　内面的な判別ではないんです。現代小説というのは、内面的な判別ですよね。こういうふうに簡単に言っちゃっていいのかどうかわからないけれど、名前があって、背景があって、状況があって、その結果生じた内面性によって人は区分される、差異を識別される。僕の場合はそうじゃないんです。内面というのは、あとから何となくくるものであって、そんなに細かくは書いてないつもりなんです。それよりは外的な、たとえば双子とか、指がないとか、そういうほうに興味がいっちゃうんです。

（43）『騎士団長殺し』（新潮社、二〇一七）の登場人物である秋川笙子は、今読んでいる本を「私」に尋ねられた際に、「ジンクス」みたいなものとして、「読んでいる本の題名を誰かに教えると、なぜかその本を最後まで読み切ることができないんです」と答えるが、似たような経験の覚えがある多くの人間を首肯させる真理に違いない。これも、いちど環世界（内世界）の外部に出てしまった後では「世界」を内側から完結させることが困難になるという、「世界」の法則に基づいた理解が可能な挿話である。

（44）自閉スペクトラム症の観点から村上文学を読む横道誠「村上春樹と「脳の多様性」――当事者批評（逆病跡学）と健跡学を実践する」（『MURAKAMI REVIEW 4』二〇二二・一〇）があるので参照されたい。本書は、村上文学の人物が、そもそも個的人間の精神面の働き（内面）から定義されるような存在ではない、つまり、私たちの現実世界に実体化して読むべき自立したキャラクター造型と考えること（一応それは近代文学の読み方である）はしないので、意見を異にする。もちろん作中で病名が示唆されている場合は、話は別である。特に言及のない人物の場合、「凝り性」の特性などは確かに該当すると思われるが、「世界」の法則に従って演繹されてできた造型に自閉スペクトラム症のような実社会の帰納的な分類を適用すると、どうしても嚙み合わない部分も目立ってくる。

〔中略〕

村上　動物というのが好きなんですよ。動物のいいところは、物が言えないということなんです。そういうのは非常に好きですね。ある種の自我は持っているんだけど、それを言語化することが出来ないという存在に対して、僕は、すごくシンパシーを持つ。それと裏表の意味で、人間が自我を表出する言語を喪失するという状況も好きですね。それはだから、裏表になっているんじゃないかな。

もう一つは、動物を軸にすると、いろんなことが伝えやすいということがあるんです。人は、そのほうがシンパシーを持ちやすいんですね。神話とか、お伽噺にはよく動物が出てきますし、それがいろんな意味を持っていますね。そのほうが聞き手はシンパシーを持ちやすかったと思うんです。

ここで用いられている「シンパシー」（＝同情）の語は、本論の使い方には反していて、当時の文脈では定義が異なると断るしかないが、動物を人間のレベルに引き上げるのではなく、人間を動物のレベルに引き下げて「対等」(45)とする村上の性向、ハイデガー風にいえば「自分を動物へと移し置くこと」(46)は、先述の大正時代の作家たちの「感情移入」の感覚に近い。ならば、白樺派と同種の「世界」意識を抱いた作家なのかといえば、そうではない。多くの村上文学においては、逆に主人公が環世界から放り出されることで物語が動き出す。意志的な力で外に出て行くのではなく、放り出される、あるいは弾き出されるという言葉が適切だろう。存在論的な外部（これは自我の全世界化に固執する白樺派が見ようともしなかった領域である）に弾き出されながら、当人の意識はなお環世界の美学的かつ習慣的な行為に固執している。主人公が必然的に抱える「世界」のズレが、現実の地に足の着かない解離した印象を作る。あるいは、インタビューにあるように「自我を表出する言語を喪失」したかのように振る舞う。多くは最終的に、その状況に踏み留まって「空虚」や「無」を抱え込んだ「世界」の生き方を肯定するか、または、その状況のうちで右往左往しつつも折り合いをつける形になる。その点、白樺派が肯定する疑似普遍的な「世界」とは結末が大きく異なる。

大胆に整理すると、村上春樹の小説は、基本的に主体的スペースの問題だけで構成されている。そして、そのスペースは必ず、〈境界〉という非実体的なものを読者に具体的に意識させるために複数化（二重化）している。これは時にキャラクターレベルに具現化されて、初期三部作の「僕」と「鼠」の関係のような形で二重化する場合もある（「鼠」が動物の名であることからわかるように、抵抗としての環世界に固執しているのが「鼠」で、外部の殺伐とした世界に被投的に曝されながら生き延びるのが「僕」になる）。村上自身は、一九九三年のインタビュー（聞き手：柴田元幸「山羊さん郵便みたいに迷路化した世界の中で――小説の可能性」『ユリイカ』一九九三・一二臨時増刊号）の時点では、この二重のスペース

(45)「僕にとって猫はあくまで仲の良い友人であり、ある意味では対等のパートナー」（「猫山さんはどこへいくのか？」『村上ラヂオ』新潮文庫、二〇〇三、二六頁）。

(46) ハイデガー、前掲書、三二五頁。ハイデガーは初期設定として一者と他者との分離を前提とした上で移入が行われる「感情移入」の概念が時代遅れで不十分だと言い、そもそも「人間で有る、とは、他の人間へと移し置かれて有ること、他の人間と共に有ること」（三三四頁）を前提する（＝先験的に経験している）として、他者への「同行」(Mitgang [going-along-with]) という言葉を用いる。

を「こっちの世界」と「あっちの世界」（あるいは「現実の時間性」と「非リアル・タイムの時間性」）と言い表して、現実的領域と想像的領域の対比関係の構図をみているが、これは後のテクストへの適用を考えると単純で不十分な説明である。むしろ、二つの世界の包含関係を示した二次元の非対称的な図にしたほうが、応用性が高い（【図2】参照）。

本来は、近代小説における「世界」像の形成について考察する第二章や村上春樹論の第六章を踏まえた後に進むべき議論だが、本書の全体構想を確認する都合上、先出しが避けられない（いずれ戻って確認して頂けると幸いである）。さしあたって、この図においては、「非リアル」とされる世界の方が、物語内世界の基盤となっている「世界」で、本章第一節で触れたように、魔術的な非現実の法則と日常的現実の法則の二つの基準が混在しているため、不可思議な事態が現実感をもって現象するポップな「世界」である。[47] 本論はこちらの「世界」の方こそ現代社会の「リアル」を反映していると考える。とい

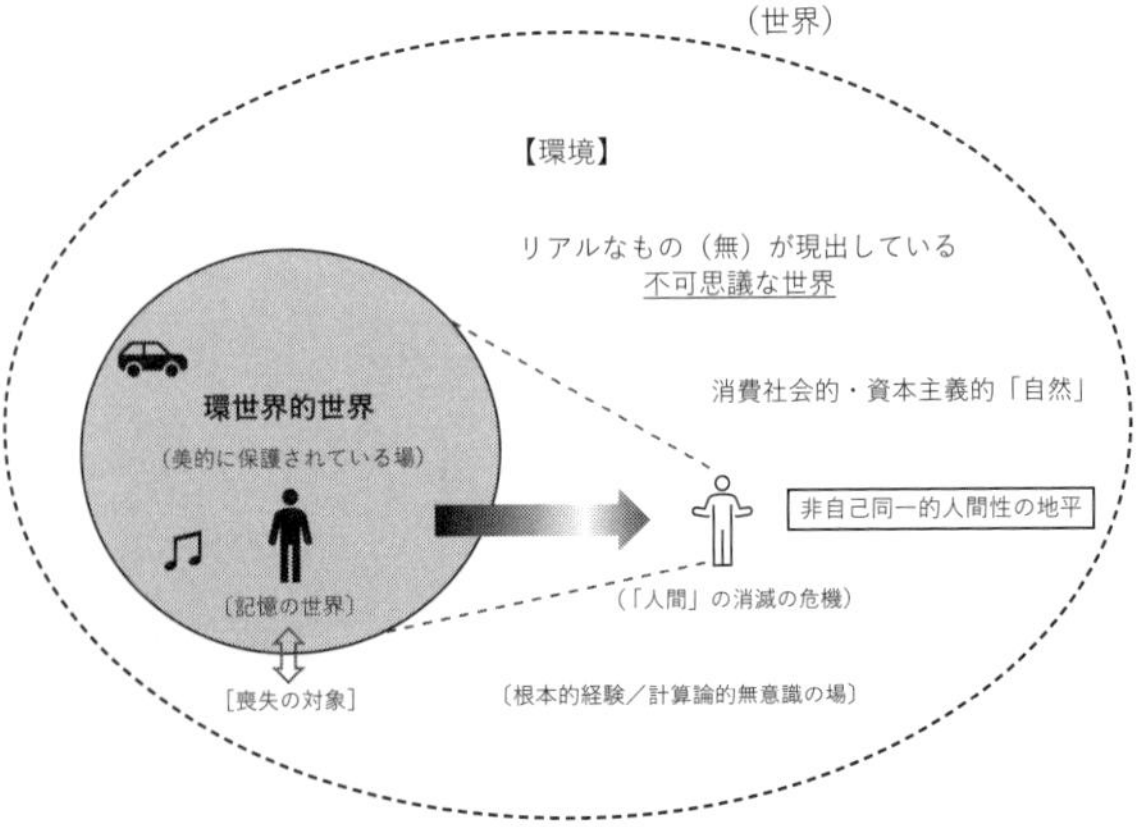

【図2】

うのも、科学技術の進展やその効果を爆発的に増大させた商品経済の発展によって、元来内部空間的なものとしてあった無意識世界の働きなどが環境世界へと外在化し、自動的に運動する摩訶不思議な「世界」にあっては、二重（あるいは多重）の自然法則のズレがここかしこに現出し、その間隙から表象の〈無〉が顔を覗かせる偶発的なリスクに曝されている。普段私たちはそのズレを見ずに、生活の便宜に従った現象だけを記号化して習慣的に生きているが、現代文学が体現する「二重写し」の「世界」は、その「異常」を構造的に演出して露出させる。そこは原理・法則の異なる「世界」の混在とズレから意味体系への同定が困難な〈リアルなもの〉が生まれ、集合的無意識の働きそのものが垣間見られてしまうスペースである。短く言い換えて、これを〈見かけの現実性が壊れてリアルなもの（無）が現出している不可思議な世界〉としておきたい。一方で、このズレを日常的な現実感の増強によって糊塗し、身の丈に合った親密さで満たした入れ子（内側）のスペースを〈親密感によって保護されている現実世界〉と考える。

ただし図示の欠点は、これが物理的スペースのように見えてしまい、かえって誤解を促すところだろう。「こっちの世界」と「あっちの世界」で区別する場合は、ある程度実体的な空間の差を想定することが可能だが、この包含図の場合、「世界」は意識の囲いである。内側と外側の円の物理的な拡がり

---

(47) 無論、村上文学において常に非現実的な現象が起こるわけではなく、私たちの現実原則を離れないと見えるテクストも多い。ただその場合も、「環世界から放り出される」という構図自体は概ね当てはまるだけでなく、ささやかながらも何らかの異常な事態の出現が描かれることは共通している。

(内容)にはあまり差がなく、認識の質の差が大小関係で表されたようなものと考えて欲しい。それを踏まえて言い換えれば、小円の方は馴染みある「世界」の現実感《リアリティ》のレイヤーだけを特別に抽出するフィルターのようなスペースである。さらに換言すれば、当事者が閉塞的状態にあることの自覚がないスペースである。

このように「世界」構造を想定した場合、人物は現実的世界から想像的世界(異界)に単純移行するのではなく、環世界的なセキュリティのある場所から、充足した生を営むことの困難な世界(しばしば高度に発達した資本主義に司られた世界)へと剝き出しに放り出される(出て行く)形になる。究極的には、外側の「世界」も作家が創作している以上、人間の主観性によって形成されたものなのだが、その意識の枠の内に捉えきれないものを許容する場として描かれる。先のインタビューに則れば、生きることの「確実さ」を享受する動物としての人間の内側から見た世界ではなく、多様な外見の差と類似で平面的に描き分けられる動物として人間が非主体的に表象されてしまう場、したがって存在的意味の同定(自己同一性《アイデンティティ》)が拒まれる場でもある。

村上春樹が活躍を始めた一九八〇年代は、社会の非歴史化とシステム化という新自由主義的規範が浸透を開始する時代である。知らず人間たちが親密圏を失い、代わりにゲーム的な行動様式に則って経済的成功を争うグローバリゼーション過程の只中に放り出された時代。村上作品の多くは、その事態を直截な資本主義批判というよりも、寓意的に表現してきた。のみならず、小説世界を書くことの方法さえも戦略的に空虚化(脱人間化)し、同調させていたところがある。先述の一九九三年のインタビューには次のコメントもある。

村上〔長編を書くことは〕ヴィデオ・ゲームと同じなんです。前から来るものをさっさと捌いていく。〔……〕リアル・タイムで捌いていかなくちゃならないんです。〔……〕自分の意識下の作業というのもあるわけですからね。だから、そういう意味で、僕がすべてをコントロールして書いてはいないということですよね。

――なんだか『世界の終りとハードボイルド・ワンダーランド』の計算士のシャッフリングみたいですね。

村上　そうそう、実にあれなんです。あれは僕がものを書く作業と重なる部分があるんです。計算士が内在する個人的なシステムで暗号を解読していくのと同じ部分もあるわけです。そこのシステムに自分を追い込んでいってるわけですね。

図に戻ると、前半期の作品では環世界から弾き出された後の行く先が、現代社会を象っている脱人間的な表象の原理の司る「世界」であるという構図として理解できる。(48)それはビデオ・ゲームの機構《メカニクス》など

(48)結論でも取り上げるが、この図式は、村上自身が作家活動のもう一本の軸として自覚的に携わってきた翻訳という二つの世界の差分を問題とするテーマにも適用可能である。その場合、二つの世界領域は、内部のローカル文学（日本語）と外部の翻訳作品（世界文学）との関係に対応する。自身の翻訳の仕事だけでなく、初期の『1973年のピンボール』（一九八〇）などで「翻訳」が重要なテーマとなる理由も、その点に考察する余地がある。

の前代未聞の計算論的な力が支配的になるにつれて、人々（計算士／プログラマー）の脳（心的処理）を借りて暗号化された表象――数量が増せば集合的無意識にもなる――が環境に排出され、謎で満ち溢れてしまった不可思議の国、まさに「ハードボイルド・ワンダーランド」である。今や現代作家に求められるのは、優れた想像力によって一個の個性的な「世界」を作品内に構築することではなく、不可思議のものと化した「世界」の表象の謎を、小説を書くことで自らの脳（の表象作用）を復号器として参照しながら理解（解読）していく能力である。作家が相手として向き合う「世界」は、もはや一九世紀西洋の小説世界における枠組の基盤としての人間が統べる「世界」ではなくなりつつあるのだ。結果として村上が描き出すのは、そのような環境（＝現代の「自然」）に曝された人間たちの行動原理――記号的に縮減して捉えた仮説的な地図を生きること――である。だがこの方法には、人間の自動人形化（行為の無意識化）というリスクがともなう。そのため、物語の結末は「人間的なもの」あるいは「人間」そのものの「消滅」が基調になる（そして、失われた環世界的なものは、喪失のノスタルジーの要素となる）。彼らは「死」ぬのではない。ビデオ・ゲーム的世界には真の「死」が存在しないが、電源を切ればたちまち現象の空白《ヴォイド》に帰するのと同じように、比喩的な「死」の実現として「消滅」するのである。

ところで、現実批判の方法としてやはり異常な世界を描く安部公房のようなスタイルと村上春樹的な手法を比べた場合の差はどこにあるのか。前者が描く「世界」は確かに奇妙ではあるが、読者がテクストの外で前提とする現実生活の行動や価値観を引っ張ってきて対立させる場合が多く、虚実の弁証法的関係を内に残している。ＳＦジャンルによく見られる特徴でもあるが、私たちの現実感覚と異なる組成の「反世界」を構築する意識が強いため、その虚構の「世界」に引き比べて世の中（現実）を皮肉る視線が組み込まれている――あるいは読者の第三者的視点にそれを仮託している――テクストは、本書の「世界」文学の本義ではない（広義の風刺小説の部類であり、ダークユーモアや社会批判の効果を持っている）。言い換えれば、安部の小説世界は私たちの一般的な現実性をひっくり返すことで得られる〈アイロニー〉の表現に見えることも多いが、村上の場合は奇妙な現象を描くことでしか表せない現代世界の様態を把握しようとする文学であるから、その奇妙な現象が物語上なぜ選ばれたのか、狙いをうまく解釈できないことも多い（おそらく結構な頻度で「そう思い付いたから」という答えが待っている）。特定の社会や行動規範に批判の狙いを定めている印象もほとんど感じない（無意味で他愛ない出来事が極めて偶発的に起きているように見える）。したがって、そのテクストは現代社会に埋め込まれている非現実性をなぞることで浮き彫りにはするが、現実世界と鋭く対比されているわけではないから、二つの次元を「対立のまま、統一した」関係――〈ゆらぎ〉の関係――として考えることは困難である。テクスト内世界の自然法則が二重化したまま同時に機能しており（そのため登場人物は二義的に生きており）、各人物を中心とする入れ子の「世界」がそれぞれに生成・伸縮・消滅するフレキシブルさを持ち、また自らの「世界」からそれを包含する「世界」へ出たり戻ったりする〈移動〉の可能性を描くのが村上文学の特徴である。

しかし、〈移動〉することによって相対的にそれぞれの「世界」が担う意味の見え方が変化するため、実は【図2】の世界像だけで説明をまかなおうとすれば文字通りの片手落ちの中途半端な解釈しかできない。そこで、道徳的価値（善／悪）の色を塗り替えた裏のパターンの構図を補完的に想定する必要がある（【図3】）。

　この図において、古き良き「記憶」や「想像力」を抱えている環世界的なスペースは、その「とらわれ」と「貧乏性」という負の面を露わにする。極端な場合には、セクト化した（新興）宗教組織的なものとして〈悪〉の表象になる。その代わりに、新時代の想像力は、環世界から意識拡張のスペースへと出て行く肯定的な力とみなされる。あるいは、初期作品に限った話ではあるが、先のインタビューにおける「計算士」的な能力――デジタルな編集や一九八〇年代に村上が好んだ「象工場」に具現された既製品の組立て作業などのポストモダン的手法――として肯定される。つまり、世界像の外形は同じでありながら各所の意味付けが反転している。村上春樹のテクストでは、このように同一のテクストにおける同一のスペースでも文脈に応じて価値反転して見える場合は少なくなく、論者によって解釈が分かれる原因となっている。

　ところが、さらに第三の展開パターンが密かに存在していて、時代を下る毎に顕在化してきた様子がある。【図2】

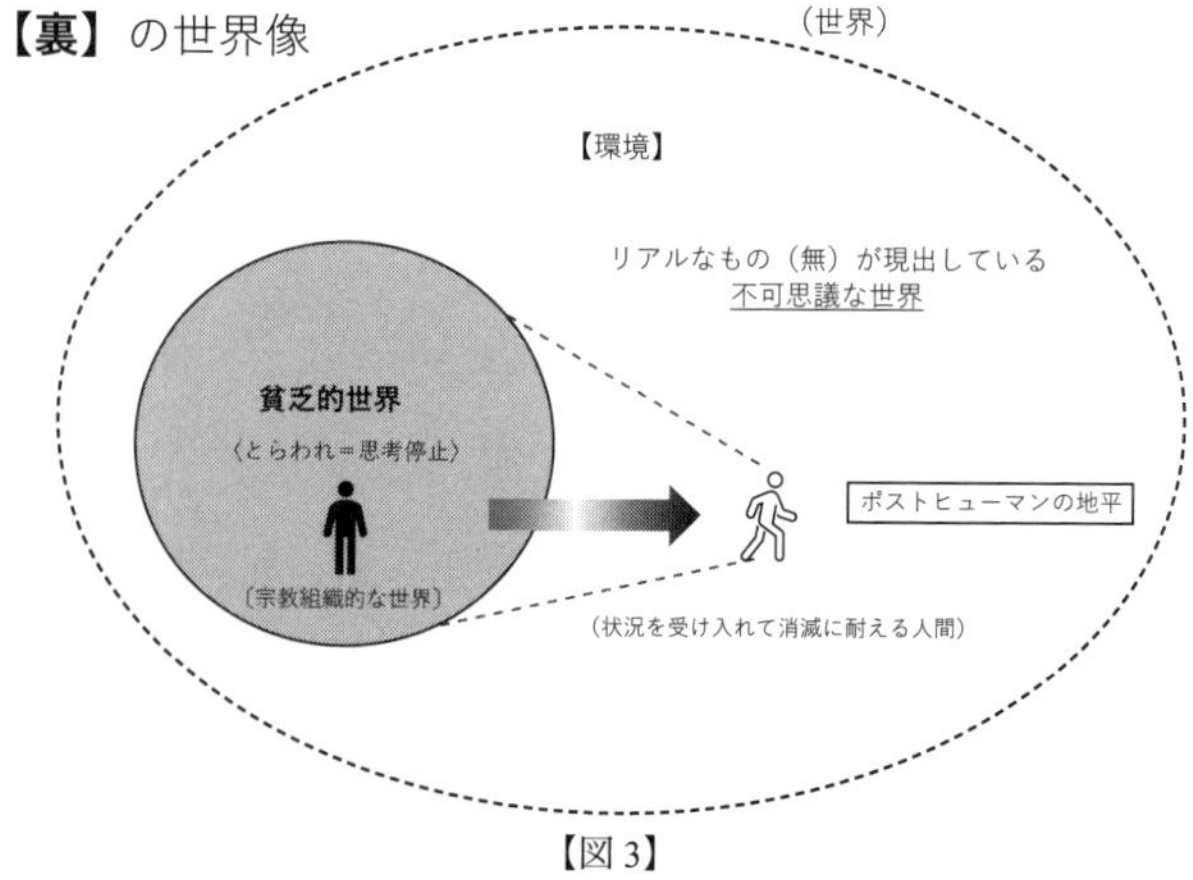

【図3】

のように脱人間的な「世界」へ曝され消滅の危機に瀕するのが第一段階で、そこを通過点として、主人公は新たな「世界」の（再）形成に向かう。ただし、その新しい場所は「癒やし」や「とらわれ」の閉鎖系とも言い難く、「ひらかれ」ても見えるために「世界」の混線が起きており、中途的な半分破れた「世界」である（【図4】）

　具体例として、まずは【図3】で示した世界像に基づくテクストから確認しよう。ここでは短編「眠り」（『文學界』一九八九・一一初出）を取り上げる。(49) 家庭的な主婦として表向きは幸せな生活を送っていたが、金縛り的な経験

（49）村上春樹自身は、一九八〇年代末にこれまでの仕事が一区切りつき、「しばらくのあいだ、小説というものを書けずにいた」が、この短篇と、続けて「TVピープル」という「いくぶんテンションが高い」二作を書いたことで「もう一度小説家としての軌道（トラック）に乗ることができた」（「あとがき」『ねむり』改訂版《バージョン・アップ》のため題を平仮名に変更、新潮社、二〇一〇）。「眠り」が村上の作品史において一つの節目に当たることが窺える。

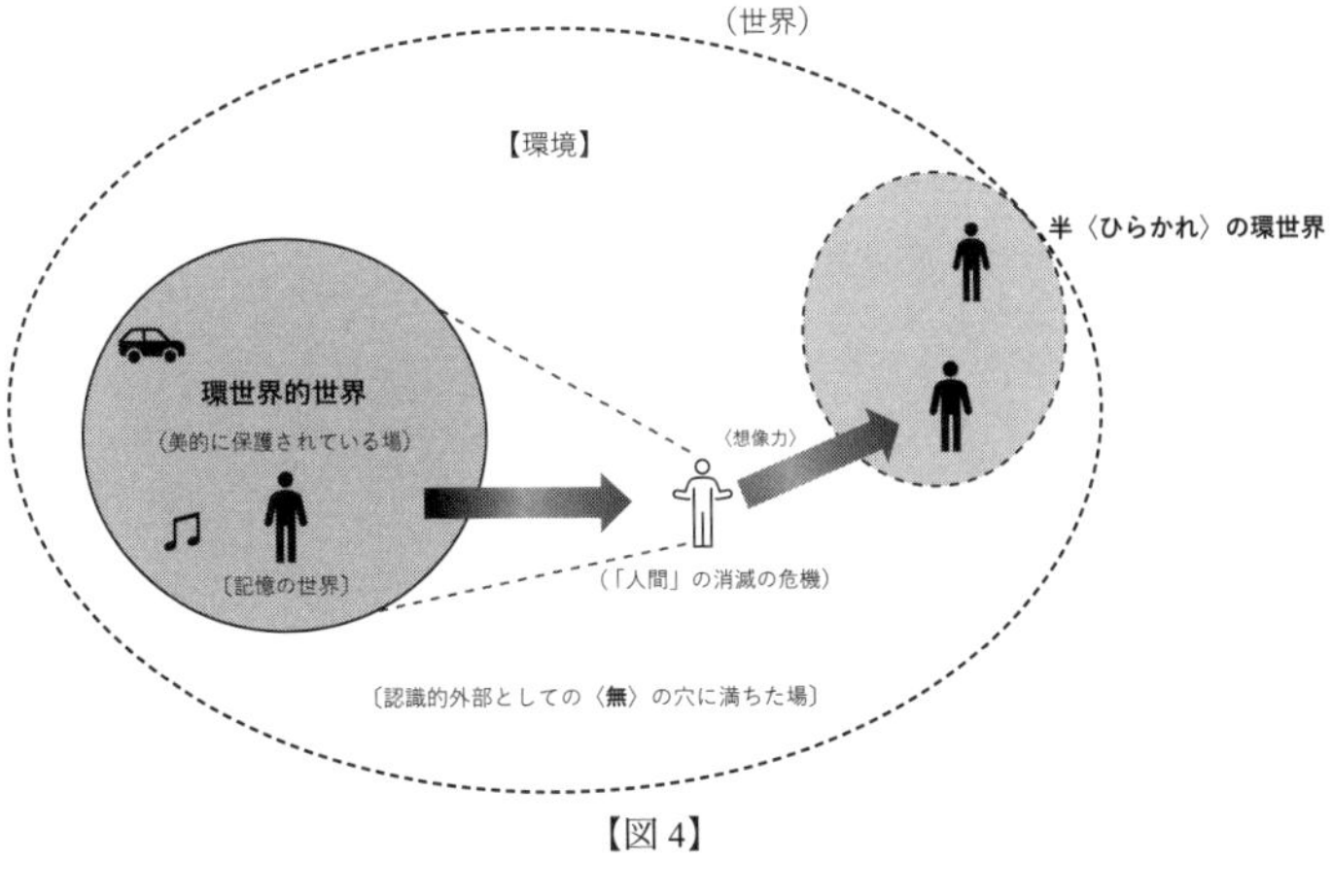

【図4】

をしたある夜を境に、突如、一睡もできなくなった女性の話。川村湊は『戦後文学を問う』（岩波新書、一九九五）において、この女性が夜な夜な時間をつぶすために『アンナ・カレーニナ』を読んでいることなどを根拠に、家庭のルーティーンに束縛された主婦の「不倫願望」と解釈したが、本論では話を「世界」規模に拡大してみたい。

本テクストを解釈する要点は、その眠れない事態が、かつて一度体験した「不眠症」（眠る意志が眠ることを妨げる悪循環の苦しみ）ではなく「ただ単に眠れない」だけのクリアな覚醒状態と断言されていることにある。眠れなくなった最初の夜の奇妙な金縛り的な体験のなかで見た「私」の足に水をかけ続ける老人の姿に対して、「これは夢じゃない、と私は思った。私は夢から覚めたのだ。〔……〕これは現実なのだ」と直観する。そして、その夜以降眠ることができなくなった「私」は、しかし体力を消耗することなく、むしろ若返っていくのである。

これは【図3】の図式通り、まさに環世界的な閉鎖世界（安全な家事の反復）から、突然に弾き出される物語構造である。つまり、「私」は不眠症に陥るのではなく、真にリアルな世界へと「覚醒」する話なのだ。そのため、「覚醒」状態から眺めた夫や息子の寝顔は「かたくなさ」や「自己充足性」に満ちて「想像力の介在を許さない」ものとして「私」の眼に写り、苛立たせる。物語の途中には、「私」が図書館で「眠り」の効用の科学的解説を調べる挿話があるのだが、そこには、「人というもの」は、日々の歩行で靴のかかとをすり減らすように、「知らず知らずのうちに自分の行動・思考の傾向を作り上げてしまう」もので、その「傾向」を中和するのが睡眠だと書かれていた。「傾向」とはまさに「振る舞い」を可能にする「自分の中へのとり込まれ」、すなわち環世界への〈とらわれ〉の凝りのことである。それを一時的に睡眠によって中和することが不要なスペースへと飛び出てしまったのが「私」である。それゆえ「私」は『アンナ・カレーニナ』を読んで次のような認識に達するのだ。

〔前略〕『アンナ・カレーニナ』を続けて三回読んだ。読みなおせば読みなおすほど、私は新しい発見をすることができた。その長大な小説には様々な発見と様々な謎が満ちていた。〔その小説は〕細工された箱のように、世界の中に小さな世界があり、その小さな世界の中にもっと小さな世界があった。そしてそれらの世界が複合的にひとつの宇宙を形成していた。その宇宙はずっとそこにあって、読者に発見されるのを待っていたのだ。かつての私にはそれのほんのひとかけらしか理解することができなかったのだ。でも今の私にはそれをはっきりと見通し理解することができた。(50)

これはテクストが形成する一義的に想定された「世界」の外に飛び出し、それを外部から眺めることを得た者だけが持つことのできる――複数次元（曼荼羅《マンダラ》）的な「世界」を同時に見渡すことのできる――仏教的な〈覚悟〉の眼の比喩である。だが、彼女はそれを読書行為によって擬似的に体験しているに過ぎない。結末に開示される真の〈悟り〉は遥かに重い。「私」は、「死」というものは、「眠り」と逆に、ちょうどこのように「果てしなく深い覚醒した暗闇」なのではないかと考えた後、暗闇の中をドライブに出る。そして夜中の公園の駐車場で車を停めて「眠りのない暗闇」をあてどなく眺めている

(50)『TVピープル』文藝春秋、一九九〇所収、一七一～一七二頁。

と、誰とも知れない二人の男たちがやってきて、外から車を揺さぶり続け、「私」はその「小さな箱」のなかで恐怖に泣き続けるのである。

ひと言でいえば、これは剝き出しで環世界の外部（暗闇＝無）を覗いてしまった「私」の意識の寓意である。覚醒したはずの自我がリアルな「無」の現前の強度に耐えられないという話なのだ。一つの「世界」からそれを包含する「世界」へと放り出され、ある種の悟りと同時に存在論的な動揺を引き起こして終わる。ただし、そこまでで終わってしまう。

装置としての車の描写に関する議論を続けると、『1Q84』（BOOK1、二〇〇九）の冒頭、青豆という名の主人公の女性が高速道路で渋滞にあって、遮音の完璧なタクシーから降りるシーンから始まるのもひとつの典型である。高速道路の非常階段（はしご）を降りること、つまり、文字通りに路から外れる行為を決意する青豆に向かって、運転手が、「そういうことをしますと、そのあとの日常の風景が、なんていうか、いつもとはちっとばかし違って見えてくるかもしれない。〔……〕でも見かけにだまされないように、現実というのは常にひとつきりです」と声をかける。そして、その体験以後、彼女は「一九八四年」ではなく「1Q84」という一種のパラレルワールドに入ったと直観するのだが、これも環世界を破ってしまったために露出した外側の「世界」との混線が生じたという構図である（運転手の言うように「現実」は「常にひとつ」だとしても、「世界」は決して単一ではない）。はしごを降りる途中で、青豆が目にする蜘蛛の描写は示唆的である。その前半はほとんどユクスキュルの『生物から見た世界』の一節を読むようである。

非常階段はふだんほとんど使われていないらしく、ところどころに蜘蛛の巣が張っていた。小さな黒い蜘蛛がそこにへばりついて、小さな獲物がやってくるのを我慢強く待っていた。しかし蜘蛛にしてみれば、とくに我慢強いという意識もないのだろう。蜘蛛としては巣を張る以外にとくべつな技能もないし、そこでじっとしている以外にライフスタイルの選択肢もない。ひとところに留まって獲物を待ち続け、そのうちに寿命が尽きて死んでひからびてしまう。すべては遺伝子の中に前もって設定されていることだ。そこには迷いもなく、絶望もなく、後悔もない。形而上的な疑問も、モラルの葛藤もない。おそらく。でも私はそうじゃない。私は目的に沿って移動しなくてはならないし、〔……〕私は移動する。ゆえに私はある。(51)〔傍点引用者〕

デカルトの唱えた命題を改変して、「移動」しない動物と「世界」の間を移動する「私」の対比によって存在を定義する。述べてきた村上文学における「世界」のスペースが意識によって可変的であることの縮図になっている。

しかし、さらに車を中心に据えた小説である「ドライブ・マイ・カー」（『文藝春秋』二〇一三・一二）になると、最終的な車の位置づけに変化が起こっている。主人公である俳優の家福は、亡くなった妻が存命中に購入した車を大切にしていて、いつも自分で運転し、妻以外を助手席に乗せたことはなかった。運転中に旧式のカセットテープで奏でられる音楽が作る「居心地の良い」スペース。つねに演技によっ

(51)『1Q84』BOOK1、新潮社、二〇〇九、五七～五八頁。

て武装しなくては外に出て行けない生活をする彼が、素の姿で台詞の練習をすることを可能にするスペース。それが唯一信頼できる妻を相手として築いた彼の強固な環世界を示すことは明らかである（パーソナルスペースの幸福を意味する「家福」という名前も示唆的である）。

ところが、妻の死後、緑内障の兆候によって視野に「ブラインドスポット」が見つかったことで運転ができなくなり、自分たちの死んだ娘が生きていれば同い歳だったはずのみさきという名のドライバーを雇うことになる。当然、この「ブラインドスポット」は、妻が生前に浮気をしていたという事実、すなわち家福とは別個の「世界」に住んでいたことを理解できない彼の主観的「世界」の盲点を意味している。環世界の破れの寓意である。彼が以後、運転が許されなくなったのは、その妻との親密な世界から放り出されたということである。

しかし、みさきは運転手として、家福の極めて私的な「世界」を違和感なくそのまま操ることのできる人物として現われる。だからタイトルは「ドライブ・マイ・カー」（「私」の車の運転）なのだ。だが彼女はどんなに透明な存在だとしても他者である。かつて妻が座った助手席に座るようになった家福は、同じ車内からでも景色の見え方が微妙に異なることを発見し、妻と作り上げていた「世界」の完璧性が幻想であったことを理解する。そして「役」の台詞を練習する必要から、みさきに対して役者のもっとも無防備な姿をさらけ出すなかで、ちょうどみさきの吸うタバコの煙が家福の領域を少しずつ別の空気で満たしていくように、その「世界」の組成は少しずつ組み変わっていくのだ。そして、いちど理解不能なものとして諦めた妻の記憶をみさきに対して告白し、「私」的車内空間を他者との共有の世界として受け入れることで、ゆがんだ形ではあれ、多少は〈ひらかれ〉た半環世界的「世界」の再形成を示唆して終わる【図4】)。

このテクストは、短編集『女のいない男たち』(二〇一四)に収録の巻頭作だが、最後に置かれた表題作の書き下ろし短篇「女のいない男たち」は収録作全体のコンセプトの解説になっている。「女」は実体であると同時に、各々の男たちにとって唯一、環世界の形成を可能にした中心点の象徴的比喩でもある。彼女を喪って彼らは外部の世界へ半永久的に曝されている。環世界から回復不能なかたちで放逐された「男たち」の話なのである。表題作において、エムという女性の自殺をめぐって「女のいない男たち」という主題の意味が解説されている。エムは、「エレベーター音楽」を愛しており、「僕」と一緒にいると常に音楽をかけていた。彼女はそれを「スペースの問題」と説明する、「こういう音楽を聴いていると、自分が何もない広々とした空間にいるような気がするの。そこはほんとに広々としていて、仕切りというものがないの。壁もなく、天井もない。そしてそこでは私は何も考えなくていい、何も言わなくていい、何もしなくていい。ただそこにいればいいの」[52]と。つまり、彼女は常に音楽を通して環世界を周囲に作り出してその中に自足していた女性であり、「僕」は同じ「世界」を共有しているつもりでいた。

そもそも村上の多くのテクストにおいて、一番近いところにいたはずの妻(あるいは親密なガールフレンド)が真に生きていた「世界」は理解不能であり、男の側の世界からは消えてしまう。環世界への他者の取り込みが根源的には不可能だからだ。村上文学において「妻」や「恋人」という表象は、他者

(52) 文藝春秋、二〇一四、二八二〜二八三頁。

と共有する共同的な環世界がありうることの幻想の元となり、そして、その失敗の象徴となる。だが本短編集の場合は、事後において何らかの形で〈ひらかれ〉た形態の「居心地の良い」世界の再生を模索しているように見える点において一味異なっている。

より顕著な試みは、『色彩を持たない多崎つくると、彼の巡礼の年』(二〇一三)だろう。文春文庫版の紹介文を借りれば、あらすじは、「名古屋での高校時代、四人の男女の親友と完璧な調和を成す関係を結んでいたが、大学時代のある日突然、四人から絶縁を申し渡された。死の淵を一時さ迷い、漂うように生きてきたつくるは、新しい年上の恋人・沙羅に促され、あの時何が起きたか探り始めるのだった」となる。親友たちはみな色を名に含んでいるので、通称「アカ」「アオ」「シロ」「クロ」と呼ばれるが、つくるだけがつくる。詳細を略して一つの結論を先取れば、色を持つことは動物界に属することに同じである。一九八五年のインタビューにおいて、村上が動物を描くことを好む理由の一つとして、外的特徴による識別しかないからだと述べていた話を思い出したい。実際、色だけを呼び名にすると、全員、犬の名前にも見えなくはない。逆に、つくるの外見は、非常に整っているが特徴らしい特徴がないのが特徴である(それをコンプレックスにしている)。つくるの仕事は駅を主とする鉄道建築で、いわば都市網の基盤(インフラ)を「つくる」人であり、極端な話、世界設計者の寓意である(比喩的な意味で、動物的世界を超え出る人である)。

つくるは、その一風変わった職に就くことを目標として東京の大学に入学し、名古屋の「完璧な調和をなす」共同体を抜け出たことで、環世界的な調和を破壊した張本人なわけだ。彼が大学二年生のとき、突如、全員から絶交されて「死」の淵を見続けたことは、外部の世界に直接触れたことのメタファーであり、以後、彼は筋トレによって外見を一変し、駅を「つくる」という仕事に埋没することで、かろうじて東京という、ローカリティが不在のために資本主義の原理が剝き出されている世界――理論上は魔術的かつ現実的である二重の法則が常に緊張状態にある場所――と折り合いを付けて生きてきた。つくるは、二〇年後、死んでしまったシロ以外の全員を訪問して、絶交の原因を明らかにする巡礼に出てみるのだが、あろうことかシロがつくるにレイプされたというシロによる主張が原因だったことがわかる。これは事実無根の事件だとしても（その保証はないのだが）、やはり遠因は、世界をより住みよい場所に改善しようとする、つくるの「世界設計」への志向にあるのだ。彼ら五人の完璧な調和は、性的関係の自覚さえ許さない抑圧で成立していた。だがつくるは密かにシロに惹かれていた。つくるの移住（移動）が環世界の破れを引き起こしたとき、外部的世界で生きる能力の最も低く、ヴァルネラビリティの高かったシロが、環世界的なスペースの調整が外れて虚実が平気で混線する――嘘と真が共に生きられる――〈リアル〉な世界（ハードボイルドな世界）の直撃を受けたのである。しかし、この物語の最大のポイントは、巡礼を終えたつくるが、他の男性とも同時に付き合っているらしい恋人の沙羅（いつものように主人公のブラインドスポットに自分の世界を持っている女性）の元に戻って、彼女との新しい共同的な「世界」の形成を決意して終わるところである。「沙羅」は仏教の聖樹であり、その花は白《シロ》い[53]。つまり、シロと沙羅とは分身的かつ対照的な存在である。短篇「眠り」の分析では、「覚醒」

（53）村上文学と仏教思想の相性は良い。関連文献としては、平野純『村上春樹と仏教』『村上春樹と仏教Ⅱ』（楽工社、二〇一六）がある。

が絶対的な「恐怖」と透徹した「悟り」の眼の二重性を含意することを示したが、同様につくるにとってシロは〈世界が突如恐怖に満ちた場所に変貌する可能性〉を開示してしまう象徴であり、それと対になる沙羅は、つくるが巡礼を経て解脱（悟り）の道に至る契機と見ることもできる。文学史的には、特に二〇一〇年代に人間の制約を超えた非人間的なモチーフを掲げる文学が前面化してきたが、その流れに対する村上春樹なりのリアクション――新しい形での人間性の回復――を試みたテクストと読めるのである。

七　理論としての「世界」文学

以上の結論として、村上春樹は、ひとつの小説を展開する前提としての「世界」像の形成とその危うさにきわめて意識的な作家、人間が「世界」に対処する仕方それ自体を寓意的に描いてきた作家であることが見えてくるだろう。実際、先のインタビューで村上は、自分が何よりみたいのは、人間の情念のドラマなどではなく、クリアな「世界の像」なのだと明確に述べている。トリッキーな言い方に聞こえるとしても、その意味でこそ村上文学は「世界文学」であり「世界」文学なのだ。

そして第二章に詳細は譲るが、いわゆる通常の世界文学の歴史的展開の問題に、文学作品に描かれる世界性の問題を組み合わせていくことは、基盤的主体（作家）による一つの「世界」の提示という近代小説の目的と構造の成立、カント以来の超越論的主観性を基礎とする「世界」哲学の隆盛、その影響関係にあったゲーテによる世界文学の提唱、みな同時に起きたことを考えても、やはり必要な考察なので

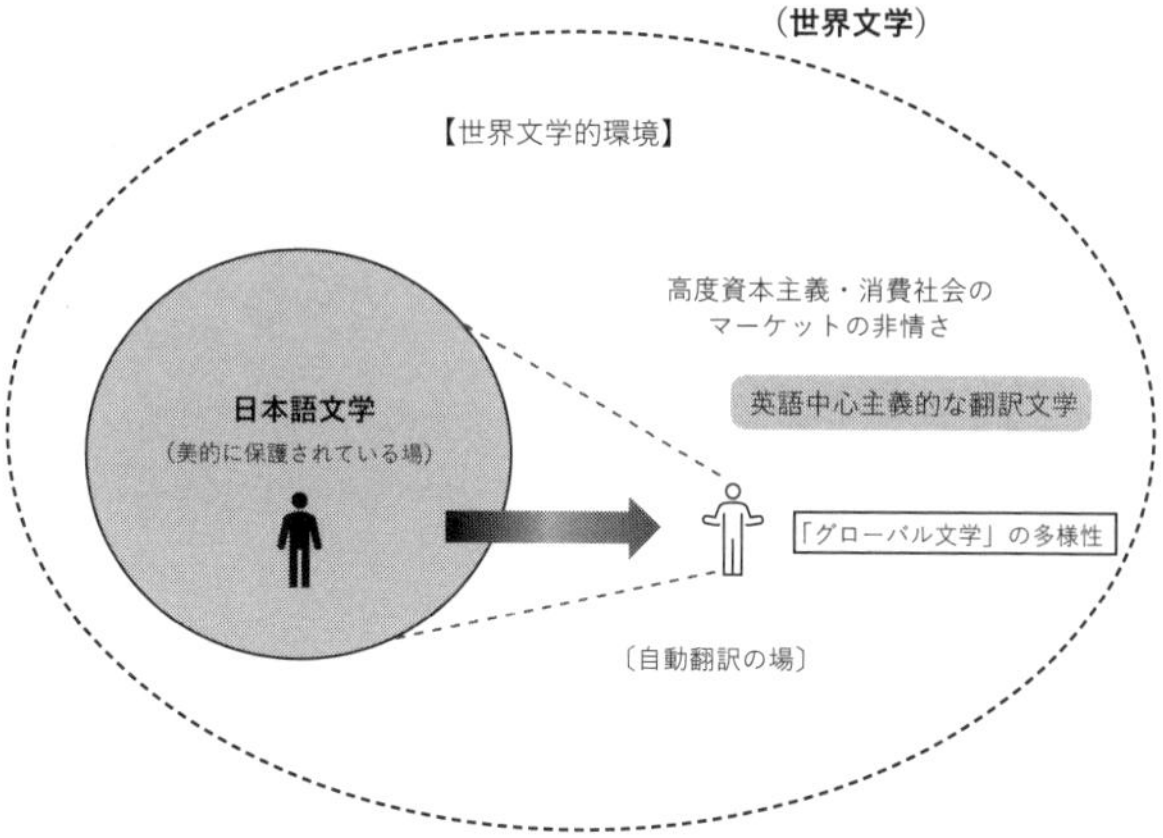

【図5】

ある。終わりゆく近代において、その絡み合い（の解体）を小説構造の問題として顕在化して見せた村上春樹の役割は小さくない。

例えば、複数に分けて図示してみた世界像モデルが正しく描けていると仮定した場合、それをそのまま「世界文学」像として読み替えれば、村上春樹の世界文学の捉え方の進化に重なるだろう（【図5】、【図6】、【図7】）。

いまや世界文学とは、古の西洋を主体的基準とする「世界文学」が壊れた先の曠野に置かれるもの（一様にハードボイルド・ワンダーランドに曝されているもの）であり、村上はその基準の変化（繰り上げ）を作り出すことによって世界文学的作家になったのである。そして、そのような意味での「世界の終り」を経験した二〇世紀文学以後の現代文学は、村上がそれでも多少残そうと努力していた人間的な「語り」のモデルを一部壊してきている。もはや二次元的な世界像として図示することが困難な場合もあれば、あるいは単に無意味なレベルまで脱人間的世界を進めようとするものもある。必然、こ

【裏】の世界像

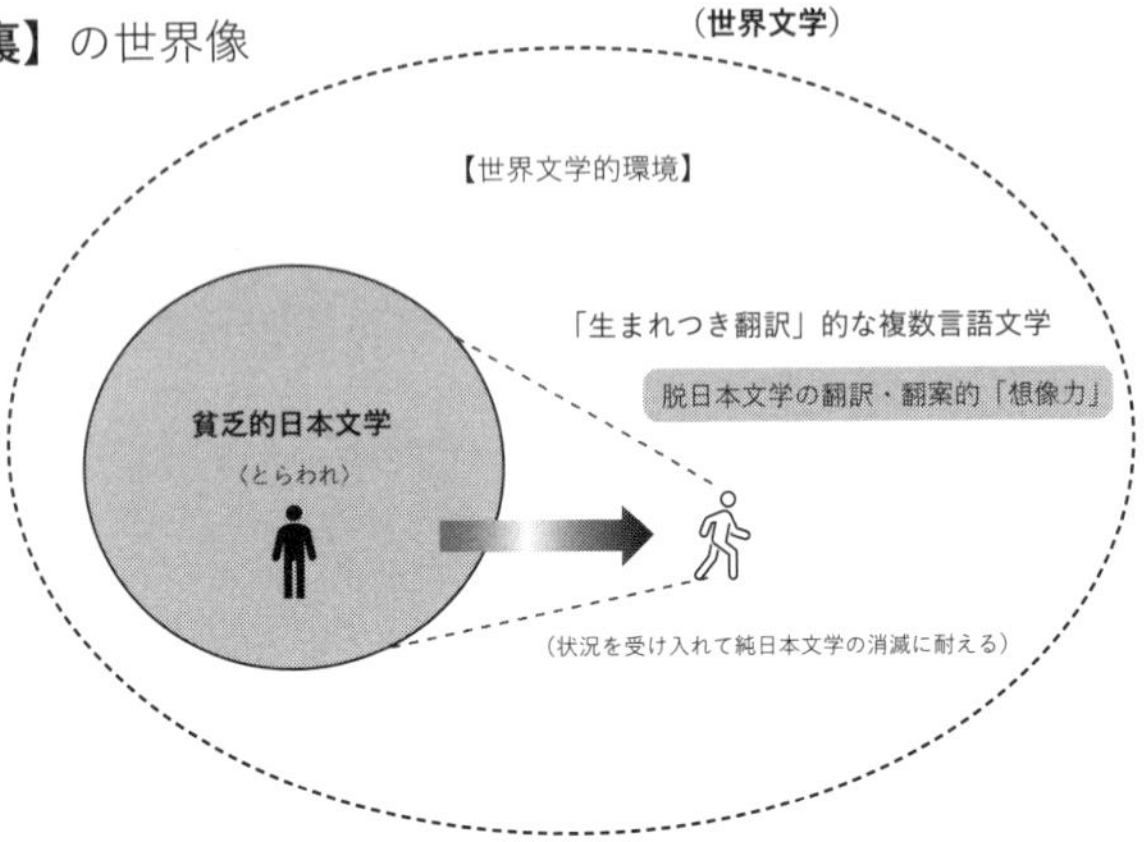
（世界文学）
【世界文学的環境】
「生まれつき翻訳」的な複数言語文学
脱日本文学の翻訳・翻案的「想像力」
貧乏的日本文学
〈とらわれ〉
（状況を受け入れて純日本文学の消滅に耐える）

【図6】

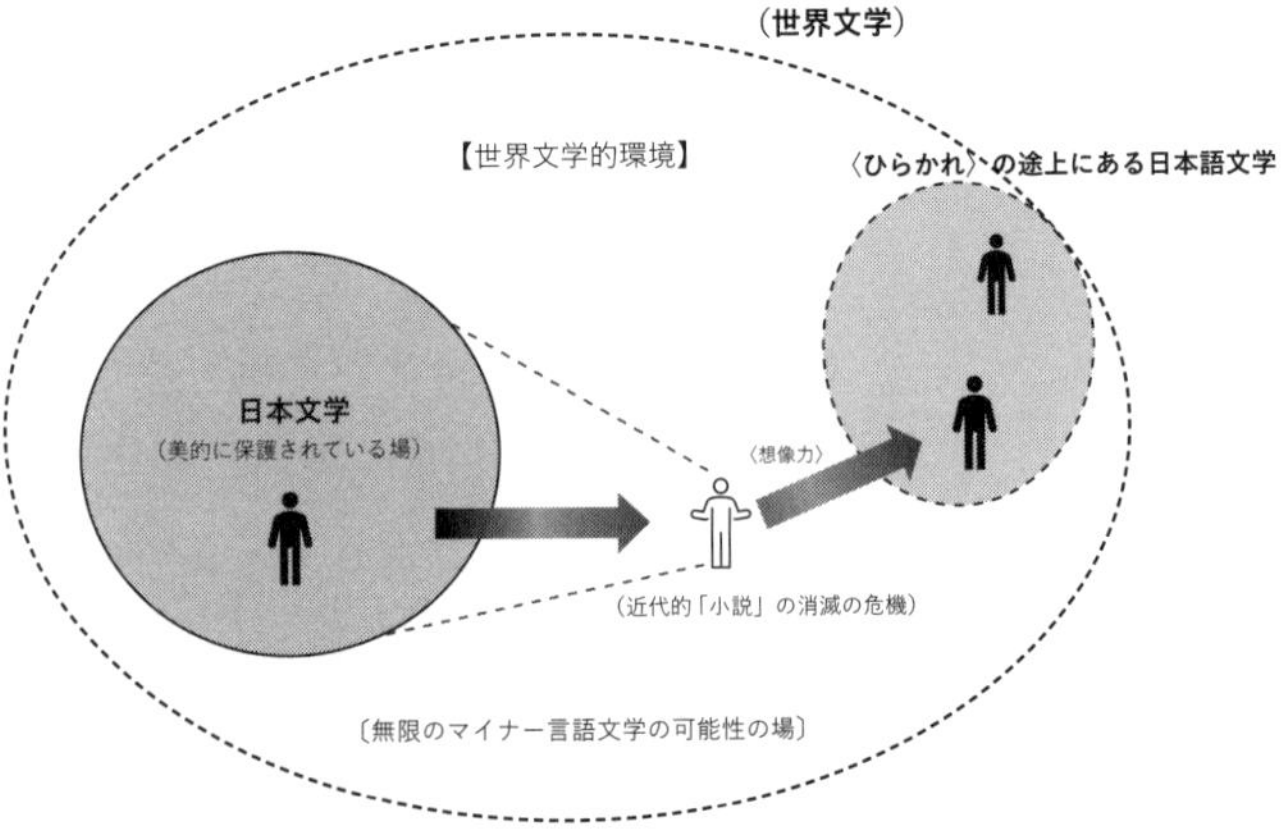
（世界文学）
【世界文学的環境】
〈ひらかれ〉の途上にある日本語文学
日本文学
（美的に保護されている場）
〈想像力〉
（近代的「小説」の消滅の危機）
〔無限のマイナー言語文学の可能性の場〕

【図7】

うした作家たちにとっての世界文学のイメージは、国民国家的（あるいは母語的）制約を基準としながらそれを超え出ていくパフォーマンスにおいて評価されてきた「世界文学」の価値や意味を持たないものになっているのではないか（それを先駆したのが、「純文学」陣営から最も下等視されてきたSFで、伊藤計劃の作品のように、主人公が日本とは無縁のアメリカ人でもイギリス人でも日本語で書かれていて違和感の少ないほとんど唯一の文学ジャンルだったわけだが、それも結局、マンガ・アニメ・ゲームの主導あっての話である）[54]。そして近い将来、「世界文学」という言葉は、歴史的な研究の場以外では積極的な意味を失っていくと思われる。だが、文学が広義の「世界」形成それ自体の営為を完全にやめることはないだろう。近代的な人間基準を超えるといっても、その超環境を想像しているのは人間だからだ（ＡＩが創作すれば別だが、それに需要があるのかどうか）。付け加えれば、そのとき「世界」意識

（54）このことは「大衆文学」の次元においては、よりベタな形で進行している。近代文学を研究する古い文学観の持ち主が見れば、日本人の作家が同時代のイギリス生まれイギリス育ちの白人種の内面を蕩々と描くことに何かしらの越権行為の印象を覚えることは少なくない。だがこの種のジャンルの作家たちにとって、そのような形で国境を自由に越えることは躊躇の対象ではなく、よってそれ自体は何ら深いパフォーマンス性を持ち得ない。まして「世界文学」を名乗ったりはしない。しかし、いわゆる「純文学」領域でそれを行えば、現代でも相当の違和感を生むことは避けられないだろう（ただし歴史小説的・寓話的な舞台設定の場合は、現代日本との交流を持たない「異世界」なので話は別である）。このことは、近代小説が国民国家の形成と母語の問題に非常に深く根ざしていること、そして関連して、小説の構造が「感情移入」という心的働きを本質的に組み込んだ表現形式であることを証している（後者に関しては第四章で詳細に論じる）。

の強い作家の多くは、相対的に「貧乏」的な私的「世界」を脱世界的環境との関係のなかで描くはずである。というのも、二一世紀の現在、高度な演算処理とグラフィックス装置で描出される映像に比して言語情報のみで紡がれる「人間」の世界は相対的に貧しいのだから、文学が強みを発揮する領域は、その関係にこそ見出されるべきだからだ。

その意味での「世界」文学の系譜において、村上文学の特筆すべき特徴は、「世界」の貧乏性を日本語文学の伝統としてテクストの中核に組み込みながら、次代の文学への更新《アップデート》の模索の起点となった点である。そして、その手段として、テクストにおける物語の展開を通じて「世界」の可変的な生長や混線、そして消滅を描くことに極めて意識的な点である。これは「世界」すらも生成変化するものとして描くことの可能なアニメーション等においてはさほど困難を伴わない表現の課題かもしれないが、語り(言語)の階層性に依拠する文学はそうではない(「世界」形成の過程を意識すると、すぐ自らを物語の外の上位に繰り上げてメタフィクションの論理形式を選んでしまう)。そのような特徴が、仮に「世界文学」の終わりに向かう時代において現れた過渡的な現象だとしても、小説表現の可能性を後続の作家たちに橋渡ししたという意味において、その功績を無視することはできないだろう(55)。

(55)「世界」自体が連続的に変化する文学という点で進化していった作家は、多和田葉子あたりだろうか。

第二章

「世界」表象の歴史と近代小説の形成

一　問題設定としての「世界」

物語芸術の中心から小説が後退した現在、文学研究や批評・書評の一部は、小説を社会研究のための内的観察の資料（エスノグラフィー）として扱うスタイルに移行している感がある。それはそれで全く問題ないし、その点において既に小説を書くこと／読むことの意義は現代でも十分に担保されているということだ。

そのことを了解したうえで、今一度、小説形式が全盛期となった近代文学の発展（あるいは二〇世紀以降の歩みは退化というべきか）を振り返り、その遺伝情報のようなもの（小説形式の特性の中心）を取り出して、現代小説にまで至る様々な様式的な試みを理論的な連続性の下に整理しておきたい。古い文学の人類的意義を見極めることで、新しい文学の可能性に心置きなく足を踏み出せるはずだと考えた。ただし、このような目論見は実感を伴わない抽象的な議論に終始してしまう懸念もあるから、できるだけ個別のテクストの分析も挟み込む心がけでいる。その軸となるコンセプトが、「世界」である。

「文学」と「世界」を並べれば、誰もが真っ先に「世界文学」を想像するだろう。既にみたように日本で世界文学のコンセプトが論じられるようになったのは比較的古く一九世紀末だが、文芸誌に翻訳作品が溢れかえるのは一九一〇年代初頭、狭い文壇を越えた流行は、各国の著名な作品を寄せ集めた「世界文学全集」の公刊が立て続けに開始された一九一〇年代半ばからである。[1] そしてジャンルが円熟期を迎えた証拠として、特に新潮社による『世界文学講座』（全一三巻、一九二四～一九三二）や岩波書店による『岩波講座世界文学』（一九三二～一九三四）といった論集が刊行される一九三〇年代までが戦前の動向の大きなまとまりである。まさに世界が排他的なヘゲモニーの保持を巡って、闘争の只中――第一次世界大戦から第二次に至る過程――にあった時代である。

第二次大戦後になって新たな「世界文学全集」が立て続けに刊行されていった傍ら、竹内好に代表される「国民文学」論が攻撃の対象とした近代主義者（あるいは国際主義者《インターナショナリスト》）による「世界文学」論は再び盛んに行われるようになった。いつしか新たな作品集の刊行がほとんど見られなくなった後も、大江健三郎のノーベル賞受賞や二一世紀初頭のアメリカの学界を中心とした研究書の流入を契機に、[2]（盛り上がりの大小はありつつ）「世界文学」についての議論は日本で継続してきた。その構造的な問題については前章までに概観した通りで、文学を考えるうえでは、〈私〉の主観的認識の拡がりを表す意味での「世界」が哲学や心理学にも負けず劣らず重要なのだ。そもそも西洋発の近代小説は、そのような「世界」の具体性を描くため、もっと言えば掌握するための形式として生まれたと本書は見なしたいのである。この「世界」は、キリスト教を中心とする神学やそれ以前のギリシア等の神話体系、あるいはアジアなら仏教や儒教などの（準）宗教的体系によって包摂される宇宙論的な含意をもつ世界ではない。ほかならぬ人間存在の主体性の確立によって形成される、人間中心主義的な「世界」である。一八世紀の後半から一九世紀にかけて、球体としての地球の物理的な有限性の認識によってグローバルな世界意識が確立する時代に、その「世界」を——神の代わりに——普遍的な人間の主観性によって空間的に〈閉じ込め〉ることを目指す表現形式として隆盛したのが小説である。近代において人類史上はじめて、人間が「主体」的存在（いかに「生きるか」を問う自由な存在）となることを内的にサポートするシステムとして小説は機能したのである。

だとすれば、一九世紀以降、世界文学の概念を乗せた西欧発のグローバルな世界意識が、それこそ世界中に蔓延していくと同時に、個々の小説のテクスト内「世界」のあり方・描かれ方を規定していったこと、つまり現実空間としての世界と表象の「世界」とが密接に連動していたことを考えるのは自然な発想だろう。近代文学のスタイルの変遷を「世界」との関係に還元して論じることができるはずである。さらには政治経済から哲学までの学問領域を横断する統一理論的な概念として「世界」を扱い、文

（1）笹沼俊暁『「国文学」の思想——その繁栄と終焉』（学術出版会、二〇〇六、八九〜九〇頁）を参照。
（2）前者に関しては、ノーベル賞受賞決定四日後に行われた大江自身の講演記録「世界文学は日本文学たりうるか？」（『あいまいな日本の私』岩波新書、一九九五所収）を参照してほしい。

学史を意味づけ直す可能性が開けてくる。水村美苗の言うように、そもそもはローカルな文学にすぎなかったヨーロッパ各国の文学は「Translation/ Transnation（翻訳と越境）」によって、宗主国の言語による読み書きの体制（＝植民地化）を免れた「極東の日本にたどり着き、形を整えつつあった日本語に翻訳され、日本の文学に深く浸透していったことによって、初めて真の「世界文学」になった」（「「世界文学」と「日本近代文学」」『すばる』二〇一八・六）、つまり、最果ての「日本近代文学」こそが「世界文学」の企てをコンプリートしたのであってみれば、逆に文学の世界性を「日本文学」の問題として論じることの意義はきわめて大きいはずなのだ。

世界に先駆けて、意識的に「世界化」にむかって邁進した一地方の文学（の余剰性）を通して「世界」の表象システムの働きを見直すこと。文学理論的な関心に対して一つのモデル的事例を提供すると同時に、近現代文学における様式の変遷を従来の文学史とは異なる観点から意味づける。その作業を通して、なぜ私たちが人間学の中心として文学を必要としてきたのか、そして今後いかなるかたちで文学的思考を必要とするのか、新たな理解に達することが可能になるかもしれない。

二　「世界」の濫用――一九八〇年代

二〇二〇年代半ばを迎えた現在、小説に限らず、マンガ、アニメ、映画、ビデオゲーム、果ては歌詞やCM等のキャッチコピーまで、広い意味でのフィクションが介在する文章において「世界」の語は横溢している。その多くは、「世界の終わり」や「世界を救う」などの文脈で使われる抽象的かつ人類包括的な「世界」か、あるいは他ならぬこの「私」の意識に囲われている「私の世界」のどちらかである。両者の差異は実はあまりない。後者の場合、「私」の意識が消滅する、つまり死すれば「世界」そのものも消滅するわけだが、前者の場合も、最終的に「世界」は継続するか消滅するか（オン／オフ）の二者択一的な道しかないという意味で、ほとんど「意識」の全体としての「世界」である。事実、多くのマンガやアニメなどの大衆的な物語芸術において、敵キャラによる「世界征服」とその阻止がプロットの中心となるが、そのキャラにとって全宇宙的な「世界」＝「私の世界」なのであり、両者の区別は付いていない（よって「阻止」はそのキャラの死で終わらなくてはならない）。このような意味での「世界」を、主観性の枠に括られた「世界」として一まとめに考えるならば、特に二一世紀以降、その語用は過剰といって問題ないほど広まった印象がある。

これは「世界に羽ばたく」や「世界で活躍する」などのフレーズに見られる客観的な「国際」（＝グローバル意識）の代替としての「世界」の語用の増加におそらく伴っている。もちろん、そのような「世界」を濫用するフェーズの起源を特定するのは困難である。だが二〇〇〇年代の初頭に文化表象のジャンルとして認知された「セカイ系」という存在は、先の意味での「世界」の言葉が、批評を含めた様々な言説空間に満ちていることを否が応でも気付かせてくれたという点で、一世紀半続く近代の「世界」概念のゆらぎの、最近の象徴として捉えるのに相応しい。そして確認したように、この二〇〇〇年代初頭は「世界文学」論が再流行した時期に当たるのだから、やはり世間的なグローバリゼーションの掛け声と「セカイ」表象の拡大は連動しているという推論が可能である。「セカイ系」を議論の導入としよう。

なお、「セカイ系」の語が流通した際、だいたいの集約的定義はこんな具合だった。「物語の主人公(ぼく)と、彼が思いを寄せるヒロイン(きみ)の二者関係を中心とした小さな日常性(きみとぼく)の問題と、『世界の危機』『この世の終わり』といった抽象的かつ非日常的な大問題とが、一切の具体的(社会的)な文脈(中間項)を挟むことなく素朴に直結している作品群[3]」のことである。主にサブカルチャー作品の一定の傾向をくくる「セカイ系」が流通し始めるのは、インターネット上では二〇〇二年後半からで、二〇〇三年には一度ピークを迎え(印刷媒体では一年ほどの遅れ)、その後数年かけて評論や応用的作品を通して拡散が継続した結果、その手のコンテンツを鑑賞しない人にも何とか通じる程度には一般化した評語となったようである。内容面での起源は、現在ではTVアニメ『新世紀エヴァンゲリオン』(一九九五・一〇放映開始)に置くのが一般的な理解のようだが、その潜勢的な動向が閾下から飛び出たのが、とりあえず片山恭一『世界の中心で、愛をさけぶ』(二〇〇一)や、「セカイ系」の語を生み出す直接の契機となった感さえある新海誠のアニメ映画第一作『ほしのこえ』(二〇〇二・二公開)などが現れた二一世紀初頭だったということのようだ。『ほしのこえ』の冒頭、中学三年生の長峰美加子(ミカコ)はいきなり、「〃世界〃っていう言葉がある。私は中学のころまで、世界っていうのは携帯の電波が届く場所なんだって漠然と思っていた……」と語り始める。奇妙な言い回しである。言われるまでもなく、「世界」という言葉は相当に昔から「ある」からだ。この場合の「世界」は、「世の中」という漠然とした空間的拡がりを念頭に置きつつも、〈私〉の意識内に形成される拡がりのほうに焦点が置かれた「世界」である。そして、それを「携帯の電波が届く場所」として具体的なコミュニケーション手段の能力的限界と重ね合わせたところに、この言い回しの上手さがあった。つまり、進歩したメディアの助けによって拡張できる限りでの自己意識の及ぶ範囲の全体が「世界」なのである。ところが、ミカコが国連軍に戦闘員として選抜され、地球外生物との戦いに駆り出されることで、この「世界」の領域が地球外を含む尋常でない物理的スケールの大きさと一致することになるために、自己意識のきわめて歪な肥大の印象を持たされるのである。

主人公として焦点が当たっているのが「僕」ではなく女子高生のミカコであるため、先の「セカイ系」の定義とはジェンダーが反転してしまっているが、それを除けば適切に『ほしのこえ』の内容と符合する。「中二病」という揶揄の言葉は既に廃れた気もするが、子供から大人への移行過程において自意識のみが先に急成長し、社会的経験の知識を伴わない中学生は、その想像的にゆがんだ——突き詰めれば妄想的な——「世界」の中心にいる錯覚を起こしがちであるという、思春期特有の精神構造の説明にある程度の妥当性と普遍性があると感じられるのなら、「セカイ系」の物語構造もおよそ理解できるはずである。「セカイ系」を特徴付けるのは、社会という中間項の不在よりも、むしろ主人公が具体的に何と戦っているのかわからない、その巨大な「敵」の不明瞭さにあるという意見もあるが、結局は同じ自我肥大（妄想性）の精神構造によって説明可能だろう。この物語の主な舞台設定は二〇四六〜二〇五六年であるにも拘わらず、ガラケーの使用や電線の乱立する町の風景や教室の木造の学習机や黒板など、インフラが徹底的に制作当時（二〇〇〇年頃）のままである。加えて、ミカコは何の途中経過の描写もなく、高校の制服姿のまま、いきなり宇宙でモビルスーツを操縦している。つまり、すべてが

（3）限界小説研究会編『社会は存在しない——セカイ系文化論』南雲堂、二〇〇九、六頁。

（彼氏であるノボルを失いつつある）ミカコの白昼の妄想劇である可能性が多分にぬぐえない作りなのだ。

　しかし、このような「セカイ系」のまとめ方には一点の違和感が残る。そもそもマンガやアニメというジャンルの歴史において、「社会」や世俗的な「国家」を積極的に描く態度が主流になったことなどあったのだろうか。未だ社会人の肩書きを得ていない青少年を主なターゲットとする物語が、社会の現実（組織的なプロセスや障碍）を教育する目的を持つことなど稀である。仮にそんな社会的な「面倒」を描き込んだとしても、それを一気に乗り越えてみせてくれるプロットの踏み台として必要なのであって、強調は社会の超越の方に置かれている（だからこそ管理社会化する現代生活に倦んだ成人の需要も大いに見込めるジャンルなのである）。したがって「セカイ系」という概念は、新種の物語構造が一気に増殖したというよりは、「世界」という言葉の流通量が閾値を超えた結果、これまで顕在化していなかったマンガやアニメの本質が、「世界」を短絡的に語るという型を得たことで俄に露出しただけという面も多分にあったのではないか。つまり、言葉の流通量の増大の要因となった一九九五年以降のデジタル革命（世界が全て繋がっていることを意識させるネットワーク社会の確立）以後、「セカイ系」に括れそうな物語が増えたのは確かとしても、それは決して唐突に現れたわけではない。そもそも、ミカコは「世界って言葉がある」と言って、常に既にそれが「ある」ことを断言していたのである。

　さて、そのような「セカイ」の原風景を文学のカテゴリーに探るなら、間違いなく最初に行き着くのは一九八〇年代の小説群になるのであり、ここからが議論の本題である。そこにも自己意識的な「世界」が溢れかえっていた。第一章に示したように、代表例は村上春樹である。初期の代表作『世界の終りとハードボイルド・ワンダーランド』（一九八五）はタイトルに「世界」を含みながらも、その物理的面積は東京の一角にすぎず、極めて狭い一人の人間の意識の中に閉じた「世界」である。世界的にようやく「読まれる」（＝グローバル・マーケットにおいて勝利した）作家の登場として言祝がれた作家の描く「世界」の狭苦しさという逆説は、当時の「世界」の語の認識のされ方をよく象徴している。

村上の他にも例えば、政治的言説に対する時代遅れのきまじめさと軽薄さとがない交ぜになった八〇年代的な空気の体現者として現れた島田雅彦の短編「夢遊王国のための音楽」（『海燕』一九八四・六初出）を見てみたい。冒頭は次のように書き出される。

> ここにあるのはおっかなびっくり存在しているせっせ世界だ。この世界は国家とか都市などと呼ばれており、バベルの塔と同じ建設技術で、神々が住んでいたという森や谷や荒野に人間族が捏造したものである。〔中略〕実はここにある世界はいずれ、廃墟になるか無法地帯にでもなるかなのだ。現にこの世界の内側では痙攣が起きている。この世界の存在そのものに退屈し、不安をかきたてられている人間族はこの世界の内壁をほじくって、少しずつ崩そうとしている。[4]

話の大筋は、二二歳の千々《ちぢ》石《わ》雅《みやび》の「自意識と恋愛が描かれている」（文庫本解説：海猫沢めろん）、よくある自伝的な青春譚である。だが、その種の作品で典型的な上京や成長のプロセスのようなものは描

（4）『夢遊王国のための音楽』福武書店、一九八四、七〜八頁。

かれない。この「世界」は、開発されてからそれほど年月を経ていない東京西郊外のニュータウンを現実的には示している。歴史的な記憶を持たない土地で育った青年は、殺伐とした現実に「バベル」や「神々」といった神話の意匠を投影することで、その青春にかろうじて彩りを与えるかのようである。いまや根無し草の人間の「自意識」はかくも大げさな神話的「世界」の枠組を振り回さずには物語り始めることもできない——そんな時代の困難との直面がみてとれるわけだ。

また、その十年後にノーベル文学賞を受賞する大江健三郎は、島田より四半世紀前の生まれの作家ではあるが、やはり年若い「僕」による類似の「世界」認識を冒頭に記した『M／Tと森のフシギの物語』（一九八六）を同時期に出版している（一九七九年刊の『同時代ゲーム』の神話的世界を、口承文芸的な語り口を意識した平易な文章で書き直したバージョンである）。近世の頃より四国の森中に孤立してきた村を舞台とする巨大な神話は、島田の描くしょぼくれたニュータウンとはみごとに対照的な設定ではある。しかし、主人公の「僕」は千々石と同じく、自らの生活圏を内的な想像の「世界」として捉え返すことを生の不可欠の条件としているのだ。

戦時中の国民学校（小学校）三年生の時、配給の画用紙を配られ、「おまえたちの生きておるこの世界は、どのようになっておるか、その絵を描くように！」との課題を与えられた「僕」は、教師の期待する大日本帝国を中心に置いた世界地図的な絵ではなく、「森のなかの谷間を、天皇、皇后のかわりに、M／Tを描いた」。MとTは、「メイトリアーク」と「トリックスター」という神話体系を二分する記号のことで、詳細は省くが、つまりは「僕」は現実的な地図のかわりに生前や死後をも包摂する神話構造としての「自分の生の地図」を描いたのである。

> こんなものがどうして「世界の絵」かと、先生は僕の頬を拳で殴ったものです。しかし僕は黙っていました。〔中略〕教師に説明することのできる「世界の絵」とはちがう「世界の絵」を自分が描いてしまったのだと、心の底で感じていたのでしたから。あわせて誇らしく強く感じていたのは、これが自分らの生きている世界だ、自分らの森と、森のなかの谷間の村はこのような世界なのだ、ということでした。(5)

「自分らは大きいM／Tの翳《かげ》におおわれてこの村に生きている」という宇宙論的な生の実感を与える「世界」と世間的な意味での「世界」とがここでは明瞭に分断されている。つまり、現状としての「世界」の意味の混乱から、自己にとって正しい「世界」の救出が目指されている。

　事態は言語芸術の外の領域においても進行していた。同時期のアニメ映画で同種の宇宙的スケールの「世界」意識の所在を探るなら、『うる星やつら2――ビューティフル・ドリーマー』（一九八四・二公開）は避けて通れない。諸星あたる（主人公の高校生）や友引高校の同級生たちは、「夢邪気」という妖怪（悪霊）のしわざで、ラム（ヒロインの宇宙人）の穢れない幸福な夢を元に設計された「世界」（文化祭前夜）の中に閉じ込められていたのだが、そのことに気づいて「世界」からの脱出を企てるドタバタの物語である。一九八〇年代以降（特に二〇〇〇年代をピークとして）現在まで頻発する「時間ループ」

（5）『大江健三郎全小説』第8巻、講談社、二〇一九、一〇頁。

型物語のプロトタイプとして古典扱いされてきた作品である。物語中、何度も台詞として言葉にされる「この世界」と、島田や大江が描く「僕」の脳内の場(内界)が投影されている「世界」とのあいだに概念上の大差はない。実際、『うる星やつら2』では、夢の円環構造と化した友引町の外部に逃れるため自家用戦闘機に飛び乗った主人公たちは上空から「巨大な円板」の形をした「世界」を眼下に眺めることになる。村上春樹の初期長編『羊をめぐる冒険』(一九八二)にある「世界――そのことばはいつも僕に象と亀が懸命に支えている巨大な円板を思い出させた」という、「世界」を仮想的な対象として捉える感覚との共鳴が見て取れるのだ。

近代文学研究者の千田洋幸は、そのアニメ中心のポップカルチャー論において、[6] 一九七〇年代後半以降に(日本)社会が突入した「再帰的近代」(社会学の用語)を代表する物語作品のジャンル横断的リストを図示しているが、その中で「パラレルワールド」に分類された『世界の終りとハードボイルド・ワンダーランド』だけが「この先ポップカルチャーに関して自分なりに調べたり考えたりしたい人は、必ず読んでおいた方がいい」作品として文学から選出されている。となれば、二〇〇〇年代初頭の「セカイ系」は、デジタル・ネットワーク社会(メディア環境)の急速な変容や、それに伴う出版形態(ライトノベル)の戦略等と連動していた点で新たな名付けに値する現象だったことに異論はないとしても、やはり、その「セカイ」の内実は一九八〇年代的な事例からほぼ地続きの「世界」だったと言っていい。では、その由来をさらに八〇年代以前の過去へと辿るとき、一体どこまで遡ることが可能なのだろうか。

三　顕現する「世界」の捻れ――戦後文学とアイロニー

戦後すぐに岩波書店から雑誌『世界』が創刊（一九四六・一）された。敗戦による思想統制の解除によって、人々の抑圧されていた活字への欲望を満たした同誌は、瞬く間にベストセラー誌となった。戦後の世界秩序再建の機運に乗って、「世界」の語が強調される印象は戦後文学にもきわめて強かったのである。だが、やはり一九八〇年代の閉塞した「世界」とは異なり、「国際」性の意味合いが色濃く、概念の指し示す外延が決定的に広いように見受けられる。

そのことは雑誌『世界』の命名者が、一九四七年に第一回大会が開かれる世界連邦運動にも参加し、その後も世界政府論者として発言し続けた哲学者・谷川徹三（詩人・谷川俊太郎の父）だと聞けば余計に納得がいく(7)。谷川自身の説明によれば、戦中の一九四五年一月、政界に通じていた山本有三の発起により敗戦後の混乱抑制と再建のことを考える会「三年会」が結成（メンバーは志賀直哉、安倍能成、武者小路実篤、和辻哲郎、山本有三、田中耕太郎、富塚清、谷川徹三）、それを母胎に戦後「同心会」が作られ、当初、会の機関誌として『世界』の出版を岩波書店に持ち込んだところ、より公共性の高い総

（6）『危機と表象――ポップカルチャーが災厄に遭遇するとき』おうふう、二〇一八、二六～二八頁。
（7）世界連邦政府運動に関する谷川の主張の全体像は『東と西との間の日本――平和共存への道』（岩波新書、一九五八）を参照するのが早い。

合雑誌にすることを岩波が望んだという。『世界』という雑誌名は同心会の集まりでみんなが案を出し合って決めたものだが、結局私の提案が多数の賛成を得てその名がとられたのである」[8]。カントの翻訳も手がけた哲学者であるだけでなく、早く一九二七年に大村書店発行の『ゲーテ全集』第一五巻「芸術論集」を翻訳し（その中にはゲーテの「世界文学再論」も収録されている）[9]、「人間の回復」（『東京新聞』一九四五・一〇）[10]を掲げて安倍能成や和辻哲郎らと共に戦後の保守論壇を形成した「オールド・リベラリスト」（戦前の「自由主義者」）の一員とされる文芸評論家である[11]。

大正期の国際主義的文学者の走りとして認識された白樺派（武者小路実篤や志賀直哉）との交流も盛んだったがちがちのヒューマニストが、国際社会の新たな出発を記念して「世界」という名称を与えた着想には何の不自然さもない。この時点の「世界」においては、主観的意識の「世界」と地理的な「世界」との意味がきれいに重なっている。「彼は人間の世界の中心に立つて、そこから根源のエネルギーを常に得来つてゐる。あらゆる文化の世界での活動も、その世界自身を自己の世界に拉し来つてする活動なので、詩的活動といへどもその例外ではありません」（一四六頁、傍点引用者）――その名も『ヒューマニズム』（細川書店、一九四九）と題された書に収録された論文「ゲーテの人間像」の最終段落に書かれた言葉は、それを証するだろう。

カントも、法に統べられた「世界市民」による世界秩序の実践的提案（「永遠平和のために」）を行った哲学者だが、もちろん同時に「世界」概念を議論の中心に据える近代哲学（ドイツ超越論哲学）の祖でもある。その「コペルニクス的転回」は、（認識の）対象を人間の主観性によって全的に包摂することで構成される「世界」概念を通して、デカルト主義が分離した主観と客観の統合的回復を図ることが趣意だった。谷川の根本の意図はわからないものの、人文学・哲学（主観）と政治（客観）の二つの「世界」をあえて重ね合わせた意味での「世界平和」を希求して、雑誌『世界』を命名したのではないだろうか。

この戦後十年内の時代には、戦中期の封建的な全体主義体制と日本の近代化の「遅れ」を結びつけ、その克服を唱える近代主義者（＝国際主義者）が支えた「世界文学」論が雨後の筍のように現れ出た。竹内好など、いわゆる「国民文学」論者が攻撃の目標としたところの戦後文学評論のメインストリームである。彼らの「主義」をひと言でまとめるなら、西洋近代が形成した「世界」概念への帰依を奨励する「戦後民主主義」的な路線を導くもので、戦後直後から「第二芸術論」を唱え、日本的文芸の元凶としての俳句を攻撃した桑原武夫は代表的な論客の一人に数えられる。そのベストセラー新書『文学入門』（岩波新書、一九五〇）は、「近代小説というものはとくに歴史的知識や、その国の古典の教養がなくても、じかにぶっつかって解り、味わえるたてまえになっています」（一三三頁）として、小説のあるべき普遍性を繰り返し主張するものだった。

（8）谷川徹三『自伝抄』中央公論社、一九八九、七六頁。
（9）必然的に谷川は狭い意味での「世界文学」論にも造詣が深く、「世界文学と日本文学」と題した論文の執筆もある（谷川徹三『文学の周囲』岩波書店、一九三六所収）。
（10）谷川徹三『知識人の立場』文化書院、一九四七所収。
（11）小熊英二『〈民主〉と〈愛国〉――戦後日本のナショナリズムと公共性』新曜社、二〇〇二、一九六頁。

重要なのは、あらゆるテクストが描いている、あるいは参照している「世界」の共通空間性である。桑原は、アラン『芸術論集』を引きながら、「ものとものとの関係」や「原因から結果への関係」、あるいは「人間のものを考える作用」のことを広く「思想」と呼ぶならば、小説の伝達目的は「思想」に他ならず、それは言表の特殊性に拘束されないことを強調する。よってリアリズムを近代文学の絶対条件としながら、それを見たままの模写の態度から切り離す。「言葉でもってものを十分に描き現そうということが、そもそも無理なこと」であり、「リアリズムというのは、ものを目に見えるように描写するというより、むしろ、ものを見たかのように意識させる方法」（一三五頁、傍点引用者）なのだ。何語で書いても、作品構造を決定する関係性は普遍であり、原語と翻訳語は同じ時空間を読者の頭に浮かび上がらせることが保証されるというわけだ。

後の議論に必要なので付け加えておけば、桑原は「自己に切実なインタレスト」に不実であり、既成の大衆的興味に順応する「大衆文学」の態度を「真の文学」とは認めない。近代小説には「インタレスト」の「主体性と強烈さ」が不可欠であり、「新しい経験」の形成が何よりも重要である。荒正人を中心とする雑誌『近代文学』派から始まった「主体性論争」（一九四六年から数年間継続）は文学史的知識としては知られているが、この時期の世界文学論においても「主体性」が議論の肝を担っていたことは押さえておきたい。一九世紀的な「古い近代」による理想的な普遍世界の回復が目指されていたこと、そのような古い自由主義思想への逆行に対する反発が、対抗勢力として竹内好などの「国民文学」論や「アジア主義」の形を取ったことが理解できるはずだ。

本章の最初の方で述べたように、一九世紀以来の世界文学論を浅薄な形で要約すれば、多くの主張はいわゆる現代の多文化主義が抱える問題と同じく、各地各人の多様性を認めることに主眼があるのではなく、その差異を包含し語りうる普遍的な共通空間を敷設し、拡大することに真の目的がある。多文化主義と普遍主義とは一見対立するようだが、後者の土台なくして前者の「多様性の価値」は成立しない。多文化主義は、資本主義にせよ共産主義にせよ、ある基盤があって、そこに含まれる者たちの関係においてはじめて主張される思想である。世界文学という呼称だけみれば、あらゆる言語で書かれた全ての文学作品を総体として括る概念と考えても良いところを、何らかの条件を満たして選別されたものにしか「世界文学」の呼び名が認められないのは、そのためだ。条件は様々なかたちの提案があるにしても、それは必ず対照概念としての「国民」「国家」「民族」「母語」などの集合的同質性を超えるという項目を含んでいる。だが逆に言えば、それらの概念を自明の前提として取り込んでいなければ、世界文学は定義できない。世界文学はいわばコンテスト（世界選抜）を勝ち抜いた付加価値のある地位であって、全ての作品に無差別に与えられる称号ではないからこそ、その獲得のための方途が議論の対象となるのだ。

桑原の主張は、現代の多文化主義論のように差異（特殊性）があるゆえに認められるべき対象を世界文学として括り取るといった多様性の価値をほとんど切り捨てており、その意味で露骨な世界文学論である。また、作品の生産と流通を取り巻く不確定要素の多い外在的条件を一顧だにすることなく、全ての世界文学に共通すべき内在的条件をストレートに主張する点で極めて古典的な「普遍主義」である。その条件は、作品のなかに自立した構造（関係性）の構築を企てていることである。作品内空間に捉えられる人ともの、意識と行動の構造的関係性は世界共通の文法であるから基本的に翻訳可能であり、作品としての自立した価値を失わずに、あらゆる土地に届けることが可能になる。[12] そのことに自覚的に書くことではじめて世界で読まれうる作品となるわけだ。この発想が、やはり戦後文学者特有の一種の「反動」だったことは後に確認する。が、次に俎上にのせるべきは、こうした戦前からのリベラリストである世界文学論者との世代的な断絶を強く意識し、その距離を自らの議論のパフォーマンスのレベルに組み込んでいた感さえある戦中派の論客、鶴見俊輔の変則的な世界文学論である。

鶴見俊輔は論考「ドグラ・マグラの世界」（『思想の科学』一九六二・一〇）の第一節「世界小説の誕生」を、「世界に世界意識が生れたのは、いつからか」という問いかけで始めている。地球規模で考えればローマ帝国にも遡れる意味での「世界意識」は、日本においては「大正時代の産物である」と鶴見は断言する。より精確には、第一次世界大戦（一九一四〜一九一八）とロシア革命（一九一七）という二つの世界的事件に対して日本を当事者にしたシベリア出兵（一九一八〜一九二二）が、「現代日本」をそれ以前と画する「世界意識」を生じさせた事件だったという。鶴見にとっては、この大正時代半ばを起源として「近代文学」は「現代文学」になるのであり、その条件が「世界意識」の有無になる。よって逆に「現代文学」は必然的に「世界小説」でなければならない。

ところで鶴見も、一般には「世界意識というと白樺が考えられるけれども」と断るように、戦後の文学史観において、武者小路実篤率いる白樺派が「世界」を志向した最初の文学者たちであり、戦後の国際主義《インターナショナリズム》の先駆者であり、そして「民族」による連帯の抵抗力をなし崩しにする順応主義だったという認識は、「国民文学」論を中心とする多くの論者たちが共有してきたものである。ところが鶴見にとって、武者小路実篤も有島武郎も、トルストイやホイットマンといった出来合いの「世界思想」に華々しく乗っかってみせた点で新しかっただけで、第一次世界大戦のもたらした「世界意識」を日本の土壌において内的に発達させた文学者ではなかった。十分驚くべきことに「現代の日本の世界小説の系列の先例」は夢野久作であり、その集大成として論文の題目のとおり『ドグラ・マグラ』（一九三五）を掲げるのである。国民文学的な観点からすれば傍流あるいは奇譚の印象の強い夢野を、日本における「世界小説」の「起源」として同定する所作は多分にパフォーマンスを含んでいたのだろう。ちくま文庫版全集の西原和海による解題によれば、出版当時に『ドグラ・マグラ』を熱中して読んだのは、同書と並んで「日本三大奇書」の一つに数えられる『虚無への供物』（一九六四）を著した中井英夫、そして鶴見（共に一九二二年生まれ）といった当時の中学生たちであり、上の世代からはほぼ等閑視されたという[13]。それが事実であれば、ようやく戦後に論壇に登場する鶴見たち「戦中派」にとって、良識的知識人の「理性」に反する『ドグラ・マグラ』を言祝ぐことに世代論的な意義を見ていた可能性は高い。

　この論文の時点で、鶴見の「現代」はむろん一九六〇年代初頭までのことである。一九六一年四月に、ボストーク一号に搭乗したユーリイ・ガガーリンが世界初の有人宇宙飛行を行い、地球を俯瞰す

（12）「本格的な近代小説家は、日本の若干の作家のように家屋や着物のこまかい柄といった特殊性によって、作品を支えてはいないのです。バルザックなどは、家のつくりなどを精密に描いているけれども、それはやはり人物の行動の行われる場というつもりなので、家というものを言語でどこまで表現しうるか、というところに重点はかかっていない」（桑原、同上書、一三五頁、傍点引用者）。

（13）『夢野久作全集』第九巻、ちくま文庫、一九九二、六六八～六六九頁。

る眼（超人間の視点）が改めて人々に意識されていた時代。鶴見は他に「世界意識」を表現した夢野以後の作品として、日本とフランスの二つの舞台を行き来する地理的広さを持った横光利一『旅愁』（一九三七～四六）を半端な内容として退けたうえで、昭和一〇（一九三五）年から敗戦直前にわたって、東京・軽井沢・大分・中国を横断しながら左翼的思想の「迷路」に苦闘する「若い世代」を描いた野上弥生子『迷路』（『中央公論』一九三六・一一～（戦時中断）～『世界』一九四九・一～一九五六・一〇）、宇宙的な思弁性あるいは観念的な大言壮語を特徴とした畢生の大長編である埴谷雄高『死霊』（一九四六～一九九五）、原爆投下を案内した気象観測機のアメリカ人機長（の倫理的苦悩）と日本人の交流を中心に原爆以後の人間の条件を問う堀田善衛『審判』（一九六三）、北海道の「僻地」を舞台にアイヌ民族解放問題を描いた武田泰淳『森と湖のまつり』（『世界』一九五五・八～一九五八・五）、共産党の広範なスパイ活動を描いた木下順二の戯曲『オットーと呼ばれる日本人』（『世界』一九六二・七、八）をあげている。『死霊』だけは例外の可能性もあるが、よほど奇特な文学好きか戦後文学を専門とする研究者でもないかぎり、いまでは誰も手に取らない作品ばかりなのは後にみるように偶然ではない。

これも『死霊』を除いての話だが、いずれの作品も基本的には国際的な「世界」の広さを扱っていることが特徴である。国家を超えて全人類的に適用されるべき倫理の問題や、それを喚起する国家間の戦争（あるいは民族間の闘争）、そして元来はインターナショナリズムを指針とする共産党の活動などが題材として重なっている。ちなみに、ラインナップ中、空間的な広さを最も感じさせるのは『オットーと呼ばれる日本人』である。満州事変前夜の上海から一九四〇年代初頭の東京まで、ソビエトのスパイ組織「ゾルゲ国際諜報団」の一員として活動した尾崎秀実をモデルにした戯曲である。「世界全体を救うことが絶対の関心事」（単行本「あとがき」）[14]であったゾルゲに対して、他ならぬ故郷「日本」に立脚した「主体性」の確立を諦められない尾崎とのヴィジョンの差が、劇的な葛藤を作る。横光利一も早く『上海』（一九二八〜三二）で、租界分割された国際都市・上海を舞台に多言語的状況を描いているが、それが外国語を話している状況なのに会話の文章が日本語で滞りなく進行する嘘くさい言語空間となっているのとは違い、『オットー』では英語で話しているらしい台詞がわざと歪な日本語で書かれる点に工夫が見られ、人類共存の言葉の獲得がそうそう容易ならない困難にも意識が向けられた様子がある。あるいは各国語の差異を踏まえた先に普遍的な国際性の可能性を見ている。だが、この小説を世界的な文学というのなら、その「世界」の意味は、やはり地政学的な多様性に対応する「世界」のことである。

ところが、『ドグラ・マグラ』は以上の小説の内容とは性格を全く異にする。見方によれば「世界」のスケールは過去の近代文学に類例をみない大きさだと言えなくもない。しかし、それは水平的な距離や移動の多さの点ではなく、時間軸が円環的に歪み、細胞の千年単位の記憶と個人の現在が結び付き、「狂人」としての主人公の脳髄の迷宮を物語が永遠に抜け出ることのない、その潜在意識的な深みにおいてそうなのである。鶴見は最初、世界小説における「世界」概念を外的空間の意味で取り扱いながら、その起源を『ドグラ・マグラ』の脳髄の「時間の破壊された世界」に逢着させた。その議論のあり方自体に、「世界」の意味をめぐる一九六〇年代初頭の葛藤と混乱がよく現れている。

確かに、この話は中国の唐（玄宗皇帝）の時代まで遡行して「狂人」の先祖を設定していて、単一国

(14) 筑摩書房、一九六三。

家の境界を越えた拡がりを持っている。また、福岡市にある九州帝国大学の精神科を舞台とする「地方民中心主義」によって、近代文学の主要舞台である東京の優越を相対化している。地理的な世界の広さの認識を欠いているわけではない。さらに、この小説だけに関わる話ではないが、頭山満を中心として大アジア主義（アジア解放）を掲げた「インターナショナルな視野をもつ」右翼団体・玄洋社と深い関わりを持ち、無官の政治運動家として政界の裏舞台を立ち回った杉山茂丸の息子こそが夢野久作（本名・杉山泰道）であるという事実、何よりも、鶴見が「世界意識」の直接の発生元と考える出来事・シベリア出兵をテーマにして、夢野が「氷の涯」（『新青年』一九三三・二）を執筆している事実は、その作家活動全体に「本質的な意味でインターナショナルな感じ方」を与えていると主張する。そのうえで、「日本の右翼思想の思想方法上の特色を、集約的に表現している」畢生の大作『ドグラ・マグラ』は、まさに「世界精神」の具現なのだと結論するのだ。しかし、対象読者層や流通範囲の狭さもさることながら、内容面においても、ゲーテが提唱した元祖「世界文学」のイメージに、ここまで見事に反する小説も他にないのである。

鶴見の評論が世に出たのは一九六二年一〇月である。同時期における、このような「世界」の方向転換の姿勢は、時代に特有の様々な外発的要因が関わっているに違いない。だが結局のところ、文学界における「世界」概念の変容は既に起こって久しく、ようやくそれがはっきりと口に出されたのが、このタイミングだったのではないか。一九八〇年代の『世界の終りとハードボイルド・ワンダーランド』のような閉鎖的なメンタルの世界を「世界」と名指すような捻れた「世界」意識は、ここから繋がっているはずだ。したがって、戦後から一九五〇年代半ばまで戦後民主主義の中核にあった国際主義を基とする世界文学論は、新時代の認識の実態に見合っていなかったからこそ、あのような理念的な「世界」の復活を反動的に求めていた構図が透けてくる。なお、一九五〇年代において、創作の実践を通して「世界」概念を鶴見的な方向に決定的に推し進める役割を果たした作家は、その後の大江健三郎から村上春樹へと確かな「影響」の流れを作ることになる安部公房だと考えられるが、議論は終章で改めたい。

以上から類推するに、本論が「セカイ系」から遡りつつ辿ってきた「世界」概念は『ドグラ・マグラ』の登場の頃（一九三〇年代）に、それ以前から進行していた「世界」意識の拡大と変容の結果として生まれたものである。「現代」を「近代」からテイクオフさせるための議論がもっとも激しかった一九六〇年代初頭の鶴見の（鋭敏な）眼が、戦後のリベラリスト（旧世代）の保守的な「世界」観に当てつけるかのように、自分が少年時代に熱中した『ドグラ・マグラ』の「世界」から「近代の超克」の可能性を拾い上げたのではないか。だとすれば、鶴見の考える一九三〇年代の「世界」の転回を、その時期に限定した一文学作品の個性だけに紐付ける必要はないだろう。[15] それは、どのような「転回」として定義できるのか。同時代に「世界」のありようについて哲学の領域で深く考察していたハイデガーの

(15) もちろん一九三〇年代は便宜的な区切りである。夢野に限っても『ドグラ・マグラ』の世界観に先行する『白髪小僧』（一九二二）のハイ・ファンタジー的世界まで「世界」の変容の始点を繰り下げる議論も可能だろう。『ドグラ・マグラ』の中に感得される「世界」がそもそもおとぎ話風の幻想世界に由来するのであれば、大江や村上に代表される一九八〇年代の「世界」的小説が一種のファンタジーに近づいた事実まで、一本の系譜を引くことが可能になるからである。

講演録『世界像の時代』（一九三八）の枠組をここで借り受けたい。その議論を小説論として読み直したいのである。

ハイデガーは一九世紀初頭に形成された（像としての）「世界」とは何であるかを哲学的に解説したうえで、それを現在乗り越えるべき対象として批判した。そこには鶴見と同じく同時代をそれ以前と区別する画期の意識が働いていたことが重要である。奇しくも、この講演録の邦訳の出版は、鶴見の文章が発表される約半年前の一九六二年一月（桑木務訳、理想社）だった。鶴見が実際にハイデガーの文章を読んだのか、その世界文学論を書くうえで何らかの影響があったのかを特定することには、しかしあまり意味はない。古い「世界」像の時代が終わりつつあり、新しい「世界」を再形成しなければならないという問題意識が、一九三〇年代から一九六〇年代初頭までに及ぶ時間幅において共有されていると見える事実を押さえられれば十分である。確かにハイデガーは、この書で文学の話をおくびにも出さなかった。が、だからこそ、その哲学的論理をジャンルを超えて応用する自由の可能性が与えられたとも言える。以下の議論は、私たちの本分を逸脱したハイデガー論でもなければ、『世界像の時代』の註釈的な解説でもない。あくまで理論的可能性の中心を参照枠として借りた文学論の試みであることを断っておきたい。

四　「世界像」の時代と小説の機構

ハイデガーは『世界像の時代』において近代の本質を問う。一般的な理解では、近代になって人間は自らを解放し、神学的体系を中心とする中世的な束縛を脱した結果、個人主義といわれる人間中心の時代が到来したと考える。しかし、それは雑な一般論である。より精確には、近代とは人間が「ズブエクト」（主観／主体）となった時代、さらには「スプエクトゥム」（基体的主体）として「世界」を形成するような特別な存在になった時代のことと定義されなければならない。よって近代の本質を問うためには「世界像」について考えなくてはいけない。なぜなら、この「基体的主体」としての新しい人間が創り出す「世界像」だけが、「神」に代わってあらゆる存在するものを保証する根拠となるからである。人間が存在するものへと「関与」する中心となることで、「その上にすべての存在するものが、その存在と真理という仕方において基礎づけられているような、そのような存在するもの〔基体的主体〕になる」（二二六頁）こと、それは個人主義などという言葉で安易に括られるべき事態ではないのだ。

なるほど近代は、人間の解放に伴って、主観主義《ズブエクティヴィスムス》と個体主義《インディヴィドゥアリスムス》とを導いてきたことは確かです。しかも同時に、近代以前のどんな時代も、近代のそれと比べられるほどの客観主義《オブエクティヴィスムス》は創られなかったし、また近代以前のどの時代にも、集団的なものの形態をなす非個体的なものが、このように通用することなど、決してなかったこともまた、確かです。このばあい本質的なことは、主観主義と客観主義とのあいだの必然的な交互作用です。〔二二五頁〕

近代において「世界」は、人間の主観性の及ぶ（理論上は無限の）範囲における「存在するものをひっくるめての名称」のことだが、その「世界」に保証されている限りでの〈実在〉を対象とする科学の隆盛に見られるように、近代は過去に例をみない客観主義の時代でもある。そして重要なのは、「世界」の根拠（＝「基体的主体」）としての人間もまた、その「世界」の内側に（循環論的に）確保されている点である。主体としての人間は、客体としても「みずから像のなかへと、座を占める」。近代は人間が「新しく在る」ようになった時代だが、それは「像となった世界に属すこと」でもあるのだ。M・フーコーが『言葉と物』（一九六六）において論じた〈経験的－超越論的二重体〉（すなわち人間）の誕生のことである。一八世紀末から一九世紀初頭にかけての世界認識論の領域において、人間は（環境に対する研究の）主体であると同時に客体という二重体となったのである。[16]

したがって「像」と聞いて個別の模倣画や世界地図のような具体的な絵柄を思い浮かべるのは正しくない。私たちがある存在するものについて「分かっている」とき、「事柄自身が、わたしたちにとって在るように、わたしたちのまえにある」ように表象されるための「足場」や「身構え」あるいは「下絵」や「設定」のことである。いやむしろ、そのような比喩的な言い換えをするのであれば――ハイデガー自身はこのような言葉を使用していないが――それは（先験的な枠組としての）「遠近法」のことと見なすほうが直観的に理解できるのではないか。「世界像とは、本質的に解すれば、それゆえ、世界についてのひとつの像を意味するのでなくて、世界が像として捉えられている」（二九頁）ことであり、したがって「世界像は、かつての中世的なものから近代的なものになるのではなくて、そもそも世界が像になるというそのことが、近代の本質を表わしている」（三〇頁）のだ。「中世的世界像」や「古代的世界像」という概念自体が成立せず、「中世の芸術作品」には「世界像がない」ことを明言するハイデガーの頭の片隅に、近代絵画において確立する透視図法（線遠近法）のイメージがあった可能性は拭えない。[17] ただし、同書はようやく一九世紀への転回のなかで「主体」が誕生したとも明言しているわけで、「近代の本質」の根拠を遠くルネサンスに始まる近代的遠近法のアイデアだけに頼っていたはずもない。実際、「世界像」と視覚芸術の関係を問題にするなら、窓枠に切り取られた景色を絵画の理想とする古い近代の「枠視」よりも、制限無しのパースペクティヴの実現とみなされたパノラマ的視覚（俯瞰視）の登場（一八世紀末〜一九世紀初頭）によって、旧来の遠近法的イリュージョン技術が大きく拡張されたことのほうが重要になる。そのことは次節で言及する。

一般に、一八世紀後半から一九世紀後半は啓蒙主義からロマン主義へと「人間」臭い思想の隆盛が続くことによって、文学における「作者」の概念も大きく更新された時期とされている。つまり、世に流通する文学作品が、独創的な「人間」一人の仕事であるというイメージを強化した時期である。しかし

（16）少し遡れば、一八世紀初頭にはライプニッツが、動物は感覚の受動（とその変化）を表す単純な「表象」は持てるが「自分がそう感じているのを意識すること」はできないとして、後者のように「明確に意識化され、自己への反照も含むような表象」（金森修『動物に魂はあるのか』中公新書、二〇一二、一一八頁）としてのapperception（統覚）の有無を人間と動物を分かつ基準としたというが、環境からの開放性の定義を緩めれば類似の発想はいくらでも遡れるだろう。したがって環境に対する従属や開放の度合いではなく、そもそも環境を前提にしないというカントの超越論哲学による発想の「転回」——超越論的な場の先行性——を通して「人間」が定義されたことを基準に、〈経験的‐超越論的二重体〉という概念があると見なす必要がある。

（17）柄谷行人が『日本近代文学の起源』（講談社、一九八〇〔二〇〇四定本版〕）の第一章「風景の発見」で展開した西洋絵画との比較の議論を思い出したい。ロジックは相当に似通っている。

それを単純に神の存在の後退と人間中心主義のさらなる台頭によるものと考えて済ましてはいけない。私たちがわざわざ「二重体」などという捻くれた人間性の定義を近世（前期近代）の人間観から分けてしなければならない理由には、この一九世紀的「人間」がひとつの対抗として生まれた可能性が含まれている。何に対してか。第二次産業革命の飛躍的な技術革新による資本主義の急速な浸透である。資本主義社会において中心化する人間のモデルは、物象化を促す経済的体制によって〈疎外〉された人間である。したがって、この時期に強調された「天才としての作者」が、その後の近代文学における作者神話の元を作ったとして、ロマン主義ばかりに責を負わせることには留保が必要である。機械化した近代社会に作者のオリジナリティは不要であるという、二一世紀に続く巨大な流れ（大文字の「近代」）に対する反動として、ロマン主義的な作者観が強化された面があるからだ[18]。近代社会のさらなる発展を予感して、いつの日か不要とされるだろう個性的で天才的な作者概念が反動として練り出された可能性である。よって、一八世紀末から一九世紀はじめにかけて生じた「人間」観は、失われゆく人間をつなぎ止めようとする過剰分を含んだ人間中心化であり、それゆえに「二重体」という分裂したモデルになるのである。この人間主義は、第二次世界大戦前後に、その「アイロニー」の構造を強調する形（広義の言語論的転回の地平）で再演されることになる。

加えて、おそらく講演時のハイデガーの心中を占めていたのは、カントが提示した超越論的自我（主観性）による「世界」把握のアイデアを起点に、一九世紀初頭より花咲いたドイツ観念論（フィヒテ、シェリング、ヘーゲルなど）が引き継ぎ、各々の形に展開していった「世界」概念の総体だったと思われる。でなければ、一八世紀後半辺りからとしてもよさそうな「主体」の誕生時期を一九世紀初頭に特定する必要はなかったはずだからだ。有名な〈世界－内－存在〉という用語に代表されるように、カントの徹底的な再解釈によってドイツ近代哲学の系譜を引き受け、それをもう一段階「転回」しようとしていたハイデガーが二回目の世界大戦を目前にして、講演という制約のなかで世界像の〈起源〉に立ち返ってみせたのは何ら不思議ではない。神の力が失効した時代に、それを代替する世界システムの構築を牽引したのは、早く一六世紀に宗教改革（世俗化）を始動し、やがてはニーチェを輩出するドイツの哲学である。

　ここまで話が進むと、私たちが問題とする「日本近代文学」から議論が遠く離れてしまった印象を抱くかもしれない。繰り返しになるが、ドイツ・ロマン主義の祖とされ、広い意味でのドイツ観念論にも属するゲーテが、一八二七年一月三一日付でエッカーマンに送った書簡の中で「国民文学」に固執することの無意味さを言い、いまや「世界文学の時代が始まっている」ことを指摘したとき、現在通用している意味での「世界文学」が一般語的な形で誕生したといわれる。だがその「世界」は、経緯からいっても、カント由来の超越論哲学の「世界」と響き合う概念だったことを忘れるべきではない。実際、いまだ概念としては未成熟とはいえ、「世界文学」の語をゲーテよりも半世紀以前に既に使用していたと

（18）夏目漱石は、芸術論的な寓意になっている『夢十夜』（一九〇八）の「第六夜」を、「遂に明治の木には到底仁王は埋まつてゐないものだと悟つた。それで運慶が今日迄生きてゐる理由も略《ほぼ》解つた」の文で終えているように、「芸術」の不可逆的な世俗化の流れを憂いていた面が多少あるが、大正時代の「天才」（≒狂人）論の流行は、そのような時代認識とセットとなって縮小再生産されたものと見なせる。

される歴史学者のアウグスト・シュレーツァーや、一八世紀末に使用例があるという古典主義の詩人クリストフ・マルティン・ヴィーラントは、[19]ともにカント以後の知識人である。ドイツ語圏の近代思想においてて「世界」という語の重要性が知れるだろう。そして、その「世界」の意を抱えた「世界文学」のアイデアが一八九〇年代半ばには極東の日本に辿り着き、逆に日本の「国民文学」の形成の触媒となったのであれば、[20]「世界像の時代」に誕生した「世界」概念も一緒に日本近代文学の中枢に流れ込んでいたとみるのは自然な類推といえる。

加えて、当時の英米の分析哲学でも「世界」は基本概念として使用されていたはずだが、近代日本初期の文学者による受容は確認しにくい。明治時代の「日本近代文学」の思想的基盤形成に与かった影響力ではドイツ哲学・美学の浸透が決定的だった（匹敵するのは英米の近代心理学だが、それも元は近代哲学からの派生である）。美学を文芸の創作の議論へ持ち込んだのは、直接的には森鷗外や島村抱月（一九〇二〜〇六年にイギリスとドイツに留学）の名が真っ先にあげられる。大学院時代に『哲学雑誌』の編集に関わり、ドイツの哲学者ハルトマン（鷗外の文学観の根拠となった人物）の友人でもあった御雇外国人教師ケーベルの美学の講義を受講した夏目漱石も、間接的にはその流れに関わっている。東京帝国大学に設置された美学講座の初代日本人教授となる大塚保治は、『吾輩は猫である』（一九〇五〜〇六）の迷亭のモデル説が出るほどに漱石と交友を結んでいたが、彼が美学研究でヨーロッパに滞在したのも一九世紀末（一八九六〜一九〇〇）だった。

そもそも超越論哲学の「世界」概念を考えるとき、常にヨーロッパの文化的中心としてのフランスの自明な世界性（普遍性）への対抗として、ドイツの民族主義が「遅れ」てきたからこそ、脳内で「世界」を丸ごと包摂し奪還するために生み出した思考の枠組だった印象が強い。なかでも一九世紀初頭は、ヘーゲルが馬上の「世界精神」と形容したナポレオンによって物理的に侵略下に置かれたことの精神的な反動が、ドイツ思想における主観性の「世界」をさらに肥大させたはずである。したがって、同じく「遅れ」て西洋列強の世界に参入しようとした日本政府が、陸軍や帝国憲法などの制度的インフラの整備において、普仏戦争（一八七〇～七一）以来国力の逆転劇を演じてきたドイツ帝国（立憲君主制）をモデルとするケースが多くなるのは当然として、主観性の活動を代表する文学の領域においても、その「世界」概念のエッセンスが浸透していったことは想像に難くない。(21)

とはいってもフランスの思想的影響力も甚大だったはずで、近代の翻訳文化の嚆矢となった明治一〇年代のジュール・ヴェルヌの科学的空想に始まり、明治二〇年代にヴィクトル・ユゴーらロマン主義系の社会派文学が自由民権運動（及び小説の教育的意義の議論）にもたらした決定的な影響、ゾライズムからの自然主義、印象派的自然主義の代表者とみなされたゴンクール兄弟、そして上田敏らが紹介した

(19) ダリン・テネフ「序論」、野網摩利子編『世界文学と日本近代文学』東京大学出版会、二〇一九所収、一三頁。
(20) 笹沼、前掲書（三三～三四頁）を参照。
(21) なお、日本では主に一八八〇年代、大日本帝国憲法が施行されて第一回帝国議会が召集される一八九〇年頃までが、通称「ドイツ学」が急速に浸透した時期である。森鷗外が衛生学を修めるためドイツ留学するのは一八八四～八八年で、翌八九年から文筆活動を本格的に開始する。

フランス象徴派などによる文学理論面の更新は無視できない。実際に大正期を挟んで以降は、一九二七年に刊行を開始し、「円本」ブームの一環として多大な売り上げを記録した新潮社の『世界文学全集』に既にフランス文学の採録数が一番多かった事実（三〇パーセント強）からもわかるように[22]、横光利一や堀辰雄など初期「昭和文学」の中核を担う作家たちが模範と仰ぐ一番手はフランス文学となっていった。ただし、その大半は芸術作品を評する基本である主題的あるいは技術的・方法論的な観点の参照が主だった[23]。

文学者が積極的に摂取したフランス系哲学としては、反カント派の思考の代表として大正期に流行し、一九三〇年代のいわば「戦争の時代」に「近代の超克」のイメージと結びついて再燃したベルクソンが唯一無二の存在として挙げられるが、時期的には後続の動きである。ひるがえって小説の中に描かれるべき「世界」の構造的成り立ちや認識体系に関わる問いといった哲学的な基礎づけの言説は近代文学の形成初期に不可視的に要請されるものであり、主にドイツの知識体系に由来していた。いわば文化の華やかな知覚的層と実体のない観念的層の棲み分けがあったと考えるとよい[24]。絵画をみても、ドイツ表現主義の登場以前は、具体的な作品に関わる人的交流や言説はフランス語圏中心であり、ドイツ文化はそのような美的体験を基礎づける美学（哲学）を学ぶソースだった。文学もまた具象的な形をとる「美術」に含まれるものと認識されていた時代にあってはなおさら、容易には目に映らない哲学の文学的影響は識別しにくい。もちろんいま本論が注目しているのは、明治期の近代文学研究のなかでは——鷗外研究を除いては——省みられることの比較的少ないドイツ思想の重要性である。

さて以上の内容をまとめ、かつ理解の補助を提供するため、無謀を承知で『世界像の時代』において提示された一九世紀的な「人間」の概念を基に、できるだけ汎用的な「世界」形成のイメージを（ハイデガー哲学の用語を借りつつ）描いてみたのが【図1】である。右側の人物が基体的主体で、その頭から上に行く線によって主観性の「超越」が表され、それが円を描き、「世界」が超越論的主観性の拡が

(22) 秋草俊一郎「術語としての「世界文学」——一八九五—二〇一六」『文学』二〇一六・九。なお同論文によれば、同じ新潮社による一九五二年刊行開始の『現代世界文学全集』では、フランス文学が四七パーセントを占め、戦後における文学大国を印象づけるが、以後は次第にシェアを狭めていく。フランス文学の受容は昭和年代と共に去ったと言えるかもしれない。

(23) ゾラの自然主義には技法への志向が典型的に表れている。ゾラが、クロード・ベルナール『実験医学研究序説』に基づいて書いた「実験小説論」（『ヴォルテール』紙、一八七九・五）は、創作における「実験的方法」の薦めであった。

(24) もちろん二葉亭四迷を筆頭に国民文学形成期のロシア文学の影響力は甚大だったし、また一八八〇年代から九〇年代にかけて日本の多くの知識人の導き手となったハーバート・スペンサーら英語圏の思想の文学テーマへの浸透も無視できないが、切りがないので省略させてほしい。ただ、後者のドイツ思想との関係についてひと言付け加えると、むしろ一八九〇年代は、ヘーゲルを筆頭とするドイツ観念論の凋落とイギリス経験論の重要性のほうが比較的強く言われるようになる。それと関係するのか否か、明治二〇年代の探偵小説ブームが引き連れたエドガー・アラン・ポーの受容や、特に日清戦争後は明治生まれの「言文一致」世代による英語学習の浸透もあって、『文学界』同人によるラファエル前派のロセッティ受容、国木田独歩によるワーズワース受容など、英米文学の直接的な影響が増加した印象がある。大雑把に言って、一九世紀末以降の文芸理論が向かうのは、この二系統（観念論と経験論）の統合あるいは調停の模索である（漱石を典型とする）。

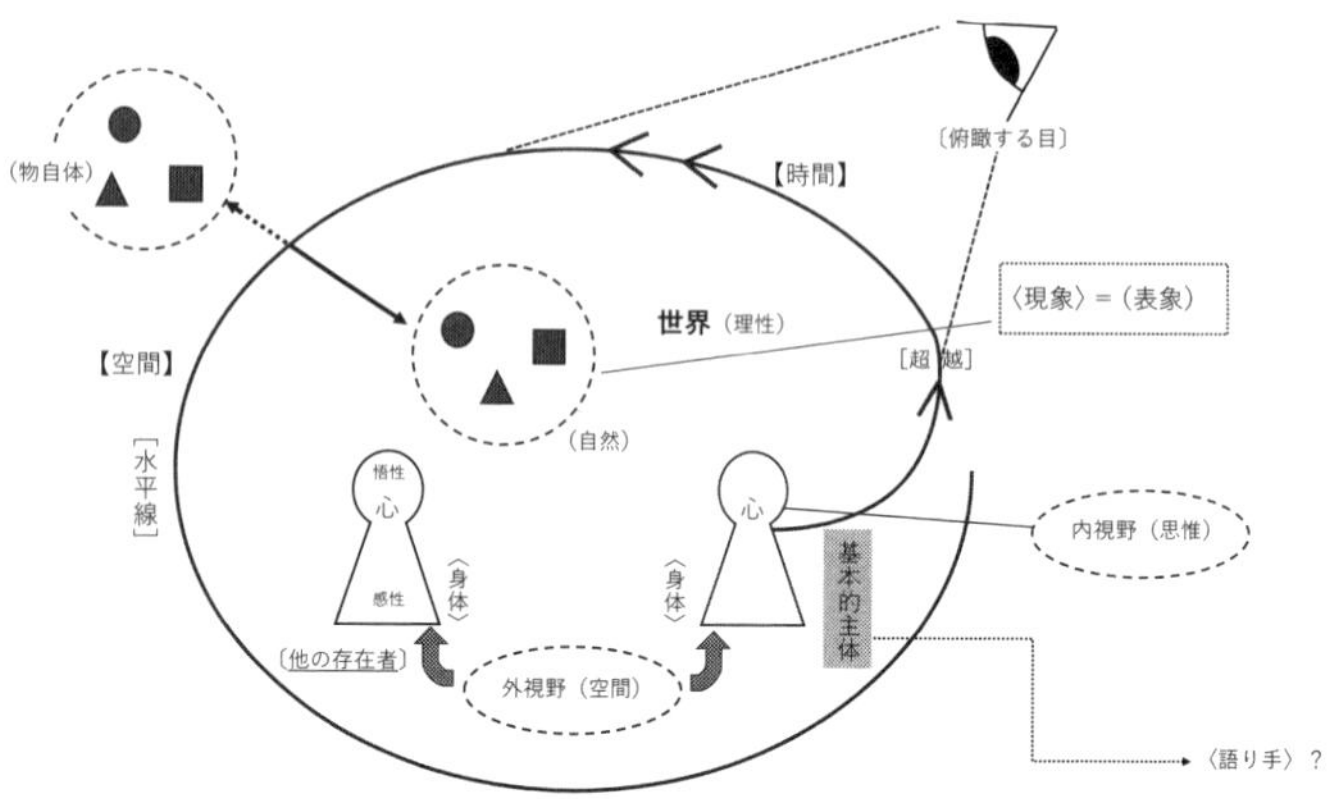

【図1】超越論的主観性（による「世界」形成）－ 経験的存在者［身体（外面）／心（内面）］の「世界」図

りとして形成されている。そして全ての存在するものを表す「世界」の輪郭の内側に、自らの存在も囲い込んでいる。超越論的であると同時に経験的な存在者が「主体」になるわけだ。

注意を促しておきたいのは、一般にいう近代的人間の身体（外面）と心（内面）の分裂は、「世界」に描き込まれた経験的存在者それぞれの個体で（入れ子的に）生じている状態であることだ。串田純一『ハイデガーと生き物の問題』（法政大学出版局、二〇一七）は、フーコーの提示した〈経験的－超越論的二重体〉の議論を簡単に紹介する箇所で、近代の「私たちの存在は、あらゆるものの現象を可能にする条件が属す超越論的なものとしての人間と、他の存在者たちと相互作用しつつそれらと共に世界の内部で経験されるものとしての人間とに、深く分裂し二重化されているのである（そして後者の経験的人間はそれ自体さらに心と体という二つの要素に分裂している）」（四二頁、傍点引用者）と記している。このように人間の心も実在の研究対象となり、科学としての実験心理学が一九世紀以降に急速に発展するのだが、それは「世界」によって確保された個別の経験的人間に考察を注力していった結果であることは忘れないでおきたい。当初は古くからある悟性と感性の区別の応用から始まった個々人単位の内面の深みへの探究は、一九世紀末には精神分析学が切り開く「無意識」に辿り着き、経験的人間を解体し、同時にまわり巡って超越論的な次元としての「世界」の枠組を脅かすことになるが、これはまた後の話である。

円の右側のほうに【時間】と記したのは、ハイデガーにとって「超越」こそ現存在の根源的な時間性を根拠づけるからで、左側のほうに【空間】と記したのは、その意識の拡がりの果てにおいて「水平線」によって確定される物理的な「世界」の限界を意味している。つまり、この「世界」形成のベクトル（輪郭線）は、主観（企投）と客観（被投性）の相互転位（コインの表裏）を表している。「世界」から客観的実在を分け隔てているのではなく、「世界」は主観であると同時に客観なのである。したがって、図では便宜上、「世界」の輪郭を（感性や悟性といった経験的人間の領域を超越論的に包含する）「理性」の働きとして実線で描いてはいるが、その外部（超主観）は存在しない（「物自体」は認識の対象ではない）。「世界」を構成する「現象」のみが「存在」する。だが、それは「世界像」に属する限りで「実在するもの」であり、人間以外の存在は「自然」と呼ばれ、近代的学問における研究の客観的「対象」となる。

既に気が付いたかもしれない。これは近代小説の機構そのものの図解なのである。このモデルにおいて〈語り手〉は超越的な神の視点ではない。フィヒテからヘーゲルまでのドイツ観念論に共通する特性は、世界を保証する神の超越的な位置を自我宇宙に回収する哲学だということである。〈語り手〉はあくまで人間の自我からはじき出され、かつ自我に帰る循環的な位置を占めている。それは超越的ではなく超越論的なもの〈〈私〉に基礎付けられるもの〉とみなす必要がある。そのため「世界」の内に現象する対象としての人間（時に過去の語り手自身を含む登場人物たち）の心と身体（あるいは内視野と外視野）は分裂してはいるが、両者の統合を〈語り手〉という超越論的な主観性（＝「世界」）が保証しているという人間中心主義的な構図になる。リアリティを単純に客観的対象とするのではなく超越論的に保証している。

この仕組みは、仮に三人称小説と称していても、語り手は主に一人物（主人公）のみに焦点化して、その内面を描き、他の登場人物の内面は一度も覗き見られない形にするか、あるいは複数人の内面が描かれるにしても頻度に偏りを設けて、ある特定の人物（主人公）の内面が集中的に描かれる場合の方がしっくりくる「近代小説」の特徴を適切に説明する。西欧の近代小説の初期確立期においては、主人公の固有名が小説の題にそのまま使われ、一人の人間（人生）の伝記形式を擬態することが基本だったことにも関わる。もちろん理論上、小説の語りは超越論的な形式として自立している前提なのだから、複数の登場人物の内面を平等に描くことは可能で、実際にそのように書かれた小説も存在する。だがその場合でも、各人物に対する語り手の親近度には差別が生じているテクストが大半である。

前近代の物語の一つのタイプは、「聞き語り」の（複数人を介する）連鎖を経て形を整えた「語り」という体裁であり、出来事の描写はその伝聞内容から想像的に再現された印象を与える。その名残として、前近代のみならず西欧近代初期の小説も、最終審級の語り手と物語内の人物とは基本的に場所や時代を共有せず切り離されているケースが多い。それは単に切り離されているのではなくて、物語全体を伝達最終形において掌握している存在という点で、語り手は過去の「世界」のほとんど外部と言いたくなる位置にいる。よってもう一つのタイプは（近代小説のプロローグ的な時代によく現れるもので）、「伝聞」という経緯を示さず、この外部性が超越性に置き換わった語り手――物語世界の創造主（神）を代弁する全知の存在としての語り手――が展開する話といった体になる（そして登場人物たちはこの世界全体という盤上の大きなストーリーを少しずつ知り、その駒として回収されることで収束する場合が多い）。いずれにしても読者は、固定した超越的な視点から全てを把握している語り手の単声的な語りを聞かされている感じになる（登場人物の心情も、その人物自身の声ではなく語り手の声を通した間接的なものに聞こえる）。

対して、描写優位の新しい近代小説の語りは描写の対象をその場で観察していて、読者はその視線とシンクロしているという印象が強い。つまり、語り手は描写の対象と同じ時空間に置かれた透明なカメラのように、人物や景色を写していく存在に感じられるのである（それは登場人物目線の主観的な視界にも頻繁に切り替わる）。この対比を単純な経験則から説明すれば、前近代の物語は、どんなに人物の服装や身振りが細かく説明されているように見えても耳で聞けば話の筋を捉えることができ、内容を理解することができる（古語であるなどの文法的困難を別にして）。語りの声色（や距離感）が基本的に一貫して同じだからである。一方、描写を重要視する近代小説は、耳で聞いて理解するようには作られておらず、読みながらイメージを繋ぎ合わせて再生するように作られている。人物と行動以外の環境的な事物（いずれ二〇世紀にもなれば視覚以外の身体感覚）に及ぶ細かな描写を全て受容すれば、脳の短期的な記憶と想像力のキャパシティをオーバーフローして話の筋を見失う。要するに、近代小説はテクスト空間内に視点を置いているために視界の制限された拡大視（経験的世界への没入）と、超越論的な語り手による全体の俯瞰（喩えれば監督《ディレクター》の眼）との連携によってリアリティの深みを保証されている。この「超越論的な語り手」は近代になって、以前の外部的／超越的な語り手が小説内の現場（経験的な地平）に近いところまで降りてきたものと考えてもいいのだが、むしろ【図1】のように「経験的な地平」から俯瞰的な位置へと繰り上げられた視点をイメージしたほうが、小説の構造を考える上では理解の座りがいいように思われる。言い換えれば、テクスト空間に内在的で詳細な描写は拡がりに限界があるため、世界を複数の異なる色の「世界」に分割してしまうが、同時にそれらの分割／境界を乗り越えようとする超越論的な俯瞰性を持つのが近代小説の語りの基本形（二重構造）である。近代社会になって初めて私的空間が形成されるのと小説の誕生とが相即するという議論は、単に物語が描くべき対象として新たに人間の私的領域が発見されたということだけを意味するのではない。他者の眼から分け隔てられる私的空間は、形成と同時に覗き見られるべき欲望の対象となったのであり、その二重性に基づいて、小説の構造そのものが見出されていったことを意味している。

では、「世界」を像と見なすような視力を有する小説形式への転機はいつ頃訪れたのか。田山花袋は、それまで積み上げてきた文学論をまとまった形で表した「描写論」（『早稲田文学』一九一一・四）において、はじめに「記述」と「描写」の違いをわけて説明し、近代小説に不可欠な後者の意義を訴えるなかで、次のように述べている。

小説に物語風のなくなつたのは、近代のことであつて、バルサツクあたりでも、随分長たらしいお話風のチデアス〔tedious〕な記述が多い。それは中心に入つて行けば、ペリゴリオ〔『ゴリオ爺さん』一八三五〕だのユーセン、グランテ〔『ウジェニー・グランデ』一八三三〕だのには、いつか記述を離れて描写に入つて行つたやうなすぐれた処が沢山あるが、それでも其時分にはまだ作者が自覚して描写を心がけて居たとは思はれない。記述をしたり、お話をしたりしてゐる中に、いつとなく興が出て、我知らず描写三昧、状態描写に入つて行つたといふやうな処がある。ツルゲネエフの「猟人日記」なども記述と描写と相半ばして居て、森林を描くにも、後に出たインプレシヨニスト〔印象派〕の様に、外面的に投り出した様な描き方をしなて《ママ》居い。作者が記述したり説明したりして居る。
実際——現象に対しての作者の気分如何。これが描写と記述とに自づからなる区別をなしてゐることは争ふべからざることである。

終わりから二行目の「現象に対しての作者の気分」という言葉が重要である。同論文で花袋が繰り返すのは、絵画の印象派のように「現象を現象として見る気分」が「描写」を決定するのだという主張である。本書の議論の仕方からすれば「作者」に還元する論法はできれば避けたいところではあるが、このように「世界」に対する没入感の重要性を強く言った花袋にとって、一九世紀リアリズム小説の一部の作家はまだ道半ばの新しさだったという考えはよく理解できる。しかし「お話風のチデアス〔tedious〕な記述」と超越論的な語りとはレイヤーが重なって見えるため、両者を完全に分離するのは難しい（そのため第六節で扱う「没理想論争」が起きたとも言える）。見方を変えれば、「記述」と「描写」という二重構造を表向き明確に持っていた時代の一九世紀リアリズム小説こそ、小説形態の完成形だったのだと言うことも不可能ではないだろう。

いずれにしても「記述」的な余分が際立って見えるか否かに拘わらず、〈私〉に基づく超越論的な語り手（眼）が近代小説の骨格を支えているという本書の主張は変わらない。時々誤解があるようだが、三人称多元視点の小説の語り手は「神の視点」ではない。「超人」的ではあっても、結局のところ、「世界」は人間の主観性が届きうる範囲に漠然と留められているからだ。それは古代哲学からあった宇宙論的な世界とも違い、人間の社会的共同性の場まで十分に引き下げられた「世界」である。逆に、近代的な描写の唯物性を徹底しつつ、人間的主観性を介さない文字通りの「神の視点」を小説の語りで演出した場合、たとえば現代作家の青木淳吾のいくつかの作品のように小説の体裁を持たない実験的小説の姿となるか、同じく現代作家の上田岳弘の初期作品のように、人知を超えた宇宙的環境と長大な時間スケールを描いたSF的内容になるだろう。

五　俯瞰する眼——自由意志と自然（環境）、そして想像力

「はじめに」でも述べたとおり、ケーニヒスベルク大学で長き（一七五五〜一七九六）にわたって「自然地理学」の講義を担当し、その講義録（一八〇二）も出版したカントは、「世界市民」を担い手とする「永遠平和」を理念的に模索するにあたって、地球有限主義を前提としていた。人間が世界を支配的に覆い尽くしていけば、地球が球体であることによって人間の存在領域には地理的限定が生じる。そのことを自覚し、世界内の共存のあり方を模索しなければならなくなった事実と、カントが「物自体」を認

識から除外することで形成した哲学的な「世界」の閉塞感とはおそらく関連している。

既に述べたように、超越論的な次元によって捉えられる世界像においても外部は存在しない。物理的な高みから大地や海原を見渡すとき、地球が球体であるために認識の範囲（視界）が〈地平線／水平線〉に限界づけられる。その決して物理的に存在してはいない線が、その先に「世界」が無限に延長する感覚と同時に、眼下に掌握された「世界」の内側に囲い込まれている感覚を〈見る者〉に生じさせるとしたら、それこそが近代的人間に新しく与えられた「世界」観である。狭いようでいて広く、広いようでいて狭い、という両義的感覚は、人間の主観性によって世界が覆われているからこそ生じる感覚である。それを実感するには、自ら作り出す主観性の世界に自ら閉じ込められる例として、夢のなかの世界を考えてみるといい。その世界は何が起こっても不思議ではない無限の生成の可能性——社会的制約などを易々と超えていく可能性——を持っていると同時に、常に何か望んでもない出来事に追われているような、逃れることのできない心的な狭苦しさを感じさせる場でもある。主観性に基づけられた「世界」は、開放性と共に閉塞性を伴わずにはいない（これは近代の大綱である「自由」がもたらす閉塞感とパラレルである）。そのような「世界」的視野の獲得を、具体的に「パノラマ」という大衆向け芸術メディアの発明と流行（その盛衰は一九世紀にきっちり収まる）に結びつけて、詳細に記述した書がS・エッターマンの『パノラマ』（一九八〇）である。[25]

（25）原著はドイツ語。以下、同書に関わる内容や引用は、全て英訳版 Stephan Oettermann, *The Panorama: History of a Mass Medium*, tr. Deborah Lucas Schneider (NY: Zone Books, 1997) を参照した。

同書によると、展示物としてのパノラマの歴史は浅く、イギリス人（アイルランド系）画家のロバート・バーカーが、その技法の特許を取得したのが一七八七年六月一七日。その発明物はフランス語で“la nature à coup d'oeil” [nature at a glance] と名付けられたので、和訳すれば「一望の自然」といったところだろうか。つまり、この時点で「パノラマ」の呼称は使われていなかった。一八世紀後半の同時期には、三六〇度の眺めを描く絵画がヨーロッパの複数の画家によって制作されていたが、その特定の絵画形式に対してギリシア語の pan（全て）と horama（眺め）を合成して人工的に作られた言葉であり、イギリスに流入してバーカーの発明物がその名で指し示されるようになるのは数年後のことになる。この語のドイツでの使用の記録は、一七九五年にバーカーの発明の紹介記事に認められるのが最初で、一八〇〇年までにヨーロッパ各語に流入していったという。[26] そして一七九九年にパリ、一八〇〇年にベルリン、一八〇三年にハンブルグと立て続けにパノラマ画を展示する円形楼閣が建設され、イギリス以外でも本格的な興行が開催されていった。外光を天井から取り入れたドーム型の建物の内壁に長大な風景画が張り巡らされ、その中央に位置する展望台へと観客が下部の狭い通路を抜けて辿り着くと、見知らぬ街の全景が忽然と現れるというアトラクションは、簡単には旅行できない大衆にも擬似体験（ヴァーチャル・トリップ）の機会を提供したのみならず、一望のもとに「世界」を掌握する人間中心主義的（＝ブルジョワジー的）な欲望を具体化してみせたのである。

肝心なのは、「一八一〇年代には、すでに「パノラマ」概念は変容し、全方位的な光景や全体の眺望を意味する語へと一般化されていた」[27] ことだろう。それは一つの視覚的経験の形式を表す語になったのである。若干先行してモンゴルフィエ兄弟によって発明（一七八三）され、一九世紀を通して続く熱気球の流行や、大都市を見下ろす展望台付きの塔建設（一八八六年自由の女神像、一八八九年エッフェル塔の完成）も、時代精神としての「俯瞰」のモードの確立に与ったことは間違いない[28]。特に前者は、明治一一（一八七八）年には既に和訳（川島忠之助）も出ているジュール・ヴェルヌの『気球に乗って五週間』（一八六三）を生んで、世界中にその新たな視覚的体験を伝える媒介となった。しかし、興行の移動が可能なこと、及び観客動員の規模などの理由から、実感をともなった大衆化の貢献度で「パノラマ」に勝るものはなかったように思われる（念の為に断っておくと、本書はこの「パノラマ」ひいては「俯瞰視」を小説の構造を考える比喩として考察しているが、純粋に視覚的なものとして見ているわけではない。あくまで超越論的な働きを経験的地平との対比に置いたときの構造的なイメージとして見ている）。

そして私たちの議論において注目すべきは、世界文学の提起者であるゲーテが、この新しい視覚的経験に鋭く反応した作家の一人だったことである。クラヴィッターによれば[29]、ゲーテは一八〇〇年五月四日にライプチヒのパノラマを訪れ、好意的な印象を書き残したものの、そのやや子供だましのイリュー

(26) 同上書、五～六頁。
(27) アルネ・クラヴィッター「驚嘆と感興のあいだで――ゲーテとロマン主義者におけるパノラマ」久山雄甫訳、『モルフォロギア――ゲーテと自然科学』第三六号、二〇一四・一〇。
(28) イギリスの哲学者ジェレミ・ベンサムによる有名な「パノプティコン（一望監視システム）」の考案も、パノラマや気球の登場と同じ時期の一八世紀末（一七九一）である。
(29) クラヴィッター、前論文。

ジョンの効果には全面的に乗り切れず、パノラマ画の展示それ自体には早い段階で興味を失ったらしい。ところが、約十年後に、新しい創作のスタイルに必要な「事物の観照と批判的研究」を助ける〈認識のモード〉を指す言葉として「パノラマ」への言及が復活したという。もはや「パノラマ」的視覚は単に作品内の一部の道具立てとして表れるのではなく、作家の「主観的想像力の場」として作品世界を構成する原理そのものとなったのである。そして、ドイツ・ロマン主義を代表する作家アヒム・フォン・アルニムや、さらにはアメリカのエドガー・アラン・ポーなどのロマン主義作家へと発展的に転移していった。日本でも時代をだいぶ下って、正しくポーの想像力を引き継いだと言うべきか、そのパノラマの魅力を思う存分に誇張して描いた江戸川乱歩の『パノラマ島綺譚』(『新青年』一九二六・一〇〜一九二七・四初出)がある。主人公の人見廣介は、「私はいつか、このパノラマを発明したというフランス人の話を聞いたことがあるけれど、それによると、少くとも最初発明した人の意図は、この方法によって一つの新しい世界を創造することにあったらしい。丁度小説家が紙の上に、俳優が舞台の上に、夫々一つの世界を作り出そうとする様に、彼も亦、彼独特の科学的な方法によって、あの小さな建物の中に、広漠《こうばく》たる別世界を創作しようと試みたものに相違ないのだ」[30]と語っている。パノラマを近代小説論の構造的モデルとして捉えることの妥当性を教える逸話だろう。

なお、装置としてのパノラマの発明以前に、同種の欲望を満たすためのレクリエーションには前史があって、「教会の塔へとのぼるという、すでに約三〇年前から流行していた実践」[31]があった。ゲーテも多分に漏れず、若き日に一年余りのあいだ学生として過ごすことになったストラスブールに到着(一七七〇)するや否や、ストラスブール大聖堂の塔に上り、彼にとっての「ニューパラダイス」を眼下に収めたときの興奮を自伝に書き記した。啓蒙主義時代以降、教会は信仰の対象として仰ぎ見られるものではなく、神のごとき俯瞰のポジションから人間が「見る」ことの欲望を満たす建造物となった。やがて人工的建造物の高さに飽き足らなくなった「世界」を一望する欲望は、人々を高山へと駆り立てることになり、再びゲーテも一七七九年にスイス（アルプス山頂）旅行を敢行するのだが、いかにもロマン主義的な崇高美のテーマとも重なる登山熱については説明を省きたい。この時代に人間は、「世界」の限界を示すものであると同時にその無限の拡がりを保証する〈地平線／水平線〉を、新しい「世界像」の基準として発見したのである。

エッターマンによれば、〈地平線／水平線〉は最初、未知の領域を探査するための航海術に必要な数学的概念として発達したという。それなくしては「新世界」（アメリカ大陸）の発見による物理的世界の拡張は叶わなかった。ルネサンス期の線遠近法にも、消失点の確定のために基準としての〈地平線／水平線〉が不可欠であり、当然、線遠近法の発達がなければ奥行きを持った空間の整理は叶わず、その先を欲望する近代的空間の無限の拡張の原理は生まれなかった。したがって「世界」を絶対者（＝精神）の弁証法による自己展開（無限の発展）と捉え、「限界の認識は同時にその克服と超越である」ことを常に前提としていたドイツ観念論の完成者・ヘーゲルの思考の形式も、以上のような文脈に置いて

(30)『江戸川乱歩全集』第二巻、光文社文庫、二〇〇四、四四六頁。
(31) クラヴィッター、前論文。

捉える必要がある。それは「あたかも〈地平線／水平線〉を例にして得られた洞察のように思える」[32]のだ。

しかし一八世紀後半を待たねば、ドイツの知識人はその概念に通じてはいても、〈地平線／水平線〉を実地に経験し、それを欲望する機会や習慣はなかなか現れなかった。ゲーテの『イタリア紀行』（一八一七）は概念と現実との合致の興奮を書き記している。ナポリからシチリア島のパレルモへ四日間かけて到着した一七八七年四月三日の記述のなかで、ゲーテは洋上の体験を振り返り、水平線（「偉大にして単純な線」）に取り囲まれた経験が「風景画家として、私に全然新しい思想を与えてくれた」のであり、それなくしては「世界という概念も、世界と自分との関係も、理解することはできない」[33]と断言している。だがそのような「世界」を実地の経験としてではなく、複製可能な像《イメージ》として身近に提供したのはパノラマだった。いきなり話が飛んで見えるかもしれないが、アニメ映画監督の宮崎駿が『天空の城ラピュタ』（一九八六）等でモデルにする生活環境の多くが一九世紀ヨーロッパに基づき、主に「飛行」をテーマとしているのは、この「世界」が確立しつつある途上の時代――「世界」がまだ可視的だった時代――を背景にすることで、逆に一九八〇年代に顕著となる「世界」（＝天空）の崩壊を寓意的に演出できるからだ。[34]

何にしても、ゲーテが晩年に提唱する「世界文学」の「世界」は、そのような一望に「俯瞰する眼」の成立に根ざす概念であったことは重要である。それは遠く、日本近代文学の嚆矢とされる二葉亭四迷の言文一致体小説『浮雲』（一八八七～八九）の冒頭にまで及んで見える新たな〈認識のモード〉だった。

千早振る神無月も最早跡二日《あとふつか》の余波《なごり》となツた廿八日の午後三時頃に神田見附の内より塗渡《とわた》る蟻、散る蜘蛛《くも》の子とうよく〳〵ぞよく〳〵と沸出で丶来るのは孰《いづ》れも顋《おとがい》を気にし給ふ方々、しかし熟々《つら〳〵》見て篤《とく》と点検すると是れにも種々《さま〴〵》種類のあるもので〔……〕

途上人影《ひとけ》の稀《ま》れに成つた頃同じ見附の内より両人《ふたり》の少年《わかもの》が話しながら出て参つた　一人は年齢《ねんぱい》二十二三の男　顔色は蒼味《あをみ》七分に土気三分どうも宜敷《よろしく》ないが〔……〕(35)

この冒頭部で顕著なのは、「塗渡《とわた》る蟻《あり》」や「散る蜘蛛《くも》の子」とされる人間たちの描写の規模から判断して、場が俯瞰されていること、そして語り手は、「どうも宜《よろ》しくない」などと意見や感想を述べる程度の人格を有しながら、「熟々《つらつら》見て」や「点検する」といった視線のみの実体を伴わない存在であることだ。そしてその視線は、対象に焦点を定めるや否や近接的な視界まで一気に「拡大視」することが可能という点で二重性を帯びている。先述したように、一般に集合的作者となる「伝聞」（伝承、伝説、神話を含む）や古典的な物語形式から、透明な視覚的語り手によって「観察」される近代小説へと語りの形式が移行する期間は、作者によるモノローグ形式のフィクションが橋渡すことが多い。伝聞とは

(32) エッターマン、前掲書、八頁。
(33)『イタリア紀行（中）』相良守峯訳、岩波文庫、一九六〇改版、七二頁。
(34) 本書は、この一九七〇～八〇年代以降の時代区分を後の議論で「世界消滅期」と名づける。
(35)『二葉亭四迷全集』第一巻、筑摩書房、一九八四、七～八頁。

言っても一人称の人物（「私」）が出来事の当事者から直接聞かされた話を報告する形式（アベ・プレヴォー『マノン・レスコー』一七三一）、同じく一人称による体験記録（『ロビンソン・クルーソー』一七一九）を装った形式、そして書簡体小説（『パミラ、あるいは淑徳の報い』一七四〇、『若きウェルテルの悩み』一七七四）などが典型である（書簡体も必ず一人称になる）。特に最後の二者は、「私」による――内面（心情）を含む――直接的な経験を書き取っている体裁のため、〈見たまま〉に描くという近代的描写へと進むのに重要なステップとして位置づけられる。それらの形式の場合、テクスト内世界において「私」は人格を有し、特定の位置を占めている現実的存在だが、「私」を三人称に置き換え、「私」の視覚的主体性だけを昇華すれば、他者の内面も覗ける語り手の超越論的機能となる。ただし、実体的な語り手（「私」）の存在感はなかなか手放せない。近代文学特有と言われる強固な作者性を支えたのが、この一人称形式でもあるからだ。[36] その観点からすれば、『浮雲』冒頭の中途半端な語り手は、「作者」を装った語り手が、テクストから抽出された超越論的な俯瞰の眼に取って代わられる、その一歩手前の過渡的な姿を留めているかのようだ。[37]「世界」が俯瞰の認識形式に基づいて形成されていることが可視的なのである。

ちなみに、その約三年前に出版を開始した坪内逍遙の『当世書生気質』（一八八五・六〜八六・一）は、『小説神髄』（一八八五・九〜八六・四）の実践版とされるが、そこでは語り手が頻繁に顔をのぞかせる。ある登場人物の描写に際して「女親のなき人とは、袴《はかま》の裾《すそ》から推測した、作者が傍観《おかめ》の独断なり」[38]と述べて観察者としての立場を示したり、話の内容が本筋から脇にそれた際の言い訳として、「筋がわからないヨとジレたまはで、活眼家《みごうしや》たちも、児童《こども》しゅうも、あとで結了《まとま》るのをまちたまへや」（二〇九〜

一一〇頁）などと噺家風に読者に語りかけたりする。『浮雲』冒頭と同様、近世的な要素を多分に持つ「作者」と名乗る外部的存在者としての語り手と、透明化した超越論的な視点との間の姿を留めているのは、当時の日本語文学がいまだ「世界」形成期にあった証拠である（なお、このような「作者」が顔を出す仕方は一九二〇年代以降、〈語り〉の復権によるメタフィクショナルな小説構造の模索と共に、徐々に再利用されていく）。

議論を「世界」図の説明まで巻き戻すが、以上のことから主に一九世紀小説においては、「世界」を超え出ると同時にそれを把握する「人間」の主観性の力に信を置く考え方、すなわちヒューマニズムが至上価値とされ、カント以降の超越論哲学においても第一の目的となっていた「自由」が最も重要視さ

（36）ちなみに、和歌の詠み手のように詩歌人は名前が残るので、古代から作者意識は強くあったという議論の仕方があるが、異なる次元の「作者」概念である。先に図解したように、近代文学は「世界」の創造主としての「作者」であり、どんなに歌に特徴や才能などの個性が現れようとも、和歌の詠み手は「世界」創造などしない。贈答歌のような特定の宛先がなく、文芸として自己目的化している場合でも、共有された和歌というジャンルの世界全体の一画を担い、人によっては名を留めるだけである。

（37）ここで代表として選んだ『浮雲』ほど明瞭でないにしても、「場面選択の問題として見れば、当時の小説の一つのパターンとして、その導入場面《ファースト・シーン》を戸外の遊楽地や公園や街角に設定する、ということがよく行われていた」（亀井秀雄『明治文学史』岩波書店、二〇〇〇、一三五頁）。

（38）岩波文庫、二〇〇六、一六頁。

れた。「世界」を形成する行為が、何事にも規定されない「自由」な行為であるのは当然である。[39] それに伴って、その行為を保証する主体の「意志」の力も人間性の不可欠の要素と見なされることになる（主観の限界を絶えず超出しようとする能力を「意志」と考えるなら、それは「世界」を形成する原動力そのものといえる）。そして最後に、「存在するものを、像としての世界へと描き込む」ところの「想像力」に、「世界」の内容（＝登場人物たちにとっての環境／自然）を保証する力として特別な意味が与えられたのだ。[40]

さらに「世界」をジャンル横断の汎用概念として捉え、これを一九世紀経済に置き換えれば、「自由」主義経済（＝資本主義）がもたらした市場原理が文字どおり世界《グローバル》に拡張していった状況と比較できる。このようなグローバリズムの超越論的運動（時間の普遍化）による世界の水平的な拡大は、親族的・地域的コミュニティ（親密な繋がり）を壊し、個々人の自律的な拡散（個人主義）を促すが、市民社会という単位がそれに歯止めをかけ、同時に親密圏のエネルギーを吸い上げることで、「世界」のなかに社会的現実の生活を描き込むことを可能にする。

柄谷行人が述べていたことだが、[41] フランス革命に由来し、フランス国旗の三色によって象られる「自由」「平等」「友愛」（Liberté, Égalité, Fraternité）という近代を代表する標語において、「自由」の精神と「平等」のそれとは原理的に相克する。三つ目の「友愛」が要請されるのは、その対立においてばらばらとなってしまう個々人を団結させる媒介の概念が必要となるためである。自由競争が引き連れる格差の問題と平等主義との矛盾は、社会科の授業の普遍の問いである。その隠蔽のために近代という時代の成長過程（俗化）においてナショナリズムという愛の力は不可欠の役割を果たした。しかし、このアナロジーを本書のこれまでの議論に即して援用するとしたら、「友愛」ではなく「平等」を媒介概念と考えなくてはならない。

「友愛」を言い換えれば、さしずめ強めの「仲間意識」である。何の仲間であるかは問わないが、政治結社、大学同窓、プロスポーツの特定のチーム、そして国家など、それが具体性を持つための容れ物を必要とする連帯感情である。対義語を言うなら「敵対感情」にでもなるだろうか。「自由」がもたら

(39)「我国ニ自由ノ種子ヲ播殖スル一手段ハ稗史戯曲等ノ類ヲ改良スルニ在リ」(立憲政党機関紙『日本立憲政党新聞』一八八三・六・九、二九)や「政事に関する稗史小説の必要なるを論ず」(自由党機関紙『絵入自由新聞』一八八三・八・二六、二八、二九)といった記事に見られるように、初期は日本の近代文学も「自由民権運動」と連動して、精神の「自由」の倫理的価値を定着させる補助的な手段と見なされていた。ただし、小説の教育的効果が主張される時期は自由民権運動の隆盛期に「遅れ」ていることから、「明治十四年の政変」(一八八一)以降、政治運動が退潮し始めることへの対応として、戦線を個々人の心の領域へと広げていった結果が、文学の「自由」運動として結実したようにも見える。

(40)日本では一八九〇年代後半の「世界文学」概念の流入と共に、「支那文学」(漢文学)がその「世界」から排除されていくが、その理由として「当時、ひろくみられた言説の一つ」が「支那文学」には「想像力」が欠けているというもので、「想像力を重視する一九世紀西欧のロマン主義の影響化のもとにある論」が急速に台頭した結果である(笹沼、前掲書、六七〜六八頁)。しかし、なぜ豊かな蓄積を誇る漢文学が「想像力」を欠く文学と見なされたのか。おそらく本論的な意味での「世界」形成という動機の有無の問題である。

(41)「自由・平等・友愛」『〈戦前〉の思考』、講談社学術文庫所収、二〇〇一。

す個人間の競争意識は「敵対感情」を付帯する。つまり、より本質的な対立（あるいは相互補完性）は「自由」と「友愛」の間にあるのではないか。[42] そもそも「平等」という概念は他二つと性質を異にする。「自由」と「友愛」が解放によって発揮される生の自然な力と見なされるのに対し、「平等」は人工的に制約を課する社会的な力である点が一つ。もう一つは「平等」に空間性が希薄な点である。「自由」のスペースや「友愛」のスペースは何とかイメージ可能だろう。だが「平等」の原理が成立しているスペースが具体性を持てるだろうか。それは抽象的な理念であって幅を持たない。逆に、だからこそ「自由」と「友愛」を媒介（調停）し、両者を繋ぎ合わせる原理として機能しうる。あるいは、本来親族や信仰団体など特定の集団に固着していた「友愛」を、近代において汎用的なものとしたのが「平等」の媒介作用だったと考えてもいい。

カントによる「悟性」と「感性」の役割分担、そして両者を媒介するものとしての「想像力」（構想力）の三者関係とのアナロジーを考えても良いだろう。精神の構造において、悟性的領域、感性的領域が想定可能なのに対して、想像力は領域性がない。つまりは実体なき「機能」として扱われるのと同じである。近代小説における「想像力」もこれにパラレルである。それは作者の思想が実経験から「像としての世界」（描写内容）を生成する〈働き〉であり、実体を持たない。環境に対する経験的態度は常に媒介されて「世界」という地平に配置される。それを担うのが「想像力」なのであり、その際に生じる葛藤だけが小説的な主題になりうるのである。

無論、ドイツ・ロマン主義にとって文学の正統的形態は小説ではなく詩だったことは軽視すべき事実ではないだろう。哲学のように観念論に傾きすぎることを憂慮し、経験論的な事物の「現象」を重視する立場から、若いロマン主義者たちとは若干距離を置いていたと言われるゲーテも、「詩人ゲーテ」の呼称が定着しているように基本的には詩の創作者であり、その宇宙論的な「世界の構築」を科学に結合させた詩的世界として実現しようとしていた。これはハイデガーが示した一九世紀的な「世界像」を文学の機構として強引に読み直す場合、第一にそれが詩作の条件ともいえる絶対的主観性をベースとした形をしていることから当然の話だともいえる。しかし粗雑なまとめをすれば、俗流デカルト主義は主観と客観の実在性の領域を区分したのであり、その分離の克服のためにドイツ観念論は「世界」を超越論的主観性によって包摂するカントのアイデアを極端な地点（神あるいは絶対者への置き換え）にまで発展させたのである。

カントが「物自体」を不可能性として認識体系からはじき出し、代わりに超越論的自我が形成する「世界」の内に「現象」を確保することで果たした「転回」は、変な言い方にはなるが〈リアリズム〉を手なずける思想だったというべきである。そこで形作られた底流はロマン主義（という先兵）の流行後に真価を発揮し、いずれ小説を「ロマン」（想像の産物）と呼ぶべきではないというエミール・ゾラの掛け声と共に新しい文学形式としての小説が詩の価値を凌駕していく――超越論的ポジションの必要

（42）明治の自由民権運動期において重要な活動単位となった結社や政党の名称に、この「友愛」の類義語が多々含まれるのも、両者が補完的な関係にあるためである。板垣退助率いる立志社の発展系としての全国結社組織「愛国社」、西日本の二大結社の一角とみなされた向陽社（後、玄洋社）が作り上げた地元（筑前国）の住民組織である「筑前共愛会」、慶應義塾出身者を中心として結成された「交詢社」など。

性を見て見ぬふりをし、経験的ポジションを重要視していく――流れを支えることになるが、基本的に両者は同じコインの表裏の関係だったわけだ。

六　反「世界」期の一九世紀末と日本近代文学

なお上記のようにロマン主義は主観主義と、そして写実主義は客観主義と強く結びつけられることが多いが、文学論として主客の分離や同一を問題にする場合、二つのレベルの混同に気をつける必要があることを先の「世界」図（一三四頁の【図1】）は教えてくれる。「世界」形成の全体（輪郭線の運動）に焦点を当ててそれを「主観」とみなすか、その結果として生じる面積の拡がり（内容）に焦点を当てて「客観」と見なすかの対立が一つ目のレベル、もう一つは「経験的存在者」（いわゆる登場人物）の内面に焦点を当てて「主観」とし、円内の空間部分に属する存在者の外面に焦点を当てて「客観」とする対立を考える二つ目のレベルである。

詩的世界（あるいは強固にロマン的な世界）の場合、基本的にはその「世界」の内に〈他者〉としての人物を描く必要がない、あるいは描くことができないため、一つ目のレベルしか問題にならない（もちろんあらゆるジャンルと同様、特に自由詩や散文詩にもなればなおさら例外は存在する）。ところが小説世界の場合、登場人物にとっての内（主観）と外（客観）を、（世界全体の）基体的主体が超越論的ポジションから双方共に視野に収めていることによって、その内外の接合と一体性を保証しているという構図がもう一つのレベルとして加えられる。そのため、いくら主客同一論を振りかざしても、経験的存在（登場人物）を自立させるために生まれた個々の主客の切断線それ自体を抹消することは基本的にない（小説の形態を維持する必要がないなら話は別であり、実際、明治後半から大正時代に急増する散文詩的な小説の試みはその方角を進んだものである）。近代小説においてはまずもって主客の切離が議論の前提とされており、一方の詩においてはまずもって主客不可分が前提とされるのはそのためである。

日本では、一八九一年半ばから約一年間にわたって、一般には写実主義の大々的な推進者と認識されている坪内逍遙と、反対にロマン主義（理想主義）の信奉者と見なされることの多い森鷗外とのあいだで「没理想論争」と名付けられた妙に嚙み合わせの悪い一大論争が生じたが、その原因も上記の二つのレベルの混同に拠るものと捉えると理解の座りが良くなる。

具体的な論争の詳細に立ち入る余裕はないので大胆に整理すると、はじめ逍遙は「既発四番合評」（『読売新聞』一八九〇・一二・七～一五、のち「小説三派」と改題）で最新の小説四作（饗庭篁村、尾崎紅葉、山田美妙、宮崎三昧）の評を行うにあたって、同時代の作法の傾向を三種類に分類した。「物語を作るに事を主として人を客とし事柄を先にして人物を後にする」ものを固有派（あるいは主事派、物語派）として篁村と三昧の作が相当するとし、「人を主として事を客とし事を先にして人を後にする」ものを折衷派（あるいは性情派、人情派）として紅葉と美妙の作が当てはまるとし、最後に「人を因として事を縁とする」ものを人間派と呼び、この域に達する該当作なしとした。つまり、固有派は、もっぱら出来事の記述を優先して、人物をその中における点景のように物語るタイプ（＝「客観」）で、広い意味での叙事詩の構造をとり、逆に叙情詩に比べられる折衷派は、焦点は人物の内面の展開に置かれる（＝「主観」）が、しかし内的発展するものではなく、ある「事情」の変化の反映として描かれる様式である。そして人間派は、人の心と外的事象が因果的関係を結び、主に人（の意志）のほうが先行・主導する形で外的な出来事とインタラクティヴに「大詰」に向かって展開していく構造を要するものとなる。その後の鷗外との論争のなかで、この三者には決して優劣を付けていなかったことを逍遙は強調するのだが、ヘーゲルの弁証法的な文学論にも沿うジャンルの発展史観が投影されているのは否定しようもない。つまり、人間派を目指すべき文学と考えながら、それに到達する作品が同時代に出て来ないことを嘆いてみせているのだ。

ここで逍遙は、先の図の話でいえば、客観面として既に現象している「世界」の内側において、人物（主観）を基準に置き、その外的環境や事象（客観）との関係のあり方（第二のレベル）をどう描くかのみに焦点を当てており、「世界」の枠組の形成それ自体（第一のレベル）を問題にしていない。ところが一年弱の間を空けて為された主張「『マクベス』評釈の緒言」（『早稲田文学』一八九一・一〇）では、おそらくシェイクスピア自身の自然体の文学観に促されているのだと思われるが、ともかくシェイクスピアの戯曲を最良の例として、作中世界の人物たちが（作者の操り人形ではなく）自らの心理的な働きによって自律的に振る舞い、互いに葛藤する姿を活写するのが優れた文学であり、それに対する批評もまた、くどくどしい思い込みの解釈を当てはめるのではなく、自然な「ドラマ」を掬い出すことに努めるべきこと（語義や語法等に対する註釈程度に留めること）を主張して、評者の態度の問題にまで議論を拡張した。つまり「没理想」とは、創作にせよ、批評にせよ、作品世界の外部からの作品内世界（とりわけ人物）の自律性・主体性・自然性を妨げるような主観的投影を戒める言葉であり、私たちの議論の文脈でいえば、「世界」の成り立ち（超越論的主観性）を括弧入れすることの必要をいう言葉である。[43]おそらく逍遙は深い自覚なく、当初の個別の作品評から導いた議論の構図をそのまま第一のレベルの話に転用したのである（三派評のなかで最も優れた形式を「人間派」と呼んでいたように、登場人物の人間として自立を重要視したのである）。

鷗外が噛みついたのはその点であり、彼の論点を集約するなら、人物をめぐる主客の関係を創り出している根源的な第一の「世界」形成のレベルを無視すること（＝「没理想」）はあり得ないということに尽きる。「世界」は本来主客不可分の領域であり、その客観相だけを対象として作品の美学的な機構を論じることには論理的な欺瞞があるということだ。事後的な「世界」だけを問題にして、その前提を問わない不誠実さを論難したのである。

「没理想論争」の基点に位置する評論「エミル、ゾラが没理想」（『しがらみ草紙』二八号、一八九二・一）において、鷗外が行ったゾラ批判もこの点に関わる。ゾラはロマン主義を、新しく登場した「自然主義」（写実主義）のための「地ならし」を行ない、行き過ぎによって獲得物を断言する役目をもった前衛にす

（43）気をつけたいのは、シェイクスピアが写実・自然主義系の作家だとは到底言えないことから明らかなように、ここで逍遙は、『小説神髄』時代と違い、小説の内容としてのロマン主義（「極美小説」）に反対していたわけではなく、語りのリアリズムを問題としていたことである。第三章でも触れるが、ロマン主義と写実・自然主義の対立は、しばしば物語内容面に関する趣味的な問題が語りの様式や方法論の議論と混淆する傾向があり、その関係と展開を捉えがたくしている。

ぎなかった」[44]ものとして、つまりは準備的な段階の文芸思潮として、一九世紀小説の正道から切り離した（ヴィクトル・ユゴーの作風と、バルザックやスタンダール、そしてフローベールのそれとの間に断層を設けた）。対して鷗外はそのゾラの文芸批評（一八七九・一）とマネを擁護した美術批評（「わがサロン」『エヴェヌマン』紙、一八六六・四〜五）とで主張が食い違っている点を指摘する（そして、ゾラ＝逍遙としてこの論理をそのまま逍遙に適用し、逍遙批判につなげている）。ゾラは自然主義小説論では、「それは没個性的である。すなわち小説家はもはや書記にすぎず、判断したり結論づけたりすることを差し控える。〔中略〕〔科学者と同様に〕小説家も観察された事実や自然界の細心な研究にとどめなければならない。したがって小説家は姿を消し、自らの感動を押し殺し、自身が見たことだけを提示する」（四〇頁）と延べながら、美術論では、「芸術は二つの要素から成る。自然すなわち不変的な要素と、人間すなわち可変的な要素である。真実を描けば私は拍手する。しかし個性的に生き生きと描けば、私はもっと力を込めて拍手しよう。〔中略〕私は芸術よりも生命に関心がある」[45]と述べていて、つまり美術には単純な真実の提示以上の個性の発揮を求めているのだ。両者のエッセイの間に十年以上の開きがあるので、ゾラの主張に変化や妥協があっただけのことかもしれないが、ともかく鷗外は矛盾を読み取った。この鷗外の批判は、突き詰めれば、ゾラが自然主義を金科玉条のものとして、その形成に不可欠の行程を担ったロマン主義を完全に切り離すことの無理を指摘するものと捉えられる。ロマン主義なくして自然主義（写実主義）は成立せず、両者は表裏一体であるという認識は、同時代における鷗外の明晰さを示すだろう。

なお、鷗外は「没理想論争」における主張の大部分を、先述したドイツの哲学者ハルトマンの「無意識哲学」に仮託して行ったが、その「無意識」は個別の人間の内面に見出される心理学的な概念と同一視すべきものではないことには注意を促しておきたい。それは、盲目的な生の「意志」としての「世界」を想定したショーペンハウアーの哲学を踏襲して、個人の思惑を超えた宇宙的な原理を指している。私たちの議論の言葉に置きなおせば、「世界」形成のベクトルそれ自体はその内部に存在している人物には把握することができないという意味でその人物を決定づける力であるから、それは「無意識」と呼ばれるのである。つまるところ、ショーペンハウアーにならって「世界」の実在面を盲目的な「意志」(自然)だと捉えると同時に、「世界精神」の概念を展開したヘーゲルにならって「世界」は観念に覆われた合目的的な「理性」でもあると肯定的に捉えたハルトマンの哲学は、[46]ドイツ観念論やドイツ・ロマン主義が掲げていた「世界」概念を統合的に引き継いだものである。「世界はひとり実なるのみならず、また想のみち〳〵たるあり。逍遙子は没理性界(意志界)を見て理性界を見ず。意識界を見て無意識界を見ず。意識生じて主観と客観と纔《わずか》に分かるゝ所以を思はず」(「早稲田文学の没理想」『しらがみ草紙』一八九一・一二、傍点引用者)。当時の鷗外の思考は、まさに一九世紀的な西洋中心の「世界」の図の枠組にきっちり沿っていたのであり、日本文学史における規範的な「世界」の受容を最もよく代

(44)「演劇における自然主義」、『ヨーロッパ通報』誌、一八七九・一初出、『ゾラ・セレクション』第八巻〈文学論集 1865-1896〉、佐藤正年訳、藤原書店、二〇〇七、三二一頁。
(45)『ゾラ・セレクション』第九巻〈美術論集〉、藤原貞朗訳、藤原書店、二〇一〇、一二一頁。
(46) 坂井健「鷗外がハルトマンを選んだわけ」『佛教大学文学部論集』二〇〇六・三。

表していたのである。

だが、逍遙にとってそれは頭でっかちな哲学の水準の議論であり、文学の書き方の話ではなかった。今日でも、作品として効果的な実現形態（スタイル）を模索する作家や批評家と、文学を分析の対象と見なす理論派とが敵対する状況を目にする機会は少なくない。それはまた文学対哲学というディシプリンの対立の様相も呈していたのだ。実際、逍遙の言いたいことは書き手の感覚としてよくわかるが雑といえば雑であり、鷗外の主張は理論的な筋は通っているが実践感覚からは距離を置いているように見えるといったように、両者のスタイル自体に差が表れており、半ば水掛け論のような応酬になったのは必然だった。どちらに軍配が上がるといった類いの論争ではない。

ただし、文学一般の話ではなく「小説」という近代的形式をテーマとして私たちの議論に引きつけてみた場合は、鷗外の主張に勢いがあったことは否めない。そもそも逍遙の議論はシェイクスピアを例としているように、文学の最良の形態を戯曲に置くようになっていた節がある。逍遙は『小説神髄』の時点では、演劇は確かに「奇異譚《ロマンス》」よりも「人情世態をして活動せしむる」ことに優れるが、「ノベル即ち真成の小説の世に行はるるは概ね演劇衰微の時にあり」と明言していたように、高度に複雑化した「文明時代の情態」をリアリスティックに描写することの可能な点において小説を文学の最高形態としていた。おそらく当時は、作者の声（語り手）が反映する江戸戯作的な儒教的道徳観を払拭できさえすれば十分で、語りが不可避的に内在する思想的作為がどうのこうのという原理的なレベルまで話が膨らむ必要はなかったはずである。だがそこに足を踏み入れた「没理想」論において、小説形態に対する強調は影を潜めていた。叙事詩・叙情詩・演劇という前近代から続く文学の本流から分析概念を借りてくれば議論の上での不足はないとでも言うように、小説を半ば傍流として扱っているように見える。若書きの『小説神髄』の出版後、シェイクスピアの研究に本格的に着手し、実作や新劇推進の運動を通して演劇の近代化に取り組み、最終的にシェイクスピア全作品の翻訳をライフワークとするに至った後半生の歩みをみれば、小説を持ち上げることを止めたのは当然の成り行きだったとは言えるだろう（もともと逍遙が『小説神髄』を執筆した動機には、それまで俗衆の慰みとして下等視されていた小説を高尚な学問の対象に格上げし、前近代的知識人から新時代を画してみせるパフォーマンスの側面があった）。だがそれ以外にも、鷗外の主張に対抗することを余儀なくされた状況と立場が、逍遙をして演劇を特権視させた部分も少なからずあったように思える。ジャンル論としての正しさよりも、近代文学一般の原理としてのリアリズムの重要性を支持することが逍遙には優先されたに違いないからである。

この時の逍遙のいう「写実」とはしたがって、語り手の言葉（地の文）がほとんど存在しないために人物同士の葛藤が調停されず、自然状態に放置されているように見える戯曲の特性を通して強調された概念である。小説においては書き手のコメントが地の文に付随する傾向が強く、その意味で「自然」を描く障害となる場合が多い。しかし実のところ、登場人物の隠された心的内容をリアルに描くためには、一度人物の内に閉じ込められた上でそれを覗く超越論的な視点が必要であり、それが語り手（というテクスト全体を司る自我）である。人物の分離した内面と外面の双方を（なかなか嚙み合わない）別々のものとして同時に把握することができるのは俯瞰的な語り手だけなのだ。[47] そのような概念装置の

（47）『小説神髄』においては、「人間といふ動物には、外に現るる外部の行為《おこない》と、内に蔵《かく》れたる思想と、二条の現

なかった時代の鷗外が聞いたら驚くと思うが、鷗外の反「没理想」論は、この近代的な語り手の機能性を擁護する形になっており、小説形式を文学の発展の最新形態として認める主張になっている（語り手とは小説「世界」を創造する可能性の条件である）。考えてみれば、鷗外の初期代表作「舞姫」（『国民之友』一八九〇・一）は「余」を語り手とする一人称小説だったのであり、もし語り手の声（論争時の彼らの言い方なら作者の「理想」）を封じれば小説として成立しないのだから、鷗外の容赦ない攻撃は実のところ正当防衛の振る舞いだったのかもしれない。「余」の言葉それ自体がハルトマンの哲学にならって「無意識」であると考えるのは、矛盾のように思えるかもしれないが、帰国の途上にある「余」が反省的に描き出す対象化された過去の、ベルリン滞在中の主人公「我」（経験的存在）からみれば、未来の語り手としての「余」は超越論的な位置を占めるわけで、当然それは登場人物としての「我」が住まう作品内世界にとっての「理性」であり「無意識」と考えるのは構造的に許されるはずである。

先に言及した鷗外の評論「エミル、ゾラが没理想」がまとめるように、「没理想」の提案はおよそ十年後に日本で流行する「自然主義」への議論の扉を確かに開いたといえる。だが逍遥の「自然」は、所詮はヒューマン・ドラマのリアリティである。身体性（感覚）に根拠を置く現象的世界のレベル――これは本書では後に「現象学的転回」以後の描写と呼ぶことになる――まで下降する二〇世紀の「自然」主義的な描写の次元はおそらく念頭に置いておらず、そこには鷗外の思考もまた及んでいなかった。逍遙が名づけた「人間派」の「人間」に込められた主体的人格を描くことの目標は、鷗外も前提とするところだったからだ。

しかし文学史上の一九世紀末には、その観点において決定的な更新の動きが起こっている。それは極端な言い方をすれば反鷗外であり、一時代前の旧い「世界」概念に抵抗する流れと言っていいかもしれない。やがて明治時代の終わりから大正初期にかけて小説の実作に戻ってきた鷗外は、近代の主体性を重んじる一九世紀的小説の形式を打破する新しい風潮にならって、『雁』（一九一一）のように「僕」が経験しているはずのない出来事を三人称的に描いて一人称小説の限界を開放したり、あるいは『山椒大夫』（一九一五）のように、あえて近代以前の説話形式を模した運命論的な内容の小説を描いていったのである（いずれの場合も、鷗外の当初の狙いはともかくとして、語り手は「人間」の水準を超えた歴史的摂理とでも言うべき超越論的次元に高められていく）。それは、かつての「没理想」への反論を撤回しないまま、「自然主義」の隆盛と共に文学界で主流となっていた〈客体側に寄せる主客の一元化〉の動向に対する鷗外なりの答えの形でもあったろう。が、経験的次元のほうを深掘りする視点（知覚的身体性の描写）を諦めたという意味で一つの反動の形でもあった。

象あるべき筈なり。而《しか》して内外双《ふた》つながらその現象は駁雑《さまざま》にて〔……〕世に歴史あり伝記ありて、外に見えたる行為の如きは概《おおむ》ね是れを写すといへども、内部に包める思想の如きはくだくだしきに渉《わた》るをもて、写し得たるは曾《かつ》て稀《ま》れなり。この人情の奥を穿《うが》ちて〔……〕人情を灼然《しゃくぜん》として見えしむるを我が小説家の務めとはするなり。よしや人情を写せばとて、その皮相のみを写したるものは、未だ之れを真《まこと》の小説とはいふべからず」（『小説神髄』岩波文庫、二〇一〇、五一～五二頁）とあるように、外面と内面の食い違いを描くことのできる唯一の手段が小説であることを明快に論じていた。演劇におけるキャラクターの自律性の強調は、その論点を後退させる副作用を伴う。

なお文学の外（政治・経済）に目を転じるなら、一九世紀末は、地球の領土分割がほぼ完了して独占資本主義が整えられたという点で、超越論的な世界（グローバルな資本の運動）のピークであると同時に、内包されていた反世界（各国のナショナリズム）の決定的な出現の時期であり、いわば世界の地理的拡大と多文化的分裂／分節の本格的な開始を示していた。つまり、グローバル経済の世界性に対する地域主義的な政治による抵抗（特に非西洋の国家・民族主義）が明確化した時である。そして世界文学の言説が日本に本格的に流入するのが、全く同じ時期である事実は決して偶然ではない。一九世紀末の断層とは、世界文学の文脈が抱えていた抵抗の契機を捉えた一部の「日本文学」が、多様な反世界の様式を模索する過程だったのである。それは大まかには（日本的な受容のかたちでの）「自然主義」の到来と軌を一にしていたといえる。

ちなみに島村抱月は、「新自然主義」の喧伝に励んでいた頃の論文「今の文壇と新自然主義」（『早稲田文学』一九〇七・六）において、この「分裂」を技巧主義と無技巧主義（内容主義）の分裂としてアナロジカルに認識していた。つまり「没理想論争」を必ず起こる過去のステップとして整理したうえで、自らの文学的立場をその総合的な〈総合〉に位置づけるのである。

技巧の美と内容の美と、美学上の二元が動ゝもすれば相背いて分立し行くの形跡を示すといふことは、近代に至つて益々著しく認められて来た。従つて技巧に最後の美ありとするの技巧主義と、感想に最後の美ありとするの内容主義とは、容易に統一せられぬ二流の潮勢として、互に相消長せんとしてゐる。

したがって現在の課題は、この分裂を「何等かの新しい説明で統一せんと試みる」ことである。[48]このとき、抱月は「技巧無用論は、言ふまでもなく一の自然主義である」と述べて、この「分裂」を引き起こした決定的な一撃を（旧来の）自然主義の登場に帰している（それは日本では抱月の師にあたる逍遙が負った役目である）。しかし、その「統一」のプロジェクトを担うのもまた「自然主義」の一種である。それを区別するために、抱月は後者を「新自然主義」と呼び直すのである。近代文学史にあまり詳しくない外国文学研究者などはよく「自然主義」の名称をこの時点で使用しているので、日本はずいぶん欧州の最新文芸の摂取が遅れていたように思っている人がいるが（それは辞書的な文学史の説明箇所に、「この時期、島崎藤村や田山花袋らによって自然主義が起こる」程度の簡潔な記述しかなかったりするからだが）、田山花袋が「日本の文壇の一部には、二三十年も前に彼地に流行つた自然主義を今更事々しく鼓吹しないでも好いだらうなどといふ論者もあるが[49]」と述べるように、完全に自覚の上であえて同語をリサイクルし、意味を更新しようと試みていたことは付記しておきたい。

ただ抱月は、「新自然主義」はこれから勢いを得る様式であって、それ以前の自然主義はたとえ最近（二〇世紀以降）のものでも全て旧式と切って棄てている様子があるが、実際には、鷗外によるゾラ批

(48) この課題が理想的な人間像レベルで現れたのが、明治の後半から大正時代に頻繁に評語として使われた（抱月も若干関わっている）「霊肉一致」（キリスト教由来）の考え方である。
(49) 「文壇近事（象徴派）」『文章世界』一九〇七・一〇・一。

判から十年を経た一九世紀末の転回から勢いを増しつつあった現象学的文学のスタイルは、新しい感性的（あるいは感覚的）自然主義の姿を既に取り始めていたと言っていい。それは西欧の印象派以降の文学運動やモダニズム絵画の文脈に置かれるべき傾向であり、写実主義やゾラの「自然主義」の単純な延長ではなかった。いや、それ以上に同時代の欧州の象徴主義などの世紀末思潮の動向すら――「統一」の方法には不向きとして――乗り越えようとしていた。むしろ日本文学の世界文学的な使命をそこに見ていたのである（そもそも「分裂」の解消への望みがより切実なのは「世界文学」システムの周辺として劣位に置かれ、その「分裂」を決定的な形で引き受けた日本のような「ローカルな文学」である）。

これは一人抱月の考えではない。たとえば相馬御風は「文芸上主客両体の融会」（『早稲田文学』一九〇七・一〇）において、ヨーロッパで一九世紀に起きた「知識」（写実主義）と「感情」（情緒主義〔広義のロマン主義〕）の決定的な分裂と、それに伴う「激しい疲労」を調停するために「自然主義」という「新産物」が登場したことを繰り返し強調している。題名にある「主客」「融会」の主張とは、世界文学という名のシステムの「分裂」を調停するロジック一般の呼び名のことなのだ（ただし御風は、現行の「自然主義」は調停というよりは諦めであり、疲労のあげくの「捨てばち」文芸だと貶していて、その本来の目的に向かって自覚的な運用が必要だと主張しているので、日本の文学界の現況に満足しているわけでは当然ない）。たかだか小手先の文章技法の話で、この時期それほど「主客同一」のコンセプトが切実に主張されたり、流通をみたわけではない。

そのような意味で、家族的類似の関係にあった具体的な様式・思想をあげておくならば、「ホトトギス派」が俳句改革運動に続いて唱えた写生文、国木田独歩の「自然」を描く小説辺りに始まって、初期の漱石の「筋のない小説」や夢小説、そして抱月の感情移入美学（主客同一美学）に基づいた「印象的自然主義」の理論、田山花袋の「平面描写」、岩野泡鳴流の「新自然主義」（後年の「一元描写」）など様々な形態を取ったのである。いずれも、俳句、国学、仏教（禅宗）、随筆といった「日本的なもの」の価値を近代的文脈のなかで再利用することを梃子《てこ》にして、超越論的な世界あるいはその結果としての拡張主義にともなう「分裂」への挑戦のスタイルを探る動きだったといえるだろう。彼らの意識には、常に乗り越える（と同時に参入す）べき対象としての「世界文学」のイメージがちらついていた。

時間を少し遡るが、一九〇五年九月にヨーロッパ外遊から帰朝した抱月は、「我が文芸思潮の海外と交渉する所以を明らかにせんため、及ぶ限り内外文壇を同一盤上に置いてみんとす」（傍点引用者）という方針を一つに含んだ『早稲田文学』（第二次）の復活に尽力し、その創刊号（一九〇六・一）の巻頭論文として、フランス自然主義以後の象徴主義や神秘主義を中心とする世紀末以来の欧州の最新文芸動向を評した「囚われたる文芸」を寄稿した。その最後に主張されたことが、「文芸若し終には世界に統一せらるべしといはゞ、それにても可ならん」が、まずは「日本文芸の特殊の刺激」による「東洋趣味」を発揮した「自国文芸」を、世界に伍する個性として掲げる必要だったことは、当時の文壇的気分の一証左といえる。

繰り返すが、文学の様式展開も、政治システムとしての帝国主義による世界支配が限界に達し、各地でシステム内在的な抵抗が様々なかたちで現勢化する情勢（世界の分裂の進行）とシンクロしていたのである。本書の最初のほうで、「世界」は、文学と哲学の間だけでなく、政治や経済をも横断する統一理論的な概念だと述べたのは、この意味においてである。

さて、以上の一九世紀末から二〇世紀初頭の日本文学的動向を一括りにした場合、分裂しつつある「世界」との関係の仕方の違いによって、大正時代へと後続する文学的グループを大きく以下のように分類することができる。①現象学的な（あるいは国学や東洋思想の近代的理論化による）主客一元論をベースにして「分裂」の解消をはかる系統（主客未分割の「感覚」の直接的描写をめざす「印象主義」流のスタイルも含む）、②世界の広さを無視し、単純に経験的存在の次元（後期フッサールの言う「生活世界」）での充足を目指したかのように見える「私小説」の系統、③反対に、ドメスティックな問題を無視し、独善的に全人類の理想的「世界」に同一化し、その回復へと思考を飛躍させる「白樺派」、そして最後に、④安易な一元論に還元せずに、「分裂」の調停（F+f）を模索する漱石に代表される〈あいまい〉の系譜。さらに⑤として「世界」が既に分裂した状態から始まり、時間を逆向きに進んで「回復」を図る探偵小説の系譜を加えてもよいが、いたずらに議論を混乱させるだけの懸念もあり、本書では取り扱わないことにした。[50] なお、②と③は、どちらも先行した①の派生形の二つの表裏の顔である（②のほうは①の現実的妥協の様式、あるいはフッサールのいう「自然的態度」への開き直りと言ってもいい）。

そのイメージを押さえるために、先ほどから言及してきた「新自然主義」関係の論説と同時期に、相馬御風が「自然主義論に因みて」（『早稲田文学』一九〇七・七）で次のように論じていたことを引いておく。島村抱月が「新自然主義」の理論の中心に、一九世紀以来の様々な主義主張が壊してしまった「自然」（〈私〉の分裂＝二重体）を再び統合するため、作為的な「私」を否定し、「無我」（無念無想）となって「自然」と同化する「主客同一」の手続きを置いたことに対して、御風はそれを不十分とし、その先に「積極的」な自我の新たな創出と肯定を進める必要を訴える。

凡ての主義に対する自然主義の勃興は、「分裂せる我」の活動によつていろ〳〵に傷けられ損ねられたる自然をば、更に「全き我」の覚醒「全き我」の活動によつて新しく生命ある全き自然たらしめんとする要求ではあるまいか。

自然が空虚なる我れの心と相感応して生命ある自然の図を作るのではなくて「我」の分裂せる活動の堆積によつて作られたる不完全なる自然を捨てゝ「全き我」の覚醒によつて全き自然を作り、而して其の図を作らんとするが、文芸上の所謂新自然主義ではあるまいか。

「期する所は無我にあらずして、真我である、全我である」という明瞭な指針は、どちらかといえば③の白樺派の主張を要約する印象も与えるが、現れる形態は違いこそすれ、②の道にとっても不可欠な思想的条件になっている。実際、この御風の意見にやや近い、能動的に自我を働かせる新自然主義論を唱えて抱月を批判的に継承していた岩野泡鳴が、遡及的には典型的な「私小説」に見える『耽溺』（一九〇九）を書くのである。いっぽうで依然「無我」の美学的可能性を追いかける作家たちは、やがて

(50) 拙書『意志薄弱の文学史――日本現代文学の起源』の終章「「意志」をめぐる攻防」で若干論じた部分もある。

大正時代後期に「私小説」と対照された「心境小説」に括られていく印象もあり、その代表的作家となる志賀直哉が白樺派の中核にいたことを考えると、もはや線引きは相当に曖昧というしかない。その詳細に踏み込む余裕は本書にはない。

その後、マルクス主義（とそれに並行する「新感覚派」以降の新しいモダニズム文学）の登場を境とする大正期末から昭和年代（特に一九三〇年代）、さらに戦後まで持続する世界文学論の流行、およびその時期における「世界」概念と「分裂の統一」への志向の質的変化についての詳細は、四章以降で検討する。

第三章

近代文学の現象学的転回

一　世界文学VS比較文学

第三章から第五章は、前章の概観を下図にしながら、章ごとに作業領域を分けて塗り絵をしていく作業である。本書が近代日本における「世界」概念の形成と変容を捉えるのに軸に据えている歴史的箇所は、一九世紀末頃から二〇世紀初頭にかけての文学的飛躍の時期である。世界文学史的には早期モダニズムに相当するだろう。(1)　この時期の日本文学を表す第一の理論的キーワードは、間違いなく「自然」だ

(1) 日本では「モダニズム」というと、探偵小説のメッカとなった娯楽的な総合誌『新青年』創刊（一九二〇）あたりから徐々に始まって、大正末の新感覚派、一九三〇年前後の新興芸術派へと続く「都会的文芸」の流れ

った。同期間に迎えた転回点は大きく二つ、日露戦争（一九〇四〜〇五）後の「新自然主義」勃興期における理論的な転回、そしてそれに十年遡って既に「写生」の実践の場で進行していた一九世紀末の転回である。それぞれ第四章の感情移入論と第五章の子規論で深掘りする構成なので、本章はそれらの陰画にあたる部分、ゾラの名に結びつけられた自然主義の二度の受容を先に意味づけ、世界文学との関係においてどのように地方文学としての日本的モダニズムの土壌が整えられていったのかを考察する。だが毎章同じリズムで議論を続けても退屈は避けられないので、本章では分析の方法論的な指針を設定する入り方をしてみたい。一言でいえば、「世界文学」論的アプローチと「比較文学」的研究の協働の可能性を考える。

第一章冒頭で野上豊一郎の『比較文学論』（一九三四）を覗いた際、世界文学が研究の方法論から外されていることを指摘したように、もともと世界文学は学術的な体裁をもった概念ではなかったようである。少なくとも創作者としてのゲーテは、比較文学のような研究方法として世界文学を提唱したわけではない。基本的に世界文学は事後的に与えられる名誉の称号であり、その集合の外延の大きさゆえに観念的なイメージをまとっている。なおゲーテが世界文学を提唱した理由の一つに、ドイツの若いロマン主義者たちによるナショナリズムの高揚に嫌気を覚えたことがあげられるが、国際主義者《インターナショナリスト》の良心に基づいて非ヨーロッパ文学を含む非ドイツ文学を読む必要を訴える心と、ドイツ文学が他国で読まれ、世界文学の成立に主導的に参画するというヴィジョンとが一体の関係にあるのも確かだろう。閉塞した国民文学の現状打破として世界文学を提唱することは同時に、己の文学的世界が人類普遍の世界文学と化す欲望を秘めた主張にもなる。それは一九世紀初頭から文字通り世界を席巻することになる自由主義経済（現代なら多国籍企業）が、国家の束縛を「超出」していく精神とそんなに遠くないのだ。そしてゲーテは実際みごとにそれを成し遂げている。

実のところ、比較文献学（言語学）由来の実証的方法論としての比較文学と、近代的な観念論哲学由来の世界文学との出自による対立図式を考えなくても、語用的に二つの概念の属する次元は異なっており、本来は対立しようがなかった。国粋主義が否定され、世界文学という概念の再興が求められた敗戦直後の文化状況のなかで、津田左右吉が執筆した論文「世界文学としての日本文学――文学の比較研究について」（『文学』一九四七・二）[2]の題において両語が平和的に共存しているのを見ても、そのことはわかる。各国・各地域文学の特殊性（多文化的差異）を分節して、互いの相対性を考察する比較文学の土壌を整えるのが世界文学である。あるいは、世界規模の同時代的な文学状況を全体像として示すのが世界文学という括りで、そのような状況に至る部分的な経緯を論じるのが比較文学である。それゆえ、方法としての比較文学の根拠を世界文学が提供するようなかたちでなら、両者は相互補完的な関係を結ぶことができる。つまり世界文学は比較文学より概念的に大きいわけで、この非対称性が津田の論題のような密着した共存関係を保証する。

（以前の「自然」を標語とする思潮との対比）のイメージが強い。同じカタカナの「モダン」という言葉が「都会的」とほぼ同義となった経緯からもやむを得ないのだが、その時期の「モダニズム」はひとまず括弧に入れたい。

（2）『日本文芸の研究』岩波書店、一九五三所収。

しかし、「世界文学全集」の新刊がほとんど途絶え、代わりに世界文学を一つの理論としても捉えるようになった昨今では、両者の使い分けが外見上曖昧となり、時に混同されて互いに役割を横領する状態となってしまった。こうなると比較文学の分は悪い。表向き混同が起こっていると言っても、各々の概念は元来の意味を完全に失ったわけではないからである。

世界文学は当事者としての作家（や伴走する文芸批評家）が「世界的」な存在に「なる」ことの欲望にも支えられている。作家からすれば、受容の広さに基づいて認定される世界文学の一員になることは読者の幅を広げるので歓迎だが、「影響」という概念を掲げて時に作家の独創性を否定し、テクストを過去の作家たちの業績との関係において位置づける比較文学研究の対象となるのは、さほど嬉しい話ではない。この二つの概念を文豪二人に象徴的に当てはめるなら、ドイツ留学を経験し、議論の中心を哲学に置き、重訳も構わず無節操に近い欧米文学の紹介に努めた森鷗外は、日本語文学を世界水準に引き上げることに尽力した世界文学的作家である。対して、元々研究者を目指していた漱石は、西洋的概念の翻訳不可能性にたびたび言及し、精読に精読を重ねて英文学史と格闘し、対照の作業を通して欧州にはない日本語文学の個性を探った点で比較文学的な作家である。実際、漱石は様々な機会で講演をしたが、題目に拘わらず内容の多くが「比較」のロジックに基づいた話になっている。

現在、各国語文学という単位での文学研究の棲み分けを困難にしつつある世界的状況のため、「はじめに」で述べた文学研究一般の制度的後退に加えて、比較文学の土台自体が衰弱しつつある。「国際」的な文学研究や講義を試みようとすれば、語義の曖昧さから修飾的な語句としての使用も可能な世界文学に関心が寄るのは不可避だろう。世界文学の実体は相当に不可視であり、集合的で観念的なイメージが常に付きまとう。裏を返せば、各国、各出版社、各人が掲げる「世界」の姿は相当に融通が利き、各々の主観的な「世界」性のイメージを満たせば十分なのだから、作品を母語の翻訳で読んで何ら問題ない場合が多くなる。かつて各国文学が強固な主観性の枠組を提供していた時代は、十分に輪郭のはっきりとした世界文学像が共有されていたが、その基準枠が緩めば、極端な話何でもアリとなって、いずれ概念自体が解消されるだろう。[3] 一方の比較文学は、二つ以上のテクストの間に実体的な関係がある場合にしか比較研究の対象にならないのだから、異なる言語間のテクストを比較するという条件さえ守れば、何でもアリにはならない。仮に比較経済学、比較美術史などの分野を考えるとして、ほとんど「比較」を付ける意味をなさないように思えるのに対して、比較文学が比較言語学と同程度以上に自然に聞こえるのは、それが本質的には比較国文学である――つまり、二つの自立した「世界」同士を比較する学問であるという記憶を残しているからだ。だがこの制約が昨今の文学研究の状況においては足枷に働いている。逆に言えば、いまや比較文学研究の対象となるテクストを基準に世界文学を認定したほうが、世界文学の概念の空洞化を避けられる可能性があるだろう。したがって、比較文学は世界文学に従属するところに居場所を探すのではなく、その関係を一度軽く断ち、適度な距離に分離したうえで思考の装置としての役割を担う態度が有効なのである。

(3)「グローバル文学」という言葉は、基本的には流通の観点で定義されているので、世界文学よりは長命と思われるが、これも販路の確保が不要な電子本化に加えて自動翻訳が進化すれば、あえて名称を与える意味のない概念になるはずである。

その場合、まずグローバルな表象（観念的な世界像）でもあり理論的な概念でもあるという中途半端な状態から、改めて世界文学を比較文学と同じ方法論の水準に明確に降ろしてくる作業が必要である。(4) メソッドとしての世界文学とは何か。過去の文学作品に対する一般的研究に欠けていたアプローチという側面に絞れば、システム論的な方法とするのが本書の見解である。その立場を最も体現したのは、フランコ・モレッティの世界文学論だろう。彼の議論の起点は、広義のシステム論（ウォーラーステインの経済史理論である「世界システム論」やイーヴン＝ゾウハーの翻訳論「多元システム論」）の援用だった。

仮に初期の「世界文学」概念から理論的可能性を引き出すなら、それはドイツ観念論のなかでも世界的に最大の影響力を発揮したヘーゲル哲学における弁証法的論理（否定の繰り返しによる全体論的な〈普遍〉の獲得）以外に妥当なものはない。世界文学は各文学の単純な総和ではない、という認識は、モウルトンの議論にもあったように世界文学論のなかで繰り返されてきたのだ。「世界文学はこれ等多彩の花束を取つて、更にこれを一層大きな統一と調和との原理に本づけて結集することである。そしてその際各々の独立した花束としては重要な役目を持つてゐる花も、この全体の中にあつてはさして注目に値しないこともあるであらうし、個々の花束の中にあつてはそれ程の価値を有しないやうに見えた花が、この新たな全体に於ては俄に予想外の意義を賦与せられることが無いとは期しがたい」――茅野蕭々『世界文学論』からの引用だが、やはりヘーゲル的な「部分－全体」論に聞こえる。だがこの花束の結集の比喩だけでは一国（の主観）から見た一つの「世界文学」の姿を表すにすぎないので、これを一つの部分とする複数の「世界文学」が結集され、さらなる上位の普遍的な世界文学へと自己展開していくイメージも加えておく必要がある。つまり、ここで想定されている「世界」は、各々の地域的見地（文化的自我）に現象する——それぞれ異なる主体的立場から見える——複数の差異ある「世界」が、普遍の全体（totality）へと止揚されていく運動であり、ヘーゲルによる「精神現象学」の世界の弁証法的発展（個別［正］↓特殊［反］↓普遍［合］）そのものである。ヘーゲルの思想は、歴史哲学を謳いながらも基本的にはシステム論的な思考なのである。しかも、「特殊」として認定された他者も必ず「普遍」への運動の一角に参与する相互承認システムである点で、後継のマルクス主義的な世界史観やウォーラーステインの世界システム論の一方通行的な「周辺‐半周辺‐中心」よりも柔軟な理論と言わなくてはならない。ヘーゲル哲学を換骨奪胎した田辺元が『種の論理と世界図式』（一九三五）において、「個‐種‐類」のトリロジーを使って「種」としての日本文化という特殊性を自動的に人類普遍の「世界文化」に止揚する論理を提示できたのも、その柔軟さのためである。

したがってモレッティの世界文学論が、世界文学を理論化するにあたっての要を的確に突いていたことは間違いない。単一のシステムとしての資本主義経済の法則（分業体制）に議論を寄せすぎたために多くの反発を招いたとはいえ、世界文学に含意されていた方法的可能性を抽出・強調したことの意味は

（4）古くは茅野蕭々「世界文学論」（『岩波講座世界文学』一九三三・一二）においても、見解の一致をみない「世界文学」の「研究工作の方法」に関して議論を詰めるべきだという主張はあったのだが、観念論的に昇華されてしまうか、あるいは国籍を問わない「一般文学」の研究に地滑りしやすい議論の特性によって進展が難しかった。

消えない。結局、二一世紀以降の世界文学論の復活は、システム論（トランスナショナルな構造分析、パターン分析）や統計学的な量的研究などの具体的道具立てによるメソッド性の再認に支えられていたのである。

もちろんモレッティもシステム論だけでは文学研究は完結せず、比較文学や地域文学（国文学）研究との協働が必要なことは明言していた。彼のシステム論のエッセンスは、ウォーラーステインの「世界システム」をモデルにしたものに関しては、次の公式で表されている——「外国の形式」＋「地域の形式」＋「地域の材料」[5]。この三つの項目は、それぞれ「外国のプロット」＋「地方の語りの声」＋「地域の登場人物」によって具体化する。つまり、システムの中核から西洋小説の特定の形式が発生し、そして「周辺」地域へと伝わるのだが、それは必ず伝わった先の「地域の現実」と衝突し、葛藤を引き起こす。「地域の現実」はやがて完全に塗り替えられる場合もあるかもしれないが、大抵はそうはならないで、上記の三層をテクスト内に構成する。それが主に「半周辺」地域における「世界文学」の姿である。そのような中心から周辺へと繰り返される幾重ものシステムの波を記述すれば、世界文学史が描けるというわけだ。この図式のポイントは、中心の形式と周辺の材料との衝突面（干渉面）に生じる中間項としての「地域の形式」に焦点を当てているところである。「形式」は地域ごとのバリエーションを持っているので、比較文学的なアプローチがそこに要請されるのである——「ここにひらけてくるのは比較形態学という魅力的な新領域だ（時と場所に応じていかに形式が変化するのかをめぐる体系的な研究——比較文学が「比較」という形容詞を使いつづけるための口実はこれしかない）」[6]。

しかしモレッティの図式では大局的な世界システムの記述が優先されているため、やはり「形式」それ自身の幅と厚みを無視してしまっているように見える。ここで「幅と厚み」として想定するのは、同一テクストに入り込んでいるシステムの複数性を前提として生じる「幅」と、「地域の材料」が歴史的に有している固有の「形式」が作用して生じる「厚み」のことだ。そのことに注意して議論を模索していけば、世界文学と比較文学とを併用的に協働させる研究を考えるうえで示唆される部分は決して少なくない。

もう一つ、モレッティが示した「世界文学」論的な発想から読み取れる重要な参考点は、一作の文学テクストは一つの「世界」表象体系の縮図的な提示であるという指摘である。ある地域のあるテクストには、その「地域の文学」的コードと（構造化された）無意識のレイヤーといっていい「世界文学（外国文学）」的コードとの緊張関係（せめぎあい）が必ずと言っていいほど内在しているということだ。世界文学論に取り組むとなると、どうしても広範な地理的規模を渉猟しなければならないプレッシャーが伴い、また一方で比較文学研究に取り組むとなると、膨大な時間を犠牲にして複数言語に習熟しなければいけないプレッシャーが伴うものである（ゆえにモレッティは研究の分業体制を訴えるのだが）。だがこのように一テクストにおけるコードのダイナミズムの問題に還元して、なお世界文学論的アプローチや比較文学的アプローチの意義が得られるなら、これらの研究領域の敷居はだいぶ下がるはずである。

（5）フランコ・モレッティ『遠読――〈世界文学システム〉への挑戦』秋草俊一郎ほか訳、みすず書房、二〇一六、七七頁。
（6）同上。

二　日本的「自然主義」を導くコード

以上の方法論的な問題意識を念頭において本題に戻りたい。冒頭で述べたように、本章が考察するのは広義の「自然主義」的転回の陰画を構成していると見える部分、フランス自然主義の代表者・ゾラの存在が強く意識された二つの時期である。一九〇〇年前後に「ゾライズム」の言葉が出回り、ゾラを直接読んだ作家たち（小杉天外や永井荷風）の仕事（古い通称は「前期自然主義」）の方がフランス自然主義の受容史においてはよく知られているが、それが日本という「地域の文学」の文脈に変則的に着地した事情を理解するためには、あまり読まれ**ない**ままゾラの理論面のイメージが形成されていった始まりの経緯を押さえる必要がある。

既に第二章において、森鷗外と坪内逍遙の間で交わされた「没理想論争」中、鷗外が逍遙とゾラを並べて批判した「エミル、ゾラが没理想」（『しがらみ草紙』一八九二・一）に言及したように、ゾラ及び自然主義的思想の第一次の受容は、天外や荷風の活躍に約十数年先んじて一八九〇年前後に盛り上がった。一見して自然主義とは近しくない存在にも思える尾崎紅葉も、その渦中にいた作家の一人である。『二人比丘尼色懺悔』（明治二二年）の成功によって作家的認知を得た紅葉も、化政期の戯作趣味から脱皮し、西鶴を範とした写実へと赴くのと並行して、自己の文学を確立するための方策の一つとして外国文学に向かっており、中でもゾラは当時世界的に評価が高く、紅葉の視線も自ずから彼に据えられた[7]のである。内田魯庵は紅葉の『むき玉子』（一八九一）が、ゾラの『制作』（一八八六）から着想したものであることを指摘したが、『恋山賤』（一八八九）も『ムーレ神父のあやまち』（一八七五）の翻案であり、さらに『隣の女』（一八九三）は、「ゾラの短編『恋の一夜のために』*Pour une nuit d'amour*（明治九年）をそっくり日本に置き換えたもの」（二三九頁）だという。ただし、紅葉のゾラ受容の主な焦点は、本格的かつ写実的なストーリーの構成と描写的関心、つまりは硯友社の指針に適う娯楽性をよりリアルにみせる物語内容にあり、「自然主義」という理論面の主義主張に関する興味を欠いていた面は少なからずあった。

一方で、同様にゾラの流行の始点にいた鷗外は、その評論活動のスタートを切るにあたって、「医学の説より出でたる小説論」(8)を『読売新聞』一八八九年一月三日号に発表した。ここでゾラの理論面を主に「実験小説論」（『ヴォルテール』紙、一八七九・五）に基づいて紹介し、かつ批判したのである。鷗外の自然主義に対する嫌悪感は最初から一貫している。この鷗外の評はごく短文だが、同じ年の八月には「仏国現今実際派文学者の巨擘エミール、ゾラの履歴性向一斑」（『国民之友』八・一二、八・二二）と題された記事なども追随しており、主に「実験小説論」を通して第一次の理論的受容が起こったことがわかる。したがって、二〇世紀初頭の自然主義の流行は、どちらかといえば精緻な描写とプロットによる物語叙述への紅葉的な関心のほうに連なる「再燃」だったということだ（田山花袋や早稲田派を主とする

（7）柏木隆雄「ゾラと日本」『図説翻訳文学総合事典』第五巻〈日本における翻訳文学（研究編）〉、大空社、二〇〇九、二三四頁。
（8）初出時の題は「小説論（Cfr. Rudolph von Gottschall, Studien.）」。『月草』（春陽堂、一八九六・一二）に収録の際、この形に改題。

後続の自然主義者たちよりも、いずれ耽美派と呼ばれるようになる荷風など三田派のほうがゾラの小説の内容と魅力に向き合っているように見えるのは、おそらく意味ある符合である）。

だが鷗外の先導もあってか、一八九〇年代半ばまで「自然主義」的な創作態度は否定的に捉えられることが少なくなかった。大日本帝国憲法の公布（一八八九・二）より、しばらくナショナリズムの気運が高まるなか、文学史的には「ロマン主義」的な反動が起き、雅俗折衷体が勢いを増し、言文一致運動が停滞したとされる時期でもあったからである。だがいま問題となるのは、そのとき流布した自然主義のイメージが、翻訳によるゾラの「誤読」に依拠していたことが疑われる点である。ゾラの小説論からアンドレ・ジッドやプルーストといったポスト自然主義文学へと続くフランス文学史の流れと、日本の「自然主義」から「私小説」へと連続する理論的な態度との大きな乖離に関しては、小林秀雄などが早くから指摘してきた[9]。日本の「私」は実生活と密着してしまい、十分に「社会化」されなかった結果だという説である。ではなぜ「密着」が起きたのか。その具体的な要因の一つに関して、言文一致の推進者であった山田美妙のスキャンダル[10]（一八九四年一一、一二月に四回にわたって『万朝報』に記事が掲載）を中心に、ゾラの「実験小説」の「実験」の意味が、科学的実験（experiment）の意味ではなく、一八九〇年代にはもう一つの辞書的定義として通用していた「実際経験」の意味で受容されたこと——すなわち翻訳の「いたずら」——が、十数年後に始まる「私小説」の流れの素地を作ったという議論がある[11]。「実際経験」の意味での「実験」は、「見た儘」に対象を写すことを謳う正岡子規の写生文論「叙事文」の頃においても用いられているので[12]、相当の期間において一般的な語用だったのだろう。

ちなみにゾラの「実験」の意味は、次の一節を読めばほぼ明らかである。「小説家中の観察者は、見たままの事実を呈示し、出発点を定め、やがて諸人物が歩きだし、諸現象が展開する堅固な地盤をきずく。ついで実験者が現われて、実験を設定する。つまり、ある特定の物語の中で、諸人物を活動させ、そこにおいて継続して起る諸事実は、研究課題である諸現象の決定性《デテルミニスム》の要求するとおりの結果になることを示すのである」。[13] つまり、作家は現象の「観察」に基づいて小説内に社会的環境を設定するだけでは片手落ちで、そこに人物を投下して行動の必然的帰結を検証する「実験」を行うことで人間の研究は完結する。確かにゾラの「実験小説論」の本文を実際に読んでいれば、クロード・ベルナールの『実験医学研究序説』を参考に取り上げる冒頭部分において、「観察科学と実験科学の相違」を認識することの重要性、そして今後は「観察」の経験主義を脱して実験科学的な方法に次第に進んでいくはずの科学の動向に文学も倣うべきことが明言されている。「経験」と「実験」を混同するほうが難しい。当時の多くの文学者が原著に直接当たる機会及び語学力を持てない状況にあったとすれば、やはり責任の過

(9) 小林秀雄「私小説論」『経済往来』一九三五・五～八。
(10) 美妙が小説の取材を理由に、売春婦の石井おとめに詐欺を働いた事件。
(11) 坂井健「実験小説から私小説へ――美妙スキャンダルとゾライズム」『京都語文』二〇〇七・一一。
(12) 「此の如く作者自身の実験を写さば其記事は或る一部に限られて、全体の風俗儀式を尽す能はざるの欠点あり」(「叙事文」新聞『日本』付録週報、一九〇〇・一・二九、二・五、三・一二初出、『子規全集』第一四巻、講談社、一九七六、二四五頁)。
(13) エミール・ゾラ「実験小説論」古賀照一・川口篤訳、『新潮世界文学21 ゾラ』新潮社、一九七〇、七九四頁。

半は「翻訳」にあるように見え、鷗外も相当の責を免れない。鷗外の記事（初出時）は、ベルナールが学問を「視察（「オプセルワッシヨン」）」と「実験（エキスペリマンタシヨン）」に分類したこと（三年後の『柵草紙』再掲載時には、それぞれ「観察」と「試験」に改訳）を紹介したうえで、次のように記していた。初版と修正版の両方を並べて引用しておこう。

「クロウド、ベルナール」は曰く今の学問は視察（「オプセルワッシヨン」）と実験（「エキスペリマンタシヨン」）との二に基くなり 宇宙間にて人力の能く変化すべからざるものに逢へば学者、之を視察し 其能く変化すべきものに逢へば学者、之を実験す医、若し活人体の作用の本真を悟らんと欲せば其視察の功を補ふに実験の績を以てすべし 彼の病院、講堂及び試験室の内に入て生活の臭穢蠕動の疆界《きやうかい》（「フエチード、ウー、パルピタン」）に臨むに非ざるよりは真正の医学の発明を得べからざるは恰も銀燭、光を放つの広廈《くわうか》に入るものゝ先づ庖厨《ほうちう》を過るが如しと(14)

クロオド、ベルナアルのいはく。今の学は観察と試験とに基いたり。人力の化すること能はざる宇宙間のものに逢へば学者これを観察し、人力の能く化すべき宇宙間のものに逢へば学者これを試験す。医の人身の真作用を知らむとするや、その観察の力を補ふに試験の法を以てす。かの病院、講堂、業室の中に入りて、生活の臭穢にして蠕動する疆界を経るは、先づ庖厨を通りて燭光かゝやげる大廈に入らむとするが如しと。(15)〔傍点引用者〕

一見、「視察」と「実験」の役割の定義をそれぞれ明示しており、鷗外はきちんと訳し分けたと見える。が、一文目で、科学は人の力が及ばない現象に関しては客観的な距離を置いた観察をする以外の方法がなく、対象に触れ得る身近な対象（この場合は医学における臨床の対象）に関しては「実験」の対象になると述べている点、さらに三文目で、物事の真実を捉えるためには汚穢に満ちた現実世界へ出て行くこと（現物にあたること）の必要を強調している点で、「実験」が「実際経験」の意味で理解されてもやむを得ない書き方にもなっている。これは同文章の後半で、小説に応用されるべき「実験」の実質は「分析」と「解剖」であり、その「結果は事実」であり、「事実は良材」ではあるが、作家の仕事はそれを「役《えき》する」先にあるべきものとしてゾラを批判するに至って、より顕著である。ちなみにゾラは少なくとも「実験小説論」の中では、事実そのものよりも環境からの生理学的影響によって決定される人間の行動・現象の法則的事実を実験を通して明らかにすること、一言でいえば「事実のいかにしてを追求すること」に自然主義作家の役割を置いているので、鷗外の説明不足は否めない。

「エミル、ゾラが没理想」（一八九二・一）では既に「試験」の語に切り換えていることが示唆するように、鷗外は「実験」という訳の曖昧さについては自覚的だったと思われるが、それを誤訳とまで考えていたか、あるいは結局は意味の大差はないと考えていたか、定かではない。いずれにしても、以上の

(14)『鷗外全集』第三八巻、岩波書店、一九七五、四五一頁。ルビは一部を残して省略。

(15) 雑誌『柵草紙』（一八九二・一・二五）に無署名で再掲された後、『月草』（春陽堂、一八九六・一二）に収録された（二度の）修訂後の文章。『鷗外全集』第二二巻、岩波書店、一九七三、一頁。

ような翻訳の細部の誤解を通した「実験」の意味の伝達（影響）経路を考える研究態度、これは「比較文学」的コードに則る論証である。だが大正期頃までの「私小説」の流行という重要なフェーズを用意したものを「翻訳語のいたずら」のような偶然性に還元するのはためらわれる。もしゾラ派も反ゾラ派も共有することになった自然主義の方法としての「実際経験」を「誤読」と呼ぶのであれば、そのような半ば確信犯的な「誤読」を導いた文学者たちが置かれていた文脈を考慮したうえで、精神分析学の基本に倣い、彼らの潜在的な欲望を問わなければならない。当事者たちを無意識レベルの力で動かした集合的「欲望」こそ、「世界文学」的コードが形成に与かった言説のレイヤーである。(16) この二つのコードの緊張関係を抽出すること、そこに一つの文学研究を多面的に結晶化する可能性があると思われるのだ。

三　現象学的転回と写生

繰り返すが、経験（＝観察）科学より実験科学を重用したゾラの主張が、「実際経験」の勧めとして受容されていったという経緯の分析に異存はない。だが本論にとって重要なのは、そのような理解の差し替え——単純化というべきか——を引き起こした高次の言説配置を捉えることである。ゾラがベルナールの医学書から借りた概念を、どの部分まで厳密に小説の創作に応用できると信じていたのか、その信念を問うのは無理である。しかし、そもそも実験科学の精神が「経験主義」批判であることからもわかるように、ゾラの思想は本論が第二章で近代小説の「世界」原理として詳述した〈経験的‐超越論的二重体〉における「経験的」部分のみではなく、「超越論的」に属する視点も組み込んだ構成をしている。ゾラの文章に繰り返し示されるのは、作家の役割を自然や現象の「支配者」とみなす、やや高慢な態度である。社会の仕組みを反映した人工的な環境をフィクションの中に整備し、その箱庭に人間を置いて生活させ、その振る舞いを観察することで、「わたしたちはある情熱がある社会環境でどんなふうに働くかを実験によって示す実験的人間性探求家《モラリスト》なのである」(17)と悪びれることなく述べるのだ。それは、「神の眼」を超越論的な実験者（作家）の視点によって代行することの宣言にほとんど同じである。ゾラの理論は言葉とは裏腹に、「経験的」レベルに属する客体の描出と、それを俯瞰的に見つめる反省的思考の視点という二重構造を保っている。現象世界の「征服」によって「増大する人間の権力を示す大事業に従事する」ことほど有用で「高貴な仕事」はないと言い切る、ある意味で増長した人間主義者《ヒューマニスト》としての自負もそこからきている。ゾラにとって自然主義は主体的人間の勝利によって「世界」を掌握する方法だった。その点では、ドイツ観念論が用意した「世界」意識の思考モデルと比べて、そんなに

(16) 平石典子は『煩悶青年と女学生の文学誌――「西洋」を読み替えて』（新曜社、二〇一二）の第一章三節において、イプセンの戯曲『ボルクマン』（小山内薫と市川左団次が結成した「自由劇場」の第一回公演の演目）に登場する（本来は軽薄な印象の強い）エルハルトが、当時日本で流行していた「煩悶青年」の切実なイメージとして「肩入れ」されて受容されたことを論じている。その主要な原因は、高山樗牛の評論（一八九七）による方向付けを起点にして、さらには小山内に依頼された鷗外による原作の文言に忠実ではない翻訳にあったというが、「実験」の語の「歪曲」した受容の問題と同様の議論が可能である。その節操ない翻訳の仕事によって、鷗外が日本近代の「世界文学」像の形成に果たしていた役割の大きさを教える。

(17) ゾラ、前掲書（一九七〇）、八〇三頁。

遠くないところにいたのである。

高山樗牛は永井荷風『地獄の花』(一九〇二)の同時代評のなかで、荷風を批判するためにゾラを引き合いに出している。ゾラは荷風のように「主張」を直接「赤裸々」に書くことはしない。しかし、「人物の性格」と「境遇」、その二つの相互作用だけで展開する小説の「全体の精神」の中に、それは「おのづから発揮せらるゝ」ものとし、そのためにゾラは「一面に於ては能く自然主義の旗幟を打立つると共に、他面に於ては又能く理想主義の慢幢《まんどう》を掲げ得た」[18]と指摘していた。ゾラ作品には「主張」が独立していないために存在もしていないように見えるが、実のところ(逍遥の言うような)「没理想」の水準に自発的に現われており、そこに当時の荷風のある種の教条性が成しえなかった深みがあるという評である。荷風に対する評は置いておくにしても、ゾラの浩瀚なテクストからは、写実性の徹底だけでは済まない、全体的な「理想」(主張)が感じ取られるのは確かな指摘だろう。

しかし、振り返って近代文化の辺境に位置した日本の作家たちは、この西欧中心の超越論的「世界」性のグローバルな進行に対して、順応主義的な意味での積極的な受容を選びながら、同時に自文化がシステムの劣位に組み入れられることへの抵抗の契機を探らざるをえない。一八九〇年代に、「実験」の語が徹底的な「経験主義」のスタンスをとる「実際経験」として「誤読」されていった背景には、過去に前例のない勢いで瞬く間に世界中の文学場を駆け巡ったゾラ的自然主義という波に対して、当の自然主義のキーワードとなっていた「実験」の語を翻訳的に横領《アプロプリエイト》することによって、内在的に抵抗しようという無意識的な「欲望」が働いていたとは考えられないだろうか。

しばしば西洋近代芸術の覇権的な影響力を要約する「リアリズム」という様式は、その〈普遍〉の正しさを主張する力によって世界の隅々まで波及したという説明がされる。だがより精確にいうならば、政治的自由主義を掲げる「中心」の国からデモクラシーが「周辺」へと拡散していく際に、その「中心」の国の覇権性に対する地方国家の抵抗力（反抗する自由としてのナショナリズム）を産み落としていくのと同じように、「地域の材料」の個性をそのまま生かすリアリズムは、ヨーロッパの覇権的な勢力（超越論的な力）に対して地方の独自性の主張をもって対峙・反抗する契機を与えるからこそ、世界中に浸透する。鷗外を起点とする「誤読」は、図らずもその世界システム的な抵抗と拡張の現実化の図式に乗っかっている。

政治経済を含むグローバルな視野で「近代」を考えれば、ゾラの「自然主義」自体、フランス革命以後に本格化するヨーロッパ中心主義に同調しようとする近代小説の規範を、ある種の前衛性によって揺るがそうとする方法という面があった。イギリスを筆頭に一九世紀の工業資本主義の急激な進行に対抗して二〇世紀初頭まで続く社会主義が立ち上がった時と、自然主義が登場した時とが軌を一にしていたことは偶然とは言えない。ゾラの自然主義は、無根拠な精神の領域を肥大させたロマン主義に対してだけでなく、真に「社会」を描くことを疎かにしてきた旧来の写実主義に対する批判でもあったのだから。また、精神の充足のために森林、湖水、山岳風景などの「自然」を愛でていたことに対する当てつけであるかのように、ゾラ的自然主義によって「自然」の語を強奪されたロマン主義の方も、資本主義経済が進める即物的な近代化への「精神」の抵抗としてあった面を考えると、近代における文学や芸術

(18)「文芸評論（雑談）」『太陽』一九〇二・一一・五。

の主義それ自体が常に大文字の「近代」（人間関係を規定している主原理が経済である時代）への抵抗として発生してきたということが知れる。

したがって、その潜在的「抵抗」の性格がより鋭く現れるべきなのは、（経済的な中心ではないにしても）欧州の地理的・文化的中心に位置していたフランスなどよりも、世界の周辺のアジアで最初に工業化を遂げた一九世紀末の日本だったはずである。資本主義史の基本的な理解として、「アダム・スミスが攻撃の矛先を向けた近世における市場と国家の密接な結びつきの後、一八世紀末から一九世紀初めにおける、根本において自由主義的な大西洋世界の諸革命と諸改革が、市場と国家の相対的分離の段階の始まりを告げた」[19]のだとすれば、もはや帝国主義の基盤である植民地の余地が地球上から消え、市場（経済）の拡大が行き場を失い、分離した国家（政治）の争いが激化したのが一九世紀末になる。ちょうどその時期に、日本近代文学が世界文学との緊張のなかで新たな変革期を迎えるのは当然の一致だった。よって「実際経験」という実地主義に偏重した方法が、後の（大正時代に隆盛する）「私小説」の実体験主義に繋がるという構図を描くこと自体には同意できる。ただし、それは第二章の【図1】で表した「世界」概念に基づく近代小説の構造を、何らかの手段によって突き崩す新しい様式に向かう一九世紀末に始まる転回に位置づける限りにおいてである。「私小説」を実生活への逃避による「世界文学」路線からの逸脱として一方的に批判することはできない。

既に何度か示唆したとおり、多少の強引さを承知で述べるなら、ほとんど同時期（二〇世紀初頭）にフッサールの現象学が登場し、哲学史に転回をもたらした事を並べても良いかもしれない[20]。「私」の主観的視野と「世界」の現象を同一化して考えることで、近代的主体（二重体）によって掌握されていた「世界」を内部観察的に捉え直そうとする方向性に類似を見出せる。一九三〇年代半ばにハイデガーの解釈学的現象学を唯物論の立場から批判した戸坂潤によれば、フェノメノロギー（現象学）における「世界」とは「現象が現われては隠れる一定の舞台のこと」で、本来的に「非歴史的」である。現象とは「いつもその表面に於てしか問題として取り上げられない」ものであり、「事物の裏から事物の匿《かく》された意味を取り出すといったような解釈学や文献学は〔……〕初めからソリの合わない方法だと云わざるを得ない」(21)。にも拘わらずハイデガーは、表向きは歴史的認識を帯同しているかに見えながら、実際には歴史学的・言語学的な実体性を骨抜きにした解釈学／文献学を、アクチュアリティを欠いた「哲学」体系に昇華することで「戯画化」した。この実証性を抜いた観念の戯れこそが、「ナチスの綱領がドイツの小市民を魅惑したと同様に、ドイツの所謂教養ある（？）インテリゲンチャを魅惑した」のだとして、戸坂は厳しく批判したのである（戸坂の最終的な批判のターゲットは、同じ「文献学的・解釈学的・哲学」の発想形態を取っていた同時代の「日本主義」である）。

　ハイデガーの師にあたるフッサールは、そのような詐術的にも見える議論の仕方には足を踏み入れなかった。「現象学」の先行者であったヘーゲルの「精神現象学」に深く入り込んだ「歴史」的態度を振

(19) ユルゲン・コッカ『資本主義の歴史――起源・拡大・現在』山井敏章訳、人文書院、二〇一八、一五六頁。
(20) ただし管見の限りで、同時代の日本においてフッサールの受容が文学者のレベルで積極的に行われた形跡はない。
(21) 戸坂潤『日本イデオロギー論』岩波文庫、一九七七、四六～四七頁。初版は一九三五（白揚社）。

り払うべく、現在形の「現象学」の確立を徹底したのだ。[22] そして歴史学的方法を取り込んだ人間本質の理解へと発展を遂げた文献学的（文学的）哲学の流れを否定した。小説様式における「私」の内部観察への転回は、この哲学史的な動きに並べられる。もちろん、フッサールの『論理学研究』と同年の一九〇〇年に『夢判断』を出版したフロイト率いる精神分析学も、文字通りの内部観察への転回を示す学問ではあった。だが「世界」の構成それ自体を問う本書の議論の枠組においては、現象学のほうが平行性を見やすい。環境に置かれた人物を内面と外面の両面（相互作用）から記述し、それを説明的な上位の〈語り〉によって解釈学的に「理解」する視線を読者が共有するのが古い写実的三人称小説の基本型だとするなら、「私」が出会う一過的な現象世界を「自我」の内側からのみ記述するかのようなスタイルへの変換を「現象学的転回」と呼ぶこともできるだろう。

亀井秀雄は、正岡子規のエッセイ「叙事文」（新聞『日本』一九〇〇・一・二九、二・五、三・一二）を取り上げて、坪内逍遙の小説『細君』（一八八九・一）に始まる「登場人物の行動や意識や感情に即してリアライズする表現」[23]、本論の言い方を用いれば「内部観察」化が、子規の写生文運動を境に決定的に新たな段階に入ったことを論じている。子規は、須磨の景観を描写する三つの文体（漢文書き下し的、客観説明的、そして「写生」的）の具体例を示し[24]、三つ目の「語り手が歩くにしたがって現れてくる事物や景観を、語り手の関心や感じ方に即する形で述べてゆく方法〔……〕もう少し抽象的に言えば、場面に内在化した語り手に身体性を与え、語り手にとってのいまとここを明らかにすることによって、語り手が歩く時間の経過に伴って空間のパースペクティヴが変わってゆく様子を伝える、そういう方法」（一三八頁）だけが「景色の活動」を真につかむことができるとした。ただし、この「私」の主観的視野に枠付けられている世界を直接に感覚する描写のことを、子規がそれこそ言葉足らずに「言葉を飾るべからず、誇張を加ふべからず只ありのまゝ見たるまゝに其事物を模写する」態度、すなわち「作者自身の実験」（傍点引用者）として、素朴な客観描写の勧めのように言い表した捻れの問題は、後の「新自然主義」期まで引きずられてしまうことになる。

ところで「心境小説」というジャンル名は、大正時代に「私小説」の言葉が定着したときにその対照概念として発生するが、以上のような「現象学的転回」に続く「写生文」的系譜の一つの実りと考えることができる（その場合、近代文学史において「私小説」のほうが寧ろ亜種で、「心境小説」のほうが本流という見方も無視できなくなる）(25)。逆に言えば、「私小説」的な経験主義が発達した理由もそこに

(22) だが戸坂に言わせれば、ヘーゲルの哲学もやはり「現象学」であり、「意識発達の段階の叙述ではあっても、書かれてあるのは意識の歴史でもなければまして世界の歴史でもない」（同上書、四六頁）。

(23)『明治文学史』岩波書店、二〇〇〇、一三四頁。

(24) 亀井は全文引用しているが、ここでは各断章の最初の数文のみ写す。①「山水《さんすい》明媚《めいび》風光《ふうこう》絶佳《ぜっか》、殊に空気清潔にして気候に変化少きを以て遊覧の人養痾《ようあ》の客常に絶ゆる事なし。」②「須磨は後の山を負ひ播磨灘《はりまなだ》に臨み僅かの空地に松林があつてそこに旅館や別荘が立つて居る。砂が白うて松が青いので実に清潔な感じがする。」③「夕飯が終ると例の通りぶらりと宿を出た。煆《や》くが如き日の影は後の山に隠れて夕栄《ゆうばえ》のなごりを塩屋の空に留て居る。街道の砂も最早ほとぼりがさめて涼しい風が松の間から吹いて来る」。

(25) 田中和生は、「現象学的転回」の範囲を細かく限定したような話として、永井荷風による「いま」「ここ」に結びついた言葉の獲得を論じている（「日本近代文学の逆説――初期の永井荷風について」『三田文学』

連動させせなければならない。一九〇六年一月に自然主義の牙城となる雑誌『早稲田文学』を島村抱月が復刊させせてから「自然主義」の概念自体の解釈に関心が集まり、新たな理論化が進められた一方で、一九〇七年（田山花袋「蒲団」発表）、一九〇八年（島崎藤村『春』[26]発表）、一九〇九年（岩野泡鳴「耽溺」[27]発表）頃には、「私」の直接的経験の生彩さを重んじるスタイルが地歩を固めていった。たとえその多くが、他ならぬ自己の同一性と個性を事実経験的な記述と回想によって担保している点で「現象学」の語にふさわしくないスタイルに帰結しているように見えるとしても、写生文等が切り開いた反「世界文学」志向の流れの下流域に収まることは間違いない。日本自然主義において残存したロマン主義的要素（自己アイデンティティの請求）の強さが「私」の屈折した自己実現の欲望を「私小説」の形に向かわせたのだとする、昔の教科書的な文学史の説明は不十分である。

四　「世界」を分かつ翻訳——森鷗外「舞姫」再読

一八九〇年頃（鷗外）に端を発する「実験」の問題に戻ろう。それは一九〇〇年代初頭のゾライズム流行においても消えていなかった。当時の「自然主義」（前期自然主義）の代名詞ともなった小杉天外の『初すがた』[28]（一九〇〇）や『はやり唄』（一九〇二）、永井荷風『地獄の花』（一九〇二）など、一九〇〇年代初頭の小説も「実験小説」を自称していたのである。なぜこの時期にいまさらゾラに立ち返ることを声高に唱えたのか。先の一九世紀末からの転回の説に即せば、一過的な寄り道にも思える中途半端さが拭えない。実際、これら「前期自然主義」作品は、社会と個人的な「本能満足主義」（ニーチェの受容から流通した当時の流行語）との対決の構図に留まり、物語を決定づける出来事を社会的病状として分析的に捉え、その発生の条件や因果関係を炙り出そうとする射程の大きさと問題意識を欠く

二〇〇六・二）。日本近代文学は個人主義的な「私」の確立に固執したために、本来それに連動するべき「いま」「ここ」の記述の問題をなおざりにしたという。その最も早い例外が荷風の『あめりか物語』（一九〇八）中の一篇「夏の海」であり、「同種の記述が日本の近代文学の内側から書かれるには、三十年近くあとの志賀直哉『暗夜行路』の後編を待たなければならない」とするが果たしてどうか。一九世紀末（正岡子規）からの「写生文」の歴史を捨象している気がしてならない。

(26) 田山花袋は「物を現象的に見る」ために戯曲的葛藤も筋もなく無解決である小説を「印象派」と呼んで、典型例として藤村の『春』を称賛した（「評論の評論」『文章世界』一九〇九・三・一五初出、改題「印象派」『定本花袋全集』第一五巻所収、臨川書店、六頁）。

(27) タイトルの通り、「僕」は生活の醜さにひたすら「耽溺」することで、本能的自己を肯定する。無反省の「知的な貧困さ」は「私小説」という方法的戦略の一つの典型を示す。片岡良一は、泡鳴が自らの文学をブランディングした時に使用した「新自然主義」の名称よりは、「浪漫的に全自我の解放を求め」、「全自我を肯定」する傾向を評して、むしろ「新浪漫主義」とするほうがふさわしいとした（「泡鳴の自然主義と耽溺」『耽溺』解説、岩波文庫、一九四八）。こうした論点が、日本の近代文学の自然主義が「ロマン主義」的傾向を強く内在することを文学史の一般常識としたのだが、抱月から続く「新自然主義」がなぜ「自然主義」の名称を使ったのか、その歴史構造的な理由を押さえれば、わざわざそれを「ロマン主義」の名前で言い換える必要はないだろう。

(28) ゾラの作品のなかでも特に『ナナ』の影響が色濃い。一九〇三年には永井荷風が抄訳とはいえ、『ナナ』の初の翻訳を出版している。ナナという女性像がもった特別の影響力についてはすぐ後に論じる。

ように見えるものがほとんどである。〈欠け〉が印象づけられるのは、ゾラという目標を明確に掲げたことで差分を指摘される隙を作ったせいもあるに違いない。一八九〇年代から本格的になる文化的言説のナショナリズム化の気分は、西洋の物差しを振り回して不足を指摘する欧化主義的な批評言説と、実のところ共闘していたのだ。

とはいえ、種々の欲に駆られた思惑が交錯する世俗的なドラマを道徳的結末に回収しないこと、三人称多視点描写による基礎的なリアリズム様式の確立、また遺伝や生理が人物の行動を決定する描写など、「科学的」な意味での「実験」的態度はゾラの理論を吸収し直した成果だろう。なかでも三つめの生理的作用の描写を積極的に試し、小説の一つの手法として定着させたことが本書的には一番重要である。

第二章で論じた近代小説の「世界」モデルからいえば、身体性が人物の心理や行動を無意識裡に決定するという点、そして今後それが小説の描くべき不可欠の領域となることを「生理学」の言葉で率先して理論化した点に、ゾラ的自然主義の最大の功績がある。[29] 一般的に、小説が絵画、映画、演劇などの他ジャンルに優越するところは、超越論的な眼によって登場人物の内面（思考）と外面（行為）を同時に視野に収めることが可能なことである。だが坪内逍遥が「小説三派」（一八九〇・一二）で図らずも示したように（第二章第六節参照）、作中人物の内面と外面の相互作用だけで順繰りに展開する物語は小説特有の空間的な奥行きを活用できず、浅薄な内容にならざるをえない。対してゾラが新たに設定したのが、テクスト内世界の特定の状況に置かれた登場人物に対して特定のかたちで働く無意識的な力――環境と人物を媒介する生理的作用である。しかしながら、ゾラの理論は人物に対する決定論的な環境の

「作用」を強調しすぎたきらいがある。そのため理論上は、登場人物の心理の自由な働きの幅を圧縮し、その人物を小説世界の意志（「科学的」な眼）に従う操り人形のように不自由な人間にしてしまう。ゾラ自身は、自分は決定論者であって宿命論者ではない、環境的条件が現象を決定する因になるとはいっても、それがAの結果に転ぶか、Bの結果に転ぶかを予知できるわけではないので、登場人物を周到に用意した環境のなかに置いて実験にかけることは、その人物の「自由意志」を奪うことには当たらないといった主旨の発言をしている。[30] だがそのキャラクターに自律的なプログラムが組み込まれているわけでもなく、その「自由意志」の反応を決定して描いているのは作者のゾラに他ならないのだから、外部環境からの刺激と行為までの距離が短絡した機械的な人物像であることは変わらない（ゾラの考えた真の実験的小説は、AIの発達によってはじめて実現するのかもしれない）。ゾラは、この人格と環境との相互関係を密にするために、両者のあいだの壁を文法的に取り払う自由間接話法を駆使して語りを工夫したことでも知られるが、結局問題の所在は変わらない。

だがゾラとは違い、永井荷風の『地獄の花』は、正岡子規ら「ホトトギス」派が主導した写生文や

(29) ここでは文脈的にゾラを代表として立てているが、一八五〇年代から六〇年代は、パリの文壇全体で「解剖、解体、分析」といった医療・臨床系の用語が蔓延し、（新たな自然主義）文学を生理学や解剖学のスタイルになぞらえる比喩が盛んに試みられた時期である。Christopher Laing Hill, *Figures of the World: The Naturalist Novel and Transnational Form*, (Evanston, Illinois: Northwestern University Press, 2020), 35.

(30) ゾラ「実験小説論」、前掲書（一九七〇）、八〇五〜八〇六頁。

『武蔵野』(一八九八)に代表される国木田独歩、そして徳冨蘆花『自然と人生』(一九〇〇)など、田園や森林を散歩し自然界を直に観照的に愛でる——散文よりも詩歌の精神に多くを負う——随筆風的文章の手法も参考にしていた節がある(独歩や蘆花はワーズワースやエマーソンなどの英米系ロマン主義の「自然」派の影響が色濃い)。早くには、若き英文学者だった学生時代の漱石が「英国詩人の天地山川に対する観念」[31](『哲学雑誌』一八九三・三~六)を発表しており、「日本人は山川崇拝と云ふべき国民故」、関心を持つはずだとテーマ選定の理由を述べたうえで、一八世紀末から一九世紀の始めにかけて、(山川の)「自然の為に自然を愛する」ことを得た英国「自然主義」詩人たちの特徴を明瞭に整理している[32]。オリバー・ゴールドスミスやウィリアム・クーパーらを境に、修辞的な美文に拘泥し、風景を謳うにも「人巧」を重んじる「古文時代」を脱した「自然主義」は、最終的にワーズワースを待って「其極に達する」。同論文において展開されたロジックは、小説家になった後の漱石が書いた評論「写生文」(一九〇七)を論じる際にも重要となるものだ。ここでは諸外国の複数の文学史が合流する地点としての一九世紀末の日本の文学界において、「自然主義」における「自然」の意味の混濁が起きていた経緯が確認できればよい[33]。

第一章でも簡単に確認したように、同時期には「地文学《ちもんがく》」の発達と流行もあった。世界各地の地理的条件の差が「民族の社会や生活様式や感受性」を形成し、「地域的な差異としての民族的特性〔……〕を生み出す」[34]。その固有性を体現する「国粋(Nationality)」として、「日本的」自然美の自覚と顕揚が進んでいた時代背景も、「自然」を愛でる態度の浸透の要因の一つにあげられる。ヨーロッパ文学の動向に比した場合、二〇世紀日本の「自然主義」の文学史的位置づけは、およそ一八九〇年代から台頭するデカダンス文学や象徴派文学といった「標現主義」(35)に内容的に相当するだろう。片山正雄（孤村）は、彼らの文学が感覚の鋭敏化による（「感情 Gefühl」以前の）「情緒」「心持ち」（Stimmung）(36)の直接表象に向かう非観念的特徴をもつことを理由に、そうした一九世紀末以降の欧州文学の動向を広く「神経質の文学」（『帝国文学』一九〇五・六～九）と言い表した。その際、その一角を占める「デカダンス」の特徴の一つが、「人工的（das Kkünstliche）傾向で有る。彼等は人間本来の品位は自然に遠るにありとし、如何にもして自然を避けんとして居る」と論じられたように、反「自然」が彼らの基本的なスタンスだった。したがって、日本の世紀末から二〇世紀初頭の文学（国木田独歩から「新自然主義」）をモダニズム文学の流れとして捉えた場合、自然美に対する固執はある種の個性といえる。だが片山が同論

（31）帝国大学文科大学文学談話会で行った講演が元。内輪では評価が高かった文章と言われる。

（32）漱石が論じた対象は一般の文学史では英国「ロマン派詩人」の名称で括られるのだが、漱石は全て「自然主義」として扱った。ロマン的な作家を自認していた国木田独歩が「自然主義作家」と呼ばれるようになる淵源はここにある。

（33）豊穣な「自然」を肯定的に愛でる近代文学者を遡ると、鷗外がその「自然」論を批判的に論じた撫象子（巌本善治）がいる。やはり近代を通底する文学的言説の対立的布置の種は、だいたい鷗外の登場辺りで蒔かれたということだろう。むしろ鷗外自身が種だったというべきか。

（34）亀井秀雄、前掲書、九九頁。

（35）島村抱月の言い方（「囚われたる文芸」『早稲田文学』一九〇六・一）。

（36）Stimmung は英語だと mood や sentiment と訳されることが多い。

文で、「自然其物すら明らさまに人間に語らむとするときは象徴的技巧を用ゐるでは無いか。自然の象徴的技巧とは即ち夢で有る」と付け加えていたように、英国ロマン主義の自然表現を愛でていた漱石が『夢十夜』（一九〇八）を著わす頃までには、日本の自然主義の「天地山川」に向かう性質は欧州世紀末的な象徴派の「人工的傾向」とも矛盾無く融合していたのである。実際、草木の「自然」を謳う俳句を元にした写生文に日本の自然主義（や漱石系列の夢小説）は確実に連なっているのだから、そのような融合は必然だった。一八九〇年代前半に渡米し、日英語バイリンガル詩人として活躍した野口米次郎が、同時期の「世界眼に映じたる松尾芭蕉」（『中央公論』一九〇五・九）や「ステフエン、マラルメを論ず」（『太陽』一九〇六・四）などを通して、芭蕉を先駆的な象徴派詩人として論じたのは、その融合の典型的な表れである（一九世紀半ばのアメリカやロシアの文学も「自然界」を積極的に摂取した印象があるので、その傾向は一九世紀の文化的中心だったヨーロッパから「周辺」に向かうにつれ現れやすくなるのかもしれない。実際、独歩の主要な参考はロシアのツルネーゲフと、エマーソンに代表されるアメリカ超越主義だった）。

そのような事情を踏まえると、ゾラが自然科学（あるいは社会環境的自然）の意味で使用していた「自然」を（天地山川の）自然界の「自然」の意味と重ね合わせることで、むしろ意識と行為のずれを引き起こす知覚的無意識[37]の働きを描き、人間を複合的かつ総合的に捉えようとする努力（ただのゾライズムの模倣とは言い切れない工夫）を荷風のテクストに見つけることも可能になる。『地獄の花』の冒頭、園子が五月の昼下がりを歩いている場面。

園子は川面《かわづら》から吹いて来る微風《そよかぜ》が何となく香《かんば》しい青葉の匂ひを含んで居るのに、其の英吉利巻《いぎりすまき》にした鬢《びん》の毛を払はせながら、平和《おだやか》な堤の眺望に眼を奪はれると、忽《たちま》ち心の底からは自づと悠然《ゆったり》した女性特有の優しい情が動いて来て、云はゞ日頃の堅苦しい生涯（自分は決して然うは思つて居ないのだが）の或る束縛からでも脱し得たと云ふやうな、如何《いか》にものび〳〵した長閑《のど》かな感情に満たされて、自分では心付かぬながら、知らず〳〵何か空想して居るのであつた。遂には其の手に引かれた少年の事も全く忘れてしまつた様に、只足の運びに任せて歩んでいたが、[38]〔……〕〔傍線引用者〕

園子は、自然の美を感得している最中、自動的に感情が働いて「空想」にトリップしてしまう。「自づと」「知らず〳〵」「全く忘れてしまつた」と執拗に繰り返されるまでに、この「情」の働きが園子の顕在意識に捉えられていないことが強調されている。冒頭、人物の登場と同時に、このような特徴的な描写が展開されるところに荷風の企みを見ないほうが難しい。

天外の『はやり唄』でも物語の最後、「淫乱」の遺伝を持つと設定されている主人公の雪江が、奥庭

(37)「身体的無意識」「感覚的無意識」「知覚的無意識」のいずれを使用するかで迷ったが、「身体的無意識」の「身体」の語は、外見のイメージ（客観視された身体）を伴うため選択肢から外し、また「感覚的無意識」よりは「知覚的無意識」のほうが意味に幅を持たせられると考え、後者にした。しかし文脈に応じて互換可能という認識で使用している。

(38)『荷風全集』岩波書店、一九九三、一〇五～一〇六頁。ルビは一部を残して省略。

にある「華氏八十五度」（摂氏約三〇度）の植物温室の中、(39)湯上がりに「酒を飲んだ上に此室《こゝ》へ入《はい》つたので、身體中《からだぢう》の血が急に駆廻《かけめぐ》る様に感じた」ことで性欲が昂進され、「硝子《がらす》を通して見る故《せい》か、それとも黄色い戯《とぼ》けた顔の堀田と並んでる故《せい》か、〔……〕如何《いか》にも奇麗で、又如何《いか》にも立派」に映る医学士を相手に「過失《あやまち》」を犯す描写がある。(40)ただし、そのときの雪江の内面の直接描写は、「胸が騒いで、耳が鳴つて、夢路《ゆめぢ》を辿《たど》る心地《こゝち》」と書かれるくらいで、外的条件に限定された反応的行動が傍目から描写されているにすぎない。環境（の決定性）と行為のあいだに人間的な隙がないのである。(41)反して荷風の描写では、自然（青葉の匂ひ、堤の眺望）と現実的な立ち位置（家庭教師として子供の手を引いている状況）を分けて捉えることで、意識と行為、そして両者のずれ（を発生させている知覚的無意識）の把握を、語り手の視点が介在して引き受けている。そのため、単に環境に従属しているのとは異なる、立体的な人間の描写に歩を進めている。風景的自然の感覚、それと生理的に照応する情緒の運動、そして自身の立場（社会環境的な位置）の確認、という互いに緊張関係にある三点描写が『地獄の花』では散見されるのだ（ただし、三つ目の社会環境的な描写が比較的弱いのは否めない）。もう一例あげておこう。

> 園子はこの間断《かんだん》なき波の動きを見詰めて居たが、軈《やが》て、近く横はつて居る伊豆半島の方へ顔を向けると、永久《とこしへ》に変る事なく青々した山の姿は、極めて大きい安心を得たと云ふ様に、何となく深い意味を含んで居るものゝ如く思はれる。少時《しばし》の間は全く大きい自然の中に心を取られて了つて、園子は取留《とりと》めの無い茫漠《ばうばく》とした空想の湧起《わきおこ》るのを止《とゞ》め得なかつたが、忽《たちま》ちふツと気付いて自分を振返つて見ると、其の身は最《も》う十年も以前《まへ》に東京を出達《しゆつたつ》して居たと云ふ様な、妙な感じが為《す》るのを覚えた。(42)

この場面は、三点描写が巧みに展開しているというよりは、園子が「ぼんやり」した女性として設定されており、そのために彼女の「心」は社会環境から常に浮遊しがちであること、その浮遊のきっかけを作っているのが風景的な「自然」に対する生理的反応であること、したがってそれは環境決定されるべき心理とはずれがちであることを示している。そのことは受動的に運ばれてきた彼女の人生に対する無力感につながっている一方で、逆に物語の最後では、この浮遊する「心」が社会的強制力に対する抵抗の拠点となっていくのである。ゾラの文学論とくらべて重層的・立体的な人間像を描く試みと評価できなくもない。荷風の実作には、本書が象徴的に区切っている一九世紀末からの「転回」の系譜にも参加しているかに見える新しさがあった。

(39) エドゥアール・マネの《温室にて》(一八七九)を想起させる設定である。
(40)『明治文學全集65　小杉天外・小栗風葉・後藤宙外集』筑摩書房、一九六八、一四六頁。ルビは一部を残して省略。
(41) ただ、医学士の美化の原因が気温と酒だけでなく「硝子」越しという枠視(虚構化)も関わっている可能性は、「自然主義」においても、メディアの効果によって欲望が増幅するという現代社会的な〈新しい自然〉としての「環境」に考察を拡大する必要を教える。この論点は本書第五章で田山花袋「少女病」に言及する際にも触れる。
(42) 永井荷風、前掲書、一四九頁。ルビは一部を残して省略。

ただし、本書が系譜づけを試みてきた反一九世紀的小説（知覚的無意識）の描写は、最終的には一人称の内部観察（没入）に基礎を置くことが前提である。その場合、〈経験的－超越論的二重体〉をモデルとする距離の安定した〈語り〉の構造ではなく、同一水準の「私」による「私」の知覚の報告という困難な〈語り〉の姿勢を強いられるため、いずれ自己は解離的な様相を表さざるをえない（世界を体験する「私」とそれを見ている「私」との解離の構造が露わになる夢見を写生する小説が、漱石の『夢十夜』前後から内田百閒まで様々に試みられる理由の一つである）。この「私」と「私」の解離的な捻れの関係が高じたものが「私小説」を経て、昭和年代に理論的に洗練された後、戦後の「実存主義」的な小説へと接続していく経緯については次章で扱う内容である。二〇世紀初頭の荷風らの存在は、文学の主流が一人称文学へと成り変わっていく初期段階において、触媒的な役割を果たしたと位置づけるのがおそらく最も無難である。その意味で「前期自然主義」の呼称は確かに正しかったと言える。

以上の流れを押さえた上で、再び時代を遡り、鷗外の「舞姫」（一八九〇）を取り上げる。この鷗外の処女小説が近代的主体がつくる理念的な「世界」を小説の構造に体現した点で、記念されるべき作品だったのは間違いない。それがいかに世界文学システムの運動のなかで生まれ、どのような関係を取り結んでいるのか、本章の冒頭の問題提起に立ち返りつつ論じたい。

石炭をば早や積み果てつ。中等室の卓のほとりはいと静にて、熾熱燈の光の晴れがましきも徒なり。
今宵は夜毎にこゝに集ひ来る骨牌《カルタ》仲間も「ホテル」に宿りて、舟に残れるは余一人のみなれば。(43)

「余」こと太田豊太郎はドイツから日本への帰国の途上、ベトナムのサイゴン（現在のホーチミン市）に停泊中の船室に引き籠もって、ちょうど五年前に日本から船旅の際に同じサイゴンに立ち寄ったときの意気揚々とした自分の姿を、鬱積した現在の気分と比べて思い返している。理由は、「人知らぬ恨《うらみ》に頭のみ悩ましたればなり」。どうしたら「我心に彫《え》りつけられた」その苦しみを消すことができるのか。期待はできないが、とりあえず「今宵はあたりに人も無し、房奴《ぼうど》の来て電気線の鍵を捩《ひね》るには猶程もあるべければ、いで、その概略を文に綴りて見む」として書き出される、その文章を「舞姫」として私たち読者は読んでいる。まさに自己言及的な構造のテクストである。回想された内容は、レールの引かれた立身出世の人生に倦んで、官職に求められる行動から逸脱し、場末の踊り子であるエリスと出会って身を持ち崩して妊娠させるものの、友人の相沢謙吉の「お節介」によって復職が叶ったため、妊娠中のエリスを捨てて帰国の途についた豊太郎の経験（一種の貴種流離）である。

これは一人称の小説だが、冒頭の引用にあるように統括的な語り手としての――書き言葉的な――「余」と、自己を対象化（客体化）して言及する際（もしくは台詞の中）に使われることの多い――話し言葉的な――「我」が使い分けられている。(44) 第二章で既に言及したように、この反省的な「余」が経験的な「我」を包含する構造自体、〈経験的－超越論的二重体〉を見事に体現している。本作が、近代

(43)『鷗外全集』第一巻、岩波書店、一九七一、四二五頁。
(44) 例えば「我」が最初に出てくるのは、冒頭に続く二段落目の第一文、「げに東《ひんがし》に還《かえ》る今の我は、西に航せし昔の我ならず」である。

的主体が形成すべき「世界」意識を理念的に体現していると述べたのは、その意味においてである。発表前年（一八八九）に大日本帝国憲法が公布され、日本という国自体の主体的自立を急ぐ転換期にあって、身体的に西洋文化に飲み込まれる寸前、これを振り「捨て」て反省的に自己の位置を取り戻す——帰国後の立身出世を予感させる——主人公が、罪無き人物として描かれる工夫を軽く見てはいけない。ちなみに発表媒体が、ナショナリズムの基盤形成に努めた徳富蘇峰が中心となって一八八七年二月に創刊した総合雑誌『国民之友』だということも無関係ではないはずである。

もう一つ、第二章に関わって補足すべきことは、「「パノラマ」の事に就きて某に与ふる書」（初出未詳、『月草』春陽堂、一八九六収録）というパノラマの内部の作りと仕掛けを細かく紹介した文章を鷗外が残した事実である。執筆の動機はよくわからないが、鷗外がこの新しい近代的視覚装置に強く関心を持った形跡から、「俯瞰する眼」（＝超越論的視点）の重要性を認識していた作家だったことが確認できる。一九七〇年代に「都市空間論」の主導者として名を知らしめた前田愛は、その「舞姫」論を書き出すに当たって、一八八三年の秋にベルリンのアレクサンダー・プラッツ駅に登場したパノラマ館（鷗外も実際に足を運んだと推測されている）をめぐる歴史の解説から始めている。[45] 無論、作品背景を趣味的な文化史の知識で補う目的ではなく、近代の視覚の体制に組み込まれた「自我の構造」がテクストに反映された最初の近代文学の例が「舞姫」であることを論証するためである。「鷗外の場合、パノラマそのものへの関心もさることながら、パノラミックな視覚をかりてベルリンという近代都市の景観を領略しようとしているところに、その独特な精神のかたちを見ることができる」（二六三頁）のだ。付け加えるなら、日本で最初の「上野のパノラマ館」とさらに本格的な浅草の「日本パノラマ館」が、「舞姫」

の発表年と同じ一八九〇年五月に立て続けに開館するのも一つの符合といえるだろう。

前田は、豊太郎が初めて新大都ベルリンの中央、大道ウンテル・デン・リンデンに立ったときの「細密《ミニアチュア》のパノラマ」のような詳細な景観描写を引用し、「それはサイゴンに停泊中の船のなかで太田豊太郎が手繰りよせようとする思い出のなかのベルリンの姿にふさわしい」と述べている。そしてJ・J・オリガス「『蜘蛛手』の街――漱石初期の作品の一断面」(『季刊芸術』一九七三)が、この一望の下にある景観は遠近法的な秩序のもとに収められていて漱石のロンドン体験の描写と対照的であると論じていること、加えて大久保喬樹『夢と成熟――文学的西欧像の変貌』(講談社、一九七九)が、豊太郎は実際には市街中央の路上から周囲を見上げているにもかかわらず、この描写に拭いがたくある「鳥瞰の印象」を指摘していることを紹介している。回想記の形態をとる「余」と「我」の「二重体」の構造の縮図を俯瞰的視覚体験が作っているのだ。ただし前田は、「たえず変動し、明滅する視覚的な印象の生きた織物として見えていたはずのベルリンのパノラマは、豊太郎の「我」を中心に、冷やかで固定した配置図法のかたちに整序される」と述べるように、鷗外自身がエッセイで的確に指摘していた〈消失点が一点に集中されない〉パノラマ絵の特徴と[46]、額縁のある二次元的絵画の線遠近法の統制的な視覚とを

(45)「BERLIN 1888」『都市空間のなかの文学』ちくま文庫、一九九二所収。

(46)「たゞの画にては、見物の眼を注ぐべきところを、一点に集め候習なるに、「パノラマ」にては、かゝる点を諸方に散らしおく事に御座候」(「「パノラマ」の事に就きて某に与ふる書」『鷗外全集』第二二巻〔前掲〕、二五七頁、傍点引用者)。

分けて考えている。そのため、豊太郎の視覚はパノラマの潜勢力を伝統的な線遠近法へと拘束していく「近代的な認識主体のありかた」を体現すると読んでいる。しかし、この短いテクストのなかで俯瞰的な視線をさらに分類する必要があるかは疑問である（線遠近法の絵画の方が遥かに昔の発明なので、新しいメディアがもたらした知覚が古いメディアに飲み込まれるという説明になるのも少々違和感がある）。そもそも小説という時間芸術を空間に見立てたとして消失点は一点に集中していない。統括的な語り手による「世界」像のアナロジーとしては、パノラマの方が絵画よりも適当なのだ。

いずれにしても、鳥瞰的／超俗的な視点をやがて失っていく過程と、豊太郎がベルリンの絢爛の表通りから暗く沈んだ裏通りへと居場所を移していく――経験レベルの「我」に焦点を拡大していく――プロットは確かに並行していて近代的主体の挫折の展開になっている。だがそれも結局は回想によってベルリンの体験を過去の景色として一望のもとに収める冒頭へと差し戻されている。この回帰の構造は、豊太郎の経験内容が現場から遠く離れた帰還途中の地において書かれている状況設定によってなぞられ、一層堅固にされている。出世コースを外れて零落する過程よりも重要なのは、「今まで一筋の道をのみ走りし知識は、自ら総括的になりて、同郷の留学生などの大かたは、夢にも知らぬ境地に到りぬ」と述べるように、やがて豊太郎は、これまで官費で修めてきた学問よりも、免職の堕落後に生活の現場において学んだ知識の方により強い自負の念を持つようになる点である（この引用文の直後に帰国を決意する話が続く）。つまり、真に鳥瞰的（超越論的）な自己認識へと循環的に冒頭に回帰するためには、表面的な生活において一度挫折し、自己を発見する契機が必要だったのである。

念のため断っておくが、女を捨て、家庭を形成する責から逃れて故郷に帰るという典型的に挫けた男を描いているように見える「舞姫」の結末が、近代的自我の確立の失敗を表現するという昭和年代の文芸評論家に好まれた読み方は間違っている。少なくともロマン主義的な近代小説による主体形成の事業は、挫折する主人公がいて初めて成立する。批判の対象となる社会の実体が明瞭に現れるのはそのときである（したがって主人公たちの失敗は、その時代の社会に固有の人間的性格を体現し過ぎていることを原因とする場合が多い——例えば一九八〇年代であれば「オタク」、九〇年代であれば「引きこもり」に悩む人間が主人公となれば、たいてい結末は挫折的になる）。近代小説の場合、自己実現の疎外を描くことで、逆に理想的自己を想像的に獲得する筋道を取るものが多数派である。古典的な悲劇のジャンルは「運命」の強力さと人間の弱さの相関性を描くが、結末はいつでも神的な論理に対する人間の屈服である。対して近代的人物の挫折ならぬ挫折は、あくまで個人的な夢や理想に対する頓挫である。この挫折は逆に自己を取り巻く社会の不完全な有様を浮き彫りにし、いずれ挫折を乗り越えるはずの主体的「人間」の確立の条件を読者に示すのである。(47)

(47)　無論、同じロマン主義的な近代小説でも、樋口一葉のように当時の日本社会の性差別的文脈のなかで女主人公の挫折を描く物語の場合は、その限りではない。それどころか、主体的人間の抑圧のかたちで終わる場合のほうが多い（それゆえ戦略的か否かは別にして、運命的な悲劇の内容に呼応した「擬古典」的なスタイルが選択される）。

五　「新しい女」と「宿命の女」

「舞姫」が本章の議論にとって重要なのは、「世界」を信奉した作家（鷗外）による近代的主体形成を図解したような作品として捉え得ることだけが理由ではない。「自然主義」を目の敵にした鷗外には、その敵を議論に導き入れることで、かえって写実や言文一致体によって新しい文学を模索する一部の文学者たちの勢いをまとめ、「実際経験」のスタイルへと向かう道筋を反動的に整えた側面があるからだ。鷗外は、敵方を一方的に拒絶して主張を守るタイプの論者ではない。ある意味でもっと貪欲な作家だった。新しい芸術的動向はとにかく摂取する（あの無節操な翻訳もそれを物語る）。そのうえで障碍を理論的に割り出して容赦なく批判する。

気づくべきは、「舞姫」のプロットは、この取り入れたうえで「捨てる」身振り以外の何物でもないことだ。豊太郎が最後に捨てる舞姫ことエリスは、文学的態度としては鷗外に捨てられるべき「自然主義」の隠喩である。なぜエリスの職業を踊り子に設定し、題名を「舞姫」という、エリスの実際の姿からすればミスリーディングな華やかさ、あるいは淫靡さを伴う職業名としたのか。おそらくゾラの『ナナ』（一八八〇）が念頭にあったからである。初期の鷗外にとって自然主義とはゾラであり、ゾラとは『ナナ』だった。鷗外がゾラの名を出す文章で作品名が伴うときは必ずこの『ナナ』が例にあげられることが、その強固なイメージ連合の証拠である。なお鷗外が『ナナ』に固執した理由は、ゾラの自然主義を先駆けて紹介した先述の短い文章「医学の説より出でたる小説論」の初出時の題が「小説論（Cfr. Rudolf von Gottschall, Studien.)」だったことからわかるように、[48]「ドイツの文芸評論家ゴトシャルの「ナナ」批判に強く影響されたものだろう」(49)とのことだ。その文章にも、ゾラの「実験小説」が、「化学所」や「解剖局」で人体を切り刻む態度でありながら読者に厭われない理由として、「鏡前《きやうぜん》に千万種《せんまんしゅ》の嬌態《けうたい》を弄《ろう》する赤條々《せきでう〱》の淫婦「ナナー」が生気鬱勃《せいきうつぼつ》たる活肉《くわつにく》は色褪《いろさ》め膚冷《はだへひ》えたる解剖案上《かいぼうあんじやう》の刑屍《けいし》とは同《どう》一視《し》すべからざればなり」(50)（初出時）と述べられており、ナナを例にとって、性的肉体の直写が自然主義文学の魅力を支えていることが説かれていた。ソースや経緯は何であれ、結果としては鷗外こそが日本近代文学における自然主義とナナという人物像のカップリングを定着させた張本人である。

「舞姫」は、発表されてすぐに気取半之丞（石橋忍月）から激しい批判を受けたのだが、その複数の罪状の一つが、表題の「舞姫」から「引手あまた」の輝ける女優が主人公の話であることが期待されたのに、蓋を開ければ「文盲痴騃《ちがい》」かつ「識見」も「志操」もなく、しかも「陪賓」（非主人公）だった点にある。対して鷗外は、西洋の小説には非主人公の名を題に使用する例は多数あるし、「文盲痴騃」の人物を主人公とした身近なものでは、あのゾラの『ナナ』があるとの反論をした（「文盲痴騃識見なく志操なきものはナヽに若くはなし」(51)）。だが理想の体現にそぐわない人物を物語の中心にあえて据える

---

(48) Cfr. はドイツ語で「参照」の略記。Studien はゴットシャルの著作 *Literarische Todtenklänge und Lebensfragen* (1885) に収録の論文のこと。鷗外の文章の内容はこれに全面的に依拠している。

(49) 柏木、前論文、二三三頁。

(50)『鷗外全集』第三八巻〔前掲〕、四五一〜四五二頁。

(51)「舞姫に就きて気取半之丞に与ふる書」（「相沢謙吉」の署名）『柵草紙』第七号、一八九〇・四・二五初出、『鷗外全集』第二二巻〔前掲〕、一五九頁。

手法は、鷗外が本来は仮想敵としていた写実主義・自然主義的態度ではなかったか。加えて、ことさらにナナの名を挙げたことが重要である。その数ヶ月後に、撫象子（巖本善治）による文学と自然をテーマに論じた評論を批判する「文学と自然と」[52]（『国民之友』一八八九・五・一一初出）においても、「ゾラは小説を事実なりとす。ゾラは事実なりと認めたる上は、いかなる事をも小説にあらはして厭はず。ナ、が淫を叙したるも亦た此意なり」[53]の言葉がある。要するに、ゾラの理論の紹介にはナナの名が常に付帯する。

肉体的な魅力で男たちを誘い、時に自らの死を代償にして男たちを破滅させる「宿命の女《ファム・ファタル》」は、フランス近代文学史の枠組の中ではアベ・プレヴォーの『マノン・レスコー』（一七三一）あたりまで遡れる伝統的な「女」の表象ともいえるが、その姿を社会的症候のようなオブセッショナルな存在として明瞭に表したのは、ヨーロッパ世紀末の象徴主義が改めて作り出したものなので、ようやく一九世紀末に近い後半である。彼らがモデルとした女性たちは聖書上の人物であるサロメが最高人気で、他に「オリエンタリズム」の典型である「ジプシーの女」としてのカルメンなど、ロマン主義特有の失われた時代や遠方におけるイメージが材料とされ、芸術的文脈に置かれて神秘化されている場合が多い。イギリスにおいても、ルネサンスの巨匠ラファエロ以前への回帰を謳ったラファエル前派（一八四九年結成）が中世の伝説、神話的人物、シェイクスピア作品（これは精確にはラファエロ以後だが）を題材としたことに始まり、桂冠詩人テニスンの『テニスン詩集』（一八五七）によるアーサー王伝説の流行や、ウィリアム・モリスが主導したアーツ・アンド・クラフツ運動（反大量生産的デザイン）などの流れが、世紀末芸術のアール・ヌーヴォーに基づく「宿命の女」的な「女性」図像の流行にまで継がれていった。ラフアエル前派は人物以外の背景や物に対する均等な細密描写を通して自然な写実性の捕捉を目指した一方で、モデルの女性が擬えられたモチーフは文学を中心とした虚構のキャラクターが多かった。彼女たちは文字どおり「魔性」や「誘惑」の象徴的なイメージの体現者で、本来は実体を持つべきではない存在なのだから、その名も象徴的作風が好んだのは当然である。

他方でそれを追いかけるように、やはりイギリスの英語圏を中心に女性解放運動の前史として重要な役割を果たす「新しい女」のイメージが、こちらはむしろ女性の地位向上というフェミニズムの役割を担って流行する。男性優位社会に対する抵抗としての「物言う／考える女」たちの登場である。よく知られるように、イプセンの戯曲『人形の家』（一八七九）は日本を含めて世界的にその種の「女」のイメージを流通させるのに最も貢献した作品である。

詩的に神秘化された女性像を多く生み出したドイツ・ロマン主義、その流れを汲んで不可知や神秘、あるいは退廃《デカダンス》を重んじたフランス象徴主義、そして産業革命による経済的功利主義に反発しながら爛熟期を迎えたヴィクトリア朝時代後期（イギリス）の唯美主義や美の大衆化——こうした芸術思潮を住処とした〈想像の女〉の表象と、同時期に「人間教育」の普及の成果として社会進出（経済的な自立）を目指して権利主張する女性たちをモデルとした〈現実の女〉の表象とを、文化史風に粗雑に腑分けす

（52）初出のタイトルは「『文学ト自然』ヲ読ム」。改題改訂後、「文学と自然と」として『柵草紙』（第二八号、一八九二・一）に再録。

（53）『鷗外全集』第二二巻（前掲）、一三頁。

ることはできる。だがそのまま「宿命の女」と「新しい女」がロマンティシズム的な系譜とリアリズム的な系譜とに綺麗に分かたれるわけでもない。確かに「新しい女」が現代の女性であり、父権社会に対抗し、精神的・経済的な自立性を求める印象に対して、「宿命の女」は時代を超えた存在であり、多く性的魅力を売りにし（場合によってはその種の商売に従事し）、自立の希求よりも謎や魔性の魅力によって精神的な〈支配－被支配〉関係を攪乱させる反社会的存在であるという印象の違いは概ねある。また、物語的な人物造型に焦点を当ててみても、「宿命の女」の本質は無意識的な誘惑行為にあるように思われる（サロメを主題とした絵を複数枚描いて世紀末における「宿命の女」ブームの火付け役となったギュスターヴ・モローも、彼女たちによる誘惑と残虐の「魔性」性を「無意識的」なものと認識して恐怖し、崇めていた）。もう少し定義を緩めるとしても、「技巧」を弄して男を誘惑しているのか、あるいは「純粋」なのか――男に与えられる言葉が嘘なのか真実なのか――判別がつかない謎が魅力を倍加させており、それどころか当人にさえわかっていない曖昧さを最後まで保つのが特徴である。対して「新しい女」においては、定義上はそのような曖昧さは基本的には不要で、「女の魅力」の効用も含めて権利主張に関わる行為は極めて「意識的」な場合が多い(54)。

だが頻繁に「宿命の女」扱いされるナナがロマン主義の文脈ではなく、リアリズム文学をその徹底化によって乗り越えようとした自然主義の産物であることを忘れるべきではない。一方のイプセンも、現実主義的作風にみえながら時代の道徳規範への反発を描いた点でロマン的な作家に括られるべき存在でもあった。このようなイメージの交差は、異なる時代の様々な地域の文化的事象が平気で順序を違えて短期間に流入してくる日本近代においてはより顕著に観察される。ラファエル前派の描く女たちは二〇世紀初頭の日本の文壇にも大きな影響を及ぼしたが、それはいつのまにか「新しい女」の必要条件である要素を多分に含んだキャラクターと融合していった。(55) 谷崎潤一郎も、世紀末の表現主義的作家であるストリンドベリの『痴人の懺悔〔告白〕』（原作一八九三、邦訳一九一五）を参考に、彼一流の俗化あるいは戯画化した「宿命の女」像として『痴人の愛』（一九二五）のナオミを描いているが、人物造型は彼の「イプセン嫌い」を多分に反映していながら、そのプロットは婦人解放運動と直結する『人形の家』を

（54）ただしラファエル前派の後発のミューズであり、ウィリアム・モリスと結婚し、ロセッティの愛人となったジェーン・モリスからは意志強き「魔性の女」の印象が漂う。彼女はバーナード・ショーの戯曲『ピグマリオン』（一九一三）のモデルとも言われており、すぐに後述する谷崎潤一郎『痴人の愛』にまで影響が入り込んでいることを考えると、「意識」の有無をもって「宿命の女」と「新しい女」を弁別する定義の有効性に限界があるのは認めざるをえない。

（55）ラファエル前派の一員であるダンテ・ゲイブリエル・ロセッティは画家であると同時に詩人であり、二〇世紀初頭にその詩は日本の象徴派詩人である蒲原有明に熱く受容された（谷田博幸『唯美主義とジャパニズム』名古屋大学出版会、二〇〇四、第五章）。同時期には、画家の青木繁もラファエル前派風の神話的題材を用いた作品によって画壇に登場している。そうした動向を横目で睨みながら、『草枕』（一九〇六）の那美を、同じくラファエル前派にとってのミューズの女のイメージを改変して描き、後の作品における「女」のイメージの原型を作ったのが漱石である（岡田隆彦『ラフェエル前派――美しき〈宿命の女〉たち』美術公論社、一九八四）。だがその時点ですでに典型的な「宿命の女」とは言い難いキャラクターであることに加え、その約二年後に描く『三四郎』の美禰子などは「新しい女」と呼ぶほうがよほどふさわしい存在に成り変わっている。

なぞったものだ[56]。

要するに、当時は言葉として定着していなかった「宿命の女」のイメージと精神的な自己主張をする「新しい女」とは由来も系譜も異なっていながら、どちらも同じ時期の文学の中心的主題となり得たために混淆が起きている。ましてや二〇世紀前半の日本語文学の場では、ある一人のキャラクターにおいて両者の特徴は互いに領域を侵犯し合い、まさに表裏一体となっている事例に事欠かない。「新しい女」の用語は一九一二年頃（坪内逍遙『所謂新シイ女』出版）を起点として『青鞜』（一九一一・九創刊）同人のような声を発する女性たちを指す言葉として広まったのだが、同誌では「人形の家」のノラだけでなく、サロメやカルメンといった「宿命の女」的な役柄を演じて時代の寵児となった松井須磨子が「新しい女」の代表例として取りあげられていたのである。最初から一緒くたなのだ。言い換えれば、ほとんどのヒロインたちが、リアリズム小説が描く――男社会に反発するにしても媚態によって利用するにしても――「技巧」を駆使する「現実の女」と、神話的な無時間性のなかに生きる「夢の女」の二面性を抱えていて、その葛藤のバランスや度合いによってキャラクターが作り分けられている。例えば、漱石が描いたヒロインたちは、『それから』（一九〇九）の三千代、『こゝろ』（一九一四）の静（先生の奥さん）など、最終的に相手の男を破滅させるという点で「宿命の女」の定義を満たす要素を持ちながら、それと見なすには不似合いな性格的優しさを持っている[57]。かといって女学校出の知識ある女たちでありながら、被差別的状況に対して闘う態度などは微塵もない。また、仮に女視点の女の声を持つ「新しい女」に対して、「宿命の女」は男視点からの欲望と不安の投影による神秘化の表象であるという定義をしたとしても、大正時代以降のダーク・ヒロインとしての「宿命の女」的な人物の流行は、女性も多く含む消費者による大衆文化（娯楽）的な受容が促進していた面があるから、話はさらに複雑である。したがって、本論では両者のイメージの――少なくとも各国文学の独自の歴史を括弧に入れ、平等にフュージョンする実験場として機能した日本の「近代文学」界での――混淆を尊重し、明確に分けないで論じる。というよりも、本書の主要な論点ではない以上そう論じざるをえない。それでも女性表象の問題自体に口を閉ざすことができないのは、日本の明治後半から大正にかけての文学の歴史は、この他者としての「女」に対峙して、それを包摂するにせよ、あるいは端的に排除するにせよ、何らかのかたちで

（56）石割透「谷崎潤一郎「痴人の愛」、そしてストリンドベリ、デ・クィンシー、「写真の趣味」など」（『駒澤短大国文』二〇〇四・三）を参照。

（57）なお、逆に『虞美人草』の藤尾のように、「技巧」をもって男を利用する「策略」を弄するだけの女は態度の曖昧さを持たないために「宿命の女」的な表象の定義をなおさら満たしておらず、いわば「宿命の女」の模倣像にすぎない。漱石はそのような偽物性を嫌がったようだが、「宿命の女」的な魅力一般を嫌ったわけではないだろう。ただし、「宿命の女」という元来幻想的なキャラクターを現実世界（リアリズム小説）に落とし込めば、「技巧」が際立つことは避けがたく、『三四郎』（一九〇八）の美禰子が「アンコンシャス・ヒポクリット〔無意識の偽善者〕」と規定されたのは一つの落としどころだったのではないか。だが『それから』の三千代ともなると、その存在は代助の記憶の中の「夢の女」に格上げされるため、彼女の「技巧」は相当に押さえ込まれている（完全に「技巧」が消去されるわけではない。これは『こゝろ』の静も同じ）。藤尾→美禰子→三千代のキャラクター変化は、漱石が「理想の女」の表象を模索していくなかで少しずつ彼女たちの「声」を消していってしまった形跡ともいえる。

表象する種々の努力と困難を見ること抜きには語ることが相当に困難だからだ。

そのような概観を前提に見直せば、ナナのように死を「宿命」付けられてはいないものの、精神の死を暗示する「治癒の見込なし」の精神病を発症して終わるエリスを描いた「舞姫」も、「宿命の女」を描く系譜の成立に与った小説の一つに数えるべきである。無論、自立の意識も低く、謎を誘惑の力とすることの全くない平々凡々のエリスに、そのようなレッテルを貼ることは不適当にも思える。だがクリストファー・ヒルが *Figures of the World* で論じるように、（一九世紀後半の資本主義下にある）社会環境の本性をあぶり出す自然主義的な方法論を宿した「ナナ」という「図式」（schema）は、史上稀に見る自然主義文学の世界的な──資本主義圏の──流通によって散種され[58]、各々のローカルな文脈において「ナナ」というキャラクターが持つ潜勢力を多様なかたちで現勢していったのだとすれば[59]、「舞姫」において反「自然主義」の文脈に置かれたエリスも、その原型を著しく変じたとはいえ、一つの変種として捉えるのがおそらく正しい。

ヒルは、一九世紀フランス発の「自然主義」形式のトランスナショナル（フランス、アメリカ、日本）な伝達・派生・変形のプロセスを扱う同書のなかで、「自然主義」の形式と技術の変容を辿るため、フランス「自然主義」文学を構成している三つの「表象」（figure）の主題を以下のように設定している。

① body figure（the degenerate body）：露骨で決定論的な身体描写（生理学や解剖学的比喩を使用）
② Nana figure（the self-liberated woman）：ナナ型の人物像（解き放たれた女の表象）
③ social figure（the bounded milieu）：社会環境の表象（社会的制約の構造的表現）

そのうえで各「表象」の各言語地域や各テクストでの表れの差異を通して、様式のトランスナショナルな変容を捉える。気がつくべきは、この三つの要件すべてを鷗外の「舞姫」が満たしていることである。②は簡単にいえば、社会の矛盾を体現するような女性人物を用いるということで、これに関しては既に確認したとおり、ナナが舞台女優にして娼婦であり、地位ある男を破滅に導く「宿命の女」的存在であるという設定は、エリスにおいて稀釈されて反復されている（エリスは娼婦ではないが娼婦に堕落しかける寸前を豊太郎に救われている）。①も、荷風や天外に関連して既に論じた内容だが、社会生活を生理的、心理的な作用との連続性のもとに捉えるという、ゾラ流の自然主義の特徴を持つか否かである。これに関しては、先述の石橋忍月に並んで発表直後に「舞姫」批評を出した巖本善治（撫象子）が、その手厳しい論調に反して、唯一ラストのエリスの発狂の描写に関しては、医学を修めた著者の生理学的知識が効果を発揮したリアルなものだと褒めているので、要件を満たすとみて差し支えないだろう。最後に③の、テクストの全体において社会環境や社会構造を意識的に反映する表現になっているか

(58) 同じくヒルによれば、ゾラの作品は、特に『居酒屋』（一八七七）を起点にして、原作に基づく戯曲、訂正版やパロディ、翻訳の縮約版などによる内容の改変だけでなく、登場人物や筋を生かした副次的な文化商品としての歌、戯画、ポストカードなど広義の二次創作をインスパイアした点で、文学のグローバルな受容形態にも新しさをもたらした。自然主義という領野は、外国語作家や後続の作家たちが原作の場面の模倣的な引用をすること——よく言えば、間テクスト的なオマージュ（intertextual shout-outs）——によって成立したのである（Hill, op. cit., 76-77）。このゾラが切り開いた市場的な影響圏の一角に日本もあった。

(59) 同上書、一三〇頁。

に関しては、「都市空間論」という研究方法を主唱していた前田愛が、その格好の分析対象として「舞姫」を選んだことからも明白である。都市空間を使って社会関係を空間化する方法（spatial figures）を最もよく体現したテクストといって問題ない。こうしてみれば、「舞姫」というタイトル自体、自然主義を代表する『ナナ』を意識したものであるという推測が成り立つ。鷗外が「舞姫」で行ったのは、自然主義がもたらした主題や描写の新しさを受け入れて処女小説の完成に利用しつつ、全体としては否認することで作品の自立性を獲得するという手なのだ。作中に出てくる手記の内容が、私たち読者が読んでいるテクスト全体の内容と同一であるという「舞姫」の自己言及性の仕掛けは先述したが、鷗外は経験的自己だけではなく、「自然主義」という思想自体も超越論的ポジションからの批判的視線によって乗り越えてみせている。

ところで、エリスは「宿命の女」の定義に反しないものの、性格は当時の日本の婦人道徳にも準じそうなほど従順な女性であり、その精神の弱さはナナとは真反対である。そもそも、ナナのような人物像を当時の日本の文脈に差し入れることは困難だったに違いない。社交界の「淫乱文化」を常態とする背景なしには、ナナのような人物は存在しえず、(60) そのまま日本に移植するのは容易ではない。もちろん、夫の側だけでいえば日本の富裕層でも妾を囲う習慣は強く存在していた。だが「舞姫」発表の八ヶ月後に、容姿が好みでないという理由だけで妻を離縁したニュースを尾崎紅葉の『袖時雨』（一八九一）に皮肉を込めてモデルにされた鷗外は、裏を返せば妾文化を許容しなかったわけで、近代的な婚姻制度の「理念」に潔癖な男だったともいえる（望めば妾が持てる時代に正妻の家柄よりも容姿を問題にする上層民の男はいない）。エリスの従順さは鷗外にとって不可避の選択という面はあったはずだ。現代的な批評感覚からすれば、自然主義の荒ぶる力との和解を装いながら「女」の抑圧を試みたと非難されても文句は言えないが、文学の発展を有用な国家事業の一つに昇格させようと奮闘していた鷗外にしてみれば、物語の結末の選択は、豊太郎本人の認識とは違い、何ら「恨」を抱えるべきものではなかったのである。

断らねばならないのは、いちおう欧化主義者に分類される鷗外は、一九世紀前半の世界文学の「理念」に対する遵奉者だったとは言えても、遅れてきた日本に経済的・政治的な劣位を強いるような一九世紀後半以降の世界システムを賛助する気はなかったことである。鹿島茂によれば、一九世紀の後半、普仏戦争（一八七〇～七一）を目前に控えて、王政の最後の名残である貴族たちが集う社交界の退廃ぶりを舞台として、富裕層の男たちを次々に破滅させていくナナは、当時の社会を規定する「一つのシステム」として急速に発展した資本主義を寓意する存在に他ならなかった。ナナは、「「金銭」という善悪の彼岸を超えたファクターを循環させることによって、自己肥大化を限りなく繰り返していくシステム、通常、「近代資本主義」という名前で呼ばれている無機質なメカニズムの別名」[61]だったのである。

(60) 鹿島茂『悪女入門――ファム・ファタル恋愛論』(講談社現代新書、二〇〇三) の説明を拝借すると、一九～二〇世紀までのフランスでは中流以上の恋愛結婚は御法度であり、代わりに「結婚して初めて恋愛を許された」ために、人妻が複数の若者を愛人として公然と抱えることを許す社交界やサロン文化（あわせて妻帯の男が高級娼婦を買い、愛妾を囲う「裏社交界」）を発達させたという（一〇一頁）。

(61) 同上書、一七四頁。

結末が、天然痘に冒されたナナの肉の腐乱する姿で結ばれるのは、家父長制を乱す淫乱と贅沢、そして物語の後半に表出するジェンダー攪乱（ナナの同性愛的な振る舞い）などの咎に対する社会的懲罰のように見えながら、実のところ、その自己破壊的で意志薄弱な（＝主体性の欠如した）「近代資本主義という病毒」の具現であり、そこに資本主義批判の含意を読み取ることは難しくない（何せゾラは『ナナ』の五、六年前にはフード・ポルノの元祖とも評される『パリの胃袋』を書いていた作家である）。自然主義文学は、新型コロナウイルス（COVID-19）のパンデミックを経験した現代よりも一世紀半早くに、「感染」一般の恐怖を社会的比喩として表出させた。工業資本主義から金融資本主義へと急速に進化しつつある社会を支えると同時に、それが内に抱えた負の効果の比喩として、娼婦という存在が社会的な「感染」として表現されたのである。その意味でも、遅れてきた近代化と資本主義の摂取を進める国家主導の発展途上の日本にあっては、ナナ型の女は暴走を抑え、制御すべき対象でもあったはずだ。正当な近代的主体の定立を目論む鷗外が、エリスの性格造型をひたすら社会的制約に対して受動的なものに設定し、挙げ句男の出世のための切り捨ての対象とする理由を、そのような地方国家の社会的環境の差によって理解することもできる。

鷗外作品においては、明治後半に活躍する多くの男性作家――一八九〇年代初頭までの初期の幸田露伴や晩年の尾崎紅葉も含む――が「裏切る女」[62]を好んで描いたのとは異なり、「舞姫」にしても、あるいは一人称小説でありながら全知の三人称の語りを混在させるという、変則的な手法を用いた後期の『雁』（一九一一・九～一九一三・五）にしても、「裏切る」（捨てる）のは基本的に男の方である。その言い方が悪ければ、少なくとも男は女に決して最後まで主導権を譲り渡すことはしない。エリスも、高利貸しの妾である『雁』のお玉も、女主人公は社会的に弱い立場に終始押し込められる存在だった。加えれば、いわば時代の流行に便乗するかたちで、エドゥワール・マネが描いた《ナナ》（一八七七）に作中で言及し、「娼婦の型」を体現する（鷗外なりの）「宿命の女」像として坂井夫人を造型した『青年』（一九一〇・三〜一九一一・八）においてさえ、[63] 箱根まで会いに追った坂井夫人に対して幻滅し、冷静さを取り戻して彼女を置いて帰る結末を取るのである（それは「捨てられた」と同義の振る舞いかもしれないが、それで諦めが付かないのが「宿命の女」を追う男の基本型である）。それは鷗外が女性差別的だったというよりも、自然主義が好んで対象とした肉体性や性欲に文学の理性を譲り渡すことはしないという矜持を、最後まで保ち続けた作家だったからかもしれない。

六　「世界」を縁取る〈女〉の表象

以下では、この種の「女」のいかなる要素が大正時代の文学まで引き継がれ、新しい世界性の追求

(62) 井波律子「露伴初期」『日本研究』一九九七・九。初期の露伴が拘泥した「魔性の女」の例は、「風流仏」（一八八九・九）の「お辰」、「対髑髏」（一八九〇・一、二）の「お妙」、そして「艶魔伝」（一八九一）の内容などが指摘されているが、長編『いさなとり』（一八九一・五〜一一）で、「こだわりつづけてきた裏切る女をついに殺した」ことで露伴の作風は転機を迎えたという。

(63) 平石典子、前掲書、二一三〜二一九頁を参照。

という文学者たちの課題と関わっていくのか、概略を追ってみたい。とはいえ、そのような漠然としたテーマの設定では対象範囲が広すぎる。巌本善治を中心的な編集者とする『女学雑誌』（一八八五〜一九〇四）や、そこから分派したロマン主義系の雑誌『文学界』（一八九三〜一八九八）を中心にして台頭する若松賤子、清水紫琴、そして樋口一葉など、書き手が女性のケースや、同時期の「毒婦」のキャラクター・イメージの流行[64]、またそれと関係するのか否か、先述の幸田露伴らによる「裏切る女」の系譜に対する文学史的評価、そして『ナナ』を部分的に模倣したことの明白な小杉天外『初すがた』（一九〇〇）以降の写実的な三人称小説が主に被害者としての「女」を視点人物とした理由等々、怠らず記述していけば大正時代に到達する前に大著が完成してしまう。

よって焦点を当てるのは、「現象学的転回」以後の「私」化された「世界」のなかに異物として出現してくる「他者」としての女をいかに表象すべきか、という課題に取り組んだ系譜のみである。繰り返すが、これは言文一致の浸透による三人称客観描写の安定（＝語り手の存在の透明化）によって心理描写のリアリティが向上したという話で済むものではない。現象学的「世界」の叙述とは、統括的な語り手とその視点を共有する読者によって客観的に登場人物の内面が観察されるという事態ではなく、登場人物の直接的な現在時の感覚が「一人称」的経験として記述されている描写である。もちろん文法的に語尾の時制が現在形である必要はないが、語り手が回想している時点とその対象となっている時間との距離が常に記されているように見える文章は、その種の「世界」を形成しにくい。また実際に一人称である必要も、あるいは作者が「実際経験」をしている必要もなく、三人称の虚構であっても中心人物の「自我」の枠組を通して「世界」形成がなされているように見えればよい。一九〇六年頃から始まるとされる新しい「自然主義」の流行の際、「見るままに」「感じるままに」描写することの推奨が謳われたのは、究極のところその独我性の確保のためである。ところが、どうしても少々ナイーヴに響く文句である「見るままに」信仰を満たすには、作者が「実際経験」した材料を用いるのが確実であり容易なため、「私」的経験の文学は作者の体験報告の文学に主導権を移していった。その結果が、ようやく大正期も半ばをすぎてその名を確立する「私小説」として認識されたのである。無論、それが正しい道であったとは言えない。結局、森田草平の半私小説的テクスト『煤煙』（一九〇九・一〜五）の会話にあったように、「日記に真実の事が書けると思ふのは、人間が自己に対しても矯飾するものだと云ふことを忘れてゐるから」(65)で、その点からすれば一般的イメージにおける「私小説」は、経験的自己を率直に描くことを無自覚的に装う方法である（したがって対象化された「私」を回想の距離をもって過去形で描くことが多い）。現象学的「世界」を描くという課題の観点からは亜種と言わざるをえない部分がある。

ここで「世界」の転回を称するのに、なぜ文学研究ではそれほど馴染みのない「現象学的」という言

(64)「毒婦」に類するキャラクターは江戸文芸から存在するが、歌舞伎から後世の映画までメディアミックス的な現象の素材となったのは明治一〇年代に流行したもので、仮名垣魯文の実話小説『高橋阿伝夜刃譚《たかはしおでんやしゃものがたり》』（一八七九）のモデルとなった「明治の毒婦」こと高橋お伝（一八七九・一死刑）が有名。これと「宿命の女」のイメージの流入との関係の調査はまだ十分に行えていない。違いとしては、「毒婦」は実話が基本のためロマン化の要素が薄く、単純な性悪が目立ち、「宿命の女」のように男がわかっていながら自ら進んで落ちていくほどの魔性の力を持たないことである。また、「毒婦」の流行は明治以後とはいえ時期はかなり早い。

(65)『煤煙』岩波文庫、一九四〇改版、七八頁。

葉を選んだのか、ちょうどフッサール哲学が二〇世紀初頭に現れたという符合以外にいくつかの理由を付加して、その名称の指示するイメージを補強しておきたい。「生命現象学」に拠って立つ考察と自ら述べる木村敏の論文によれば[66]、これまでも散々言及してきた超越論的主体性は、元を辿れば人間が人間一般（種としての人間）として持つ「種の保存」欲望が生み出した「集団的・種的主体性」に由来するという。そして個体としての人間の「個体の生存」欲望を元に形成された「個別的主体性」と併せて「二重主体構造」を形成している。種と個体それぞれの欲望はほぼ正反対に働くから、この二重構造の主体性の内実は「矛盾的統合」である。その「内的差異」が「個体間の「間主観的差異」としてみられたとき」に「他者」を経験する「自己」が自他関係のもとに定位され、個的自己意識（経験的自己）が生まれる。この説に則ると、人間は太古から二重構造を備えていたはずだが、その議論をそのまま借りて「近代」を差別化するなら、超越的存在者（〈神〉的存在）が弱体化したことで「集団的・種的主体性」と「個別的主観性」を束ねる第三項の力が機能しなくなって「矛盾」が活性化した、つまり〈経験的－超越論的二重体〉の人間中心的な二重構造がより露わになったのが「近代」、とでも説明できるだろうか。必然的に後ろ盾を失った「集団的・種的主体性」の統制的な力も緩むため、間主観的な差異（経験的な次元）に力点が移った結果、「個別的主体性」の自立が促されて個人主義（多数性）がもたらされたということだ。とすれば、作者個人が超越論的主観性によって統括する「世界」を創造する近代小説は、ばらばらになった人間たちを〈神〉の力を借りずして再び普遍的な主体性、つまり種としての「人間」へと自主的にまとめあげる媒介的な装置として登場したという理解の仕方も可能である。「種」を世俗的に括る国民文学という枠組が新たに強調される理由である。

そのように考えると、個別的な主観性が入り込む余地のない〈精神〉の現れを、思弁的・形而上学的な体系として全一的に論じるヘーゲルの現象学の時代から、主観に直観的に現れる意識現象を通して「世界」が存在意味を形成する過程を内側から扱おうとするフッサールの現象学への移行は、その後の近代小説の歩む道と並行しているように見える。いくらフッサールが事実的経験よりも普遍的な理性に優位を置いて、人間共通の超越論的主観性の働き（純粋自我）を捉えることを目的とするといっても、入口は個体別の知覚的な経験である。文学もより独我論的な主観性を具体化する形式、すなわち限定的一元視点によって形成される「世界」の内在的な観察へと関心が向かうのは自然の流れである。そしてその独我論的な「世界」においてこそ原理的な「他者」との出会いを経験するのだ。

木村敏は同論文において、分裂病者は主体性（自己存在）を突如簒奪してくるかのような「他者」による迫害を「自己」の内部から経験するという話をしながら、「私が日常の生活の中で絶えず出会い続けている他者は、私があらかじめ与えられた「自己」からそのつど「出立」することによってはじめて出会いうるような外部の存在者ではない。他者を「外部」に設定することによって、他者はかえってその他者性を奪われる」（二二一頁）と述べている。「自己と他者」は「互いに外的存在者ではなく、ある種「内外未分」の構造の現勢化としてはじめて意識に構成されるもの」なのだ。「現象学」という発想には必ず「他者」の問題が絡みついて離れない（それは知性よりも理性を重視する思考体系だということである）。ヘーゲルの弁証法でも、「相互承認」の共同体（絶対精神）の確立のために、自己意識の〈否

(66)「自己と他者」『岩波講座現代社会学』第二巻〈自我・主体・アイデンティティ〉、岩波書店、一九九五所収。

定〉の対象としての「他者」の必要を根幹に組みこんでいることを思い出したい。そして、フッサールの現象学も独我的な自己の「世界」に現れ出る「他我」と対峙したとき、互いに異なる構成的起源に基づくはずの「世界」がどのように共有されるのか、その「共同主観」を説明することが理論の要になっている。一九世紀末以降、「写生文」を起点に一人称化を進める文学の系譜において、「他者」といかに出会うのかという原理的な問いを内在した小説が多数現れる理由である。

　この容易に「世界」に組み入れられない、しかし「世界」の形成の決定的な要素として現れる「他者」の位置に相当するものとして、小説の基体的主体（主に男性作家）にとっての「女」の表象の課題が浮上する。第三者的で超越的な独立した位置にいる語り手によって、女性の登場人物の内面を客観的に語るという従来のリアリズム様式では、それに応えるのは難しい（その種の小説は明治二〇年代くらいから一定量生産され続けている）。真の「他者」は焦点人物（主に「私」）の認識論的領域（形成過程の「世界」）の縁に不可解なものとして現出するのである。

　漱石を例とすれば、女性人物の内的視点（お延）を描くことで男性主人公（津田）の心理を相対化する手法を選んだ絶筆『明暗』（一九一六・五～一二）が一つ目立っている。漱石は人生の最後に思い付きで「女」に心の声を付与しようとしたわけではない。佐藤泉によれば、短篇連作形式をとる後期三部作と呼ばれる『彼岸過迄』『行人』『こころ』において、異なる一人称の語りの短篇パートを組み合わせる方法の可能性に気づき、「それぞれの「私」たちが語る世界は互いに対するズレを生み、世界は多中心的に構成される」[67]小説様式を見出したという。「その後、漱石は再び三人称の語りに回帰するのだが、それは以前の、つまり男性主人公に焦点化する叙述形式に終始するものではなくなっていた」。『明暗』

における「女」の内的表象への挑戦は、そのような歩みの帰結である。本書の第一章で、『虞美人草』における複数的「世界」認識について言及したが、そこまで遡れば漱石の新聞小説家としての歩み全体を貫く問題意識の結果だったということがわかる。つまり、小説形式と「他者」の問題が先行しているのであって「女」の表象が先行しているわけではない。別に「女」である必要はないが、当時の作家たち（当然ほとんどが男性）は「女」にそれを見出すことが多かった。この課題は結局〈他者と共同性を形成する際に結ばれる最も親密な関係〉に帰結するからだ。

例えば、強固な異性愛体制以前の性的価値観も物語構成の一部として残存している『こゝろ』（一九一四・四～八）では、「私」にとって「先生」という謎多き男の——これは「先生」からみた「K」が謎の男なのと相似形である——視点から見た「世界」の姿が、最後に手紙によって「先生」（書き手）の一人称的「世界」の提示によって塗り替えられて終わる手法が採られている。この小説がしばしばクィア・リーディングの対象となり、「私」の「先生」に対する、また「先生」の「K」に対する〈欲望〉が読まれるが、それは「世界」の中に顕現する「謎」の体現者は恋愛対象として描かれる場合が多いからである。鷗外の「舞姫」においてもエリスの視点が描かれないわけではない。しかし、それは語り手の「余」による俯瞰的な安定構造に掌握されている心理であって、「世界」を反転させうる力を秘めていない。「世界」の組成自体が異なっているのだ。物理的な世界の広さ（客観性）と超越論的主観性との二重体が釣り合っている一九世紀小説とは違い、現象学的な「世界」は自我（意識）の肥大した領域が先

（67）「「引用」と「回心」について——『「雨の木《レイン・ツリー》」を聴く女たち』」『ユリイカ』二〇一三・七臨時増刊号。

にあって内側から小説内「世界」を縁取っていると考える方がよい（そもそもはどんな小説でも、その内側の「世界」は小説として書かれると同時に存在を始めるので、外部に別の真の世界が広がっているわけでもないのだが）。そのような閉じ込められた狭さの感覚を読者にも共有させる「私」の「世界」が、本書で現象学的と形容する「世界」である。

漱石以外の具体的なテクストに話を移したい。時期的にも内容的にも『明暗』以上に象徴的なのは、「女」の視点から約十年前の「世界」を反転してみせた有島武郎『或る女』（前半部一九一一〜一三／後半部書き下ろし、一九一九単行本出版）だろう。[68] だがこの小説を論じる前に、『或る女』とヒロインのモデルを共有し、その「約十年前」の「世界」を提示した国木田独歩「鎌倉夫人」（『太平洋』一九〇二・一〇、一二）において、既に「反転」の契機が準備されていたことを読み取る必要がある。

「鎌倉夫人」の杉愛子（独歩の最初の妻・佐々城信子がモデル）は、結婚後半年足らずで彼女に捨てられた柏田勉の閉じた世界観のなかで一方的に「毒婦」呼ばわりされている。この枠組が「閉じられた世界」と言えるのは、物語の大部分が冒頭の数行のみ登場する語り手の「自分」に宛てて柏田から送られた――偶然鎌倉で再会した愛子に対して毒づく内容の――手紙文という体裁を取っているからだ（したがってほぼ全体が柏田による一人称の「僕」語りで占められる）。書簡による「告白」の形態を取ることで読者の共感を誘うスタイルは、本作が後の「私小説」を先取った試みであることを普通は意味する。もちろん通常「私小説」は語り手自身（の生活）が主題になることが条件の一つであり、「鎌倉夫人」のように題からして主題的興味が「私」以外の人物に置かれる場合に「私小説」と呼べるかは議論の余地ある点である。だが本作では手紙の外部に「自分」という真の語り手を置くことで「僕」（柏田）自身も「自分」の観察対象となっている。その結果「僕」は単なる観察者ではなく当事者（中心人物）にもなるため、ほとんど条件をクリアしていると言っていい。だがそのことは逆に、手紙を送られた「自分」の立場に読者が同化すれば、柏田の認識世界は相対化されることを意味する。柏田にとっての正しい「僕」の「世界」が、距離を置いて読まれる可能性をテクストの構造自体が呼び込んでいるのだ。つまり、「鎌倉夫人」は「私小説」の原型であると同時に、その「私」の独我論的な世界観を破綻させる契機を内在している。その点において、大正時代の〈他者〉としての「女」の表象を課題とする小説群の先鞭をつけた格好のテクストなのである。独歩の私怨が捌け口を求めて書かれたテクストと簡単に言うわけにはいかない。

実際、細部を精読すれば、本テクストには柏田の戯画的要素が相当量配置されていることに気づく。おそらく真実を「露骨」（客観的）かつ冷静に語る人という意味を込めて、柏田の職業は「数学家」に設定されたのだろう。文学者の「自分」と明確な対比を作っている。(69) だが独歩自身の職業を聞き手の

(68)『或る女』という題は一九世紀的な西欧リアリズム小説並みの長編なこともあって、「新しい女」を積極的に描いたヘンリー・ジェイムズの『ある婦人の肖像』（一八八一）を思い起こさせる。

(69) 余談だが、独歩が数学にも関心が高かったことは、一八九三年一〇月から翌年の七月にかけて、大分県佐伯市の鶴谷学館で英語と数学の教師を勤めたことで多少知れる。当時の体験を元に書かれた「春の鳥」（『女学世界』一九〇四・三）では、「白痴」の少年に数を教えるも、彼が数の観念をもたないことに絶望する様子が描写されるが、知性と数の結びつきには思うところがあったのかもしれない。その点で、尚更この柏田の職業設定に意味を読み取る必要がある。

「自分」に振り割り、興奮に駆られて告白する男を本来冷めた数学者とする狙い自体、どこか真っ直ぐではない作為を感じないだろうか。また柏田勉の「勉」が端的に彼の性格の真面目さを示すとしたら、杉愛子の「愛」は〈愛に生きる人〉を表すべきなのに、愛子は柏田に「情《いろ》」（肉欲）に生きる「毒婦」と決めつけられている。ならば「勉」にも同程度の皮肉の意が込められたと考えて然るべきである。事実、柏田の言動には「数学家」のイメージを破壊する矛盾が随所に指摘可能である。

　例えば、最後の場面、「僕」は偶然会った愛子に声をかける決意をした動機として、恋人である男（寛）の前で愛子が元夫の「僕」のことをどう扱うか見てみたい、というある意味で下品な「誘惑」と、相手の男を「説いて其家庭に復《かえ》したい」という道義的な理由の二つをあげながら、結局後者は実行しないまま別れて終わっている。より精確には寛に向かって、「愛子さんが今、力になつて呉れる人がないとこぼして居ましたから、貴所何卒《どう》か何分《なにぶん》宜しくお願致します。左様なら」と述べて、両者の仲を引き裂くための嫌味だけが残る台詞を吐いて終わっている。最初から前者の「誘惑」が主だったことが知れるだろう。それ以上に手紙の冒頭近く、「僕は此女の声を聞かざること既に六年」と書きながら、後半で「僕は三年前、新橋《しんばし》の停車場で一度愛子に遇ったことが有《あ》る」と書かれ、二人の会話の場面が描写されているのは決定的な矛盾である。「六」と「三」を取り違える「数学家」。興奮した柏田の首尾一貫しない思考の特徴が致命的に露出している。これがたとえ書き手の独歩の単純な勘違いとしても、この柏田の「信頼できない語り手《アンリライアブル・ナレーター》」ぶりは、そもそも一人称（「僕」）語り一般が抱える決定的な「信用できなさ」を読者に思い出させる点で、テクストの効果の一つにカウントされる必要がある。さらに、常に複数人を間に介した距離のある噂話に頼って、愛子の近年の行状を判断する柏田の非実証性も不自然に強調された筆の運びとなっている。このように見ると、手紙を受け取った「自分」は冒頭で、柏田が愛子にしたようには柏田をジャッジせずに、「自分は此手紙を読んで痛く感じたことがある、然《しか》し今それを此処《ここ》では言はない」とだけ書いて済ませ、判断を読者に投げていたことが意味が一義的ではなくなる。「痛く感じたこと」とは何か、なぜそれを読者に教えないのか。それは実のところ悪い女に捨てられた柏田の境遇に対する同情ではなく、その後未だ安心感《セキュリティ》を得られていない昔の女に再会し、わざわざ友人への手紙に、それも矛盾を省みない文章を書いて罵らずにはいられないほど荒んだ心——柏田のイタさ、に対する同情だからなのではないか。仮にその解釈が許されるなら、独歩は自らの過去に縛られた負の心を別人格に託して切り離し、露出させ、浄化する小説を書いたという解釈も成立する。が、肝心な点は、そう読むように独歩が書いたのか、ではない。そのように読む余地のある構造のテクストを書いたという事実なのである。

「鎌倉夫人」の約十年後（独歩は既に死去）に連載を開始した有島の『或る女』は、同じく佐々城信子をモデルにした葉子を主人公として、一貫して彼女の視点を通して描かれた世界である（独歩の友人だった有島自身をモデルとした人物も配されているが脇役である）。つまり読者が想像力を駆使してカウンターフォーカスする以外に措定されなかった愛子の内面の声を抽出し、実体化した小説といえる。自己正当化の論理に終始する「鎌倉夫人」の柏田の視野は、葉子の視点によって形成される「世界」によって、遡及的に相対化されるのだ。加えてこの物語は、葉子が（婚約者の居る）アメリカへ渡航するために日本で諸々の雑事の整理をする場面から始まって、太平洋を航海中の「鎌倉丸」で船の事務長（倉地）と不義の恋愛の駆け引きをする内容が長編全体の約半分を占めており、実は物理的な距離としても世界を横断する内容である（また、日露戦争を二年後に控えて、倉地が諜報活動に従事する点においても国境を越えたスケールの大きさがある）。日本に居場所を得ず、半ば追い出されるように日本を発った葉子は、しかし結局アメリカの地にも足を踏み入れること叶わず、そのまま同船で帰国する。物理的な世界の広さからも拒まれ、圧倒的な息苦しさを覚える日本の男性社会の狭い「世界」の中に印付きの女として閉じ込められる結末は、その意味で非常に象徴的である。もう一つ忘れるべきでないのは、物語の舞台が二〇世紀の幕開けの一九〇一年の九月から翌年夏までの一年間に設定されていることと、つまり執筆時と同時代の設定ではないことである。「女」の表象の問題は（本書の主張と同じく現象学的転回の生じた）二〇世紀初頭を起源として新たなステージに入ったのだ。

『或る女』における感情描写の激しさ、とりわけ葉子のヒステリーが慢性的に発現し、倉地や妹たちへの猜疑心と妄想に苛まれ続ける終盤には些か鼻白む部分もあるが、その種の男性読者の感想は有島の想定内のものと思われる。葉子の周囲に対する抑えきれない悪意がヒステリーの発作として露出する。ヒステリーを女性の肉体的な特性と婦人病――終盤の葉子は「子宮後屈症」と「子宮内膜炎」の併発の痛みに苦しむ――に根拠付けるのは時代の知識に縛られた本質主義的な危うさがあるが、正しい「人間」の意志の力の手に負えない外部（「機械的に働く心の影」）を生理的身体性として描き出す試みは、本書で繰り返している近代的「人間」像の解体の進行（ゾラ以来）のパラダイムに背馳していない。葉子が肉体の苦痛を通過して、最後に小さな「悟り」を一瞬だけ得る終末部の挿話も、主体性の文学と対照的な潜在意識（身体性）の働きによる転倒の力を描いている。善意の塊であるアメリカ在住のキリスト教信者の木村（婚約者）が葉子に嫌われるのも、普遍の「愛」という抽象的な信念によって形成される観念的な「世界」に対して、肉体的な力を対置する構造を示している。

他にも、有島と同じく『白樺』派の一員だった志賀直哉の代表作「城の崎にて」（一九一七・五）にも、カウンターフォーカスの起点となる「他者」を描くことの強迫性が露出している。第一章でも論材とした「城の崎にて」は、作家の身辺雑記的な――とりわけ性的な生活にまつわることの多い――「私小説」とは別種の心象風景を描く「心境小説」の典型といわれたテクストである。一九一三年夏に実際に山手線で電車にはねられ、同年秋に城崎温泉で療養したときに抱いた死への親近感に満ちた心的景色を、約三年間の休筆期間（休筆前は一九一四年四月発表の「児を盗む話」が最後）をおいて志賀が綴ったものである。このテクストの中盤、一匹の蜂の死を前にして、（城崎温泉に赴く直前に発表した）「范の犯罪」（一九一三・一〇）の内容に突然言及する箇所がある。

自分は「范《はん》の犯罪」といふ短篇小説をその少し前に書いた。范といふ支那人が過去の出来事だつた結婚前《まへ》の妻と自分の友達だつた男との関係に対する嫉妬から、そして自身の生理的圧迫もそれを助長し、その妻を殺す事を書いた。それは范の気持を主《しゆ》にして書いたが、然し今は范の妻の気持を主にし、仕舞に殺されて墓の下にゐる、その静かさを自分は書きたいと思つた。

「殺されたる范の妻」を書かうと思つた。それはたうとう書かなかつたが、自分にはそんな要求が起つてゐた。[70]〔傍点引用者〕

（70）『志賀直哉全集』第三巻、岩波書店、一九九九、一六～一七頁。

演芸師である范はナイフ投げの的に立った妻の頸動脈を貫いてしまう。事件を振り返る裁判官とのやり取りを舞台に、それが果たして偶然だったのか、それとも故意の殺人だったのかをめぐって話が進むのだが、結末では、いかなる告白も故意を証することはできないこと（故意と偶然の決定不能性）を悟るに至った興奮を范が証言し、その興奮が転移した裁判長によって無罪が宣告される。詳細な分析は他で行ったので省略するが、[71] ひと言でいえば、催眠術でいう後催眠現象による身体的自動運動が行った殺人である。確かに「妻を殺したい」という潜在的欲望は閾域下において活動していたが、殺人を実行するまさにその時点での意図は立証できない。「他者」を自己の認識的「世界」から無意識的に排除して免罪される話なのである。[72]「城の崎にて」の最後、三番目に出会う小動物の蠑螈《いもり》に対して、殺すつもりはなく投げた石が偶然に当たって死に、それを「自分」が嘆く素振りは明らかに范の殺人行為の反復になっている。[73] しかも死んだ蠑螈に心持ちを寄せ、その蠑螈と「自分」を同一視しながら「死」の静かさを実感する心境描写が続くのだから、この「城の崎にて」こそ「殺されたる范の妻」だという解釈はおそらく正しい。[74]

心境小説の名の通り、「城の崎にて」は「自分」の心的領域（＝「世界」）、それもほとんど「夢」中と言っていい潜在意識的領域を「自分」自身が彷徨うかのような自閉的な小説空間である。第一章で論じたように、この自閉的な「世界」は「環世界」的な「貧乏的世界」にも見立てることが可能で、二つの小動物の死を通過し、昏い場所まで進んだ先に出会う、黒い一点の染みのような蠑螈は、まさに心の「世界」に異物として差し込んでくる「他者」に他ならない。山手線事件による後遺症が現れる危険も去り、この作品の執筆によって作家として生還し（＝休筆期間を終え）、安定した心境を獲得した当

（71）拙書『意志薄弱の文学史——日本現代文学の起源』の第二章および終章を参考。

（72）類似のテーマは「剃刀」（一九一〇・六）からすでに構想されていた。残された三種の草稿のうちで最も古い「小説人間の行為」（一九〇九・九・三〇執筆）は床屋の芳三郎による殺人後の話である。冒頭の人々の噂話も、後半の新聞に書かれた芳三郎と裁判官との対話も、この殺人の「源因」の不在をめぐるものになっている——「して見ると、お前が兵士を殺した源因は単に喉を三四厘切り込むだからだといふのだナと裁判官反《（ママ）》問してゐる」（紅野敏郎「『剃刀』完成までのプロセス——三つの草稿と完成作品」『図書』一九七三・五）。行為が行為を引き起こしたというリダンダントな説明は、それが身体の自動運動による潜在的欲望の発動の所作だったことを意味している。意図（動機）の立証困難な殺人に対する志賀の執着は一体どこから来るのか。

（73）この狙っても当たらないはずのものが当たって対象を殺してしまうという描写は、遡れば鷗外の『雁』に行き着く。物語も終わりに近いところで、岡田は届きそうもない距離にいた池の雁に石を投げてみごとに当ててしまう。岡田が投げた石に当たった雁は、命中直後に岡田が思い浮かべる「女」（＝お玉）の隠喩に他ならない。岡田は狙って特定の雁を殺したことを認めないだろうが、それは彼が「女」の恋心を適当に射貫くことに成功し、そして放置したことの隠蔽なのである。逆に、時代を下って横光利一の『寝園』（一九三〇～三二）に、奈奈江が猪狩のイベントで夫の仁羽を鉄砲で撃ってしまう決定的な展開がある。これも故意と偶然の間に宙づりにされる奈奈江自身の心理の決定不可能性が、物語を駆動する仕掛けになっていて、明らかに「范の犯罪」を反復している。類似の材料を使いながら明治・大正・昭和の各々のテクストで役割を変えている「意志のない殺し」の系譜は詳細な研究に値するテーマである。

（74）山田広昭「固着と転位」、小林康夫・松浦寿輝編『テクスト——危機の言説』東京大学出版会、二〇〇〇所収。

時の志賀の歩みに照らせば、無意識的な蠑螈殺しという結末は極めて示唆的である。「他者」に対して最終的に「声」を与えない終え方は反例にも思えるが、「殺されたる范の妻」を書く必要の自覚が生じている点で、少なくとも同時代の問題意識との呼応は見て取れるだろう。

志賀は女中との結婚や小説家の道を否定されたことが重なって、一九一二年には家出を敢行するほど父と不和の関係になったが、休筆期間中の一九一四年末には父の反対を押し切って康子《さだ》（武者小路実篤の従妹）と結婚し、一九一七年七月に次女が誕生（前年の第一子は夭逝）したところで、ようやく父との和解を成立させている（同年八月）。それを題材にした短編が「和解」（一九一七・一〇）である。休筆期間に入る直前に発表された「児を盗む話」（一九一四・四）は、父の元から家出した「私」が手っ取り早く自らが「父」に成り代わるため、表題通り赤の他人の少女を盗んでくる内容であることから、家庭の形成に対する志賀の執着が人一倍強かったことは推察できる。その彼が事実として「父」となり、結果実父との関係も復活した一九一七年は、志賀にとって決定的な転機だったことは想像に難くない。

だが作家活動の充実期を迎えることを保証した志賀の「和解」の問題点は、仮にこれをキリスト教でいう神（父）と人間（子）との「和解」に喩えるなら、それが「女」との相互承認を飛び越して為されたことである。つまり、文学的主題としての父と子の相互承認と同一化、すなわち〈キリストは人間であると同時に神である〉という命題をもじれば〈志賀は子であり同時に父である〉という縦の関係が、「私」と「あなた」（他者）という横の関係の犠牲（抑圧）によって優先的に成立したことである。

前期白樺派は一般に、自我の無限の発展（自己実現）が直接に人類普遍の善につながる――それゆえ中間項としてのナショナリズムや社会的な問題を飛び越えて解決できる――という（近代文学には珍しい）楽天的な思想に支えられていると評価される。本書の言い方に直せば、〈経験的－超越論的二重体〉によって構成された西洋中心主義的な小説「世界」の枠組に対して、「個」の経験的な自己意識の内側から――一種の「判断停止」（エポケー）によって――超越論的主観性（人類普遍の純粋意識）へのダイレクトな接続と同化を目指すような態度である。そのようにして普遍的な人類的「世界」の回復に一足飛びに向かうのが白樺派の独善性である。(75) 一方で、逆に「個」としての現実的経験の地平にだけ焦点を当てて、「類」(76)としての国際的な「世界」の広さを無視する「私小説」がある（「没理想」的小説が実体験主義に舵を切った系譜）。どちらも主客分割の二重構造の無化を志向している点では同じであるが、主と客のどちらにすり寄るかの違いで容貌が大きく変わる。基本的に両者は兄弟分なのだ。だが表れる形態は様々に異なっているように見えても、やはり「世界」が所詮は「心象」的であることの空しさを

(75) この抽象的なロジックが解りづらい場合は、同じ白樺同人の高村光太郎が書いた「緑色の太陽」（『スバル』一九一〇・四初出）も参考になる。後期印象派の画家のように個性の赴くままに緑色の太陽を描く場合、つまり、作家が「自我を対象のものの中に投入してゐる時には」、「日本人」や「日本的」な色が「西洋じみたもの」や「志那情調」に対抗して重要視されるはずがなく、「心の叫びはその地方色の価値を零に」する。「自我」を自由（「勝手次第」）に発現させることで人類的「世界」へ直に接続することを「熱望」するのが、ここでまとめた形での「白樺」的思考である。

(76) 先ほどの木村敏の議論は二元的関係に基づいていたので「人類」は「種」の次元と表現されていたが、ここでは議論が三元的関係になっているので同じ次元が「類」、国家や社会などの中間項を「種」（「人間」の下位分類としての「日本人」の次元）として念頭に置いている。

実感させる白樺派のほうが、本論的には大きい意義をもっている。戦後、竹内好ら「国民文学」派やアジア主義者から、日本近代の文学や思想を西欧におもねる「世界主義」に変節させた元凶として批判されたのが白樺派である。その新しい「世界意識」の形成の大元には、『白樺』の頭領と目された武者小路実篤がいた。

武者小路は敬愛したトルストイに学んで早くから「人道主義」を積極的に唱えたとされる。「人道主義」の言葉自体が日本で最も流通したのは一九一六年頃からで、(77) 背景的な理由として第一次世界大戦の勃発による非人道的な行為への国際的な批判と反省の高まりがあった。だが武者小路が人類平和を祈念する類いの世界主義を主張していたのは、作家活動の開始の頃からなので遥か以前に遡る。元々彼の思想が、イギリス経験論の流行に対する反動として力を持つようになった「新理想主義」(ヘーゲル哲学に基づく観念論的自己実現を重視)の傾向が強いことは、もちろん性格との相性が大きいとは思われるが、本書の「現象学的転回」以降の議論に接続しやすくなっている理由になる。華族出身という恵まれた出自にあって社会主義思想に対峙したとき、その生得権を守りつつ持たざる人々の救済を願うという二重拘束から導き出された彼のヒューマニズムは、自己と他者の平等な対称関係を諦め、自己の本性(自我)を肯定して誠実に自己実現を目指す限りは正しい道から外れることなく、世界中の個性と欲望の承認(=「人類の為」)に繋がるという、楽天的な思想となっていった。この論理には、他者との根源的な闘争の可能性から目を逸らす(つまりは「判断停止」する)、ある種の欺瞞性があるのは明らかである。

だが世界情勢に目を向ければ、一九世紀に普仏戦争を経てドイツ帝国が成立して以来、ヨーロッパ列強の勢力図の書き換えが促され、次第に高まる帝国主義国家間における軍備拡張競争がついに頂点に達して第一次世界大戦が勃発する――帝国主義と資本主義の発展が飽和状態を迎える――までの間、列強が蒔いた種から生長した地域主義（反グローバリズム）は世界の分裂を着々と進行させつつあった。その時代にあって、「人道主義」という接着剤によって理想的な「世界」を想像的に回復しようとする態度は、世界の文学的動向に敏感に目配りした積極的な選択だったことは確かである。岩佐壮四郎が指摘したことだが、実際、白樺派と同じく上層階級の同窓生で構成され、ほぼ同時期に後期印象派の紹介を展開したブルームズベリー・グループ（経済学者のケインズやモダニズム作家を代表する一人となったヴァージニア・ウルフらで構成）には、思想的にも趣味的にも共通性が多々見られる。「既成の道徳や因習に囚われず、自分自身が「われわれ自身の問題の裁き手」なのだとする自我の肯定や人間の善への信頼、自己と人類を直接に結合させる楽天性などにおいても、両者は意外に近いところにいた」[78]のである。

(77) 三井甲之「人道主義とは何ぞ」（『文章世界』一九一七・一）を読む限り、当時の「ヒューマニティ」という言葉は、現在でいうナショナリズムや大衆・民衆意識に近い意味合いから人類普遍の原理を指すものまで、様々な語義が混淆するくらい広範に流通した様子である。

(78)『抱月のベル・エポック――明治文学者と新世紀ヨーロッパ』大修館書店、一九九八、一八九頁。

七　同情を拒む「演技者」たち

　武者小路も第一章で扱ったので分析の大半は省略するが、やはり『お目出たき人』（一九一〇・二脱稿、一九一一・二出版）の重要性は冗長でも繰り返しに値する。「自分は極端の個人主義者である」がゆえに「自分を他人の為に少しでも犠牲にすることを喜ばない自分は、他人を自分の為に少しでも犠牲にすることを恥とする」[79]と述べる箇所は、「他者」の尊重と人類共存を両立させようと願う武者小路流の人道主義のロジックをよく表している。が、同時に「自分は鶴以上に自我を愛してゐる、いくら淋しくとも自我を犠牲にしてまで鶴を得やうとは思はない」、「自分は自我を発展させる為にも鶴を要求する」（八二頁）と述べたり、また「彼女の心が見たい」が、「情の動くまゝに自分の身を任すことを罪悪としか思へない女であらう。／かゝる女に自我はない」（九八頁）と述べたりする箇所からは、「他者」としての女を自分が「全人間《ホールのにんげん》」となるための触媒（養分）として認識する態度が露わである。自我の絶対視を人道主義の理念にすり合わせる――個と類を同一化させる――プロセスで抱えられた、避けられない矛盾点である。『お目出たき人』の恋愛関係は、武者小路の人道主義思想の限界を正確に反映している。[80]

　しかし、このナイーヴさを嘲笑の対象とするだけでは済まないのは、その段階的な過程なくしては有島の『或る女』のように支配的男性原理の「自我」が構成する「世界」を「反転」するような新しい複数的「世界」観（一九三〇年代の多声的小説に繋がる）への一歩を促せないからである。[81]ヘーゲルの現象学においてよく知られる「主人」と「奴隷」の弁証法を参考にすれば、「特定の人の自己確信」が「ほかの人びとの自己犠牲」を代償とするような「不平等な承認関係は、人間がやがて「奴隷」の意識を介して真の意味での〈私〉を発見するための不可欠な条件[82]なのである。いずれ人間は、「奴隷はみずからが主人の主人であり、主人が奴隷の奴隷でしかないことを学ぶ」のでなければ、国際社会において劣位（「奴隷」の位置）に置かれて開始した近代日本は、世界の回復のために果たすべき仕事を見失うことになる。大正時代の自我中心の「世界」表象のなかにカウンターフォーカスの可能性を探る動向には、支配的西洋世界に対する日本文化の弁証法的「反転」の可能性も賭けられていたと考えるべきではないだろうか。

（79）『武者小路実篤全集』第一巻、小学館、一九七八、八七頁。

（80）正宗白鳥の自然主義小説（私小説）である「泥人形」（一九一一・七）は、守屋重吉という三人称の主人公に焦点を当てているが、途中で結婚して妻となる時子の視点も後半では描かれている（武者小路の「自分」と対称的に、「あゝ男の心が知りたい！」という時子の内言が書かれている）。三人称小説を採用している点で、本来妻の視点を描くことに形式上は何らラディカルなものはない。しかし私小説的な内容を前提にした上で、その限界点を相対化する「女」の内面を描き込むという白鳥の選択からは、「語り」の進化に対する積極的な姿勢が見て取れる。

（81）念のために断ると、複数的視点のまだら模様の「世界」が描かれる三人称多元視点小説の話ではない。狭義の「世界」はその主観性にとって外部のない排他的な単位である。この文脈で複数的「世界」の小説というときは、各「世界」同士の対立、侵食、共鳴、乗っ取り（反転）などのダイナミックな展開が描かれる小説を指している（むろん理論上の話で、具体的なテクストとしてどこまで優れた成果が確認できるかは別の話である）。

（82）村岡晋一『ドイツ観念論――カント・フィヒテ・シェリング・ヘーゲル』講談社、二〇一二、一七三頁。

以上の流れを踏まえたうえで再度、武者小路や志賀と交流があり、部分的には師的役割も果たしていた同時代の漱石の思想の所在を振り返るため、講演「私の個人主義」（於学習院大学、一九一四・一一・二五）――『こゝろ』連載終了の二、三ヶ月内のもの――を確認してみたい。「自己本位」という言葉が強調されることで知られる講演である。それを抑圧する力としての国家主義の増長を懸念する文脈で発せられるのが、「私共は国家主義でもあり、世界主義でもあり、同時に又個人主義でもあるのであります」という文言である。これも突き詰めれば、「個人主義」は他者との「相互承認」においてしか成立しないという他者認識の話――「他《ひと》の存在をそれ程に認めてゐる」ことによって「自分の存在を尊敬する」こと――に大部分が還元される内容となっている。自分の「個性」を自由に発揮するだけの尊重を社会から許されるのであれば、「他《ひと》にも同程度の自由を与へて、同等に取り扱はなければならん事《こと》と信ずるより外に仕方がない」。

近頃自我とか自覚とか唱へていくら自分の勝手な真似をしても構《かま》はないといふ符徴に使ふやうですが、其中には甚《はなは》だ怪しいのが沢山あります。彼等は自分の自我を飽迄《あくまで》尊重するやうな事《こと》を云ひながら、他人の自我に至つては毫も認めてゐないのです(83)。

この引用のみ見れば、白樺派的な「自我」肯定に対する牽制にも響くが、表向きは武者小路も個性の発展と人道主義（他者の尊重）の両立を主張していたのだから議論の根本に大差はない。だが講演の四ヶ月前に第一次世界大戦が勃発した状況に鑑みた場合、この種のヒューマニズム的良心の発露を軽んじることはできない。加えてこれを世界文学論として聞くとき、その主張は俄に含蓄を増すのである。
本講演で漱石は、英文学研究に携わる者として「文学」なる「概念を根本的に自力で作り上げる」ことに取り組む他なくなった過去の経緯を語り始め、そこから話は「個人主義」を支える「自己本位」の問題、そして「他者」との対峙の問題に展開する。要するに、彼の「相互承認」論の起点は、あくまで文学の問題なのである。漱石は第一に、日本人が英国人の評する英文学の基準を鵜呑みにし、それを我が物顔に振り回す追従的な態度の愚を断言する。「独立した一個の日本人」が英文学を評価すれば、その批評的な判断が英国人のものと異なるのは当然であり、「英国人の奴婢ではない以上」は意見を曲げるべきではない。

然し私は英文学を専攻する。其本場の批評家のいふ所と私の考と矛盾しては何《ど》うも普通の場合気が引ける事になる。そこで斯《か》うした矛盾が果して何処《どこ》から出るかといふ事を考へなければならなくなる。風俗、人情、習慣、溯つては国民の性格皆此《この》矛盾の原因になつてゐるに相違ない。それを、普通の学者は単に文学と科学とを混同して、甲の国民に気に入るものは屹度《きつと》乙の国民の賞讃を得るに極つてゐる、さうした必然性が含まれてゐると誤認してかゝる。其所《そこ》が間違つてゐると云はなければならない。たとひ此矛盾を融和する事《こと》が不可能にしても、それを説明する事《こと》は出来る筈だ。さうして単に其説明丈《だけ》でも日本の文壇には一道の光明を投げ与へる事《こと》が出来る。〔五九四～五九五頁〕

(83)『漱石全集』第一六巻、岩波書店、一九九五、六〇三頁。

極論すれば、漱石はここで、文学とは普遍言語としての科学とは対照的に、他者との「承認状態」を通して主観的な〈差異〉を描くもの（同時に他ならぬ「私」の単独性を描くもの）と言っているに等しい。興味深いのは、男性作家中心的な視線からみた他者としての「女」、あるいは世界と比した日本の文学・文化を（ヘーゲルの弁証法的には）「奴隷」の位置に見立て、その「自己本位」の発揮を訴える思考になっている点である。穿った見方ではあるが、小説世界の中に構成された「女」に内的な声を付与するという『明暗』の課題は、国際社会における日本の立場向上を求める気運の高まりが、無意識的に漱石が理想とする小説世界の構造に（逆転して）投影されていた結果なのかもしれない。

その点で付け加えるべきは、講演後半の「相互承認」の必要の話のなかで、イギリスでは「自分の自由を愛するとともに他の自由を尊敬するやうに、小供の時分から社会的教育をちやんと受けてゐる」ため、人々は不平があると自由に「示威行動」を行う（＝声を上げる）が、権力側の政府はそれを承認して干渉せず、また運動する側も過剰な乱暴は控えるといった尊重が互いに存するという説明の条である。漱石はそこで、近来新聞を賑わしている「女権拡張論者」の狼藉の例外を言う。「嫁《よめ》に行かれないとか、職業が見付《つ》からないとか、又は昔《むか》しから養成された、女を尊敬するといふ気風に付《つ》け込むのか」、とにかく公共の場を乱し、「自由」を履き違えて騒ぎ立てる。「ことによると女は何をしても男の方で遠慮するから構はない」と思っているのではないかと「女嫌い《ミソジニー》」ぶりを吐露するのだ。だがこのことは逆に、漱石にとって理解困難な「他者」との承認状態を作ることが「女」の表象の問題とほとんど無意識裡に連合していた可能性を示している。約一年半後に連載を開始する『明暗』の「女」の内的視点の採用に至るまで、個人主義的な「私」の世界に最も鋭く屹立する「女」の内面を描くことが避けられない課題となっていた可能性である。つまり小説における「他者」表象に関する文学理論的な要請と、女性権利運動のような政治的な要請、そして以下に記すように明治から大正時代へと大きく変化した文学マーケットにおける需要的な要請との交差が、漱石の死（一九一六・一二）を象徴的な境にして起こっていたのである。

時代は少々下るが、漱石の弟子の芥川龍之介は大正も半ば過ぎの一九二〇年頃に、彼の作品史では見られなかった新しい傾向として、「葱」（『新小説』一月）、「舞踏会」（『新潮』一月）、「秋」（『中央公論』四月）、「南京の基督」（『中央公論』七月）など、（若い）女性人物の内面に焦点化した小説を立て続けに発表している。(84) ただし、いずれも女性主人公の形成している世界認識の風景が、自らの欲望（思い込み）によって整形された強固さ（ナイーヴなものに見える場合もあれば、狡猾なものに見える場合もある）に枠取られている。それを作中の第三者的な人物あるいは読者に指摘され、相対化される余地を残すような語りの仕掛けとなっている。つまり「女」を中心的視点として作中「世界」を形成していることに加えて、その「世界」の再反転可能性を十分に確保した形となっている（漱石のテクストをカウンターフォーカスによって反転させるには読者の積極的な読み方の介入が必要だが、その時期の芥川のテクスト

(84) 単純に女性視点が描かれるというのであれば、早くには「袈裟と盛遠」（一九一八・四）があるが、これは「藪の中」（一九二二・一）の形式を先行しているテクストで、台本のト書きほどにも地の文がなく、盛遠（男）の「告白」の後に「袈裟」（女）の「告白」が続くという特殊なものなので議論からは外しておきたい。

トは反転がテクストの構造として既に半ば実現している)。

『三四郎』(一九〇八・九~一二)の美禰子の想像的なモデルといわれる平塚明子《はるこ》(らいてう)が、漱石の弟子の森田草平と起こした心中未遂事件(一九〇八・三)の醜聞記事や、それを題材に森田が書いた『煤煙』(一九〇九・一~五)を通して世間的に存在が認知されたように、漱石が活躍し始めた時代、「新しい女」は良く言って時事的な話題、悪く言ってゴシップ的興味の対象だった側面が強い。平塚が中心となって文芸誌として発刊した雑誌『青鞜』(一九一一・九~一九一六・二)も、社会的スキャンダルの火種を提供するものとして半分は揶揄と警戒の視線に曝されていた。実際二年ほどで文芸誌の看板は下ろされ、女性啓発誌の色が強くなったように、「新しい女」という概念は文芸の世界の理論的領域には十分に入り込めないでいたところがある。

しかし大正時代も半ばになり、女学生の増加やマスメディアの発達に伴って女性読者が急激に層を厚くすると、社会道徳的な問題の色を帯びていた「新しい女」のイメージは、より文学少女のロマン主義的な趣味に訴える「宿命の女」の要素を多く含んで、大衆的な消費の対象に繰り入れられていった[85]。芥川の盟友でもあった久米正雄が、女優の松井須磨子をモデルに描いた通俗小説『不死鳥』(一九一九・一一~一九二〇・四)は象徴的である(ラファエル前派のロセッティが描いた「宿命の女」風のミューズたちに触発されて独自の「ロセチ顔」を生み出した竹久夢二が、本作の挿絵を担当したのにも強い縁が感じられる[86])。芸術座に属していた松井須磨子は、現在から見て「宿命の女」のカテゴリーを体現して見える実在の女性としては一番流通した名前である。一九〇六年に坪内逍遙と島村抱月が文芸協会を結成して新劇運動の拠点となるが、抱月はやがてこれを脱退、松井須磨子を連れて結成(一九一三)したのが芸術座で、二人の愛人関係、スペイン風邪による抱月の死（一九一八・一一）、須磨子の後追い自殺（一九一九・一）と、一連の「劇的」な出来事によって「宿命」感の強いイメージが形成された。もちろん須磨子が演じる役自体が、客寄せの面からも、本家のヨーロッパでも後に「宿命の女」の代名詞的キャラクターと認定された『サロメ』(87)（オスカー・ワイルド作、一八九三）や『カルメン』（プロスペル・メリメ作、一八四五）だったことは大きい。秋田雨雀・仲木貞一『須磨子の一生――恋の哀史』（一九一九）の出版などは、当時の彼女の存在自体が消費の対象となっていたことを説明する――芥川の「葱」の主人公である女給のお君さんが所持している「松井須磨子の一生」はこれである。

好意的に穿って評価すれば、このような時代の変化を受け止めた芥川は、婦人雑誌への執筆の急増という状況や通俗的文学の市場にも目配りして、女性読者が同化しやすいキャラクター設定に配慮しなが

(85) 大正半ばから昭和初期にかけての「婦人雑誌の急激なる発展」（大宅壮一）による「文学大衆化現象」と女性読者層（大戦後に増大した「職業婦人」層を含む新中間層）の拡大がもたらした文学場の変容の全体像については、前田愛「大正後期通俗小説の展開（上）（下）――婦人雑誌の読者層」（『文学』一九六八・六、七）が詳しい。反家父長制（閉鎖的な家庭生活への反発）を内々志向する彼女たちは「大正時代のいわゆる「新しい女」を産み出した基盤」となったのである。

(86) 夢二を見出して画家になることを勧め、『早稲田文学』に未だ無名の夢二の作品を採用したのも、以下で論じる島村抱月とのことである（岩佐壮四郎、前掲書、一四一～一四二頁）。

(87) 志賀直哉における「サロメ」のモチーフの美学的受容については別に論じたことがあるので参照されたい（拙書『意志薄弱の文学史』第二章中の「鳥尾の病気」論）。

らも、その新しい「世界」も反転可能性に曝さずにはいられなかった。異なる世界の互いに相容れない共約不可能性を描くことそれ自体が、同時代や未来の「世界」のリアルさを捉えようとする小説にとって重要な主題となった形跡がここには認められる。芥川は「藪の中」(一九二二・一)で、証言者(発話)ごとに「現実」の姿がまるで異なって現象する「真実の決定不可能性」を本格的に描いた。「世界」の調停不能な複数性が互いに衝突するところに、社会の駆動力と、それを描く小説の意味を見出そうという「世界」認識のモデルチェンジがこの時期進みつつあったことを示唆している(このテクストで地の文を持たない戯曲的形式が用いられたのは、統制的な語り手の不在が「世界」の複数性を保証するからだが、同時代に文学者たちの間に演劇及び戯曲形式のテクストの流行が起きる理由の一部を説明している)。だがそのような芥川の動向は同時に、「新しい女」や「宿命の女」などその核に「他者」の表象不可能性を抱える女性表象が役割を終え、脱神秘化されていく流れとシンクロしていた。一九二〇年代の中頃にジャーナリズムで盛んに言葉として流通し、大衆消費社会の生活スタイルのなかに溶け込んで俗化・量産された「新時代の女性」(その後の「モダンガール」)たちが巷で存在感を増すにつれ[88]、「女」の表象は現実世界に拡散・解消されていった。簡単にいえば、彼女たちは次第に他者性を失っていったのである。姿を一新した国産の「宿命の女」像の登場は、坂口安吾を代表とする戦後作家まで待たなくてはならない。

自己と人類の理想的な調和を実験室的な規模で証明してみせるために作った「新しき村」(一九一八年、宮崎県に開村)から武者小路自身が離村したのは一九二四年。以後の武者小路の小説からは世界がユートピアンな調和へと回収される糸口が消えていく。一九二〇年代後半には、ヘーゲル的な唯心論的

「世界」の発展を唯物論的に捉え返すマルクス主義の流行によって、観念的に人間「世界」をまとめ上げる主観性の枠組の弱体化が加速した。元来、プロレタリア文学（社会主義リアリズム）は様式的には逍遙的なリアリズム文学の構造を超えるものではない。しかし、近代的人間による超越論的な「世界」形成の働きからブルジョワジー的人間味（主観性）を除き、つまり「俯瞰の眼」から下部構造へと「世界」の基体を反転し、代わりに唯物史的理念（法則）に「世界」を一元化しようとする点において、近代小説が体現すべき「世界」構造（二重体）の解消の流れに大きく与かっていた。同時期の大衆消費社会の展開にともなって急激に台頭した「通俗小説」に関しても、世界像の枠組自体を問うことのほとんどないジャンルのため考察の対象外に置いてはいるが、結果論的には似たような立ち位置にいた。

最後にいま一度、明治大正期における表象困難な「女」の他者性の問題を振り返りたい。以上の議論の果てに見えてくる彼女たちには共通の属性がある。男を誘惑したり破滅させたりする手管や性格設定、あるいは行動パターンの話ではない。もっと芸術論あるいは美学的問題そのものに関わる主題である。それは、彼女たちが「演技する者」であることだ。「真意」の測れない、常にダブルミーニングな行動のために信用できない存在として人を魅惑し、同時に社会的に警戒されていたことである。女優だった松井須磨子は言わずもがな、フランスで「宿命の女」的表象の流行の起点となったフローベールの『ヘロディアス』（一八七七）におけるヘロデヤの娘サロメは、母の演出に従う舞台女優のような存在だったし、『ナナ』の設定はそれを受け継いだものである。またイギリスにおける政治的な「新しい女」

（88）前田愛、前掲論文（一九六八）を参照。

の系譜においても、一九世紀末から起こった家父長制の崩壊の「先頭に立ったのは、女性参政権運動であり、イプセニズムの感化を受けた演劇だった」(89)。時に劇団の稼ぎ頭であると同時に、なかには組織の頭である座長も務めた女優たち（成功した職業従事者）が社会に物言う存在を代表するのは当然に思える。だが同時に、近代になっても「体を売る」仕事として卑賤な扱いをされ続けた芸能の社会だからこそ、逆説的に古い表象システムを転覆する拠点や、社会的地位向上のための運動の起爆力になり得たともいえる。

「演技する者」のテーマは、ジャンルとしての演劇に留まらない。このことは『或る女』で少し取り上げた「ヒステリー」という病の言説と女性の結び付きが強調され、特に大正期に文学的題材とされたこととも連関する(90)。当時から、ヒステリー患者の演技性は周知の知識となっていた。そして「宿命の女」を代表するサロメは「ヒステリー」の美学的身体として一九世紀末に欧州で流通したのである。大正時代に、欲望される「女」の側からの視界に肉付けが模索されるのは、演技によって生じた「世界」の「謎」を理解可能なものとして解体し、男性的「世界」を承認状態に回復させる――「世界」を治癒する――目的としても理解できるわけだ。

このように整理してみると、近代文学の形成とその様式変遷において、「演技」という主題や、ひいては演劇というジャンルを、いかに小説の理論の内に接収するかという問題意識がきわめて重要な位置を占めていたことが見えてくるはずだ。内面と外面の両方を視野に入れて一人の人格を十全に描こうとする近代小説の語りの特質においては、その内面意識と外面行為とのズレを生む〈他者〉の両義的な揺らぎの扱いが最大の課題となるからである。その意味合いをもっとも集約的に担ったのが「演技する女」という存在の脅威だった。読者も共有する超越論的な視点（語り手）が、単に心的に同情《シンパサイズ》する対象としては捉えきれない人物を描くために、文芸の理論は自らを変態させていったのである。

次章では、「演技」とそれに付随する「感情移入美学」の理論的な問題が、近現代文芸の小説形式（語りの仕組み）の展開において果たした役割の大きさを改めて系譜学的に考察し、これまでに提示してきた文学論的諸概念の重要性を別のレンズを通して確認していきたい。この作業が、明治大正から果ては現代に至るまでの小説構造を基礎づける「世界」認識の変遷の議論と同調したとき、従来の文学史とは異なる姿が浮かび出るだろう。

---

(89) 岩佐壮四郎、前掲書、一〇二頁。
(90) 決して女性身体だけに留まらない「ヒステリー」言説の近代文学への浸透に関しても、拙書『意志薄弱の文学史』第二章を参照してほしい。ただし、同テーマに関する研究は他にも多数ある。

第四章

感情移入の機制

――他なる「世界」に生きる〈演技〉

一　「私」を演じる「私」――私小説演技説

本章は、生物学における細胞内共生説――元来は別の生物である細菌が細胞に取り込まれミトコンドリアとして親細胞に不可欠の機能として定着する――のように、宿主（小説の機構）に取り込まれた演劇的メカニズムとしての「感情移入」の機制を日本の近代文学史の中に探ることで、二一世紀まで続く文学の理論的発展を、従来とは異なる光のもとに系統的に理解することを狙いとする。その際、もう一つ文脈として重要なのが、西洋近代発の「世界文学」（＝人類文学／人間文学）の理念に対する意識である。というのも、「感情移入」の美学は一九世紀的な近代小説の「世界」構造に対する抵抗の力学として期待された一方で、その構造を現代小説のかたちへと柔軟に「進化」させる中心的な要素として文芸理論に摂取されていった形跡があるからだ。

福嶋亮大『厄介な遺産――日本近代文学と演劇的想像力』（青土社、二〇一六）が日本近代文学と演劇様式との「交差点」の体系的な考察を行い、「文学史」の盲点を照らしてみせた意義は小さくない。ただ、評論の推進力を高めるための選択だと思われるが、「近世」＝「東洋」＝「バロック」的言語として地下から時折顔を覗かせてくる「厄介な遺産」としての「演劇的想像力」と、対する正道の「近代文学」による抑圧（と不安）という単純な構図が印象づけられる危うさは残る。よって本論の補足的な役割は、文学と演劇の対決のダイナミズムではなく、文芸理論の中核に消化吸収された「演劇的想像力」を掬い出すことになる。たしかに、宗教的〈儀式〉の表現形式を太古より引き継ぐ演劇の、観客の心に訴える力は強大である。その現前の強さに囚われないためにも、むしろリアルな演劇、か、ら、の、切断に演劇的想像力の可能性をみるべきだと考える。

切り口としたいのは、一般に「現代文学」の区切りとみなされることの多い、戦後文学における「演劇的なもの」の同化である。戦後における演技と小説の絡みの最も早い時期のものとして、一九五〇年前後に俎上に載せられた「私小説演技説」がある。現在では忘却されつつある批評のテーマだが、この文脈で再活性化する意味は大きい。四十宮英樹の整理によれば[1]、第二次世界大戦後の「私小説論」の主要な担い手となった平野謙、伊藤整、中村光夫が揃って主張を始め、中村の「モデル小説」（一九五〇・二）を触媒にして、最終的には平野の「私小説の二律背反」（一九五一・七）や伊藤の「近代日本人の発想の諸形式」（一九五三・二、三）など、各々独自の私小説論に結実したという。その説の起源と形成を巡っては、平野は中村の「モデル小説」に、伊藤は遡って平野の「人性の俳優」（一九四七・二）に、ついでに外野の論者は伊藤の「死者と生者」（一九四八・八）に各々アイデアの起源を譲り合っているので、一種の思想的な合作だと考えておけば良いだろう。時系列的な発展過程はさておき、ここでは三者が「私小説」として言及の対象とする中心的作家が主に「無頼派」（新戯作派）[2]である事実に注意を促しておきたい。それは普通一般の「私小説」論ではなかった。平野は織田作之助の死を巡って議論を立ち上げ、伊藤は太宰治の死に面して議論の「定式化」をし、中村は（太宰の死に弟子として続いた）田中英光の自殺を機に本説を「再主題化」したのである。

中村は「モデル小説」で葛西善蔵の重要性にも触れているが、それは藤村や花袋などの「私小説」と戦後のそれとの境を示すためで、無頼派的な私小説の始まりを遡った結果である。中村の言うところによれば、「私小説」の初期段階、作家は社会と常に対決する生活を事実として営まざるをえないところがあって、それを書けば十分「充実」した内容の小説ができたため、「自分で自分を観察する」という手法で事足りたはずである[3]。が、大正期半ば（文学の大衆化）以降の生活の安定によって、観察的リアリズムによって書くべき素材を見失った作家たちは芸術表現のための生活を目的化するようになる。あ

（1）「〈私小説演技説〉の成立過程について――中村光夫の役割を中心に」『日本研究』一九九六・二。
（2）一九三〇年代から活躍を始め、パロディックな批評精神を特徴として特に第二次世界大戦後の価値転倒と反体制的な時勢に乗って一躍人気となった作家たちの集合的名称。太宰治、坂口安吾、織田作之助、檀一雄、石川淳、田中英光など。
（3）『中村光夫全集』第七巻、筑摩書房、一九七二、四九二～四九三頁。

げくに「自分で自分に対して芝居をする」こと、すなわち「小説の世界に演技者として住」み、「絶えず演技することを強ひられてゐ」る状態に向かったのである。

ところで広く象徴主義と呼ばれる一九世紀末の西洋芸術は、「十九世紀リアリズムを超克しようとし、他方では十九世紀リアリズムの観念を転倒して、「人生が芸術を模する」とみる耽美主義の運動を生みだしていく過程」[4]として定義することも可能らしい。絵画の中の自分の肖像に実人生を乗っ取られる話である、オスカー・ワイルドの『ドリアン・グレイの肖像』(一八九〇)は、この「さかしま」(象徴主義の作家ユイスマンスによる一八八四年作の題名)のテーマを文字どおり描いた代表例である。だいぶ後のことになるが、人生を芸術作品として耽美的に彩ろうとした前期の谷崎潤一郎が好んだ「人形愛」などにも強い影響を及ぼした。だが生物界では科や属が全く異なっていても外見が似ている場合や、またその逆の場合も数多く存在するように、「人生が芸術を模する」という「倒錯」が日本の「私小説」にも構造的に起きたとなれば、外見の異なる両者が同じ芸術論的カテゴリーに属した文学現象だったと考えるのも不可能ではない。つまり「私小説」を日本という地方国家に現れた浮世離れした様式としてではなく、世界文学的文脈における前衛を模索する試みとしても、了解しておく必要がある。

さらに言えば、この事態の進行を、単純に実生活を題材に描き取って提示する「実生活の芸術化」という方法が、表現内容を実人生に即したものとするために逆に「芸術の実生活化」を招いたと標語のようにまとめるのでは不十分である。「私」は「私」を描くために、描かれるべき「私」を演じる生き方をするという捻れをうまく捉え切れないからだ。早く「人性の俳優」で平野が指摘しているように、「芸術と実生活とを強引に人性の俳優として一元化すること」による「二律背反」の克服が問題となってくる。[5] そして、太宰や織田や田中のように「克服」の達成が破滅（死）という「無」を完全に迎え入れることを意味するのであれば、それでもなお「生きる」ことを選択する場合、その生はそのまま「二律背反」を全的に抱えこんでいる状態（「無」の内在化）と同義になる。「私小説」の発展史の極点を太宰の小説と見なした平野は、「実生活密着の実生活喪失というイロニイ」[6]（「私小説の二律背反」）という言葉で彼の作家人生を総括した。戦後の私小説の新しさは、このような意味での「無頼の方法」（伊藤整）を条件とするのだ。となれば、「無頼」派の語義は文字通り「無」を「頼」みとする――「無」に根拠づけられる――思想というべきではないのか。

ところで、「イロニイ」と「無」という鍵語を並べれば、戦後の文芸思想の多くを語る術を手に入れた気になれるものである。背景には、「存在」と「無」のアイロニカルな関係を哲学的主題としたフランス実存主義があった。さらに広く言えば、すでに一九三〇年代のハイデガー哲学を中心とする存在論哲学の流行から続いてきた、「無」を存在に屹立させて人間を原理的に反語的存在とみる大きな流れがある。そのスパンを本書では「世界再形成期」と呼びたい。なぜ「再形成」なのか。一九世紀に確立した〈経験的‐超越論的二重体〉としての）近代的主体性（西欧中心主義）は一九世紀末には分裂（機能失調）を起こし、何らかのかたちでの人間性（自己イメージ）の一元的回復が二〇世紀の第一四半世

（4）岩佐壮四郎『世紀末の自然主義――明治四十年代文学考』有精堂、一九八六、一二頁。
（5）『平野謙全集』第一巻、新潮社、一九七五、二六三〜二六四頁。
（6）同全集、第二巻、一五八頁。

紀まで試みられていった（主客同一論の隆盛）。だがこの主客の美学的な一元的統合もまた二重構造体に対する原理的な抵抗を意味するのだから、近代的主体性に対しては破壊的に働くのである。加えて美学的な方法では、イマジナリーな一時的解決しか「人間」の全一性は得られない（いくら救いや癒しの言説を鍛え上げても「対処療法」的なものを越えないとは晩年の梶井基次郎の諦めの言である）[7]。一九三〇年代以降は、新たな倫理的言説によって改めて近代的主体性の「回復」を目指したのだから「再形成」と呼ぶのがふさわしい。しかし、安定した機構として統合されていた人間中心主義的な二重体が構造的な紐帯を失えば、再び確固として統合されることは極めて困難である。よって、引き裂かれた主体を引き裂かれたままに肯定するアイロニカルな主体をモデルとせざるをえない。この〈アイロニーに留まる主体〉としての人間という新しい人間主義は戦後思想においてより顕在化し、それ抜きには考えられない基盤となった。

花田清輝は戦後、評論「二つの世界」（『近代文学』一九四八・七）や、安部公房の『砂の女』をインスパイアしたと言われる「沙漠について」（『思索』一九四八秋季号）において、直ちに対立関係を止揚することのできない「二つの世界」の「全き緊張関係」の重要性や、また後者において執拗に繰り返したフレーズ「対立を、対立のまま、統一する」状態だけが持ちうる創造力を盛んに唱えた。自己矛盾的な世界像の思想的構造を示す典型的な例だろう。この思想の変遷は、より具体的な文学的モチーフの水準、たとえば大江健三郎が描いた「おかしな二人組」なども未来に捉えている。大江自身が二〇〇〇年代に出版した三作を「おかしな二人組」三部作と呼んだのは、アメリカの文学研究者フレドリック・ジェイムソンが、サミュエル・ベケットによる「疑似カップル」（pseudo-couple）の言葉を概念化することで現代文学の特徴を要約した批評語から借用したものだ。[8] 大正時代に芥川龍之介や内田百閒らが頻繁に描いていたドッペルゲンガー（分身）が、本来統一しているはずの一者が分裂しているために起こる物語の不安定化を描いていたのとは違う。「おかしな二人組」は、似通ってはいても別個の人格である二者が偶発的な理由で行動を一緒にする対位法的な共存関係にあり、互いが互いの模倣の姿となってプロットを構成する。つまり、この「二者」は一者へと融和したくてもできないセットの関係なのである。同種の読み方が適用されうるテクストを書いた戦後文学者は大江に留まらない。例えば、その作品には「必ずといっていいほど、主人公のほかに、それと連れ添うように姿を現す〝もう一人の主役〟がいて、いわば同行二人の作品世界を作りあげている」[9] と評される梅崎春生の「隣人」のテーマも、同じ観点から分析可能である。[10]

(7) 梶井は晩年にマルクス主義的な社会的言説へと関心の切り替えを図るが、四年後に死去する（拙論「梶井基次郎の歩行—「路上」における空漠の美と抵抗—」『表象』二〇一八・三）。

(8) 詳しくは田尻芳樹『ベケットとその仲間たち——クッツェーから埴谷雄高まで』（論創社、二〇〇九）を参照。

(9) 川村湊「隣人と死」（解説）、梅崎春生『桜島・日の果て・幻化』講談社文芸文庫、一九八九所収。

(10) 議論の先取りになるが、梅崎の「幻化」（『新潮』一九六五・六、八初出）の最終場面では、望遠鏡という装置を媒介した感情移入が描かれており、それが一九世紀末から二〇世紀初頭にかけての「哀感」による同化の手法とは違い、タイトルどおり自己の「幻」化でありながら最後まで他者との差異を維持してもいる現代文学的な「感情移入」になっている点は興味深い——「丹尾を見ているのか、自分を見ているのか、自分でも判らまた、大江が「おかしな二人組」のアイデアを意識したのは後期作品からだとしても、初期から中期への移行の始まりに位置する「空の怪物アグイー」（一九六四・一）において、既に「ぼく」とDは「疑似カップル」の祖型を形作っていた（なお、本作は半年後の同年夏に出版された『個人的な体験』の内容と可能世界的な対照関係になっていて、両作はいわばテクスト間で「疑似カップル」を形成している）。当時、ベケットをそれほど深く参照していた形跡のない大江に「二人組」の趣向をもたらしたものは何だったのか。「空の怪物アグイー」の冒頭はこうである。

ぼくは自分の部屋に独りでいるとき、マンガ的だが黒い布で右眼にマスクをかけている。それは、ぼくの右側の眼が、外観はともかく実はほとんど見えないからだ。といって、まったく見えないのではない。したがって、ふたつの眼でこの世界を見ようとすると、明るく輝いて、くっきりしたひとつの世界に、もうひとつの、ほの暗く翳《かげ》って、あいまいな世界が、ぴったりかさなってあらわれるのである。[11]〔傍点引用者〕

時を三〇年下って一九九四年のノーベル文学賞受賞講演「あいまいな日本の私」に至っても使用されている「あいまい」の話は、たとえ「ぴったりかさなって」いても一に融和することのない世界、花田の言葉を借りるなら「対立を、対立のまま、統一した」世界にほかならない[12]。小説の全面に露骨に配置される様々なテーマ的対立を束ねる糸は、この「あいまい」の存在論的な思考である。それはDと「ぼく」の依存的かつアイロニカルな関係——つまりそれ自体「あいまい」な関係——も当然絡め取っている。その思考の由来をいうなら、やはり、「存在」と「無」が共立する関係を哲学的主題としたフランス実存主義があったことを指摘するのが一番簡便である。大江がサルトルを卒論テーマに選び、フランス実存主義のアイデアを大量に摂取した作家なのは、いまさら断るまでもない周知の話だろう。

そうした広範な「実存主義」的認識の浸透を踏まえたうえで「私小説演技説」の議論を振り返れば、敗戦後の日本文化に特有の悲壮的衣装にくるまれて見え難くはあるが、やはり実存主義的な発想形態が

ないような状態になって、五郎は胸の中で叫んでいる。／「しっかり歩け。元気出して歩け！」／もちろん丹尾の耳には届かない。また立ちどまる。汗を拭いて、深呼吸をする。そして火口をのぞき込む。……また歩き出す。〔……〕」『梅崎春生全集』第六巻、沖積舎、一九八五、四一五頁。

(11)『大江健三郎全小説』第五巻、講談社、二〇一八、九頁。なお「マンガ的だが」の箇所は初出形は「海賊のように」である。本書第一章第二節の議論などと照らし合わせると、それなりに意味ある書き換えに思える。

(12) 大江の使用する「あいまい」は二つのレベルがあって語用が緩く重なって見えるので、このような論じ方にしている。引用部のみの「あいまい」は「ほの暗く翳って」いる片眼の視界だけを指すが、重なって現れる二重視界もまた「あいまいな世界」のはずである。「虚構」と「現実」の対比を考えた場合、前者は「虚構」のみに内在する「あいまい」、後者は「虚構」と「現実」の間で形成される「あいまい」になる。厳密には前者の意味のみが正しい「あいまい」の使い方だと思われるが、「空の怪物アグイー」などを解釈する際に「現実」と対立的な緊張関係に置かないと「あいまい」の含意はかなり否定的なニュアンスに寄るだろう。戦後文学において盛んだった「虚構と現実」論争のなかに大江の歩みを位置づけたとき、単に虚構派とみなすのではなく、後者の「あいまい」の作用をそれこそ重ね合わせたほうが大江特有のテクストのポテンシャルをより広範に引き出せると考えている（拙書『意志薄弱の文学史——日本現代文学の起源』の第五章を参照）。

意外にも深く入り込んでいることがわかる。例えば、伊藤は「私小説演技説」を発展させた評論「近代日本人の発想の諸形式」において、特別に「無」の問題に注目した。社会的関係（抑圧）からの離脱（逃避）を〈生のモデル〉として尊ぶ文化的地盤から出てきた日本の作家たちは、西欧文学のような社会との対決の構図を取らず、「自己放棄または無の意識[13]」に基づいた「孤独感」によって「自由で清潔で嘘のない生活を実演している一人の俳優」（一一四頁）としての作家の姿を描くことにこだわった。伊藤は、その傾向を大きく逃避型と破滅型の二つの流れに分類することが可能だという。

現世の否定による「無」の意識から自然の調和、あるいは「人と物と個としての生命」を新しく見出すことを目的とする前者は、実在の美を肯定する「上昇型」の形式である。辿れば漱石や鷗外（さらには良寛）にも通じるが、伊藤は一つの典型と極みを志賀直哉の小説と考える。だが逃避型の「演技的延長」から到達する破滅（＝下降）型は、マスメディア時代におけるイメージの流通性に目配りした「商業的演技」に陥り、「逃避という実演生活は、破滅的行為を呼び出しがちにな」（一一五頁）ってしまう。「有を極みとする」マルクス主義がもたらした〈理論〉は、「社会的生活意識」の必要を呼び込んだが、それが挫折した後、作家たちは「破滅者としての無の意識」へと反動的な〈転向〉を加速させざるをえなくなった。典型はやはり太宰治になるとのことだ。

つまり、ここには二原型とはいっても明らかに段階的な変化が想定されており、後者は最近生じた形式にすぎない。にも拘わらず伊藤は、西洋思想とは異なる東洋的な「無」の伝統に基づく「日本の知識階級者が、論理を真の人間形式の土台と考えていないこと、無の認識の力強さに魅入られていること」（一二五頁）を主因として、議論の全体を日本文化の歴史不変的な特殊性の結論に回収したきらいがある。だが、同時代の世界的な思想の動向への目配りがなければ、あえて「無」の概念の多様性にこだわって「演技説」を唱え、それを日本的な特徴の一つとして強調するには至らなかったはずだ。その文脈が実存主義である。事実伊藤は、「私小説演技説」の骨格を最初に提示した「死者と生者」において、「一つこういう新説を吐いて、驚かしてやる」と半ば冗談めかして「日本の私小説こそ二十世紀文学のもっとも偉大な発明だ。〔……〕実存主義というのは仏教から私小説にいたる系列において、実に完全に成立していた」(14)と述べていたのである。だが、「驚異を、ヨオロッパの作家は近代日本の小説に見出すにちがいない」と敗戦国なりの文化的矜持を発揮してみたところで、実存主義を介して私小説(の世界的意義)がいまさら自覚されたのであり、その逆ではない。

二　不確定な世界像

サルトルは幾つかの戯曲を残しただけでなく、その哲学の議論においても人間を演劇的存在とみなす節があった。人間存在は現実的な「状況」に内属して生きているが、その制約や抵抗を自覚することそれ自体を契機に自己を「自由」へと投げ出すことができ、新たに「状況」に積極的に働きかける(＝投企《プロジェ》の)可能性そのものとなる。この「状況」と「自由」の両義的でダイナミックな関係を、シンプル

(13)『伊藤整全集』第一七巻、新潮社、一九七三、一一八頁。
(14)同全集、第一六巻、二九九頁。

なものに還元してみせるのに最適の表象形式が演劇である（ただしサルトル直系の作品は説明的すぎるという批判を受けたようである）。裏を返せば、実存主義は舞台上の役者が優れた演技の高みに到達するための教えのように聞くことも可能な哲学なのではないだろうか。少なくとも、この実存主義の骨格を作っている思考形態が、演劇を中心とするパフォーマンスを伴う戦後芸術の百花繚乱を導き、それらの理論的な支えとして各所に多大な影響を及ぼしていった理由だと思われる（それゆえ小説をパフォーマンスとして捉える無頼派的な「私小説」の支えともなったのだろう）。

　例えばこの「両義的でダイナミックな関係」が映画の技法の文脈に移されるとやや意味合いを変えて、アンチ・モンタージュを掲げて戦後映画批評の泰斗となったアンドレ・バザンが重要視したところの「存在論的曖昧さ」（ambiguïté）ともなる。[15] 特に一九四〇年代後半に最盛期を迎えたイタリアのネオレアリズモは、素人に演技をさせ、それをカットの分割でごまかさずに全一的に捉える演出法により、実存的なゆらぎを露わにした。カット（文法的には単語に相当）を巧みに並び替えて編集（モンタージュ）した文意のうちで生かされるキャラクターの描写よりも、単に人物がそこに在ること、そして演技とその破れから「自由」に現れ出る自然な動作との葛藤を捉える映像のほうが、はるかに「多義的」なのである。後に大島渚はネオレアリズモの演出法とは逆に、役者にカメラの存在をむしろ意識させ、不自然と見えるほどの舞台演劇的な演技を要求したあげく、そのような虚構的な形式が崩壊して役者の人間としてのリアルさが露出するところを撮ろうとしたと語っているが、[16] これも実存のゆらぎを捉えるところに主眼があったとすれば、右の流れに類縁的である。読んだ／読まないレベルの影響関係に関しては調べが行き届かないので明言は避けたいものの、実存主義の思考の仕方が映画の制作現場にも派生的な共鳴現象を起こしていたこと、さらにそれが戦後の諸芸術における演劇形式の流行と密接に関わることは確かだろう。

演劇そのものに話を戻せば、実存主義演劇が次に産み落としたものとして、「状況」の無意味さ（残酷さ、非情さ）を露骨に描き、人間をその意味での「無」にさらすことで存在の「不条理」性を露出させる、あるいは「不条理」的状況に人物の認識が追い着かない様を誇張して描き出すことで存在の不安を喚起する不条理劇がある。また、小説と戯曲を対立させる形式を採用して「食人」に伴う実存的な問いを描いた武田泰淳『ひかりごけ』（一九五四）や、五〇年代の創作の柱の一つに戯曲を置きつつ、不条理な「状況」に置かれた主体の消滅を主題として描いていた安部公房など、文芸における演劇的素養の浸透も容易に見て取れる。大島渚以外の「ヌーヴェルヴァーグ」的な映画の演出においては言わずもが

（15）ちなみに飯島正は、バザンが戦後のアンチ・モンタージュ映画の理論を大きく二つの流派に基礎付けていることを整理しているが（『ヌーヴェル・ヴァーグの映画体系1』冬樹社、一九八〇、一五二頁）、一つはアメリカ映画が技術的に押し出していた演劇的「持続性」の重視から来る美学で、もう一つは、イタリアのネオレアリズモが好んだドキュメンタリー的な現実性の重視から来る美学である（必然的にパンフォーカスや長回しの傾向が好まれる）。つまり演劇とリアリズムの融合という理論構成は「私小説演技説」と共有している。この論点の詳細および一九五〇〜六〇年代にかけての日本映画による「演劇的なもの」の摂取に関しては、拙論「松竹ヌーヴェルヴァーグにおける〈ホーム〉の構造」（『津田塾大学紀要』二〇一一・三）を参照。

（16）「対談◎［儀式］の周辺＝大島渚＋武満徹」『「芸術」の予言!!――60年代ラディカル・カルチュアの軌跡』フィルムアート社、二〇〇九所収（『季刊フイルム』第九号、一九七一・七初出）。

なである。当時のクリエーターの多くが学生時代などに演劇を齧っていたことがあるのは、究極的には出版機構も映像機材も不要であり、身一つで実践できる点で戦後の物資不足の条件に適っていた理由もあるのかもしれないが、結果として一九六〇年代くらいまでは端的に〈演劇的な要素〉が重要視されていた時代だったのだ。

人間の現実存在を意味する「実存」は、「状況」と「自由」のあいだの緊張関係そのものであり、元来ゆらいでいる。あるいはサルトルが哲学者であったと同時に作家であったという二重性が示すように、事実的存在（＝有）に人間の想像的意識が担っている可能性の部分（＝無）を掛け合わせた両義性を含意する。つまり、実存とは現実と虚構の「二律背反」を抱えた不安定かつ特別な存在として理解されるものに他ならない。実存主義における「実存」がどうしても伴う定義上のあいまいさは、実存形態それ自体のアイロニー的構造の反映なのだ。先に大江に言及した際に記したような（註12）、もう一つの「あいまい」である。これを応用して、一般の社会的人間は「現実」と人工的な制度としての「虚構」が安定した関係にある「状況」を生きていると仮定しよう。そのような自己を積極的に自ら「状況」の外部へと投げ出し、同時に「状況」に働きかけることによって、この社会的な既成構造としての〈虚実〉の癒着を動揺させる。つまり、手懐けられた日常的現実を一度「存在」と「無」の緊張関係に還元するプロセスを通して、「二律背反」的な〈私〉の実存は現れ出る。もし実存的な生き方なるものを想定するなら、それは「世界」を常に不安定な形成過程へと差し戻し、更新を試みる態度のことになる。

それでは一九六〇年代における前衛芸術の思潮にあって多用されていた「肉体」の語はどう位置づけ

るべきか。暗黒舞踏を創始した土方巽は一九六八年に行った集大成的なソロ舞踏公演を「肉体の叛乱」と題したが、既に一九五〇年代末頃から「肉体」という概念の流通の中心にいた人物の一人である。だが彼の「肉体」は、敗戦直後の混乱を活写した文学であり演劇でもあった田村泰次郎『肉体の門』(一九四七)の主題(「肉体の解放」)からイメージされるような、一般的な「肉体」では全くない。詳細は省くが、少なくとも晩年の彼が「からだ」と呼ぶそれは、肉をこそげ落として皮(=膜)と骨(=棒)と化した肉体、「肉」性なき抽象化によって聖性(形而上性)を帯びた肉体と言ったほうがむしろ近い。同じように演劇とサルトルの関係で真っ先に名を想起されるはずの唐十郎(状況劇場)が提唱した「特権的肉体論」は、言語論から身体論への転調を進めた一九六〇年代における前衛芸術の表向きの思潮に乗っかって、素朴な肉体還元論として受けとめられる道を辿った。清末浩平によれば、[17] 現代演劇批評の中心にいた扇田昭彦の論を介して、「特権的肉体」が俳優の素の「肉体」のこととして流布していき、やがて唐自身がその言説に便乗していったという。そもそも現実に拘束された俳優の「肉体」自体は別段面白いものではない。それが虚構空間に投影され、「鑑賞者に対して現象する幻影《イリュージョン》」となるとき、「表現上の「現在」へと当人の時間が凝縮され、当人の固有性が身体の状態として鮮やかに提示される、その形象の独特さ」を指して「特権的」というのだ。端的にいえば、劇空間に現象する登場人物だけが帯びうる身体のことである。だが俳優の肉体の現前が虚構的人物に完全に同一化した状態(=サルトルの『嘔吐』で語られる「完璧な瞬間」)が、「自由」な表現としての「特権的肉体」の理想的な

(17)「唐十郎論――肉体の設定」『文学＋』二〇一八・一〇。

姿だとはいっても、それは「瞬間」にしか成立せず、絶えず現実的な「「肉体」という素材の、不透明な物質性」によって突き崩されるものである。そのことによって「時代の生の極限状況」が逆に露わにされるのだ(18)。

このように見れば、唐の理論は正しく「実存」の演劇的なモデルになっている。そして、新劇以来のリアリズム演劇論が暗に前提としていた教訓的な内容（芸術の政治的利用）とは違って、「虚構をとおして自分と社会の関係を変化させる」という「芸術即政治」の一元論的な「アンガージュマン」（政治参加）を訴えているところに唐の演劇理論の新しさと意義があったという（逆に、もしただの肉体還元論だったなら、同時代のハプニングを中心とするパフォーマンスアートに比べて芸術論的な認識が一歩も二歩も遅れていたことになってしまう）。「芸術即政治」とは、互いに斥力を持つ二者が強引に一元論化されているからこその「二律背反」的なコンセプトなのである。しかし初期の唐にも影響大だったとされるベケットやイヨネスコによる不条理劇に強く言えることだが、「状況」のグロテスクさを強調するミニマルな設定は、リアリズムというよりは劇空間自体をいわば脱俗的に見えさせる場合も多い。また、先に言及したアンドレ・バザンは、長回しとパンフォーカスによって現実性を徹底した撮影の優位を主張したわけだが、彼が重要視したのは、そのことではじめて写し撮られる人物（役者）の存在論的不確かさが醸す映像の「形而上性」だった。実存主義の受容のこのような開かれ方は、扇田とは全く逆に、「虚構」の存在が宿す形而上性を、「現実」から切り離されるべき別個の芸術の領域として固定化する一連の思想家たちを生み出すことを避けられない。

早い段階の一例を挙げれば、一九五〇年代後半から六〇年代において思想界を席巻した「想像力論」

の初期を担った、その名も「メタフィジック批評」（一九五五）がある。服部達、村松剛、遠藤周作は日本文学の伝統において脆弱な「メタフィジックな想像世界」を現実から切り出し、自律的な力を持たせることの意義を主張した。同じサルトルが提出したテーマとはいえ、想像力論と実存主義を一緒くたにするのは無理があると思われるかもしれない。だが発想の形式に連続性があるのは間違いなく、文字通り時間錯誤的《アナクロニスティック》ともいうべき混乱した日本の受容状況を考慮に入れればなおさら厳密な分離は難しい。サルトルは『存在と無』（一九四三）のなかで、事物（あるいは動物）としてある「即自」存在を「それがあるところのものである」として、意識を有してある「対自」存在を「それがあらぬところのものであり、あるところのものであらぬもの」ような在り方として、それぞれ定義した。両者の関係を公式にすれば、「対自」＝〈「即自」（存在充足）の無化〉である。「対自」存在である人間は、「無」（＝あらぬ）を内包することで定義される否定的存在となって、はじめて「自由」な存在である。したがって、かつての理想的人間像に照らせば、実存主義は「アンチ・ヒューマニズム」となる。サルトルが言い張るように「ヒューマニズム」の思想としてそれを認めるには、原理的にアイロニカルな主体——現象的な「世界」に対して「〜はない」という「否定判断」ができる唯一の存在——として人間《ヒューマン》を再定義する必要が生じる。そして、そこに「ない」ものを「世界」に心的表象としてもたらすことのできる能力

（18）だがそれで俳優の足元を支える「実生活」が止むわけではないのだから、再びそこから新たな「特権的肉体」の可能性（＝芸術の可能性）へと踏み出されるという循環を抱える定めを忘れてはいけない。「状況」とはかくも粘着的で柔軟な、破砕不可能な壁なのである。

は「想像力」である。よって人間とは「想像力」を有する存在のことである。極めて平凡な、一九世紀的世界像において言われたのと全く同じ命題が結論として出るわけだ。しかし、それが導かれる過程は捻れていいる。私的な定義になるが、昨今主題として定着したポストヒューマン――これ自体多様なアプローチがある中の存在論的な一角――の思想をいう時、以上で述べてきたパラダイムに括られる表現者たちはそこに収まらない者も多い。戦後文学者の創作論や芸術思想は特徴として一様に「無」の否定性をその中心に抱え込んでいる。この否定的契機（＝欠如）を存在の条件とする思想形態を抜け出たものと、実存主義をベースとして形成された人間論とでは別称しておくのが無難だろう。では、戦後文学のアイロニカルな人間論を便宜的にでもカテゴライズしたい場合は何と呼んだら良いのかといえば、やはり「反語」の「反」を取るのが簡便である。その登場によって「芸術の終焉」[19]をもたらしたと評されたポップ・アートも、日本では最初は過渡的に「反芸術」と呼ばれたこと、そしてその「反芸術」は当時気鋭の美術評論家だった宮川淳によって「空無」を抱えるものとして定義されたことにも倣っている。[20]「人間の終焉」への入口の人間論は、やはり「反人間」主義が適当である。とはいえ、「反芸術」と同じく大いに誤解を招きがちな括りだから、本書で使用することはほとんどない。

ところで、サルトルが初期に考究した想像力論が対象としたのは、主に現実の類似物《アナロゴン》としての絵画だったが、特に『文学とは何か』[21]（一九四八）以降は、対象との類似性を全く有しない記号（signe）で組成された言語芸術作品に考察の焦点が移行したという。[22]文学（小説）を読む行為において、私たちは「作品の内容を非現実的〈世界〉とみなすことのうちに、対象の非現前を、現実の世界に比されるこの〈世界〉の不透明さ、奥深さという点から捉える」。約言すれば、想像力は個々の人物や対象ではなく、作品の中の「世界」──その奥行きをもった虚構の時空間全体──を立ち上げるために使われるものとなる。加えて、記号の使用には「特定の社会や共同体が前提とされる」以上、文学作品が提示する「世界」においては、その時空間を支える「言語共同体」という領域を想定せねばならない。つまり、「言語共同体」を成立させている〈社会〉の厚みが芸術作品に内包されていることを想定した形への理論の修正が必要となる。これは狭い額縁のなかで完結している絵画表現をモデルとする場合に比べて、想像力が働くべき範囲が社会的状況やそれに対するコミットメントの問題を飲み込むほどに拡張されたことを意味する。肝要な点のみいえば、一篇の虚構作品は、その世界に参与している登場人物の実存の自覚と投企によって捉えられるべき「状況」の丸ごとの例示と見なされるということだ[23]。それゆえ作家は

(19) アーサー・C・ダントー『芸術の終焉のあと──現代芸術と歴史の境界』山田忠彰［監訳］、三元社、二〇一七。
(20) 宮川淳「反芸術──その日常性への下降」『美術手帖』一九六四・四。
(21) 最初の日本語訳が雑誌『人間』(一九五一・一) 掲載、単行本は『文学とは何か──シチュアシオン2』(加藤周一・白井健三郎訳、『サルトル全集』第九巻、人文書院、一九五二)。しかし一般読者にも届いたのは一九六一年の改訂版 (『サルトル全集』第七巻)、及び『シチュアシオン2』(改訂版『サルトル全集』第九巻、人文書院、一九六四) が大きかったと思われる。
(22) 神治祐介「サルトルの文学論・言語観に関する一考察」『哲学会誌』二〇〇一・一。
(23) サルトルは『文学とは何か』において、「世界の姿を示す記号としての言葉を利用する」散文家のみアンガージュマンが可能だと述べている。つまり彼の考える想像力は「世界」の像 (イマージュ) を映す「〈鏡〉」(詩的なもの) ではなく、言葉を使用して (架空の) 空間性を構築するものである。「詩人にとっての言語は、外

「その作品のなかに自己の全体を投ず［参加させる《アンガジェ》］」(24) ことができる。

ここにおいて、サルトル哲学の核を占める「無」の大きさが、一つの社会空間の全体像を「虚構」として閉じ込める小説ジャンル的特性において強調された。小説内世界は基本的には指示対象の現前を必要としない言語のみによる虚構的な構築物なのだから、表象された生活空間の内容の全てがいわば巨大な「無」に立脚している。このような哲学的認識は、一九五〇年代の特に後半以降の日本の文芸思想の展開において「メタフィジック」派や「虚構」派が次第に発言力を増していくことになった理由の一つと考えられるだろう。後に江藤淳が、現実とは別個の虚構的世界に人を安住させてしまう想像力の美学を「行動」の「倫理的価値」と一体化させる必要を説いたことなどは(25)、そのような流れに対して軌道修正を迫る内容だった。とはいえ文壇の主流を作ったとまでは言い難い。本来実存的な現実と虚構(「無」)の関係は「ある」と「あらぬ」の対立的な両義性であり、ぎりぎりの緊張関係を前提とする。だがあたかも世界的な冷戦構造の安定に合わせるように、一九五〇年代後半から六〇年代を通して、芸術表現における「虚構」(想像的世界)と「現実」(肉体/実社会)の関係が、それぞれ「虚構」派あるいは「現実」派の陣営に分かれた二項対立のイメージを持つようになったのである。

そして、その時期になると「虚構」に味方する形で理論形成したのは文学関係者に多かった反面、文学への従属を嫌った小劇場運動を中心とする演劇評論家たちは、現実社会による拘束と解放の対象となる「肉体」のリアルさを対抗として振りかざした。もちろん、この言い方は相当に大雑把である。寺山修司は詩(短歌)的世界のナルシシズムに飽き足らず、社会に直接アクセス可能な身体行為の力を求めてシナリオ作家となり、さらには劇団・天井桟敷を立ち上げるのだし、演劇人ではないものの、寺山と近いところにいた土方巽は、逆に肉体を社会的要素から切り離して純粋化（浄化）することで一種の神々しさを呼び込んだ。時期によっては、小説は現実に埋もれて身動きとれない状況に対して〈超越〉の契機を探るために演劇を求め、逆に演劇は社会的現実の要素を反映させるために小説に範を仰いだところがあったのだから、どちらのジャンルがどちらの陣営につくかの判断に問題の焦点を置いても仕方がない（実際、唐十郎の動向を見ればわかるように、ジャンルに拘わらず作品を構成する虚構と現実の一方を疎かにしてよいと唱える創作者は稀である）。むしろ冷戦時代の精神に浸透した対位法的な思想形態が問題なのだ。したがって虚構性と現実性との両義的な関係（アイロニー的同一性）を捉えるためにこそ、一九五〇年代から六〇年代を通して、文学だけでなく種々の芸術ジャンル（造形美術、映画、音楽）において〈演劇的なもの〉（身体的なパフォーマンス性）に対する理論的な関心が高まったと考えるべきではないか。その方向を先んじて模索していた例として、戦後文学の可能性を思い出させてくれるところに「私小説演技説」の今日的意義がある。特に重要なのは、小説においては決定的に問

的世界の一つの構造である。散文で語る人は言語のなかの状況においてであり、言葉に包囲されている」（加藤周一、白井健三郎、海老坂武訳、人文書院、一九五二初版／一九九八改訳新装版、二一一頁）

（24）同上書、四〇頁。

（25）『作家は行動する』講談社、一九五九。江藤のやや性急で行動主義的な議論の問題点と、それを批判した吉本隆明の論旨に関しては、一九五〇年代から一九六〇年代にかけての「想像力」論の変遷の概論と併せて第六章で論じる。

題になる、客体としての語られるもの（描写対象）と語るもの（小説の主体＝語り手）との距離ある関係を、対象としての演技する「自分」とそれを描写する「自分」との関係に限定することで、虚構と現実の界面を見定めようとする方法が時代に即した最も前衛的な意義を持っていたこと、そして、そのような半ば不可能な同一性は強引にいけば破滅（死）を運命付けられていること、すなわち「無」の力を組み込めばその制御が困難であることを明らかにした点だろう。ではこの種類の抜き差しならない方法が、集中的に求められて見えた時代的な理由は何か。

　そのことを考察するのに呼び起こす必要があるのが、世界文学論の文脈である。第一章でも論じたことなので多少の繰り返しになる。戦中の早い段階で敗戦を予想していた安倍能成、和辻哲郎、谷川徹三といった「オールド・リベラリスト」（戦前の「自由主義者」）たちは戦後すぐに保守論壇を形成し、「ヒューマニズム」に基づく一八・一九世紀的「世界」の復活を目指していた。よって彼らは「世界文学」主義者である。この場合の「世界」の意味は、彼ら主導の雑誌『世界』（岩波書店、一九四六・一創刊）を命名し[26]、後に世界連邦政府運動の支持者として論壇での発言を絶やさなかった谷川徹三の経歴と当時の思惑を類推すればわかる。ゲーテの研究に入れ込んでいた正統的ヒューマニストのことである。ちょうどカントの超越論的「世界」哲学が、デカルト主義によって引き起こされた主体と客体の分離を統合して回復することが趣意だったのと同じように、大戦で分裂した物理世界と人間世界、あるいは経済（市場）と政治（コントロール）、さらには社会（客観的な視線）と文学（主観的な視線）の分裂が再び調和的に統一され、新しい国際社会が生まれることを願っての命名だったことは想像に難くない。このリベラルな「世界」派たちの延長に、日本の近代的主体化の「遅れ」の克服を唱える国際主義者《インターナショナリスト》たちがいて、数多くの「世界文学」論が唱えられたのである。

漱石及び門下たちの俳句趣味が日本近代文学の骨格を作ってきたことを、ある意味では正しく指摘した「第二芸術」論において伝統文芸を批判し、一方で『世界文学入門』（一九五四）など進歩派的な啓蒙書も著した桑原武夫はよく知られた存在だろう。しかし、竹内好率いる「国民文学」論や一九五〇年代を通して賛同者を増やしていくアジア主義だけでなく、戦後世代の思想家や文学者からすれば、「世界」はいちど失効した古き良き近代的理想の体制によってではなく、新たに別の形で再形成されるべきものだった（それゆえ本書では一九二〇、三〇年代〜一九六〇年代終わりまでの期間を「世界再形成」時代と呼ぶことにしたのである）[27]。分裂した「世界」の複数性を克服するのに、「世界」構想自体が分裂して争っているのではシャレにもならなく思える。だが、そのような調停の不可能性と諦めの感覚があってこそ、多くの先進的な知識人をしてアイロニカルな形での統一思想へとアクロバティックに向かわせるのである。世代間の争いはいつの時代にもあるが、世代ごとの経験の差が戦争経験の差として決定的な断層を作った戦後ほど、思想的分断が如実に表れた例は他にない。

(26) 谷川徹三『自伝抄』中央公論社、一九八九、七六頁。
(27) ちなみに一九世紀はじめから一九二〇年代頃までを「世界形成」時代、あるいはそれを半分に割って、一九世紀末（西洋的には一九世紀の最後の三分の一）から一九二〇年代までの後半だけを「反世界」時代（下位区分）とも呼んでいる。そして「世界再形成」期の後、一九七〇年代以降から一九九〇年代までが「世界消滅」期である。

当事者たちの自覚はともかく、論理的には、「世界文学」主義者の隣には全く風体の異なる「私小説演技説」が肩を並べていた。まさにサルトルの実存が、カントや続くドイツ観念論哲学が成形した近代思想最大の遺産の一つとしての超越論的主観性の「世界」概念を転倒させたうえで、新たな主体性の哲学を立ち上げる努力をしていたのと同じく、一部の批評的意識の高い文学者にとって無頼派は、人間の単位として「主体」を生み出した近代的「世界」概念、ひいてはそれに基づくゲーテ由来の「世界文学」に対して、みごとに裏返しのスタイルとして映った部分があったに違いない。フーコーが『言葉と物』（一九六六）において提示した〈経験的－超越論的二重体〉としての（近代的）人間の誕生が、「語り手」という超越論的主観性による経験的「世界」（「私」として登場する客体としての自己も含まれる）を掌握する――また、それによって教養的読者が「主体」形成を練習する――近代小説の形式を生み出したのだと理解した場合、演技する「私」に観察者としての「私」が分裂しつつ同一化するというヽいヽいヽ空無化した主体性の形成は、近代小説の形式を、ひいては近代的「世界」の機構をパロディックかつアクロバティックな形で再生する。ただし、時に隠喩としての「作者の死」ならぬ、文字どおりの作家個人の死を代償として。中村や平野や伊藤は、そのために彼らのやり口を強く支持することはできなかったのである。

三　感情移入美学とは何か――「同情」の美と倫理

これまでの議論を押さえたうえで、二〇世紀初頭においても演劇的要素が文芸の「発展」に果たした役割の大きさを捉え返さなくてはならない。戦後の小説理論における「主体性」の積極的な揺り戻しの前提として、二〇世紀初頭には反一九世紀的近代主義が大規模に生じていたわけだが、その動向と新派から新劇へと続く近代演劇改革運動とは深く絡んでいた。交差点にあったのは、文学界にも及んだ「感情移入」論の流行である。その中心にいたのは、半生を新劇の発展に捧げた島村抱月だった。問題圏の全体像に関しては権藤愛順が既に網羅的に整理している。(28) だが一九世紀末のドイツでテオドール・リップスおよびフォルケルトによって概念としてまとめ上げられた「感情移入（Einfühlung）」が、イギリス・ドイツ留学（一九〇二〜〇五）の成果を持ち帰って「新自然主義」の理論を興した抱月のみならず、田山花袋の文体論、象徴主義の詩人や歌人の斎藤茂吉の理論まで、日本の文学界や芸術界に及ぼした広範な派生的結果を追うことは本論の目的ではない。

美学者の深田康算は、その名も「感情移入美学に就て」（『芸文』一九一一・三）という論考を発表して、「感情移入」の原理を根本的に否定してみせたが、その結論はともかく、序盤で感情移入説は「今日の美学界の空中に漂ふて居る思想と云つても差支ない位である」だとか、「今日美学界の形勢を大づかみに云ふならば実に感情移入美学（Einfühlungs ästhetik）の全盛時代と名づけてもよい位である」と繰り返し強調しているところからも、文学界にも相当の影響が生じておかしくない思想的流行だったことは確認できる。確かに深田の結論のように、厳密に哲学的に議論すれば、他者との不可能な同一化を主張

(28)「明治期における感情移入美学の受容と展開——「新自然主義」から象徴主義まで」『日本研究』二〇一一・三。

する「感情移入」は論理破綻を来たさざるをえないのかもしれない。しかし、それが極めて危うい定義に立脚する直観的なタームだったからこそ、コンセプトの多義性《あいまいさ》を逆に必要とする文学界への浸透をみた可能性がある。

　前提として、いちど当時の日本の文壇や論壇の環境に限定されていた「感情移入」の理解や、それを取り巻く専門的言説や語彙体系を離れ、広くempathyの内容に関わる思想が世界的に立ち上がってきた全体像を大まかに整理するところから始めよう(29)。近代の日本文学の動向を世界的文脈に置き直して考えるためである。日本の言説だけを注視していても、文学においてempathyに相当する思想が一九世紀的なsympathyの概念の乗り越えとして現われてきたという大局的な事情はなかなか見えてこない。

　一般に、美的「感情移入」は類似概念の「同感《シンパシー》」（＝同情）とは峻別されるべき、客体に対してさらに進行した心的状態である。二一世紀以降の近年、欧米のモダニズム研究では「情動《アフェクト》」が主題として前面に出てきたが、リアリズムの時代のsympathyと対照されたモダニズムの時代のempathy（共感）の問題も平行したテーマとして浮上してきた(30)。ドイツ語のEinfühlung（in＋feelingの意）が登場するのは、美学者のロベルト・フィッシャーによる一八七三年出版の論文「形態の視覚的感覚について――美学への一考察」（英題：*On the Optical Sense of Form: A Contribution to Aesthetics*）においてで(31)、それが英米で（芸術の受容に関する）心理学領域に移植された際にempathyという英語が現れる（そして戦後に起源の忘却された日常語と化して今に至る）。抱月が一九〇五年に訳した「移感」に数年遅れて、ようやく一九〇九年、エドワード・ティチェナーが著書（*Lectures on the Experimental Psychology of the Thought-Processes*）で訳したのが最初とされている（抱月の方は心理学用語への領域横断的な移植を考えたわけではないので、日本語として定着しなかったが）。この一九世紀末辺りを区切りとする世界同時的な「共感」のモダニズムが、抱月らによって仏教用語などの東洋的な美学概念や国学的な主客同一論と結びついた日本的展開が「感情移入美学」の問題圏だといえるだろう。欧米の中だけでも、一八世紀のヘルダーにまで遡るらしい動詞形（*sich einfühlen*）の使用から empathy の流通、現在に至るまでの展開で意味の錯綜と捻れ（時に sympathy との交換）があり、文芸論との関わりにおいてその揺らぎ自体が興味深いテーマなのだが、本論では深追いしない（実際、他者の心を理解することをいう印象の強い sympathy は元々倫理的概念で、もっぱら人間的な生き物を対象とするものであり、人間社会の「成熟」を示すが、対して empathy は元々美学的概念であり、人間以外のものも対象に含む原始的な心的働き——物体と一体化する直接的な感覚——のニュアンスを伴うため、社会的関係を描く小説においては前者、美を捉える造形芸術においては後者を価値上位とみなすのが自然で、各々の文脈が交錯してしまえば用語法に混乱が生じるのは当然といえる）。

ちなみに深田（「感情移入美学に就て」）は、フォルケルトの分類した「物に附きたる感情」と「人に附

(29) 当時の日本の論者にとって「感情移入」とは、あくまでドイツのリップス由来の専門的な美学概念であり、一般的に通用する概念——たいていは英語で表される——としては把握されていなかった。empathy の語がまだ生まれていなかったので、これは避けようがない話である。

(30) Meghan Marie Hammond, *Empathy and the Psychology of Literary Modernism* (Edinburgh University Press, 2014).

(31) 諸説あるとのことで、先行して一八五八年にドイツの哲学者ルドルフ・ロッツェによって造られたとも言われるが、概念の祖はロッツェで、言葉自体はフィッシャーが最初というのが有力のようである。

きたる感情」に基づき、『ロミオとジュリエット』劇を例にあげて、前者のみが「感情移入」の議論の対象になることを説明している。劇中のロミオやジュリエットが抱いている「感情」と、彼らの薄幸かつ数奇な運命（物語の全体）に対して観客が抱く「同情又之に伴ふ快不快の情」とは――観劇のさなかにおいては混線するのだが――本来は異なる次元に属する「感情」である。前者を「外部の物に附きたる感情」、後者を「観照者自身の即ち人に附きたる感情」とすると、感情移入美学が問題にするのは前者のみである。つまり、「物に附きたる感情」をempathyとするなら、「〔鑑賞する側の〕人に附きたる感情」はsympathyに該当すると、およその理解をしておいていいだろう。

抱月は「自然主義の価値」（一九〇八・五）のなかで、「主観の情意」が意識内に生起した「客観」に対して「反応作用を呈する状態」に三、四の段階があるとした。例えば仮に路傍に横たわっている人らしき物体と遭遇し、それを行倒れと認識した場合、関わり合いを持ちたくないと瞬時に判断してその場を去るか、利害無しと判断して好奇心で立ち止まるか、いずれの場合でも「我的」な第一段の情を示している。次にその身の上に哀れを覚えて「同感《シンパシー》」もしくは「反感《アンチパシー》」（救済を考えるかざまみろと思うか）が起これば、それが「半我」的な第二段階。そして第三段の「全く我れを離れて先方と同じ情が我れに起こる」という彼我の情の結合がなされるとき、それは「他的」ともいうべき「審美的同情」になる（道徳的態度から美的態度への変異）。さらにこの第三のカテゴリー自体を段階的に二つに分けることができ、単一の情緒が客観と直に合一している状態までを「美的情緒」、その先に多数の情緒が連続的に〈運動〉して生じる「印象」を「美的情趣」とすれば、後者を第四段階（最高位）として独立して見なすこともできる。ちなみに、抱月は実際には「運動」の言葉を使わず、次のように事細かに説明している。

情緒的とは前来の説の如く普通種々の情緒が其のまゝ客観に合した場合で美的情緒（Aesthetic emotion）であるが情趣的とは斯くの如き情緒的事象が幾何づゝでも起こつた後または切れ目に、其の中心事象がちよつと意識の上に薄らぐと同時にそれに伴つてゐた明白な情が水に絵具汁を点したやうに、はつと散つて一面の漠とした情になり、且つ連続した数多の情が朧げに或る一調子を連瑣として周囲に浮動し来たる。またそれにつれて其の種々茫漠の情を的確にせんと雑多連続の知的要素が意識の表面に浮びかける。茲に一種捕捉し難い一般的な感情を経験するに至る。此の一般的な情、言はゞ事後感情、全体感情、混合感情とでも解すべき一種の印象を茲で美的情趣（Aesthetic mood）と呼ぶ。印象的情緒である。〔傍点引用者〕

ちょうど絵画のフランス印象派が、光の刻々と移り変わる微妙な動き、すなわち時間を空間芸術（静止像）としての絵画に畳み込むために、素早いタッチで対象を朦朧の中に捉えようとしたのと類似した理論が展開されている。文学論としての先駆けは一九世紀末の正岡子規による俳論だろう[32]。また、抱月

（32）一般の写生論の認識と異なって、子規の俳論は対象の「活動」（＝運動）の捕捉に執着するときにこそ真価を発揮する。詳細な分析は、拙書『意志薄弱の文学史』の第一章「運動する写生——映画の時代の子規」を参照。

の参照元であり、フィッシャーの Einfühlung の受容と普及に与ったテオドール・リップスが、「フィッシャーの概念を他者の身体、特に動いている身体に適用したとき、現在我々が知るエンパシーの意味に向かって重要な一歩を進めた」[33]とハモンドは述べている。例えば「ダンスの観客は自分自身をその動きのなかに感じ取ることによって美的対象としてのダンサーの身体を理解し経験する」という主張も、「運動」的要素の「感情移入」における重要性を教える。それがターゲットとするのは、究極的には動いているもの＝生命を持つものとの一体感なのである。

抱月の段階的説明に戻るが、もし本来は芸術になりがたい第一や第二の主観的情緒を、文章の巧みさによって滑らかに表したり、（語り手の）感嘆や評価などを付着させて（対象そのものに宿っているわけではない）「情」を装飾的に作り出したりする場合、それは「抒情的主観」（あるいは「自叙的主観」）と呼ばれるべきものになる。つまりこの場合、描写対象は観察者（語り手）の感想に包まれて提供されている。対して第三段の（語り手が）描写対象に同化した（その対象人物が感じるままの）情緒だけを「知的方面から引き離して」取り出し、それを自由な取り扱いの対象とするとき、それは「情緒的主観」と呼ばれるべきものになる。さらにこの「情緒」の世界に対して、「客観の知的要素」を切り離してしまうのではなく従属させている状態が、第四段の反映としての「情趣的主観」である[34]。そして、一般に自然主義による「無念無想」の心得が「主観を排する」という時、実際に排されるべきは「抒情的主観」に伴う（語り手の）利己的な考えやそれを表現するための「技巧の念」、そして「情緒的主観」においての、「情緒」のみに対する執着とそれを表出する「技巧の念」のことになる。したがって「自然主義」における「自然」の獲得のための全体的なプロセスは、「知的事象」を自ずから展開させながら再び、「情緒」に同化させ、それを「生きた事柄」とする「知情融会」によって「客観的芸術の極所」に至ることと要約できる。さらに、このように客観化された対象を〈描写する主体〉の情趣的印象の広がり（連続）として「世界」を「活現」させる様式的な態度を「印象的自然主義」と呼ぶ。

ポイントは、主観の遮断（無念無想）による対象の客観化から生じる情緒の涌出を不可欠の手続きと見なしていること、つまり「感情移入」と狭義の「客観」が同一の出来事の二相であることだ。混乱を引き起こしやすい箇所である。おそらくここに、抱月による「感情移入」の理論化の弱点が表れている。結果、自然主義は「無条件主義」であり「在りのまま主義」であり「無解決無理想主義」であり「現実主義」であるといったわかりやすい言辞の部分だけが、生活の直写（芸術化）による主客一致を徹底すればいいと割り切った事実告白（＝実話）的文章の生産を支えることになる。そこから近松秋江の「別れたる妻に送る手紙」（『早稲田文学』一九一〇・四〜七）を起点とする連作のような、「お前」という二人称の聞き手（二者関係）を置くことで「私」の現前（自己同一性）を強調する類いの「私小説」の発展が促されていくのは当然なのだ。[35]

（33）Hammond, op.cit., p.72.

（34）「叙情的主観」↓「情緒的主観」↓「情趣的主観」は、いちおう弁証法的な「正」「反」「合」の関係になっている。この説明がわかりにくければ、後述する抱月の十年前（一八九〇年代）の論文にも思考の同型性が認められるので、そちらの議論から遡って確認してほしい。

（35）その意味で「私小説」の兄弟分とみなされる「心境小説」は「印象的自然主義」への揺り戻しの感があるが、文学を芸術とみる場合、そちらを正道というべきかもしれない。

実際、第二章の最後で取り上げた相馬御風「自然主義論に因みて」(『早稲田文学』一九〇七・七)では、同じ主客同一でも抱月の理論に含まれる「無我」(自然に感応するためにまず作為的・能動的な「私」を消すこと)の「消極的」なフェーズに留まるよりも、その段階で一度近代の「分裂せる我」が生んだ「不完全な自然」を消去して、新たに生み出されるべき「生命」としての「全き我」(新自然)のほうにこそ焦点を置くべきだという、いわば積極的バージョンの「新自然主義」の推進が訴えられていた。語る者と語られる者との全き一体化を構造的に前提とするのが本来の「私小説」だとすれば、そのスタイルの肯定に向かう兆候は最初から並行してあったのである。また、白松南山「不思議力のみなもと」(『早稲田文学』一九〇八・八)なども同じく「積極派」を自認しており、よりストレートに感情移入による登場人物への完全な人格的同化を訴えている。

全我全人格の客観化上の生活といふのは、作者その人が、題材の事物事象そのものゝこゝろに成り切るの謂ひである、成り切つて其処に全我全人格を主張するの謂ひである。題材の人物事象そのものゝこゝろに成り切るの態度は、一派の美学者の所謂アィンフューレン乃至ミツトエルレーベンとして作者自身に経験せられ、成り切つて其処に全我全人格を主張するの態度は、人生の運命乃至価値を暗示する一種の不可思議の力として読者鑑賞者に経験せられる。

「アィンフューレン」(Einfühlung)のタームを使いながらも、ある特定の状況における一時的な美学的スタイルとしての感情移入にとどまらず、「ミツトエルレーベン」[36]という「実際経験」主義の言葉を並べて、「全我全人格」の同化による「人生」の価値の共有まで話が大きくなっている。こうなると、もはや（聞き手をリアルに想定しながら）全人格及び人生を晒す「私小説」の路線か、でなければ肥大化させた理想的自我の楽観的な肯定を掲げた「白樺派」の路線しか選択肢はないように見える（実際、「自家の人格を理想的に完成する工夫を以て無上最先の要務とする。人格と言ふに語弊があらば、生命である」と述べる文からは多分に武者小路的な香りがする）。哲学を好んだ抱月が議論の単純化を避け、否定的自我を基準に複雑な理論形成をしていったことはさほど理解されなかったのかもしれない。

だが確認しておきたいが、理屈を排する「私小説」的な世界を書いた作家たちが根から経験主義的だったということはない。田山花袋「蒲団」（一九〇七・九）や、一九〇八年に『新自然主義』で批評的成果を出版したうえで「僕」語りによる痴情話の定型のようなものを示した岩野泡鳴の「耽溺」（一九〇九・二）などは反知性的な方向に「私小説」が進む弾みを作った感があるが、元々両作家は先進的で理論的な評論家として鳴らしていた。哲学的な主張の複雑さというよりも、詩的語彙に覆われているために難解と見られた『神秘的半獣主義』（一九〇六）を早くに出版していた泡鳴などは相当に「頭脳」派を気取っており、「文界私議（六）」（『読売新聞』一九〇八・二・二三）のなかで、同時代の思想状況を指して「哲学研究者こそあれ、哲学者と称し得られるものは殆どなからう」と批判しながら、「そ

(36)「ミツトエルレーベン」は miterleben と思われるが、美学用語として定着したものなのか管見が及ばない。独和辞典による一般動詞としての意味は「共に体験する」である。独英辞典では、to be present at; to experience; to witness など。つまり、その場に居合わせて直接目にしたり経験したりすることを指す。

の主義、その創才、その実際的素養に於て、失礼ながら僕の著はした『半獣主義』までも行ける学者があろうとも思はれない」と言い切るまで、己の思考力に対する自負に満ち満ちていたのである。

したがって「私小説」は、日本が急ピッチで外来の知識を吸収し、近代国家の容貌をある程度整えてようやく一段落した安心期に至ったとき、日本の文学史を形作ってきた随筆的・非論理的な性格という土壌から、在来種が再び頭をもたげてきたものと割り切ることはできない。それは——少なくとも初動においては——世界的な見地において最新の文学を屹立するために理論的に選択されたものだった。

このことは泡鳴と花袋のどちらにも区別なく言えることである。確かに、花袋が自身の主張とした客観主義的な「平面描写」[37]に対して、その花袋の文章の中で「人生派」のレッテルを貼られた泡鳴が主観主義的な「一元描写」を主張して対抗したようにも見える。しかし以下に見るように、理論面の対立関係の実体はそれほど鋭いとはいえない。花袋の「描写」に対する見解が混乱を引き起こしがちなのは、二種の「主観」を同じ漢字で分けて使用しているところから来ている。

花袋が「描写論」（『早稲田文学』一九一一・四）において改めて強調したのは、小説言語における記述（description）と描写（その英語はpaintingとすべきという）を混同することへの注意だった。語りにおける記述的側面は、「作者」（私たちは「語り手」と言いたいところ）の主観であり、描写的側面は客観的な観察である。前者は「説明」的であり、作者の「理想」や「道徳」が反映されるレイヤーであり、後者は生き生きとした再現性を担い、それ以上の余計な情報を含まないレイヤーである。ここまでは物語論の基本の基本、ディエゲーシス（叙述）とミメーシス（模倣）の区別を言っているにすぎない。だがそれに加えて、作者の眼を通ってくる〈感覚〉という主観——現象としての〈世界〉——を捉えたま

まに表す、花袋の考える最も重要な三つ目のレイヤーがある。花袋は次のような例を挙げている。(38)

梅が咲いて居る。　↓　白く梅が見える。
かれは雨戸を閉めた。　↓　雨戸を閉める音が聞えた。
波の音がした。　↓　波の音が聞えた。

上側がすべて新聞記事などに見られる退屈な「記述」の例、下側が「描写」的に書き換えた文である。花袋は気付いているのかいないのか、違いのポイントは一目瞭然で、「見える」「聞える」という知覚動詞が加えられたことである。そして、その「知覚」の主観的主体（＝「作者」）の存在感が文の背後に姿を現す点である。このように「作者」の感覚を通過して――そしてできればその「感覚」の細部に分け入ってはじめて――文は「描写」となる。花袋はこのレイヤーを絵画の印象派になぞらえて「作者の主観全部が具象的になつて入つて来る感じ」とも述べているが、これは抱月の「純客観」とほぼ同じ次元の概念にみえる。(39)「描写」されるべき内容は、「現象を現象として見る気分」（傍点引用者）で満た

(37) 一九〇八年頃から花袋によって主張された「平面描写」の（明治日本の文学空間における）言説論的位置づけに関しては、藤森清「平面の精神史――花袋「平面描写」をめぐって」（『日本文学』第四二巻一一号、一九九三）を参照。
(38)『定本花袋全集』第一五巻、初版一九三七／復刻版一九九四、臨川書店、一一八～一一九頁。
(39) なお、すぐ後に論じる抱月の連載論文「審美的意識の性質を論ず」の第二回（「審美的意識の性質を論ず

された世界なのである。このように感覚や印象という個人的な心的受容（「作者の主観全部」）を重視しながら、それでいて登場人物への「同情」は極力否定した〈客観的な冷酷さ〉を作者の芸術的態度として奨励する。したがって、それは主客同一論の一種でありながら、全体の論調を客観描写（傍観的態度）が覆っているため、泡鳴の主張に並べると「客観主義的」な主張のイメージを残すことになる。だが、これを一般的に理解されるような浅い意味での「客観描写」と単純に名指すわけにもいかない。書き方の種類は「記述」と「描写」しかないのに、描かれるべき「世界」の層は、主観、客観、そして純客観（＝感覚／気分）の三種あるために生じる理論的説明の混乱。主張の力点は多少違っても、この捻れをなんとか捉えようと奮闘したことは、泡鳴も、そして抱月も変わらない。

同時期には、その捻れを一言で解消する「生の哲学」だとか「生命」の全一的な把握だとかいう思想が流行する。しかし、そのように思想的流行を単一の概念で理解して済まないのが、小説の構造的複雑さに創作者として関わる者に課せられた困難だった。阿部次郎や和辻哲郎、そして若い時期に数年間だけ創作家を志すもぱたりと止めてしまった抱月のような根が理論家の文章と比べて、実感を元手に議論する花袋や泡鳴に独特の理論的な歯切れの悪さがあるのはやむを得ないのである。(40) いずれにしても「私小説」は、この「作者」（語り手）による「主観全部が具象的になつて入つてくる感じ」を最も直接的に描くために、十分な理論的葛藤の末に見出された答えの一つだったことを忘れるべきではないだろう。

ちなみに本節の最初の方で軽く触れたように、深田康算は〈他者〉が抱いている「実際感情」そのものと自己の感じるものとが同一化（融合）することはありえないこと、つまり主客同一化という安易な感情移入美学の前提となる原理そのものの成立を否定し、これを論破している。〈我〉が同一化してい

（二、同情、三、審美の意識、附悲哀の快感）」『早稲田文学』一八九四・一〇・一〇）において、「純客観」の言葉はショーペンハウアーの説を引用しながら詳細に説明されている（「ピュア、オブゼクチ井チー」とルビまで振られている）。その概念単独の意味内容は「新自然主義」の時期のそれと大差ない。「純客観」は対象に対して「我れ」が完全に「所動的」（＝受動的）である同化状態を表すもので、明瞭に「能動的、主観的」の反意語とされている。しかし、例えば田山花袋「主観客観の弁」（『太平洋』一九〇一・九・九）をみてみると、「私が自然を基礎に置きながら、猶柳浪氏や、天外氏の様に、只々見たものを十分に描きさへすれば好い、作者の考へなどは爪の垢ほども混ぜてはいけぬといふ純客観的小説に謳歌しない訳で、従つて私は作者の主観が大自然の主観と一致する境までに進歩して居らなければ、到底傑作は覚束ないと信ずるのである」（『定本花袋全集』第二六巻、臨川書店、一九九五、五六六〜五六七頁）と書かれるように、極めて単純な客体視としての「純客観」の意味で使われている。ここで花袋はそれを主客同一の美学と対比している点からも、抱月的な（主客同一のニュアンスをもつ）「純客観」はしばらく文学界では一般的ではなかったことがわかる。正岡子規が「明治二十九年の俳句界（第三回）」（新聞『日本』一八九七・一・四）で河東碧梧桐の「印象明瞭」な句を賞賛する際に使用していた「純客観」（「印象をして明瞭ならしめんとせば其詠ずる事物は純客観にして且つ客観中小景を撰ばざるべからず」）は微妙なところだろう。抱月の「新自然主義」関連の評論が流布した後は、花袋の評論に「純客観」の言葉はあまりみかけないようだが、抱月的な定義に配慮した結果かもしれない。

(40) 深田康算も、リップスやフォルケルトに由来する「感情移入美学」は、究極的には「恰も生命は之を分析する事に依りては理解されぬと云ふものと同じ」という考えに基づくために、ある種の神秘主義に流れる傾向があり、その基本的性格が還元主義的な非分析的思考（総合的思考）であること、またそれゆえの安易な流行を批判している（「感情移入美学に就て」『芸文』一九一一・三）。

ると思っている「写象」としての〈他者〉の感情は、あくまで「観念として再現せられたる感情」（第二次的現象）を越えるものではありえない。ただし、例外的に「彼我同一」、すなわち「主客両観の分裂せぬ以前の大同的状態」があるとしたら、それは「彼と我とが同一人若くは同一物であると云ふ断定に基く」と述べており、「私」が最も知悉している「私」の本性を語る「私小説」がどのような理論的な課題から現れ出たのかを、はからずも説明していることを付記しておきたい。

ただ、そのような積極的な選択が、やがて〈伝統〉という安心や思考の怠惰に飲み込まれ、在来の厭世的文学に同化しているように見えることを防いでくれる保証はなかった。大正期に「私小説」化した自然主義陣営は、その後文学を停滞させるものとして、仮想敵のような役割も負うことになった。したがって「私小説演技説」としての戦後の新「私小説」論の意義は、半世紀前の新「自然主義」論が挫折した理論的発展の可能性を、再び掘り起こして見せた点にもあるわけだ。事実、花袋はたった今引用した「描写論」の中で、描写の冷淡さを信条として苦しんだフローベールを擁護して言っている――「『芸術あつてのライフではない、ライフあつての芸術である』これはフロオベルの向う側に立つた少（ママ）チユマなども言つて居る。しかしそれは普通の心であつて、フロオベルのやうな芸術観に到達しなければ本当のライフを再現させることが出来ないのではあるまいか」[41]。つまり「演技説」で焦点となった、作家の生活と芸術の転倒とジレンマを問題として取り上げ、芸術派を支持している。花袋の言い方はまだ芸術表現に対する取り組み方一般の美学的態度の話で、「私」自身を再帰的に分裂させる「演技説」のような捻れ（倫理的態度）にまで突き詰めた問題ではないが、その原型を示してはいたのである。

四　「非人情」という感情移入

ところで、この抱月の（ひいては empathy という概念の）複雑さを敷衍し、加えてこの理論が登場してきた時期的な必然性を「日本近代文学」の大枠に照らして教えてくれるような議論をしていたのが、やはりというべきか、漱石である。漱石が『草枕』（一九〇六・九）の主人公の画工（洋画家）に散々語らせていたのは「非人情」の美学だった。対象を「詩味」をもって芸術的に享受する際に、その対象との実利的・実生活的な関係に基づくような深いコミットをしてはならない。人間臭さを醸してはならない。温泉宿で知り合った那美を絵に描こうとして何かしらの欠如を感じていた画工は、最後、停車場で那美が元夫を見送る瞬間に浮かべた表情を捉える。

那美さんは茫然として、行く汽車を見送る。其茫然のうちには不思議にも今迄かつて見た事のない「憐れ」が一面に浮いてゐる。

「それだ！　それだ！　それが出れば画《ゑ》になりますよ」

と余は那美さんの肩を叩きながら小声に云つた。余が胸中の画面は此咄嗟《とつさ》の際に成就したのである。(42)

（41）『定本花袋全集』第一五巻〔前掲〕、一四一頁。

（42）『漱石全集』第三巻、岩波書店、一九九四、一七一頁。以下『漱石全集』（一九九三～一九九七刊）は巻号及び頁数のみ記す。

那美が元夫に対して起こした感情は通常の同情的な憐れみだったかもしれない。しかし、更にそれを横から捉えた余の「画になる」という「非人情」的な視線は、empathyの一種（古語的な「あはれ」）であり、抱月が捉えようとした「感情移入美学」に近い、いわば生の流れの刹那的な捕獲としての——写真的といってもいい——「美」なのである。カント的な対象への「無関与（無関心）」による美学化（非政治化）の手続きにも似るが、直接的に「生」そのものの運動（時間性）を捉えようとしている点で一段異なっている。実は、「純客観」という言葉自体、この『草枕』前半で画工による「非人情」の説明の中で一度使われている。(43) したがって、同時代に広がった「純客観」の理論的態度が、漱石にも内々流れ込んでいたはずの「近代日本」の無意識としての「演劇的想像力」を抑圧していたという理解の構図を取ると、新しい「近代文学的想像力」に内在していたもう一つの——演劇人であった抱月が重要視した——「演劇的想像力」の可能性が見えづらくなってしまう。両者は必ずしも敵対しないのだ。

ところで漱石には、より理論的な負荷の高い文章において「純客観」の言葉の使用例がある。『文学論』（一九〇七・五）の第一編第三章「文学的内容の分類及び其価値的等級」で使われたそれは、やはり抱月的な「純客観」の意味に相当近いことが読み取れる。(44)『文学論』の前半三分の二は、漱石が一九〇三年九月から一九〇五年六月まで東京帝国大学で行った講義原稿を元にしたもので、当該箇所も当てはまる（無論その後に手を入れた際に修正・加筆した可能性もある）。いずれにしても、抱月が漱石の用語法を参考にしたのかその逆か、あるいは時代の通用語だったのか、調査は及んでないが、その必要もないだろう。ただ、漱石の文学観（の一部）をempathyの問題圏に位置づけようとするとき、この使用例の文脈はそれなりに大きな意味をもってくる。少々の回り道になるが、先に「ホトトギス」派から「自然主義」陣営まで広く基本的な文章法として奨励され、小説を書く技法としても隆盛期を迎えつつあった「写生文」（自然主義系の文芸誌『文章世界』で特集「写生と写生文」が組まれたのは、やや遅れて一九〇七年三月一五日号）に対して、漱石が独自性を主張した「写生文」論の要点を押さえておきたい。

漱石が新聞記事として記したエッセイ「写生文」（一九〇七・一）で見落とされがちなのは、「余《よ》の尤《もつと》も要点だと考へるにも関らず誰《たれ》も説《と》き及《およ》んだ事のないのは作者の心的状態である。」[45]と述べている点、そして俳句の写生が描写対象を問わなかったこと（基本は山川などの自然）に対して、小説の「写生」は必ず「人事」を対象とし、「作者」（語り手）と登場人物（他者）の関係を中心としている点である。つまり、「感情移入」が問題になっている点である。そして写生文の特徴を「大人《たいじん》が小供《こども》を視るの態度」

（43）前田愛は「世紀末と桃源郷――『草枕』をめぐって」（『群像 日本の作家1 夏目漱石』小学館、一九九一）で、この「純客観」は画工の表現法の惑いのなかで退けられ、そのような自己滅却の美学に見切りをつけ、内面世界の「魂」への囚われ（「自分自身の魂に帰ること」＝距離の無化）を肯定する美学を体得していく教養小説として『草枕』を読んでいるが、本論は意見を異にする。そのように解釈すると、以下で論じるように、三ヶ月程度後に書かれたエッセイ「写生文」において再び「距離」が称揚される理由が解せなくなるのではないか。

（44）ところが新聞文芸欄の記事「客観描写と印象描写」（『東京朝日新聞』一九一〇・二・一初出、『漱石全集』第一六巻）において、「純客観」の語は初期の花袋と同じような俗流の意味合いに転んでいるように見えるので、（本当に漱石が執筆したのかどうかも含めて）安定しない概念だったことが窺われる。

（45）『漱石全集』第一六巻、四九頁。

と比喩をもって説明し、「解剖すれば遂《つひ》にこゝに帰着して仕舞ふ」とまで言い切るのだ。子供が泣くからといってそれを描写する大人（語り手）が一緒に泣いては切りがない。またその場合は読者も一緒に泣かなければ感情の伝達は失敗になる。「泣く」という人事の面白さを引き出すために距離を置き、慈悲のある同情（と滑稽味）でもって接するのが写生の態度である。ここだけだと、先に述べた（観察者による）「無関与」をいう古典的な美学を人間関係の話に転用しただけの論理か、あるいは抱月が批判の対象とした（漱石には馴染みのはずのビクトリア朝時代の文学的）「同情《シンパシー》」の美学と同じことを言っているように聞こえる。だが、この「俳句から脱化《だつくわ》して来たもの」は決して「輸入品」ではなく、「西洋の傑作として世にうたはるゝもののうちに此《この》態度で文《ぶん》をやつたものは見当らぬ」とまでいう強い自負はどこから来るのか[46]。

注意を促したいのは、この比喩を選んだことの意味である。事実としてはともかく、子供は基本的には「演技」しない（と見なされやすい）存在である。述べてきたように、漱石はラファエル前派などから来る中世的モチーフを介した「宿命の女」のイメージは好んでいた様子があるが、それが社会現実的な「新しい女」の要素と合成して、あるいは単に非神話的な現実存在として肉付けされた場合の必然として「演技する存在」の姿を顕わすとき、これを基本的には脅威の対象とした。

例えば『虞美人草』（一九〇七）における「宿命の女」的存在の藤尾を、漱石が結末で「殺した」のは、彼女が「宿命の女」的な女性像そのものではなく、それを意識的に演じるタイプの現実の女だったからである（小野が藤尾に惹かれるのは、「詩」の女たろうとする藤尾に「宿命的」なものを感じたからではなく、主に藤尾の「家」と財産に惹かれたからである）。そもそも「策略」を弄する藤尾は作中で繰り返し「我《が》の女」と表現されている。自己主張をする「新しい女」において「自我」の強さは不可欠の項目だが、『マノン・レスコー』（一七三一）から『カルメン』（一八四五）、そして西欧世紀末にサロメを中心に花開いた「宿命の女」のイメージの大半は、「誘惑」の暴力性を天然に発揮する存在である（「自我」を欠くとまでは言わないが、媚態が「演技」であることの自覚を欠く存在である）。漱石が嫌悪したのは、藤尾＝クレオパトラではなく、クレオパトラになりたい驕りの部分（「我《プライド》」の高さ）である。もちろん、それもジェンダー的偏見の問題に結びついてはいるが、〈女＝演技者〉という原理的な認識ではなく、その社会構築性を見透かしていたという点は考慮するべきだろう。なお『虞美人草』は、「人情」（＝「同情」の倫理）に生きるべき小野（文学者）が、「詩」的ロマンスを表面的に求める藤尾にあわせて、なまじ「詩人」であろうとするために、恩師への義理に反して文字どおりの「不人情」の道を進んでしまうことを批判する内容になっている。元来、小野は自分が出し抜かざるをえない相手に対して「気の毒」の感情を頻繁に持つ人間である。「想像力」を微塵も持ち合わせないために、他者への同情が根本的に欠如している人物として戯画的に描かれる浅井とは違って、資質としては「同情」の人間である。反面、藤尾は同情もしないが、同情されることも嫌う、同情を解しない女である。その性質が意志的な「演技」と相まって彼女を詩的境地の「非人情」に寄せて見せるため、小野を道に

(46) 少し前のエッセイ「余が『草枕』」（『文章世界』一九〇六・一一・一五）でも、『草枕』を「俳句的小説」と自己規定して、「文学界に新らしい境域を拓く」ものであり、「この種の小説は未だ西洋にもない」とする自負がすでに吐露されている（『漱石全集』第二五巻、二一一～二一二頁）。

迷わせるというのが基本構図である。行きすぎれば「詩」の追求も大いにリスクを孕んでいること、つまりはおよそ一年前に書かれた『草枕』的な「非人情」の負の面を描いたという意味で、バランスを取ったテクストとして位置づけられる。

文章法の話に戻れば、漱石の写生文論には俳句という国産の技法によって泰西の文化的な脅威を解除する力が与えられていた。文字通り子供を描写するのが写生文ではなく、子供のような存在として、「技巧」の目立つ「演技」の「嫌味」を浄化する視線が写生文なのである（子規が写生句から「嫌味」を除くことを求めたのは最終的に詠み手の側の問題だが、それは句の対象が人物であるケースのほうが稀だからで、この主客の理論的な反転にジャンルの差をみた漱石の独自性が表われている）。だがそれを抑圧と同一視するのも違う。技巧的演技の解除とは、抱月の言葉を借りるなら「美的情緒」の抽出の条件なのだ。漱石は、写生にも「無論同情がある。同情はあるけれども駄菓子《だぐわし》を落した小供《こども》と共に大声《たいせい》を揚《あ》げて泣く様な同情は持たぬ」と述べており、一見最初の「同情」が sympathy、最後のそれが empathy のように聞こえるのだが、抱月のいう「対象の客観化」という美的情緒における「距離」の必要を考えれば、逆と言えるのだ。(47)

ところで、エッセイ「写生文」の発表のほんの一、二ヶ月前に発表された「文章一口話」（『ホトトギス』一九〇六・一一・一）は、「絵画に impressionist（印象派）といふのがある」との一文で始められて、漱石は、その技法の要諦を次のように解き明かしている。

〔……〕イムプレッツシヨニストの特色は、如何なる色を出すにも間色を用ゐぬと云ふ事に帰着する。

彼等の考ふる所によれば、凡ての色は主色の重なつたもので混つたものではない、と云ふ立脚地から出立する。従て近寄つては何だか分らぬが立離れて一定の距離から見ると自然の色彩を感じ得る様にかきこなす。〔……〕単純なる主色（pure tone）を一色一色にぢかに塗抹して其集まつたものを一定の距離から見ると、眼の作用で其れが其写すべき実在の色彩に接したと同似の感を起すやうにするのである。(48)

(47)この点に関して、蓮實重彦の『草枕』解釈（註43の前田愛の論文にも重要な論として引用されている）は、アプローチこそ異なれども、実に的確に画工によるエンパシー的な心的働きを見抜いている。漱石の「横臥」の姿勢（漱石的午睡者）を重要視する蓮實は、「余」（あるいは漱石自身）が潜在的に抱いている欲望の先導的実演者（自分自身のモデル）として「女」の存在を読んでいる。「あなたが仰向けに横たわって午睡をむさぼっているとき、その風流な土左衛門のような表情を眺めえたのは、この私なのです。だから、全身の力をそっとぬいて動きをとめ、仰向けに横たわったあなた自身をまずおかきなさい。女は、画工にそう語りかけているのだ。この言葉によって、那美さんは、「余」を〔……〕世界の方へ、他者の方へ、言葉の方へ、そして煎じつめれば自分自身の生命の方へ進んで行けと、導いている〔……〕。「作品」は外側からはやってこない。「自然」そのものとしての生命の中にかたちづくられるのだ。つまり、『草枕』の女は、「余」が真に画工たりうる全的な条件を、漱石的「自然」の姿勢を模倣しつつ「余」の前で演じてみせようとしている」（『夏目漱石論』青土社、一九八七、四三頁）。この解釈が、対象との心的同化をいうエンパシーの美学に極めて近いことは明らかだろう。

(48)『漱石全集』第二五巻、一九七頁。

漱石は、こうしたフランス絵画の印象派の特徴から技術偏重への傾向を読み取って、それを「写生文家」の現在の傾向、すなわちcomposition（結構）やidea（思想）の軽視と同一視しており、彼らの書くものの「物足らな」さを批判している。事実そのものを描き取る努力に精を出して「attractive」な力を失うのは本末転倒である。描写は、「宛《あたか》も一定時の一定事物に接したかの感じを与へ得ればよい」（傍点引用者）のだ。現実的であることは良いと言っても、「芸術的にリヤル」でなければならない。

現在の写生文家は、表面的な技巧にのみ拘泥して「芸術のための芸術」を自認する悪しき「イムプレツシヨニスト」と同類である。だが漱石は技巧面で印象派になぞらえた「写生文」の可能性自体を棄却するわけではない。写生文は「幼稚どころか却て進歩発達したもの」であり、「寧ろ発達し過ぎて其弊に陥つた者」である。すぐ後のエッセイ「写生文」で改めて説かれたのは、その弊を逃れるような小説言語としての在り方であり、そのために導入された理論的要素が「作者の心的状態」だった（その課題を踏まえて「写生文」にわざわざ「主観的」の修飾を付して「主観的写生文」を唱え、一九〇七年四月発表の「風流懺法」等の写生文的小説の実作を展開していったのが高浜虚子という流れになる）。

引用した漱石による印象派の説明は単純に技術的なもので、それ自体に良いも悪いもない。そこから抽出された対象との「一定の距離」の必要が、「作者の心的状態」を踏まえた理想の「写生文」の説明に転用されたことが重要なのである。また、漱石は同時に発表された「自然を写す文章」（『新声』一九〇六・一一・一）においても、印象派の「精細」に過ぎないがために「余韻」と「連想」を引き出すのに優れた「なすつたやうな」描写の面白味を述べており、やはり対象の美学的享受には「距離」の介在が必要であることを示唆している。それは小説の技法に言い換えるなら、「世相を一フエノメナとして見る」[49]という心的態度に他ならなかった。この文脈で「フエノメナ〔現象〕」の語が使われたのは、本書の狙いに照らして小さな話ではないだろう。

抱月の理論との比較においてもう一点注目したいのは、漱石の比喩は抱月が「行倒れ」を例にしていたのと同じく他者の「痛み」の共有を扱っている点である。「泣く」ほどの情動を「美」的なものへ変換することが問題になっている。画工の前で感情移入を誘う「自然」の姿勢をモデルとして演技するという、自家撞着の振る舞いに留まる限り、那美の姿は画工の絵をぎりぎり成就させることができない。だが束の間、意識的な統御を離れて「茫然」としたとき、脇から眺めていた「余」は、その隙のある表情に「痛み」を見つけて官能の「憐れ」を引き出す。これは風景に美を発見するといった一八世紀以前の美学の問題とは焦点が大きくずれている。一般にsympathyの定義に強く含まれる「距離」の感覚を重要視していながら、なお、それを漱石はempatheticな美的感覚として見ている。その理解は、抱月や花袋の感情移入論においても原理的に抱えられていた理論的なあやうさを思えば、自然に導出される結論なのである。

いま一度、抱月が感情移入論の新しさをどこに置いていたのかを確認しておこう。抱月による古典的美学に対する評価は、さきほど引用した論文「自然主義の価値」の四ヶ月後に発表の「芸術と実生活の界に横たはる一線」（『早稲田文学』一九〇八・九）で敷衍されている。抱月はまず感情移入を語る際に、カントに由来する「無関心、無利害の思想」の美学の伝統的フレーズはしばしば批判の対象とされてき

（49）「漱石氏の写生文論」『国民新聞』一九〇七・一・一二、『漱石全集』第二五巻、二一三頁。

た事実があるけれども、「実生活」的な対象を「芸術」に変換するためには欠かすことのできない一次的な手続きであることを強調する。ただし、このような「無関心」という「消極的」な段階は多くの場合、続いて「他的同情」を伴うゆえに意義がある。「自己の利害」という直接性を離れてはじめて「観念中の〔自己以外の〕主格」、すなわち自我の「世界」に入り込んでくる〈他者〉の「利害感情」への移入が発動するのである。最初の「無関心」による認識の初期化がなければ、この「移入」が〈他者〉との感情的な同一化を目指すほどに強力なものとはならない。したがって、芸術は常に「自己を第三者化する所に発出の罅隙《き》を求めるもの」であり、簡潔にいえば表象の対象を「一寸離して眺める」(傍点引用者)態度が欠かせないのだ。「作中の感情は如何に逼迫してもよい」が、この「一寸」の「距離が無ければ、悲しいものはたゞ泣」き、「怒るものは直ちに怒鳴る」ことに陥って「佳い文芸は出来ない」のである。この箇所だけ読めば、「写生文」を説明する漱石の声が聞こえてこないだろうか。

さらに別の例を補助線として議論に加えてみよう。漱石自身の過去の思考パターンを導きの糸にしたい。漱石は先に言及した「英国詩人の天地山川に対する観念」(一八九三)と題された評論の最後、イギリスの「自然主義」[50]の完成者をワーズワースと結論するとき、比較の対象としてロバート・バーンズの自然観をあげ、次のように述べていた。

元来「バーンス」の自然に対する感じは、〔……〕単に情の一字に帰着すれど、「ウォーヅウォース」の方は、〔……〕智の作用に基づくが如し。「バーンス」の如く、山川を遇して己と対等なるに至れば、自然主義も其にて頂上になるが如くに思はるれど、「ウォーヅウォース」は竿頭《かんとう》更に一歩を進めて、万化と冥合し自他皆一気より来る者と信じたり。是即ち平素の冥思遐捜《めいしかそう》より来りたる者にて、寂然として天地を観察せるの結果に外ならず。情より来る者は「バーンス」の上に出でがたく、智より悟入する者は「ウォーヅウォース」より進むべからず。(51)〔傍点引用者〕

漱石は、両者ともに「自然主義の尤も発達せるもの」として「自然を活動せしめる」ことを本意とする「活動法（spiritualization）」を行うものとして認めるが、その仕方は、バーンズが「感情的直覚」によるのに対し、ワーズワースは「哲理的直覚」によるとして分離する。バーンズは「外界の死物を個々別々に活動せしめ」るが、ワーズワースは「凡百の死物と活物を貫くに無形の霊気を以てす」るのだ。もちろん漱石は「竿頭更に一歩を進めて」という言い方からわかるように、ワーズワースの「活物法」こそ「自然主義」の「極」と考えている。

このロジックに写生文の理論を当てはめると、『草枕』で画工が繰り返し唱えていた「非人情」はバーンズ的な「情」によって自然を活動させる態度の否定に相応し、「写生」のエッセンスを「智より悟入する」種類の（感情）移入と考えていたことになる。「悟入」は仏教（禅宗）語である。漱石が「写生」の精神を「俳句から脱化してきたもの」といい、その俳句は禅宗に由来するとしたことは、以上の

(50) 漱石がイギリスのロマン派を「自然主義」と括ったことの重要性に関しては、第三章の註32及び該当箇所の本文も参照してほしい。

(51) 『漱石全集』第一三巻、五四頁。

推論を補強するだろう。漱石は、ワーズワースが描写対象との同一化を志向していないどころか、むしろ徹底的な実践者と考えている。おそらくワーズワース自身の創作論が、「自然」を捉えるためには無技巧・無装飾を徹底してそれに同化する必要をいう、〈心的自然主義〉の推進者であったことにも関わるのだろう。しかし漱石は同情《シンパシー》に頼ることは拒絶している。それを「人事」に適用した場合の「智」的（非人情的）な感情移入——ほとんど語義矛盾である——が漱石流のempathyだったのではないか。

そして、保留していた漱石の『文学論』中の「純客観」の使用例に戻るのだが、この言葉はまさにバーンズとワーズワースの差についての約十年前の議論を再び持ち出した箇所で表れる。主旨は基本的には変わっていない。だが、意外にもワーズワースを優位に置く傾向が消されているのが注意点である。漱石は、まず文学的内容となるもの四種（感覚、人事、超自然、知識）を分類した後、第一の「感覚」を材料とする場合の例を示すのに、バーンズとワーズワースに言及する。

> 今第一種の感覚的材料をとり之を検するに、それに具体的特長あるの故を以て此種のものが吾人の情緒を呼び起すこと特に強大なるを認むべし。凡そ同一の物体を純客観、及び内顧的主観の両方面より描出する時、その何れが情緒の度合に於て勝れるかは明かなる事実なるべく、かのBurnsの詩歌を誦するものは其詩句の焼くが如き鋭さを感ずべきも、翻つてWordsworthが此自然界に一種の抽象的霊体を捕へんとするを見ては、如何に其言語の情的なるにもせよ其感興頗《すこぶ》る鈍なるを免れざるべし。一つは直接にして、その読者の情緒を喚起するは恰《あたか》も電光石火の如く、或は響の声に応ずるに似たり。而して他を味ふには、先づ読者が詩人と共に思索の状態に入り、而して瞑想の結果

始めて趣味を感ずるものなりとす、故に手ぬるくして直下《じきげ》ならず。(52)〔傍点引用者〕

つまり、バーンズは「純客観」の描法であるために、直接的（「直下」）な情緒の喚起を可能とするが、ワーズワースは「瞑想」の距離を経るために、その情緒の喚起は「鈍」である。ここで使われている「純客観」は、一八九四年の美学論文「審美的意識の性質を論ず」において、最初期の抱月が集中的に「純客観」について論じたときの概念とほとんど同じである。この物言いだと、漱石は十年前の講演からは一転して、「直接性」や「生命」を強調する感情移入論の趨勢に則ってバーンズに軍配をあげ直したようにも見えるのだが、議論の文脈に合わせた調整の幅に収まる話でもある。エッセイ「写生文」の内容に仏教の比喩が使われる点からすれば、その当時（一九〇六年末〜一九〇七年初頭頃）、やはり基本はワーズワース的な瞑想によって「抽象的霊体」を捕らえる描法のほうに信を置いていたはずである。

結論めいたことを言うなら、漱石が提唱した「写生文」を解釈する上での避けがたい意味の揺れこそが、新しい感情移入美学を探る当時の文学界の揺れの体現だったということだ。sympathy と違って empathy は現在でも諸家の意見を異にする安定しない概念である。漱石は従来の「同情」論とは異なる新しい感情移入の美学を探っていく中で、彼一流の empathy の文芸論を欧米主流とは異なるオリジナルな形に結実させていったのだと考えるべきだろう。花袋の「平面描写」も、泡鳴の「一元描写」も、そ

（52）『漱石全集』第一四巻、一〇六〜一〇七頁。

れぞれに個性的なempathy美学の多様な結果なのである。

五　empathetic な美学の胎動

さてここで注意したいのは、一八九〇年代前半の漱石の「英国詩人」論や抱月の美学論にすでに問題意識の原型が現れていたように、創作における「感情移入」美学の実践的な現れも、一九〇七年頃の「新自然主義」やその周辺の動向を待たずして相当に遡れる可能性があるという事実である。一九世紀末にそれが始動していたことの証拠として、柄谷行人が『日本近代文学の起源』(一九八〇)の第一章で取り扱った国木田独歩の「忘れえぬ人々」(『国民之友』一八九八・四)を象徴的なテクストとして論じてみたい。

柄谷は、これを近代的な認識空間(主観と客観/内面と外面の分割)の「起源」――それは認識論的な「転倒」によって確立した新しい世界の自明性において瞬く間に忘却されていくのだが――を体現するテクストとして扱い、その論題を「風景の発見」とした。しかし、ごく基本的な点に注意を促したいが、題名を見ればわかる通り、この小説の主題の中心は客観的な風景ではなく「自然」の只中にいて「自然」と同化および対比された「人々」の方である。つまり、漱石がワーズワースらイギリス詩人に対して施した「自然」に対する感情移入美学的な問いの焦点を、そのまま「人」に移していくプロセスを示しているのだ。逆に言えば、この後の独歩の小説がより普通のリアリズム小説の体裁に向かい、更には社会主義的な読解さえ可能な社会派的テクストを書くとしても、そこで描かれる「人」は究極的には美学的対象として見られているということである。「忘れえぬ人々」の照準は「自然」の客体化（「風景」化）ではなく、「自然」に感応する主客同一的美学を「人事」化することにある。少なくとも、本テクストから「風景の発見」が読み取れるとしても、それを足がかりとして同時に遂行が目論まれた「風景の解体」にこそ、主題的な焦点が置かれている。

だがこれまでの一九〇〇年代に花開いた「新自然主義」におけるempathyの議論の図式を、一九世紀末に遡って適用するのは若干説得力を欠くかもしれない。そこで一八九四年に連載された抱月の美学論文を先にまとめ、それを基準に「忘れえぬ人々」を論じることにしたい。この論文は美学研究であり、新しい「自然主義」に関わる文学論の要素は含んでいない。また、いくつかの鍵語が後年の抱月の評論では消えるなど、二〇世紀初頭の理論に照らして古びた概念もある。だがこと「感情移入」の問題に関しては、大枠の考え方はそんなに変わっていない。リップスやフォルケルトは参照されておらず、言及されるのはショーペンハウアー、ハルトマン、ヒューム、シラーなど少し時代がかった思想家たちだが、感情移入という美学的関心の置きどころと理論の骨格はきちんと出来上がっているのだ。これは最終的に「新自然主義」として結実する彼の思想が、トランスナショナルな動向とのいかにも近代的な共鳴作用によって、日本の美学者の立場における思想的課題として見出され、独自に練りあげられたものであることを示している。

抱月の一八九四年発表の連載論文は、同年夏に卒業した東京専門学校（現早稲田大学）文学科に提出した卒業論文を元にするとのことだが、細かくタイトルを割れば、「「新奇」の快感と美の快感との関係」（『早稲田文学』一八九四・九・二五）を皮切りに、「審美的意識の性質を論ず（二、同情、三、審美の意識、附悲哀の快感）」（同誌一〇・一〇）、「審美的意識の性質を論ず（三、審美の意識、附悲哀の快感）」（同誌一一・一〇）、「審美的意識の性質を論ず（四、理想、五、仮と実と、等）」（同誌一二・一〇）、「審美的意識の性質を論ず（五、実と仮と、現象と実在と、形と想と、自然美と芸術美と、写実的と理想的と、完結）」（同誌一二・二五）となっている。当時の『早稲田文学』は月二回発行のため毎号連続ではないが、三ヶ月間に全五回の掲載である（以下、本文中で改めて論文に言及するときは、まとめて「審美的意識の性質を論ず」とだけ記す）。一回目と二回目で総題が変わっているので、連載形式によって全文の公開を意識したのは二回目からだと推測するが、その最初が「同情」論、次いで、なぜ芸術としての悲劇に「同情」することが快楽なのかを問う「悲哀」論へと続く流れから、抱月の議論の中心は広義の「感情移入」美学にあったことがわかる――「審美の要訣は同情にあり」なのだ。

　まず「同情」は、「同悲の情」と「憐憫の情」に分けられ、それぞれ「真同情」と「準同情」（あるいは「反応的同情」）と呼び変えられる。つまり先ほどからの議論と同じく、前者が主客同一的なempathyの意味で、後者がsympathyに相当するという点、また前者（「我他同体して情を同じくする」）は美学的領域に属し、後者は道徳界に属する感情であるという点も同じである。さらに両者の「情」の差としては、前者の主客同体性は「知覚《ペルセプシオン》」に根を持つゆえに「具体的、直覚的」であり、後者においては我他を区別する概念に根ざして他者の感情を理解するステップを踏むために「抽象的、知識的」である。このとき対象に対峙する自己を「差別我」と呼び、知覚的に他と合一する自己のほうは「平等我」と呼ぶ。

　他者への「同情」（ここからは全てempatheticな移入の意）はなぜ起こるのか。意志の発動を抑え、知の働きを「知覚」のレベルに「停留」させることで「対境の活動に含まるゝ同情点漸く著れて、我れの活動と合致」する。そのとき「世界」は単なる「知覚図」となる（思い出すべきは、一七年近くの時差がある田山花袋「描写論」において「記述」を「描写」に書き換えるために使われていた動詞が「知覚動詞」だったことである。花袋にとって「描写」の核心はまさに「世界」を「知覚図」として捉える態度にあった）[53]。すなわち意志を離れ、「知を客観の代表とし」、「主観は情の姿をもて客観を迎ふ」れば、「我」は「所動的〔受動的〕」にして「純客観的」な「無私」となる。「能動的・主観的」要素をもたない状態となる。そして、このとき感情移入の的となる「同情点」とは「物の物たる精髄」にして「平等即差別的存在の理想」の核である。「理想」は「最高理性」とも言い直されるが、それが「円満に現ずるときは、差別の益々差別なると同時に平等は益々平等の実を明にす」る。

真の同情を成就し、我他の衝突、跡を絶つに至れば、平等我はそが本来の目的を達し得て、無限

（53）例えば、日露戦争期の従軍記者体験を生かして書かれた「一兵卒」（『早稲田文学』一九〇八・一）において、戦争という極限状態に置かれた不遇の人物を「描写」する仕方はまさに語り手による「同情」の態度によるが、それは独歩の日清戦争期の文章とは違う。徹底的に対象を突き放す（距離化する）ことによる「憐れみ」なき感性（＝美学）的な「同情」であって、倫理的な要素をほとんど欠いている。この小説は三人称だが、主客同一の地平を用意する「知覚図」において、主（語り手）は客（一兵卒）に移入し、一兵卒にとっての客体（風景）を同じように感じるという描写になっている。

の満足を表す。されどこれのみにては、未だ意識に上るを得ず〔中略〕平等我の満足は、更に反射して差別我を照し、差別我の快楽の情となりて意識に入る。同情の底に潜める一種の浄楽は即ち是れなり。

つまり完全に主客の同一が達せられ、世界の平滑化が起こると実質的に自我が無に帰るため、それを快楽として享受する契機を失う。したがって差別我を完全には払拭せずに、真の同情が成就したことを照らし出す物差しとして働かせることで、絶対平等の達成を自我の満足として意識に上げることができる。なお当然ながら客体との「調和同情」が深ければ深いほど、それはより大きな審美的体験となるのだが、そのとき観察者の心的状態は、よく言えば「寂然観照」、悪く言えば「酷薄無情」に近づく。「調和同情」にして「酷薄無情」、この両義性こそ「新自然主義」の時代に下って類似の議論が反復されたときに、矛盾や混乱として聞こえてくるロジックの淵源である。親近者に対して人はどうしても「道徳」（義理人情）に駆られて助けの手を差し伸べる気持ちを抑えられないために、「真の同情」の実践を妨げてしまう。「平等無私」の美的行為は、赤の他人に対してこそ相応しい。しかもそれは「山川」の自然よりも、「人間」のほうが相応しいのだ。

審美の快楽は同情の快楽にして、之れに深浅あるは同情の度の深浅に由れり。同情の深浅は主として客観なる理想の現不現に原《もとづ》く。〔しかし平等我にとって調和の優劣は無く何に対しても同じ一なる「同情」があるだけなので、現実に起こる「同情」の満足度の差は〕之れを差別我に射下し、快楽の情となして意識に上《のぼ》す際に始まる。即ち、差別我の同情の激甚なるに連《つ》れ、反響し来たりて之れに投ずる平等我の満足も大となるなり。見よ、非情の草木と同情したるの快は淡として煙の如くなれども有情の人間と同情したるの快は深遠にして余味の忘れ難きものあるを。人間は理想の最も善く現じたるもの、殆ど大宇宙に近似す。〔傍点引用者〕

さてこのように対象を人間に絞った場合、「同情」が誘発される最も強く持続性のある感情は、その語義に最初から含まれているところの「悲哀」である（漱石の「写生文」の状況例でも、一応「悲しみ」の感情が扱われていたことを思い出したい）。表向きはネガティヴにも聞こえる「悲哀」の美学的受容は、なぜ最も高尚な快楽をもたらす芸術とされるのか。抱月は様々な説を検討するが、結局は審美的な「同情」の原理においては対象を冷淡に観照する距離化が介在し、「真の同情」による対象への感情的同一化を経験しつつ、それを道徳的に（個人的な責任の主体として）引き受けないという両義的受容のコントラストが、より強烈な審美的な体験をもたらすからという説明になる。つまり、「同情」の概念それ自体が抱えている両義性の性質（距離化と同一化）に理由が帰されているわけだ。「同情を外にして悲哀の快感の直接原因をいふべき者なきの理、多弁を要せや」である。

そしてこの「同情」という心的作用を通じて現れる主客同一性の根源が「自主円満の相」とも呼ばれる「理想」というわけである。別のところで「万象を貫ける絶対の理想」などという厳かな呼び名も与えられているが、簡単に言えば、いつでも我と他の差別的関係へと反転可能な臨界のことだ。ただ、非実体的な概念である「理想」そのものの説明になると、その「最も善く現じたるもの」が「大宇宙」と比喩されるなど、議論は神秘的自然観や万物一如のニュアンスを帯びてくる。もう少し科学風に説明している箇所も添えておこう。

種々なる脳の活動の反覆の結果は概念なり。理想は乃ち脳の全局を支配する本具の形式にして、雑多の活動を一定の調子に整理し行く其の一定の調子なり。之れを譬ふるに〔中略〕音色と曲調とは概念と理想との相違の原《もと》づく所にして、音色の類同は之れを概念と呼ぶべく、曲調の一なるは之れを理想と称すべし。〔中略〕概念は知識の事にして理想は直観の事なり

要するに「理想」は認識的な「世界」の組成を支える原基的な位置を占めるものである。だがここで深追いする必要はない（述べたように「新自然主義」の頃には、抱月による「理想」の語用は著しく後退したように思われるからだ）。独歩論を深めるにあたって言い添えるべきは、この「理想」は独歩においても非常に好んで使われた語だということである。ただ独歩の場合、「理想」の語そのものにこだわっているわけではない。ワーズワースやアメリカ超越主義者のエマーソン（北村透谷が代表的な紹介者）らの直観的な自然観に触発されながら、「生物を冷笑する自然の威力」(54)に対する畏怖にも似た心的状態に基づく世界観の全体を問題としている。

加えれば「理想」は、独歩と親交の深かった田山花袋（二人はほぼ同年齢）が「主観客観の弁」（『太平洋』一九〇一・九）において「大自然の主観」と呼んでいた概念にも近似している。(55)「大自然」は、晩年の独歩が改めて自らの文学の「本源」がワーズワース一択であると断言し、その自然観に対する深い

賛意を表した文章「不可思議なる大自然（ワーヅワースの自然主義と余）」（『早稲田文学』一九〇八・二）の題にも使用しているくらいこだわった言葉である。花袋の議論のほうは単純で短い。究極的には「作者の主観が大自然の主観と一致する境」を描くことを傑作の条件だとするだけである。だが花袋の言う通り、大部分の作家はそれを成しえていないのであれば、彼が説く「一致する境」は作家の「理想」の相を文字通り帯びてくる。ただし語用面で断る必要があるのは、本章註39で指摘したように、花袋は同論文で「純客観」の意味を抱月の哲学的議論における「純客観」とは異なる「客観の徹底」の意味、つまり単純に「実物模倣」の「主観の無い自然」の意味で使用して、広津柳浪や小杉天外の写実性を否定している点である。あげくそれを「早稲田一派の余弊」とまでなじるのを見ても、この時点で抱月を参照した形跡はない。専ら独歩の世界観との関係で形を成した主張と思われる。

　花袋は結核で死去（一九〇八・六）した独歩に対する追悼の論文のなかで、独歩ほど「新奇を好み、感覚、直観の鋭敏を尊んだ者」は他におらず、「常に「驚きたい」と云つて居た」(56)と証言しているが、死

(54)「空知川の岸辺」（『青年界』一九〇二・一一、一二初出）。その静かなる「威迫」のなかでは、「人《ひと》はたゞ『生存《せいぞん》』其者《そのもの》の、自然《しぜん》の一呼吸《いちこきふ》の中《なか》に托《たく》されてをることを感《かん》ずるばかりである」（『定本国木田独歩全集』第三巻、学習研究社、一九九五増補版、二三頁）。

(55)「私の所謂大自然の主観と云ふのは、この自然《ネチユーア》が自然に天地に発展せられて居る形を指すので、これから推して行くと、作者則ち一箇人の主観にも大自然の面影が宿つて居る訳になるので、従つて作者の進んだ主観は無論大自然の主観と一致する事が出来るのだ」（『定本花袋全集』第二六巻、臨川書店、一九九五、五六六頁）。

(56)「国木田独歩論」『早稲田文学』一九〇八・八。

のわずか四ヶ月前に発表された評論タイトルの「大自然」の前に付された「不可思議なる」の形容から推測できるように、独歩は「自然」の覆いの先に「大自然」を開示するための「驚異」という心的契機を一貫して重視していた。「牛肉と馬鈴薯」(『小天地』一九〇一・一二)は、主人公の岡本が「習慣」(通常の認識プロセス)に馴致されてしまう人生を打破すべく、単に「喫驚《びっくり》したい」という願望を告白するだけの話である。「理想」の語も最初に主題として出てくるが、それは俗的な使われ方である。むしろ岡本が求めてやまない「驚異の念を以てこの宇宙に俯仰《ふぎょう》介立」したとき、すなわち「無窮無辺なる宇宙と、此宇宙に於ける此人生とを直視」(57)したときに「痛感」される「宇宙万般の現象」の「不可思議さ」こそ、抱月的な意味での「理想」に相当する。

だが同時代において、「驚き」を希求する態度自体は決して「新奇」なことではなかった。思い返したいのだが、抱月の論文連載の最初の題名は「「新奇」の快感と美の快感との関係」で、「新奇」という「驚き」と美的経験(「観美」)との関係を分析していた。抱月が論文の第一章に「新奇」の問題を扱った経緯は置いておくとして、独歩の「驚き」への希求と関心は一致している。(58)なお、独歩の「不可思議なる大自然」の冒頭には、抱月が「文芸上の自然主義」(『早稲田文学』一九〇八・一)でワーズワースを「主義と名のつかぬ自然主義」の先駆者と評していたことに触発された旨が書かれているので、少なくとも独歩の晩年には、両者には直接的な影響関係があったわけだ。二人とも生まれ年は一八七一年で同じだが、東京専門学校の在学時期は入れ違いである(独歩は一八八八~九一年、抱月は一八九一~九四年で、それぞれ中退と卒業)。しかし、見てきたように年齢以上に構造的な共鳴は雄弁である。「不可思議なる大自然」における抱月への言及は、ワーズワースに対する見解を挟んで二人の思考の方向性に奇妙なシンクロが最初からあったことの傍証と考えてもいいだろう。そしてその文脈の淵源には、漱石の講演「英国詩人の天地山川に対する観念」がちらつくことを改めて付言しておきたい[59]。

六　国木田独歩「忘れえぬ人々」再考

大きく迂回したが、改めて「忘れえぬ人々」の分析に移ろう。ある宿屋で出会った無名の文学者の大

(57) 続編（しかし実際には先行して執筆されたと推定される独歩の告白記的小説）の「岡本の手帳」（『中央公論』一九〇六・六初出）の中の言葉（『定本国木田独歩全集』第一巻、学習研究社、一九九五増補版、四七八頁）。

(58) ただし、抱月は論文の結論を「到底新奇の以て美を補ふに足らざる」として「驚き」の美学的価値を低く見積もったことは言い添えなくてはならないだろう（なお、独歩が描く「驚きたい」人物たちは最後までそれを達し得ない。そこから判断すれば、独歩は美学的充足の代わりに「驚き」を求める俗人としての己の姿を自嘲的に描いていると解釈するのも不可能ではない）。

(59) この講演は漱石の仲間内では評判になったらしい。漱石の友人であり日本の美学研究の第一人者となる大塚保治が、この講演に「感服した」というエピソードがある（坪内祐三『慶応三年生まれ　七人の旋毛曲り――漱石・外骨・熊楠・露伴・子規・紅葉・緑雨とその時代』マガジンハウス、二〇〇一、四七三頁）。同じ美学研究に携わっていた抱月がこれを知っていた可能性は低くない（大塚は抱月の在学中に東京専門学校で美学の講義も担当していたので、一応抱月は教え子である）。大塚は、抱月はおろか漱石よりも一足早くドイツを中心に四年間のヨーロッパ留学（一八九六～一九〇〇）を経験し、帰国後に帝国大学の美学講座の初代教授に就任する。

津と、無名の画家の秋山が一夜を通して語り合う。大津が旅の「スケッチ」（写生）として書き綴った「忘れ得ぬ人々」の記録についての解説を、秋山に対して語り聞かせるのが内容の全てである。「忘れ得ぬ人」というのは、恩義の間柄になって忘れてしまってはまずい人のことではない。旅先や日常でふと邂逅したときに「同情」という感光剤によって目に焼き付き、後に人懐かしい哀情に駆られたときなどに思い出す赤の他人のことを指す。[60] この「忘れ得ぬ人」は必ず情景の中に点景のように存在し、場面の文脈抜きには語ることができない特徴がある。大津は三つほど自分の経験した例を挙げているが、ここでは柄谷が引用した最初の例だけ示しておきたい（箇所も全く同じにしたが、長文のため半分省略）。

そのうち船が或る小さな島を右舷《うげん》に見て其磯から十町とは離れない処を通るので僕は欄に寄り何心《なにげ》なく其島を眺めていた。山の根がたの彼処此処《かしこここ》に背の低い松が小杜《こもり》を作つてゐるばかりで、見たところ畑《はた》もなく家らしいものも見えない。寂《しん》として淋《さび》しい磯の退潮《ひきしお》の痕が日に輝《ひか》つて、小さな波が水《み》際《ぎわ》を弄《もてあそ》んでゐるらしく長い線《すぢ》が白刃のやうに光つては消えて居る。〔……〕と見るうち退潮の痕の日に輝つてゐる処に一人の人がゐるのが目についた。たしかに男である、又た小供でもない。何か頻《しき》りに拾つては籠《かご》か桶《おけ》かに入れてゐるらしい。二三歩《ふたあしみあし》あるいてはしやがみ、そして何か拾ろつてゐる。自分は此淋しい島かげの小さな磯を漁《あさ》つてゐる此人をぢつと眺めてゐた。船が進むにつれて人影が黒い点のやうになつて了《しま》つた。そのうち磯も山も島全体が霞《かすみ》の彼方に消えて了つた。その後今日が日まで殆《ほとん》ど十年の間、僕は何度此島かげの顔も知らない此人を憶《おも》ひ起したらう。これが僕の『忘れ得ぬ人々』の一人である。[61]〔傍線引用者〕

この一例ですぐさま気がつくはずである。大津によって通りすがりに捉えられる人々は縁もゆかりもない「他人」であるから、個々の事情を知った上での「反応的同情」（「準同情」）の余地などない。にも拘わらず、懐かしさを伴った「悲哀」の感覚を当該の人物たちとの心的同化によって発生させられる体験。先に「感光剤」の比喩を使ったが、大津は潜在的には旅行写真家と言ってもいいくらいで、人間が生活する姿が映り込んだ風景を写真に撮る如く、見知らぬ地で出会った瞬時の印象的なイメージを

---

(60) ちなみに、この匿名の存在に対する「同情」という言葉は、独歩自身が使用した言葉である。評論「不可思議なる大自然」に、若かりし日にいかにワーズワースから影響を受けたかの説明中、「〔一八九五年頃に〕自から何を書かんと試に題材を撰み記したる者を見ると／◎芳島と女島との間の渡守り。／◎女島にて見たる水門を下せし若者。◎船頭町より木立村の間を渡す舟子。◎十二段（山名）の山腹にて逢ひし老樵夫。／◎こじき紀州（人名）／而て「日記」の一節に曰く『余は此の一個の人間を思ふ時は同情に堪えぬなり』と」ある。いつでも他人への「同情」が独歩の作家的動機の中心にあったのである。だが、このリストから一つの題材を選び、実際に一作品を書けば、それは普通に「人事」の物語である。「忘れえぬ人々」が、題材を書き留める（＝構想を作成している）ことを書くというメタフィクションになっていること、それゆえ（これから個別の「人事」の小説へと本格的に向かうことを宣言するような）転回点に位置することがわかる。やはり「風景」の起源というのは当たらない。

(61)『定本国木田独歩全集』第二巻、学習研究社、一九九五増補版、一一五頁（以下同全集からの引用はルビを任意に省略する）。

文章に起こす。(62)ロラン・バルトが写真を定義した「Ça-a-été〔それは＝かつて＝あった〕」にも似た存在の「哀しみ」を封じ込めるのだ。まさに「真同情」の美学として理解すべき感覚である。しかも、古典的な意味での視覚的な美とは異なる新しい「同情」の美を見出す主体（大津）は文学者であり、本来情景の「スケッチ」（写生）を得意とするはずの画家（秋山）の芸術的認識力を出し抜いている。ここに表されているのは二人の異なる芸術者が対峙したことによって展開する芸術論であり、その結末に独歩の文学者としてのプライドを読み取らなければならない。

強調しておきたいのは、この「忘れ得ぬ」心的同化の経験のためには、やはり「距離」の感覚が必要だという点である。大津の挙げる例は、全て九州や四国という東京から遠く離れた場所を舞台とし、旅の道中、広角レンズのフレームに写されたような中景か遠景の画角ばかりが選ばれている。この構図的な意味は何か。一つは、独歩の考える宇宙的・運命的原理としての無限の「自然」（抱月のいう「理想」に相当）と、孤独な生の営みを課せられている有限な個人としての人間との同化かつ対比の強調である。この背景が無力な人間に対する「悲哀」の感情を作り出し、「同情」のターゲットとなるのである。抱月の「同情」の作用は必ず背後に「理想」が控えており、両者のコラボレーションで成立している。

二点目は、独歩流の「同情」は、物理的な距離で表される場合も含めて、観察者と被観察者がそれぞれ拠って立つところの〈場〉の隔絶を条件とする点である。漱石の「写生文」と比較すると、引用文中の「たしかに男である。又た小供でもない」という「小供」でないことの強調の記述は（単なる偶然だとは思われるが）象徴的な符合である。漱石の例え話における「大人」と「小供」の関係は身内の関係であるかはわからない。とはいえ、親しい〈密着〉した間柄を暗示することは避けられない。だからこそ感情移入美学を発動するには、まずもって突き放すための「距離」を介在させる必要が強調される。抱月が危惧したように、親近者に対しては事情をよく知るために道徳的感情が発動してしまい、「寂然観照」の境地を得られないからだ。反対に独歩の例は、話したこともない見知らぬ他人、それも馴染みのない土地で偶然すれ違っただけの遠い存在が対象なので、最初から「真同情」が発動する条件が整っている。漱石のようにわざわざ意識的に心的距離を取るステップを踏む必要がないので、大津の話は一足飛びに対象に美的に同化することだけが強調されているように見える。漱石の主張と独歩のそれとは一見して逆を向いているようだが、感情移入における「距離」感の捻れを条件とする点では一致しているのだ。

実際、独歩には「忘れえぬ人々」と同時に発表したワーズワースに関する評論「ウオーズヲーズの自然に対する詩想」（『国民之友』一八九八・四・一〇）があるのだが、内容はその約五年前（一八九三）に大学院生の漱石が行った例の講演の理論的立場と極めて親和的である。独歩は単純な享楽的主客同一論としてワーズワースの「詩想」をまとめることに異議を唱えていた。「我国の歌人が花鳥風月に浮かるゝ心と同一視すべからざるものあり。彼の自然を愛するや、自然の美に浮かるゝにあらずして、実に自然の美の力を信ずるなり」、「彼の自然に対するや、先づ深く自然より受けたる美の力を感じ、其感化を自

（62）松本常彦「コダック眼の小説――国木田独歩「忘れえぬ人々」の場合」（『香椎潟』二〇一二・三）は、独歩が「風景」と「光景」を使い分けており、「忘れえぬ人々」において意図的に配置された後者から写真的認識に基づく「生命」論的な美学を読み取ることが可能なことを論じている。

覚し、而して後ち其力を信じ、而して後ち之れを賛美し、之れを詠じ、之れを主張したるが如し」。(63) したがってワーズワースは独歩にとって、いわゆる日本的な歌人でもなく、また哲学者でもなく、「哲学的詩人」なのである。もし風光「を憶ふて愈々感じ瞑想静思の極に至れば、我実に万有の生命と一呼吸の機微に触着したるの感ありき」(三六七頁) と説明する仕方と、漱石の「悟入」の概念との間には明らかな重複が見て取れる。それは一般に子供の時分にだけ経験可能とされる自然との一体感とは異なるものだ。

我は思想なき童児の時と異なり、今や自然を観ることを学びたり。今や人情の幽音悲調に耳を傾けたり。今や落日、大洋、青空、蒼天、人心を一貫して流動する処のものを感得したり。〔三六八頁〕

ここに比較対象として登場するのもまた子供である。天然の同一化能力を元来備えるとされる子供は「同情」されるのに最適の存在であっても、「同情」する側における距離の感覚の介在の必要を果たせず、文学的主体になりえないことを言っている点でも、漱石の「写生文」の理論との連続性を思わずにはいられない。(64)

七　他者を「哀しむ」こと――解離の美学

なお、この「距離の感覚」を介した同化の美学に引きつけられた近代作家は以上の二、三人に留まらない。例えば大正後期から昭和初期にかけて活躍した梶井基次郎は、「旅情」の概念を創作のコンセプトとして掲げ、それを散文によって摑み取ることを課題としていた。この「旅情」にもまた、「空間的および時間的な「距離化」と同程度の密着化、すなわち、いつかどこかで体験した気のする親しみ・懐かしみの印象（既視感覚）が伴って」おり、それは「対象を突き放すこと（未知のものへと異化すること）と、親密さの高さが同時に成し遂げられている心的状態」が前提となっている。[65]梶井が学生時代に漱石を読み込んでいた事実に照らせば、「非人情」の美的態度が大正末期まで及んだ形跡をここに見ることができる。「ある崖上の感情」（『文藝都市』一九二八・七）も、その系譜における昭和年代の応用・派生形として再分析が必要なテクストだろう。だが「旅情」という語義にこだわるなら、むしろ漱石を飛び越えて、梶井は独歩により強く結びつけられるべきである。

他にも、主にレンズを通した「屈折」の魅力と、犯罪心理や変態心理（セクシュアリティ）の「屈折」とを物語レベルで接続することに巧みだった江戸川乱歩も、距離の感覚の介在とその一気の克服による対象への没入という感情移入のメカニズムを、独自のスタイルで継承した作家の一人である。「押

（63）『定本国木田独歩全集』第一巻〔前掲〕、三六六頁。
（64）ただし、漱石が独歩のスタイルや作品を認めていたということでは全くない。これまで論じてきた抱月、花袋、泡鳴など、本論でempathyの問題圏に括った作家同士にもいえることだが、パラダイム的な共鳴は指摘できても、実地のレベルで互いに認め合っていた証拠とは全くならない。
（65）拙論「梶井基次郎の歩行――「路上」における空漠の美と抵抗」『表象』二〇一八・三。

絵と旅する男」(『新青年』一九二九・六)が良例だろう。押絵と旅している男の兄は、浅草十二階(凌雲閣)の展望台——つまり俯瞰的な距離を置いたポジション——から遠眼鏡を通して、地上の見世物小屋の「押絵」の中に居た美女の世界に一瞬で魅入ってしまう。物理的な距離を心的な作用で過剰に克服してしまったのである。しかも、兄の失踪事件が起きた時期設定は一九世紀末であり、浅草十二階倒壊(関東大震災)後の「現在」から見て失われた〈古き良き時代〉であるだけでなく、件の「押絵」の内容が江戸時代に人気を博した「八百屋お七」の一場面、つまり一種の江戸的情緒の世界の体現だったのだから、兄はレンズの力を借りて時間的距離の不可能な跳躍も行ったことになる。乱歩は「押絵と旅する男」以外にも「人でなしの恋」(『サンデー毎日』一九二六・一〇)や「蟲」(『改造』一九二九・九、一〇)など、「人形愛」のテーマを好んだ作家として知られるが、多くの場合において、自我が傷つくことを避けて他者や社会から距離を置く「厭人癖」のある人物が、人形や死体といったコミュニケーション不可能なものに対して過剰に感情移入する話として理解できる。「遠眼鏡」などの視覚性の屈折の物語と「人形愛」などのセクシュアリティの屈折の物語の間に乱歩の問題関心の意図的な重ね合わせがあるのは明らかだろう。逆説的な距離化を必要とする美的感情移入のテーマは、種々に変奏されて昭和年代に至るまでの息の長い系譜が引けるのだ。

振り返って抱月の美学研究は、そのような「距離」と「接近」の倒錯を要に据えた論理のために、「新自然主義」時代になっても同様の矛盾を孕んで見える結果となった。そのような論理の緊張を解除するべく世界を自我の元に包摂する方向に向かった者たちが「白樺派」化、あるいは「私小説」化していったのである。二一世紀の現在、抱月が頼った美学的な言葉遣いを離れ、より汎用性の高い文学的概念としてempathyの定義を補うとすれば、二者（観察する「私」と対象としての他者）それぞれの立脚する地平を切り離すことで生じる次元差を、逆説的に飛び越えるための強力な心的同化の作用と言い表すのがいいのではないか。あるいは、sympathyの「距離化」（distanciation）に対して、empathyにおいて形成される距離の感覚は現代風に「解離」（dissociation）と言い分けたらどうか。自分自身の存在が現実に立脚している実感を得られない場合や、自分自身の行為を自分自身が背後から見ている感覚に囚われる場合など、ヴァーチャルな虚構社会を背景に亢進したと言われる離人感から、俗に言う二重人格の症例までも含む「解離性障害」の「解離」である。sympathyにおいては、二者間に元々存する距離が部分的にシンクロすることで同一性の認識が得られるのに対して、empathyにおいては元来一元的な存在の分離状態が当の「距離」の感覚を作っているため、原初の一元的な形状記憶を残している。結果、元に復帰しようとする力が働き、「真同情」を起こしやすいという説明になるわけだ。他者と共同・共存しなければならない人間社会において、単に自他（人間関係）の距離を一様に縮めるのではなく、「解離」の関係の終わりなき再構築として可塑的に捉えること。もしかしたら二〇世紀初頭の文学者たちが倫理的課題として密かに夢見ていたのは、そんなヴィジョンだったのかもしれない。

以上、昭和年代以降の「感情移入美学」の系譜の行き先に軽く触れたところで、国木田独歩の作家としての全体的な歩みと「同情」の主題との関係も歴史的に概観したいところだが、本書は独歩論の追究を目指してはいない。ただ、彼の「同情」という心的作用に対するこだわりが、その作家人生の開始点から一貫して現れていたことには簡単に触れておきたい。

日清戦争勃発（一八九四・七末）の三ヶ月弱後の一〇月中旬から翌年三月まで、『国民新聞』の特派員として海軍に従軍した独歩が通信し続けた実況は、他の特派員の文章と共に新聞記事として多くの読者を得、文筆家としての彼の名を一躍世に知らしめた（単行本は『愛弟通信』として死後一九〇八年一一月に佐久良書房から出版される）。主な内容は戦況報告だが、前半は弟に向けた書簡形式によって語る主観的スタイルの選択や、単なる報告者の立場を離れ、「友愛の自然の情を以て」や「自然の児とならん」といった言葉を頻繁に挟んで「自然」への心情的同化を強調する様子、そして実際の文章に含まれる独特の詩情（哀感）など、すでに多くの独歩文学的特徴が表れている。特に最後の詩的感性は、「一見人をして敵ながらも憐憫の情あらしめしは彼れの士官なり」と述べたり、清国の人民を「可憐なる支那人」として好意的に言及したりする際に顕著に表われる。こうした戦争相手国の「小民」への「同情」の記述は、美学的な感情移入というよりも道徳的なシンパシーの表明と言うべきだが、いずれにしても独歩が根本的に「同情」体質だったことを教える。だが、文学者における出し惜しみない「同情」の態度は、実は独歩に限った話ではない。日清戦争を跨いだ一八九〇年代半ばは、資本主義の浸透による格差の発生を批判する労働組合運動や社会主義的な思想が急速に隆盛し、田岡嶺雲の評論などによって社会（派）小説（や後に傾向小説）が推進された（樋口一葉や硯友社の泉鏡花のようなロマン主義的作風の作家が積極的にその流れに乗る）。その際、今あるべき作家の条件として掲げられたのが、貧しい者、搾取されている者、境遇の悲惨な者たちに対する「憐れみ」の態度であり、「同情」の心だった。それも当然である。一八九〇年代初頭から当時まで息長く流行していたヴィクトル・ユゴーの文学をモデルにしていたからだ。『レ・ミゼラブル』の原義は、境遇の「悲惨な人々」、具体的には「貧民」の意味であり、それゆえ「憐れむべき人々」の意味である。

嗚呼嗚呼天下最もその運命の悲惨にして、その生涯の最も憫むべきものは彼の下流社会の徒にあらずや。而してこの悲惨の運命を歌い、この憫むべきの生涯を描くあに詩人文士の事にあらざらんや。世は既に才子佳人想思の織巧なる小説に飽けり、侠客烈婦の講談めきたる物語に倦めり、人は漸く人生問題に傾頭して神霊の秘密に聞かんとするの今日、作家たるもの満腔の同情を彼ら悲惨の運命の上に注ぎ、潭身の熱血をその腕下の筆に瀉ぎて、彼ら憫むべきの生涯を描き、彼ら不告の民のために痛哭し、大息し、彼らに代りて何ぞ奮て天下に愬うるを為さざる。ユーゴーが筆底雷震い濤湧く所以のものは、彼が常にこれら不告の民のために憤り、彼らの運命の悲惨に泣きて人道を絶叫するの声によるにあらずや。〔田岡嶺雲「下流の細民と文士」(66)。傍点引用者〕

なお、日本初の労働組合運動（労働組合期成会）の機関誌『労働世界』（一八九七・一二発刊）の第一号社説などを繙くと、「輿論《よろん》を振起《しんき》して同情者《どうじやうしや》を団結《だんけつ》」することや、「労働者《ろうどうしや》に同情《どうじやう》を表《へう》する天下幾多《てんかいくた》の志士《しし》」に呼びかける文句が目に付くことからもわかるように、当時の社会派の言説や文脈において（社会の「下層民」に対する）「同情」は頻発し続けるキーワードである。「労働世界は労働者と並んで労働運動に理解と同情を寄せる人々をも対象としていた(67)」という解説もあるが、要するに労働運動や社会主

(66)『青年文』一八九五・九。
(67) 隅谷三喜男「解題」、労働運動史料委員会編『労働世界［復刻版］』（労働運動史料刊行委員会、一九六〇）所収、vii頁。

義運動は、シンパ〔sympathizer の略〕の存在が前提になっていて、労働者と同情者《シンパ》が両輪をなさずには機能しない。そのような「同情」の構造の採用が意味するのは、社会主義的な労働運動の言説が典型的な近代思想の産物だということだ。また、それに先立った一八九〇年代の社会派小説の存在は、近代小説自体が「同情」の構造に極めて親和的な成り立ちだったことを明かしてもいる。

もちろん一八世紀にアダム・スミスが『道徳感情論』（一七五九）において論じたsympathyは、他者の感情に同化して他者の感情を知ろうにも必然齟齬が生じるから、逆に他者の心は直接的にはわからないことを認識した上での知的理解の努力を「同情」の条件とするという複雑で精緻な議論であり[68]、田岡のもっぱら情に訴える暑苦しい文章に欠くものは多い。しかし、他者との屹立を避けられない近代人のモラルを構成する最重要の能力が、他者の意を汲み取る努力を意味する「同情」だったことは共通する。一八九〇年代になって、日本文学はそのような近代的主体たるべき条件の切実さにようやく行き当たる。『愛弟通信』における独歩の「同情」をロマン化する態度も同種の文脈を考慮して見る必要がある。だが社会正義的使命感に駆られるべきジャーナリストではなく、文学者として独り立ちしようとした段階の独歩において、道徳的といえる要素は瞬く間に美的な探求から払い落とされていく。「武蔵野」（『国民之友』一八九八・一、二）で獲得した「自然」を観照し美学的に愛でる仕方を転用し、別に不幸でも何でもない通りすがりの人間に勝手にempatheticな感情移入を果たすことを描いた「忘れえぬ人々」は、そのような独歩の小説家としての性向と選択がよく表れている。もしかしたら匿名の「人々」を題名に入れたのは、「レ・ミゼラブル」（悲惨な人々）を踏まえたのかもしれない。だとすれば、境遇の「悲惨な人々」に同情するという当然の論理的な態度を、一見同情の対象とはならない「人々」へ同情するという美学的態度によってパロディックに書き換えようとした独歩の狙いに、「新しい文学」の主張を読み取らなくてはいけない。その意味で、確かに柄谷が指摘したように、「忘れえぬ人々」は近代文学史における決定的な転回点を占めている。ただし、「近代」がその内面に深く刻み込んだ傷の印としてではなく、その「近代」の傷（主客の分化）を癒し、解消する方法の模索の始まりとして、である。

そして、二〇世紀以降の庶民を描く社会派的なスタイルと一見思えるテクストでも、感情移入の美学は変わらず中心的な位置を占めていた。例えば「春の鳥」（『女学世界』一九〇四・三）は、同主題を顕著に示している。一八九三年一〇月から翌年七月、大分県の佐伯に鶴谷館の教師として滞在した経験を想起する形で執筆されたものだが、そこは若き独歩がワーズワースの描いたワイ河畔の風景を重ねた場所であり、その「詩精神」へと「立返ること」を可能にする場所だった。[69]「白痴」とされる六蔵少年は、本作中に比較対象として「私」によって言及されるワーズワースの詩（原題 *There was a boy*、作中では「童《わらべ》なりけり」）の少年と同じく一二歳くらい。「忘れえぬ人々」のテーマである「明白《はっきり》と憶《おぼ》えて居て忘れようとしても忘るることが出来ない」光景との出会いの顛末がノスタルジックに語られる掌編「少年《こども》の悲哀《かなしみ》」（『小天地』一九〇二・八）の少年も一二歳だったが、つまりこれらの少年像は、ワーズワースの

(68) アダム・スミスを基点とする道徳的シンパシー論の浸透と、英国の一九世紀リアリズム小説における語りの構造との密にして多様な関係についての詳細は、Rae Greiner, *Sympathetic Realism in Nineteenth-Century British Fiction*, Johns Hopkins University Press, Baltimore, 2012. を参照。

(69) 工藤茂「国木田独歩の佐伯作品」『別府大学国語国文学』一九九五・一二。

「詩精神」を媒介として、明らかに類縁のネットワークを形成している。

独歩がキリスト教者の先輩として慕っていた内村鑑三は、一八八四年にアメリカに渡り、慈善事業の視察を目的としてフィラデルフィア州の「白痴院」（知的障害児養護学校）で働いた過去があるが、その時の様子を記した「流竄録《るざん》」（『国民之友』一八九四・八～一八九六・四）の「白痴の教育」の章には、彼らの特徴の一つとして算数（数えること）の観念的思考を困難とするという項目がある。この箇所は、「春の鳥」で英語と数学の教師として赴任した「私」が出会った六蔵少年が名前に「六」という数字を意味ありげに含んでいること（モデルとなった人物の名前は泰雄）や、「私」が熱心に数え方を教えようと試みるも「白痴《はくち》に数《すう》の観念《くわんねん》の欠けて居ることは聞て居ましたが、これほどまでとは思ひも(70)」しなかったと絶望的気持ちが吐露されるエピソードの素材となったと推測される。そして、数という抽象的な知性の認識を「欠いている」という話が、六蔵が鳥をみれば必ず「鳥」と呼ぶ――すなわち漢字表記において「一」が抜けている（＝認知のプロセスを一本欠いている）ために、類（上位カテゴリー）を表わす「鳥」が「カラス」の姿形（下位カテゴリー）へと一段具象化されてしまう――という、動物の世界への〈閉ざされ〉に関係づけた話で強調される。つまり、知的に障がいを抱える子供は「殆《ほと》ど禽獣《きんじう》に類《るゐ》して居る」存在であり、それゆえに動物との感性的な同一化能力が高いという当時の差別的な考えが、感情移入の主題の増幅とプロットの展開のために独歩の「実際経験」を大きく逸脱して創作に利用されている。六蔵は一種の感性的（＝美学的）なものの具体化として設定されたのである。

最終的に鳥と同化して城趾《しろあと》の天守台の石垣から飛び降りてしまった（と「私」が想像した）ことによる彼の死は、たしかに「同情」すべき対象にみえる。が、独歩はこれをワーズワースの「詩精神」から継承した美学的な「同情」として描いている傾向が強く、道徳的な「同情」に割り振れないことには注意が必要だ。「私」は、この六蔵の母親に会った際、六蔵の「障害」が母からの遺伝にも要因があることを「看破」して、その母の境遇に「人情」から慰めを言い、彼女の我が子を想う態度に「思はず貰《もら》ひ泣きをした位」に「憐《あはれ》を催《もよ》ふし」ている。ところが、六蔵は単なる「憐れ」（傍点引用者）の対象ではない。天守台で独り遊んでいる六蔵を遠くから認めたとき、「空の色、日の光、古い城趾《しろあと》、そして少年、まるで画《ゑ》です。少年は天使です。此《この》時私の眼には六蔵が白痴とは如何《どう》しても見えませんでした。白痴と天使、何といふ哀《あは》れな対照でしやう。しかし私は此時、白痴ながらも少年はやはり自然の児《こ》であるかと、つく〴〵感じました」（四〇〇頁）と書かれるように、彼は寧ろ「哀れ」（傍点引用者）の対象なのであり、それは単純な道徳的感情とは異なっている。ワーズワースの少年が独り自然の中で鳴き声を真似て梟《ふくろう》たちとコミュニケーションを取っていた話に倣い、「自然の児」という詩的対象でもあった六蔵の死に際して「私」が寄せるのは次のような種類の「同情」なのだ。

死骸《なきがら》を葬《はうむ》つた翌々日、私は独り天主台《てんしゅだい》に登りました。そして六蔵のことを思ふと、いろ〳〵と人生不思議《じんせいふしぎ》の思《おもひ》に堪えなかつたのです。人類と他の動物との相違。人類と自然との関係。生命と死、などいふ問題が年若い私の心に深い〳〵哀《かなしみ》を起しました。〔四〇二頁〕

（70）『定本国木田独歩全集』第三巻〔前掲〕、三九九頁。

一個人の母親の苦労や心痛に対して起こす「憐《あはれ》み」よりも、六蔵の死に対して起こす「人生不思議の思」を孕む「哀《かなしみ》」のほうが遥かに視野が広く、かつ「深い」。「人生不思議」という言葉は、先述した独歩の晩年のエッセイ「不可思議なる大自然（ワーヅワースの自然主義と余）」のタイトルに含まれる「不可思議」と含意は同じであり、「人間と相呼応する此神秘にして微妙なる自然界に於ける人間」にのみ発動する「悲哀」の感覚である。つまり、抱月の理論との接点を見出すことの可能な「悲哀」である。同時に、後日の漱石が「写生文」において「大人」と「小供」の関係として説明した原理にも構造的に等価である。「私」は六蔵に対して、現代語の一般的な意味での「同情」はしていない。それは「哀《かなしみ》」という形態によって最も強く発露する美的同情（empathy の一種）なのだ。独歩が二〇世紀以降の「人事」の小説において書こうとしたことは、その人物たちを捉える写実的な描写がどんなに民衆の眼から社会の理不尽を撃つ社会批評的なスタイルに見えようとも、言葉の広い意味で美学的（感性的）なのである。だが結局、「春の鳥」の「私」もまた、他者（動物）と同化可能に見えた六蔵自身とは違い、あくまで「想像」の中でしか六蔵の死に近づけなかった。「大自然」はそのような距離と困難において、かろうじて顕現するかもしれない境域なのだ。

したがって第三章で扱った「鎌倉夫人」（一九〇二）において、独歩の前妻の佐々城信子をモデルとする愛子が、ロマンスを孕んだ「宿命の女」というよりは、洋化した「毒婦」として即物的に描かれたのは、「自然」と合一的に捉えやすい少年と違って、その対象が「女」となったとき、美的な「感情移入」が作動しなかったことを意味する。言い換えれば、対象が物言う力を持つリアルな「女」であることによって結果する「感情移入」の失敗が、ここには刻まれている。これは、「写生」の対象例として

「大人」にとって非対称である「小供」を選んだ「余裕派」の漱石にもやはり通じる問題である。漱石は「余裕」を持って現実の「新しい女」に文学的に対峙することはできなかった。[71] 武者小路実篤の『お目出たき人』（一九一一・二、脱稿一九一〇・二）に関しても同様で、自我の肥大によって鶴の拒絶を想像的に否認し続ける話だが、最後には、彼女が彼女自身の本当の心を分かっていないとして鶴を「あわれむ」という強引な同情《シンパシー》の態度で終わっている。これは論じてきたどの同情よりも失敗に終わった、全く「他者」に届かずに自己循環する同情である。そもそも主人公の「自分」は、鶴が「自分」の立場を「憐れんでゐる」ことを求めるように、恋愛を〈憐れみあう〉関係として捉えており、最初から女に対する「感情移入」の可能性を断っている。その上で自我の肥大によって「世界」を一元的に飲み込み、その完成を人類の善に直結させるという戦略なのである。その意味で「春の鳥」は、第三章で論じた漱石周辺や武者小路実篤を代表とする白樺派へと続く「他者」表象の起点のような位置に置くことも可能

（71）『虞美人草』（一九〇七）で哲学専攻の甲野（藤尾の異母兄）が記す日記には次の如き文句がある——「宇宙は謎である。〔……〕親の謎を解く為めには、自分が親と同体にならねばならぬ。妻の謎を解く為めには妻と同心にならねばならぬ。宇宙の謎を解く為めには宇宙と同心同体にならねばならぬ。これが出来ねば、親も妻も宇宙も疑である。〔……〕親兄弟と云ふ解けぬ謎のある矢先に、妻と云ふ新しき謎を好んで貰ふのは、自分の財産の処置に窮してゐる上に、他人の金銭を預かると一般である。妻と云ふ新らしき謎を貰ふのみか、新らしき謎に、又新らしき謎を生ませて苦しむのは、預かつた金銭に利子が積んで、他人の所得をみづからと持ち扱ふ様なものであらう」（『漱石全集』第四巻、五〇～五一頁、傍点引用者）。

なテクストなのである。

八　「没理想論争」の止揚

今一度、本書が描く全体像に立ち返って、独歩と抱月との共鳴が指し示す新しい「世界」観を、一、二章で示した明治後半期における近代小説の「自立」のプロセスの観点から見直してみよう。先に、独歩の「大自然」に相当する概念が、初期の抱月が重要視した「理想」に近しいという議論をした。なぜ「大」いなる「自然」なのか。単なる「自然」との混同を避けるために「大」の字が冠せられたからである。とすれば、対応する抱月の「理想」も一般の「理想」を新しく定義し直したものと見なくてはならない。結果、「自然」と「理想」という本来対立してもおかしくない二つの概念が極めて近似した意味を持っているように見える。つまり、古い「自然」の概念と「理想」の概念の対立を第三の概念へと止揚したものを、新しい時代の世界観として二人は共有している。では逆に、抱月によって止揚される以前の古い意味での「理想」とは何か。文学史的に、それは極めて手近なところに存在していた。抱月が坪内逍遙率いる東京専門学校に入学した矢先に勃発した「没理想論争」（一八九一〜九二）の「理想」である。

論争の詳細は第二章ですでに検討したので、それを前提とする。論争を進めるにあたって、鷗外は抱月と同じくハルトマンを重要なソースとしていた事実から明らかなように、知覚的な「実」（＝自然）に対立させる形で「理想」を重んじていた。しかし、抱月が使用したような意味で鷗外は「理想」を考えていなかった。「自然」派の逍遙を批判することに照準を合わせた鷗外の主張においては、作品内世界において登場人物たちが経験する現実的な知覚的水準に対し、それを超越論的に包み込む〈作者〉の存在が「理想」を発揮する場として重要視される。だから鷗外の「理想」は、道徳観念を含む人間的な「理想」の意が強い（抱月によれば、ラスキンが「実」の対義として使用した「真」は「概念」の意味に近似するもので「道徳の色」を帯びているというが、その「真」の意に近い）[72]。そもそも鷗外の「理想」論は、逍遙が具体的にシェイクスピアの作品を題材にして意見したことへの反論の形を取っている。必然、具体的な姿をした文学作品を念頭に議論をしていた。一作品の全宇宙を司っている作者を「理想」の保持者とみるのはおかしな発想ではない。一方で抱月の理論に出てくる「理想」は、自然を美学的に見る態度において顕現する「理想」に徹底している。「対境（外来活動）」（客）とそれに向き合う「我」（主）とが美学的に同一化する「同情」の作用によってのみ姿を現す「自然」（全宇宙）の合一性のことである。事実、抱月は一般的な「理想」の捉え方と自分のそれとの区別を解説している。

さて理想的とは何ぞや。概念と理想との混ずべからざる所以は、既にも述べつ、之れを作家の上より見るに、事柄を組成するに必要なる概念、意匠などが作家の心内に運転せらるべきはいふに及ばず、吾人もとより之れを難ぜざるなり。されど此の外に、かくして組成せられたる事柄の上に、更に作家の抱持する所見、すなはち概念を隠見せしめんとするものあり、吾人之れを審美界の事なら

（72）「審美的意識の性質を論ず」第五回、『早稲田文学』一八九四・一二・二五。

ずといふ、しかも斯かるたぐひを称して理想的といふは一般の風なり。もし之れを理想といはざるを得ずとせば、宜しく概念的理想といふべし。(73)〔傍線引用者〕

テクストに投影された作家の知的な思想や道徳観は美的対象とはならない。しかし、その部分を指して「理想」と呼ぶのが世間では一般化している。それと美学的な次元における「理想」とは別個だというのである。「理想」の語用を丁寧に二つに分けた上で、逍遥と鷗外が必要／不要を争ったほうの「理想」の意味を自分は共有しないというのである。確かに「理想」の語を安易に最初に持ち出したのは逍遥で、鷗外は逍遥に対して哲学的で厳密な思考をもって反論するのだが、その両者の議論の土台自体を崩してしまっているのが抱月である（抱月は鷗外と同郷という繋がりがあったとはいえ、坪内逍遥の陣営にいて「早稲田派」の中核として振る舞ってきた事実を考慮すれば、結局は逍遥を助けている体ではある）。本書は、別に逍遥と鷗外のどちらに軍配を上げようというのでもなければ、抱月による「理想」の使い方が正しいと主張したいわけでもない。独歩が描き取ろうとした「大自然」の驚異の位置づけを定めたいだけである。抱月的な「理想」とは、逍遥的「自然」と鷗外的「理想」とを総合的に止揚した位置にあるのだ。一九世紀末とは、近代的な分裂の解消へと一歩を踏み出した記念すべき画期なのである。

改めて俯瞰的に見直しておこう。第二章で既述した通り、坪内逍遥は『小説神髄』（一八八五〜八六）において、小説を文学の最高形態としていた（特に日本の近世演劇の誇張された型と装飾は切り捨てなければならなかった）。学生時代、英文学を学び始めた当初、幼少期より江戸戯作に芯から浸かって精神形成してきた逍遙は登場人物の「性格解剖」ができず、海外の文学評論や英文学史の本を手当たり次第読んで読解法を身につけたという逸話は、その小説論の生硬さの理由を教えてくれる。だが本書で問題としてきた逍遙の戸惑いは、この心理的主体として独立したリアルなキャラクターの立ち上げが、語り手（観察者としての読者の代行）との自他関係の距離の不安定化という問題を生じさせたという点にある。

私的空間の誕生に伴い、それを社会的な場に曝すことなく鳥瞰的に観察可能な〈小劇場〉に変えるのが近代小説に新しく求められた表象の役割の一つだったとすれば、それは地の文（語り手の言葉）を基本的には持たない戯曲を包摂する上位の機構のはずだった（漱石の言うようにまさに「大人」と「小供」の関係を内部に抱える機構である）。ところが逍遙は、そのような上位の「声」は必要以上に顕現すれば、登場人物とその世界の自立／自律（リアリズム）を妨げる要素になると考えた。そのために（語り手の意見・判断としての）「理想」を隠す必要を覚え、その「声」を介さずに独立した人物の間の心理的葛藤を具現化していると見えただけでなく、作家当人もそう主張していたシェイクスピアの戯曲を持ち上げることになったのである。

「没理想論争」の相手として鷗外が立ちはだかったのは、近代小説を成立させる基盤である超越論的な主観性（語り手）の存在を見て見ぬ振りする逍遙の方法に納得がいかなかったからだろう。〈経験的―超越論的二重体〉による近代的主体の構造を投射した小説世界の機構と、主にカント的転回以来のド

（73）同上。

イツ系哲学によって確立した近代の「世界」概念、さらに同時期にドイツより生じた「世界文学」の概念モデルとの間に「世界」意識の平行関係が認められるとするならば、その理論的バックボーンの大部分をドイツ哲学に負っていた鷗外こそ近代日本における世界文学論の理念的体現者だった。論争の二年弱前に発表された「舞姫」の世界が、（未熟で失敗もする）経験的主体としての「我」とその行動を事後に反省的に捉え返す超越論的主体（意志）としての「余」という二重体に挟まれること――「余」による「我」への「同情《シンパシー》」の構造――によって形成されている理由である。となれば、鷗外にとって「没理想」は「没世界」も同然の不敬な振る舞いだった。

　ところで、東京専門学校（現早稲田大学）を卒業後も『早稲田文学』記者として逍遙の近くにいて、しかも抱月とも交友のあった――伊原青々園を加えての三人共著で評論集『風雲集』を一九〇〇年に出版している――後藤宙外の評論「巣林子が同情」（『世界之日本』第二号、一八九六・八・一〇）は、簡易なものではあるが、ちょうど逍遙の「没理想」論を「同情」論の観点から合成したような内容になっている（巣林子《そうりんし》は近松門左衛門の号）。「詩歌、小説、戯曲などいふ純文学に属するものを創作し、はた此等のものを評するに方たり、其の主題に対する同情の大切なることは、泰西の学者既に論述し悉くして殆ど余蘊《ようん》なし」と書き出される部分だけをみても、「同情」（感情移入）の原理が西洋近代小説の構成に決定的な役割を果たしているという認識が、既に日本にも一定の浸透をみていた証拠として興味深い。この評論で、やはり宙外も「同情」の形式を二種に分けている――「作家が作中の人物に対する同情奈何を稽《かんが》ふるに二途あるべし、第一は、そが個々の人物の血あり肉ありて、よく霊動するか、否を見ること、第二は、作家の挿評ならびに地の文に依りて推すこと」。これまでの議論に接続すれば、第一が

empathy 寄りの意味合いで、第二が sympathy 寄りの意味合いになる。そして、「第二の方法は之れを独立せしめては、作家同情の深浅を測るに足らず、第一の方法の補助としてのみ、始めて少からぬ価値を生ずと知るべし」として、第一の「同情」を良く捉えた作品を是とし、その点から近松を取りあげている。もし登場人物に対して「心の中こそあはれなれ」と作者（語り手）が「挿評」を間接的に示す場合は、「毫も之れを憐まずして、筆さきに翻弄する」ことが可能なわけで、真の「同情」を示すとは限らない。宙外は、近松の「世話物」は特に「あはれ」「無慚」「不便《ふびん》」の感情移入に優れており、「作中の人物、一々の生動の妙あるを見て、溢るゝばかりの同情なくば、いかで斯くの如きを得んと思はざることなし」として高く評価する。だが近松作品の秀でた特徴は、さらに地の文や挿評においても人物への感情移入を示す表現に溢れるところから一層強化されている。近松の本領はそれほどの「同感同化」の力にある。

　作者（語り手）のテクスト内人物に対する「同情」の強弱を評価の物差しとする宙外は、ここで明らかに近松の作品を近代小説として捉えている。そして逍遙に倣って「挿評」的叙述を抑制したものを良しとする点で「没理想」の支持者として振る舞っている（シェイクスピアを絶対視していた逍遙に気を遣ったわけでもないと思うが、評論末尾において、いかにも薄幸な人物を登場させるのと違い、憐れむべき対象に到底思えないイアーゴー、マクベス、シャイロックといった悪役も同等の「同情」をもって描写したシェイクスピアには近松も及ばないと述べている）。だからといって宙外の議論は、作者（語り手）の主体性の介入を否定しているわけでもない。小説の「同情」論的な構造を考えるとき、「同情」する側の行為体《エージェンシー》として作者（語り手）の存在感は不可欠だからだ。要するに、「没理想」論の対立は「同情」論を嚙ませれば解消する。これはある意味当然といえる。「没理想」論をざっくりと主観主義（鷗外）と客観主義（逍遙）の対立と見なした場合、もともと主客分離の解消を目的として要請された「感情移入」の美学が、対立の融和に働くのは自然な道理だからだ。

　つまるところ、一八九〇年代初頭における二人の文豪の主張は「世界」形成の外縁を見せるか隠すかの差異に留まるのであり、本質的な対立ではなかった。世界は基体的主体の形成する主観性の境界線なき枠（人間中心主義《ヒューマニズム》）に閉じ込められており、一九世紀末に日本では写生文や印象的自然主義の萌芽が現れ、近代文学が取り扱うべき第三領域、すなわち分化した主客を合一する知覚的無意識（潜在意識）の働きをリアルに描く術――種々の感情移入美学を含む――を見つけるまで、「世界」に内在的に抵抗して枠組を揺るがすことはなかったのである。一九世紀末から二〇世紀初頭は、地球の植民地分割が限界に達してしまった資本主義（帝国主義）――国家を常に超え出て行く――という「超越論的」経済が「世界」を覆い尽くす〈拡大〉と同時に、反グローバルな「経験的」政治（地域主義）が、広義の「被支配」側においては抵抗の結束（ナショナリズム）を噴出させるという――同時代のマックス・ヴェーバーに言わせれば、一六世紀のカルヴァニズムによって経済が政治の領域から相対的に自律させられて以来の――〈分裂〉が最も顕在化した時期である[74]。この〈分裂〉は一九世紀的小説の完成の条件を教えると同時に、限界の露呈でもあったわけだ。世界同時的文学の流れへの日本文学の参加は精確にこの時点である。したがって漱石や抱月の理論が俳句やその元になった仏教（禅宗）といった「日本的なもの」を結びつけるナショナリズムと相即していたのは必然である。

　しかし仏教は本来国学のようにドメスティックな思想ではないし、一度形成された近代的「世界」の枠組は抹消可能でもなければ、また抹消すべきでもないと知っていたのも漱石たちだった。主従逆転のシーソー・ゲームの不毛さを避け均衡点を探る試みが、物語としての「世界」を形成するプロット（意志）がないのになお小説を名乗る「筋のない小説(75)」やアンビバレントな境位に理論的に留まろうとする「新自然主義」などの中間的媒介の理論を生み出すことになった。そのように考えると、大正期に広

---

(74) ヨーロッパで「資本主義」の語が頻繁に流通するようになるのは、フランス自然主義の登場と軌を一にする一九世紀後半からであり、「一九世紀末から二〇世紀初めにかけて、多くの知識人、社会科学者、人文科学者が資本主義を、自身の生きる時代の決定的な特徴と捉えた」（ユルゲン・コッカ『資本主義の歴史――起源・拡大・現在』山井敏章訳、人文書院、二〇一八、一四頁）。「資本主義」が生の立脚地を完全に分裂させ、それに対する批判的な反省が噴出した時期と子規や独歩の登場とは重なっている。フランス自然主義から新自然主義までのスパンを抱月に倣って広義の「自然主義」の時代と括るなら、それは丁度「資本主義」が急激に問題視されていった時代でもある。「自然主義」は当初から反資本主義的な――文学において本義ともいえる〈抵抗〉の――役割を負っている。

(75) フランコ・モレッティは、「世界文学システム」との「妥協」によって形成される周辺文学（モレッティは日本近代文学の端緒といえる二葉亭四迷『浮雲』を例にしている）が、「外国のプロット」「地方の語りの声」「地域の登場人物」で構成されると述べたことは前章で記した。それを本書の言い方に合わせれば、プロットは小説「世界」の意志であり、それに準じ寄り添う「語り」が登場人物（経験的存在者）の住まう「地域」を媒介する形となる。つまり、「語り」の知は（感性的対象を絡め取る）「想像力」の役割も果たしている。「筋のない小説」は、「語り」が普遍的な「世界」の意志への隷属から相対的に自立する（ただし叛乱ではない）方法だといえる。

範に生じた演劇ブームや[76]、犯人と探偵が茶番劇にも似た化かし合いの演技を披露する探偵小説の流行にも[77]、その分裂の縫合の期待が込められていたはずなのだが、詳細な検討は別稿に譲るほかない。

最後に、これまでの議論の流れからは傍流の項目にはなるが、一九世紀末から二〇世紀初頭の転回点に関して、近代的世界の分裂の縫合という観点から少しだけ言及を加えたいのは、社会主義論者の本格的な登場とそれに連動した文学界の動向である。日本近代の社会主義思想の激化が一九世紀末に始まることと、本章で論じてきた文芸様式の地殻変動の時期とが精確に重なっていることもやはり偶然ではない。日清戦争後の状況にあって、明治政府にとって最大の外交的課題であった領事裁判権と関税自主権の撤廃のうち、前者の廃止と後者の一部回復に関する条約改正は遂げられていた（後者の完全回復は一九一一年）。だがそのことは、代わりに日本社会をグローバリズムの波に直接的に曝すという次段階の危機意識を導いたのである。下層社会の取材と救済に専心し、二葉亭四迷や樋口一葉とも親交のあったジャーナリスト・横山源之助の『内地雑居後之日本』（一八九九）は、条約改正後に外国人の自由な生活を保証する「内地雑居によって国外資本が流入し、労働者に破壊的な影響をもたらすこと」[78]を懸念した。一九世紀的近代の〈分裂〉を批判する思想として新自然主義（主客同一論）や感情移入美学が登場してきたのと構造的に等しい役割を、政治経済的言説において担ったのが社会主義だった。この時期には哲学者の大西祝の評論「社会主義の必要」（『六合雑誌』一八九六・一二）などの一般論から、一八九七年一二月に『労働世界』を創刊した片山潜・西川光二郎『日本の労働運動』（一九〇一）、横山の『日本之下層社会』（一八九九）、一九〇三年結成の平民社を主導した幸徳秋水による『帝国主義』（一九〇一）、『社会主義神髄』（一九〇三）といった本格的な書籍が立て続けに出版されたのである。

文学の内容と直接的な関係を結んで見えるものとしては、国民国家の地固めとなった日清戦争後、封建制の衰退とともに新たに「貧富」（格差）の拡大に冒されつつある現状に対して、「社会小説」論の流行を示す基準となった評論、先述の田岡嶺雲の「小説と社会の隠微」「下流の細民と文士」（『青年文』一八九五・九）がやはり最初に目に付く。社会的悪を糾弾する民衆的精神の向上のために小説の重要性を謳っているが、それは自由民権運動の頃から続いてきた流れで決して突発的なものではない。だが政治的な問題対策型の教育としてではなく、美学的な感化によって人々の総合的な意識変革を目指す方向に多様性が生じたことは小さな変化ではない。まだまだ被虐的なロマン主義のナイーヴさを多分に残す内容だったとはいえ、娯楽性の志向が強い硯友社文学の中から観念小説（泉鏡花）や悲惨小説（広津柳浪）が現れ出てくるに至って、「社会」という手の届く範囲での「世界」を考える文学が本格的な段階

(76) その時期に執筆された土居光和『文学序説』（一九二二）はジャンル発展論として、自我の「反省」を描く小説（＝物語）の次に、さらにその「主観の超越」を描く演劇の時代が来るという逆転を考えた（笹沼俊暁『「国文学」の思想──その繁栄と終焉』学術出版会、二〇〇六、八六〜九七頁）。説得力は別にして、ここでも演劇に総合的調停の役割が与えられていることが重要である。

(77) 本来は超越論的である「語り手」主導のはずの「世界」を探偵のそれが凌駕しているという反転した「世界」崩壊の状態で開始され、結末で「世界」の回復に向かうという特殊な構造のジャンルである。小説全体の語り手がホームズではなくて、「世界」をまるで見通せていないワトソン博士（小説内では聞き手）でなければいけない理由である。

(78) イ・ヨンスク『「国語」という思想──近代日本の言語認識』岩波現代文庫版、二〇一二、一六五頁。

に入ったことは見て取れる。この流れは独歩の分析で見たように、文学界においては結局、社会問題を美学化する傾向に吸収されていく印象を受けるものの、広い文化的言説としての「社会主義」思想は、確かに二〇世紀の第一四半世紀の文学者たちの思考のスタイルに浸透していくことになった。言い方を換えれば、当時の文学理論の構造的変化も、同じパラダイムの出来事として背後ではそれと連動していたのである。抱月の美学研究において「差別我」に対して「平等我」の重要性が強調されていたように、社会階層的な差を前提とするsympathyの思想からempathy的な美学への、いわば理論の水平化が起きた事実も一度同じ文脈に置いてみる必要がある。

第二章でも少し言及したが、漱石との交友が深かったことで知られる美学者の大塚保治には、[79]「日本文明の将来――国家主義及家族主義対個人主義及世界主義」（『哲学雑誌』一九〇六・一二）という講演記録がある。その中で大塚は、次のように〈世界の中の日本〉の文明論的情勢を整理している。「世界主義」（あるいは人道平和主義）は、「有らゆる人類を包含し、網羅して、其極は動もすれば此社会から飛び出してズット彼方の天に至り神に向はうとする」もので、反して「個人主義」は「全く社界の関係から引き離れて、自分独り孤立して籠城して居る」ものだが、「どちらも社会団結といふものから既に片足は離れて唯片足だけが繋がつて居ると云ふやうな姿である、その点で双方全く一致して居る」。この「個人主義」と「世界主義」の親和性の強さは、[80]実業主義とキリスト教的精神の組み合わせにも言い換えられており、一言でいえば「西洋主義」（進歩主義）である。対して「国家主義と家族主義の目的はどちらも社会の大小種々の団体ある中で、略々中間の位置を占めて居る国家と家族」で「範囲が接近して」いるため、両者は「大抵連結して起つて居る」。この組み合わせが「日本主義」（保守主義）のことになる。その両陣営――政治体制としては進歩党と保守党の二大政党に収斂する――の間が致命的に分裂しているという現状分析は単純といえば単純である。だが西洋文明に完全に吸収同化されないかたちでの日本文明の発展のためには、この二大勢力が相争いつつも「融合調和」に帰着することが必要であり、危機の回避のためには「物質的文明」（西洋主義）の「道徳化《モラリゼーション》」（日本・東洋文明主義化）という事業が不可欠だという発想は、当時の思想的ジレンマと問題認識の所在を伝えて余りある。したがって社会主義の位置づけは元々は「西洋文明に伴つて来る必然の結果若しくは余弊」ではあるのだが、しかしその主張する「事柄の中には往々国家主義の主張と一致する点」があるため、媒介的な第三勢力の役割を担うに至るというのだ。

(79) 註59を参照。

(80) 中間項を除いた個人と世界の連結の強さは、第二章で図示した小説形式としての「世界」像にも当てはまる（一三四頁）。鷗外の「舞姫」は国家的な枠組からはじき出された人間の内的苦悩を書いているが、「世界」が基体的主体の主観を基に形成されているモデルを採用する限りでは、国家などの世俗的枠組は最終的には問題にならない。パーソナルな問題は国家を越えるのだ。ロマン主義によって近代化した小説形式は、個人と世界の直接的な結び付きによって社会的・中間的制約を超えることが目的の一つだった（それゆえ世界文学というアイデアが生まれるのである）。いわゆる「私小説」が目指したのは、この「世界」との結び付きを表向き絶つことである。鷗外の「舞姫」の太田豊太郎の経験は鷗外の実際のそれとは大分異なっているのだが、仮に相当に類似していたとしても、これを明治四〇年代以降の「私小説」と同類に扱うのはためらわれるに違いない。

私の考では日本主義及西洋主義に対して一種面白い関係を有つて居て、日本主義と西洋主義の勢力の相違が多くなれは《ママ》多くなる丈社会主義の勢力も亦増長して来る、数学上の言葉を借りて言へば、社会主義は詰り日本主義と西洋主義の函数即ちファンクションである〔……〕此先き日本主義と西洋主義が互に相争つて軋轢して、しかも西洋主義の方が優勢であればあるだけそれだけ社会主義も盛になるに違ひない、けれども段々進んで東西両文明の反対が少なくなり其調和が大抵成就するといふ暁きには、モウ社会主義と云ふ者は自分の役目がスツカリ済むで日本の文明界から跡をかくして仕舞ふだらうと思ふ

直後に大塚は、社会主義消滅までの時間を「三十年なり五十年なり」と述べているが、実質的にそれが起こるのは新自由主義の受容が進む一九七〇年代以降、名目的には冷戦体制の崩壊（日本では一九九六年一月に日本社会党が日本社民党に改名）まで待つことになるので、ほぼ倍近く掛かってこの予測はある意味当たったわけだ。が、それは大塚が願った「矛盾衝突」の解消の役目を果たし終えたためではなく、媒介としての「函数」が機能不全を起こし、「矛盾」が剝き出しにされ、それが「矛盾」のまま肯定（放置）されるという一種の〈諦め〉によってだったのは皮肉である。[81]

九　試される「共感」の力——現代文学と新「人間主義」

さて最後に、「感情移入」の歴史的展開の行き着いた先として、二一世紀以降の現代文学の考察にも

軽く片足を踏み入れて本章を締め括りたい。これまでの議論から、近代文学における人間的「世界」形成の方法に関わるような大きな様式転換が起こるとき、広義の「感情移入美学」の問題が浮上するのではないかという推察ができる。近代小説の「世界」は、超越論的な語り手が登場人物たちの内面を汲み取るという「同情」の作用によって安定した「語り」の構造が支えており、一度その「世界」に疑問符が突き付けられれば、「世界」を形成する「語り」も不安定化する。必然、「他者」への感情移入を骨格に組み込んでいる文学の表象体制は、その実装の仕方を見直さざるをえない。本書では、そのような反復と転換を一九世紀末から二〇世紀初頭、およそ一九二〇年代後半から「戦後」、そして一九八〇年代前後（六章で扱う）と三〇年周期的に大きく分けてきたが、もちろん歴史的変化は本来連続的なものだから、あくまで論を運ぶための便宜的な区切りである。それでも改めて二一世紀初頭（特に二〇一〇年代以降）を特別視したくなるのは、世界文学論の復活が起こった事実も含めて、本書のスタート地点である二〇世紀初頭をなぞり直しているように見えて仕方がないからで、実際多くの現代小説において

(81) 実は大塚は、もう一つの望ましくない形での「矛盾」の解消の可能性を述べており、それは日本文明が完全に西洋主義化して同化するシナリオである。これは現況に近く見えるが、しかし資本主義の運動が文化的差異を認めながら包摂する「新自由主義」以降の状態を適切に表さないように思える。大塚が用いたような昔ながらの分類が通用せず、一方で国家は保護すべき抵抗手段であるとリベラリストが考え、他方で保守政党がグローバル資本に同調しようとするような政策交錯の時代は、「矛盾」の解消ではなく「矛盾」の肯定の原理（あるいは二項対立的政治思想の放棄）によって説明されるべきと考える。

「語り」の様式を顕著に変化させる動きがあった。最近の現代文学に現れた特徴を、約一世紀を経て反復した「感情移入」の問題の再来と捉えたとき、その理由として浮かび上がってくるのは、テクノロジーの進展による人間（＝世界）のさらなる不安定化と新たな〈分裂〉の危機、その回復と調停の課題という差し迫った状況である。

二〇一〇年代以降の新しい現代文学の傾向は様々な個性を備えるが、結局、作中人物に対する「語り手」の距離、すなわち「感情移入」の問題へのこだわりや躓きを各々独特の仕方で処理していると見える点が、本書が抽出した「世界」文学の系譜論的な可能性を考える上で特記すべきところである。過去の近代文学から見れば多かれ少なかれ違和感を伴う「語り」の工夫が、現代文学全体の変化の傾向を示しているといっても過言ではない。その中には「私小説演技説」の対象となった無頼派の作家たちと同じく、文学が描くべき二一世紀の新しい「人間」の姿を再び「演技的存在論」を通して探っている作家もいる。村田沙耶香が代表格だろう。

『コンビニ人間』（二〇一六）の「私」（古倉恵子）は、正しい「人間」を演じようとして最終的には失敗する人間である。この小説の題名と内容から真っ先に想起するのは、「私小説演技説」の対象の中心にいた太宰治の代表作『人間失格』（一九四八）だろう。テクストのほぼ全てを構成する手記の冒頭を「自分には、人間の生活というものが、見当つかないのです」と書き出し、「道化」を生存戦略とする主人公・大庭葉蔵を、古倉は明らかに再演している。だが大庭は自分を演じることで世間的な人間への同一化を試みつつも、一方で演技の背後に隠れた目から社会に順応している人間を軽蔑しつつ〈本当の自分〉の救済に固執しており、やがて自意識が高じて破綻を来たす存在である。言い換えれば、なお新しい人間のあり方を再形成する意志によって古い近代的人間を否定するために、大庭は（ヒューマニズムが叫ばれる時代だからこその）反人間的《アンチヒューマン》な態度——言い方をかえれば皮肉《アイロニカル》な態度——をとる。無頼派における一人称の「私」語りは、二律背反的に捻れているとはいえ対象としての「私」（演技的な「私」）との絆を強く持つため、「同情《シンパシー》」（憐れみ）の構図を応用する形になっている。つまり、二〇世紀初頭から大正期にかけて隆盛した一人称的現象世界の小説が基本的に「私」的世界の美学化（＝感性化）を志向していたのに対して、特に太宰のそれは「演技」という自意識を通して社会に対峙／参加する仕方で、再び倫理的態度を持ち込んでいる。それゆえ多くの読者は大庭葉蔵に「同情」的な感情を持つ。

対して古倉は、社会生活の必要のため無理に「人間」を演じることよりもコンビニ店員になり、「世界」の部品として——つまりコンビニに同調した新種の「動物」として——生きることに自足する。この「私」はそもそも「人間」であることの内的な欲求や積極的な意志を持ち合わせないために、特定の「演技」に固執することもない——人間中心主義的な「世界」の形成を諦めた時代の——ポストヒューマンな態度である。葉蔵とは逆に、語り手（＝古倉）としての「私」は「私」自身に対する「同情《シンパシー》」の回路をほとんど断っているのだ（そのため村田の作品においては、「私」が「私」を頭の変な人として語るという論理的な違和感が払拭できない）。

「私は人間である以上にコンビニ店員なんです」と最後に確信する「私」は、途中までは人間社会もコンビニと同じように「普通の人間」のマニュアルに沿えば適応できると考えていた。しかし人間になることには失敗する。現代社会になっても、まだ人間のマニュアルはもう少し複雑さを残している。人間になるには裏表（内面と外面の食い違い）のある態度によって、たとえ非合理的に見えても社会的通念（人間的イメージ）を優先させることが求められる（周囲の人間は「私」を異常だと思いつつ、それに直接は触れないという道徳的振る舞いをしていた）。古倉はコンビニを覆っている透明なガラスに比喩されるように、(82)そのような「裏表」の安定した二重性を維持できない存在という設定になっており、十分に人間になりきるほどには「演技」力を欠く存在なのである。その二重性こそが守るべき近代的「人間性」の由来だとしたら、古倉は人間の進化形と呼ぶべき存在なのか、それとも退化形なのか。

SF小説の古典であるフィリップ・K・ディック『アンドロイドは電気羊の夢を見るか？』（一九六八）では、「フォークト＝カンプフ感情移入度測定法」なる共感度テストによって人間とアンドロイドを区別するが、その意味で古倉はコンビニという「機械」に最終的に同化するアンドロイド的存在として描かれていることは疑いない（ディックの小説の世界では、希少化した本物の動物を飼うことが感情移入能力を持つことの証しとして人間のステータスになっているが、古倉の幼少期の回想が、死んだ小鳥に対する共感の欠如の話から始まっている点にも呼応してみえる）。だが古倉のキャラクターは王道のSF小説とは違い、小説の〈語り〉の構造的特徴によって構成されており、簡単にアンドロイドとして割り切れるキャラクターではない。本章で見てきたように「同情」には二種あって共同的に働いており、小説や演劇の世界では、それが作中人物と語り手（さらには読者や鑑賞者）とのあいだに結ばれる上位次元の関係とも連動しているという重層性が、古倉の存在を作っているからだ。

社会的振る舞いの裏表が維持できず、正しい「演技」ができない非人間主義的《ノンヒューマニスティック》な古倉という人物に対して、「変」だとか「気持ち悪い」と内心思いながらそれを押し殺して接している妹や同僚たち（白羽《しらはね》以外）は「共感」を持てずにいる一方で、少なくとも途中までは社会的必要から「同情《シンパシー》」を働かせている。逆に、語り手の「私」（＝古倉）のほうは明らかに「私」自身に「同情《シンパシー》」を働かせていない、つまり自分自身に対して無関心で自分を他人であるかのように見ている。同時に、そのような背後から自分を見下ろす客体視（自己意識）を捨てて、いつでも自我のない存在に戻ろうとするベクトルを宿してもいる。一言でいえば、「私」は「私」に対して一種の解離性の関係を結んでいる。つまり、「私」が他者から受ける憐れみ《シンパシー》と自分自身に対して抱く感情とが全く重なり合わないでいる。その意味でも、『コンビニ人間』では感情移入の機構が歪にできていて、人間社会の基本である「同情」のコミュニケーションが成立していない。そして注目すべきは、そのような古倉という主人公の人間関係と感情のあり方に対して「共感」するという感想を示す若い読者が多数存在することだろう。

だがいかにも現代日本社会が抱えるコミュニケーション的問題を誇張して体現する古倉の立場に「共感」することはあっても「同情」はしない。かといって、社会規範と自己との差を常に測ろうとしている古倉の語りが道徳的態度を完全に欠いているとも到底言えない。したがって、大正時代の私小説／心境小説のように「私」による「私」への自己同一性／美的同化に帰着するのでもなければ、一九八〇年代の村上文学のように、対象としての「僕」や登場人物の内面性を剝いでゲーム・キャラクター化（自動人形化）するのでもない。語り手としての古倉が語られる対象としての古倉に対して持つ関係が、単純な sympathetic はもとより従来の empathetic とも括ることの難しい距離感において、新しい「語り」

(82) 佐藤康智「水槽としてのコンビニ──『コンビニ人間』論」（『群像』二〇一六・一二）の分析を参照。

の構造として成立している。本作は、近代文学を基礎付ける「人間主義」を脱していると評価するよりも、現代の「人間」に基づく新しい「人間主義」を描いたことを評価すべき小説だということだ。

最近の現代文学においては、そのような語り手と（感情的に突き放された）人物の距離感の異常が様々なバリエーションとなって表れている。最後に山下澄人を取り上げ、見てきた二〇世紀の演劇的文芸論の系譜の帰着点に言及して章を閉じたい。山下の小説は一読して「実験的」な印象を与えるが、その原因の一部は渡部直己が命名した「移人称小説」の用法に負っている。「三人称多元小説における通常の焦点（＝視点）移動が、作中で三人称を与えられた複数の人物間に講じられるのにたいし、〔……〕語りの焦点が、一人称と三人称とのあいだを移動し往復する」[83] と定義されるテクストである。簡単にいえば一人称の「私」が語り手の場合に、別の登場人物の心中思惟を客観的に書くことは原理上できないはずだが、それをするのである。しかし、それは山下に特権的なスタイルではない。事実、渡部は二〇〇六年から二〇一三年あたりまで、近代小説においてはルール違反とされてきた手法の使い手を列挙するなかで、岡田利規には言及しているが山下の名を出していない（山下の小説家デビューが二〇一二年であるからまだ批評対象にならない作家だったのだろう）。だが彼のテクストには本書の論点と即席に接続するうえで好都合な手法の露骨さがある。

> からすが今度はわたしのほとんど真上で鳴いた。真っ暗の中でからすを見つけるのはむつかしい。からすにわたしは見えている。赤い上着を着て黒いズボンをはいたわたしは街灯に照らされている。しかしスニーカーに穴があいていることまではわからない。

　前から老人が歩いて来た。それはとてもゆっくりで、動いていないようにも見えるが動いていた。黄色い毛糸の帽子をかぶったそれは男か女かわたしにはわからない。

　老人にはわたしがマエシバに見えていた。ずいぶん年を取ってどこから見てももう完全な中年男ではあったけれど、間違いなくあれはマエシバだ。マエシバもこちらには気がついていない。そりゃそうだ。こっちだってもう九十近い老人なのだ。これがまさかトーチンだとわかるはずがない。

　マエシバは老人をいつも
「トーチン」
と呼んだ。〔中略〕
　マエシバはまだ老人がトーチンだと気がついていない。老人はそれがおかしくて仕方がなかった。今にも吹き出しそうになるのだけれど、吹き出してしまってはマエシバにばれてしまう。老人はすれ違いざま、マエシバの耳元で、大声で名前を呼んで驚かせてやるつもりだ。
〔中略〕
　老人が近づいて来た。近くで見てわかった。老人は男だ。すれ違いざま、老人が大きな口を開けた。笑ったらしい。しかしわたしはおかしくないから笑わない。

（83）『小説技術論』河出書房新社、二〇一五、一六頁。

男はマエシバではなかった。誰か知らない中年の男だった。(84)

〔中略〕

長く間延びしている上に省略を各所に交えた引用なので異質感が十分伝わらない可能性が高いが、一人称から三人称、そして三人称から一人称への移行が行われている点では「移人称小説」の定義を超えているわけではない。だが人称どころか「からす」のような動物にまで無作為に転移してしまうほど徹底した視点移動の使い手であることは了解できるだろう。後半も結末に近いところで次のような描写がある。

わたしはオートバイのゴーグルをはずし、激しく泣いていた。それは何だか笑っているように見えた。しかし泣いていた。嗚咽はひどく、息が止まってしまうのではないかと思うほどだった。わたしはわたしをのぞき込んだ。顔中涙と鼻水でぐしゃぐしゃだ。みっともない。

わたしは、泣いているわたしをわたしが見ていることに気がついた。

わたしはわたしを見ていた。わたし、が、わたし、を見ていたのだ。それは不思議な光景だった。わたしの視界にわたしがいた。実際には見たことのないはずの雪景色は見たことがある気がすると強く中に起こせたわたしにも、この光景は異様で動揺した。〔一一六頁〕

山下の小説が、基本的には語り手の「わたし」による人物の「わたし」への古いタイプの感情移入（「二重体」的同情）の失敗（意図せぬズレ）を前提としているのが種明かしされる箇所だ。「わたし」からはじき出された主観が他の人物へふらふらと感情移入するために人称移動が生じるという、解離性の仕組みが露呈されているのである（したがって単に技術的な流行りを指摘して満足するのではなく、より広範に現代文学の傾向とその理由を説明するためには、表面的な表れ方を指す移人称ではなく、原理を示す解離性人称と呼びたいところである）。一般に近代小説の機構において超越論的「わたし」は鳥瞰的な「世界」形成者であるが、本作で手綱を相当に緩められたそれは、近代的人間の「想像力」の次元をはるかに超えており、時間的には幼児から老人、果ては死後まで小説内の全可能世界を自在に移動し、各所の人物に移入することができる。自伝的な読みやすさがあるために、読者に多少妥協したと評された芥川賞作『しんせかい』（二〇一六）でも象徴的に描かれるように、空間的には離脱した「わたし」が頻繁に空の高みに浮遊し、そこに無いはずのものをも見下ろす次元の鳥瞰的視点が示される（話の舞台である【谷】から自分がいま寝ているはずの場所、建物も人もいなくなってしまった場所を草原として眺めているという奇妙な描写である）。その確立のために小説というジャンルが誕生したとさえいえる「主体性」の神話が強力な時代には御法度にも思える手法だが、「わたし」から「わたし」への「同情」の紐帯を弱めれば、超越論的一人称と経験的一人称は原理的には解離可能であり、その緩やか

（84）『ルンタ』講談社、二〇一四、一三～一六頁。

な切断が山下独特の飄々とした「情緒」的な文体に与かっていることは、漱石の「写生文」の議論を思い返してもわかるだろう。

漱石による大人と子供の比喩は三人称描写が想定されているように見えるが、実は三人称でなければいけないとはひと言も言っていない。正確に言うと、ほぼ同時期に執筆されたと推測される『文学論』第四編第八章「間隔論」では、むしろ「写生文」は一人称であることが必要とされている。ただし、それは観察者が「余」という形で読者に見える必要があるという意味である（「語り手」という概念がないために起こる主張である）。描写の対象人物も同じ「余」であるべきだという話では当然ない。本論の主張はそれを踏まえたうえで、（「余」によって）描写の対象となる人物を他者（三人称）に限定する必要は理論上ないはずだということだ。一人称であってもそれを「小供」のように見ることができるのであれば、見ている側の者は超越論的な「わたし」として解離しており、人物としての「わたし」の客観化が（抱月風にいえば）「美的情趣」の条件になる。実際、「写生文」の書かれた一年後の『坑夫』（一九〇八）の主人公は、夢（「情趣」）の中を彷徨うような「自分」（さらに半年後の「夢十夜」と同じ人称）であり、それは明らかに解離性を含んだ滑稽味のある文章になっていた。気がつくと思うが、ここにおいて語り手と対象としての「自分」の距離は、夢の絶対的で個的な体験という点において、極度に近いのと同時に解離という距離の感覚が両立している。つまり、先に定義したempathyの文体の漱石なりの実践なのである。

その観点からすれば、超越論的な「わたし」の無自覚な自然の幽体離脱を語りの前提とする山下のテクストは、現代版の新「写生文」なのだ。描かれるのは文字通りの新「世界」である。『しんせかい』

の冒頭、「「揺れますよ」と船乗りがすれ違いざまにささやいたことに乗船口からずいぶん歩いて気がついた」で始まり、しかし「ほんとうにささやいたのか。ささやいてなどいないのじゃないか。そもそもあれは船乗りか。船乗りだとしてあれはあそこにいるのか、いたのか」とたちまち存在論的不確かさに入り込む場面が置かれるが、解離した「ぼく」が、「船乗り」が声を発した可能性の世界へと紛れ込んだ際に聞いた「声」だと考えれば何の不思議もないのである。

　このような文体を発達させた山下の資質が、虚構の役への完全な没入の一歩手前、没入しつつ背後から自分を眺める二重状態を保つことを優れた役者の条件とする舞台感覚から来ると説明するのは簡単である。だがそれを一世紀半にわたる文学史の流れに位置づけて、その意義を測り直すことも重要だと考える。戦後の無頼派の私小説が反人間《アンチヒューマン》の私小説だとすれば、『しんせかい』は脱人間《ポストヒューマン》の私小説だという言い方もできる。おそらくは二〇世紀初頭や戦後直後と同様、この均衡の緊張感も弛緩し、分岐し、わかりやすさを重視した道に流されていくことは避け難い（例えば実体化した異世界パラレルワールドの話など）。それでも解離性人称の小説は近代小説の語りの限界を開いたのであり、過去に何度か起きた様式の「転回」と同様、それ以前と以後の文学の景色を後戻りの不可能なかたちに一変させたことは間違いない。文学というジャンルの理論的発展の決して多くはない〈道標〉を歴史に残す役割は果たしたのである。

第五章（間章）

小説家としての正岡子規——先駆する「写生」

一　子規の小説史

第三章では「現象学的転回」について論じ、前章ではその最も重要な現れとして小説（語り）の構造における「感情移入美学」の問題を扱い、国木田独歩を先駆的な作家として論じた。加えて文体／文章論のレベルで同じパラダイムを先駆けたといえる人物をあげるなら、正岡子規がいる。ちなみに子規も独歩も、近代小説の「現象」的側面を重視した花袋がその文芸論を発展させていくなかでリスペクトをもって言及した先人という共通点がある（独歩のほうは私的な交流も深かった）。しかし、本章で念頭におくのは、俳人としてはもちろん、一般的な文章法として提唱された「写生文」家としてでもなく、小説家としての子規である。小説家としては無名に近かった子規が果たした役割は、独歩に比べて文学史の潜在的な次元に留まってきた。といって、そのまま無視を決め込むことが憚られるほどに、彼の小説は「転回」の多くの兆候を宿しているように見える。のみならず、後続の作家たちに密かな影響力を発揮していた形跡もある。よって、本章では子規の小説のなかにモダニズム文学の萌芽を探り当てる試みを論じたい。

子規の小説執筆歴を簡単に振り返ると、「龍門」（講談社全集の解題によると一八八七年頃執筆の未定稿、『日本及日本人』一九二八・九初出）が今に残る最初期のもの、次いで若かりし頃の文学仲間たち――夏目漱石、内藤鳴雪、五百木飄亭の三者――に回覧して評を仰いだ連作「銀世界」（一八九〇・一脱稿）、そして新海非風と回ごとに交互に執筆した共作「山吹の一枝」（一八九〇年中の執筆推定）と続く。「龍門」は学生の生態描写や滑稽味の演出など、坪内逍遙『当世書生気質』（一八八五・六～一八八六・一）に触発された形跡が色濃い。新世代に対する当時の逍遙の影響力の大きさを教えてくれる。また、「われ、ある日一つの小さき軽気球に移り乗りて空高く登りぬ」[1]ではじまる「銀世界」の第三篇目は、上昇した気球が空でそのまま反転して、地球ではない太陽系外の世界の重力圏に入り、向こうの「銀世界」に着陸する話である。半SF的な意想の斬新さと俗な面白さがある（日本では明治一〇年代に西洋小説の翻訳が急増するが、その流行の先陣を切った作家として知られる〈SFの父〉ことジュール・ヴェルヌの影響か）。しかも結末は夢落ちになっていて、その後も子規の創作において執着が続く現実と夢の相互転位というモチーフが既に現われているのだ。ただ、いずれも凝った作りではあるが習作の域に留まるもので、ここでは検討を端折ることにする。

その後、あらためて子規が本気で小説家になることを狙って書き上げた作品が「月の都」（一八九一末着手、一八九二・二脱稿）なのだが、議論はここから本題になる。当時、幸田露伴の『風流仏』（一八八九）に非常な感銘を受けていた子規は、露伴の家を直接訪問して出版社への推薦を依頼した。しかし、それを一応は春陽堂に渡したんだと主張するエクスキューズに満ちた露伴の回想によれば[2]、当時の出版社の掲載は時流に乗ったものでなければ極めて厳しく、露伴自身の原稿でさえ頻繁にボツになっていたそうで、子規の原稿も複数の出版社を巡ったあげく結局日の目を見ることはなかった。このとき志は一度挫折したのである。子規は、それ以来しばらく継続した交流中に俳句のほうは非常に褒めてくれた露伴の発言を受け、「僕ハ小説家トナルヲ欲セズ詩人トナランコトヲ欲ス」[3]（虚子宛書簡、一八九二・五・四）の言葉を残して、俳人としての道を決したといわれる。

ところが、一八九二年末より正規に入社した（陸羯南率いる）日本新聞社が新たな読者層の開拓のため、家庭向けの（絵入）記事を整えた日刊紙『小日本』を創刊。その編集主任に抜擢されると、子規はかつての憂さを晴らそうと思ったのか、あるいはもっと現実的な記事埋めのためか、その権限によって創刊号（一八九四・二・一一）から一三回（三・一）にわたって、露伴に持ち込んだ原稿を相当の修正を施したうえで掲載したのである。子規による小説執筆のピークをいうなら、この「月の都」の掲載を皮切

（1）『子規全集』第一三巻、講談社、一九七六、三九頁。以下、子規の引用は同全集（全二二巻＋別巻三冊、一九七五〜七八刊）に拠り、巻数と頁数のみ記す。
（2）河東碧梧桐「子規に関し露伴翁に聴く」『俳句研究』一九三五・一・一初出、『子規全集』第一三巻。
（3）『子規全集』第一八巻、三〇三頁。

りに、一八九四年に立て続けに『小日本』に発表した三作と断言して問題ないだろう。直後に掲載が始まった二作目が「一日物語」(三・二三〜四・二二)。続く三作目が「当世媛鏡」(六・一五〜七・一五)である。これで多少の溜飲を下げたのか、その後、小説欲は再びフェードアウトしていった模様である。

しかしながら、一八九七年前半には若干の再燃の形跡を残すことになる。どの程度内発的な意欲だったのかは定かではない。雑誌『ホトトギス』(一八九七・一)を創刊し、年始には、子規の俳句活動の転機と成功を示すといわれる評論「明治二十九年の俳句界」(新聞『日本』一八九七・一〜三)を連載しており、文学者として脂の乗った時期を迎えていた。二月に春陽堂から小説の執筆依頼がくる。春陽堂は、(露伴の話では)子規の原稿「月の都」を即座に却下した出版社なので、思わぬかたちで念願叶ったというべきか、ある意味リベンジを果たしたのである。子規は、まず「月見草」に着手するが中途でこれを抛棄、全く異なる内容の短編小説「花枕」(『新小説』一八九七・四)を脱稿した。子規が生前に市販雑誌に載せることのできた唯一の小説である。これで小説執筆の味を思い出したのか、同年九月から一〇月にかけて比較的長めの「曼珠沙華」を執筆、浄書本も残していたが生前は未発表に終わっている。

「花枕」は、天上の神たちが戯れに地上に降りて少女の生活に干渉しようとする、神話的というよりはお伽話的な内容で、リアリストとして自認していた印象のある子規らしからぬロマンチックなセンスが匂う。攻撃的な俳論の背後に隠れていた多角的な興味が露出している。「曼珠沙華」のほうは、語尾の処理が時代の趨勢に倣って口語体へと移行しており、新しい散文のスタイルとして「ホトトギス」派が提唱することになる「写生文」の方向に歩を進めた様子がみえる。描写も精細かつ生彩を増しているが、花売りを仕事とする蛇使いの芸能民(非人)の少女と大家の跡取り息子(玉枝)との悲恋を内容とするもので、玉枝による〈夢うつつ〉の体験によってあいまいに昇華される結末の筋書きは、やはりロマンスに括られるものだろう。詩歌に対する好みはさておき、子規は小説に関しては幸田露伴を第一等の作家として評価し、なかでも『風流仏』の硬質な文体とロマンスに傾倒していた。冷淡な客観主義者として名を馳せていた最中においても、こと小説の創作となれば青臭い文学趣味を見せて憚りなかった。もちろん野間宏のように、子規は日清戦争後のめくるめく変化する「時代の表層をとらえるところに価値を見出すことない」[4]作家であり、その価値観が「神秘」の創造へと彼を向かわせたのだと好意的に解釈することは可能だろう。ようするに、子規の作家的資質が実は恒常的に「神秘」派だったという説である。が、そのような形で子規の文学的業績をまとめるのは少々雑な批評という印象をまぬかれない。確かに子規は俳論においても、「主観的美」から「理想的美」（非現実的な美）を分け出して前者を退け、意外にも後者を擁護していったところが多分にあるが、以下に論じるように、二つの美の腑分けはそんなに容易な話ではないのだ。

作風を語るなら、「曼珠沙華」から再び二、三年の間をおいて一九〇〇年の三月末に草稿執筆の記録がある未発表稿「我が病」の存在も無視するわけにはいかない。題名から想像できるように、内容は日清戦争中に従軍記者として中国に短期間渡った経験の回想で、文章のスタイルは大きく「私小説」風へと切り替わる。この最終的な変化の跡も、子規の小説変遷を語るうえで外せないものだろう。というの

（4）野間宏「「曼珠沙華」について」『子規全集』第一三巻所収、七七三頁。

も、二〇世紀初頭から自然主義文学が「私小説」風の経験に基づくかたちへと移り変わる文学界の動向を先取りしているように見えるからだ。しかし、まずは議論の始点を、より大規模な「転回」の初動にあたる一八九四年の小説群に優先的に置かねばならない。

二　子規の現象学的転回

一八九四年発表の三作品中、最も詳細な分析に値するのは二作目の「一日物語」である。一作目の「月の都」は初稿から二年以上の歳月を経ていたことに加え、新聞連載小説の体裁を考慮して書かれたものではない。想定読者の層が異なっている（『小日本』は中産階級の「家庭向け」を方針として創刊されたことを思い出したい）。そのため、一八九四年当時の子規の文学者キャリアを反映したものとは言い難い。この時期の子規の小説は、十年以上も後に漱石が朝日新聞社専属の作家となった際に直面した「新聞屋」ならではの困難や課題にどう向かったのか、その先例としても評価する必要があるが、「月の都」は該当しないだろう（親友だった子規が新聞社員として生涯を過ごした事実に、漱石が教授職を辞するまでして職業作家として新聞社に勤める決意を促された部分はあったと思われる）。

第三作目の「当世媛鏡」は、当時文学界で流行した「社会小説」の主題への目配せが色濃く反映したテクストである。日清戦争後の一八九〇年代半ばに、近代化と資本主義の浸透による下流社会の形成（格差問題）が高じたことを背景に、欲得にまみれた富める者たちの「悪徳」（中流以上の階層の道徳心の乱れ）と、貧しさに苦しむ（時に「罪悪」に手を出さざるをえない）、心根の善良なる下層民とが対比される構図の物語が、知識人による「社会半面の暗黒」の糾弾の心持ちに訴えて多く出回ったのである。なおその背景には、一八八〇年代にヴィクトル・ユゴーが自由民権運動を支える精神的教育面のシンボル的存在になったことに続き、一八九〇年代初頭からは徳富蘇峰率いる『国民之友』一派がそのユゴーの文学性を（平民／弱者に味方する）「社会の罪」という標語を掲げて高く評価し、多くの作品を翻訳刊行していったという前史がある。子規が一八九〇年代半ば以降のどこかで、ユゴーの『レ・ミゼラブル』（一八六二）の翻訳に手を出した事実も（単に入手が容易だったという単純な理由もあっただろうが）繋がりを見ることができる。『レ・ミゼラブル』のジャヴェール警部に似た人物を描いた「夜行巡査」（一八九五）に代表される泉鏡花の初期の観念小説、広津柳浪の悲惨小説、そして二〇世紀初頭の小杉天外や永井荷風のゾライズムまで、広義の「社会」派の物語は形を変えて引き継がれていった。(5)

ただし、当時流行した社会的問題意識の高い小説は、政治的運動の直接的な支えとなるような、社会改革の武器の役割を担う類いのものではないことは断る必要がある。評論家は別にしても、作家たちに限れば、言葉は悪いが貧しさ・悲惨さをネタにすることの美学的な感化力の強さ（劇的効果を最も高め

(5) ただしこの流れは同時に、ニーチェへの心酔を標榜して「美的生活を論ず」（『太陽』一九〇一・八）等の文章を残した高山樗牛を筆頭に、社会よりも個人的欲望を積極的に肯定する一派を対立項に生み出した（美学的立場でそれに準じたのが島村抱月である）。悲惨小説家の広津柳浪の弟子だった荷風らが掲げたゾライズムは、その「個人主義」的な目覚めを強調する流れも強く引き受けているため、いわば社会的道徳派と反道徳的個人主義派の対立を止揚した、新しい第三の文学的動向だったと位置づけることも可能だろう。

るジャンルである悲劇の力〉を執筆の動機としていた面は否めない。広義の〈娯楽としての文学〉の枠組がまだ強力な時代である（それゆえ、この種の「社会小説」の流行の大部分は、職業的作家集団である硯友社の作家が担っていた）。それは社会主義文学（傾向文学）と括られるべきスタイルには被るのかもしれないが、後年のプロレタリア文学のような行動への直結を第一義とする政治小説とは根本的に異なっている。およそ十年の後の「新自然主義」の流行期の評論家からみれば、二〇世紀以降の日本の「自然主義」の流れに向かう前史としての「無数の低級なる調和解決の文芸」[6]に見えてしまう部分を多く持っていた。「花枕」や「曼珠沙華」（共に一八九七作）が、ロマンスの素材として「悲惨」の境遇を作るために〈生まれ〉の差別を描いている点にも、時代の流行への迎合の名残が若干認められるだろう。

そのような題材と筋書きの時代性を別にすれば、たしかに「当世媛鏡」は三作中、いちばん技巧的に安定しており、筋の展開もこなれている。が、逆に際立つ個性を失ったと読むのが本論の評価である。何にしても子規は、『小日本』の廃刊（一八九四・七）及び日清戦争の開始という世相の急変につき、この「当世媛鏡」の発表を最後にいちど小説家の道を見切っている。

いっぽうの第一作目「月の都」はどうか。露伴を真似ていた時代の作である。内容も定型的でロマンチックな悲恋の物語だが、話も佳境になって現実と夢が入り交じる文章の運び[7]、文飾豊かな語句の畳みかける羅列によって主人公ともども読者を幻想の昇天に導く終局の描写などは、後発の泉鏡花を匂わせる部分も多々ある[8]。細部を注視する近代的な描写が見当たらないどころか、むしろ描写に拘泥して見える部分も少なくない。ただし、まだ文語体（雅文）を主とする厳めしさと古さが目立つのは否めず、主人公の高木直人の主観を通した描写というよりも、語り手がつぶさに叙景を表し、次いで同じ叙景を前にした直人の感想に焦点を移し直すような、視点の切り返しの感覚を残している。例えば、池の端にて直人が浪子を見初める場面、その池を泳ぐ緋鯉を見詰めて——

緋鯉《ひごひ》四五尾《しごび》稍《やゝ》白《しら》み勝《が》ちなる斑入《ふいり》の大《おほ》きなる鯉《こひ》一つ黒《くろ》き鯉《こひ》十余尾《じふよび》上下左右《じやうげさいう》に重《かさ》なりて池《いけ》のかなたより群《むれ》くる目《め》あては、水《みづ》の眞中《まなか》に蹲《うづくま》る大石一《おほいしひと》つ、石《いし》の鼻《はな》に来《く》れば郡鯉《ぐんり》二《ふた》つに割《わ》れ一群《ひとむれ》は右《みぎ》より一群《ひとむれ》は左《ひだり》より石《いし》を廻《まは》つて再《ふたゝ》び勢《せい》を合《あは》せ左《ひだり》に曲《まが》りて松《まつ》の木陰《こかげ》に頭《かしら》をあつめ一二遍《いちにへん》くるり〱と廻《まは》る其輪《そのわ》おのづとはぢけて又長《またなが》き隊《たい》を組《く》み渚《なぎさ》に沿《そ》ふて遠《とほ》く去《さ》りぬ。見《み》る〱再《ふたゝ》び寄《よ》せくる隊伍《たいご》整々《せい〱》一直線《ちよくせん》に大石《おほいし》を目《め》がけてアハヤ突《つ》き当《あた》らんとする途端《とたん》何《なに》に驚《おどろ》きてかはつと隊《たい》を崩《くづ》して横《よこ》へ散《ち》り底《そこ》へ潜《ひそ》みし鯉《り》

（6）相馬御風「文芸上主客両体の融会」『早稲田文学』一九〇七・一〇。

（7）「当世媛鏡」の終盤にも、浮世を避けて孤独を託つお清がいつのまにか現実から夢へとスライドする哀しくも巧みな描写がある。近代の夢文学の系譜の起点に漱石の『夢十夜』（一九〇八）を置くのは、それが物語の最初から最後まで全的に夢を扱ったテクストの嚆矢である限りは正しい主張だと考えるが、単純に夢の主題への執着を問題とするなら多少の留保が必要である。

（8）鏡花と子規の結びつきは意外かもしれないが、鏡花の『春昼・春昼後刻』（『新小説』一九〇六・一一、一二）は浪漫派と呼ばれた初期漱石の『草枕』（『新小説』一九〇六・九）に触発された事実もある。また、子規の次作「一日物語」の構図も鏡花の「高野聖」等の幽霊譚のそれと似通う部分を多く備える。影響関係とは言わずとも、鏡花とホトトギス派の距離に関しては再考が必要かもしれない。

> 群《ぐん》再《ふたゝ》び水面《すゐめん》へ浮《うか》び出《い》づれば自《おのづか》らなる鶴翼《くわくよく》の姿《すがた》を為《な》してもと来《き》し方《かた》へ帰《かへ》る道《みち》すがら両翼少《りやうよくすこ》しづつ縮《ちゞ》まりてもとの隊伍整々敗軍《たいごせいせいはいぐん》を収《をさ》めて帰《かへ》り行《ゆ》く自然《しぜん》の妙機一心《めうきいつしん》に見《み》とれたる直人《なほと》は『あゝ面白《おもしろ》と叫《さけ》びぬ(9)。

途中を略したい長さだが、描写がひと筆書のように一息で書かれているため、切りどころを見つけられなかった。しかも、この鯉の描写はまだ倍量は後に続いて、今度は並列的に浪子の嘆息「あゝ美し」を引き出す。「隊伍整々敗軍を収めて帰り行く」のような擬人表現は若干古臭くうるさいが、描写は丁寧かつ密といっていい。しかし、「自然の妙機一心に見とれたる直人は『あゝ面白と叫びぬ」と結ばれる最後の一文に注目したい。直人の心に自然が直接差し込んでくる〈印象〉の描写というよりは、語り手が客観的な描写を提示した後、別途、直人の内面に焦点を移し直した客観的な一文を、直人の反応として取って付けたように接続している。間に句読点が挟まれないため一見シームレスに連続しているが、実際には「自然の妙機」と「見とれたる直人」の間で文は切れており、語り手と緋鯉の景色との間の距離は、語り手と直人の間の距離とほとんど等しい。これは続く浪子のほうの描写が「〔……〕後《あと》には散《ち》りうく花幾片水《はないくひらみづ》と共《とも》に渦巻《うづま》くけしき、少女《をとめ》は我知《われし》らず漏《も》らす玉音《ぎよくおん》『あゝ美《うつく》し」と終わるのを見れば了解できるだろう。

ひるがえって第二作目の「一日物語」である。ある夜、男が三四人集まって手持ち無沙汰に、人生で一番嬉しかったこと、あるいは恐ろしかったことを互いに話し聞かせることになり、最後に指名された木田が「実に不思議」な話として語る内容が連載第二回目からの物語になる。「一日物語」の題には、古典物語的な全体論的な時間ではなく、任意に切り取られた現象的時間というニュアンスが込められているように思われる。重要なのは、この二回目以降は一回目の物語枠が無視されるので、木田の語りによる「余」の一人称（直接体験者）の小説に全面的に切り替わる点である。物語の筋書きとしての面白さは、捨て子の身を呉服屋に拾われ、そこで番頭として独り立ちし、めでたく結婚まで遂げた「余」が、ある日唐突に実の父親が病気で伏せているとの手紙を受けて、丁度主人に頼まれた出張の仕事と方角が近いのを兼ね、見舞いに旅立つ汽車の場面から本格化する。汽車の中で同席となった〈謎〉の女に翻弄される旅が始まり、「余」の〈いま・ここ〉の現在進行の描写が中心になるからだ。「余」の視界を認識の額縁として、汽車のなかであったり、汽車を途中下車して茶屋から山中の女の兄の家へと向かう人力車の中であったり、[10] さらにその後の山中の闇中の歩行であったり、「世界」の奥へ奥へと、つまり「余」にとって未知の〈謎〉の影に覆われた「世界」を開き進むと同時に、周囲の景色がめまぐるしく

（9）『子規全集』第一三巻、一二八～一二九頁。
（10）イメージとして人力車のほうが汽車よりも古い移動手段に思えるかもしれないが、明治の初期に登場してからの普及、電車や自動車の登場による衰退まで盛衰の軌を一にした乗り物である。新橋～横浜間の鉄道が明治政府によって開業されるのが明治五年、一方の人力車は日本人の発明になるもので、明治三年に東京府から営業許可を受け、一八年からは逆に輸出商品となる（湯本豪一『明治ものの流行事典』柏書房、二〇〇五、一六四頁）。ただし、この小説では、汽車→人力車→歩行と徐々にプライベートの度合いの高い移動手段に進んでいくことに意味があると思われる。

流れゆくダイナミズムを活用した主観的〈印象〉の推移を生き生きと描きだしている。

汽車に座している描写①と人力車に乗った際、前の車で先行く女を後ろの車から観察している描写②の二例をみてみよう。

①喜びと驚きと狼狽《らうばい》との為に今朝より定まらざりし心はやう〳〵に落ち付きて唯残るものは喜び許《ばか》り何かは知らず前途多望の身の上なりと我独り嬉し曙より曇り勝なる空合ひの雨にもならで今はまばらなる横雲のあはひより漏るゝ太陽《ひ》の光りは汽車の窓を透して玻璃《がらす》の外に近き山々の景色春をたのしげに笑へり気のゆるみと天気の長閑さとは人の眠りを催して昨夜《ゆふべ》見足らぬ夢を続《つな》がんとすればかしましき車の音に覚めぬ覚めては眠り眠りては覚めこくり〳〵と廻る車輪の数取《かずとり》を頷きて幾里かを走りたる時忽然《こつぜん》眼は覚めたり何故《なにゆゑ》に覚めたるか更に合点行かねばしばし考へたり右の腿の外側に一点のかすかなる痛みの余波《なごり》を留めぬ杖の先にて突きたらんやうなり怪しと見れど膝にさはる物もなければ只我心の作用《はたらき》にてあらぬ事をありと思ふなるべし〔後略〕[11]

②嬉しき時は何事も嬉しきものぞかし我車後《あと》から従ひ行くも嬉しきものゝ一つなり天神髷の結びやう襟首の生白《なまじろ》きも嬉しきものゝ一つなり何《なに》を見んとてか車の上より顔を横向けたるも亦嬉し下《くだ》り坂《ざか》に来て車の苦も無く走り下《くだ》る時両鬢《りやうびん》のフワ〳〵と動きたる二三本の後《おく》れ毛ハラ〳〵と風になびきたるまたなく嬉し〔一八二頁〕

①の臨場感は、「こくり〳〵」という眠りの擬態語のリズムと車輪のゴトゴト進む数を数えるリズムとのシンクロ、そして横雲の合間に差し込む太陽の光は、おそらく汽車の運動が窓枠に縁取られた景色を同じリズムでちらつかせ、一種の催眠作用を「余」にもたらす描写において鮮明である。この右腿を突かれる痛みはすぐ後で女が危険を知らせるために与えたものらしいとわかるが、睡眠を破る一点の刺激が催眠心理学でいうところの「暗示」として作用しており、物語全体の結末に向かって夢の如き話が連想的に繰り出される流れのトリガーとなっている。睡眠小説とでもいうべき漱石の『それから』（一九〇九）が冒頭で描いていたのと同じ夢うつつ状態である（その場面では、聴覚が捉えた足音が暗示となって眠っていた主人公の代助の頭に「俎下駄」のイメージが浮かび出る）。そしてもちろん、そのような特殊な夢的空間での〈謎〉の女との出会いという筋書きのほうは、文芸評論家の坪内祐三が正しく指摘したように、『三四郎』（一九〇八）の冒頭でうたた寝していた三四郎が見知らぬ女と汽車で出会い、そのまま下車した先で同宿する展開になる話の原型となっている。(12)

②の臨場感は、いうまでもなく走る車の運動（主観的視野が揺れるリズム）の中から、対象である女のほうの運動の一瞬一瞬――顔を横に向けた瞬間に覗かれる横顔、鬢の後れ毛が風になびく拡大視された運動――とシンクロして、それを捉える描写の映像的リアルさを作り出している。

---

(11)『子規全集』第一三巻、一七五頁。
(12) 坪内祐三『慶応三年生まれ七人の旋毛曲り――漱石・外骨・熊楠・露伴・子規・紅葉・緑雨とその時代』マガジンハウス、二〇〇一、五四二～五四四頁。

話の続きは、二人が「兄の家」に到着後、まるで「睡眠術」にかかったように女の言うがままに寝支度を整えた「余」は、「一二分間うと〱」寝ていた（つまりは夢うつつの状態において）部屋の外から切れ切れに聞こえる女と兄との会話の内容から、彼らが自分を殺害しようと企んでいると勘違いし、逃走を試みるも失敗。結局は、全て笑い話に落ちるのだが、この認識的な「勘違い」も自己に枠付けられた「世界」の視野の暗さが用意する臨場感あってこその演出である。つまり、本作において子規の描写は、二〇世紀初頭から私小説への流れが最新の手法として課題とした（本書が名づけるところの）「現象学的転回」を既に迎えているように見えるのだ。映画の技法でいうところの「縦の構図」（主観ショット）や、さらに高じてVR体験のように、読者の疑似体験の感覚を促進するための文章技術が強く意識されている。汽車からみる景色という近代特有の視覚体験がなければ、フランス印象派による〈生〉の時間的流動性への志向は生まれなかったとはしばしば耳にする説だが、子規は直観的に近代的視覚体験の劇的な変化と芸術ジャンルの一つである文学の美学的表現の変化を結びつけていた。いわば近代特有の乗客的感性の文学化である。

この点に関して坪内祐三は、「女の謎めいた様子を描く、新聞小説家としての子規の腕は、なかなかのものだ。／新聞小説家としての、というのは、毎回、次回への読者の興味の引っ張り方が巧みであるのだ」と評価したうえで、「前年（明治二十六年）の夏頃から、『萬朝報』の主筆黒岩涙香を中心に探偵小説が大ブームとなっていた」ことも根拠に加えて、本作から多分にミステリーの要素を嗅ぎ取っている。[13] 次作の「当世媛鏡」のほうを全てにおいて一段高く評価する点は、本論と意見を異にするが、当時、既に小説家として名を確立して久しい露伴や尾崎紅葉と比較して、「新聞作家としてなら、この時点では、彼らより上かもしれない」と坪内に言わしめた子規の小説の生彩さは、突き詰めれば、やはり視点人物に現象する迫真性の構図的特徴から来ているはずだ。その意味で、「月の都」と「一日物語」との懸隔こそが決定的なのである。

ついでに述べれば、このような美学的な新しさの体現は、ドイツ哲学では「生の哲学」と括られたディルタイ、ニーチェ、フランスではアンリ・ベルクソンが唱えていた時間論や「エラン・ヴィタール」（生の跳躍）といったグローバルな思想的傾向とも共鳴している。同傾向は、同時期の日本では、特に「新自然主義」が盛んになる明治四〇年前後から大正時代にかけて「生命」を顕揚する美学的言説の広汎な流行があったことから「生命主義」（鈴木貞美）と呼ばれるかたちで現出した。その先駆的な一端に子規を位置づける議論も可能だろう。子規が唱えた「写生」とは、たとえ命名時の本人に自覚がなかったとしても、俳句や文章法における小手先の技術などではなく、まさに客体の「生」を「写」し取る――あるいは自らの「生」を「写」し出す――方法論的な思想の全体を指す言葉として選ばれたことを意味する（実際に東洋画や近世日本画の伝統において「写生」の概念は生命主義的な認識を含んでいた）。それは究極のところ感情移入美学の文章法の一つだったということだ。

ところで、子規と漱石に非常に強い影響力をもった共通の友人として米山保三郎という秀才がいたことは、漱石周辺の研究者の間ではよく知られている（『吾輩は猫である』の天然居士のモデル）。子規は、年下の米山の該博な知識に圧倒されて、帝国大学入学時に選んだ哲学研究の将来を諦めたと言われ

（13）同上。

る。他方、何かモノを後世に残せる職業として建築家の将来を漠然と考えていた漱石に対して、米山は、文学こそ一生を捧げるに足る道であることを説得したという。米山は哲学の道を志し、特に「空間論」をテーマとして考究していたが、三〇歳にならずして一八九七年に逝去。[14] 自殺ではなく病没なので他律的な偶然の一致ではあるが、彼の末期にちょうど子規が俳句の「空間性」を高らかに主張していたこと、そしてその後、再びその俳論において「時間性」の重要度が回復していく流れをみると、「空間」研究に全てを捧げていた米山の死は、当時の時間論（主観論）の世界的な台頭を象徴する出来事として無関係には見えない。

過去の文学史の記述では、子規は油絵（静止画）の重要性を謳い、つまるところ俳句の「空間」的性格を主張したことで、その後の文学史に決定的な影響を与えたことになっていた。しかし、それが彼の文学的資質に準じたものではなく、あくまで一過的な主張だったことを先述の「明治二十九年の俳句界」前後の俳論を追いながら論じたことがある。[15] 刻々と変化する時間的な生の流動性をとらえる主観化された眼にこそ子規の新しさと可能性の中心があった。でなければ、その翌年に主に河東碧梧桐の新句の「淡泊」さを代表例に評しながら「新体と従来の俳句とを比するは猶油画の新派（紫派）と油画の旧派とを比するが如し」[16] と述べて、既に時代の美学的トレンドが「紫派」（印象派）に移っていること、そして新しい俳句のスタイルはその傾向に準じるものであることを書き残した事実が理解できなくなってしまう。[17] また、「印象明瞭」かつ静止像であることを良き「写生」の条件であると明言していた真っ只中、ちょうど「明治二十九年の俳句界」の連載開始（一八九七・一・二）の直前に、次のような新体詩「病の窓」（『日本人』一八九六・一二・二〇）を残したことも解せなくなる。結核による脊椎カリエスで病床を離れられなくなった子規は窓を一種のスクリーンに見立て、明日なき我が身を憂いつつ、刻々と変化する「幻灯」的な現象世界を感覚する詩を書いた。冒頭の部分はこんな具合である。

〔……〕
枕に倚りてうつらうつら
南の窓を見てあれば、
嵐まじりにしぐれたる
ゆふべの雨の音絶えて、
障子まばゆく照りわたす

(14)『吾輩は猫である』の中で、主人（苦沙弥）が考えた墓碑銘は、「空間に生れ、空間を究め、空間に死す。空たり間たり天然居士噫」である（『漱石全集』第一巻、岩波書店、一九九三、九一～九二頁）。

(15) 拙書『意志薄弱の文学史――日本現代文学の起源』の第一章「運動する〈写生〉――正岡子規と映画の論理」を参照。

(16)「明治三十年の俳句界」『日本』一八九八・一・三、四初出、『子規全集』第五巻、一一頁。

(17) 子規は旧派（通称「脂派」）に属する画家だった中村不折の作品を直接目にしたことで「写生」の概念を着想したとされるため、その「写生」概念は印象派以前の古い写実的美学に基づくとみるのが一昔前の子規論の一般的な見解だった。

小春の日ざし暖かし。
庭に立てたる物干の
竪なる影と、其またに
かけ渡したる竹竿の
横なる影と打ち違ひ
半ばを写す、其はしに
小く黒く見えたるは
干したる足袋の影ならん。
兎角する程にすいすいと
蜻蛉一つ飛び出でぬ。
左にかけり右に行き
終に戻りて竹竿の
上にとまりて、こくこくと
首を動かす影しるし。
ふと飛び上り消え失せて
足袋のほとりに現れつ、
再びとまる竿の上に
落ちつきかねて、又しばし

あちらこちらとかけ廻り、
障子の外に去りにけり。(18)

「枕に倚りてうつらうつら」している姿勢がまず重要である。以降の描写はやはりすべて夢うつつの心的現象世界へのトリップを多少とも含意することになるからだ。障子をスクリーンと見立て、「日ざし」が連続的に現われる事物の影を映写する。最初に静止物として舞台に導入されるのは、物干、竹竿、そして足袋だが、それらも認知のプロセスをかけて順々に現われ出るのであり、続く生物の蜻蛉の運動も、その動作の擬態語である「こくこくと」に合わせて刻々と、まるで映画のコマ送りのように展開していく(なお、高浜虚子が当時まだ希少だった高価なガラス戸を子規にプレゼントして、病床からの光景をさらに「活動」的にするのは三年後の一八九九年末だが、映画的な〈運動〉への志向はこの影絵でも既に顕著である)。

この詩を一読して想起するのは、夏目漱石『夢十夜』(一九〇八)の第八夜である。床屋に来た「自分」が「よほど坐り心地が好く出来た椅子」に座って、眼前の鏡に映る背後の――スクリーンに見立てられた――窓の外の往来を刻々と人が行き来する様子、それも部分的な身体や装いしか見えない様子を観察するうちに鏡の中(すなわち夢の中)と現実の世界のはざまに意識が迷い込んでいく映像論的(も

(18)『子規全集』第八巻、四四四～四四六頁、傍線引用者。

しくはプラトンの「洞窟の比喩」的）な内容が似通っている。漱石はここでも子規の、強力な「影響」の磁場を抜け出ていない（付け加えれば、一九一五年一～二月に『朝日新聞』に連載された随筆「硝子戸の中」の着想も、ガラス戸に改築した子規庵のイメージに遠く繋がっているはずだ）。
　蜻蛉が去った後、この詩はどこへ向かうのか。次に現れ出るのは蝶である。そのふらふらと運動する様子を観察するうちに、同時に病の身が直面している生の困難に対する内省が蝶の自由な生き様と比較されながら発展するのだが、やがて蝶も「窓を離れて失せ」てしまう。日は暮れ始め、光を失ったスクリーンは物干や竹竿の影も消していく。そして「世界」は消滅していくのである。

いつの間と無く物干しは
左の方に消え行きぬ。
芒の影もなくなりぬ。
見れば右手の下つ方に、
もやもやとして樫の木の
薄き影こそ写りたれ。
次第次第に其影は
変化の如き形をなし、
左に上にひろがりつ、
一間半の窓総て

只薄暗くなりにけり。(19)

三行目の「芒《すすき》」は、詩の後半のほうで一陣の風が吹いて芒の先が揺れたため、その存在にふと気がついたことから、新たに窓という画面の「世界」に加わったものだ。しかし、それも光を失うことで瞬く間に消えると同時に、代わりに大きく漠然とした樫の木の影が全面を覆っていく。「世界」の枠組からの事物の消失や、さらには枠組自体の機能失調への執拗な志向は、死によって意識が消えれば「世界」そのものが消えるだろうという、病に脅かされる子規の生の境遇のアナロジーになっている。この詩は、いわば擬似的な〈寂滅〉を内側からの主観ショットとして描いた詩（＝死）なのである。印象派のように直接感覚を捉える目論見だけが、この詩が体現している斬新さのすべてではない。刻々と細密な感覚描写をしているだけでは、この詩は文学史的な価値を半分しかもたない。視界から対象が消えゆくプロセス、さらには視界自体がぼんやりと曖昧になっていくプロセス、すなわち〈見ようとしても見えない〉という「世界」の形成とその限界がテーマになっていることに、子規の文学的センスの真骨頂が如実に示されている。〈見え〉に「限界」を設けてこそ、美的な現象として危うく明滅する「世界」が〈我〉を基準として立ち現れるからである。

(19) 同上書、四五二～四五三頁。

三　歩行と現前――動的に「写生」する

さて、ここまで小説と詩の実作から子規の「世界」認識の先駆性の表れを見てきたが、ようやくその意味に理論的な自覚が追い付いたと見えるのが、写生文論の集大成の趣を持つ「叙事文」（新聞『日本』一九〇〇・一・二九、二・五、三・一二）である。この評論を写生文の理論的な範として全面的に取り上げた最初の人物が、ほかならぬ田山花袋である。花袋は、「自然主義文学」の牽引者の立場から、雑誌『文章世界』（一九〇六・三創刊）の編集人を務め、俳句同人誌である「ホトトギス」派相伝の感のあった「写生文」を解き放ち[20]、平易な「写生文」の奨励者として指導的仕事をした。そして、その名も『美文作法』（一九〇六・一一）と題された書籍の第一編において「写生文」を説明する際、そのエッセンスを伝える内容として花袋がまるまる引用したのが「叙事文」である。

言い足せば、それ以前から花袋は、絵画と文芸の融合を目指した雑誌『月刊スケッチ』[21]（一九〇五・四創刊）の第三号（一九〇五・六・一〇）に「写生短文」という投稿欄が設けられた際にも、「田山花袋選」として「写生」を推進する指導者的な顔を見せている。第四号（一九〇五・七・一〇）は「応募短文」に見出しを変えるが、「田山花袋選」は継続、第五号（一九〇五・八・一〇）は担当欄が見当たらないが、第六号（一九〇五・九・一〇）は再び「写生短文」と題して、花袋によって過去一番多い五つの文章が選出されている。第七号から雑誌は絵画重視に編集を切り替えるため、判型が大型化され、短文投稿欄は消滅した模様である。ただ、短命だったとはいえ、創刊号の「発刊の辞」の直後に雑誌の主旨説明を引き受ける形で置かれた長谷川天渓の「スケッチ」という論説に、絵と文学の見事な融合を示した例として与謝蕪村があげられていることを見ても、この雑誌の存在自体、蕪村派と呼ばれた子規たちの仕事の影響下にあるはずである。また、創刊号のG・Sなる執筆者の記事「徳富蘆花氏を訪ふ」には、そのとき蘆花が「スケッチ的文才の先駆として、宮崎湖処子と国木田独歩をあげたという」[22]話が記されている。ここにおいて前章からの独歩の議論にも接続するわけだが、そもそも蘆花は独歩に「自然の日記を書いてみたら」と勧められたこともあって、『自然と人生』（一九〇〇）という「写生帖」としての文集を出版した作家だった。

ただし、蘆花の文章自体は文語の古さが残ることもあり、同書巻末に印象派以前の写実的画家であ

（20）その「ホトトギス」派たち自身にも、漱石の『吾輩は猫である』（一九〇五）の発表を境に大きな変化が訪れ、もっぱら「外界の自然」を描く態度から人事とその「内部生命」に目を向けて、次々と小説を発表し始めるのが、同じ一九〇五〜〇七年にかけてである。寺田寅彦、鈴木三重吉、伊藤左千夫、高浜虚子など。主観的写生文への「変化」についての論説は、片上天弦「彙報」欄中「文芸界」（『早稲田文学』一九〇七・七）及び高浜虚子「写生文界の転化」（『文章世界』一九〇七・一二・一五）を参照。

（21）その構成や狙い、歴史的位置づけに関しては、紅野敏郎「白樺派の検討（「文学」と「美術」との接点）――「月刊スケッチ」「白樺」「現代の洋画」をめぐって」（『早稲田大学教育学部学術研究（国語・国文学編）』一九七六・一二）に詳しい。論文冒頭にも記されていることだが、一九〇五年は四月から日露戦争終結（九月）直前にかけて五種の美術雑誌が次々に創刊された点で、芸術史的には記念的な年である。『月刊スケッチ』（四月）を筆頭にして、『光風』（五月）、『みづゑ』（七月）、『LS』（七月）、『平坦』（九月）と連なる。

（22）紅野、同論文。

る「風景画コロオ」に関する論説を収録したことにも符合するように、印象派的文章の一歩手前に留まって見えるのは否めない。微分化された時間的推移が描写に組み入れられているのは新しい。が、距離を置いた（時に科学的とも見える）「観察」の非人称性が膜を張って見えるだけではない。子規の写生的文章との決定的な違いは、「見えている」世界に身体的に内側から入り込むことで、逆に視界全体の精確さ（生彩さではない）をあいまいにする「暗さ」、主観的視野において見通すことのできない潜在的領域の含みがないのである。子規のリアリズムの真骨頂は、〈見ようとしてもよく見えない〉、〈見誤る〉あるいは〈見過ごす〉という当人の知覚の限界のリアルさ（＝ぼんやり）を描き取っている点にあり[23]、これが本論のいう「現象学的転回」後の描写を決定づける条件なのである。国木田独歩の「忘れえぬ人々」（一八九八）において、主人公の大津は話し相手の画家の秋山のことなど全く見えていいなかった（彼の「世界」の住人ではなかった）ことを思い出したい。要するに、独自に美的（感性的）な「世界」に対象が捕まえられる際には、人は多かれ少なかれ必ず何かを「世界」から排除しているわけだが、誤認や見過ごしとは、その排除されたものと「世界」の間に生じる緊張関係であり齟齬である。この点を強調せず、自然を感覚的に描いた文章だけを評価すると、あえて無理して本論が「転回」とした象徴的な線引きがどこまでも時代を遡ってしまう危うさが生じる。またなぜこの転回が「私小説」という極端な主観的視野の獲得に向かう流れに接続するのか、その説明に距離が生まれてしまう。

「私小説」の話ついでに問えば、ホトトギス派とは資質が異なってみえる花袋が、なぜそれほど「写生文」の信奉者だったのか。先に述べたように、その「生」を直接的に「写」（＝「移」）し取る方法的な可能性に惹かれたからに違いない（花袋は世紀の変わり目の頃から主客同一論者だった）。とすれば、花袋が「蒲団」（『新小説』一九〇七・九）の前に発表した「少女病」（『太陽』一九〇七・五）という奇妙なストーカー（？）小説の評価にも注意が必要になる。この小説は、通勤電車内において保証される匿名性を活かし、通学中の少女たちの観察を自らの枯れた生の癒しとする中年男の話だが、いつのまにか「露骨なる描写」（『太陽』一九〇四・二）の文体描写における「露骨」の問題から、性的指向の「露骨」な描写へと「露骨」の焦点がずれているという意味で、自然主義文学の特徴の一つと認識された「性欲」の赤裸々な露出のスタイルを体現している。ただ、その解釈の線は成り立つとしても、この短篇は同時に、未婚の少女に純粋に湛えられている（と男が勝手に思っている）「生命」を心的に「写」（＝「移」）し取ろうとする男の話であることを見逃してはならない[24]（最後に一番の憧れだった少女と再会し、男との間にある車窓を通して、額縁ある一幅の絵として観察される描写が象徴的である）。一般に脱性的とみられる写生文と「自然主義」的欲望の描写とが一点の結び目（「生」から「性」へ）において連続していたことを示すテクストなのである。

(23) 島村抱月「審美的意識の性質を論ず（二、同情、三、審美の意識、附悲哀の快感）」（『早稲田文学』一八九四・一〇・一〇）では、「純客観」の境地における「審美の状態にては、注意なきにあらざるも、我れより発動して注意するにあらず、故をもて、注意も注意ならず、恍惚自失に近し」と述べられている。

(24) 「寂しさ、寂しさ、寂しさ、此寂しさを救つて呉れるものはないか、美しい姿の唯一つで好いから、白い腕に此身を巻いて呉れるものは無いか。さうしたら、屹度復活する。希望、奮闘、勉励、必ず其処に生命を発見する」（『定本花袋全集』第一巻、臨川書店、一九三六初版／一九九三復刻版、六八五頁、傍点引用者）。

いずれにしても、花袋はこうした流れを受けて「写生文」の指導者的役割を果たしていき、続く『文章世界』の主筆として「写生」的文章の使い手の地位を固めていくことになる。その活動の内容（選出した文章や論説）を見る限り、やはり基本的には子規の「叙事文」を常に基準に考えていたことが窺われるのだ。

これは子規の評論を読む面白さの一つでもあるのだが、「叙事文」は具体的な文章例を豊富に示してくれているのがありがたい(25)。子規はまず、須磨の景観を描写する文体を、古めかしい漢文書き下し的に叙述したもの、観光案内を思わせる説明調の文章、そして写生文を駆使した文章の三つに書き分けてみせる(26)。亀井秀雄は、三つ目の、「語り手が歩くにしたがって現れてくる事物や景観を、語り手の関心や感じ方に即する形で述べてゆく方法〔……〕もう少し抽象的に言えば、場面に内在化した語り手に身体性を与え、語り手にとってのいま、ここ、ことを明らかにすることによって、語り手が歩く時間の経過に伴って空間のパースペクティヴが変わってゆく様子を伝える、そういう方法」だけが「景色の活動」を真に摑むことができると論じている(27)。ただし、この「私」の主観的視野に枠付けられている世界を直接に感覚する描写のことを、子規はそれこそ言葉足らずに「言葉を飾るべからず、誇張を加ふべからず只ありのまゝ見たるまゝに其事物を模写する」態度として、素朴な客観描写の勧めのように言い表した捻れの問題は、後の「新自然主義」期まで引きずられてしまうことになるわけだ。

具体的に、本命の「写生」による文章例の中身を少し長めに検討しよう。ただし前半は端折り、海岸の散歩を通して感覚描写がせり出してくる後半に絞る（それでも長い）。

宿屋の門迄来た頃は日が全く暮れて灯が二つ三つ見えるやうになつた。けれどもまだ帰りたくは無いので門の前を行き過ぎた。街道の右側に汽車道に沿ふて深い窪い溝があつて、そこには小さな花が沢山咲いて居る。それが宵闇の中に花ばかり白く見えるので丁度沢山の蝶々がとまつて居るやうに見える。溝には水は無いやうであるから探り〳〵下りて往て四五本折り取つた。それから濱に出て波打ち際をざく〳〵と歩行いた。ひや〳〵とした風はどこからともなく吹いて来るが、風といふべき風は無いので海は非常に静かだ。足がくたびれたまゝにチヨロ〳〵チヨロ〳〵と僅に打つて居る波にわざと足を濡らしながら暫く佇んで眞暗な沖を見て居る。見て居ると点のやうな赤いものが遙かの沖に見えた。いさり火でも無いがと思ひながら見つめて居ると赤い点は次第に大きく円くなつて往く。盆のやうな月は終に海の上に現れた。眠るが如き海の面はぼんやりと明るくなつて来た。それに少し先の濱辺に海が掻き乱されて不規則に波立つて居る処が見えたので若し舟を漕いで来るのかと思ふて見てもさうで無い。何であらうと不審に堪へんので少し歩を進めてつく〴〵と見ると

(25) 松尾芭蕉を神と崇める蕉風に対抗して与謝蕪村を持ち上げたことから「蕪村派」と呼ばれた子規一派だが、その蕪村の句に対してさえ、良句ではないと判断すれば平気で添削してしまう大胆さが子規の魅力の一つである。

(26) 本書第三章の註24（一九三頁）を参照。

(27) 『明治文学史』岩波書店、二〇〇〇、一三八頁。

眞白な人が海にはいつて居るのであつた。併し余り白い皮膚だと思ふてよく見ると、白い著物を著た二人の少女であつた。少女は乳房のあたり迄を波に沈めて、ふわ〳〵と浮きながら手の先で水をかきまぜて居る。かきまぜられた水は小い波を起してチラ〳〵と月の光を受けて居る。如何にも余念なくそんな事をやつて居る様は丸で女神が水いたづらをして遊んで居るやうであつたので、我は惘然《まうぜん》として絵の内に這入つて居る心持がした。……………[28]〔網掛、傍線引用者〕

まずは散歩の時間帯（暮れ方）である。この時代から大正期の志賀直哉「城の崎にて」（一九一七）まで、心境的な描写と夕暮れ、そして歩行のマッチングが多数みられるのは、心的に明るみに出す範囲においての「世界」をテクスト内空間として「ぼんやり」と現象させるためである。この「ぼんやり」とした心的範囲（の柔軟な変動）が空間的な「世界」の全体と一致している構造は、突き詰めれば、夢において現象している範囲がその世界の全てであるという〈夢の中〉と相同的な「世界」であるから、漱石の『夢十夜』（一九〇八）を軸に多くの夢小説が生み出されていくわけだ[29]。子規は無意識的にそれを先駆けて実践している。そのとき〈歩く〉という行為は、行為者を基点にして刻々と感覚的に「世界」を切り開いていく営みになる。まさに現象学的な「世界」の具体性を現象させるのだ。月明かりの下で「水」（潜在意識のメタファーとして明治・大正期に頻繁に描かれる）[30]に触れながら、引用文に傍線を引いた「見る」行為の連続と「見誤る」ことによる視覚像の発展——花の白さは蝶に、赤い火は月の姿となり、反射する着物を「真白」な皮膚と見て、少女は女神へと生成変化する——を通して、幻想的な「夢」の世界（最終的には「絵の内」）へとトリップするように文は閉じられる。漱石『坑夫』（一九〇八）

の冒頭、夜明けの薄暗さのなかを半眠状態で歩行してきた「自分」が松原の「絵」の中にトリップするかのごとき書き出しに呼応している。『坑夫』は、漱石流の「感情移入」の描写が「夢」的な「悟入」の「写生文」として試みられた小説であり、半年後の『夢十夜』の連載を準備した。子規が創作した例文は「叙事文」と名乗りながら、知性的・知識的な境界を「ぼんやり」と消去し、特に大正作家が好んだオノマトペを感覚の亢進を表す手段として多用している（繰り返し符号「〱」の多さは普通でない）。直接感覚の受容体としての観察者を中心点にして、「世界」を心的に現象させる文章の模範例となっているのだ。それに忘れてはいけない、当時、病の進行で部屋から文字通り一歩も出られなくなっていた子規は、この文章を「ありのまゝ見たるまゝに」書くべき「叙事」や「スケッチ」の例と言いながら、当の景色を全く見ないで疑似体験的に〈歩きながら〉書いていたのである。

ところで、亀井秀雄は「写生的」な文章のフィクションの語りにおける使用の発端が、すでに坪内逍遙『細君』（『国民之友』一八八九・一）に見られることも指摘していた。「現象学的転回」の兆候として

（28）『子規全集』第一四巻、二四二～二四三頁。
（29）薄暗い世界の中に点る火や灯によって（たいていは一人称の）主人公が催眠的に導かれていく描写も、これらの小説の得意技であり、漱石の「琴のそら音」（一九〇五）から志賀の「焚火」（一九二〇）まで類例に事欠かない。さらに、遡れば——これは視点人物が景色のなかに入り込まない点で一線を画するが——国木田独歩「たき火」（一八九六）、下れば村上春樹「アイロンのある風景」（一九九九）まで長い系譜を引ける。
（30）拙書『意志薄弱の文学史』の第二、三章を参照。

の子規の小説との類似と差異の程度を多少検討しておく必要があるだろう。亀井が簡潔に言い表す「登場人物の行動や意識や感情に即してリアライズする表現」は、最初は若い小間使い・阿園《おその》、途中からは夫人（お種）を観察の起点として、彼女たちそれぞれを関与の中心とする世界を描き出しているように見える。特に冒頭からしばらく続く阿園視点の語りは、自分が仕える屋敷（下河辺家）の全貌（夫婦関係や経済状況などを含めて）を知り得ていない限定された「視界」の状態で始まり、女中部屋という家全体の無意識的なトポスに当たる箇所から徐々に作品「世界」の全体を照らし出していく。見切り発車の感を多く残した近代小説の嚆矢『当世書生気質』（一八八五〜一八八六）に比べれば遥かにモダナイズされた表現法が採用されたのは間違いない。「小供だと思ツて欺すのではあるまいかとフラ〳〵と起る疑ひ　ア丶誰が此やうな廻り気を教へしぞ」の「ア丶」以下の部分のように、たまに自立した語り手が自身の声を通して顔を覗かせることもあれば、また、場面が転換する「第三回　とつおいつ」の冒頭で、語り手が改めてストーリーを概略的に復習するところなどは、文体が古い語り口調に後退するものの、全般的には相当に透明化している。

　このスタイルの変容が可能にしたのが、社会に表向きに営まれている市井の市民生活の危うさを、社会の下層や被抑圧的立場の視線による相対化の作用で暴き出す近代文学特有の方法である。阿園にとって夫人（お種）は、畏れつつも敬慕する「細君」と呼ばれる〈他者〉としての「女」であり、その内面を、憶測を交えながら観察する対象である。同時に、お種から見ても阿園の内面は計り知れないのだが、こちらは〈他者〉というほどには屹立しない、優先的には関心の向かない相手である。お種が常に顔色を窺って対峙しているのは、視点描写されることのない夫（定夫）が形成する世界である。つまり、お種と定夫、阿園とお種の関係はゆるく相似形になっている。阿園は話の中盤にその姿を消し、主題の「細君」であるところのお種へと焦点の中心が移り、さらには継母であるお組にも視点を預ける。不遇を託つ女たちの連鎖の物語が立ち上がるが、その真ん中にいて両者を連結させているのはやはりお種である。題名の「細君」とはしたがって、中心人物である夫人（お種）を指すと同時に、同時代の男社会の裏面において劣位に置かれて悩まされる「女」一般を指す言葉でもある（本来「細君」は身内を指す謙譲語で、「細」は「つまらない」「劣った」ものを意味する）。

語りと描写の観点から言える『細君』の重要性は、それぞれの人物が形成する世界が互いに相容れないものであることを、特に主人（男）の支配的世界を背景にして「女」たちの心情の個性への焦点化で示した点にある。つまり、「世界」は各人物を中心の種として現象的に輪郭を持つことを示した点では重要な一歩を進めている。新しい近代小説の芽は確かに顔を覗かせているのだ。しかし、視点人物を基体とした「世界」が、身体的行為（運動）の介入による時間経過とともに現在進行形的に刻々と〈開かれ〉ていく、その生成と形成のプロセスが描かれることを基準とする二〇世紀文学の先進的な意識には届いていない。少なくとも本論が提示してきた「転回」の起点とはできない。「写生」の基本は、究極的には一人称的な体験なのである（実際に使用される人称は別として）[31]。

（31）なお一連の対象を印象主義的転回と呼ばないのは、一つには「世界」概念の元になった哲学的思考の体系性を基準とした議論をしているためであり、もう一つは「印象主義文学」は既に一九世紀後半のフランス文学のただし『細君』は、その現象性の描写の発達にともなって、近代文学における問題意識の中心を担うことになった主題の先駆性においては、やはり重要な位置を占めている。「女」の表象可能性の追求こそが（少なくとも日本の）近代文学の成長期において最大の課題となることを早くも嗅ぎつけている点である。先に「社会悪」の問題を確認したように、広義の社会派的小説は虐げられた者に焦点を当てるため、この『細君』を含め、二〇世紀初頭のゾライズムのもとで書かれた永井荷風『地獄の花』（一九〇二）、あるいは樋口一葉などの女性を主人公とする女性作家の台頭によって、「女」の視点を積極的に描き出す試みは明治二〇年代から三〇年代前半にかけて一定の市民権を得たかに見える。しかし、小説世界の現れ方を塗り替えていく「現象学的転回」は、原理として〈我〉の視界に「世界」を還元することを方針とするため、やがて「私小説」を産み落とし経験主義的な作風の地歩を固めていくわけだが、「自然主義」時代の大多数の作家が男性であった以上、「私」に視野を限定する「世界」とは、基本的には「女」を〈他者〉として――現象学的には表象不可能な〈他我〉として――排除しつつ構成する「世界」である。「女」の視点は「私」の世界に穿たれた一つの穴――他者性の核――として、物語内の「世界」を結晶化するもの、いわば線遠近法を支える〈消失点〉のような位置に押し込められるのである（一九〇七年に夏目漱石が書いた『虞美人草』などは、そのような流れに対して一足早すぎた脱却を試みて、結果うまくいかなかったため志を挫いてしまったテクストのようにも見える。あるいは語り手が微妙に顔を出したがる様子といい、坪内逍遙の『細君』時代まで一種の先祖返りの戦略を採ったとも見える）[32]。

そのため、狭い「純文学」史的な路線においては、白樺派あたりの楽天的に肥大化した自己意識と世界意識の融合にむかって、女性キャラクター視点の正統的なリアリズム小説は消えていくのだが、[33]結局は、（第一次世界大戦に対する人道主義的な反省などの思潮の変化により）〈他者〉との新たな共生が地球全体で模索された大正期に至って復活する。だが学制改革の本格化した一八八〇年代後半以降より、次第に男女同権や夫婦を永続的に結びつける西洋的「恋愛」観が喧しく唱えられながら、しかしその実質的な中身が一向に伴わない時代、世相のリアリスティックな反映や社会正義を語るための材料として被差別的な「女」を描けば、そのような社会のひずみを明らかにする小説の使命は果たせると考えられた時代、つまりは『細君』の時代は去って久しかった。当時の被虐性に訴える方法は、大正期には既に

一流派の名に当てられており、構造的特徴の括りというよりは一ジャンルの名前に受け取られやすいためである。
(32) 第一章を参照。
(33) 一方で、前時代の『細君』からゾライズムへと続く社会派的リアリズムの系譜は、当のゾライズムの中心にいた小杉天外が時勢にのって描いた女学生小説の嚆矢『魔風恋風』(『読売新聞』一九〇三・二～九)や、小栗風葉の『青春』(『読売新聞』一九〇五・三～一九〇六・一一)等のいわゆる大衆文学(通俗小説)的な形をとって「女」の当世風俗を描写する流れを形成していく。後年の久米正雄『不死鳥』(『時事新報』一九一九・一〇～一九二〇・四)や菊池寛『真珠夫人』(『大阪毎日新聞』『東京日日新聞』一九二〇・六～一二)へと連なる流れである。その過程で形成される蠱惑的・魔性的な女性キャラクター(「宿命の女」の系譜)は、急増しつつあった女性読者の共感を誘う、いわばダーク・ヒロイン的な消費対象として地歩を固めていった。

有効性の半分を失ってしまっている。雑誌『青鞜』や田村俊子の登場をプロローグとする大正期には、男たちの小説においても「女」は語りの普遍性が包摂している「世界」全体を反転させうる、あるいは複数化しうるカウンター・フォーカスの可能性として捉え返されていくのである。これは文学を芸術論の観点からみたとき、決定的なスタイルの差となって表れる。その二〇世紀の最初の三分の一くらいまでの様式的変容の流れについては、本書の第三章の議論を振り返ってもらえると幸いである。

四　ヴァーチャリティの描写

以上を踏まえて、本章の締めくくりに、俳人としてのイメージからは多少意外の感を起こさせる、子規が残したヴィクトル・ユゴー作の大河小説『レ・ミゼラブル』の翻訳断章（おそらく英語訳からの重訳）に言及しておきたい。この原稿が書かれた時期は、初稿なのか否かも含めて特定されていない。『子規全集』（第一三巻）の解題（蒲池文雄）は、「病床手記」の一八九七年一一月一六日のところに「「ミゼラブル」ヲ読ム」の記載があることを紹介しているが、先述したように『レ・ミゼラブル』は明治二〇年代から最も名を知られた外国文学の一つであり、その作品中に記された言葉「社会の罪」[34]（個人に対する社会の罪）が流通した一八九〇年代初頭から一八九〇年代半ばにかけては、一種のユゴーブームさえ起きていた。森田思軒の指導を受けた原抱一庵による『レ・ミゼラブル』の和訳（抄訳）「ジアンバルジアン」（『国民新聞』一八九二・五・八～八・二八）は、ユゴーが「社会の罪」の文言を使用した箇所が含まれた点で言及すべき翻訳だが[35]、それに限らず英訳版も含めて、子規が一八九七年よりも以前のどこかで既に一度ならず二度、三度と同作品を読む機会を持ち得たとしてもおかしくない（なお新聞『日本』には早くからユゴーの紹介・翻訳に努めていた無腸道人（＝磯野徳三郎）も記者として属していた）。結局、全集解題は、「時期については、その晩年というほか確たる証を示しがたい」としながらも、訳文の文体の新しさから判断して、「「曼珠沙華」の時代よりもさらに後年のものではないかと思わせるものがある」としている。しかし、「花枕」（一八九七・四）までは文語調を残していたからといって、子規が訳出の際に翻訳語に限っては言文一致が適切だと判断した可能性を考えれば、晩年である証拠も決定的ではないのだが。

子規の翻訳は「二十四字詰十八行の原稿用紙五枚」分、全集のページ数にしてわずか四ページに満たない量である。ここで問題とするのは、選択された翻訳箇所である。物語全体からすれば導入部にあたる場面で、[36]一九年の服役を終えた主人公ジャン・ヴァルジャンがミリエル僧正と出会ったまさにその夜、

（34）先陣を切ってユゴー作品を積極的に翻訳・紹介した森田思軒がユゴー自身の言葉として学び取り、一八九一年に青年文学会で行った講演の題にも使用するなどして標語化した。

（35）稲垣直樹「ユゴーと日本」（『図説翻訳文学総合事典』第五巻〈日本における翻訳文学（研究編）〉、大空社、二〇〇九）を参照。

（36）原抱一庵の『国民新聞』訳は、ジャン・ヴァルジャンやミリエル僧正の生い立ちや過去のエピソードの紹介が中心で、肝心の二人の出会いの箇所に至る前に頓挫している。対応する場面の翻訳はしていない。物語のダイナミックな展開を訳すよりも、「社会の罪」のテーマに沿った教訓的な粗筋を示すことに主眼があったためと思われる。

僧正の銀食器を盗みに入る場面である。

ジヤンヴァルジヤンは耳を傾けた。何の音も無かつた。彼は戸を推した。猫の如く忍びやかに注意しながら、彼は指の尖でチヨイと戸を推した。戸は推さるゝに静かに分らぬ程に動いて少し広く明いた。彼は暫く待つて居て、再び思ひ切つて戸を推した。戸は静かに徐ろに推された。今は彼の身を入れるには十分の広さになつた。併し小さい机が戸に近く置いてあつて、それが面倒な角度をして、入口を塞いで居た。ジヤン、ヴァルジヤンは妨害物を見た。危険を冒して入口は今少し広く明けねばならぬ。彼は決断して、三度目に、前よりも強く戸を突いた。今度は錆びた蝶番ひが不意にキーといふ音をさせて闇の中に長く響いた。ジヤン、ヴァルジヤンは震へた。此蝶番ひの響が、彼の耳には、ジヤッヂメント、デイの喇叭《らつぱ》の如く明かに恐ろしく響いた。〔中略〕彼は震へながら身震ひして止まつた、爪立が落ちた。彼は、額の脈がトリツプ、ハムマア（大鉄槌）の如く打ち、胸から出る呼吸が洞穴から出る風の如く叫ぶやうに感じた。此怒つたる蝶番ひの恐ろしい響は地震の如く此家を動かしたと外思はれぬ、突かれたる戸は驚いて叫んだ、老僧は目をさますであらう、二人の老女は呼ばゝ〔ママ〕るであらう、助けが来るであらう、十五分の後には此町が騒ぎ出して憲兵は追捕に出るであらう。暫くの間、彼は正気を失ふたかと思ふた。彼は、塩の柱の如くじつと立つた儘で動かうともしなかつた。幾分間が過ぎた。戸は広く開かれて、恐る〳〵室内を覗いて見た。何一つ動いて居る者も無い。耳を欹《そばだ》てた。此家の内には何の音も聞えぬ。蝶番ひの音は誰の眠をも覚まさなかつたと見える。〔中略〕深き静かさは室に満ちて居る。こゝそこには混雑したる物の形が何とも分らずに見える、それは卓子の上に散らばつて居る紙、明けてある大本、腰掛の上に積んである本、きれのかゝつて居る安楽椅子、プリ、ヂウ（腰掛の類）であると昼見た時に分つて居るが、今は只黒い角や白い点ばかりである。ジャン、ヴァルジャンは家具に触れないやうに注意して進んだ。室の彼方の隅には、眠つて居る僧正の一様なる平和なる呼吸を聞く事が出来る。(37)

そうして、彼はそこに眠っている僧正の姿の「崇厳」の前に立ちすくむ。そこに至るまでの過程は、文字通りの「一寸先は闇」状態である。暗闇の中を進む彼の視覚的な認知は彼の周囲の極めて狭い範囲に限定されており、感覚器官（とりわけ聴覚）を最大限働かせ、進行を阻む障害物を回避し、少しずつ「世界」を押し開いていかざるをえない。「一日物語」、「病の窓」、そして「叙事文」の分析で確認したのと同じく、主観的な認知の及びきれない〈謎〉が、ミステリー要素を作りだし、読者をして臨

(37)『子規全集』第一三巻、三七一～三七三頁、傍線引用者。

場感をもってヴァーチャルに現場を体験せしめる仕組みに、いかに子規が執着していたのかを教える場面選択なのだ。[38] それは病に冒された不自由な身体だからこそ求められた希望の描写法だったのかもしれない。この〈私〉が刻々と現象させる主観的「世界」と物語内（diegetic）の現実の「世界」の拡がりとの一致を創造すること、すなわち「視点人物を基体とした「世界」が身体的行為（運動）の介入による時間の進行とともに現在進行形的に刻々と〈開かれ〉ていく、その生成と形成のプロセス」を捉えること、そこに子規の文学観の要諦があった証拠を見ることができる。

（38）似たような暗闇の場面選択によって「描写」の試みを行った先行者をあげるなら、田山花袋がいる。同じように『レ・ミゼラブル』の一話（両親不在の境遇に置かれた幼い時分のコゼットにまつわる話）を下敷きにして書いたのが――翻訳ではなく、原作を示していない点で翻案とも言い難く、むしろ絵画でいう模写（練習作）といった趣ではあるが――「山家水《やまがのみづ》」（筆名は古桐軒主人。『千紫万紅』第八号、一八九二・三・二六）である。お政（コゼットに相当）が、木賃宿経営をしている養母に夜中に水汲みに行かせられ、恐怖に駆られながら夜道を進む場面がテクストの大半を占めている。「一歩あゆみてハ一歩休み、二歩進みては二歩とゞまり」と、遅々としたリズムで心理の動揺を描いていく手法は子規の関心に先駆している。しかし、お政の内面の描写は語り手が行っているという間接性の印象を払拭しておらず、誤認と錯視を極端な例とする現象的主観性（内在的視点）の度合いはまだ十分ではない。

第六章

現代文学と〈想像力〉の問題――村上春樹の場合

一　象の話

村上春樹の短編に「象の消滅」(『文學界』一九八五・八)という作品がある。文字どおり「象が消えてしまった」話である。象にまつわる話はその二年弱前、イラストレーターの安西水丸との共作の形(安西の絵と村上の掌編小説・エッセイで構成)をとった単行本『象工場のハッピーエンド』(CBS・ソニー出版、一九八三・一二)にも収録されている。タイトルに採用された「象工場」のことを唯一の内容とする書き下ろしの掌編「A DAY in THE LIFE」がそれである。「象工場」に職工として勤める「僕」が、朝のバスを待ち、知らない小母さんと言葉を交わし、工場で仕事に取り掛かるまでの他愛のない日常的な出勤風景が描かれる。ただし、工場が製作しているのは、「更衣室を出ると最終工程に入って、牙入れさえ終れば完成という象たちが一所懸命鳴いている声が聞こえる」とあるように、リアルな生きた象である。異常といえば異常な、全体をお伽噺的な装いに彩る設定である。

一九九九年に講談社から出版された新版には、旧版にはない「あとがきにかえて」が巻末に付加された。「象」を扱ったものは収録中「ＡＤＡＹ〜」一篇のみだったにも拘わらず、タイトルに「象工場」の言葉を使用したことの申し訳なのだろうか、象作りについての説明に終始した内容になっている。昔から「ほんものの象を作る」ことに興味を抱いていたこと、象は大きいから「大きな工場で、大人数の共同作業」が必要になること、しかし、ここでいう「工場」は「近代資本主義の非人間的機械労働」を決して意味しないこと、なぜなら「象を作るというのは、なんといっても特別なことだし、一頭の象を作るたびに、僕らは象作りというものをとおして、今とは違う自分に到達しようと試みているから」だということ。おそらく村上は、「耳作り部門」や「彩色部」や「牙入れ部門」などを備えた「工場の屋根の下」で象を組み立てる、「すべては、ハッピーエンドで終わるはず」の行為を、小説を書く作業の隠喩と見なしているのだ。そもそも小説の世界は、普通は登場人物《キャラクター》の群像で構成されているので、その世界の形成は彼／彼女らの分担作業の集合によって果たされている。少なくとも当時の村上は、文学は作家の唯一無二の個性によって書き上げられるものという作家主義的な見方よりも、アルチザン的な協同による創造を肯定する方向に傾いていたのではないか。

「ＡＤＡＹ〜」には、「僕」が象工場の更衣室で制服に着替える時、「僕の帽子には緑の線が二本入っている。もう五年間ここで働いているというしるしなのだ」と書かれていた。『風の歌を聴け』（『群像』一九七九・六）で『群像』新人文学賞を受賞して村上がデビューした時が一九七九年だから、実のところその「五年間」は彼の作家活動の期間（応募時から数えて）とぴたりと符合している。しかも、『風の歌を聴け』でも、冒頭部分は小説を書くこと（に至った経緯や動機）について書くというメタ・フィクショナルな叙述から始まって、こう記されていたのである。

「完璧な文章などといったものは存在しない。完璧な絶望が存在しないようにね。」

僕が大学生のころ偶然に知り合ったある作家は僕に向ってそう言った。〔中略〕

しかし、それでもやはり何かを書くという段になると、いつも絶望的な気分に襲われることになった。僕に書くことのできる領域はあまりにも限られたものだったからだ。例えば象について何かが書けたとしても、象使いについては何も書けないかもしれない。(1)〔傍点引用者〕

第一行目で「完璧な絶望」と「完璧な文章」が対義的に用いられていることから、「僕」にとって文章を〈書く〉ことは本来「希望」に結びつくべき、しかしほとんど不可能な営みであることがわかる。それでも「僕」は八年間を経てようよう書くことを決意した。「自己療養へのささやかな試みにしか過ぎない」ものとして。正直さを期すれば期するほど、正確さから逃れゆくことが言葉に頼ることの不幸なのは確かだとしても、なお「僕」の信じる余地はある――「うまくいけばずっと先に、何年か何十年か先に、救済された自分を発見することができるかもしれない、と。そしてその時、象は平原に還り僕

（1）講談社、一九七九、三頁。

はより美しい言葉で世界を語り始めるだろう」（五頁、傍点引用者）。

なにやらメシア的な救済――といっても大いに縮小された形だが――を思わせる、来たるべき「完璧」な表象というヴィジョン。今さら「象使い」を描く必要などない、あるべき自然環境（＝文脈）の中に還っていく「象」とは、〈書く〉ことの十全性によって捉えられる何か、小説の可能性の中心を比喩的にあらわす何かと見なされていたのだ。

ところが、〈書く〉ことの理想の具現であった生真面目な「象」のイメージは、その五年後、「A DAY〜」による「象工場」というポップな装いに塗り替わっていた。そして、村上は新たに示した「象工場」のイメージを、ほぼ同時に発表した短編「踊る小人」[2]（『新潮』一九八四・一）において詳細な描写で肉付けし、一九八〇年代的な世界観を練り上げた。

「踊る小人」は、「A DAY〜」と同じく象工場に勤める「僕」を主人公とする話である。ある日夢の中に現れた踊りの名手である小人と知り合い、「僕」は象工場の新入りの女の子を踊りで魅了するために、小人の方は「僕」の体をそのまま乗っ取る（夢によって現実を浸食する）ために、互いに駆け引きをする。圧倒的な踊りのうまさによって「観客の心の中にある普段使われていなくて、そんなものがあることを本人さえ気づかなかったような感情を白日のもとに〔中略〕ひっぱり出すことができた」小人は、おそらく「僕」の脳内に宿って「僕」という自我を内的に脅かすほど強力で不可視的な〈欲動〉なり〈能力〉なり、「人間」形成によって閉じ込められる以前の荒ぶる何かが実体化された存在である。小人のサイズ感は頭蓋に収まるために選ばれており、「僕」の〈心〉のシステムの葛藤をモデル化した寓意的な小説といえるだろう。[3] ほかに重要な設定としては、「僕」が生活している一応は「現実」の世界は、「僕」が生まれる前に起こった革命後の世界である一方、小人は皇帝の存在した革命前の帝政の時代に活躍し、しかも宮廷で「よくない力」を行使したために後に革命軍に追われて夢の中に逃げ込んだことがあげられる。この小人（の力）が具体的に何を意味するのか。先述した『風の歌を聴け』の冒頭に、「もしあなたが芸術や文学を求めているのならギリシャ人の書いたものを読めばいい。真の芸術が生み出されるためには奴隷制度が必要不可欠だからだ。〔中略〕芸術とはそういったものだ」（一一頁）とあって、自分の文章が決して「芸術」ではないと断っていることがヒントになる。現代社会（革命後の世界）において大文字の「芸術」、すなわち「完璧な文章」を捉えることは不可能である。のみならず無媒介的に発現すれば、それは邪悪な力とならざるをえない。そのことは小人との勝負において「僕」が「声〔言葉〕を出したら」負ける（＝乗っ取られる）という約束とも絡む。というのも、小人は踊るとき「音楽そのもの」あるいは「踊りそのもの」、すなわち表現「そのもの」という力の体現者となるが、それは言葉（言表可能性）の力とは背理するからだ。[4] もし小人の復活が現代社会を表向き成

（2）以下同作の引用は『螢・納屋を焼く・その他の短篇』（新潮社、一九八四）に基づく。
（3）エンディングにかけて「僕」の現実が実は夢の中から未だ抜け出ていないという感覚（「もし僕がひとつの夢のために別の夢を利用しているのだとしたら、本当の僕はいったいどこにいるのだろう」）が高じるが、「現実」と「夢」のどちらの色を帯びても結局は同じ心の中の出来事であるなら不思議ではない。同様に、小人に付きまとわれるのが「他の誰か」ではなく、「何故僕でなきゃいけないんだ」という「僕」の最後の方の叫びは、それが他ならぬ「僕」の心の中の問題だからだと簡潔に説明できる。
（4）小人を言表不可能な力の具象化と考える根拠としては少々弱いかもしれないが、『羊をめぐる冒険』（『群像』

立させるために封じ込められた「芸術」の力（あるいは夢の魔力）の解放を意味するのだとしたら[5]、物語の最後、小人との接触を持った「僕」を捕まえて「八つ裂き」（いわば言語的な象徴体系による分節の刑）に処しようと警官に追われることも当然である。「言葉」に対する村上の不信が表われているのだ。だからといって、警官から逃げ切るために小人を受け入れ、その代償に「永劫に森の中で踊りつづける」（いわば夢の永久反復性に拘束される）こと、つまり社会を生き抜くために必要な自我を失うことを「僕」が選べないのも当然だろう。だが本論の目的は、この小説全体に解釈を施すことではない。差し当たり、件の「象工場」が革命後の「現代社会」においてどのような形で運用されているのか、その中で「僕」たちは「象」の製造にいかに関わっているのかを確認できればいい。

象は大きく、作る「仕組みも複雑である」から、「ＡＤＡＹ～」と同様、「踊る小人」における工場も分業は徹底されている。補われた情報は、担当作業の固定は許されず、各セクションを一ヵ月ごとに移動していく決まりとなっていることだ。「そうすれば象というのがどういうものかという全体像がみんなに理解できるから」である。それ以上に、工場は「無」から象を制作しているのではなく、「生きた象」の「水増し」によって量産体制を築いている――「一頭の象をつかまえてきてのこぎりで耳と鼻と頭と胴と足と尻尾に分断し、それをうまく組みあわせて五頭の象を作る」のである。「自然」の象は四、五年に一頭の出産率であることに苛立つ「せっかち」な「我々」は、象を人工的に「水増し」し、足裏に「象供給公社」の「マーク」を押してジャングルに放つ、つまり「自然」に帰す。製造された象一頭の五分の四は「ニセ物」なのだ。ここでの「自然」と「人工」の強い対比関係は明白である。本論は、『風の歌を聴け』の冒頭における自然環境に息づく「象」とは、「〈書く〉ことの十全性によって捉えられる何か、小説の可能性の中心を比喩的にあらわす何か」のはずだとしたが、それに比するなら、偽の「自然」で溢れた文字通りのシミュラークルの世界（＝市場化した記号的「自然」）に放たれた新時代の象は〈書く〉ことの複製《コピー》的な形態にほかならない。だがそのような「工場」を通してしか、いまや消費社会によって社会的媒介性を失い、小人のように邪悪な力にいつ転化するのかわからない魔術的

一九八二・八初出）には、相棒が「僕」に対して「何故羊の話だってわかったんだ?」と聞き、「縁の下で名もない小人が紡ぎ車をまわしてるんだよ」と「僕」は答えるのだが、それをすぐに「第六感」のことだと言い直す場面がある。つまり、小人の行為＝言表不可能な「第六感」という図式が見える。

（5）人間の通俗的な自我を超越する存在が入り込むことによって意志を操られてしまうというテーマは、『羊をめぐる冒険』における羊によって既に扱われている（夢の中に現れて「中に入ってもいいか」と宿主の許可を求める乗っ取りの仕方も同じである）。「巨大な権力機構」を作り上げるために鼠（「僕」の親友）の「何から何まで全て」を吸い取ろうとして体内に入ってきた羊のことを、鼠は「言葉で説明することはできない〔中略〕あらゆるものを呑みこむるつぼ」と表現し、「気が遠くなるほど美しく、そしておぞましいくらいに邪悪なんだ。そこに体を埋めれば、全ては消える。意識も価値観も感情も苦痛も、みんな消える。宇宙の一点に凡る生命の根源が出現した時のダイナミズムに近いもの」と説明する。このほとんどヴェーダの究極の悟り（梵我一如）も思わせる言表不可能な力を、人間社会の軽妙な風刺画に収まる程度に縮小した具現が「小人」と考えることも可能だろう。それは「TVピープル」（一九八九）などの現代社会化した形象を経て、後年『1Q84』（二〇〇九〜二〇一〇）では、世界を監視下に置くビッグ・ブラザー（ジョージ・オーウェル）による権力支配と対比されて、人間の意識を下方から操業して世界を無自覚に変性させる存在の汎用的姿である「リトル・ピープル」に具体化する。

な力を制御できないのである。

実は、短編「象の消滅」の初出誌である『文學界』一九八五年八月号には、文芸評論家の川本三郎を聞き手とする長いインタビュー記事（「「物語」のための冒険」）が併載されていた。その中で川本は、「言語遊戯」という表現を幾度か繰り返し、「村上さんの場合は、言葉を一種の他人と見てて、言葉を積み木細工のように選《よ》り集めて創っていく」方法的態度が基本にあることを印象づけようとする(6)（したがって、この時の川本にとって村上文学の正統な継承者は、一九八一年一二月の『さようなら、ギャングたち』でデビューした高橋源一郎である）。応じる村上の発言はそれを否定せず、「一つのルールみたいなものをつくって、アーティフィシャルな形で出していくと、そこに無意識性が生じてくる」とか、「言葉を洗い出した上でそれを組み合わせるということを、僕は一つの出発点だと思った」（傍点引用者）とか、あるいはストーリーテリングは「最初から一個の巨大な建築物を頭に描くんじゃなくて、ある程度完結したユニットをひとつずつ積んでいいんだ」等々、組み立てる／組み合わせる作業に後ろめたさを覚えていない。アッサンブラージュ的な軽さ、すなわち村上の定義するところの「工場」を肯定する言葉が続くのである。となれば、八〇年代前半の村上にとって「象」の意味するところは「作品」としての小説だと考えれば良いのだろうか。

二　「純粋」への希求と不可能性

結論を先に述べてしまおう。生きている象とは、生きた想像力の寓意である。仮に村上自身がそんな関連性を微塵も意識していなかったと証言してもかまわない。テクストの読解とは、それを取り囲む多様な言説と結果として取り結ばれる意味の力学を指摘し、それを記述によって明らしめる（＝関係を開く）作業のことである。作家の個性的な――無意識レベルを大きく含む――世界観は、その記述の結節を通して後から文脈のなかで提示されるのであって、その逆ではない。「象の消滅」の「象」を想像力（が発現される姿）と読み、その「消滅」を寓意している物語と読むことは、今のところ他の文学テクストとの相互関係において最も示唆するものが多く思える。

だが、この「象」の寓意的イメージの転換を通して、一九八〇年代半ばに顕在化する村上の「想像力」に対する態度変更の詳細を読み解く前に、日本の近代文学史における「世界」認識の変遷の流れの中に、その時代の村上文学をどう位置づけられるか今一度捉え直しておきたい。他章の議論との相乗効果を促すためである。

近代以来、西洋文学の翻訳を通して自己形成してきた日本の文学者の中でも、いずれ西洋発の「世界文学」に伍し、逆に自らの文学を「世界文学」化することを陰に陽に強く夢見てきた流れが強くあったことは争えない事実である。だが日本語作家たちにとってヨーロッパ言語とのあまりの懸隔は、地理的

（6）他に川本は、「なんかプラモデルをつくっているような感じ」がするとも評しているが、村上はこれにには多少反駁して、「小説を書く作業における選択性の幅、というかダイナミズムはプラモ作りの比じゃない」とか、「その選択作業は確実に自分に戻ってくる」というフィードバック作用の有無を言うのだが、小説の創作が「選択」行為（組み合わせ作業）によって成立しているという見方それ自体に関しては否定していない。

距離、経済力の格差、政治的なヒエラルキーなどによる文化の一方通行性という現実的制約に輪を掛けて、自身の作品を世界で読まれうるものにする努力の心理的障害となってきたといえる。それを乗り越える方法的態度の一つとして、一部の「世界」意識の高い作家たちが共有していたのが「純粋言語」への志向というモダニズムの夢である。

　用語のモデルは、ヴァルター・ベンヤミンが「翻訳者の使命」（一九二一執筆、一九二三ボードレール『パリの風景』訳本の序文）の中で展開した有名な「純粋言語」である。その概念を本論に合わせるかたちで借用した。「原作」というものは繰り返される様々な翻訳によって、それまで顕在化していなかった〈意味〉の幅を拡大し続け、より完全なるテクストへと近づいていく。一対一の完全なる翻訳は不可能であるからこそ無限の翻訳の積み重ねへの誘いに開かれている。この〈翻訳不可能性〉に逆説的な可能性をみる態度は、究極的には「世界」を単一のものと捉えるモダニズムを貫く世界共通語への夢が、同時代（第一次世界大戦後）の「人間」救済の思想的な気運と相まって生み落とした理念の一つといえるだろう。だが本論はそこまで重い意味をこの言葉に込めるつもりはない。それはもっと単純に、あらゆる言語への翻訳可能性をもつ〈原言語〉への密かな欲望と言い換えてもいい。モダニズムを代表するメディアとして映画が理論的に期待されたのは、実に単純に映像は観れば誰でもわかり、容易に国境を越えうる点にあったこととも連動している。

　したがって先に述べた「心理的障害」を抱えた日本の近代文学者が、自身の文学を世界文学の舞台に並べるために小説の言葉を世界に通用するものとして追究したとき、「世界各語に具体化した個別言語以前の言語」への志向を観念的に抱えるのは理解可能だろう。だがそれは「言葉」の形態を取る限り決して実現されえないものである。必然的に、英語圏を中心とする文化的宗主国（中心）と極東の文化的受容国（周辺）との間には、似たような問題意識に対する態度に決定的な非対称性が生まれることになる。前者におけるそれは、現実に存在する実質的な「普遍言語」（英語やフランス語）によってその役割を代行させるというプラクティカルな態度になり、後者におけるそれは翻訳の「不可能性」という悲観を否定神学的に「可能性」として反転し、内面化した観念的なヴィジョンとなる（その点で後者のほうがベンヤミン的な「純粋言語」の持つ含みに近くなる）。そして、その観念的な志向を続ける限りにおいては、「世界文学」というそもそも観念論の産物として生まれた構想に対して、逆にある種の楽天的な支持の姿勢を持つことができるのだ。それをここでは「純粋言語」と呼ぶわけである。外から客観的に捉えた固定的イメージの「普遍」よりも、主観的な「世界」（＝意識）における内発的な態度を含意する「純粋」の語のほうが、〈書く〉ことの現場、あるいは書き手に内在した認識のあり方に強く結びついている。「普遍的な人間」という場合と「純粋な人間」という場合とを比べれば、どちらがより心的な形容であるかは明白だろう。そのことが理由で、文学界（やその他の芸術界）で好んで使用された傾向があるのは、以下の議論で例示するとおりである。

だが結果として、日本が高度資本主義社会の主要なプレイヤーとして定位置を確保した一九八〇年代に共に作家として「成長」していった村上春樹（や後続のよしもとばなな）が、一九九〇年代を迎えてグローバルマーケットに乗った「世界文学」的な消費の対象となるまで、あるいはネイティヴでもないのに翻訳を介さずにドイツ語で書いてしまう多和田葉子が現れるまで、「心理的障害」は現実的には乗り越えられなかった。世界に通じる文学について理論的に頭を悩ませるだけ無駄だったようにも見える。だがその扉を大きく開いたのが、心的領域としての「世界」意識の極めて強い村上春樹のスタイルだったことの意味が消えるわけではない。村上は翻訳的近代を生きてきた近代文学者と同じく、世界文学全集に載るような翻訳文学を読んで育ち、英語で書いてから日本語に翻訳する方法を採用して初めて小説を書くことができたという創作秘話を漏らすほど、翻訳（特にアメリカ文学）を通して自己形成した作家である。日本近代文学の先頭ランナーである二葉亭四迷が、外国語学校で受けた作文教育のままに、先にロシア語で頭に浮かんできた文章を日本語に翻訳しながら『浮雲』を書いていたと言われるように。本人が自覚しているのかいないのか、実は伝統的な明治・大正時代の近代文学者に列なって、言語を超えた意識の翻訳可能性に対する信念を継承した作家だったのである。

つまり、世界人として「純粋言語」の文学を書くという近代文学者たちの夢を深いところで共有していたからこそ、国家の経済力や文化生産物の国際的流通市場などの外的条件が整ったとき、村上はいち早く「世界化」を果たすことができたのだと思える。〈感覚〉の共有（「同感」）を目指す戦前のホモジエナスな文学を排し、徹底的に知性による文章を駆使する戦略で世界の公共空間への仲間入りを図った戦後文学者たちの「世界文学」志向が余り功を成さなかったこと（ある意味、彼らの考えていた高潔な「世界」に裏切られたこと）は、いわば「普遍言語」への希求が「純粋言語」の夢に出し抜かれたということだ。そう考えれば、当初より海外文学受容による翻訳的キメラとして形成された「日本近代文学」において働いてきた「純粋言語」的な要素を、空虚で寂しい夢の跡として無視するわけにはいかないだろう。そして議論を先取るが、村上にまで差し込むこの「純粋言語」の系譜は、特に二〇世紀初頭から一九二〇年代半ばくらいまでに集中的に書かれた、文字通りの「夢」小説にまで辿ることができる。

ところで、この種の近現代日本における「世界文学」のテーマを考える際に、村上春樹的な世界性と対照的に引き合いに出されるべき二重言語者の多和田葉子も、やはり思考の核に「純粋言語」の領域を確保していたことは共通している。エッセイ集『エクソフォニー――母語の外へ出る旅』（二〇〇三）では、「母語の外に出てしまった状態」でありながら、対岸の言語に着地し切ってもいない目眩に触れる種々の体験が「エクソフォニー」の快楽として語られている。類似する発想として、「翻訳という作業を通じて多くの言語が互いに手を取り合って向かって行く「一つ」の言語に近いもの」と要約されるベンヤミンの「純粋言語」にも複数回の言及がある。多和田葉子が好んで使用する同音異義語・掛詞（ダジャレ）は「翻訳不可能な言葉遊び」と言えるが、彼女がパウル・ツェランに言及しながら、この不可能性による「ずれ」を指して「詩的発想のグラフィックな基盤」(7)とも肯定的に言い表していること、そしてやはり多くのエピソードにおいて、それを〈夢見〉の体験と同一視しているところが注目すべき点である。数カ所を列挙しておこう（同類の文言は全体に散見されていて引用箇所に留まらない）。

〈夢を見るのは何語かとよく聞かれるが〉実際は、本当の自分にこそ舌がたくさんあるのであって、夢の中でもいろいろな言葉をしゃべっている。〔四五頁〕

（7）多和田葉子『エクソフォニー――母語の外へ出る旅』岩波現代文庫版、二〇一二、四一頁。

アフリカーンス語は、〔……〕ドイツ語と似ていて分かるところもあるが、「ずれ」の感じが夢を思わせ面白い。

分かるようで分からない「ずれ」の感覚が中国語を見た時にはあって、夢を見ている時の感じとも似ている。〔一一七頁〕

「Verschiebung（ずれ）」という単語は、フロイトの夢分析に使われることによってより味が深まったように思う。〔一三二頁〕

〔フランス語を集中的に聞いたせいで〕夜になると、異変が起こった。まるで、麻薬でも打ったようになって、生まれてから見たこともないような夢を続けざまに見た。原色の蛇が地べたをなまなましく這いまわり、木の芽がぎらぎら光っている。その芽の緑が、見ているわたしと見られている映像の間の隔たりを超えて、わたしの中に伸びてくる。しかも、蛇や芽の「実体」が言語だということがはっきりと分かる。言語といっても抽象的なものではない。なまなましく、これ以上わたしの肉体に近いことはありえないだろうというくらい近くにある。〔一五四〜一五五頁〕

この多和田をもう一つの起点として再び歴史を遡ってみると、よく似たエクソフォニー論をしていたのが、最近の三島賞受賞作「伯爵夫人」（『新潮』二〇一六・七）で夢見の連想法を駆使した文体を披露していた蓮實重彦による『反＝日本語論』（一九七七）である。非言語学者による言語論エッセイでは古典ともいえる本である。その中の一章「皇太后の睾丸」は、自然発生的な「言葉遊び」を枕にして展開される知的な「空耳」論のようなものだが、多和田の言うところの「ずれ」、あるいは制度的言語の「空白」（仮死）を「懐しさ」と言い表す。「懐しさとは、知識でも無知でもなく、正確さでも誤謬でもなく、理性と非理性、正常と狂気といった差異そのものを無効にする徹底した曖昧さにほかならぬ[8]」。

この突き放されることの「空白」の「懐しさ」という言葉から近代文学史的に喚起されるのは、坂口安吾の文学論「文学のふるさと」（『現代文学』一九四一・七）だろう。その原型ともいえる初期の評論「FARCEに就て」（『青い馬』一九三二・三）において、悲劇でも喜劇でもない、乱痴気騒ぎに終始するところの道化（ファルス）の文学を安吾は押し出すのだが、そのナンセンスによって開示される境域を「純粋な言葉」と形容しているのだ（このことは多和田葉子も村上春樹も、ある種のナンセンス文学の後継であることを示唆する）。

> 言葉には言葉の、音には音の、色には又色の、もつと純粋な領域がある筈である。
> 一般に、私達の日常に於ては、言葉は専ら「代用」の具に供されてゐる。例へば、私達が風景に就て会話を交す、と、本来は話題の風景を事実に当つて相手のお目に掛けるのが最も分りいいのだが、その便利が、無いために、私達は言葉を藉《か》りて説明する。この場合、言葉を代用して説明する

（8）筑摩書房、二五七～二五八頁。

よりは、一葉の写真を示すに如かず、写真に頼るよりは、目のあたり実景を示すに越したことはない。〔中略〕単に、人生を描くためなら、地球に表紙をかぶせるのが一番正しい。

言葉には言葉の、音には音の、そして又色には色の、各代用とは別な、もつと純粋な、絶対的な領域が有る筈である。

と言つて、純粋な言葉とは言ふものの、勿論言葉そのものとしては同一で、言葉そのものに二種類あると言ふものではなく、代用に供せられる言葉のほかに純粋な語彙が有る筈のものではない。畢竟するに、言葉の純粋さといふものは、全く一に、言葉を使駆する精神の高低に由るものであらう。高い精神から生み出され、選び出され、一つの角度を通して、代用としての言葉以上に高揚せられて表現された場合に、之を純粋な言葉と言ふべきものであらう。[9]〔傍点引用者〕

また、有名な横光利一の「純粋小説論」（『改造』一九三五・四）のほか、夢の文学者・内田百閒の言葉にも「純粋文章」が現われるように、[10]一九三〇年代は「純粋」というタームが流行した。いずれも通常使用の言語では到達不能な境域のポテンシャルを逆説的に指し示すときに用いられる語である。これはいかにもモダニズム作家たちが取り憑かれたオブセッションとしての「純粋」である。『生まれつき翻訳』のウォルコウィッツも、「非‐翻訳とモダニズムの繋がりは、多くのモダニズム作家が翻訳者の役割も演じているし、翻訳やほかの作品のコラージュから新たな作品を作り出しているだけに、奇妙である」[11]と述べているように、モダニズムの世界規模の拡張を駆動するのは、固有のヴァナキュラーな言語（翻訳不可能性）への志向とグローバルな言語（共通語）への志向との引き裂かれである。「純粋言語」

はその矛盾点を名指す言葉なのだ。

以上を踏まえると、先の蓮實の文章の最後で、戦後の最もナイーヴな国語改革論として悪名高いところの志賀直哉によるフランス語国語論（「国語問題」『改造』一九四六・四）が次の引用のような言葉で擁護されることは、日本近代文学において「純粋言語」がどのような文学的課題を媒介として形を成してきたのかを強く示唆するのである。

〔志賀直哉がフランス語に抱いているイメージは〕ありえないものへの不条理な夢の光景にほかならない。〔……〕それは、正しさと誤りとを超えて、絶対的に間違ってもいなければ正しくもないのだ。欠けていた知識を補ってやった程度では、とても修正しえぬ逸脱ぶりなのである。〔……〕それは、言葉が言葉たりはじめようとする薄明の一時期で幼児が捉えられる現実としての夢に似て、輪郭を

（9）『坂口安吾全集』第一巻、筑摩書房、一九九九、二五四～二五五頁。

（10）『頬白先生と百鬼園先生』（新潮社、一九三九・四）の序文には、「文章を書いたのであつて物語の筋を伝へようとしたのではない」のに自作が映画化の対象になったことを自嘲して、「もつと上達すれば私の文章も透明となり何の滓も残らぬ」ものとなって、誰も脚本の元にしようなどと思わないだろう、「読者が私の文章を読む以外には捕へる事が出来ないと云ふ純粋文章の境地に到達する様一層勉強するつもりである」（傍点引用者）と述べられている。

（11）レベッカ・L・ウォルコウィッツ『生まれつき翻訳――世界文学時代の現代小説』佐藤元状・吉田恭子（監訳）、松籟社、二〇二一、四八頁。

欠きながらも鮮明な体験というべきものだ。〔……〕「制度」としての「日本語」と「国家」としての「日本」とに対する苛立ちに捉えられ、その「制度」が「制度」として機能しえない理想郷を「フランス語」として思い描いてみたまでのことだ。〔……〕幼児期の夢というより、むしろ動物の意識を思わせる暗さと明るさの共存がそこにはみなぎっている。〔……〕あるとき「日本語」ならざるもののさなかで目覚めてみたいと思う書く人の夢。〔……〕その時、志賀は、途方もない懐しさと距離なしに接し合っているのだ。(12)

志賀の粗雑な提言に対して、この解釈は明らかに過剰である。しかし志賀の文学的歩みを知る者にしてみれば、このような「夢」の言語論はかえって腑に落ちる曲解でもある。志賀の属した白樺派は、大正期以降の文学界に広まり、戦後の『世界』派知識人や近代主義者に引き継がれた楽天的な「世界意識」（西欧従属意識）の元凶として、戦後の国民文学論者たちを中心とした若手世代に攻撃の的にされた連中であることは何度か本書でも確認した。初代文部大臣・森有礼の英語採用論をはじめ、日本語が根源的に中国語の翻訳形態であることを示す漢字の排除を最初のアイデアとして、近代日本語の純化あるいはリセットを目的とする改革運動が二〇世紀初頭まで盛り上がる。しかし、そのような抜本的改革が日露戦争後に「言文一致体」の一応の確立によって諦められていく時代——それはまた大正時代の開始を頂点として翻訳文学の一大流行を迎えた時代——に白樺派の「世界意識」が登場するのは偶然ではない。

加えて、「世界」の共約可能性を求めること自体が世界的なトレンドだった。白樺派とブルームズベリー・グループとの類似に関しては第三章でも言及したが、白樺が美術誌的側面（美術家も多数出入り）を持っていたことは、翻訳を介さなくても視覚芸術（それも原理的には人類共通であるはずの「印象」の純芸術）は理解可能だとの考えから来ていた部分もあるはずで、彼らの楽天的な世界性と無関係ではないだろう。しかし『白樺』派のなかでも、トルストイに倣った武者小路の人道主義から「新しい村」の実践運動、有島武郎『或る女』に描かれた太平洋横断という地政学的なスケールの導入や社会主義への傾倒など、上述の理念をいかにも「明」るく体現して見える作家たちに対して、志賀は専ら言語に拘る「暗」い「世界」性の希求者だった。

いまでこそ名文家であり〈日本語の美〉の代名詞的存在である志賀の短文調の文章は、英語構文的な「それは……」＋文末の「た」止め、また近代以前の文章では使用することのない「彼」という三人称代名詞の反復と多用で満ちている。のみならず、ヨーロッパの言語に見られる間接話法の階層性を意識して、外的焦点化の際に固有名詞を使用し、内的焦点化の際には代名詞「彼」を使用する使い分けなど、「翻訳的語法」をベースに漢文的簡潔さのリズムで強調する、相当に「つくられた」日本語だったという説もある[13]（漢文的というより俳文的と言うべきか。また、「しかし」などの接続詞を強意表現として多用するなど、他にも「自然」と言うべきかは危うい日本語文体の演出がある）。

（12）蓮實、前掲書、二六一〜二六三頁。
（13）柳父章『近代日本語の思想——翻訳文体成立事情』法政大学出版局、二〇〇四、第六章「日本語はつくられていく」。

だが重要なのは、志賀がこのような身体による直接感覚的な簡潔性を重んじる文体創出に向かった動機であり、それは夢を夢のままに記述する「夢の写生文」の最初の探求者に志賀を向かわせた動機と重なるように思える。明治末から大正期の志賀は、催眠術やテレパシーなどの言語を媒介しない意識下の半オカルト的コミュニケーションへの傾倒でも有名だが、「言葉ならざる何ものか」としての潜在意識（夢の言語）は翻訳可能な領域である、あるいはむしろ翻訳不要な領域であるという認識がちらつくのだ。[14]

当初、西欧の「普遍語」からの翻訳によって拙速かつ仮設的に生まれた「国語」としての近代日本語の疎外的状況（フランケンシュタインの怪物のごとき継ぎ接ぎの言語）は、学問（洋学）の言葉としては何とか用を足せるが、「日本の〈現実〉を対象化し把握すること」を困難にした。[15] そのような人工物に「心」を注入する役割を多く請け負ったのは、まさに人間の「心」（内面）を描く言葉を求めた文学であり、やがて「国語」の中心的担い手の自負を固めていった。「国語」という科目に「文学の言葉」が強く入り込む日本の教育事情はそこにも由来する。そのようなヴァナキュラーとグローバルの引き裂かれを、「自己」と「世界」（人類）を直接吻合することで乗り越えようとしたのが白樺派である。しかし、同じ白樺派のなかでも武者小路実篤のように、経験的な自己意識の「世界」枠組を地球規模の理念的な自我（のように幻想されたもの）へと直に格上げすることで「世界」の一元化を図る仕方がある一方で、意識下の共通言語（夢）の非空間的な場にまで「世界」を引き下げてくる形で一元化する仕方を選んだのが志賀だという言い方もできる。志賀の戦後の唐突なフランス語国語論が、こうした到達不能な「純粋言語」をめぐる積年のフラストレーションに由来していると考えるなら、確かに理解可能な主張だったのである。

三　想像力の消滅

以上にまとめたような意味での「純粋言語」の夢は、村上春樹の作家的資質に流れ込んでいる。「うまくいけばずっと先に、何年か何十年か先に、救済された自分を発見することができるかもしれない、と。そうしてその時、象は平原に還り僕はより美しい言葉で世界を語り始めるだろう」（傍点引用者）と村上春樹が、その作家人生の始点で書いたとき、確かにそこには〈書く〉ことの不可能性の繰り返しのなかに見出される救済のヴィジョンとしての「純粋言語」があった。

だがそれは、二作目にあたる『1973年のピンボール』（『群像』一九八〇・三初出）において、観念的なヴィジョンから「想像力」の問題へと具体化することにより、より現実的な悲観性を帯びることになる。「純粋言語」のアイデアを支えるのは、結局、「世界」を表象する基盤的な――言語の未生と発生

（14）結晶の仕方は大きく異なるが、横光利一や川端康成らによる「新感覚派」も「感性」を直接的に記譜する言葉を模索していた点、どちらも「世界文学」を強く志向していった点で問題関心を共有している。特に川端に至っては翻訳のおかげでノーベル賞も獲得し、その受賞講演において「日本の美」というヴァナキュラーな特徴を「無」という否定性を通して説明した態度が「純粋言語」に関わるところである。

（15）水村美苗『日本語が亡びるとき――英語の世紀の中で』ちくま文庫増補版、二〇一五、二五六頁。

のはざまを捉える——力であるところの想像力である。だが、そのような言葉の置き換えは単に置き換えで済まず、観念的な曖昧性と包容性を持っていた「純粋言語」の意味を人間の認識能力の一機関に還元することになる。そのとき、「純粋言語」のヴィジョンの楽天性は後退せざるをえない。だが「世界文学」の作家となる可能性が現実化しつつある時代において執筆活動を本格化した以上、その曖昧さに停滞するわけにもいかない。「想像力」が世界的・同時代的な失調を共有することで逆に通じ合う言語、つまりは「想像力」の「消滅」を受け入れる文学に向かって歩を進めなければならないのである。

『1973年のピンボール』の「僕」は翻訳業を営んでいる。設定がすでに自己言及的である。そして「僕」が物語内で読んでいる本はカントの『純粋理性批判』(傍点引用者)である。本作は一読すれば直観的に知れるのだが、構造的な寓意性が強く意識された作りになっている。中心的な役割をもって登場する謎の「双子の女の子」の存在をピンボール台の左右のフリッパーに見立てることができるように、物語構造あるいは空間構造自体が、「僕」が「世界をピンボールとして捉える傾向」の具体化として描かれていると解釈可能なのは確かだろう。[16] ならばカントの『純粋理性批判』も、限定された物語要素との関係を見るだけの修飾的な小道具とだけ解釈するのでは不十分である。物語全体を、カント的な「世界」認識の哲学の機械的寓意化(あるいは一種のパロディ)として読まなくてはならない。このような認識論的構造の物語内世界への空間化は、後で検討する『世界の終りとハードボイルド・ワンダーランド』(一九八五)において最も顕著だが、その変奏は程度の差はあっても村上の各テクストで散見される特徴である。

そのようにテクスト内「世界」と脳内「世界」とをアナロジカルに見た場合、細かな処理過程を詰め込んだ、ほとんど認識工場とでも言い表したくなる頭でっかちなカントの認識論において根源的な結節的役割（感性と悟性の連絡）を果たしている「想像力」（構想力）以上に、小説家の表現欲を捉える能力はない。テクスト全体が体現するところの「世界」の現実的な面と虚構的な面とを繋ぐ、蝶番のアナロジーとなるからである。この両者の結合を可能にする具体的な媒介項は、カントにおいて「図式機能」と呼ばれる。そして多少強引に言うなら、この「意識そのものの統一を可能にする」ところの「図式機能」とは、感性的直観を悟性的概念（言葉）へと変換する「翻訳」機関にほかならない。

ところで、技術哲学者のスティグレールは、ホルクハイマーとアドルノが「図式機能」を説明に用いて「文化産業」（＝想像力の産業化）批判を行ったことに着目し、メディア技術が「図式」の生成自体に直接与かっている現代文化の問題を論じている。[17] 映画の発明に端を発する視聴覚的「時間対象」は、「図式機能」を代行する仕組みによって観客の意識を操業することを可能にした。いわば現代メディア（意識産業）は人間の想像力を技術的に生み出し、そのまま隷属化するのである。右の「図式機能」を翻訳機関に見立てる話でいえば、それはグローバル市場に基づく英語翻訳産業が個々人の意識を牛耳るイメージと重なるだろう。

（16）小島基洋「村上春樹『1973年のピンボール』論――フリッパー、配電盤、ゲーム・ティルト、リプレイあるいは、双子の女の子、直子、くしゃみ、『純粋理性批判』の無効性」『札幌大学総合論叢』二〇〇九・三。

（17）ベルナール・スティグレール『技術と時間3――映画の時間と〈難 - 存在〉の問題』石田英敬監修・西兼志訳、法政大学出版局、二〇一三。

『1973年のピンボール』で「僕」が携わるのも、人間機械翻訳のような商業的に割り切った——机の左側に積み上げられた文章が右側に移るだけの——翻訳である（基本的には文学は対象ではない）。

考えるに付け加えることは何もない、というのが我々の如きランクにおける翻訳の優れた点である。左手に硬貨を持つ、パタンと右手にそれを重ねる、左手をどける、右手に硬貨が残る、それだけのことだ。(18)

その翻訳会社のパンフレットに書かれたキャッチ・フレーズは、「凡そ人の手によって書かれたもので」、「人に理解され得ぬものは存在しません」である。その喩えで言うならば、物語を貫く旧式の「配電盤」（電話の回線を司る機械）は、古びてしまった「図式機能」そのものになるだろう。配電盤を取り替えに来た電話局の男の台詞によれば、「配電盤はみんな本社のでかいコンピューターに接続されてるんですよ。ところがお宅だけがみんなと違った信号を出すとするとね、これはとても困る」のだ。現代のグローバル・ネットワーク社会において、人間はシステムに従属しながら生を維持しており、ひとたび自分勝手なコミュニケーション言語（文学的言語）を発すれば、たちまち排除の対象になる不寛容さをすら寓意する。言葉を伝達する機械としての「電話」は本作では重要な意味を担っており、学生時代に住んでいたアパートで、部屋の位置関係から一台しかない電話を頻繁に取り次いでいた「僕」の回想も、同等に重要なコミュニケーション論的なエピソードになっている。したがって話の後半で、「哲学の義務は」、「誤解によって生じた幻想を除去することにある。……配電盤よ貯水池の底に安らかに眠れ」（二一六頁）というカントからの引用による「お祈り」とともに投げ捨てられるそれは、ピンボールのアナログ性を残した過渡的時代の「図式機能」の死を暗示することになる。そして物語末尾で行き着く古いピンボール台を集めた「象の墓場」（＝「古い夢の墓場」）のように見える「世界の果て」の倉庫は、まさに「想像力」の墓標の群れとなるだろうか。この時点では、「象」は平原に還るどころか形骸化した残滓として、つまり死骸として表されるのである。

村上春樹の初期作品が描くのは、現代社会において想像力という「図式機能」がグローバル資本に搾取されている、あるいは機能失調する、あるいは暴走を起こす様である。それゆえ多くのテクストで、意識世界の虚実のバランスが崩れ、主体性が消えるのだ。「世界」の界面を作る〈言葉ならざる言葉〉である「純粋言語」の、その発生現場における「想像力」の働きと失調それ自体の可視化が目指されている。主題に対する村上のこだわりは十分に一貫している。『1973年のピンボール』の三年後に発表の短篇「納屋を焼く」（『新潮』一九八三・一）においても、虚構の身振りによって「想像力」を喚起し、無の上にイメージを現前させてみせるパフォーマンス、すなわちパントマイムを勉強している少女が主人公の一人である。少女は生活力を欠いており、周囲の男たちに金銭面でも依存しているらしい点で実質的な生産性のなさを具現する存在である（パントマイムが現象させるものに実体がないように）。この少女はやがて失踪する。グローバル資本のシステムからこぼれ落ちた残余としての「納屋」が、貿易関係の怪しい仕事をしているギャッツビー風の金持ちの男に焼かれるのと同じく、少女も社会の有用

(18) 講談社、一九八〇、三六〜三七頁。

性の地平から消えてしまう。ここでも少女は「死骸」という現実的形象を残すことなく「消滅」するのだ。

一般に、現実の無から有を生み出すタイプの想像力は言語的な二重否定による肯定の働きを用いている。少女の人となりを紹介するくだりで、彼女が「蜜柑むき」のパントマイムを披露した際、感心した「僕」に対して、「そこに蜜柑があると思いこむんじゃなくて、そこに蜜柑がないことを忘れればいいのよ」[19]と説明したエピソードが教えるように、蜜柑が「ない」だけでは単純否定だが、「ない」わけでは「ない」というとき、想像力によって蜜柑の色形が「世界」に現象する。これはサルトルの実存主義が重視する「否定存在」の基本的ロジックを思い出させるが、重要なのは第一段階が「ない」で始まるプロセスであることだ。それは喪失の喪失、あるいは忘却の忘却の論理と紙一重である。人は何かを喪失していること自体を喪失した（＝忘却した）とき、肯定された実体無き「世界」でハッピーに生きることができる。パントマイムの原理に比せられた少女が男たちにとって癒しの存在であるのは、彼女がこの「ない」ことが「ない」の具現化だからである。それは思春期に六〇年代の学生闘争を通過してきた村上にとっての八〇年代的風景の具現化でもあったろう。しかし裏を返せば、少女自身は存在の根拠を二重否定のロジックの中にしか持たない存在、言い換えれば〈無〉に曝された明滅状態——一種の「例外状態」（アガンベン）——にいる存在だということだ。[20]その事実が曝されれば、たちまちこちら側の「世界」からは「消滅」してしまう結末が待っている。

先述したようにこの物語を理解するにあたって、半ば遺棄された無用の納屋を見つけて定期的に焼くことを趣味とする男と少女の失踪とを直接に結びつける、つまり納屋を少女の隠喩と考える解釈は少なくないはずだ。当然その延長には、資本主義社会における成功者として精神的バランスを失った男が、実は孤独な少女を定期的にたぶらかして殺して回っているという、ミステリー仕立ての解釈も出てくる。だがこのテクストの一番肝心な点は、そのように現実世界内で辻褄を合わせる謎解きからは漏れてしまう、もう一つの謎にあるのではないか。「僕」は男からその趣味を聞いた後、彼が次に焼くだろう近所の納屋を数個割り出すが、それらが焼かれることはなかった。だが約一年後に再会した彼は、前回会った十日ほど後に納屋は確実に焼いたと答えるのだ。彼が焼いた納屋は、「僕」の現実の認識地図の内には存在していなかった。その外部には存在していたのかもしれない。想像されたものなのか現実のものだったのか判定できない納屋を「消滅」させてしまう行為は、その存在を虚構かつ現実という両義的なものとして永遠に固定化する。それは単に存在しないものを疑似的に存在させる想像力ではない。「消滅」のレトリックは、焼かれた納屋が虚構の産物である可能性と現実に存在した可能性を等しく「僕」の中に共存させる。そして納屋が体現する「消滅」そのもののイメージは、逆に否定不能になり消滅しない（「夜の暗闇の中で、僕は時折、焼け落ちていく納屋のことを考える」）。その意味で、そ

(19) 引用は『螢・納屋を焼く・その他の短篇』（新潮社、一九八四）に拠る。
(20) 現代社会の日常性は、背後の「例外状態」の不可視化によって成立しているという構図を取る村上作品は少なくない。それが何らかの理由で可視化され（＝バランスが崩れ）、日常性から放り出されることで人物は「消滅」する。つまり、本書第一章で示した包含図の外側の「世界」を、一種の「例外状態」と見立てることもできる。

れは虚構と現実の分節を司る古き良き「想像力」それ自体の「消滅」の寓意である（あるいは反想像力である）。男の言い方に従えば、虚実が重なり合った「同時存在のかねあい」（モラリティー）を維持するために彼は「納屋を焼く」のである。反対に言えば、虚構と現実の排他的な二重構造が壊れた世界において、成功者として生き抜くために男は「納屋を焼く」のである。村上はしばしば「喪失」の作家と言われるが、それは過去に精神的支えになっていた何かを喪失してしまった主人公が登場するからではない（そのような話は世にありふれている）。「喪失」それ自体を具象的に描いてみせるからなのだ。

そして「消滅」や「無」といった抽象的概念それ自体をあたかも触知可能なように「世界」の中で実体的に取り扱うためには、さらに一歩進んだレトリックを適用しなくてはならない。『象工場のハッピーエンド』に収録された掌編「A DAY in THE LIFE」で描かれた人工物としての「象」は、その意味での新たな表現方法を得たことを示している。現代的「世界」の空無性を具体的な物に定着させる方法なくしては、あらゆる社会関係を物象化して想像力を奪っていく高度資本主義社会の文学テクストにおいて、内在的批判のスタンスを取ることは叶わないのである。

短編「象の消滅」（一九八五・八）は、ある日、「町の象舎から象が消えてしまったことを、僕は新聞で知った」[21]ところから始まる。世話をしていた老人の飼育係も一緒に姿を消していた。町が象一匹を保有していた理由は、一年前、郊外の私営の動物園が閉鎖した時、その土地を買い取った宅地業者と動物園と町の間で協定が結ばれたことによる。持て余された老いた象は町の共有財産として、業者の提供した象舎で飼育されることになったのである。そして一年後、象は「消滅」した。新聞記事は「脱走」という表現をしたものの、足にはめられていた鉄輪は鍵が掛けられたままであり、脱出径路を絶つ高い柵に異常は見られず、象舎周辺に足跡は残されていなかった。

消滅前の象の姿を見た最後の人間は、おそらく「僕」だと「僕」は思っている。昔から象の存在に惹かれるところのあった「僕」は、裏山の崖に象舎の中を覗き込める秘密の場所を発見し、そこから象を観察する習慣を持っていた。象の消滅が発覚する前夜の午後七時過ぎ、その場所から観察していた「僕」は象と飼育係の「大きさのバランス」がいつもと異なっている――「象と飼育係の体の大きさの差が縮まっている」――ような錯視の感覚を覚えたのである。翌日、たぶんそのままスケールを縮小していったに違いない象は、足の鉄輪や入り口の鍵も掛けられたままの状態で、飼育係と共に消滅していた。そして、その消滅を経験して以来、大手電機器具メーカーの広告部に勤めていた「僕」は、「ときどきまわりの事物がその本来の正当なバランスを失ってしまっている」と感じるようになる。ところが、商品を流通させる「便宜的な世界」の理に徹した「僕」の仕事はかえってうまく運び、製品はますます売れ、「僕は数多くの人々に受け入れられていく」。話は概ねそのような筋である。

この話が、村上による一種の高度資本主義時代の消費社会の寓意であることは基本的に正しい読み方だと思われる。コピーライターが活躍し、広告産業が花形職種となった八〇年代に、一応は「広告」を冠する部署に所属して、日本経済躍進のお家芸となった家電製品を売り捌く仕事に成功者として従事する「僕」が、仕事以外の時間に心のバランスを回復させるものとして観察していた「象」を喪失する。代償として失ったものは「もう二度とはここに戻って来ない」。追憶の中でしか存在しえない老いた象

(21) 引用は『文學界』初出版に拠る。

とは、古代インド辺りにあった宗教的な世界イメージ――象が大地を下から支えている――よろしく、村上の作家としての成長過程の根底を支えてきた何かでなければならない。そして共に消えた「飼育係」とは、その何かを支えてきた存在、すなわち近代文学の時代には存在し得たが現代文化においては消滅せざるを得ない古典的な「作家」像ということになる。[22]

第一章でも言及した箇所だが、村上は先のインタビューの中で、彼の文学には何種類かの動物が「すごい数」登場することを川本三郎が指摘したことに対して、「ある種の自我は持っているんだけど、それを言語化することが出来ないという存在」としての動物、もしくは人間であっても「自我を表出する言語を喪失するという状況」を特に好むと答えている。[23] 理由は、そのような存在は「神話とか、お伽噺」を形成する主要なファクターになるからだという。己の意志を身体行為によってしか表現することのできないいわば失語症的な存在に向かって、「書くべきことがない」にも拘わらず「何かを書こうという意志」だけを辛抱強く回転させること、そのことで対象から「自然発生的」に「内在的な力のようなものが表出してくる」ことが期待できる。村上はまず、そのように現出した者たちに共感を覚えるのである（これは村上の作品で「捜す」という行為自体が「物語の原初の形態」として突出する理由でもある。主人公たちは行為を空転させながら、ある意味で「書くべきこと」を探しているのだ）。彼らは結果として、統括的な意志（「神という概念」）の介在しない「物語の意志」の体現であり、それこそが小説を「神話」的たらしめる条件となる。小説において「神話」的であることは「神」的であることにむしろ対立する思考の形だと村上は言う。「神話」的な世界の創造は、「神」の似姿ではないところの動物、あるいはその寡黙によって担保される寓意性を必要とするのだ（それは観念＝神の一元性に対立する）。

村上は同インタビューの別の箇所で、一般的な近代小説が何よりもまず内面的な差異によって人物を描き分けてきたことを強調した上で、自分は小説の登場人物に固有名を与えず、「指のない女の子」や「双子」、「特殊な耳の形をした女の子」、「胃拡張の女の子」といった――「女の子」ばかりなのが、当時の村上のジェンダー論的な問題点であることは置くとして――「過剰なもの」あるいは「欠落しているもの」による外見的・身体的な特徴で人物を描き分けると述べている。それは要するに、象の鼻の長さやキリンの首の長さといった極めて明瞭な外的特徴によって動物が識別されるのと同じように、登場人物たちを物語的な「動物」として見ていることに他ならない。だからこそ村上作品に登場する彼／彼女たちは、神話的構造を構成する不可欠の要素として機能しうるのだ。

神話とは一般に、ある共同体の成り立ち（記憶・慣習・起源など）を明かす物語形式である。象という動物は、日本列島は言うに及ばず中国大陸においても珍獣の部類だったが、その希有の大きさから存

(22) この「飼育係」は、年齢不詳で「左右に突きだしたような格好の円形に近い耳」が特徴的な「小柄な老人」とのことだが、新聞記事には「渡辺進・63歳」という情報が出ている。計算上、一九二五年生まれということになるが、相応する作家は思い付かない（あえて本書に登場した文学者の中から同年生まれを探すなら鶴見俊輔である）。ただ、六十歳定年が一般的な時代において、その年齢の飼育係は現役を終えた者という象徴性を担ってはいる。

(23)『風の歌を聴け』では、学生の「僕」の専攻が生物学であり、動物好きという設定になっていたことを思い出したい。

在自体は昔から広く周知されており、神話形成の力は高かった。想像力における「想像」の言葉は、中国語では古代から「想象」と表記され、字のレベルでは「八世紀前後までは、「像」の使用例がほとんどなかった」[24]そうである。現代中国語に至るまで「想象」という表記と混用されてきた。そのため古くから動物の「象」の字をもって、後発の「像」の意味（「形」、「姿」、「イメージ」などの意味）を兼ねていた「成り立ち」（意味）をめぐる有名な「神話」が存在している。『韓非子』の「解老篇」（『老子』解釈の編）にある次の文章である。[25]

人希見生象也。而得死象之骨案其圖以想其生也。故諸人之所以意想者、皆謂之象也。今道雖不可得聞見、聖人執其見功、以處見其形。故曰、無狀之狀、無物之象。

人《ひと》は生象《せいぞう》を見《み》ること希《まれ》なり。而《しか》うして死象《しぞう》の骨《ほね》を得《え》て、其《そ》の圖《づ》を案《あん》じて以《もつ》て其《そ》の生《せい》を想《おも》ふなり。故《ゆゑ》に諸人《しよにん》の意想《いさう》する所以《ゆゑん》の者《もの》は、皆之《みなこれ》を象《ざう》と謂《い》ふなり。今《いま》、道《みち》は聞見《ぶんけん》することを得可《うべ》からずと雖《いへど》も、聖人《せいじん》は其《そ》の見功《けんこう》を執《と》りて、以《もつ》て其《そ》の形《かたち》を處見《しよけん》す。故《ゆゑ》に曰《いは》く、「無狀《むじやう》の狀《じやう》、無物《むぶつ》の象《ざう》」と。

『老子』にある「道」を説明する言葉「無狀《むじやう》の狀《じやう》、無物《むぶつ》の象《ざう》」、すなわち「形状をなさない状、物象をなさない象」を取り上げて、それを文字通りの動物の象（生きている象と死んでいる象との差）を用いて解説した文章である――「人は生きている象を見ることはまれである。そこで、死んだ象の骨を手に入れ、それを図画したものを頼りに、生きている象を想像するのである。それゆえ、多くの人々が心で想像してみるものを、みな象というのである」。『老子』が提示する「道」も摑みどころのない概念であり、直接に感覚することは叶わない。聖人は〈見る〉ことの巧みさを行使してその形を所見する、つまりは適切に「想象」するしかないのである。

ところで、古代インド発祥であり、後世の多くの仏典や民話にも伝播している「群盲撫象〈群盲象を撫《な》ず〉」――「群盲摸象」「群盲評象」の言い方もある――の言葉は、多数の盲人が象の体をなでて、それぞれが自分の触れた部分の印象だけから象を語ったことから、部分に囚われて物事の全体を見誤る愚かさをいう有名な喩え話である。(26)『老子』には、これまた有名な「大象無形」（極めて大きなもの、あるいは優れたものは形として目に見えない）の言葉があり、「群盲撫象」の影響が疑われもするので、こ

(24) テレングト・アイトル『詩的狂気の想像力と海の系譜――西洋から東洋へ、その伝播、需要と変容』現代図書、二〇一六、二七四頁。本論の古代中国に由来する「想像」と動物の象との関係に関する記述は、同書の解説に多く示唆を受けた。

(25) 訓読文、書き下し文、および本論中に括弧付きで部分的に記す現代語訳（通釈）は全て、小野沢精一『韓非子』（上、全釈漢文大系、第二〇巻、集英社、一九七五、四九三～四九四頁）より引用。

(26) 管見の限りでは、近代日本文学で「象」を主題とした文学は、谷崎潤一郎の戯曲「象」（『新思潮』一九一〇・一〇）が早い。タイから連れてこられた象が見世物として祭りの山車に引かれてくるのを待つも、予定通りに姿を現さず、見学に来た町人たちは暇つぶしに、生の象の姿を想像しながら会話を交わしている。「群盲評象」の数ある変種の一つと読めなくもない（ただし最終場面で象はちゃんと現れるので不条理性は薄い）。なお第三章で扱った（鷗外と論争した際の）巌本善治の別号「撫象子」もこの喩えが由来と思われる。

れを「象」の表記と「像」の意味の同一化が起こった先行の原因とみる説が強くある。上述のいずれの「象」も狭隘な視野には収まらないスケールを示す存在と認識されていた点で共通し、相互に歴史的な連関性があっても少しも不思議ではない。そして、そのような比喩としての「象」が、村上の「踊る小人」で説明された象工場のルール――「象というのがどういうものかという全体像」を理解するために各セクションを一月ごとに移動する――に基づいて製造される「象」にも通じてしまう事実は果たして偶然なのだろうか。

蛇足気味に加えれば、サン＝テグジュペリの『星の王子さま』（一九四三）においても、同じ〈表象〉の問題に関わる寓意として冒頭に象が登場する。子供の頃の「僕」が描き上げた自信作は、象を飲み込んで消化している大蛇ボアのデッサンだった。だが、大人たちはその絵に帽子の形を見て取るだけである。「おとなというものは、自分たちだけではけっしてなにもわからない」[27]。「たいせつ」であればあるほど「目に見えない」ものを把捉する想像力（心で見る力）を欠いているからだ。大人が代わりに勧めるのは「地理や歴史や、算数や文法」の勉強である。彼らは数値や選択肢、そして明瞭な「ことば」によって形を与えられないものを「うまく想像することができない」人種なのである。わざわざ大蛇ボアの腹の中身を描いたデッサン第二号を示さなくても、帽子の形をした蛇のなかに象がいることを見抜いたのは、「星の王子」ただ一人だった。そして、絵の内側＝想像力の次元――それはまた物語の最後、故郷の星に帰るため、毒ヘビに嚙まれて赴く死（彼岸）の次元でもある――に住まう存在ともいえる王子が、「僕」に所望した新たな動物の絵は羊だった。村上の童話的作風からすれば、こちらの方が由来としてふさわしく思える面もあるだろう。『羊をめぐる冒険』（一九八二）を著した村上の発想の源泉に、この童話が溶け込んでいた可能性はゼロではない。

四　世界の消滅

『羊をめぐる冒険』の第一章には、一九七〇年一一月二〇日（三島由紀夫が自決した日）の「奇妙な午後」についての「僕」の回想を中心に、一九六九年の秋に出会い、短い期間付き合っていた「誰とでも寝る女の子」が一九七八年七月（物語の現在）に死んでしまったエピソードが綴られている。次いで第二章では、その女の子の葬式に行った日、一月前に離婚した妻が残りの荷物の整理をしに最後の姿を見せるのだが、再び彼女が去った後、「僕」は彼女の完全なる「消滅」の感覚を経験する。つまり、「全共闘」の活動が盛んだった時期に出会い、その熱き時代の終わりを告げる三島の自決を挟んだ半年間だけ関係を持った回想の女性と、その後の七〇年代の「僕」の生活の中心にあったはずの（四年前に結婚した）現実の女性と、二重の消滅（二度の喪失）の経験が最初に強調されている。「僕」は、かくも変貌した「世界」に放り出されてしまった。本書第一章でも述べたように、このような〈無〉に曝された「世界」においては、ただ日常的生を営むことがそのまま「冒険」に直結せざるをえない。

「僕」と相棒が共同経営者となって始めた翻訳事務所は、今では広告関係の下請けの仕事にも手を広げており、ビジネスとしては成功していたものの、相棒は「実体のないことば」を「まきちらしてい

---

(27) 河野万里子訳、新潮文庫版、二〇〇六。

る」仕事の精神的代償としてアル中の瀬戸際にいる（『1973年のピンボール』で表された「悲観」的な予測が進行してしまった状態である）。ある日、「奇妙な男」（世界あるいは物語全体を背後で操る――本当は羊に操られているだけの――「右翼の大物」の第一秘書）が訪れるところから具体的な「冒険」は始まる。そのとき男が相棒に向かって残したのが次の言葉である。

「〔前略〕我々のあいだにはビジネス以外に話すべきことは何もない。非現実的なことは誰か別の人たちに任せましょう。〔中略〕そのような非現実的なファクターをソフィスティケートされた形態に置き換えて現実の大地にはめこんでいくのが我々の役目です。人は往々にして非現実に走ろうとします。なぜなら〔中略〕その方が簡単そうに見えるからです。そしてある場合には非現実が現実を圧倒したかのような印象を与える場合も往々にしてあります。しかし非現実の世界ではビジネスは存在しません。つまり我々は困難を指向する人種なのです。」[28]〔傍点引用者〕

ここで男の言う「ビジネス」の原理は、しばしば村上もその使い手と評されることになる文学的手法として先述したマジック・リアリズムのそれと相同的である。詳細は略すが[29]、マジック・リアリズムの典型的な様式は、言葉のあやを字義通りのレベルで具象化する手法によって得られる。マジック・リアリズム的な近代作家の元祖として遡及的に同定されるのはフランツ・カフカだが、周知のように、その代表作『変身』では、虫けらのような存在としての男が文字通り本当の虫になってしまうことから物語が始まっている。いわば、「メタ」（言葉のあや）を「ベタ」に転化させる様式なのである。

ツヴェタン・トドロフは『幻想文学論序説』（三好郁朗訳、創元ライブラリ版、一九九九）の最終章で、カフカの超自然的な作品には古典的な「幻想文学」というカテゴリーが適用できないことを論じている。トドロフの定義に従えば、「幻想」とは「怪奇」（現実に説明のつく超自然的事態）と「驚異」（自然法則化された非現実的世界）のどちらにも同定できず、両者の間で宙づりにされている、すなわち「世界」の曖昧さに置かれた状態のことを指す。だがカフカ的なテクストはそうではない。「一見非共存的な二つのジャンルが合致」した奇妙でクリアな現象のことである。同様に、村上のテクストにおいても「宙吊り」という言い方でイメージされる曖昧さは不在なのだ。本論でマジック・リアリズムという時、どっちつかずの漠とした「曖昧さ」を抜き去った、「怪奇」と「驚異」の「合致」した叙述を基本的には想定しておきたい。

加えてトドロフは、次のような説を補っている。幻想文学における物語の進行は、始まりの時点では自然的状況をベースにしているが、徐々に超自然的な世界が浸食してくるケースが多い。反対にカフカの作品では、超自然的事象が最初に導入された後、それが作中人物の中で次第に自然化されるのだ。この主張の重要性は、マジック・リアリズムが、ラテンアメリカ文学の次に北米の高度資本主義社会を背景にした文学において発展的に広がったことを理解するために無視できない。シミュラークル社会とも呼称されることになる記号的消費社会において、利益を生み出す商品流通のメカニズムは、非現実的な

（28）『村上春樹全作品 1979~1989 ②』講談社、一九九〇、七九～八〇頁。

（29）拙書『意志薄弱の文学史――日本現代文学の起源』、四〇八～四一九頁辺りを参照。

メタレベルの現象（ファンタジックな観念）を絶えずオブジェクト・レベル（市場）に落とし込んでいく循環だからである。金融派生商品を考えてもいいが、生活レベルでの実感を考えるなら、コンサルティング業や後述する広告業などがイメージしやすいだろう。言葉の修辞という現実から浮遊する力を「現実の大地」に無理矢理〈合致〉させるのがマジック・リアリズムの基本的な発想だとするなら、それは高度資本主義の原理をベースにする文化現象と明らかに類縁的であり、だからこそ内在的な文化批判の力を持ちえるのである。だがマジック・リアリズムのルーツである新即物主義《ノイエザッハリヒカイト》や兄弟分に当たるグロテスク・リアリズムが近代的市場原理に対する直接的な異議申し立ての手法であったことを考慮すれば、非現実的レベルの事象が商品流通の原理によって活動を維持している状況が前提となったこの時点のマジック・リアリズムは、記号的リアリズムと呼び名を変えるか、あるいは第一章で提示したポップな「世界」として状況を広範に指示する方が良いのかもしれない(30)。

消費社会への文学的な対応が強く迫られ始めた一九六〇年頃には、日本でも既にカフカ的な寓意の有効性が認識されていた。「ぼくらの生活が、ぼくらにはどうにもできぬ巨大な力によって絶えず脅かされているのも、たしかに現代人に共通の運命といえるだろう。その力は、ぼくらに直接関係をもたぬどころか、往々了知不可能の、眼にさえ見えぬかたちの下に、ぼくらを支配しようとする。そうなれば、ぼくらはそれをえがくのに、カフカの作品に見られるような、比喩的な寓話的なイメージをもってあらわすほかないことになる。最近、寓話という形式の問題が、各処でとりあげられているゆえんなのである(31)」という村松剛の発言をここに引いておきたい(32)。

先のインタビューで川本三郎が「言語遊戯」の極北として高橋源一郎の名を出したことに触れたが、

高橋のデビュー作『さようなら、ギャングたち』（『群像』一九八一・一二初出）に次の断章がある（第一部Ⅳ章九節）。

偉大な自動車工場にはそれにふさわしい巨大なベルトコンベアーが流れていて、「ライン」と呼ばれていた。

何もかもが、「ライン」にのってながれてゆくのだった。

〔中略〕

フロントガラスのフレームの右から4番目のビスをチェックするラインの棒軸に4ヵ月に一度オイルを注入することを忘れずに、という注意書を運ぶ「ライン」をのせてとうとうとながれてゆく「ライン」があった。

（30）ただし「記号的」と「ポップ」のいずれの名称も、村上春樹を読めば不可思議な表象にスレてしまった現代の読者でさえ感覚するはずのマジカルな印象をうまく表していない欠点がある。したがって本書では引き続き文脈に応じて、マジック・リアリズムの呼称も使用する。

（31）村松剛「市民文学の幻影――「風俗」小説への考察」『中央公論』一九五九・八。

（32）だがこれも遡ろうと思えば、戦後すぐに花田清輝が「現実主義的な作品は、つねに超現実主義者によってのみつくられる」（花田清輝「二つの世界」『近代文学』一九四八・七初出、『七・錯乱の論理・二つの世界』講談社、一九八九、一七六頁）ことを熱く説きつつ、晩年にトルストイが到達した「童話の世界」や、ついでにディズニーの「漫画の世界」を次代の芸術として高く評価したときにまで遡ることが可能ではある。

わたしにはよくわからないものを運ぶ「ライン」を運ぶ「ライン」を運ぶ「ライン」を観察しているわたしのわき腹をつっついた職長をのせて運ぶ「ライン」がながれていた。

〔中略〕

とにかく、よくわけのわからないままながれてゆくのだった。

「とにかく、よくわけのわからないままながれてゆくのだった」もながれてゆくのだった。

ながれてゆくのだった。(33)


終わりの三行に集約的に表現されるように、現代社会における「万物流転」（ヘラクレイトス）の真理とは、コピー&ペーストによる言葉のオブジェクト化の法則（階層間の越境あるいは「合致」）に他ならない。そして、そのプロセスを具現化するイメージが「工場」の「ライン」であることは必然的に、村上が描いた「象工場」の作業工程のイメージと絡み合う。

ところで、ここまで言及を控えてきたが、「象工場」の言葉が登場する村上の小説はまだ他にもある。書き下ろし長編『世界の終りとハードボイルド・ワンダーランド』（新潮社、一九八五・六、以下書名は『世界の終り』と略）である。『象工場のハッピーエンド』からは一年半、「象の消滅」の発表から一、二ヶ月の差であり、表向きはまるで異なる内容には見えるが、「象」そのものに託された意味の重複を想定するのは無理な議論ではないだろう。

『世界の終り』において老博士の語る象工場は、「私」という心（アイデンティティ）の行動様式を「私」の知らぬうちに決定する無意識（ブラックボックス）的システムの働き全体の比喩として明瞭に説明されている。我々人間は、自分の思考システムの大部分を把握していない。把握しなくても意識の核（ブラックボックス）の自律的な働きで自分自身として機能することができている。

> つまり我々の頭の中には人跡未踏の巨大な象の墓場のごときものが埋まっておるわけですな。〔中略〕いや、象の墓場という表現はよくないですな。何故ならそこは死んだ記憶の集積場ではないからです。正確には象工場と呼んだ方が近いかもしれん。そこでは無数の記憶や認識の断片《チップ》が選りわけられ、選りわけられた断片《チップ》が複雑に組みあわされて線《ライン》を作り、その線《ライン》がまた複雑に組みあわされて束《バンドル》を作り、そのバンドルがシステムを作りあげておるからです。それはまさに〈工場〉です。それは製産をしておるのです。工場長はもちろんあんただが、残念ながらあんたにはそこを訪問することはできん。[34]

想像力という言葉は、通常大きく二つの下位の定義がある。『日本国語大辞典』（第二版、二〇〇二）は、「想像」の意味を「実際には経験のない事物、現象などを頭の中におもい描くこと。根拠のある推測や、現実からかけはなれた空想をもいうことがある。心理学では、現在の知覚にあたえられていない

（33）『さようなら、ギャングたち』講談社、一九八二、五一～五二頁。
（34）新潮社、一九八五、三九二頁。

事象を心におもい描くことにいい、過去の経験を再生する再生想像と、過去の経験を材料にして新しい心像を創造する創作想像とに分ける」と記述している。老博士は、アイデンティティとは「一人ひとりの人間の過去の体験の記憶の集積によってもたらされた思考システムの独自性のこと」と述べているが、それを象工場のリソースとしての再生想像と想定するのが許されるなら、象の製造であるシステムの実際の活動（編集工程）は「創作想像」のプロセスに相当すると考えるべきだろう。しかし裏を返せば、二つの想像を厳密に分類する必要はなく、象工場の全体的活動が「再生」と「創造」の二種を統合した想像力の寓意とみなして不都合はない。そして『世界の終り』のエンディングでは、いわば「私」の脳内の象工場が、「心」（記憶）を失った者たちが永久反復的に――いわば自動人形《オートマトン》として――生きる世界を描いた〈世界の終り〉という物語に飲み込まれ、「象」の生産を排除し続けること（あるいは逆に、非人間化した人間たちの暮らす涅槃の光景を製造し続けること）によって、「私」の意識（＝統覚的な意志）が消滅するのである。[35] つまり、比喩的にいうなら『世界の終り』は「象の消滅」の物語、すなわち想像力の失調の物語にほかならない。だが押さえておく必要があるのは、『１９７３年のピンボール』で使われていた「象の墓場」という比喩が、引用部において一度言及された上で取り消されている点である。一九八〇年の段階では、単に機能不全であるという状況が悲観的に表現されたのに対して、五年にわたるスタイルの模索とともに、中身は〈無〉にすぎない形骸（死骸）化した想像力を（機械的にではあるが）〈生きた〉ものとして寓意的に捕獲する道へと歩みを転換した印と言えるだろう。

　脳内の〈世界の終り〉の物語世界と、〈ハードボイルド・ワンダーランド〉（現実的な世界）との境界を越えてしまう物理的なものとして重要な役割を果たしている一角獣（の頭骨）の存在にも、やはり想像力の問題が絡んでいる。一角獣は現実には存在しなかった想像上の生物のリアリティを表す象徴的な生物だからだ。〈世界の終り〉の物語世界の街は巨大な壁の境界に囲まれているが、一角獣たちは「人々の心を吸収し回収し」、壁の外に運び出す役割を担っている。そして「街が押しつけた自我の重み」を貯め込んだ一角獣は、冬の間に壁の外で死んでいく。意識が生み出す不浄な想像を絶えず排することで、〈世界の終り〉という領域の清さを保ち続ける浄化作用そのものである。人々の想像作用を吸収することで人々を非人間化する動物が一角獣なのは、おそらくそれが人間の想像による神話的産物でありながら、長い歴史的時間をかけて現実のものと取り違えられてきた――実際に存在したと信じられてきた――動物だからである。「私」がその頭骨を手に入れるのは、『韓非子』の故事のように、一角獣の頭骨から生きた一角獣を想像するのとは逆に、想像的な一角獣が先に脳内で作られた後で、それがリバースして現実世界に骨として現前してしまった結果である。

　実は、現代社会としての東京を舞台とする〈ハードボイルド・ワンダーランド〉のパートでは、「私」の内言の中に「想像力」という言葉が、それも否定形の形で何度か出てくる。例えば、そのクライマッ

（35）具体的な影響関係は明言できないが、福永武彦の「世界の終り」（『文学界』一九五九・四）は、精神が失調して自己が夢と現実の二つに分身的に解離してしまった妻が、夢の中の意識では世界が終わりに向かう終末的状況に永遠に置かれる一方で、もう一人の意識の抜け殻としての外側の彼女が現実的に死に向かうにまかせる話であり、構造的なヒントを得た可能性はある。福永は、鶴見俊輔の変則的な世界文学論の中で、夢野久作に続く「世界」性を描く作家の一人として、その名を言及されていた。

クスである地底の洞窟の暗闇を、「やみくろ」という地下生命体の攻撃をかわしながら、老博士の避難場所に向かって歩き続ける冒険的な時間の中で、何やらおぞましい音を聞く——後で底から水が溢れてくる音だとわかる——場面に次の描写がある。

たしかにそれは地震なんかではなかった。〔中略〕しかしそれが何であるのか私には見当もつかなかった。状況はずっと以前から私の想像力の領域を超え、いわば意識の辺境へと至っていた。私にはもう何も想像することはできなかった。ただ能力の極限にまで肉体を行使し、想像力と状況のあいだに横たわる深い底なしの溝をひとつひとつ跳び越えていくしかなかった。〔傍点引用者、三四八頁〕

夏目漱石の『坑夫』（一九〇八）の「自分」が炭坑の奥底で擬似的な〈死〉を体験する——水にも浸かる——場面のオマージュのようにも見える描写である。当時の漱石が追究していた自己解離的な悟りのプロセスと同じく、自己意識の消滅（意志の衰弱）によって生理的感覚や肉体の運動から「認識」を切り離してしまった状態が描かれている。しかも、そのような物理的な刺激の受容と「認識」との間の回路を遮断する意識の働きに対して、「私」は、「極限状態に追いこまれると、人間の意識というものは様々に奇妙な能力を発揮するものらしかった。あるいは私は少しずつ進化に近づいているのかもしれない」とさえ考えている。物語の進行につれて「私の人生は無だ」「ゼロだ」「何もない」と考え始め、結局、「私が自分の意志で選んだこと」など何もなく、「私の〔想像力の〕枠内には殆《ほとん》ど何も残ってはいなかった」ことを最後に改めて自覚するまで、「私」は「私」という意識の消滅を一貫して受け入れていくのだ。つまり、もともと無意識的に消滅を志向している人物だったから、「私」は計算士の仕事として無意識の中に〈世界の終り〉という極めてネガティヴで「世界貧乏的」な内容の「パス・ドラマ」（「シャフリング」という計算士の脳を使った暗号化の媒介関数）を作り出してしまったのだし、その「ドラマ」の人工的な編集と固定化の手術によって「私」以外の被検者が全員死に至ったにも拘わらず、しばらくの間は「私」だけが生き延びることができたのである。

おそらく村上にとって、こうした人物造型こそが、八〇年代的ポストモダンの状況認識の最先端をゆく「想像力が壊滅的危機に直面している」存在の体現だった。右の引用部にある「想像力と状況」（イマジナシオンとシチュアシオン）というサルトルを思い出させる言葉からは、逆に、その「あいだに横たわる深い底なしの溝」に曝され、絶えず跳躍を余儀なくされる現代人の逼迫した想像力のあり方が浮き彫りにされている。だがそのような「想像力」の限界状態を受け入れていたからこそ「私」は途中までは生存し得たことを忘れてはいけない。八〇年代の村上文学には、古き良き「想像力」が枢要な文学的概念として広範に信じられた時代――初期の村上が繰り返し身を引き剥がしつつ、鎮魂しようとする「学生」の時代――からの脱却と概念の更新の可能性が賭けられていたのである。

五　想像力論の戦後史的背景

村上は、既に幾度も引用している一九八五年のインタビューの中で、「全共闘」で象徴される六〇年代後半の実体は、決して「政治的反乱」や「カウンター・カルチャー」体験に覆われていたものではなくて、地下で着実に進行していた「六〇年代前半・中盤の高度成長とそれに伴う「戦後体制」の崩壊」がようよう顕在化したものだった、つまり、「「全共闘」というのはたしかに様々な要因を含んでいるけれど、その究極的な意味は「戦後体制」とその価値観の消滅ということにある」（傍点引用者）と述べている。またもや「消滅」である。

奇しくも同時期に女性向けファッション誌『MORE』に村上龍が連載（一九八四・七〜八五・一〇）していた『69 sixty nine』は、村上春樹のいう「全共闘」時代を高校生（三歳年下のため）として過ごした思い出を描く自伝的な喜劇小説だが、主人公の「僕」ことケンは、単に目立ちたい（＝女の子にもてたい）という動機で学校の屋上をバリケード封鎖する。そのとき屋上から降ろす垂れ幕に記したスローガンが、「パリ五月革命落書き集」[36]から選んだ「想像力は権力を奪う」だった。そして、一九三〇年代後半に「想像力」に関する哲学的考察を出版することでキャリアを本格的に開始したサルトルは、五月革命の指導者の一人だったダニエル・コーン＝バンディとのインタビュー形式の対談（「想像力が権力を取る」）の中で、学生運動の決して洋々ではない前途を確認していった最後、「あなたがたの行動で興味深いのは、想像力に力〔権力〕をもたせるということである。万人と同じく、限界のある想像力だが、しかし、あなたがたには、年をとった人間にくらべて、はるかに豊かな考え《アイディア》がある。〔中略〕それは人々を驚かせ、揺り動かし、われわれの社会を今日のような姿にしてしまった一切のものを否認する。これこそ私が、可能性の分野の拡大と呼ぶものである。やめないでつづけていただきたい」[37]という励ましの言葉で締めるのだ。「想像力」とは「否認」の「可能性」のことだという構図自体は、初期のサルトル哲学でも提示されていた。つまり「想像力に権力を」という言葉は「無に力を」、さらには「無産階級に力を」というスローガンに変換しえるからこそ「興味深い」のである。だがそのような類推が可能だったであろう時代の熱を差し引けば、ここでの言い回しはごく常識的な〈反抗〉の論理に見えるのは避けがたい。七〇年代以降の「価値観の冷凍状態」のなか、六〇年代の「残務整理」としての「なぎ」に生きることのリアリティを描く試みから作家活動を始めた村上春樹にとって、既に使い古されていた「想像力」の語にも埋めがたい距離感を抱いたのは想像に難くない。

改めて議論を短編「象の消滅」に戻すなら、もちろんわざわざ以上のような思想的背景を読み込む面倒をとらずとも、消滅した象を町（共同性）の「象徴」の「象」と読むのが最も適当だとする説にある程度の説得力があるのも確かである。その先には、「象徴」のテーマを象徴天皇性の問題に繋げてみる解釈も可能だろう。翌年（一九八六）に在位六〇年記念式典を控えた昭和天皇その人が象であるとは言わないまでも、一九八五年当時の現代を「戦後体制」（とその価値観）の消滅以後の世界であることを強調する村上が、戦後装いを変えて残存してきた「昭和」という時代の終わりを物語の背景に見ていた可能性は小さくはない。

一九八〇年代の日本は、ロラン・バルトの文学理論やクロード・レヴィ＝ストロースが六〇〜七〇年

(36) J・ブザンソン編『壁は語る：学生はこう考える』（広田昌義訳、竹内書店、一九六九）と思われる。ここに記録されている壁の落書きで「想像力」を含む言葉は実はもう一つ、「想像力の欠如　それは欠如を創造しないことである」という、言い換えれば〈欠如の創造〉に想像力の本義があるという主張がある。

(37) ダニエル・コーン＝バンディほか『学生革命』海老坂武訳、人文書院、一九六八、一一八〜一一九頁。

代に先導した構造人類学を急ピッチで受容し、山口昌男らの活動を介して記号論的な文化研究が定着した学問的状況にあった。そのため、地盤沈下を起こしつつあった天皇制にも文化記号論的にアプローチし、その意味を「象徴」の観点から問い直す評論家や文学者を用意した時期である。一九七四年に邦訳されたバルトの『表徴の帝国〔記号の国〕』（一九七〇）は、大都会東京の中心に空いた無の象徴（＝皇居）が、「記号の国」の過剰な活動を下支えしているという日本文化の光景《ヴィジョン》を描いて見せていた。「象の消滅」のエンディングでは、「商品にならないファクター」を除いた「便宜性」の原理に身をまかせることで「飛ぶように」製品が売れる世界が全面化する。

おそらく人々は世界というキッチンの中にある種の統一性を求めているのだろう。デザインの統一、色の統一、機能の統一。〔傍点引用者〕

ここで「僕」が「台所電化製品」の「パブリシティー」の原則に見立てた「世界」とは、ある意味で「記号の帝国」に他ならない。そして、そのような生活を保証しているのは、まさに統括的な大文字の「象徴」の消滅（あるいは消滅の「象徴」）であるという認識が読み取れるのである（実際、「僕」は象に対する執着を失うことで広告の仕事に邁進するようになった）。

小熊英二『単一民族神話の起源――〈日本人〉の自画像の系譜』（新曜社、一九九五）によれば、そもそも戦後に津田左右吉や和辻哲郎らがイデオローグとなった「象徴天皇制」の枠組みは、日本は太古より異民族との抗争経験を持たず、自然に統合されてきた平和的民族だったという「単一民族神話」によって保証されてきた。万世一系の天皇は国民に対する権力的な支配関係の支配者側を担うのではなく、あくまでも「一国平和主義」を前提とする永続的な日本民族の「全体性」と同一の存在と見なされるべきだという理由で、それは「象徴」なのだ。[38] だがこのような「単一民族神話」の効用は、戦後数十年間の不安定期には有用な働きをしたとしても、「国際化」の必要が喧伝されるようになる一九七〇〜八〇年代に賞味期限切れとなる。「国民の全体意志」が資本主義社会の記号の体系に平準化され、等しく繁栄を享楽するとき、具体的な肉体を備えた「象徴」の存在意義は不要になったのである。

　村上の作品の中で「象」が消滅していった意味を、以上のような文脈で理解する仮説が捨てきれない限り、「象」を象徴天皇制の「象」と読むことに妥当性がないとは言えない。しかし、ちょうど当時の文化記号論の欠点として指摘されたように、状況の反映としての構造的な意味をテクストから読み取る作業は、縦軸（時間による動的な変化）――テクストの通時的な生成の面――の検討を脇に押しやる難点を伴う。

　そこで文学的主題としての「想像力」の系譜に焦点を戻すのだが、村上のいう「戦後体制」に半分被る期間にわたって想像力論を展開してきた作家が存在する。言わずと知れた大江健三郎である。『新しい人よ眼ざめよ』（講談社、一九八三）は一応小説を謳っているので事実かどうかは鵜呑みにはできないが、所収の一篇「魂が星のように降って、跗骨《あし》のところへ」（『群像』一九八三・三初出）の中で、大江は「僕は早い時期から想像力について考えてきた。小説の言葉の機能の中心に置く、ということをした

（38）第一七章「神話の定着――象徴天皇制論・明石原人説ほか」を参照。

のみならず、同時代の状況を見る契機、手法にも想像力をみちびきこんだ」と記している。小説を構成する不可欠の要素として対峙すべき「状況」の変化に応じて、サルトルの想像力論に始まり、『小説の方法』（岩波書店、一九七八）執筆時にはガストン・バシュラールの『空と夢——運動の想像力にかんする試論』に辿り着いて一節を引用したこと、しかし、その際にバシュラールがウィリアム・ブレイクの言葉「想像力は状態ではなく人間の生存《イグジスタンス》そのものである」を引用していたことを読み飛ばしており、ようやく「この春から集中的に、それも総体としてブレイクを読み進めるようになって」、改めてその事実に気が付き、一から想像力を考えるに至った経緯が告白されている。デビューから三〇年近くの間、想像力というテーマを胸中に抱えて創作してきた大江からすれば、サルトル↓バシュラール↓ブレイクという、その都度新たな想像力論を参照するたびに内的発展を経験したのだろう。しかし、外野から観察する限り、大江にとっての三者の思想はベン図の三つ巴のように枢要な部分を共有している印象のほうが強い。大江が引用したバシュラールの中心的主張は、「想像力とはむしろ知覚によって提供されたイメージを歪形する能力」であることだ。「想像力 imagination に対する語は〔知覚によって得られる〕イメージ image ではなく、想像的なもの imaginaire である。或るイメージの価値は想像的なものの後光の広がりによって測られる」。文章スタイルの観点からいえば、サルトルの想像力論がフッサール批判として哲学史的に正統と思える解析的な議論の運び方をしているのに対して、文学的なアプローチを取るバシュラールの想像力論は確かに異なって見える。だがこのように想像力を「知覚」の働きから切り離した上で、現実に根拠づけられない「想像的なもの」を生む自由の力として称揚するという結論は十分に似通っている。

事実、バシュラールの『空と夢――運動の想像力にかんする試論』の邦訳（宇佐見英治訳、法政大学出版局）は一九六八年二月発行で、フランス語を得意とするとはいえ大江のバシュラールとの出会いの直接のきっかけになったのは間違いないだろう。原書（L'air et les songes : essai sur l'imagination du mouvement）の出版は実に戦中期の一九四三年であり、サルトルの『想像力』（L'imagination）と『想像力の問題〔想像的なもの〕』（L'imaginaire）はそれぞれ一九三六年と一九四〇年である。つまり、サルトルの理論に通じていれば、バシュラールへの関心の移行は自然であり、大江が中途で大きな理論的な変化や発展を経たというよりも、哲学的言説から詩的言語へと嗜好が傾倒していく過程だったと考えるべきである。なお、ちょうど一年後に発表の「われらの狂気を生き延びる道を教えよ」(39)（『新潮』一九六九・二初出）に記されている「想像力」の話は、奇しくも「象」が例え話として使われている。動物園を訪れたのに、一メートル以上の距離の対象物に関心を示さないため、動物たちを見ようとしないイーヨー（息子）に向かって、イーヨーの視覚の代わりを務めようとする主人公の「肥った男」は語る――「視るということは想像力を働かせて対象を把握すること」なのだから、非日常的存在である動物園の獣たちを「視る」のにも、やはり「想像力」を行使する意志が必要なのだ、と。

イーヨー、きみがさきほどこれははっきりと見た、鼠色の大きい切り株のようなものは象の足頸《あしくび》

(39) 単行本『われらの狂気を生き延びる道を教えよ』（新潮社、一九六九）には、第三部「オーデンとブレイクの詩を核とする二つの中篇」の内の二篇目「父よ、あなたはどこへ行くのか？」の「b　表」として収録。

のひとつだったんだが、あれを見てきみがとくに象を見たという感銘をうけなくても、それはあたりまえじゃないか？　イーヨー、なぜ東洋の島国の幼児がアフリカ象について生れつき想像力をそなえていなければならないのかね？　きみは家に戻って、イーヨー、象を見たかい？　と訊《たず》ねられたら、あの奇怪にもばかでかい鼠色の切り株のことなんか忘れて、絵本に出ているたぐいのなじみやすい漫画みたいな象のことを考えてみればいいよ、そしてイーヨー、象を見ました！　と答えればいいよ。しかし、イーヨー、本当の象とは、あの鼠色の切り株のことなんだがね。結局この動物園をうずめている健全な子供らは、誰も鼠色の切り株の観察から出発するかたちで本当の象へいたろうとする真の想像力を働かせてはいないんだから、ね、かれらは漫画化されて頭にはいっている象をなぞってみているだけなんだから、イーヨー、きみが象に出会ってとくに感銘をうけなかったことで、誰もがっかりしなくていいんだよ、イーヨー[40]。

ここではデフォルメされたマンガ的な既成の想像力は否定されており、「真の想像力」とは「象の足頸《あしくび》のひとつ」である「鼠色の大きい切り株のようなもの」という極めて限定された形象から「本当の象」を再現しうる高度な能力である（『韓非子』「解老篇」のように）。だが注意する必要があるのは、「健全な子供ら」もまた本当の「視る」能力を持ち合わせていないのだから、イーヨーがその種の「視る」を行い得ていないことを気に病むには及ばないという慰め方である。その論理は「真の想像力」の難しさを強調しこそすれ、イーヨーの不十分な視覚能力の救済にはなっていない。

同テクストと一組の片割れとして単行本に収められた「父よ、あなたはどこへ行くのか？」[41]（『文學界』一九六八・一〇初出）も、想像力の問題に固執したテクストである。冒頭、どこかの国の博物館で、「僕」は「前世紀の下顎の一部分の化石をもとに、巨大な骨格の全体を再現した模型を見たことがある」（一五五頁）と書き出され、そのわずかの痕跡から「想像力」をもって全体像の模型を作り出した「考古学者の精神のタイプに感銘をうけ」た逸話が紹介される。それはわずかな記憶から父親の像の復元（伝記の執筆）を試みる「僕」のプロジェクトの説明を導くのだが、結末において、この作業によっては父を正しく捉えられていなかったことの自覚に「僕」は達している。加えて、単行本『われらの狂気を生き延びる道を教えよ』の第一部「なぜ詩ではなく小説を書くか、というプロローグと四つの詩のごときもの」では、自分は「詩をあきらめた人間」であること、しかし同時に、「自分の肉体＝魂につきささっているトゲ」としての詩の質料を小説（散文）の機能的な言語によって捉え直すことを「小説制作」の方法とする態度が宣言されていた。一九六〇年代末の大江にとっては既に、「真の想像力」の発揮は「詩的言語」に基づくものとして相当に困難であり、小説にできることは、それを形式的・構造的に掬い取ることだけだという割り切った認識を抱いていたのではないか。

　だがそこに至るまでの「想像力」論の発展の原点は、一九五〇年代に流行したサルトルの哲学的な想像力論が大部分を構成していたはずで、議論の手続きとして、何よりも最初に「起源」の景色を押さえておく必要がある。サルトルとなれば、ことは二、三の作家に限定される話ではない。夭逝の文芸批評

（40）『大江健三郎全小説』第四巻、講談社、二〇一八、二一三〜二一四頁。
（41）前々註と同じく単行本に「a　裏」として収録。

家、服部達は「われらにとって美は存在するか(1)」(『群像』一九五五・六)の冒頭で、日本の批評の動向を数え上げたあと、「外国文学研究の部類に属しはするが、サルトルの想像力の理論に関する平井啓之の翻訳および解説等々を加えれば、最近の評壇の主な動向をほぼ網羅したことになるだろう」と、哲学書でありながら例外的に「評壇」への影響力に言及したほどで、その浸透力は甚大といって過言ではなかった。(42) 一九五七年五月に「奇妙な仕事」(『東京大学新聞』)で実質的にデビューする大江は、そのような「想像力」論の盛んな時代の空気の中から現れ、六〇年代にかけて作家として成熟を果たしていったのである。

『羊をめぐる冒険』の終わりの方で、「僕」の親友だった鼠が自分の人生を振り返る箇所がある。一九五三年に鼠の父親は羊博士から北海道の十二滝町の土地と家屋を買い受けた(「冒険」の終着地である)。そこを別荘として毎年夏に一家で過ごしに来た「一九五五年から一九六三年ごろまで」は「俺の人生ではいちばんまともな時代」だったと鼠は言う。『風の歌を聴け』の中に、「僕」と鼠が出会ったのは「僕たちが大学に入った年(一九六七年)」と書かれていることから、両者が同級生で、団塊世代ど真ん中の一九四八年度生まれ(村上自身は一九四九年一月の早生まれ)と想定するなら、鼠にとっての「まともな時代」は、だいたい六、七歳から一四、五歳くらいまで、きっちり新制の小・中学生時代に相当する。(43)「しかし六〇年代の半ばごろから、家族は殆どここにはこなくなってしまった」。家族が次第に結束を緩めてばらばらになったからで、最後に別荘に自分一人で一ヶ月間滞在したのが一九六七年(大学初年度)だった(さらに『風の歌を聴け』を参考にすれば、学生運動にも相応にコミットしたらしい鼠は、「僕だけは戻る場所がなかった」ことを理由に、一九七〇年という端境の年に大学を自主退学している）。村上のインタビュー内容に照らせば、鼠の言う「五五年」から「六三年」までの幸福な時代とは、[44]「六〇年代前半・中盤の高度成長とそれに伴う「戦後体制」の崩壊」が決定的に顕在化する以前であり、六〇年代半ばから、その崩壊と（鼠の）家庭の崩壊とが同時進行し、「全共闘」全盛期に突入する六七年（六〇年代後半）に、それらは決定的な終わりを迎えたことになる。

小熊英二『〈民主〉と〈愛国〉――戦後日本のナショナリズムと公共性』（新曜社、二〇〇二）は、六〇年代前半と後半との断絶について、六〇年代人気を博した漫画『サイボーグ００９』（一九六四連載開始）や『巨人の星』（一九六六連載開始）といった大衆的読み物の物語内容の変容を通して解説している。六〇年代前半に生活環境の貧しさや個人の非力さをチームワークによって克服することに価値が置かれ

（42）第四章第二節を参照。

（43）ちなみに彼らが一四歳を迎えた一九六三年は、『風の歌を聴け』では、精神科医に通うほど無口を心配された「僕」が突然しゃべり始めた年、おそらくは社会への順応を記念した年であり、「僕が寝た3番目の女の子」（知り合った翌年に首を吊って自殺した女の子）の写真――「僕」が現在唯一持っている写真――が撮られた年である（小説では「ケネディー大統領が頭を打ち抜かれた年」と説明されている）。「彼女は14歳で、それが彼女の21年の人生の中で一番美しい瞬間だった。そしてそれは突然に消え去ってしまった」（一二四頁）。

（44）五五年の象徴性は戦後の転換点を示す「五五年体制」の確立だが、六三年もモダニズムの崩壊が顕在化したという意味で、また象徴的な年である。「象の消滅」における「象」が東アフリカから日本に送られてきた時期が、「二十二年前」と書かれていることから、出版年（一九八五）から計算して一九六三年であることも指摘しておきたい。拙書『意志薄弱の文学史』の第五章「一九六三年の分脈――大江健三郎と川端康成」を参照。

ていた物語は、六〇年代末に近づくにつれ、相対的に豊かになった個人の生活や成功が共同性を「ばらばら」にしてしまった状況を描くようになっていく。人びとの生活様式の変化や生活意識の変化にともなってナショナリズムの質の変容が起こったのである。[45] これは鼠を取り巻く環境の変化の軌跡と完全に符合している。鼠の幸福な時代の終了を示す「一九六三年」は翌年の東京オリンピックを控えて、日本が「OECD（経済協力開発機構）に加盟し、国際的にも先進国の一員となった」年であり、世論調査の「日本人と西洋人の優劣」という質問項目に対して、「日本人が優れている」と回答した人が「劣っている」を上回った年だという。[46] 生活の安定した「日本」（の日常性）を漠然と肯定する大衆の「無自覚的なナショナリズム」の出現。それは抽象的な「国民」（国家に保証された個々人）の単位において一つの「幸福」の始まりであったと同時に、地域的・家族的な具体的繋がりが担っていたもう一つの「幸福」の終わりだったという言い方もできる。

遡って一九五〇年代後半は、戦後十年の間にヘゲモニー争いを繰り広げた諸派の思想が、国民の生活条件の向上などと相まって、そろって穏健化した時期である。主体性の屹立を謳う戦後直後のラディカルなイメージを失った近代主義は、マジョリティ（大衆としての国民）に味方するという意味での「民主主義」の護持に務め、六全協（一九五五・七）で武力闘争を放棄した共産党は、「民族の独立」と「平和」を掲げて「国民主義」的な思潮へと溶け込んでいった。やがて「戦後民主主義」という言葉によって代表されるようになる、これら旧思想の穏健化と野合を下支えしてきたのが「五五年」以後の大衆ナショナリズムである。したがって本論では、五〇年代半ばから六〇年代前半の大衆ナショナリズムの大勢の中に、穏健的な旧左翼や戦後の進歩派知識人（近代主義者）などの心情的な傾向もざっくりと括ってしまっている（政治思想史の議論をしているわけではないので許してもらいたい）。そして、これに対抗するように形を成していったのがいわゆる新左翼（革新勢力）で、ブント（共産主義者同盟）中心の六〇年安保闘争から六〇年代末の全共闘運動までの展開を前半と後半にきれいに区分できるわけではないのだが、その存在感を際立たせるのが六〇年代の後半という構図をとるならば、先のナショナリズムの前半と後半の差異におよそ対応して時代思潮の主要な担い手が変化したということになる。

続けて小熊によれば、六〇年代前半から後半にかけて、戦争体験の風化によって戦争に対する認識や価値付けも大きく更新されていった。戦争の「悲劇」の強調による抑止的な力が弱まり、当の戦争体験世代においても、懐旧的な美化が起こっただけでなく、戦後社会の〈日常性〉という「平和」の擬制に対して反発を抱く戦争未体験世代においても、非日常体験を想像的に演出する手段として戦争はある種魅惑的な意味を持つようになった。特に戦争の記憶の形骸化に対する保守政権の対応として、「「全国戦没者追悼式の実施に関する件」が閣議決定され」（五六〇頁）た一九六三年は、三島由紀夫が「林房雄論」（『新潮』一九六三・二）を書き、その林房雄が「大東亜戦争肯定論」（『中央公論』一九六三・九〜一二）を発表し、文芸評論家の磯田光一が文学は「美しい死」への憧れを隠してはならないと主張した時であり、先ほどから繰り返している戦後思想の峠の入口に当たっている。一九六〇年の安保闘争による革新派の全盛と挫折から空白の停滞期を経て、「近代の超克」を志向する思想の再燃が一九六三年頃に起き

（45）第一三章「大衆社会とナショナリズム」を参照。
（46）同上書、五五二〜五五六頁。

たのである。

したがって、もともと穏健主義や国際的近代主義への反発を力としていた革新派（新左翼）のメンタリティも、戦争賛美の復活やファシズム的なそれと決して遠くないところ――広義の反動性の中――にいた部分があることは否定できない。彼らは（五五年から継続する）大衆的ナショナリズム（ポピュラーカルチャー）、あるいは国家的な単位の民族主義には拒絶を示す場合が多かったが、民衆（民俗）的、地方的、土着共同体的、あるいはサブカルチャー（下位文化）などの反体制的なナショナリズム――そういう言い方が成り立つとすればだが――に対しては否定的ではなかった。

そして一九七〇年代以降、大衆ナショナリズムは消費社会の全面的な繁栄を享受する大衆感情へと発展していくのだが、サブカルチャーや土着的な民衆主義もまた消費社会の浸透を前提にして価値を掬い上げられている以上、両者の境界は曖昧となっていかざるをえない。七〇年代といえばグローバリゼーション（世界システム）の本格化を意味するが、国家の単位を超えるグローバリズムが、世界マーケットに基づく消費主義と親和するなら、なぜ大衆ナショナリズムと対立しないのか。新左翼が掲げていた主張が、反資本主義、反民族主義、反国家主義だとすると、それらを同時に成立させることは不可能であり、いずれか一つ以上の項目を諦めるか、あるいは全ての項目に対して緩く反発し、かつ親和する大衆ナショナリズムというバッファーゾーンを背景に置いて落ち着くしかない。逆に言えば、この六〇年代後半以降のナショナリズムというのは、ラディカルな思想が細かな主義主張の対立関係の果てに自壊していった後の受け皿として、ほとんど中身のない肯定的な国民感情のようなものに質的な転換をしたのである。全共闘運動の参加者が、広義の「ナショナリズム」的な心性を媒介に、容易に保守反動化していったことは全く意外ではない。

議論を村上文学に戻せば、一九六三年に「幸福」の時代が終わり、六七年に決定的に新しい時代を迎え入れるまでの間に、鼠の人生は以上のような時代の変容を通過したのである。村上がインタビューで発言していた、「「全共闘」というのはたしかに様々な要因を含んでいるけれど、その究極的な意味は「戦後体制」とその価値観の消滅ということにある」という言葉は、まさにこの六〇年代後半以降、戦後思想の革新派は新たな大文字の価値観を打ち立てることが叶わず、「消滅」という観念が少しずつ世界に浸透する（＝〈世界の終り〉）に任せていったことを示している。世界が「消滅」への志向を原動力とする限りは、具体的な抵抗の形をとるのは難しい。村上にとって「政治的反乱」や「カウンター・カルチャー」という全共闘のイメージは副次的なものにすぎなかったのではないだろうか。一九七〇年代の大衆的消費社会という空洞を抱え込んだ世界の只中で、つまりは内的な対抗の核を失い、書くべき必然を失った世界の中心で、新しい小説（＝想像力の新しいあり方）を立ち上げようとしていた村上にとって、「消滅」がキーワードとなるのは必然だったのである。

六　大江健三郎と八〇年代的想像力

さて、以上のような時代区分を同じように想像力論の変遷に当てはめて考えるなら、「五五年」から「六三年」までの（全共闘世代にとっての）幸福な時代こそ、サルトル的想像力が大きな影響力を持ち得た時代に重なっている。そして、一九六八年に翻訳が出版されるバシュラールから八〇年代前半のブレイクの再読へと繋がる大江健三郎の進化の軌跡は、グローバリズムと共に「消滅」を志向する世界において、文学的想像力をいかに生き延びさせるか（同時に自らの小説のスタイルをいかに昇華させていくか）という課題に対しての理論的な模索の結果だったのだろう。以下の議論の狙いは、大江の八〇年代の想像力の問題を村上のそれと対照させることで、「世界」の終りと再生を主題とし、それによって次代の「世界文学」たりうることを目指した新旧を代表する作家の間で、小説の可能性として何が共有され、何が両者の個性を分け隔てているのかを明らかにすることである。

順序として、具体的にサルトルの想像力論が一九五〇年代後半〜六〇年代前半の文芸批評の中にどのような派生的な影響を生み出していたのかを簡単に振り返っておきたい。梶尾文武の整理によれば、「戦後批評における想像力論の展開は、一九五四年、奥野健男の編集による同人誌『現代評論』の創刊をもって嚆矢とする」とのことで、翌年、その同人だった服部達、村松剛、遠藤周作（三角帽子）は「日本文学における「フィクションをつくりだす、想像力」の貧しさを批判し、メタフィジックな想像世界の自律性を擁護した」[47]――第四章でも言及した「メタフィジック批評」として知られる文学観である。三角帽子が掲げた美学主義的な主張は、律儀に遡ると近代文学派まで食い込んで戦後批評史の根深さに足を絡め取られる可能性が高いが、とりあえず「想像力」という概念が独立して押し出されるようになった時期的な線引きをするなら、この「五五年」で問題ないだろう。

引き続き梶尾のまとめに従えば、その後は、「いわゆる「メタフィジック批評」の問題意識を引き継ぐ形で、佐伯彰一・篠田一士・村松剛らは同人誌『批評』を創刊（一九五八・一二）し、日本版「新批評《ニュークリティシズム》」に新たな展開をもたらした」ことにより、「想像力」は一九六〇年前後の文芸の世界における頻出のキーコンセプトになっていった。その一人である篠田自身も一九六〇年当時、私小説に対する伝記的批評から身を振りほどこうとする中村光夫の動向に触れながら、既に「山本氏〔山本健吉〕はいまから五年まえに『古典と現代文学』を発表して、作品の自律性という考え方をはっきり打ちだし、伝記的方法による批評との絶縁を宣言した」と述べているように、「作品と作家の実生活との間に一応断絶面を設定したこと」の転換点を一九五五年頃に置いている（ただし、さらに「大ザッパに言って、一九四五年以後の戦後文学の勃興」まで、その始まりを遡ることが可能とも言っている）[48]。

だが、「想像力」流行の度合いが確実に一段階変わったのは、やはり象徴的な「六〇年」頃になるだろう。世の中的には激動（安保闘争）の年の末、吉本隆明は「現代批評家裁断――想像力派の批判」（『群像』一九六〇・一二）という論考を執筆した。吉本が「想像力派[49]」と一絡げに呼ぶ批評家たち（福田恆存、中村光夫、江藤淳、佐伯彰一、村松剛、篠田一士）が「想像力」という言葉を安易にふりかざす主張に対して牽制を加える内容である。吉本によれば、江藤淳が『作家は行動する』（一九五九）で平

(47) 梶尾文武『否定の文体――三島由紀夫と昭和批評』鼎書房、二〇一五、一五七～一五八頁。
(48) 篠田一士・村松剛・佐伯彰一「〈討論〉現代文学の地盤3――小説的言語の実験と回復」『中央公論』一九六〇・二。
(49) 吉本は同時代の批評家を三つのギルドに分類するところから議論を始めている。それぞれが掲げるギルドの神は、①「想像力派」②「政治と文学のあいだ」③「映像と活字のあいだ」である。①には本文中に記した批評家たち、②に平野謙、荒正人、本多秋五、③に花田清輝、佐々木基一を割り振っている。

野謙の実在志向を批判したことをきっかけに「時代の必然性と吻合」した「批評原理の転回」が起き、「倫理的な価値」に対して「美的価値」を優位に考える「決定的な潮流」が形を成したのだという。だが強弁な吉本は続けて、流行の概念に便乗しただけの「想像力派」の議論のお粗末さを次々に論難していくのである。想像力派が、サルトルが究極的には人間の「自由」のために展開した想像力の理論を咀嚼せず、その語の上っ面だけを使って自然主義文学における想像力の欠陥を批判している様を指して吉本は嘲る。彼らは「想像力はイメージをつくりだす力が想像力だなどという空疎な概念をふりまわして日本近代文学の歪みを照しだそうと試みている」。(50)

吉本は、その中では多少まともなのが、やはり「転回」の軸となった江藤淳の説だと考えている。理由は、彼の想像力の問題関心だけが、人間の「自由」の問題との接続を忘れていないからだが、決定的な議論の甘さを抱えていることには変わりない。否、むしろそれが起点となって想像力派による粗雑な議論の流れを生み出してしまった責任は小さくないと言う。江藤の主張は、簡単に言えば、「作家もまた行動するものにほかならぬ」として(フィクションを)書くことが現実に及ぼす倫理的な力を主張する点において、一九三〇年代前半にプロレタリア文学が撤退を余儀なくされた後に流行した「行動主義文学論」に似ている。江藤はサルトルの想像力論を、「想像界」と「現実界」をはっきりと分け隔て、前者の美的価値を後者から救い出すような主張、つまり「想像界」を現実の汚濁から守りへだてる代償であるかのように、現実を変える意志を放棄する主張と理解して、その静態性を批判しているのだ。だが両者を仲介する「未完了」の世界、未だ実現していない可能性の「現在」を想定すれば、その隔たりは解消されうる。そこでは非実体的な様態の「想像」も、未実現な様態であるだけの「現実」も分化されえないからだ。よって作家が書くことによって想像の実現をするのも、「大工が家をたてるように」現実を実体化するのも、同じ「行動」の所産であり、「美的価値」と「倫理的価値」は合体しうるのである。つまり、江藤は「美的価値」を優位に考えたのではなく、「美的価値」の生産がもつ倫理的な行為性を説いた。

しかし吉本はこれを批判して（勝手に言葉を換えさせてもらうが）、「行動」によって「未完了」のものをカードをめくるように実現様態に転化できると仮定しても、カードの裏に記載されていることは既に確定している可能性にすぎないのと同じで、そこに真の「自由」などないという。その「行動」が社会を動かす保証はどこにもない。見落としてはならないことは、この十全な実現（＝所有）という仮定に対して必ず働く社会的な「疎外」であり、大工であれ作家であれ、「たんなる行動ではなくて疎外された行動」をもってはじめて、現実の感覚は逆説的に「じぶんの本質を実現する」のである。江藤の議論は、「行動」の質を保証するための、そのような「想像界」と「現実界」との「さか立ちした」結び

（50）佐伯彰一「現代批評のジレンマ――現代ピカレスクの意味」（『中央公論』一九五九・六）、中村光夫「批評の使命」（『聲』第四号、一九五九・七）、村松剛「市民文学の幻影――「風俗」小説への考察」（『中央公論』一九五九・八）、篠田一士・村松剛・佐伯彰一「〈討論〉現代文学の地盤3――小説的言語の実験と回復」（『中央公論』一九六〇・二）での彼らの意見を直接の対象としている。ただ、吉本特有のパフォーマンスと言ってしまえばそれまでだが、かくも攻撃的に裁断する文章の調子を見る限り、例えば、佐伯との論争を主に収めた中村光夫『想像力について』（新潮社、一九六〇）の内容全体をきちんと踏まえての発言なのかは疑わしい面もある。

付きの必要を捉え切れていない。

吉本自身の原理的な想像力論はこうである。

もしも、人間の感覚を肉付けする社会の現実的な諸関係が、感覚の本質をきめる生産諸力の態様と矛盾をきたすようになると、人間の意識は意識外の意識ともいうべきものを概念作用と感覚作用のあいだにうみださざるをえなくなる。

たとえば、概念作用は、対象物の中心において対象を意識的な存在にしようとするが、この作用は、けつして対象を肉づきのあるものとしてつかむことはない。また、感覚作用は、対象物を外見的に統一しようとするが、その全像を同時的に構成することはできないのだが、生産的現実と社会的現実が矛盾するようになると、概念作用は概念的なはあくをこえて対象物を肉づけしようとし、感覚は外見的な統一をこえて構造をもつた知覚におもむくことによつてこの社会的な矛盾を意識の対象として実現しようとする。そして、ついには概念とも感覚ともちがうイメージが、それこそこのふたつの作用の織目のように、本質的な対象の不在を対象物にすることによつて構成されるようになる。わたしはこれを想像力とよばざるをえないのである。〔傍点引用者〕

一読して頭に入りづらい文章だが、三度繰り返されている「矛盾」の語がポイントだろう。吉本にとって単純に「非実在物を存在するかのようにかんがえうる力」は想像力ではない。それは「空想力または仮構力」にすぎない。人間の内なる感覚の働き（「生産諸力」の様態）は「社会の現実的な諸関係」に接してはじめて肉付けされるにもかかわらず、社会を介した「肉付け」(実態化)は必然的に社会的「疎外」であるしかないので、そこに「矛盾」が胚胎されることになる。そのとき本質的な発達を妨げられた感覚の代わりに、現実の対象を全的に把握しようとする意識の概念作用が働くとしても、感覚的な肉付けを十全に果たすことはできない。一方の感覚も対象の「全像」を瑕疵なく構成することはできない。したがって、そのあいだの裂け目にまたがり、両者の働きを何とか結びつける調停の力が、意識的な内的世界(生産力)と現実的世界(諸関係)との「矛盾」を「意識外の意識とでもいうべきもの」として「意識の対象」とするために要請されるのだが、それが吉本にとっての「想像力」にほかならない。

この発想は、やはり本書で何度も見てきたカントによって定義された感性と悟性を媒介するところの「想像力」(=構想力 Einbildungskraft)を多少は念頭に置いたもののはずである。だが、重要なのは、感覚作用と概念作用の間の困難な連絡の問題ではなく、それが対象とする意識と現実とのアイロニカルな関係を司るものとしての想像力という理解だろう。吉本曰く、「イメージは、人間が社会的疎外を意識の対応物として措定できるところでしか可能ではない」のである。たしかにサルトルの理論は、仮構世界のものである芸術作品を想像力の結晶とみなす、すり替えの愚を犯しはしたが、少なくとも江藤のように「想像界」と「現実界」との関係を同次元の変換式に平板化することはなかった。吉本にとって、「疎外」が保証する次元を超えた捻れの関係、すなわち〈アイロニー〉が譲れない鍵なのである。

そして一見話は飛ぶようだが、同時期の大江健三郎も、このアイロニカルな捻れを重視した作家だったことを忘れてはならない。第四章で言及した「空の怪物アグイー」(『新潮』一九六四・一)と『個人的な体験』(一九六四)の二つのテクストの組み合わせは象徴的である。前者が「想像界」、後者が「現実界」を引き受けて単に並置されているのではない。いずれのテクストも想像（意識作用）と現実の矛盾的相克を内部に抱えているのであり、それを入れ子とする両者の組み合わせも必然的にアイロニカルな捻れを抱えている。[51] 大江は八〇年代以降の一時期、『「雨の木」を聴く女たち』（一九八二）では、想像力の働きを虚実の曼荼羅的な世界として紡いでみせたような実験的小説を書く一方、大衆文化の時勢に目配りしてなのか、想像力の射程を吉本の言う単純な「仮構力」に置き換えていった動きもあり、自立した想像世界の――宇宙的といってもいい――構造的な意味の関係性の探求（及びそれを超越的に保証する神話的原理）に囚われた様子がなかったわけではない。その集大成が、村上のデビューの半年後に出版された『同時代ゲーム』（一九七九）を平易に書き換えた『M／Tと森のフシギの物語』（一九八六）だろう。だがそのことは逆に、大江という一人の作家を通して、一般に言われる実存主義と構造主義の断裂が想像力の問題によって橋渡されうることを説明しているのではないか。

　確かに実存主義者サルトルに対する構造主義者レヴィ＝ストロースの批判は有名だが、それに引っ張られすぎるのも問題だろう。レヴィ＝ストロースは、サルトルの弁証法的理性に対して分析的理性の優位を、また歴史的意識に対して民族学の優位を主張したと要約することは可能だが、実際のところ、彼が言うのは、「弁証法的理性とは分析的理性以外のものではない。〔中略〕弁証法的理性とは、分析的理性の中においてつけ加わるあるものなのである」[52] というように、後者によって前者を包含する関係を強調しているのだ。「多様な人間社会」を「空間の中に展開する」民族学は、予め認識対象の不連続性を前提としており、「多様性」が「不連続的体系の様相を呈している」ことを条件とした思考を駆使する。一方、サルトルはハイデガーと同じように時間を重んじた。確かに通時的な態度は、「多様な人間社会を時間の中に展開し」、自我あるいは自文化（西欧）を中心とした連続的な変化（主体の連続的発展）の記述を重要視するが、現実世界の弁別的性質に従うこと（コード化）を免れるのも不可能である。[53]フッサールの現象学から、『存在と時間』を著したハイデガー、そしてサルトルの実存主義へと結ばれる系譜が、〈時間の思想〉であることは言うまでもない。しかし、レヴィ＝ストロースがそれを切断する形で〈空間の思想〉を直に対置したのかといえば、少し違うだろう。「歴史認識はすでに野生の思考の中に深く根を下ろしている」[54]のである。第一章で確認したように、戦後の「世界」認識の仕方の多くが空間化へと向かうため、その決定的な兆候を示すものか、下手をすれば元凶のようにも構造主義を捉えがちだが、その成立を実存の時間性が支えている面があることを想定する必要がある。

〈状況〉を超出する契機として「空無」を現存在の内に抱え込んだ実存主義も、非実体的な関係性を取り出してくる構造主義も、共に「無」の大きさに依存した思想である。この「無」を時間的（個的）

(51) 詳細な分析は拙書『意志薄弱の文学史』で行ったので省略する。第五章を参照。
(52) クロード・レヴィ＝ストロース『野生の思考』大橋保夫訳、みすず書房、一九七六、二九六頁。
(53) 実際、ハイデガー以来の存在論において、言語の次元は人間存在に先行してあり、そこに投げ込まれてあることで「世界」は自らを現わすと考える。テリー・イーグルトンはその点に関して、「言語とは疑似客観的出来事であり、また個々の人間に先立って存在する。こうした言語観を展開するハイデガーの思索は、実に、構造主義の理論と軌を一にしているのである」と述べている（『文学とは何か――現代批評理論への招待』大橋洋一訳、岩波書店、一九九七、一〇〇頁）。
(54) レヴィ＝ストロース、前掲書、三一七頁。

に捉える傾向から空間的（集合的）に捉える傾向への連続的な変化が二つの学的体系の差異を作り出したのであれば、両者は本来的に相補的であると同時に推移的な関係だったと考えるべきではないか。山田広昭によれば、フランスで一九六〇年代を中心に花開いた構造主義は一九世紀後半のフランス・サンボリスム（マラルメに代表される）を経て辿りついた「今世紀におけるロマン主義のひとつの現われ」[55]とのことだが、一九五〇〜六〇年代の少なくとも日本の反体制的な思潮をみれば実存主義のロマン主義的性格もまた明らかなのだから——したがって江藤淳がサルトルの想像力論を行動を伴わないロマン主義的産物として解釈したのも理があるわけだが——両者の近縁性は否定できないのである。

七　村上春樹以後の想像力の更新

他方で村上春樹は、実存主義の右往左往を通過した大江と違い、早い段階から虚構（無）と現実（有）のアイロニカルな捻れを解消した「世界」へと進んだようにみえる。結果的に、二人の決定的な差は、想像力に対する信頼の差として表れる。想像力が自立した力をもって現実に拮抗して作用することを譲らない大江と、想像力機能が既に半壊しているために、想像的な世界の維持に必要な境界線が無化しつつある状態からしか「世界」の表象を考えていない村上との差である。『世界の終り』の結末は象徴的である。そこでは「世界」の名において意識的世界と現実的世界が具体性をもって交錯する、つまり〈世界の終り〉と〈ハードボイルド・ワンダーランド〉は一人の人間の「世界」を通して同期するのだ。そこには「世界」に対して「反世界」を対置したときに生じるアイロニーの要素がほとんど感じられない。このことは、偶然性という実存の哲学にとって重要な要素に対する村上の考え方をみても理解できる。再び『羊をめぐる冒険』から引用してみよう。鼠から貰った羊の写真を仕事でＰＲ誌のグラビアに使用したばかりに、不可解な事態に巻き込まれ始めた「僕」は、人生の成り行き（運命）について次のような哲学的な考察に及ぶ。

我々は偶然の大地をあてもなく彷徨っているということもできる。ちょうどある種の植物の羽根のついた種子が気紛れな春の風に運ばれるのと同じように。

しかしそれと同時に偶然性なんてそもそも存在しないと言うこともできる。もう起ってしまったことは明確に起ってしまったことであり、まだ起っていないことはまだ明確に起っていないことである、と。つまり我々は背後の「全て」と眼前の「ゼロ」にはさまれた瞬間的な存在であり、そこには偶然もなければ可能性もない、ということになる。

しかし実際にはそのふたつの見解のあいだにたいした違いはない。それは〔中略〕ふたつの違った名前で呼ばれる同一の料理のようなものである。[56]

「人生の全ての断面」において、偶然と必然は合致している――それが「僕」が考えていた世界の公

(55)『三点確保――ロマン主義とナショナリズム』新曜社、二〇〇一、一五五頁。
(56)『村上春樹全作品 1979~1989』講談社、一九九〇、八六頁。

式である。ちょうど小説の登場人物からみて偶然的に展開する出来事が、既に書かれたものとして必然であるのと同じように、私たちの存在する「世界」も構成されている。サルトル的な実存主義の実存は、被投性という偶然的に置かれた状況を必然として引き受けると同時に、意志の力による必然の決断をもって自らを可能性（偶然）の幅に向かって投企（projet）するという、必然と偶然のずれと対立を不断の推進力とするイメージを持っていた。突き詰めれば、そのアイロニカルな「ずれ」を確保するのが「想像力」の役目である。その意味で、必然と偶然の単純なる「合致」（あるいは二面性の両立）という諦めにも似た「僕」の認識は、実存主義の流行に対してみれば破壊的な軽さだったとも言える。後に秘書の男がいうように、「僕」たちの世代が「六〇年代の後半に行った、あるいは行おうとした意識の拡大化は、それが個に根ざしていたが故に完全な失敗に終った」（傍点引用者）――つまり、近代小説の原理においても基本となる個々人の「想像力」に頼って、あたかも「社会的現実」を対決の壁とみなすかのように「意識の拡大化」に努めていたから、文字通りの「意識産業」が現実との境界を無化する現代の「世界」（消費社会的包摂力）に対応できなかったのである。

先に「想象」という言葉の由来に関して『韓非子』を参照したが、それは言い方を換えれば、存在の「有」と「無」を問題とした寓話だった（もともと『老子』の「無」の思想の解説なのだから当然なのだが）。想像力の問題が「有」と「無」の相克、すなわち存在論的な問題関心の圏域に重なることは、サルトルが想像力論をまず上梓した後に、実存をめぐる哲学を展開していった流れが証明している。しかし、村上の「消滅」への志向も「無」への志向と言い換えうるとした場合、それを戦後文学者や大江による西洋思想ベースの「虚無」や「空無」への志向と同列に扱うのはおそらく正しくない。ならば、多様に含意される「無」の属性のどこに線引きをすれば両者の差異を語れるのか。

若干余談めくが、日本近代文学史においてたびたび問題になる事項なので前提知識として確認しておくと、老荘思想（『老子』や『荘子』）に由来する「無」の思想と、古代インド－仏教由来の「空」の思想とは、本来は異なる体系である。仏教の中国への伝播は紀元前後、本格的な普及は三〇〇年以上を経てようやく六朝時代の東晋（三一七）からである。しかし、六朝時代が「老荘思想の全盛期」であったこと、そして「大乗仏教の根本義とされる『般若経《はんにゃきょう》』の空は、老荘の無と、一脈相通ずるものがある」ことで、当初普及した仏教は老荘思想の言葉を通して理解されたという（格義仏教）[57]。当然、時が経てば（訳経僧の鳩摩羅什《くまらじゅう》が本格的な仕事をした五世紀以降）、初期の仏教受容の不純な性格は洗い直されていくのだが、その種の習合性が完全に払拭されることはない。老荘思想を吸収した中国仏教は実践法としての禅宗を生み出し、さらに伝播先（中世日本）において広く「無」の思想や美学を独自に育ませることになる。

一般的にいえば、仏教の「空」は、禁欲を条件とした覚悟によって至るものである。一方、人為を排して自然の道に従う式の老荘の「無」には、「心を無にすることによって物への執着を断つといった考え方はない。むしろ心を虚にして万物を迎えいれるということこそ、老荘の思想」（一七一頁）である。その意味では、修行（座禅）を要する禅宗の謹厳さを旨とする「無」は、仏教本来の禁欲の思想の中にある。しかし禅宗を介して日本の土壌に植えられた「無」の思想は、中世美術などを見ればわかる

（57）森三樹三郎『老荘と仏教』講談社学術文庫、二〇〇三、四七頁。

通り、老荘本来の無為自然の意味での「無」を尊ぶ態度を引き連れていたため、歴史的に「無」の示してきたところを両極に分かつことは難しい。近代も二〇世紀の大正時代になって、「風流」なるものは、「自然になるためには無数の不自然を積み重ねなければならない」(三七頁)という考えに基づく謹厳な克己の成果なのか、あるいは純粋な放恣(意志を排した享楽)の結果なのか、久米正雄と佐藤春夫の間で「風流」論争が起こったが、原因の一部は古代中国まで遡るのである。(58)

村上春樹の話に戻れば、その「無」への志向は、意志的な努力によって現象させるというよりも、受動的な印象を与える部分が多い。かといって、「風流」と名指すことができるような純粋に美学的な「無」として語ることは的を射ていない。同時に、実存主義哲学において徹底されていた倫理的な概念としての「無」だけで括ることも難しい。『羊をめぐる冒険』の「僕」が、必然と偶然、ひいては存在と無の間に境界線を引こうとしないのと同様、(59)「無」の属性の分類を無化するような意味での「無」を抱えているのが村上の「世界」である。

『世界の終り』の結末では、「私」自らの意識が作り出したはずの〈世界の終り〉という神話的な世界からの脱出を「僕」が諦め、壁の外の世界の記憶を失うことで現実社会的な〈ハードボイルド・ワンダーランド〉の「私」の存在が消滅する。つまり、〈世界の終り〉を包含しているはずの〈ハードボイルド・ワンダーランド〉が〈世界の終り〉によって基礎付けられているという循環論法的な「世界」の成り立ちを露わにする。この作品は、おそらく〈世界の終り〉パートのハイファンタジー寄りの神話世界の設定(RPG的)や〈ハードボイルド・ワンダーランド〉パートのアクションゲーム的な地下巡りの話からくる印象によって、同時期に市民権を得始めたビデオゲーム的なサブカル的世界観との類縁性がしばしば指摘されるが、外見的な類似だけが問題なのではないだろう。〈世界の終り〉の「僕」の活動が〈ハードボイルド・ワンダーランド〉の「私」を存在論的に保証しているという構図は、実は後者の「私」のほうが「世界」の「表象」（ビデオゲームでいえば画面に現れるキャラクター）であり、ゲーム機（コンピュータ）の計算処理《プロセッシング》（「僕」の活動）によって生かされているという虚構と現実の逆転を意味する（対立ではない）。これは村上文学において、心的な「世界」と現実的な「世界」とが基本的に同義（＝裏返り可能）であることから起こる事態である。第一章の【図2】に則していえば、〈世界の終り〉が心的に囲われた狭い環世界的「世界」なら、外側の円は〈ハードボイルド・ワンダーランド〉に相当すると考えるのが基本形だが、このテクストにおいては、無意識的領域で自律的に活動しているという意味で「世界」の根源である〈世界の終り〉が外側の「世界」、内側が日常性の「世界」という

(58) ただし、老荘思想は本来決して「享楽」を肯定してはいないので、論争の後で芥川が議論の調停として記した「釈風流」と「老風流」の分類には実は回収できない。佐藤が「再説風流論」で芥川の考えを受けて三つ目の「みやび風流」を付け加える理由もその辺にあると思われるが、国産の「みやび」に「享楽」を一手に担わせられるのかどうか。結局のところ「老風流」が老荘思想を直に汲んだものではなく、「みやび」の文化なども合流して「享楽」的なものに性格変化したと考えるか、あるいは、そもそも「享楽」を「風流」の条件におく発想を間違いとするか、いずれかが妥当だと思われる。

(59) 「ドーナッツの穴を空白として捉えるか、あるいは存在として捉えるかはあくまで形而上的な問題であって、それでドーナッツの味が少しなりとも変るわけではない」という、ほとんど「どうでもいい」真理に対する「僕」の逆のこだわりには、実存主義哲学に対する批判意識が透けて見える。

構図にもひっくり返ってしまうため、最終的に〈世界の終り〉が閉塞すれば、文字通り「私」の「世界」が消滅する。現代文学の新しさの一つとして、このような二重の「世界」の相互転位が描かれるのは、その事態がもはやテクストの中だけに留まる話ではないからだ。デジタル情報社会においては、脳の無意識の働きに相当する不可視の計算領域（「象工場」）は生活世界に外在化している。とすれば、私たちの人間的・日常的営みは逆に計算処理《プロセッシング》の結果としての表象的存在とみなされることになる。その点において、この小説は来たるヴァーチャル化した拡張現実的社会を強く寓意するのである。一皮剝けば背後にデジタル情報の明滅しかないビデオゲーム独特のむなしさ（デジタル・ヴォイド）を現代社会の原理として想起させること、それが本作がビデオゲーム的な物語内容を単純に模倣して見えること以上に遥かに重要な点である[60]。

このように村上が世界の「無」根拠性に向き合っていたのと並行して、八〇年代以降の大江の方も、歴史を空無化し、その空無の内容を構造化すること、すなわち神話を物語っていった。早く一九六三年の「空の怪物アグイー」では、サルトル的な「無」の概念を主体形成に必要な「喪失」の問題に移し替えることがなされていたが、そこで描かれた「空《そら》」は人々が成長過程で喪失したものが未来永劫に生き長らえる集合的で懐古的《ノスタルジック》な場所として確保されていた。このように実存を離れて「無」の概念を空間化する道が開かれれば、いずれ、その空間化した「無」を現実（現在）から自立した神話的な世界として扱い、『同時代ゲーム』のように、構造主義的な世界（記号の恣意性によって弁別される実体の不要な世界）に結実するのは自然の流れである。表面的なところだけをみれば、「喪失」の作家とまで謳われた村上春樹の寓話的作風とのあいだにシンクロが起こるのは何ら不思議ではない。

『同時代ゲーム』は、その物語原理として、明らかにガルシア・マルケスを日本的土壌に展開したかのような古典的マジック・リアリズムが採用されている。多くの非現実的な場面の描写のなかでも、人体のスケールの拡大と縮小が印象に残る。村上も「踊る小人」「象の消滅」そして「TVピープル」と、人体スケールの変化の印象的な描写を八〇年代に複数残しているのだから、直接大江の作品が念頭にあったかは別としても、結果としてテクスト的共鳴関係を強く結んでいるのは事実である。議論の流れからすれば、大江をパロディ化――が言い過ぎなら換骨奪胎――して得られたポップな現代性を村上文学が体現していたと極論してもあながちデタラメとは言えず、対して大江は新世代によって自分の文学的成果を踏み越えられていく危機意識があったから、全く同じテーマをわかりやすく書き換えた『M／Tと森のフシギの物語』の上梓に至ったようにも見える。

この小説の舞台は四国の文字通りの限界集落で、二〇年前に村に最後の子が生まれて以降、村は消滅を余儀なくされている。村を故郷とする「僕」が、小説の語り手としてまとめ上げていく村の「歴史と神話」は、いずれは伝承者不在の架空の物語と化す運命にある。村は歴史と神話（あるいは現実と虚構）の二重性の原理によって存続してきた。たとえば明治初年の「血税一揆《いっき》」以来、二重戸籍（同一の戸籍を村民二名が共有）のカラクリによって存在（歴史）と不在（神話）の二つの次元の重ね合わせを

(60) ちなみに同時代でビデオゲーム的な「世界」構造を最も明瞭に図解してみせた短編小説は、竹野雅人「山田さん日記」（『海燕』一九八八・二）だが、お定まりの説明以上のものを短くまとめるのが困難なため、本論では分析を割愛する。

演出してきたのである。しかし、その戸籍制度を原因として勃発し、村の消滅へのきっかけを作った大日本帝国軍との「五十日戦争」を経て、そのときの参加者たちは皆太平洋戦争で戦没させられたのであってみれば、伝承の中に記録されてきた真偽を疑わせる異形の者たちや奇妙な出来事の存在を後世に証明することは不可能になった。「五十日戦争」の時、その地に帝国軍隊を率いて足を踏み入れ、集落を消滅へと導く流れを作り出した「無名大尉」という「無の指揮官」の名前がそれを寓意する。すべてはただ任意の名ばかりの流動として示す仏教的な唯名論の世界観よろしく、「無名」の指揮官は、村が伝承してきた神話的世界の背後に控えるものが「無」に他ならないことを明かす存在といえるだろう。「僕」が集落を指す時にいちいち使う「村＝国家＝小宇宙」という呼び方は、ヘーゲル的弁証法のトリロジーである「個別＝特殊＝普遍」論理の参照を示唆するが、まさにヘーゲル的な意味での「歴史の終焉」を村にもたらす――村の現実的な「歴史」を引っこ抜いて「神話」を文字どおりの「神話」にしてしまう――人物は「無の指揮官」以外にいない。これをシミュラークル的に世界が「虚構」化した八〇年代の社会状況に対する大江の批判的認識を示していると考えるか、それとも自身の創作した「世界」を現実の風化に耐える神話的形態に普遍化せんとする作家的欲望の顕現なのか、議論の文脈次第で解釈の判断は変わるだろう。

ところで『新しい人よ眼ざめよ』の内の一章を成している「魂が星のように降って、跗骨《あし》のところへ」には、大江の想像力論が歩んできた道筋が記されていること、そして、ブレイクが神話世界に不可欠なものとして「想像力」を説いた箇所（『ミルトン』）が引用されていることは先述したが、その中心的な文言は、「想像力は状態《ステイト》ではなくて人間の存在《イグジスタンス》そのものである」であり、存在を問うサルトル的な思考とも親和的にみえる命題である。しかし注目すべきは続いて、「記憶はつねに状態《ステイト》であり、理性も状態《ステイト》であって〔中略〕すべてつくりだされうるものは絶滅させられるけれども、形式《フォームズ》はさにあらず、〔中略〕それらの形式《フォームズ》は、永遠に存在する」と説明される箇所である。人間が神と合一することを目指すブレイクの詩想において、「神の実体は想像力でなりたっている」。となれば、この文脈限定の話ではあるが、大江にとって文学テクスト（想像力）は神話世界を描き、存在の「形式《フォームズ》」を体現すべきものになる。そのとき問題は、世界（現世）のありよう（＝「状態《ステイト》」）を「形式《フォームズ》」の超越的な性格が先導することで、虚構の世界構造が実存を離れて創出される点である。[61]既に論じたように、村上文学においては主人公を含む主要な登場人物の存在自体が常に「無」に曝されており、この時期の大江のように想像力を形而上的なものに押し上げて、それによって主人公たちの存在が保証される（＝生かされる）といった世界救済の構図を取ることはない。簡単に言い換えれば、大江のテクストでは主人公が自意識を（さらには存在自体を）消滅させるような危機的状態に陥ることはない。

加えて、両者の想像力の扱いに関連してもう一点、大江と村上の間にある文章的な違いを指摘しておきたい。身体性のリアリティである。例えば『世界の終り』の地下の暗闇を這いずり回る描写など、読

(61) ここでは、村上文学の登場と束の間交錯したことによって照らし出された大江文学の歴史の部分的な特徴を、村上文学を分析する手段の一つとして議論に取り上げているので、大江健三郎論として一般化可能な話ではないことを断っておきたい。拙論「「人間」を定義する文学――ポストヒューマン時代における「あいまい」な人間性」『ユリイカ』二〇二三・七臨時増刊号（総特集＊大江健三郎）も参照してほしい。

者は確かに感覚を追体験することができる。対して大江は肉体的暴力、死体、性欲などを露わに描くにも拘わらず——これは極めて戦後文学的な特徴と言っていいと思われるが——どうしても観念的な印象を免れない。逆に、第一章で論じたように、村上の場合、反復的な行為に囚われたかの如き半自動人形《オートマトン》的な人物造型からは、その生々しさを排した「貧乏」性によって、かえって身体的な共感作用が引き出される。虚構の人物や行為に対する仮想現実的な世界におけるキャラクター（アバター）への感覚的同化（感情移入）が求められる新しい時代において、それは村上文学の単純な強みだったのではないか。したがって村上の作風は、形而上的な構造が背後で世界を支えているという意味で構造（主義）的なのではなく、「機械」的というべきなのだ。また、大江を「潜在意識」（身体性）の自動運動を重視した大正文学の継承者とはみなしにくい反面、「純粋言語」に関して議論したように、村上は多少戯画的なかたちだとしても、そちら側の系譜に分類して違和感がないのはその辺に原因があるのではないか（そして、それはかえって近代文学史における「戦後文学」の特異性を明かしているのではないか）。

　だが、外的な差異や時間の隔たりに基づく分類を改めるような議論の仕方を優先してきた本書のスタンスからしても、最後は、村上－大江の連続性に改めて注意を向け直さなくてはならない。批評的というよりはおそらく創作的関心から、その両者を繋ぐ強固なラインを何気なく指摘していた現役の作家が小川洋子である。小川は、「村上春樹とその作品は、自分が歩こうとしている道の前をすでに歩いている大きな存在」[62]だと言いながら、「さらにその一世代前を大江健三郎が歩いて」いたという認識を示しており、村上－大江の類縁性は彼女にとって自明だったようである。[63]

　ところで、ラカンが晩年に提示したサントームの概念を使って小川文学を評価した斉藤環は、小川自身の証言どおり、スタイルにおいて村上春樹の影響とその類似性を認めながら、両者のあいだに大胆な線引きができることを示唆している。「起源の欠落が小説を生むという感覚は、たしかに村上の「書きたいものがない」ゆえに書く、という言葉を連想させるが、おそらくその内実は異なっているだろう。村上の言葉にかすかに残響する喪失感は、それ自体が実は根拠たりうる外傷だ。しかし小川にはたぶん、本当に根拠がないのだ。そこでは喪失感すら失われている。小川の同世代人として、この点はあえて断言しておこう。言い換えるなら、そこには喪失感以外の感覚がない」(64)。本論の文脈に合わせて言い方を換えるなら、古い想像力がもはや信じられない諦め（とわずかな心残り）から書き起こす村上に対して、極端な話、小川の創作には、人間的「世界」を保守する抵抗と調停の役割としての「想像力」に対する関心がない。

　また、サントームなどという解釈を拒む概念よりは穏やかだが、似たようなことをフロイト‐ラカン的な精神分析学的な意味でのフェティシズムによって主張する絓秀実の次の言葉がある――「フェティ

(62) ちなみに、小川も象を「想像力」の寓意として読むことが可能なテクスト『猫を抱いて象と泳ぐ』（『文學界』二〇〇八・七～九初出）を書いている。チェスに生きる異常体質の少年は手を考えるときテーブルの下に潜り込み、盤上ならぬ「盤下の詩人」となって、意識下（言語以前の世界）に沈むのであって、そのとき海を象と共に泳ぐのである。象のインディラは、本作において定期的に言及される重要な存在だが物語の中で実体を現さない。少年の想像の世界の中にしか生きていない存在である。

(63)【インタビュー】小川洋子（聞き手：千野帽子）「なにかがあった。いまはない。」『ユリイカ』二〇〇四・二。

(64)「文学の兆候 第十四回――増殖する欠損」『文學界』二〇〇四・三。

ッシュに抗するなどといった男一般の不粋な境位をこええた川端康成という、小川洋子も敬愛する作家のような切迫感もなく、彼女は易々とフェティッシュと戯れうる希有な存在なのかも知れない」[65]。

ここで、大江‐村上のラインを自然体で喝破していた小川洋子の文学が、その実、大江が後輩の村上とは別に仮想敵視した先輩の川端の文学を発展継承させたものである可能性が示唆されていることの意味は大きい。拙書『意志薄弱の文学史』の終章で主張したのは、一九九〇年代に中央舞台に台頭してくる一連の女性作家たち（中心に小川洋子を含む）が、川端文学の隔世遺伝であることの可能性だったからだ。本書では扱う余裕がないが、次なる問題設定として一見して商業的に馴致されているかに見える――事実、グローバル化する消費社会に極めて親和的に愛でられてきただけでなく、フランスを中心に世界的にも読まれるようになった――小川洋子における「世界」に照準を当てなければならない。絓が同じ評論のなかで、「『薬指の標本』などは、まかり間違えば途方もない傑作になったのではないかと思い、時評家としてその作品に接した時、懸命に否定しようとした記憶がある。〔中略〕この小説が傑作として遇されたら困るという観念が先に立ったのだ。幸いと言うべきだろうか（そうではあるまい）、『薬指の標本』は、〔中略〕ありふれた文学作品としてそれなりに評価されながら、適当に位置づけられて、今日に至っている様子だ」と述べていることを逆手に取れば、歴史に封殺されてきたその「薬指の標本」（『新潮』一九九二・七）の位置づけ直しを足がかりとして、冷戦時代以後（一九九〇年代以後）の文学の理解に改めて取り組む必要がある。ほとんど〈消滅の作家〉といって過言でない小川洋子の「消滅」への志向は、村上春樹のように人（や動物）の単位に向かうためにノスタルジーの色を帯びるのではなく、身体的な部分や〈もの〉に向かうために感情移入能力を損なっているかに見える「冷淡」さによって現出する。一九世紀末の転回からちょうど一世紀を経て、再び日本文学は新たな分岐を迎えたのである。

八　二一世紀の「世界文学」時代へ――想像力の想像的回復の夢

最後に村上春樹に戻り、二一世紀を目前に控えた時期に出版された短編「かえるくん、東京を救う」(『新潮』一九九九・一二) を論じよう。本章第二節で描いたように、二〇世紀文学全体に流れる「純粋言語」の夢の継承から始まった「世界文学」の旅を、かなりの部分達成してしまったその時期、常に伴走していた「想像力」の問題はどこに着地点を見出したのか、確認して本章を閉じたい。沼野充義が「小さな短篇から広大な世界文学の地平へと導かれるような圧倒的な感覚に襲われるほど」と評し、「いかに緊密に世界文学と絡み合い、いかに世界文学のコンテクストに支えられているか」を論じてみせた分析対象であることも、本テクストを特別に扱う理由の一つである。(66)

主人公の片桐の前に突如現われたかえるくんが、東京の中枢的な地 (新宿区役所付近) の地中で憎しみをため込んで巨大地震を起こそうとしているみみずくんとの死闘に臨み、自らの命と引き換えにそれ

(65)「「沢山」からゼロへのフェティシズム的転回」『ユリイカ』二〇〇四・二。
(66) 沼野充義「「かえるくん、東京を救う」と世界文学」『徹夜の塊3　世界文学論』作品社、二〇二〇、六〇一頁。

を退治する話である。平凡の極みである片桐の役割はみみずくんとの闘いを脇で（夢の中で）励ますことである。芸術（上等な趣味）を愛でるかえるくんと下等な欲動の権化のようなみみずくんの対比が意識構造の寓意なのは明らかである。[67] つまり、本作は識閾下（＝夢の中）における「想像力」の闘いの物語である（「すべての激しい闘いは想像力の中でおこなわれました」[68]）。

　本章の始めの方で『1973年のピンボール』を分析した際に使ったカントの『純粋理性批判』の比喩がここでも適用可能である。きっちり二〇年の歳月を経巡ってきたそれは、どのような変化を刻み込んでいるのか。ここでは「純粋なかえるくん」が、純粋理性あるいは「最高の善なる悟性」（ニーチェの言葉としてかえるくんが引用）の最前線に立つ「図式機能」＝翻訳機関（器官）を体現している。それは以前の壊れた「配電盤」のような死物と化した現実的な物体による隠喩ではなく、虚構的な装いを強めたマンガ風の記号的キャラクターとなっている。キャラクター・マーケティングと呼ばれる市場が巨大化しはじめ、大量のキャラクター商品やマスコットキャラクター、広告宣伝用キャラクターが溢れるネットワーク（アイコン的インターフェイス）社会が到来しつつある状況では、資本主義の原理との親和性を探るマジック・リアリズムの手法もいちだんアップデートが必須なのだ。そして対照的に、非定形の塊で「口と肛門《こうもん》の区別もつかないようなぬるぬるした奴《やつ》」（＝言葉の発声器官と排泄器官とが区別されない存在）が敵であるみみずくんの姿である。地上のネットワーク社会による虚構性の拡大や市場原理のさらなる発展は、地下の不明瞭でおぞましい力の集積としての〈悪〉を巨大化してしまっている。そのような時代において、村上にとって文学の役割の別名でもある「図式機能」の闘いとは、翻訳行為に伴う根源的な言語の死闘を意味するだろう。それは、かえるくんの自分自身との闘い、すなわち「非かえるくんの世界を表象するもの」との闘いとも言い換えられている。かえるくんの存在は片桐にしか見えないが、「あなたの幻想の産物ではありません。現実に行動し、その効果を作り出します」（一六九頁）とかえるくんは主張する。想像力は幻想とは異なる。どんなに虚構にすり寄っても、最後は現実との接点にあたる「生きた実在」なのである。

物語の結末、みみずくんとの闘いで〈悪〉に犯されて弱ったかえるくんが崩壊死したあと、片桐が「夢のない静かな眠り」に落ちて終わるのは、多くの村上春樹作品が意識における「無」の開示によって話を終えるパターンと違わないが、この「無」は想像力（＝かえるくん）の死によってもたらされた単純な全否定ではないだろう。いわば来たるべき（無限の）「無」の翻訳可能性への期待といったものが孕まれているのではないか。

本作は短いながら、かえるくんによるカフカ、メルヴィル、ニーチェ、コンラッド、トルストイ、イエーツ、ヘミングウェイ、ドストエフスキー、果てはユダヤ民族に伝わる「ゴーレム伝説」から平安時代の歌謡「催馬楽」の歌詞まで、様々な「世界文学」的作品や発言からの直接的・間接的な引用や要約のインターテクスチュアリティとして成り立っている。[69] あたかも「世界文学」の箱庭を創造するかのよ

（67）日本でも有数の猥雑な場所に置かれた行政機関（新宿区役所）の付近、やくざを日々相手にする信用金庫職員の「僕」という状況だけでも、欲望と理性の階層構造（心の構図）として読める。
（68）『神の子どもたちはみな踊る』新潮社、二〇〇〇、一五二頁。
（69）詳細は、沼野（同上論文）を参照。

うな盛り込み方である。だがこれまでの想像力の問題に結びつけて重要なのは、その言及の仕方である。漠としたオマージュ的な言及あるいは捏造、出典がありそうで特定できない（が、その作家がいかにも発言してそうな）もの、原文の趣旨が翻案的にまとめられているもの、ほぼ原文に忠実でいて微妙な修正の施されている訳文まで、程度の差はあれ、ほぼ全てが原典に「忠実」と思われる水準から「ずれ」た形で言及されている。

　そのことが意味するのは、これらはあえて「想像力」を介した引用だということである。手元に定訳があったとしても、わざわざ「想像力」を通過させたものをテクストに現象させる。そこに意味の増幅（世界の「同時存在」あるいは複数化）はあっても「誤訳」はない。そして裏を返せば、いまや「世界文学」として認知されつつある自身の作品が他言語にどのように翻訳されても、また翻訳版のみをベースに議論の対象となったとしても、許容する態度の表明にもなっている。かえるくん曰く、「理解とは誤解の総体に過ぎない」のだ。[70] これは文学的言語の非普遍性を逆手に取る発想で、白樺派以来の楽天性を引き継ぐかのような戦略的態度といえる。のみならず、「翻訳をオリジナルの執筆「生産」に組み込む」ことによって、「ある作品が有限数の言語に翻訳されたという経過観察的な見方ではなく、無限数の言語に翻訳されるという予後的見通し（＝「可能性」）」[71] を議論に導入した「生まれつき翻訳」（ウォルコウィッツ）のコンセプト――ごく簡単に言い直せば、世界の遺産として読まれるべき国民文学という意味での「世界文学」ではなく、生まれながらに脱国語文学的な「世界」性の体現を目指す新時代の「世界文学」テクストの一変種ともいえるだろう。[72] 世界マーケットとの親和性も確保している点で、非英語作家が世界で生き残るための一つの道を示している。村上春樹は、一九八〇、九〇年代の遍歴を経て、ネットワーク社会の胎動する「世界」性のうごめきのなかに、かつて消滅させた「想像力」を再生させる方向に還ってきた。だがそれは、もはや誰もが子供の頃に好んだ、あのノスタルジックな「象」の姿ではなくなっていたのである。

(70) 村上作品としては比較的珍しく海外を舞台としている同年出版の小説『スプートニクの恋人』(一九九九)にも同じ文句が出てくる。
(71) 吉田恭子「ポスト国民時代の現代詩」『言語文化研究』三四巻二号、二〇二一・一二。
(72) 最近（二〇二四年夏）、本作と他複数の短篇を掛け合わせて、ピエール・フォルデス監督が村上文学をアニメーション（『めくらやなぎと眠る女』）に「翻訳」した事実は、そのような無限の翻訳可能性が言語表現のレベルに留められないことを教える。ちなみにフォルデス自身、無国籍的な映画監督である。このアニメ作品を「世界映画」と呼ぶことも可能かもしれない（ただし、文学以外の芸術ジャンルで「世界〜」という名称がさほど意味を持たないことは本書で論じてきた）。

終章

「世界」の消滅のあとさき
――〈経験的‐計算論的二重体〉の時代に

一　おさらい――〈経験的‐存在論的二重体〉に至るまで

本書を締めるにあたって、これまで言及してきた多岐にわたるトピックが、「世界」にまつわる三つの時代区分のどこかに属することを前提に議論を進めてきたことを確認したい。三つの区分とは、極めて雑にではあるが、一八世紀後半から一九世紀全体を通して二〇世紀の最初の三分の一辺りまでの「世界形成期」、一九二〇、三〇年代〜一九六〇年代くらいまでの「世界再形成期」、そして一九七〇年代くらいから二〇世紀末に続く「世界消滅期」である。なお、最初の「世界形成期」の内訳はさらに、「世界分裂期」(反世界期)がその後半(一九世紀末から一九二〇年代)を占めている。その三区分を基準にして、〈経験的‐超越論的二重体〉→〈経験(存在)的‐存在論的二重体〉→〈経験的‐計算論的二重体〉という哲学的〈人間モデル〉の展開を緩く想定しているが、これは「世界」の問題が「人間」の問題と常にセットであるためである。

「世界形成期」は、小説というジャンル自体の全盛期にあたり、広義の人間主体のリアリズム——ロマン主義及び続く一九世紀リアリズム文学（フランス自然主義を含む）の流れ——が表象文化の中心軸となった。その背景を支えていた認識論的枠組は、カント哲学以降（続くドイツ観念論の系譜）がモデルになる。ハイデガーが「世界像の時代」（一九三八）において一九世紀初頭に初めて人間は世界の主人になったと言う時の「世界」とは、外部から与えられたものでは決してなく、人間によって自然と共有されるべきリアリティとして、つまり、その中に自らの存在自体を客観的なものとして表象可能にする枠組として、人間が観念的に創出したものである（科学的世界もそのうちの一部にすぎないのであり、科学的世界が近代を敷設したのではない）。近代的人間は半ば自覚なく、自らの存在を基礎付けるところの「世界」を自ら保証する者となった。よって、「あの作品世界では……」という言い回しが自然に成立するように、まさに「世界」をアナロジーとして表象する小説においては、人間中心主義（ヒューマニズム）が至上の価値とされ、世界の創造に参加する基本条件である人間個人の「自由」と「意志」、そして「存在するものを、像としての世界へと描き込む」（ハイデガー）ところの「想像力」が重要視されることになる。言い加えると、これらの諸概念は、近代的人間たちの行動を内容とする「世界」を支える基本原理なのだから、人間社会の活動を明かす種類の学問体系間を横断する汎用的なアナロジーにもなる。例えば経済的な見方に変換すれば、同時期は「自由」主義経済（資本主義）が商品化を通して多様な新奇の価値を生み、市場の内容に繰り込む（＝客体化する）と同時に、無限の拡張の「意志」

（ハルトマン風に言えば無意識）をもって国境（地域的な分節）を再帰的に置き直していく世界性（グローバリゼーション）を体現した時代という理解が得られる。このような超越論的な資本の運動に基づくシステムは、社会的現実のレベルで商品の生産に従事している労働者の疎外を引き起こす（階級差を作り出す）。語り手の意志が強すぎるために登場人物の自由意志がいわば搾取されて見える小説と同じである。そのような二重体のシステムを転覆しようとしたマルクスと、やや時期的に後追いのかたちにはなるが、近代小説の主観的な「世界」構造を生活実体のレベルから理論的に価値反転しようとした自然主義の台頭とは、決して直接的とは言えないまでも連動している。(1)

だが既に記したように、そのような「世界」形成の在り方が実質的な抵抗に曝される一九世紀末には、便宜上一つの画期の線が引かれなくてはならない。経済の話を継続すれば、地球の領土分割が完了して独占資本主義が整えられる点で一九世紀来の経済原理がピークを迎えると同時に、内包されていた

（1）その観点からすると、一八六〇年代から高まるイギリスの唯美主義思潮は、資本主義がもたらした生活の醜悪さに対するアンチテーゼだったとはいえ、工芸産業の発展、中産階級以上の美的生活の改善と消費活動の促進に眼目があったことから、システムの転覆ではなくその補填と改善による保全の動きだったと理解するのが妥当と思われる。反社会的な芸術思潮として良識人から攻撃の対象になるヨーロッパ世紀末の広く象徴主義的と言われる芸術思潮とは、たとえ関係者が被っていても分けて考える必要がある（世紀末に評価が一転したオスカー・ワイルドのように）。システム的にみれば、自然主義とその反動とされる象徴主義のあいだのほうが親近性は高い。

「反資本主義」が決定的に出現したときが一九世紀末であり、分裂し複数化した「世界」同士による本格的な闘争の開始を示している。さらに政治の話も付加すれば、経済の世界性に対する政治（国家・民族＝特に非西洋）の抵抗が明確化した時ともいえるだろう。翻って一九世紀末にようやく「世界文学」の枠に組み込まれた日本文学も、様々な抵抗の様式を生み出すことになる。こうした理解が通常の文学史に準じるのか、あるいは反するのかは諸説が溢れていて判断がつかないが、少なくとも本書はそこに文学様式の決定的な断層をみており、前半部の議論の大半が同時期に集中する結果となった。

笹沼俊暁によれば、世界文学の中に日本文学史を位置づけた英文学者の土居光知『文学序説』（一九二二）の「日本文学の展開」で描かれた「文学」の発展の法則［叙事詩→抒情詩→物語→劇］は、和歌から歌物語という日本文学史独自の流れを踏まえて「物語」を追加していること以外は、概ね他の論者にも踏襲された西洋古典的な文学史観に基づいている（枠組は欧州の詩論や文学史、特にヘーゲルの発展的ジャンル論に倣っていた）(2)。ヘーゲル美学を直接踏襲した内田魯庵、また鷗外などの文学論などもほぼ共通した構図を採っていた。つまり、大正時代くらいまでは、広い意味での散文的リアリズムは抒情詩の次に現れる弁証法的な〈総合《ジンテーゼ》〉の形態として一緒くたに考えられていた。彼らが戯曲を小説のエッセンスのように扱い、両者の間に大きな差を設けていなかった様子があるのも、また坪内逍遙が、結局はシェイクスピアの戯曲を「没理想」の体現として持ち上げたのも、その辺りの事情による。

ただし『小説神髄』執筆時の逍遙は、法則の最終形態である「劇」の後に、過去の反復の法則を乗り越えて「小説」の時代が来ることを想定していた。一方の土居は、この周期的な交替が近代の明治初期から再び一から繰り返されてきたと考え、政治小説（叙事詩）の時代、新体詩（抒情詩）の時代を経て

「物語」に相当する位置に直近の小説の流行を置き、大正時代の現在において「演劇」の時代の到来を見た。だがこの認識に関しては、現代の私たちからみれば違和感しかない。大正時代に戯曲が首座に返り咲いた印象はなく、近代文学は小説が到達点だったように見えるからだ。その意味で、土居の認識は形式ありきの文学史観に囚われている。抒情詩の次に物語、そして演劇が最後にくる流れは近代では妥当しない（動画芸術＝映画という新ジャンルが「演劇」を肩代わりしたというのであれば考察の余地はあるかもしれないが）。「物語」はあくまで前近代の芸術形式である。逍遙や鷗外が論争をしていた時代までならばともかく、一九世紀末以降の小説（日本的自然主義）は、このサイクルから放たれたと考える必要がある。

確かにイプセニズムの現れ以降、二〇世紀初頭から特に大正期にかけて、小説家が戯曲の執筆に手を出すなど、演劇ジャンルが相当の流行をみたのは事実である。しかし、それは一九世紀的な写実主義文学とロマン主義文学の争いを止揚する段階と重なっており、小説が文芸の中心を占める流れと並行して起こった現象だった。小説と演劇は共闘はしていても、対立や乗り越えを目指していたわけではない（実際、当時の理論的中心にいた島村抱月はどちらの推進にも寄与していた）。一九世紀末以降の小説はさらに映画（写真）の登場と発展にも並行的にリンクしており、もはや古いタイプの「物語」であることをやめている。前近代における芸術の弁証法的発展史観が成立しなくなったのが、近代という時代の特殊性である。そして、その特徴を代表するのが、定義が最も緩く、雑多な表現を併呑することの可能

（2）『「国文学」の思想――その反映と終焉』学術出版会、二〇〇六、九二頁。

な小説という形式なのだ。ただし、土居が反省的超越が深まると小説は哲学や演劇に発展すると述べたことは[3]、文学史の局所においては当てはまることも多い。現代文学でも二一世紀以降、演劇人の小説執筆が急激に増えた印象があるが、近代（特に戦後）において演劇が流行する理由にはいつでも、大衆性や世俗性にまみれすぎた小説に対して「超越」の契機を探る動機がある。

ところで、本書において最も多くページを割いたのは、個別の理論としては、感情移入美学、主客同一論（一元論）、一人称小説、筋のない小説など様々な形態を取り、様式としては広く新「自然主義」の登場として括ることの可能な時期、すなわち「世界分裂期」である。現代にも続く諸問題の起源がこの時期に集中したという認識をもって本書の議論を進めてきたわけではないが、結果としてそのような形になった。様々な政治・経済・芸術一般の周期説があるなかで、私自身は二〇世紀初頭の諸現象を支えていた思想は、二一世紀現在において反復されてきた印象を多少持っている。二一世紀初頭から環境批評や新実在論といった種類の思想が流行し、その政治的背景として、一九九〇年代のグローバル化への掛け声に対する反動（地域主義やテロリズム）が地球上の二大イデオロギー勢力の分割に収斂しつつある事態は、二〇世紀当初の広義の「自然主義」、感覚の美学、そして催眠心理学（これも一種の新しい実在論の模索の面があった[4]）の流行の背後で、一八九〇年代に俄に登場した「世界主義」に対する抵抗運動が進み、やがて世界大戦へと帰結していく状況と似て見える。

二〇世紀の初頭に進行した「世界」の「分裂」を象徴的に表すテーマの一つは、大正期における他者（女）表象の困難への取り組みである。他者表象それ自体は封建的な階級制の崩壊の徴候が始まり、植民地から多くの移民がヨーロッパに本格的に流入を始めた一八〜一九世紀、つまりフラット化された地平において「私」という主体と他者との直接的な対峙が起こった段階で重要な課題とされた。それはやがてヘーゲルという「他者」との対立を基準に〈普遍〉の実現を巨視的に論じた哲学者を生んだことでも明らかである。そして近代小説というジャンル自体、この「他者」との対立を描くことを主な課題とすることになる。しかし、超越論的な「世界」の包括性の下に、障害となる対象（他者性）を回収するリアリズム的な機構を強く残している間は、他者表象の様式から階層的な態度――他者を押さえ込む／取り込む姿勢――が消えることは難しい。sympathy という距離を前提とした同情のスタイルが力を持った理由である。

一方で、基本的には距離の解消に向かう――それゆえ、より直接的な生々しい対峙の関係をつくる――新たな empathy という感情移入美学は、その sympathy の道徳的原則（他者の気持ちに完全に同化することは不可能であることを認め、その限りでコミュニケーション的関係を築く努力をする態度）が機能不足や不全に陥ったとき、すなわち世界主義 vs 地域主義の構図が最も鮮明化した一九世紀末にお

（3）同上書、九五頁。
（4）催眠心理学の権威となって後、狂科学者として大学の職を追われた福来友吉は、学生時代当初は心理学が未成熟だったため、元々は哲学を専攻していた。「催眠」を主題に掲げる前に執筆した「実在観念の起原」（『哲学雑誌』第一四巻第一四五、一四六、一四八、一四九号、一八九九・三〜七）は、実在論の不可避性を論じたものである。そこで使われた論理は、その後の「催眠」研究の論考にも転用されており、催眠心理学が心身二元論を克服する新しい実在論として導き出されたことを教える。

いて、表象の機構の中心に躍り出ることになる。その詳細の復習まではしないが（第四章）、鍵となる担い手たちが意外にも武者小路実篤に代表される白樺派と目されることは再度指摘してもいいだろう。彼らは、他者と「自分」の決定的な分裂の自覚の上に、それを乗り越える自我の無限定性を描き切ることで、「世界」の全一性を反動的に回復しようとした。したがって、G・フローベール『ボヴァリー夫人』（一八五六）やH・ジェイムズ『ある婦人の肖像』（一八八一）など、西洋ではとうの昔に通過していた女性主人公を視点人物とする一九世紀的な「本格小説」[5]が白樺派の後に改めて一部作家に求められたのは、日本近代文学が「地方文学」に位置するがゆえの時代錯誤の現象だったと思われる。本来、西洋文学史的な順序でいえば、「新自然主義」の登場はその次でなくてはならない。これは世界基準に対する日本語文学の「遅れ」の言葉で簡単に済ませられる話ではない。その整理には独自の編集原理が必要なことを示している。

さて、およそ昭和年代以後の小説に話を移すが、分裂の解消を美学的に目指すことを諦め、対立を対立として応用可能な〈理論〉に「世界」の調停の可能性を探ることになる。そのようなアイロニカルな調和を作り出しうるものは、「世界」から身を振り解く斥力を生みつつ、同時に「世界」に自らを繋ぎ止めるための矛盾語法によって構成された〈理論〉でしかない。小説の語りのスタイルとしては、極めて自己言及性の強い形式を取ることが多い。自らの「世界」を作り出す方法に自覚的な、自意識の高じたテクストとは、その分自らを空無化させるという逆説をともなう。単に語りが構造的に反省的であるというだけならば、「世界形成期」の〈経験的‐超越論的二重体〉の主体モデルと同じである。森鷗外「舞姫」（一八九〇）が、ドイツから帰国の途上にある「余」（太田豊太郎）において過去の「我」を反省的に語っているのは、確かにメタフィクショナルな作りと言えなくはないが、昭和年代以降に流行した方法としての「メタフィクション」とは言えない。「余」（上位レベル）と「我」（下位レベル）との間にアイロニカルな捻れの関係がないからだ。逆に、例えば牧野信一「西瓜喰ふ人」（『新潮』一九二七・二）では、「余」という主人公が、分身的存在（あるいは一歩進んで「擬似カップル」）として解釈可能な滝という小説家について観察し、語る構造を取っている点で、一見、反省的〈私〉とオブジェクト・レベルの〈私〉（＝滝）との二重体の成立を描いているように思われるが、その仕掛けは全く反対の方向を向いている。丘の上の家から丘の下の家に住んでいる滝の空虚な（パントマイムの演技のような）振る舞いを観察している「余」は、それを夜な夜な日記に書き留めているが、明け方に「余」の家に眠りに来る滝は、「余」が寝入った後に「余」の日記の進んだ分をそのまま自分の小説として書き写している。つまり結果的に、この「西瓜喰ふ人」という作品の書き手である滝は、語り手である「余」という一人称の指示対象の位置にいて「余」に成り代わっているわけで、「余」と滝の相互転移としての〈私〉性は、いわば空っぽである。「余」によって描かれている滝の手で「余」の一人称が描かれている以上、「余」の主体性は滝のそれと共に循環的に空無化されているのだ（ここでは「余」は常に媒介されている存在であり、媒介性という関数以外の何ものでもない）[6]。このような自己同一性

（5）中村武羅夫「本格小説と心境小説と」『新小説』一九二四・一。
（6）ただし、地の文の中にさらに丸括弧で解説を加える作者（牧野信一）が「余」を外から囲っているので、剥き出しで「空無化」されているわけではない。

の空位というアイロニカルな構造において、はじめて〈私〉という存在が定義される事態がメタフィクションの要なのであって、単に「経験的‐超越論的」な二重性を露わにしていればいいわけではない。

したがって本書では、この時期を「世界再形成期」（一九二〇、三〇年代～六〇年代）と呼ぶことにした。一九世紀的な世界形成の構造を踏まえながら、それをいわばパロディックに引用しているという意味で、前パラダイムと区別して「再」なのである。当然ながら一九世紀的な旧「世界」に戻るのでも前近代に戻るのでもない。分裂した諸世界を各々の独自性を保ったまま繋ぎ合わせる発想を通して「世界」の再形成を目指すのである。日本の政治経済的な領域においてはマルクス主義がその動向を先導した。同じく日本では一九世紀末から勢いを得る社会主義は世界の分裂の解消を目標とするが、共産主義は階級的な分離（融和不能な差異）を世界革命のダイナミズムを得るための理論的な力としており、いわば自己矛盾の論理を内包している。マルクス主義に直接与していたわけではないが、同じ時代のパラダイムを共有していた戦後文学において、極めて観念的な言葉を駆使し、その思考の空虚さにおいて現実との安易な和解を拒むことで、世界を逆説的に捉えようとするスタイルが多く現れたことにも関わる。イエスの「復活」という存在論的矛盾（人間と神の矛盾的存在）の喜劇性（ユーモア）においてキリスト教を信仰に値するものと考える椎名鱗三や、魂の孤独を守ることを条件とした純潔な恋愛（恋愛の不可能性）を希求する福永武彦など、彼らは、ある種の自己矛盾の論理によって「世界」に強度を取り戻し、それを逆説的に回復しようとしたのである。

二　思想としての映画メディアの全盛

なお表現媒体としては、トーキーによって芸術の総合化を果たした映画が、この矛盾的同一性の「世界」を体現するものとして（そして小説に優越するものとして）理論的に説明されるようになる。狭義の社会主義的な意識の芽生えと同じく、生まれは一九世紀末であっても、その理論的なポテンシャルが十全に認知されるのは一九三〇年代においてであった。ここでは、戦前の優れたアニメ論『漫画映画論』（一九四一）の著者として知られる映画評論家・今村太平の『映画芸術の形式』（一九三八）におけるアンチ・ヒューマニズムな理論化をみてみよう。特に「芸術形式としての映画――その原始性の考察」（『映画研究』第三集、一九三八・三初出）及び「映画の表現について」（『映画集団』第八集、一九三七・一初出）を大胆にまとめると概ね以下のような主張となる。

第一に、原始社会では生産力が極めて乏しかったために、生産力を向上させるための労働分配の社会化が生じたが、科学技術の進んだ現代の機械化された生産力は、逆にそれが高すぎることで個人の手に負える仕事ではなくなり、やはり「生産の社会化」が起こる。映画の芸術形式の登場は、この「生産の社会化」に大きく関わっており、集団的・共同体的な制作主体が重視されるパラダイムに則るものとなる。「個人の全体化の形式」としての映画芸術形式は、したがって原始芸術形式の再来である。同時に、それは世界芸術形式である。というのも、映画の登場は一九世紀末の独占資本主義の登場に連動しており、個人が「世界的な個人」（＝世界人）となる時代の象徴的産物だからだ（ただし、ここにはトーキー以後の映画の隆盛を目の当たりにして導出した歴史認識を、過去に投影している向きがある点は注意が必要である）。生産交通が発展した現在、一国の文化は同時に「世界文化」の形を取り、「個人は共同化」され、市場は「世界化」される。そのような時代において「個人」と「世界」を媒介する表象の方法、それが「個人の全体化の形式」としての映画である。

近代芸術と原始芸術との対立からの止揚、個人と世界との対立からの止揚ときて、残るアンチノミーとして克服すべき項目は、近代初期からの最も根深い対立である〈精神と肉体〉だろう。映画制作のような「社会化」された生産の現場においては、その構想がどんなに優れた「思惟」であっても分業による単純肉体労働者の貢献が必要不可欠であり、「精神的なもの」と「肉体的なもの」とが組み合わされている。他方、「肉体的なもの」を介する必要のない前時代的な芸術形式の代表こそが、文学の一ジャンルとしての小説である。

> まづ文学のなかでの一番支配的な小説について考へて見るとき、今日までの小説はその最も精密な描写も想像を相手とした。作者にしろ読者にしろ教養が感受性を磨きたてることができたとき想像世界が豊富になる。最も豊富な教養を独り占めにしてゐる個人が想像を最上の形で小説にすることができるのである。(7)〔傍点引用者〕

本書第二章で「世界」図の解説をした際に、「想像力」が近代小説においてなぜ重要視されるのかについて論じたが、今村は的確に、個人主義、想像力、描写、小説形式の互いに密着した関係を抽出して述べる——「自分一人の絶対形式」である小説においては、「肉体の労働からすつかり離れ去つてゐて、精神を独り占めにしてゐる個人から生み出される想像が支配する」（一四六頁）。活版印刷の登場は、「個人を文字的教養による想像世界に追ひこんでしまつた」。その産物としての作品を味わうには、読者は特定の他者の独特の想像力の産物である「世界」を読み取り、その「世界」に自らを同調させるための多大な努力を払わなければならない（教養を高め、対象言語を習得しなければならない）。究極的には、その「世界」を作り出した想像力をなぞり、「世界」の主体を肩代わりし、「世界」の絶対性を内から支えなければならない（英語の subject が「従属者」と「主体」の対立的な両義を持つのと同じように）。一九世紀小説的な「世界」像の堅牢さは、それが単一の個人によって生み出されているから保証されるのだ。

そのような知的マゾヒズムに現代の読者が付いていけないのは致し方ないことである。反面、映画は「総合形式」だが、同時に旧芸術形式の解体である。「芸術形式としての映画は、文学があれほど懸命になつて行つてきた思想の具象化――それは文学の中の特に小説形式である――をあたり前のことにし、観客を世界化す」（二六一頁）る。つまり、この場合の「世界化」とは、「社会化」や「共同化」することに近い。よって映画の登場以降、小説はその姿を決定的に（追随的に）変化させざるをえない。ちなみに、今村が戦時下で考えていた映画の最も得意とするジャンルは、ニュース（報道）の類いである。人々がたえず「世界」と直接に結びついている（「世界」から独立して存在する余地がない）という意識を与えるからだ。ラジオと新聞からの発展形としての映画は、「本来、世界を相手とするのであり、

（7）『今村太平映画評論1　映画芸術の形式』ゆまに書房、一九九一、一四五〜一四六頁。

精神文化表現の世界形式だと言へる」(一五三頁)のである。

さらに細かく、映画というメディアの美学的特性についての今村による抽象的な議論を見てみよう。そのエッセンスを一言で表すなら、映画の芸術形式は、空間的な静止の芸術でも時間的な運動の芸術でもなくて、「空間的な運動の芸術」だということに尽きる。つまり、時間芸術と空間芸術の弁証法的な総合形態が映画である。今村はそれを人間の頭脳をモデルにして説明する(カントの認識論のように)。公式めいて言えば、「映画の全体的な時間的進行は人間の内視野の時間の再現」であるということだ。そして、人間の「内視野」(内面)では、対象(すなわち表象)に対する遠近の距離感の差が「記憶」という形で把持される。したがって「記憶」は外的世界に対する「空間的知覚の時間化された存在」、つまりは「空間の時間形式」になる。映画における「モンタージュ」(編集)とは「空間的知覚を時間的存在形式へ転化する手段にほかならない」。映画とは「記憶の代用」そのものなのだ。

さらに「映画形式の頭脳の機能への置き換え」のアナロジーを続けるなら、レンズの枠組みは「作者の主観」であり、また同時に「同化された我々〔観客〕の主観」である。心的な「表象」に対応するのはショットであり、「感情」に対応するのが場面(シーン)、「意志」に対応するのがプロットになる。つまり、「映画は精神過程における、表象、感情、意志形成と同じ構造をもつ」のである。


この時間的並びに空間的自由の統一は、頭の中の自由な形象過程の、そのまゝの機械的な表現である。映画的表現の驚きは、頭脳の機能を、機械による表現機能として成立させやうとするところにあるといふべきである。〔一七八頁〕

絵画のように、与えられた空間から表象されていない時間を想像するのでもなく、音楽のように、与えられた時間から表象されていない空間を想像するのでもなく、「映画は空間及び時間を共に与へるからイリュウジョンが消滅する。従つて映画は芸術の想像力を奪ふ」（二九六頁）のだ。言い換えれば、映画は実在的形式を想像に先立って与えることで、世界像の中に個々の形象を作り出す能力としての「想像力」を不要とする。強い主観性に基づいて形成される「世界を消滅させる」のだ。

先ほどから本書では、トーキー以後の映画全盛期に相当する「世界再形成期」を司る世界表象の原理を〈アイロニーを介した統合〉の模索と要約して述べてきた。その点で、今村が一方では空間（外面行為）と時間（内面思惟）の捩れた統合の実現として、他方では「芸術ジャンルの総合」として映画形式を定義したことの意味は大きい。「生々と知覚される空間そのもの」としての外視野を記述する「影像の言葉」と、思考としての内視野を記述する「論理の言葉」との実在的な統一――それは芸術が夢見続けてきた究極の形式である。

しかしながら、それが「究極」を意識しているからこそ引き起こす問題に関しては、当時の今村は目を向けようとしない。人間と世界の接続を媒介する「形式」というタームを、今村が多用する事実に注目したい。今村の言う「影像の言葉」（空間）と「論理の言葉」（時間）の関係は、精確にいうと完全に平等な関係ではなく、後者によって前者を包摂する関係である。やはり映画の主軸にあるのは時間であり、それは時間の存在形式の芸術というべきなのだ（物語内容における世俗的な空間と時間の背後にあって、その「世界」自体の生成を司る原基的な時間を考えてもいい）。その点を踏まえれば、今村の言う「影像の言葉」と「論理の言葉」の関係の説明を、技術哲学者のスティグレールが論じた「形象」と「図式機能」（超越論的時間限定）の関係のそれとして読むことができる。

前章で『1973年のピンボール』を分析した際の繰り返しになるが、スティグレールは、映画の発明による記憶技術の飛躍によって、二〇世紀に人類史上はじめて「意識産業」が出現したことを論じた。[8] カントのいう感性的直観と悟性的カテゴリーを媒介する「想像力」の働き（＝「図式機能」）が産業化される時代の到来によって、「想像力」が人間から切り離されて機械に代行されゆく事態を危惧したのである。これを今村の議論に引き比べれば、結局、今村の言う映画の実在「形式」による「想像力」の肩代わり（＝人間にとっての不要化）とは、一九三〇年代に娯楽の中心に踊り出たトーキー以後の映画が加速させた〈超越論的図式機能の産業化〉のことになる。スティグレールによる想像力の危機の議論は、ホルクハイマーとアドルノの批判理論に基づいているが、今村は同時代に類似の考察を的確に行い、その結論を彼らとは全く逆の楽天的な調子でまとめあげたのである。

しかし、なぜ今村はその楽天性を確保できたのか。彼の映画形式論には一点、理屈を優先して時代の流れを見て見ぬふりをした箇所があるからである。思い出すべきは、今村は映画が最大の力を発揮するジャンルをニュース映画としたことである。だが、今村が論考を執筆していた時点で、既にアメリカの制作を主とした「劇映画」が映画界の主流になっていた（ハリウッド映画が世界を席巻していた）。それゆえ、「思想の世界的な表現形式としての映画が、数十エーカーのホリウッド製の張子の世界に支配されるといふことは映画のリアリズムを転倒させざるを得ない」（一六一〜一六二頁）。数年後には、前代未聞の予算で製作されたアメリカ産のアニメ（文字通りのリアリズムの転倒）を称賛する今村だが、当時の書き方は極めてネガティヴである。

　これはジャンルに対する好悪の問題では済まない。過去に類例のない世界的な表現形式はニュース映画に用いられる限りで健全であり、かつ同じリアリズムを規範とする小説形式の可能性を遙かに超えている。しかし劇映画となると、制作者たちの勝手な意識の投影にすぎない「世界」は、狭い空間に内閉された虚構の「世界」として、糸の切れた風船のように現実から浮遊してしまう。初期には書簡体小説、日記、旅行記といったノンフィクションの形式によってリアリズムを担保する時代を経る必要のあった小説においても、成熟期には各テクストが描くのは各々のフィクション（虚構世界）であることを前提にしていたのだから、本来これは劇映画だけの問題ではないはずである。だが小説の場合、表象される「世界」と読者の意識のあいだに「想像力」という調整機能が入るため、いかなる虚構の物語が語られていても、それは仮説的な「世界」であることが最初から脳裏で前提とされている。しかも、文字から作り出される「世界」のリアリティは緩やかにしか統一されない。視覚的に具体的な形象を押し付けられなければ、同じ文章から読者が想像するリアリスティックな情景は同一の「世界」を漠然と志向するわけだが、読者個々人の解釈の余地が残されている分、そのイメージの振れ幅が完全に解消されることはない。この振れ幅があるからこそ、あるテクストが描き出す「世界」は、結局、読者の間で同一

（8）ベルナール・スティグレール『技術と時間3――映画の時間と〈難‐存在〉の問題』石田英敬監修・西兼志訳、法政大学出版局、二〇一三。

の「世界」を緩やかに共有しているように見えるのだ。

しかし、観客の意識が視覚情報をもった映画の「世界」に直接的(=時間的)に接続する場合、小説においては経験的な現実世界とそれを俯瞰する超越論的な主観性という二重性(サンドイッチ)の構造によって掬い取られていた「世界」はフィルム的な「世界」に一元化し、逆に不安定化する。そして、個々の作品それぞれのスタイルによって編集された多様な「世界」が共立し、対立することになる。芸術形式的にいえば、確かに映画は、一九世紀初頭から一部の文学が課題としてきた主客同一の美学の実現と言えるかもしれない。だが、言語芸術で主客同一を主張している限り、それはあくまで仮想の目標であって、具体的な実現をみない理念だった。映画という表現機構によってそれが矛盾的に実現してみれば、「世界」の統一的回復という二〇世紀の言語芸術が主客同一美学に夢見たものとは異なる混乱を帰結せざるをえない。統覚を失った「世界」の断片化である。ハイデガーが「世界像の時代」の講演を行った一九三八年頃は、強力な国家あるいは超国家的な原理に統べられた複数の「世界」観が、事実上バラバラとなった世界をまとめ上げる地位をめぐって生死を賭けた争いをした時代である。ハイデガーは近代的な「世界像の時代」の始まりを、その終わりを告げるために語っていたことになる。

ここで第一章の議論に再接続したいのだが、鶴見俊輔が日本における真の「世界文学」の端緒にあげた夢野久作『ドグラ・マグラ』(一九三五)は、「脳髄の物語」を謳っていた。つまり、今村が「映画的表現の驚きは、頭脳の機能を、機械による表現機能として成立させやうとするところにある」(四七八頁)と述べた映画の世界の特徴を実現しようとした文学テクスト、すなわち映画小説の試みだったともいえる。鶴見が『ドグラ・マグラ』という奇体な作品を現代の世界文学のシンボルと考えた理由は、人間主義的な「世界」像を形成するのに不可欠な超越論的自我による統合が壊れた「世界」を先駆的に体現していたからだ。その意味で、一九六〇年代初頭の鶴見は時代の流れを的確に読んでいた。その主張が通常の世界文学論とは大きく一線を画していた正体であり、現在の私たちの立場から再評価すべき理由なのである。

繰り返すが、戦前戦後は「世界」の再形成が目指されていた時代である。この時代の哲学的な大勢は一言でいうなら実存主義（ハイデガー↓サルトル）である。乱暴に要約すると、実存主義において「世界」は安定的なものではなく、人間の主体的な超越によってそのつど既に用意されているものとして可変的に置き直されていく一方で、自らの存在（経験的存在）は常に遅れて、その「世界」の中に定位されていく。そのような意味で、「世界」は既成の存在的環境とは一体化せず、「無」を足場として明滅している。逆にいえば人間は「無」へと不断に超越することで「世界」の仮設的な形成を繰り返している。古い近代小説的主体の場合は、最初から存在の地平が確固として想定されているから、対極的な超越論的ポジションを位置付けることができ、この二者の間の拡がりが認識されるべき「世界」になる。しかし、実存主義的な「世界」はこの拡がりを固定的に維持することができず、経験的ポジションと超越論的なポジションとのいずれにも属することのない捩れを抱えている。今村による映画の芸術論的定義は、すべての論理を実現態として捉えることを可能にする点に映画的「世界」の意義を見ているため、以上の抽象的な思考を重ねるのは暴挙なのだろうが、新時代の「世界」表象の困難に向き合う仕方において確かに平行関係はある。映画が表象するものも、フィルムのコマ毎に瞬間瞬間現象する明滅的「世界」なのだから。よって、この時代の「人間のモデル」は、一九三四年頃から流行したシェストフの思想をハイデガーの哲学と照らし合わせながら解説した三木清の「シェストフ的不安について」[9]（『改造』一九三四・九）の説明の言葉を借りて、〈存在的－存在論的二重体〉と表せるだろう（ただし、先の〈経験的－超越論的二重体〉との用語的な連続性を意識して、以後は〈経験的－存在論的二重体〉と言い表しておきたい）。

この〈経験的－存在論的二重体〉のパラダイムにおいては、やはり文学の分野でも文学なりの工夫で、心（思惟）と身体（行為）、あるいは内視野と外視野との〈矛盾〉による縫合が基本的には目指されていた。また、政治経済的な領域に目を転じれば、政治と経済の分裂を縫合せんとするマルクス主義周辺の「社会」主義的なイデオロギー（ソビエト型共産主義、国家社会主義、ニューディール政策、戦後の福祉政策国家・社会民主主義……）が台頭していた。いずれの場合においても、分裂した対概念を綴じ合わせる蝶番（接着剤）として逆説的な媒介が大きな役割を果たしたのは、ストレートな主客同一化論が既に二〇世紀の最初の二〇年程で挫折していたからだ。したがって西洋をモデルとして主体的人間の復活を目指す戦後の「近代主義者」たちによって、未成熟の日本文学の遅れを克服する目標とされた「近代的自我」の確立も、原理的には捻れを抱えた自嘲的《アイロニック》な概念だと見なければならない。また、国粋主義が否定された戦後においては、一方でキリスト教信仰者や「形而上性」の信者（椎名麟三や遠藤周作ら）が文学サークルにおいても台頭したが、戦後思潮が欧米主義へと反転したことの結果というよりも、アイロニーの調停的な機能を生かすための容れ物として、宗教的な〈絶対性〉を必要としたことを理由と考えるのが論理的には収まりがよい。厳密にはアイロニーは〈絶対性〉においてしか成立しない（本来は〈自己〉の絶対化との直接の関係で成立するが、本論ではそれより広い間接的な意味でも使用している)。相対的な対立関係は力学的な上下関係を必ず持ち、その関係は逆転されうるし、壊されうるが、結局は新たなヒエラルキーに収まる。〈矛盾〉の忠実なる信奉者こそ〈絶対性〉の極みを希求できる。一民族を超える世界的宗教を深掘りすれば、その理の底にはたいてい解決不能な〈矛盾〉の深淵が「沈黙」の口を開けている。〈書く〉ことでその深淵を覗かずにはいられない戦後文学者の一部は、それゆえに信仰を選んだのだ。古い意味での宗教的帰依と考えることはできない。

しかし先述したように、不安定化した両義的な「世界」は、その背後や外部に常に「無」のイメージを呼び込むことになる。そもそも「存在」を考える存在論的思考が、必然的に、その反転形である「無」の概念を引きずり出すのは当然である。その「無」自体を実体化あるいは神秘化して「世界」以上に重んじる思想も現れることとなった。「無」という言葉の直接的な言及だけでなく、その様々な表象形態が多くの小説や評論のなかで散見されるようになる。「無」に執着し、言語芸術ならではの寓意による実体をあえて過剰に――ほとんど戯画的に――与えることで、その輪郭を最も生々しく描いた戦後文学者は安部公房だろう[10]。

もちろん文学的な営為としての現れ方は様々である。同じ戦後文学でも、椎名麟三と安部公房の作風

(9) 一九三四年一月に哲学者の河上徹太郎らが出版したレオ・シェストフ『悲劇の哲学』の翻訳(芝書房)の内容が、弾圧によってマルクス主義が挫折し、転向者が続出した当時の知識人サークルの「不安」に強く訴えたことから、「シェストフ的不安」の言葉が流行する。

(10) 詳細は拙論「「世界」の〈外〉を描く作家――安部公房『壁』と『燃えつきた地図』の間」(『現代思想』二〇二四・一一臨時増刊号)を参照。

は全く似つかない。だがアプローチの差による結果的な差は、彼らが同時代の「世界」表象の課題を無意識的に共有していた可能性を否定しない。安部と印象を大きく違えるが、たった一歳違いの同世代人である三島由紀夫を挙げてもいい。三島が時代の寵児となりつつあった頃、文芸評論家の服部達は慧眼にも、『潮騒』(一九五四)の自然描写を美学的に検討して、三島を「触覚的遠近法」の使い手と評価した[11]。三島のテクストにおいては、個々の描写の対象が「つねに、眼前からのぞきこまれることによって描かれる」ために、「作者の眼の位置は不規則に移動し」ている。テクスト内空間のどこに視点が置かれていて、どこから眺められている視界なのか判然としないのだ。その世界は、覗き込まれた面のみの奥行きを欠いた二次元的な描写、服部の言い方では舞台の書割に似るのである。この評を皮切りとして、三島の描写は実地で観察したものではなく辞書的な知識の組み合わせで成立しており、絢爛と言われる文体の実質は、疑似的な二次的加工物のパスティーシュによる一種のコスプレ(?)だという指摘が各所でされるようになった。大西巨人も文芸評論を通して、三島の「頭の中・言葉の上、文字面で事柄の辻褄を合わせる」観念的な描写の傾向を「根本的弱点」と強く批判していたが[12]、類似の指摘と言えるだろう。ただし観念的発想が単純に身体性や現実性を捨象してしまうことが問題だとは本論は考えていない。二〇世紀初頭に福来友吉が現実行為を引き起こしうる催眠を、観念の身体(潜在意識)的植え付けとして論じたように、実は観念と身体性(現実性《リアリティ》)の相性は悪くない。問題は、観念に現実性が吸着されることで空虚化したリアル(無)がかえって鋭く矛盾的に屹立して、近代小説的な世界像の成立を拒む点にある。この特徴はまさに、映画と同様、二重体の安定構造には還元できない二次元的《フラット》な性質に「世界」が留め置かれたかのような不安定さを、三島文学が内包していたことを示している[13]。

言い換えれば、戦後の様々な理論や実践は「世界」の根拠を「無」とする思想を強化することで、それまで語り手の超越論的反省によってリアリズムに固く繫ぎ止めていた「世界」を、虚無に基づく虚構的なものとして相対的に遊離・自立させることが理論上許される道を拡大したのである。そのため、一九六二年になってようやく鶴見俊輔が、一九六〇年代に顕在化してきた新しい「世界」の始源として一九三〇年代の『ドグラ・マグラ』を再評価するという、奇妙な時差が生じることになった。『ドグラ・マグラ』においては、超越論的主観性（統覚）を失った「世界」を受容総合するだけの意識の流れが「世界」として現象しており、虚実不分明な独自の「世界」として自律的に展開していたのである。そして、この『ドグラ・マグラ』的な世界――個人の潜在意識という恐ろしく狭いスペースを同時に無限の宇宙的な広がりとして捉えるような空間感覚――を新しい時代の「世界文学」とみなす鶴見の飛躍的な発想が、一体どこに着地点を見出すかといえば、その一つは間違いなく一九八〇年代まで下っ

（11）「われらにとって美は存在するか（1）」『群像』一九五五・六。
（12）「観念的発想の陥穽」（『朝日新聞』一九七〇・三・一九夕刊初出、原題「観念的発想の落し穴」）『観念的発想の陥穽　大西巨人文藝論叢　下巻』立風書房、一九八五所収、二〇四頁。
（13）ただし三島は一九五〇年代に映画のスクリーンを通常比（4：3）からワイドに拡大したシネマスコープの登場時に、「ぼくの映画をみる尺度・シネマスコープと演劇」（『スクリーン』一九五六・二）というエッセイを書いているが、それを「歌舞伎座の舞台のプロポーション」（『決定版三島由紀夫全集』第二九巻、新潮社、二〇〇三、一五七頁）だと指摘しているように、映画をフィルムの理論の対象として見ることはなく、役者、演出、戯曲の観点から演劇のカテゴリーに置いて見ている感が強い。

たところの村上春樹であり、その最たるテクストが『世界の終りとハードボイルド・ワンダーランド』（一九八五）である。本書では一九七〇年代以降、「世界」の「再形成」が放棄される時代を「世界消滅期」と区分したが、そこで「消滅」するのはあくまで一九世紀的世界像の尾を引くリアリズム的な「世界」のことであって、逆に、ハイ・ファンタジー的作品、神話的設定、地方・周縁の伝承空間、あるいは模造的な「世界」設定は、文字通り横溢し始める。ちなみに、斎藤美奈子は一九八〇年代文学の傾向を称して、偽史と架空の国の世界で完結する、純文学の「遊園地化」としていた(14)。

ただし、『ドグラ・マグラ』から村上春樹に引かれる線と、大江健三郎さえも含む「遊園地化」した文学とは対照的な関係を作っている部分もある。村上春樹の一九八〇年代的「世界」は、一九世紀近代の「世界」の消滅後に広がる光景とは一体どのようなものなのか、それを閾域下の「世界」に喩える形で描く。その意味で大正文学の夢文学や一部白樺派の遺産を受け継いでいる。一方で、一時期の大江健三郎のように神話的物語構造を日常的現実と対置するスタイルや、島田雅彦や高橋源一郎のようにパロディで「世界」を覆い被せてみせる仮構的なスタイルは、ある意味で「世界」の再生を諦めない、言葉の力（への信頼）による抵抗の匂いを残していた。したがって後者が左翼的な世界変革の可能性を探っているように見えるのに対して、前者は現状（高度資本主義社会）に対する非言語主義的な諦めの文学にも見えるため、それぞれの支持層を政治的色合いにも染めた時代があったのである。

本書は、文学的戦略としていずれか一方を優位と考えたりはしないが、議論の流れ上、現代作家の課題が「世界」の形成それ自体にはないことを示し、逆に文学の生存戦略の土台を作った貢献は、素直に「世界」を消滅させてみせた村上春樹が大きいと考えている。同時代において、これほど直接に「世界」

なき後の「世界」の在り方やその可変性を描くことを試みた作家は他に思い当たらない。そして、村上文学がその点において説得力をもった理由は、実のところ彼の文学の思想的基盤が、意識的か無意識的かを問わず、実存主義のアップデートの形態を取っていたからではないかと考える。社会参加《アンガージュマン》を励ます実存主義に対して、ディタッチメントを頻繁に指摘され続けた村上の文学に、実存主義の言葉は似つかわしくない。だが本来、実存主義のベースは存在を問うのであって、行動力の発揮を求める理論上の帰結は上物みたいなものである（つまり文脈に応じて書き換え可能である）。「不条理」を描くことに拘った作家の多くが、人間の人間主義的行動の可能性を剝ぎ取ってまで覗こうとしたのは「無」の深淵だった。村上は実存主義を単に否定したのでも、パロディックに戯れたのでもなく、実存主義が導いた表現論的な可能性を一九七〇、八〇年代以降の新しいメディア環境に適応させ、その装いを更新していった作家だと考えてもいいのではないか。事実、フラットな気持ちで読めば、村上の初期作品の登場人物たちの発言は、じつに実存主義的な「無」の意識に苛まされたものばかりである。

三　持続可能でマジカルな現実の世界

村上春樹における実存主義的な系脈を捉えるのに、おそらく最も理論的な筋道を示してくれる文学的

（14）斎藤美奈子『日本の同時代小説』（岩波新書、二〇一八）の第三章の題が「一九八〇年代　遊園地化する純文学」である。

な概念が、村上自身その個性的な使い手とみなされたマジック・リアリズムである。それは戦後文学ならではの表現スタイルで、夢野久作には欠けていた要素である。マジック・リアリズムの始点（の一歩手前）として適当な作家をあげれば、初期のエッセイだけでなく、『壁』（一九五一）の第二部「バベルの塔の狸」中にも「シュール・リアリズム」の言葉や中心的登場人物としてアンドレ・ブルトンが出てくることから、しばしば漠然とシュルレアリストと目されてきた安部公房だろう。だが「シュールリアリズム批判」[15]という初期の文章に表れているように、安部がシュルレアリスムの可能性の中心（の抽出）に対する狭い関心を持っていたことは確かであるが、その作風はシュルレアリスムの名の下にグループ化されるような共鳴の仕方はしていなかったように思われる。

安部によれば、シュルレアリストの仕事は、「無意識界」における「意志の統制」なき「精神自動現象」とそれを制御しようとする「意識」の「《抽象》作用」（言語の系）との「内的軋轢」が「我々を取りまく様々な現象」であるという現実認識を持ち、その「爆発的必然」を捉えることである（それは「軋轢」によって歪んだ「デフォルマシオン」の表現となる）[16]。言い換えれば、シュルレアリストが目指したのは「単なる深層作用の露呈ではなく、その露呈が与える意識の苦悩」であり、「社会の反深層作用性」（抑圧）によって縁取られた「深層作用」の形態として現れる「デモーニッシュなもの」の表現を志すものである――「吾々はこの二つの現実〔「意識」（の言語論理性）と「深層作用」〕を互いに対決させる仕事をあらゆる可能な機会に於て行わなければならない」[17]。戦後の表現者は「創造と破壊、精神的なものと動物的なものという二重の弁証法」を体現する古代神（にして悪魔）の人身牛頭のモレクを前に「引裂かれることを恐れてはならない。また引裂かれてしまっている現実から眼をそらしてはいけない」(二六六頁)のである。本書は、このような安部の認識はシュルレアリスムに属する面を強調するよりも、以下で論じるマジック・リアリズムへの前段階(橋渡し)として位置づけるべきだと考える。

様式としてのマジック・リアリズムは、過去に「存在の「無」としてのマジック・リアリズム」の見出しで論じたことがあるので大方は略すが[18]、その際の定義の部分だけ引用すると、「その用語が「マジック」という架空・幻想・魔術的な要素と、「リアリズム」という現実に足の着いた認識に対する志向との撞着語法《オクシモロン》によって組成されていることでも推測できるように、言語のレベルでの綾にすぎない比喩的な発想を文字通り《リテラル》に現実化して描写する手法というもの」になる。が、この際、「意識と、絶えずその監視検閲を受けている無意識との矛盾、内的軋轢がプシコノイローゼ〔psychoneuroses 神経症症候群〕(二六二頁)の基であり、その「プシコノイローゼ的現実が社会的現実になった」(二六四頁)のが現代であるという安部の議論を借りて、マジック・リアリズムとは、そのような矛盾的「現実」を比喩(言葉の綾)によるデフォルメの力を通してぎりぎり描き取る手法[19]、くらいの定義に変形してもいいのではな

---

(15)『みづゑ』第五二五号、一九四九・八初出、『安部公房全集』第二巻〔1948.6-1951.5〕、新潮社、一九九七。
(16) 安部によれば、この界面としてのデフォルメ表現を「意識」の「抽象作用」の側からみればそれはアブストラクト・アートとなる。抽象芸術とシュルレアリスムはまさに裏表の関係にあるという主張である。
(17)『安部公房全集』第二巻、二六三頁。
(18) 拙書『意志薄弱の文学史――日本現代文学の起源』、四〇八〜四一九頁。
(19) なお本書で使用する「デフォルメ」は、マンガ業界では一般的な(フォルムの)単純化と「誇張」の手法だけを指すのではなく、芸術論一般で使われる広義のものであることを断っておきたい。

いか。肝心なのは語の成り立ち自体にアイロニーを含んでいることだ。つまり、それが描くのは一九世紀的な主体（二重体）の幅の中に収められていた「世界」の組成が超越論的統制の失調で緩み、「深層作用」（これ自体は「世界」との対比で言えば「無」に他ならない）が客体的世界の地平のここかしこに顔を覗かせようとして「軋轢」が浮き彫りになっている歪な「世界」なのである。かくも不可思議な表象が展開する理由である。だが裏を返せば、一九五〇〜一九六〇年代の〈時代〉に密着しすぎているように見える実存主義の寿命を超えゆく可能性を持つのは、この歪さだった。

マジック・リアリズムの発想が、実存主義が存在を定義して〈存在にして即無、無にして即存在〉と述べた矛盾語法と強い親和性を持っているのにはすぐに気が付く。だが戦後の早い段階でサルトルの実存主義を摂取し、それに見切りを付けてカフカを代わりに持ち上げた安部自身の言葉を借りれば、「実存主義的なるものと実存的なものとは一応はっきり区別されねばならない」のであり、曰く、サルトルは「実存的なもの」を捉え切れていない。「実存主義となればそれはすでに一つの世界観であるが、問題はむしろ存在論と世界観の間にある深淵が、実存的認識によって克服可能であるか、また可能ならば如何にしてなされるかということ」（傍点引用者）にある。

特にそれをサルトルの「嘔吐」、カフカの「審判」に現れた時間の問題について具体的に述べる。〔中略〕要するに「嘔吐」に於ける時間は、一応独自な時間そのものを嘔吐的なるものからの脱出のモメントとしながらも、あくまでその時間を空間化された乃至は空間に投影された時間によって説明しようとすることで結論がややロマンチックな可能性にとどまってしまっているのに反し、「審判」では、時間がそれ自体作用するものとしてとりあげられ、実際創作の方法として作用させている。[20]
ここには本書第一章で述べた「世界」の俗流的空間化への懸念が、サルトル批判の形で表明されている。このように時間（弁証法的な運動）を固定化された空間に対して優位に置く論法は、それこそ安部がリスペクトしていた花田清輝に倣ったのかもしれないが、おそらく強調したかったのは単純にサルトルの『嘔吐』を実存主義文学として読んだときの――おそらく多くの人が実感する――次の違和感だったのだろう。

真の実存主義文学なるものがあるとすれば、実存的認識の苦悩を〔中略〕従来のリアリズムの方法によって描くことではなく、新しく実存的方法によって文学の方法を設定することではなかろうか。『嘔吐』は実存について書かれているが実存によって書かれたものではない。[21]

要するに安部は、カフカは実存を実践的に表現したが、サルトルは小説を使って実存主義を哲学的に解説したにすぎないと言う。本書の考えるマジック・リアリズムとは、安部の言うところの「実存的方法」

(20)【講演】「カフカとサルトル――20世紀文芸講座・第二回（東京大学文学部四番教室、一九四九・五・一四）」『世紀ニュース』№4、一九四九・六・一初出、『安部公房全集』第二巻〔前掲〕、二五七頁。
(21)「文学と時間」『近代文学』一九四九・一〇初出、同上書、二九一頁。

に近い。マジック・リアリズム的な手法は最初から実存主義のアップデート版として生まれたとも言えるのだ。そして、この一連の実存主義批判の時期を経たあと、安部がその新しい手法の明確な実演形態として執筆したのが『壁』[22]である。特に第三部「赤い繭」のなかの一篇「魔法のチョーク」は、実存主義を戯画化しつつ、魔術的現実の「世界」の姿を見事に寓意的に表したテクストとして、特権的に言及するに値する。

画家のアルゴン君は貧しい生活を送っている。あまりの飢えに苦しんでいると、手には赤いチョークがある。部屋の壁に食物の絵を描いてみれば、なんとそれが実物化する。描いたもの（欲望の表象）が実体化する世界、字義通りの「描出」の世界の発見である。ところが翌朝には現実化したはずの物が絵に戻っている。日光を遮らなくてはチョークの魔法が機能しないことを突き止めたアラゴン君は、窓を覆うだけでなく、全ての隙間を密閉して完全な閉鎖空間を作る（これにより部屋は映画館とも夢見の空間とも比較できるような脳内意識の投影の場となる）。そして、彼は「世界設計」を一から目論見、最初に「世界を捉えなければならない」として、魔法の室内に境界を与えるため「（外）」の確定を試みるのだ。だが外部そのものを具体的に描くこと（＝想像すること）ができないアラゴン君は、窓から覗かれる風景を描くことを諦め、外部の創造を他力に任せてしまう。壁にドアの絵だけを描き、それを開けてみるも、眼前に広がっていたのは「構図を定めるために引いた水平線が、そのまま景色になったようなもの」、つまり「世界」（視野）の〈無限と限界〉の拡がりを表わす水平線だけを曝した「恐ろしいような曠野」だった。本来「世界」は外部を見定められる超越的な位置から把握可能なものではない。「無」に限界付けられた主観的スペースとして寓意的に描くほかない。「世界」を本当に新たに創造するには万物を描き直さなければならないが、そのためにはチョークが短すぎる。絶望に苛まれかけたアラゴン君は、しかし偶然持っていた新聞の「ミス・ニッポン」の写真をモデルに、聖書のイヴに相当する女性を創造することで世界再形成の希望をつなぐ。だがやがて二人の間に争いが起こり、それが元で部屋の密閉が崩れて日光が差し込む（室内は字義通り白日の下に曝される）と同時に、壁の絵を食べ続けていたアルゴン君の身体は壁の絵と化して、消滅する。最後に彼が残した呟きは「世界をつくりかえるのは、チョークではない」だった。

この寓話的テクストが、世界形成のマジカルな実演であること、そして類似物《アナロゴン》としての絵画を基に築かれたサルトル流の想像力論に基づく想像力派の主張がまさに「絵に描いた餅」にすぎないこと、さらには画家のチョークを作家の相当物であるペンに置き換えれば、「世界をつくりかえるのは、ペンではない」の格言となり、文学の行為性に対する痛切なアイロニー（自嘲）を含意したテクストとなることは明らかである。広い視野でみれば、実存の問いから社会運動への倫理的コミットメントの必要を導出

(22) 内容構成は、第一部「壁――S・カルマ氏の犯罪――」（『近代文学』一九五一・二）、第二部「バベルの塔の狸」（『人間』一九五一・五）、第三部「赤い繭」（『人間』一九五〇・一二）となっている。なお『人間』掲載の「赤い繭」は「三つの寓話」の題のもと「赤い繭」「洪水」「魔法のチョーク」の三編を収めるが、単行本出版の際に掌編「事業」が加えられる。また「魔法のチョーク」と「事業」はそれぞれ『世紀群4』（一九五〇・一〇頃）、『世紀群5』（一九五〇・一一頃）としての発表が先行している――「『世紀群』は世紀の会の製作になるガリ版刷りのシリーズである」（鳥羽耕史「何が「壁」なのか（上）――安部公房「壁」についての書誌的ノート」『文藝と批評』二〇〇一・一一）。

するサルトルに対する批判にもなっている（ただしそれは文学が広義の力を政治的に発揮しないという主張ではない）。村上春樹がディタッチメントの作家と言われることの起源もここにある。全共闘世代がどうのこうのという話と関係づける必要はない。それは、虚実を矛盾的に同一化した物語を武器に、資本主義社会を受動的・内在的に批判するマジック・リアリストの存在論的な特性なのである。

ところでマジカルな「世界」を構成する基本単位とでもいうべき比喩だが、生成面から二種に大別できると考えている。一つは豊富な言語的知識を駆使することで、本来言語的に同定不可能な（単一の概念では指示できない）微妙な感性に対して様々な形容を重ねて肉薄を試みる種類。詩人が普通その秀でた使い手と見なされるものである。このようなレトリックはマジック・リアリズム的な表現には成りえない。もう一つは、逆に言語的知性を欠いているため、何かを形容するのに既知の貧しい語彙で代用するほかなくて生じる詩的表現である。これはおかしみを伴うことが多く、頭の悪さを装った自覚的・演出的な使用は、お笑いにおける常套的な話法でもある。また「世界」を確固なものとして形成するに足る語彙力を持たない子供は自然と象徴性豊かな詩人になる（しかしその詩的な発言は象徴派詩人の詩文と似ても似つかない）。逆に言えば「子供」の世界は、そのような知的貧困による文意の類推的・象徴的な歪みをそのまま実体化する「世界」である。そして、このような貧困の「世界」と聞いて真っ先に想起するのは、リアリズムよりも情報量を縮減する記号的な変形によってコミカルな「世界」を現出させるマンガやアニメだろう。その「世界」においては、超越論的主観性の及ぶ力は弱く、応じてその「世界」に現象を許される客体としての経験的リアリズムも貧弱になるため、人間の住む「世界」と同じ地平において、言葉を話す動物、獣人、踊り出す無生物など、現実性《リアリティ》の裏面（深層作用）から比喩

【画像 1】高畑勲監督『平成狸合戦ぽんぽこ』（1994 公開）の元ネタを疑わせる政岡憲三監督『茶釜音頭』（1935 公開）の 2 場面。右は、お寺の和尚と小僧が聴いていた蓄音機から流れ出た音符（具象化した音）が蜘蛛の巣を壊しながら狸の里へと向かっていく場面。左は、その蓄音機を盗み出そうとするポン吉が「あのてこのて箱」からどの「手」を選ぶか思案している場面。言葉の比喩にすぎない「手」段を字義通りに物体化している。他に空の雲を雪に見立ててスキーで滑っていく場面もあるが、やはり比喩の実体化である。ディズニーを筆頭に、この種の描写は初期アニメーションに溢れるが、複雑化した現代アニメの描写も基本は同じ発想の延長である。出典：【DVD】『くもとちゅうりっぷ 政岡憲三作品集』（アニドウ・フィルム、2004）より。

的に掬い出された存在、あるいは逆に言葉遊びが字義通り《リテラル》に実体化した存在が闊歩する「子供」の世界が現象する。ディズニーアニメを換骨奪胎して作成された戦前アニメの秀作である『くもとちゅうりっぷ』（一九四三）を監督した政岡憲三の初期作をみても、そのレトリック原理は顕著である（上図参照）。『くもとちゅうりっぷ』も、お天道様を意味するテントウムシ（まるで江戸時代に登場した福助を思わせる人面の擬人化キャラクターで純真）を襲おうとした蜘蛛（明らかにディズニーのキャラクターの作図の模倣で悪役）が嵐によって天に罰せられる話である。蜘蛛は「日の丸」を世界に展開する皇国イデオロギーの比喩としての「天の道」（天道虫の行く道）を遮ったことで（テントウムシは蜘蛛の糸によってチューリップの花の中に閉じ込められる）、文字通り太陽の道を隠してしまい、嵐＝神風（これも微妙に手足が描かれていて擬人化されている）を招いて成敗される

【画像2】中央図の黒い蜘蛛がいかにもディズニー的な動物キャラクター（米国の代象）であるのに対し（ミッキーも、その元ネタのオズワルド・ザ・ラッキー・ラビットも、さらにその元ネタのフィリックス・ザ・キャットも黒くベタ塗りされた身体、そして四本指の手袋を嵌めたような手という特徴がある）、右図の無垢の「日本」（太陽）を象徴するテントウムシは、虫というよりは人間が先立っていて虫のコスプレをしているだけの子供キャラクターである。本作が戦中期（1943）に制作されたことを考えれば、含意されたイデオロギーは明らかである。なお、「神風」を表す雨雲も動画の一瞬では見定めにくいが、風袋を持った子供のような形象が描かれており、擬人化されている。出典：前頁に同じ。

（上図参照）。そこに表現される「世界」はもはや、現実に引き比べられるアイロニカルな風刺的「世界」ではなく、一つの現実形態として肯定的に認識されている。安部の言うような現代芸術の課題としての「内的軋轢」の「爆発的必然」など、どこにも見当たらないのだ。「否定」の論理を力とした実存主義の勢力が衰えていく一九八〇年代以降の日本のマジック・リアリズムの一部は、そのようなマンガ・アニメ的な記号の貧しさと肯定の原理を摂取していくことで新たなスタイルを確立していったのである（ただし文学において「内的軋轢」を完全に払拭して「世界」を肯定的に一元化することはまずない）。

逆に言えば、そのような構造的な親和性の高さから、ディズニーを中心として一九三〇年代から世界を席巻するアニメは、今村太平がそのメディア的特性を「無からの創造」と言い表したように(23)、世界再形成時代の「無」の表象の大衆化を象徴する表現ジャンルだと言えるだろう。ただしアニメの世界の中の住人たちは、当然そこが「無」に立脚した「無」根拠な世界であることを知らない。無知だからこそその多幸的世界の演出が成立している。言い換えれば、初期のアニメは、ユクスキュルやハイデガーが動物に対して言うような意味での〈死〉を知らないキャラクターたちが生きる「世界」を、戯画的に描くのに最適のツールだった。そのことはまた、寓意的作風をもつ現代文学において動物・動物人間・人間動物が多数登場することを、同じ文脈の延長で考える必要を教えるだろう。

夭逝したSF作家の伊藤計劃はかつて、「「記号的表現による情報の粗密が制御しやすい」ため、「シリアスな物語と、ギャグの共存」を可能にするのがコミックという表現手段の利点」[24]だと述べたことがあるそうだが、「情報の粗密」を操る手法はポップな現代文学の文体的な特性にも当てはまる話である（ただし文学において「制御」は容易ではない）。「記号的なもの」（イラスト的なもの）と従来的な「現実的なもの」（細密なもの）との新たな次元の共存を演出することで、情報の「粗」と「密」を行き来する振れ幅を持つことが、そのような記号的リアリズムを駆使する文学がなお「まじめな文学」を主張することとの条件である。「経験的なもの」と「超越論的なもの」との間の振れ幅を重視する近代小説とは異なるレベルの組成に問題の焦点が移ったということだ。

大塚英志は、その手塚治虫論である『アトムの命題——手塚治虫と戦後まんがの主題』[25]において、デ

（23）『漫画映画論』一九四一初版、筑摩書房、二〇〇五。
（24）岡和田晃「〔解説〕『危険なヴィジョン』2・0」、伊藤計劃『The Indifference Engine』ハヤカワ文庫、二〇一二所収、二九八〜二九九頁。
（25）徳間書店、二〇〇三〔角川文庫改訂版、二〇〇九〕。

ィズニー的リアリズムに由来するマンガの記号的身体を、その非人間的な作画のスタイルを維持しながら〈傷つき〉、〈死〉ぬものとして人間化《ヒューマナイズ》していくことが、戦後マンガの課題であり歩みだったことを論じている。人間主義の復活という表向きの思想的な模索だけみれば、戦後民主主義的なリベラルな思想と同調していたことになるが、芸術論的な動向としては逆に、人間世界のリアリズムに対する記号化された世界の浸食と同化（マジカル化）という二〇世紀後半の路線を先導した面の方が強いだろう。これはハリウッド・アニメの圧倒的技術力と発展による、ファンタジー世界の植民地的な拡張とは反発する。今村はどうしてもハリウッドの資本力と制作規模に未来を見ずにはいられなかったのだろう、「無からの創造」をアニメの枢要なコンセプトとして掲げながら、ディズニー制作の『白雪姫』（一九三七）において積極的に用いられたロトスコープ（実際に撮影した映像をトレースしてアニメーションを作る技術）を称揚した。実写という現実の描写を元手にしているのだから、それは「無からの創造」の精神に本来は背理する。ロトスコープを用いず描かれた七人のこびと——いかにもデフォルメされたキャラクターたち——と同一地平（アニメ的次元）に白雪姫や王子様の実写的フォルムの動きを並べることは、現実のリアルな人間がアニメのファンタジー世界に投げ込まれて登場人物の一人にさせられているような印象をもたらす。つまり、現実世界から切り離されたディズニー的ヒューマニズムに満ちた〈向こうの世界〉——もう一つの偽善的な世界——を見せられているような感じである。日本の戦後マンガ・アニメのように、虚構性の「無」を抱えたキャラクター（記号的身体）が日常の現実原則に割り込んでくることで「世界」の変成が引き起こされていったのとは方向が逆なのである。

本節の締めとして、そのような新たな現実形態への目配りなくして文学の表現を考えられなくなった〈変化〉の一例として、物語内容的にも、デビューした媒体も、そしてバブル崩壊後という時期的にも、現代文学が近代文学の遺産の束縛を逃れ始めた一九九〇年代の変化を象徴しているかに見える川上弘美「神様」(『GQ Japan』一九九四・七)[26]を分析してみよう。主人公の「わたし」が隣人となった「くま」と一緒に河原へ散歩にでかけるだけの「のんきでユーモラスで童話っぽい」(井上ひさし選評)話である。しかし、このテクストが他者(異人)に対する差別と共生の問題を扱ったものであり、「のんきな中にかなり油断のならない作戦が潜んで」(同選評)いることはすぐに読み取れる。しかも共生の可能性よりは困難のほうに焦点が当たった物語構成であることは、題名の「神様」があくまで熊のみが信じる「神様」を意味していること、そしてその最後の文章が「熊の神とはどのようなものか、想像してみたが、見当がつかなかった。悪くない一日だった」で締められることが十分に示唆している。「悪くない一日だった」の言葉には、熊との交流から残ったはずの違和感の抑圧が微かに滲むのだ。「神様」とは、ある集団にとって固有の信念の体系のことである。他者(熊)の「世界」を束ねる信念の拠り所を「想像」してみたが、「私」(人間)の世界観に基づく理解を超えていた。「神様」は、人間と熊の二つの世界が綺麗に混じり合わないことを、情報の「粗」の部分(記号的描写)と「密」の部分(リアリズム)

(26)『GQ Japan』(一九九三創刊)は、歴史あるアメリカの男性ファッション・ライフスタイル誌の日本版である。川上は一九九四年に同誌主催のパスカル短編文学新人賞(パソコン通信による応募限定)の正賞を受賞。選考メンバーは筒井康隆、小林恭二、井上ひさし。純文学のエンターテインメント化が模索された一九九〇年代らしい登場である。

を突き合わせることで生じる「振れ幅」によって見事に描いたテクストなのである。ほとんどファンタジーと言っていい記述の体系に属するマンガ記号的キャラとしての「くま」は、人間社会に過剰適応しようと努力に励む姿として描かれるが、間欠的に出現するリアルな「くま」の顔を抑えることができない。

冒頭で、引っ越し蕎麦を振る舞う律儀さを披露する「くま」に対して、アスファルトを踏んで歩く際に「しゃりしゃりという音」をさせ、人間的二足歩行からくる疲労を感じる「くま」。あるいは、川辺で「わたし」が見詰めている手前の小魚とは全く別の魚を獲物として見逃さない「くま」の動物的視力。器用にナイフを使って魚を捌き、洋風の食事を用意する「くま」に対して、「わたし」の目から隠れるように「オレンジの皮」に急いでかぶりつく「くま」。普段は、人間の言葉を普通に話すのに、「言葉にならない声を出すときや笑うとき」には「くま本来の発声」法に戻って、「喉の奥」の部分から「ウルル」と音を立てる「くま」。別れの挨拶代わりに抱擁を交わした際には動物らしい「匂い」がし、毛の印象に反して意外にも硬く冷たい「くま」の体。要するに「くま」のリアルな熊性は、全て〈心〉的表象に対する〈身体〉(知覚的現実)の一種の裏切りとして露出している。その身体性によって「くま」は人間社会への同化の不可能性の根っこに躓いているのだ。元来人間と敵対するリアルな「くま」は、そのような記号的キャラ化を通してしか人間社会に同化する手段がないために自らをそのように変性させているが、逆に記号的であるがゆえの差異の符牒を負うことが避けられず、結局はリアリズムに基づく人間主義の「世界」への完全な同化は拒まれるというジレンマにある。「くま」のアイデンティティの二重性が、単に童話的だとかほのぼの系ファンタジーだとかの一元的な虚構の「世界」を描いたものとして本テクストを分類することを妨げている。

このように現実性と幻想性の重複によってぎりぎり成立する様式を、本書は広くマジック・リアリズムと呼んできた。それが実存主義と異なって二〇世紀の最後の三分の一に当たる「世界消滅期」を生き延びたのは、今村太平が原始的なアニミズム（物神信仰）が資本主義によって復活した形態をアニメと見なしたように、コンサルティングや教育を含む非実体的なサービス業や金融商品、人生のリスクを金銭でヘッジする（ということは、逆に人生それ自体を投資の対象とみなすことを意味する）保険商品、性的志向性や民族意識まで、あらゆる観念を実体化して取引可能な地平（オブジェクト・レベル）に送り込む――あるいは逆にあらゆる事物を記号化して情報コミュニケーションの地平（メタ・レベル）に引き上げる――消費社会の論理と、本来は相交わらない様々な次元の事物を「言葉」（比喩）を媒介にして虚実同一の地平に実体化するマジック・リアリズムの手法とが親和的であるからだ。現代文学が描くのは、その「世界」に畳み込まれた非同一性の記憶がもつ分離と弾性が、「世界」の記号的な平板化を拒んでいるポップな「世界」なのである。

四　ビデオゲーム的主体性

話を少し巻き戻すが、そのようなマジック・リアリズムの可能性は戦後にはじまって徐々に浸透していき、一九世紀的な人間をモデルとする主体形成を切り離した村上春樹の時代の文学に至って適切な環境を得た。一九八〇年代の「遊園地化した純文学」は多く神話的な物語体系を擬態して、現状の社会に対するオルタナティヴとしての偽史を語るものが多かった。また同時期は、テクスト空間に主人公が制作した地図を被せて「世界」を把握し、自らの行動をナビゲートする「地図制作的《カルトグラフィック》な想像力」[27]を用いたテクストも多い。いずれもイマジナリーな時空の体系を現実空間に重ねることで「無」化の浸食が進む「世界」を何とか把持するために生じた抵抗の方法だったと言える。その一方で、これまで前提となってきた「世界」をまずは消滅させる道を進んだのが村上春樹である。第六章で論じたように、短編「象の消滅」(一九八五)は、主体的人間の想「像」力と一緒に世界「像」が消滅することの寓話として解釈可能なテクストである。「世界」を支える「像」を動物の「象」として具現化し、当のテクスト上で消滅させることを主題として実践すること、そこには現代文学の特性が幾重にも重ねて賭けられている。

だが「世界消滅」後の世界像の提示に進んだ点で一層重要なのは、同年発表の長編『世界の終りとハードボイルド・ワンダーランド』(以下、『世界の終り』)である。多くの戦後文学による世界像の更新の試みが挫折を余儀なくされたのは、全盛期の近代小説の姿に引きずられて「世界」の回復と文学の復権とを同一視してきたからだ。本論点における村上の最大の貢献は、そのこだわりを一時的に放棄したところにある。では、何をモデルとして更新を図ったと考えるべきか。唯一、妥当な比較対象と思われる表現メディアが、一九八〇年代に決定的な勢いで娯楽市場を席巻し始めるビデオゲームである。

『世界の終り』をビデオゲーム的な小説とする評価は早くからあったが、表面的な印象のレベルで言われていたものが大半ではないだろうか。例えば一九八六年に一作目が登場した『ドラゴンクエスト』は家庭用コンソール機の売り上げ促進に決定的に貢献したＲＰＧだが、ゲーム世界の背景として設定された神話的な物語と同様のファンタジー的な物語構造を村上のテクストにも見出せるといった具合である。しかし、それが本当にビデオゲーム的と呼べるのは、「世界消滅」時代において主体的人間がなお社会的に機能しうるモデルをビデオゲームと同じ機械的構造に見出しているからである。忘れてはいけないのは、当時のビデオゲームを比喩とする「世界」や人物像を問題にする際、それらが極めて性能の低い演算処理装置やグラフィックス能力で描き出されたもので、二一世紀に実現している視覚性と同列に考えるべきではないことである（つまりビデオゲームの比喩は、一九八〇年代においては新しい言語表現を模索する文学にとってインスピレーションの源泉だったかもしれないが、二一世紀の現在、その「描写」力は爆発的発展を経ており、むしろデータ量の素朴な言語による「語り」を駆使するほかない文学にとっては抵抗の目標に反転している）。

簡単にビデオゲームが一九八〇年代に日本で娯楽のイニシアチブを取るまでの歴史的背景を確認しておこう。[28] 諸説あるビデオゲームの定義において必ず一致をみる成立条件の一つに、ユーザー（の操作）に対してインタラクティヴにコンテンツが反応することがあるが、その点の歴史は容易に百年くらい起源を遡ることができ、汎用計算機を構想・設計した祖といわれる一九世紀の数学者たちに行き当たる。しかし定義を構成するもう一つの要素——「視覚的媒体」（スクリーン）を通して表象されること——

（27）渡邊英理『中上健次論』インスクリプト、二〇二一、三一頁。

（28）以下のビデオゲームの簡略史（日本を除く）についての記述は、主に Hennessey, Jonathan (Art by Jack McGowan), *The Comic Book of Video Games: The Incredible History of the Electronic Gaming Revolution*, Ten Speed Press, California New York, 2017. を参照した。

を重視した場合、同ジャンルの歴史は一九四七年に制作された陰極線管娯楽装置（Cathode Ray Tube Amusement Device）から始まった。両者の結合があって初めて決定的なプロトタイプとなったと考える場合も同様、戦争テクノロジーの競争によってコンピュータが急激な発展を経た後、その技術的恩恵を民間に転用する第二次世界大戦後の時代までその誕生を待つことになる。歴史的発展のペースはややアニメが先行しているように見えるが、ビデオゲームの進化はそれを条件として、およそ肩を並べていたと言って問題ないだろう。厳密には文字列（や静止画像）をスクリーンに表示するだけでもビデオゲームの一種として定義上成立するのかもしれない。だが表示媒体が電子装置であることの利点はアニメーション（動画）の表現にあるのは自明で、動いている表象とインタラクティヴに戯れる点に、その物語消費の楽しみの全てがあると言っても過言ではない。ビデオゲームはアニメの力を借りて成長したのであり、両者はパラダイムを共有している（アニメ製作の大半がアナログのセル画からデジタルに移行した現在、両者の関係は一層不即不離である）。

このような時代精神の過渡期にあって、ビデオゲームが描き出す虚像の「世界」、すなわち電気を断てばたちまちスクリーンから跡形もなく「消滅」してしまう情報論的な新しい「世界」と、かつて「世界」表象の中心として君臨した文学的な世界像の変化とが関わらないと考えるほうが難しい。そもそも現象としての「世界」の成り立ちを目的別にシミュレートし、モデル化する軍事的／都市計画的な実用に供する道具として二〇世紀後半のコンピュータの急激な発展があったのだから、その計算技術を核として進化したビデオゲームが、次世代の「世界」表象の前衛を担って見えるのは自然である。

そのように考えると、ビデオゲームの定義を今一歩更新する必要が出てくる。「ビデオ」が意味する視覚的媒体と「ゲーム」が意味するインタラクティヴ性の二つは外せないとして、もう一つ、物語形式を取ること（特定の「世界」の時間軸の提示）を必要条件に付け加えなければならない。松永伸司『ビデオゲームの美学』（慶應義塾大学出版会、二〇一八）は、新しいメディアが大抵旧世代のメディアの複合形式として生まれる（例えば、映画＝舞台演劇＋写真）のと同様に、ビデオゲームもまた先行する文化形式の複合として成立していることを前提として、ビデオゲームはゲームとフィクションという二つの伝統的娯楽形式をテクノロジーの発展の成果である新しい媒体に実装したものとみなしている（五三頁）。したがって、一つのゲーム作品の構造的な機能を腑分けすれば、「一方では挑戦的なプレイを生じさせるゲームとして、他方では、インタラクティヴなフィクションやシミュレーションといった独特の方法で実現されるフィクションとして、受容され、評価される」（六六～六七頁）。その結果、ビデオゲームの意味作用のあり方は「世界」の表裏二面性が原則になる。ビデオゲームの定義の一つとして「視覚的媒体」（スクリーン）が不可欠なのは、「コンピュータの状態についての情報」を示すレベルと、「虚構世界についての情報」を示すレベルとが重ね合わさる接触面（界面）が必要だからである。「ビデオゲームにおいて、ディスプレイとそこから構成される記号は、たしかにそれ自体が〔プレイヤーの〕相互作用の対象である」（九七頁）。つまりビデオゲームの画面はその上で展開される、日常言語で記述可能な物語的意味（例えば、［敵を倒す］という行為の記述を実行する場合、それを細分すれば［敵に数歩近寄る］［敵の攻撃を盾で受ける］［敵に呪文をかける（が効かない）］……［敵を斧で攻撃する］等々の無数の下位行為の集合として考えることが可能だが、これら虚構世界の出来事《イベント》として位置付けられる全ての命題）を表すと同時に、「別の相互作用の対象――それ自体は直接知覚できないもの――を表象する」（例えば、プレイヤーが押したコントローラーのボタンから電気信号が発生し、コンピュータ的な処理を経てスクリーン上の〔斧の形をした図像の〕色配置を〔斧が振り下ろされたように〕変更する）ものでもある。ディスプレイに表示される図像の物理的な動きや言葉は、その背後の「ゲームメカニクス」の働き（ゲーム的現実＝機械的現実）の結果である。[29] この「虚構世界」と「ゲームメカニクス」の界面（インターフェイス）こそ、ビデオゲームを美学的に考察するうえで最も本質的な部分である。私たちプレイヤーはその界面を、身体行為をもって繋ぎ止める存在なのだ。それは本を読む行為とどれほど異なる体験なのか。本には読者の日常性から別系として自立している不可視の「ゲームメカニクス」の処理過程がない。小説の場合、その全権を握っているのは理論上、個的人間である作家だが、「世界」に像を表出させるには読者の力（想像力）を借りなければならない。また、解釈によって作家の「処理過程」を多少可視化できるにしても、それは既に終わった過去であり、その都度インタラクティヴに変化するわけではない。ビデオゲームにおいては、その「メカニクス」を分析するのに別種の記号論（しかも虚構世界を分析する言葉とは別次元の体系）を適用しなくてはいけない。そのようなブラックボックス領域の存在は、文学の「世界」の組成との決定的な差である。

では以上のようにビデオゲームの構造的特徴を押さえた上で、もう一度一九八〇年代の隆盛にいたる歴史的経緯を捉え直してみたい。ビデオゲームは一九七〇年代末までは実質的にアーケードゲーム（ゲームセンター）以外には存在していなかった。そして初期のアーケードゲームのアイデアは、ピンボールマシンなどの遊戯機械の延長線上にあって、半ばスポーツ性のある独特の身体操作を必要とする遊びの系譜に属していた。要するに、「ゲーム」特有の反射的プレイの面白さを味わうものだった。

一九八〇年代前半から半ばにかけて家庭用コンソールゲーム（ファミコン等）の機器が続々と市場に投入された際もその記憶を引きずっており、アーケードゲームで人気の《ドンキーコング》（一九八一）を改良したファミコン版《マリオブラザーズ》（一九八三）や、続く《スーパーマリオブラザーズ》（一九八五）に代表されるように、現代のeスポーツに繋がる〈反射神経を競う〉身体的遊びの要素は強く残っていた。これは「ゲームメカニクス」の出来の良さを楽しむ「ゲーム」の系譜、あるいは前史としての「ピンボール」の系譜に等しい。

ところが、アーケードゲーム文化が中心だった一九七〇年代のアメリカでは、シミュレーションやフィクションの要素の強い非商業目的の作品が計算機科学関連の研究者たちの趣味的なサイドワークによって生み出されていた。トールキンの『指輪物語』（一九五四）[30]のようなファンタジックな世界を演出するボードゲームが商品として流行していたことを背景に、同種のジャンルがビデオゲーム化されていったのである。反応速度と正確さを競って楽しむのではなく、「プレイヤーがそのファンタジー世界のなかのキャラクターになりきってその世界を探索するという点に受容の焦点があった」[31]。虚構世界に疑似

(29) なお「ゲームメカニクス」は、「それによってゲーム行為という種類の行為を生み出すことを意図されたものの全体である」と定義されている（一八六頁）。
(30) 執筆の着手は一九三四年（戦争のための戦術シミュレーション技術が急速に発展する第二次世界大戦中に大部分が書かれたといわれる）、夢野久作『ドグラ・マグラ』（一九三五）とほぼ同時期である。
(31) 松永伸司『ビデオゲームの美学』慶應義塾大学出版会、二〇一八、六五頁。

的に没入し、物語的経験を楽しむのである。「ピンボール」の系譜に対比すれば、「ボードゲーム」の系譜である。そして家庭用ゲーム機の登場によって、ゲームの主要なコンテンツは前者から後者へと急速に移行を始めた。時間を掛けてキャラクターを成長させるRPGは、中断の必要があればそれまでのゲーム行為の達成を保存（セーブ）する機能が必須である。ゲームセンターに足繁く通ってRPG作品を完遂することは現実的な楽しみ方ではない。要するに、栞を挟みながら一冊の本を読み通す娯楽としての読書の位置に、それは進出してきた。村上春樹が一九八〇年代の敷居を跨ぐと同時に出版した『1973年のピンボール』（一九八〇）は、失われゆく「ピンボール」的ゲームへの文学によるレクイエムだが、それまでの文学とゲームの棲み分けが壊れ始め、ビデオゲームの拡大によって虚構世界の主導権の譲渡が生じつつあった一九八〇年代に対する予兆と警戒の、文字通りの体現なのである。

ちなみに、日本の玩具メーカーが一九八〇年代以降にビデオゲーム界を牽引するようになった理由の一つは、アーケードゲーム時代から何故か得意としていた背景的な「物語」の凝った設定にあったようである。短期集中で硬貨を使わせることを目的とするアーケードゲームにおいて、主要なジャンルは、必然的に広義のアクションゲーム、シューティングゲーム、スポーツゲームになるのだが、株式会社タイトーが開発した《スペースインベーダー》（一九七八）も、ナムコが開発した《パックマン》（一九八〇）も、物語性が皆無に近いピンボール・マシーンとは異なり、デジタル的な象徴記号を独自の物語の中に置き直して、没入に値する有意味な虚構空間に仕立て上げている。マーケットの拡大のため、大衆社会における物語消費の欲求の大きさを有効活用することの利点に最初から目を付けていたのだ。そして固定画面しかなかった画面構成に新たにスクロール方式が導入されると、ゲーム内時空は半無限的な拡がりと連続性を獲得し、その全体に整合性を与える物語性、すなわち強固な「世界観」がさらに求められていった。[32]とりわけ、そのナムコが一九八三年一月に世に出した《ゼビウス》はシューティングゲームでありながら、全貌の見えない謎めいた「世界」の演出として、細部まで練られた神話的な物語を設定していた[33]（この世代の人間であれば、強烈な懐郷感に駆られるTVドラマ『ノーコン・キッド〜ぼくらのゲーム史〜』[34]において、《ゼビウス》にストーリーの鍵を握る位置が与えられたのは、本家の主旨に鑑みて適切なオマージュとなっていた）。一九八〇年代前半になってアーケードゲームの停滞期が訪れた時、かような下準備が『ドラゴンクエスト』（一九八六）や、『ゼルダの伝説』（一九八六）、『ファイナルファンタジー』（一九八七）を生み、そしてそれらが圧倒的な人気を博したことで、RPGやアクションゲームの虚構性を楽しむスタイルは、一九九〇年代にゲーム文化の中心となったのである。

五　〈経験的‐計算論的二重体〉と現代小説

話を二一世紀の現在を含む巨視的な現代社会に転じるため、石田英敬による情報記号論に関する入門

（32）多根清史『教養としてのゲーム史』（ちくま新書、二〇一一）の第二章「スクロールが生み出す世界」を参照。
（33）同上書、八一〜九一頁。
（34）テレビ東京制作、二〇一三・一〇〜一二放映。

書から引用した【図1】を参照してほしい[35]。アナログ記号論の刷新を唱える石田は、情報化社会においては従来の表層的なコミュニケーション領域（記号過程）だけを考えることの不足を言う（図の左半分の領域）。デジタル的に情報処理される次元のプロセッシングの領域（図の右半分）を考察に組み込まなくては片手落ちになる。「我々がいつも使っているインターフェイスのこちら側（記号学）では人間が話し、向こう側（情報学）ではコンピュータが情報を処理している」（一二二頁）。スマートフォン、PC、テレビはもちろん、ATM、券売機、自動販売機、インターフォン、エアコンのリモコン……ありとあらゆる場所にデジタル的プロセッシングを背後に隠したインターフェイスが世界を覆い尽くしている時代である（またその接触面のほとんどにアニメーションが使われている時代である）。つまり図の左右双方を同時に視野に収めうる情報記号学が不可欠だというのである。

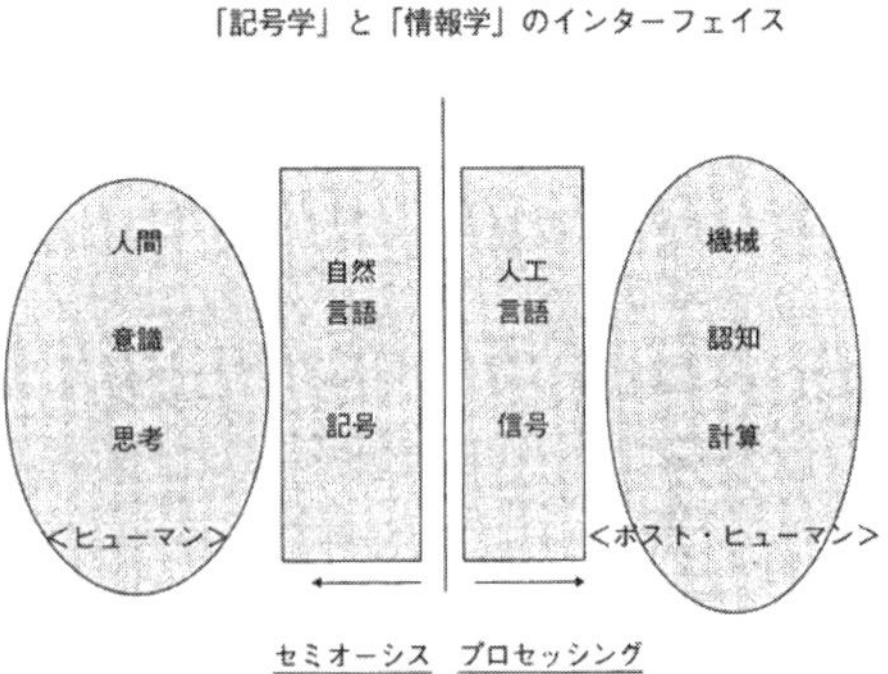

【図1】

石田によれば、現代は「情報オントロジー化する世界」である。「情報オントロジー」に置き換えられたモノの体系の中では、人間もまた情報化されている。我々はいかなる主体的行為を意志的に行っても、デジタル・ネットワークの中で作動しているコンピュータ言語（プログラム）の計算過程に書き換えられている。逆に言えば、情報化されることで存在が保証されている。この段階までくると、「世界」は回復を目指される対象ではなくなって既に久しい状況にある。現代社会における主体の無意識的領域は、不可視の計算領域につなぎ止められているのだ。かつては基体的主体によって俯瞰的に覆われていた「意識」は、下方の身体性（情動）からのネットワークによる計算によって隈無く管理され、あたかも意志決定を行い得ているという幻想《イリュージョン》によって「世界」の中を知らず導かれている状態。人間に対する支配的原理として押し付け（られ）るものだった資本の運動は、安部公房の言う「精神自動現象」を「制御」するという役割を離れ、その活動そのものに内在化し同調するようになったのである。

そして一九世紀来の時代区分に関わる議論に倣い、この主体ならぬ主体モデルを本書は〈経験的－計算論的二重体〉と呼ぶことにした。それを象徴的に体現する芸術ジャンルがビデオゲームである。言い方を換えれば、ビデオゲーム作品は〈経験的－計算論的二重体〉であることのシミュレーション・モデルである。試みに石田の情報記号論の図（の左右の関係）を、ディスプレイの表象レベルで進行する虚構世界と、プレイ（ゲーム行為）の情報処理を行う「ゲームメカニクス」（機械的アルゴリズム）の関係の説明と重ね合わせたうえで、本書第一章の世界像のモデルに落とし込んでみたのが次頁の【図2】である（なお、二つの円の大小関係は物理的空間のサイズを意味しないこと、明確な境界画定ができるような関係ではないことを改めて注記しておきたい）。ビデオゲームを現代の物語芸術を構造的に代表するメディアと考えれば、「世界形成期」／「世界再形成期」／「世界消滅期」のそれぞれに対応する主体

(35) 石田英敬『大人のためのメディア論講義』ちくま新書、二〇一六、二二三頁。

モデルを〈小説を読む主体〉〈映画を観る主体〉〈ビデオゲームをする主体〉と言い換えることも可能だ。

ビデオゲーム的主体の行為性はあくまで「現実」に属するが、虚構的内容（表象）によってそれは弁別されている（意味を持たされている）。したがって「ゲームメカニクス」の中心を司る不可視の機械的「計算」という「現実」に、私たちプレイヤーの自由意志は届いていない。ここにおいてビデオゲーム的世界、ひいてはデジタル・ネットワーク社会（情報資本主義）における主体的行為の「自由」の概念に疑問符がつく。そこでは現実的な身体をもってプレイする、自由意志による個人的な行為が虚構世界で表される動き、すなわち「見立て《シミュレーション》」（幻想）のための振る舞いにすぎず、その背後の集合的（普遍的）で巨大な機械の計算によって算出された無意識的行為の結果にすぎない可能性に常に曝されている。これが近代的な世界像の主観＝主体の「自由」の意味の決定的な変容を示すのであれば、まさに「新自由」と言い表すしかない。村上春樹が固執した世界とは、現実世界の背後にある〈謎〉であり、い

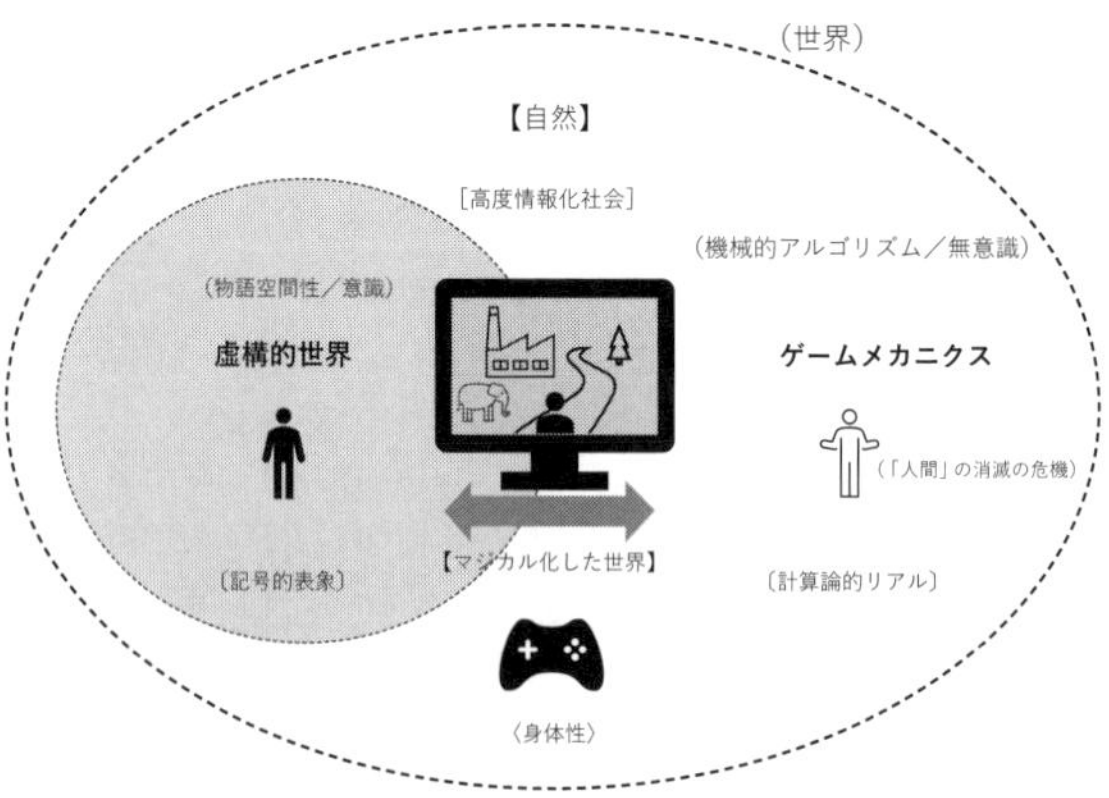

【図2】

ずれ〈悪〉にも転化しうる機械的・計算論的なものによって、知らず動かされている「新自由」な人物たちの舞台なのである。近年、「新自由主義」的な態度というと、自助努力で競争に打ち勝ち、憧れの仕事に就いたり社会的成功者になって自己実現を達成するという、強者の論理を振りかざす主体性者の自己責任論）がイメージされてきたかと思うが、肝心なのは、資本主義システムの発展の原理（敗政者）にとっては、人々にゲームの枠内の「自由」を与え、競争の勝者という幻想を持たせるほど無意識的な管理が容易になるという事実にある。「新自由」的な態度に真っ直ぐな人間に批判の隙があるとすれば、単にそのことに無自覚だからだ。

そして第六章末尾で述べたように、おそらく近代的な「人間」の消滅のテーマを村上から直接的に継承した作家は小川洋子だろう。バブル景気の真っ只中、人々が文字通り「踊らされている」最中に登場し、その道を進んだ作家である。自立的な行動力をもって自由意志を行使すればするほど、見えざる権力網に絡め取られている「新自由」という非人間的自由の環境。ならば現代文学が第一のステップとして描くべきは、常識的に良しとされる「自由」や「意志」の積極的な否定ではないのか。その発想が、脱構築的な「世界」を無意識に委ねてナビゲートするという逆説的なサバイバルの方法をもたらしたのだ。

この議論の線上には、記憶の標本化と不可視の「システム」への譲渡による自意識（主体的意志）の消滅をテーマとした「薬指の標本」（『新潮』一九九二・七）や、主人公の記憶と共に世界そのものがマジック的に消滅する『密やかな結晶』（一九九四）などが重要な道標としてあげられるだろう。だが本書では、二〇〇四年の第一回本屋大賞を受賞して、小川洋子の名を世間に広く知らしめると同時に作家人生の転機ともなったはずの『博士の愛した数式』(『新潮』二〇〇三・七)にのみ触れてお茶を濁したい。ディストピア的な内容が多い作者の作品リストの中では多少の幸福感を漂わせて結末を迎える内容である。その空気感の転換は単に小説を「売れるもの」にしたのみならず、本書の議論に照らして、「人間」の消滅以後の「人間」の可能性に対する肯定を企てたと読める点で重要である。

博士は記憶能力を一七年前の交通事故で失っており、八〇分の短期記憶しか働かない(長期記憶能力が失われている)。理論上、覚醒時であれば八〇分の記憶の主要な部分を一時メモリ内で活性化し続けることで生を持続することが可能だが、一夜あければ新規記憶は完全にリセットされ、毎朝一から失われた人生をやり直さなくてはならない。この理不尽な世界に放擲された博士が、合理性の塊である数学者——「世界の成り立ちは数の言葉によって表現できると信じていた」人物——として設定されたことの意味は大きい。つまり、一見すると博士は計算機としての「人間」、先の議論を継げば、〈経験的‐計算論的二重体〉における経験的同一性を維持する記憶能力が失調することで、その計算論的な実体が剝き出しになった人間なのである。関わる時間の長さに応じて、家政婦の「私」や息子のルートが博士に対して愛情を発展させていくのに対し、博士は彼らに対して最後まで決して深い感情移入をすることはない。感情移入ができないということは人間的な「世界」の構築を妨げられていることを意味する。その事実を前に、果たして博士は一七年の間、「人間」として存在したのか否かという存在論的問いが俄に重要性を帯びるのである。

博士が事故にあったのは一九七五年で、物語の現在は事故の一七年後という設定なので、一九九二年を舞台とする話である。つまり、本書が区分した「世界消滅期」に入ったところで、博士は時間との接続が断たれ、半自動人形的な反復の生に留まることを余儀なくされたことになる。かといって、「世界－歴史性」（時間）なくして現存在はないという命題（ハイデガー）を当てはめて、それ以降、博士は世界に存在しなかったのだと言い切るのもどうか。そんな人物の存在論的な危うさをかろうじて支え、「世界」に繋ぎ止めているのはやはり数学である。家政婦として博士のもとで働くことになった「私」の息子につけたあだ名のルートの説明に際して、博士は最後にマイナス1を当てはめて、「とても遠慮深い数字だからね、目につく所には姿を現わさないけれど、ちゃんと我々の心の中にあって、その小さな両手で世界を支えているのだ」[36]（傍点引用者）と語っているが、もし彼が数学という手段を持たずに「世界」に投げ出されていたなら、「世界」はそのまま崩壊していたに違いない。

家政婦として通いはじめてからしばらく後、何を喋っていいか混乱した時、言葉の代わりに数字を持ち出すのが博士の癖なのだと判明した。〔中略〕数字は相手と握手するために差し出す右手であり、同時に自分の身を保護するオーバーでもあった。上から触っても身体《からだ》のラインがたどれないくらい分厚くて重く、誰一人脱がせることの不可能なオーバーだった。それさえ着ていれば、彼は取り敢《あ》えず自分の居場所を確保できた。[37]〔傍点引用者〕

(36) 新潮文庫版、二〇〇五、七頁。
(37) 同上書、一四頁。

ところで、本書的な意味での「世界」哲学の祖であるカントは、『純粋理性批判』（一七八一）で数学を「アプリオリな総合判断」の代表例だとしている。その主張の詳細や正誤をここで検討しても意味がないので、とりあえず、悟性概念の認識による普遍性と必然性を有しつつ経験的な認識の拡張性と生産性も確保した（一見して矛盾的な）「アプリオリな総合判断」が可能なことを証明すること――逆に言えば人間の経験的な認識に普遍性・必然性を約束すること――がカント的な「世界」を成立させる根幹の課題であったこと、そしてそれを成立させる装置が感性（直観）と悟性（概念）を媒介する超越論的な図式機能としての想像力（＝構想力）だったことを押さえておきたい。その図式機能が「世界」形成の蝶番のような結節点にあることとの意味、それが機械的・計算論的領域に預けられてしまうこと（＝自動化すること）が意味する人間の「動物化」の可能性については、既に十分に論じたと思われる。〈経験的‐計算論的二重体〉の危うさは、当人が主体的行使として意識している自由な意思決定が実のところ無意識的に操業されている可能性にある。反して、経験的な認識を保持できないため昨日と今日の自己同一性を保証されない博士は、一般的には意識化されることのない「世界」の現れの瞬間に毎朝向き合い、数学による普遍的・必然的な理性認識（アプリオリな形式）を手がかりとして、自力でそれを繰り返し「生成」し「拡張」するという困難な闘いを強いられている。つまり、想像力の活動によって「人間化」という〈誕生〉プロセスを日々試みている。本テクストは、〈経験的‐計算論的二重体〉の進むディストピア的な未来を主体的に生きるための契機をわずかながらにも描いているのだ。

博士は一九七五年以降に得られた新情報の要点だけで「世界」を反復的に再空間化（服にピン止めされた多数のメモを通してテクスト化）することで、かろうじて自らの存在を仮設的な「世界」に位置付けて、その日その日を人間としてサバイヴしている。博士の生き方は、超越論的な統制を失った「世界消滅期」においては、欲望に従って主体性を振り回して道を失うよりも、「世界」の計算論的な組成を自らの力で逆利用して情報論的に道を見出していくことの有効性を教えるだろう。だがこの小説は博士がその種の自由を獲得するまで描くことはない。あくまで博士の記憶力の欠損を通して「世界」の危機を可視化するまでである。「世界」の永遠の生成途上に留め置かれる博士にとって、その生は圧倒的な負荷であり憂鬱なことに違いない。しかし同時に、高度情報化社会における人間の生が「近代」の束縛を逃れ、安部公房の言う「創造と破壊、精神的なものと動物的なものという二重の弁証法」という境位を新たな「世界」として悠々と歩みうる可能性を開示してもいるのだ。エンディングにおけるささやかな「幸福」の様子は、そんな脱人間的な生も捉え方次第で「肯定」の文脈に転換する方途があることを示唆する。博士の生き方が「世界消滅」後の人間の希望の姿だとは思わないが、一つの思考モデルを提示したとは言えるのではないか。

六　終わらない「世界」文学

締め括りとして、同系列の人間論の小説として第四章末尾で論じた村田沙耶香の『コンビニ人間』（二〇一六）を見直してみたい。村田文学には『消滅世界』（二〇一六）という題名の小説もあるが、実によく「世界」の語が使われており、『コンビニ人間』はその最たる例である。次の引用は、コンビニ店員であることに自分の居場所を見出したことを回想する内言である。

そのとき、私は、初めて、世界の部品になることができたのだった。私は、今、自分が生まれたと思った。世界の正常な部品としての私が、この日、確かに誕生したのだった。(38)

「私」の主体的な意識なしに「世界」は存在しないという一九世紀的「世界」像が反転され、「世界」という機械の部品とならなければ「私」が存在しないという計算論的な主体性の表明。村田が「世界」意識にこれほど敏感なのは、「人間」の成立と不成立の境界を常に問題にするからである。「私」(古倉)は「特に自分の意思がないので、ムラの方針があるならそれに従うのも平気だ」と言い、「皆が不思議がる部分を、自分の人生から消去していく。それが治るということなのかもしれない」と考える。「消去」の対象は近代人の個性をつかさどる「心」であり、それは個人主義の集積である既成の「世界」の消去を意味する。ゆえにラストで、「私」は「コンビニ人間」という新種の人間となる。

この主人公が近代文学的な人物造型と決定的に異なることを強調するのは、白羽《しらはね》というもう一人の「社会不適応」の存在が大きい。彼は、理想の自己の実現を社会的に拒むところの「疎外」に苦しめられる近代文学的主人公(近代文学的自我)を誇張したキャラクターである。「僕に言わせれば、ここは機能不全世界なんだ。世界が不完全なせいで、僕は不当な扱いを受けている」という発言は、白羽が時代錯誤の古い「世界」に主体的に参画しようと妄想して、そこから必然的に落伍した人間であることを示している。彼にできるのは、文字通り裸の状態になるという意味で、最も「私」的なスペースである風呂場に引き籠もって生活することだけだ。一方、白羽の発言を受けて、「私」は「そうなのかもしれないと思ったし、完全に機能している世界というものがどういうものなのか、想像できないとも思った。「世界」というものが何なのか、私にはだんだんわからなくなってきていた。架空のものであるような気すらする」と考える。主体的に「世界」（の形成）に関わらない以上、この「世界」が「架空」のものだと考えることを妨げる理由は何もない。かつて自分が適合したと感じたコンビニという「世界」は普遍的な人間の「世界」ではなかった。やがて人間が人間であることを止めて、つまり「意志の統制」を捨象して、計算論的な自動性のみで生活可能な「世界」の住人となる、そんな未来を先取った特殊空間だったのである。

「私」は、コンビニを辞めた後の不調によって、自分の「身体はコンビニエンスストアと繋がっていた」という理解に至り、「コンビニという基準を失った今、動物としての合理性を基準に判断するのが正しいのではないか」と思う。つまり、自己意識を排除した「動物としての合理性」の代替として「コンビニの合理性」があったのではないかと考える。しかし、子供を作り繁殖することを目的とする一般的動物の需要にも適合しないことを知った「私」は、「コンビニ店員という動物」になることを決める。「私」は、ユクスキュルの言う「環世界」がコンビニであるところの、生理的レベルでマニュアル化された「生活世界」にのみ適応可能な人間なのである。しかも「私」の勤めるコンビニが町中の普通のコンビニではなく、徹底的に無機質なオフィス街の透明な箱だったことは、本来不可視であるはずの彼女の「環世界」を、その透明な媒介性において逆に寓意的に可視化している。

(38) 文藝春秋、二〇〇六、二〇頁。

こんなにオフィスしかないのに、コンビニで働いていると住民風の客も訪れるので、一体どこに住んでいるのだろうといつも思う。このセミの抜け殻の中を歩いているような世界のどこかで、私の「お客様」が眠っているのだとぼんやり思う。

夜になると、オフィスの光が幾何学的に並ぶ光景に変わる。自分が住んでいる安いアパートが並ぶ光景と違って、光も無機質で、均一な色をしている。〔三九頁〕

同棲相手となった白羽から「気持ちが悪い。お前なんか、人間じゃない」という別れの台詞を受けた後、まるで計算論的な領域を透かし見ることを可能にするスクリーン（図式機能）のような「幾何学的」で透明な窓ガラスの「世界」――「普通」の人間を示す痕跡としての指紋は直ちに拭き取らなければいけないガラスの「世界」――に「私」は自らの身体をもって同化するのである。

私はふと、さっき出てきたコンビニの窓ガラスに映る自分の姿を眺めた。この手も足も、コンビニのために存在していると思うと、ガラスの中の自分が、初めて、意味のある生き物に思えた。〔……〕私は生まれたばかりの甥っ子と出会った病院のガラスを思い出していた。〔……〕私の細胞全てがガラスの向こうで響く音楽に呼応して、皮膚の中で蠢いているのをはっきりと感じていた。〔一五一頁〕

機械的身体のテーマは、戦前の昭和モダニズムの前後でも既に流行していた。しかし、それは労働疎外（マルクス主義）の意味を担うものが大半だった。アレクサンドル・コジェーヴが一九五〇年代末の日本を観察してフォーマリズムの社会と喝破したように、現代においてもコンプライアンス等々でがんじがらめの日本社会を描く日本文学だから可能な先進的な世界文学という評価はわからなくはない。しかし、ワーキング・プア問題、女性の労働問題、生きづらさ問題、どのような標語を使ってもよいが、社会疎外だけで本作を論じるのでは片手落ちの印象は消えない。といって、村上春樹や小川洋子が「世界」の消滅と共に、消滅したままの状態で話を断ち切る傾向とも異なっている。結局、「頭の変」なはずの「私」が「私」を「頭の変」な人として反省的に語ることの違和感が残る本作の語りの構造と同様、どのように解釈の枠に押し込めても残る違和感をこそ評価すべきなのだろう。「私」がコンビニの効率的運用を意識的に計算している様子が多々見られる点、つまり、本来無意識的に運用される計算論的世界を経験可能なものとして捉え返している点をみても、単純に「コンビニ店員という動物」になるという負の結末をそのまま受容する必要はない。「私」は一度辞めたコンビニを、再び意志しなおすことで選び取ったのである。意志決定における自由が真に姿を現すのは、実はこの再決意という行為においてしかない。「動物」として自己規定する「私」は、そのときかつて経験したことのない「自由」に触れたのである。

このように見てくると、本書が提示した〈経験的－超越論的二重体〉→〈経験的－存在論的二重体〉→〈経験的－計算論的二重体〉という過程が、一体人類の改善なのか改悪なのか判断不能に思える。実は、この図式的理解のポイントは全て二重体というところにある。人間の主体的自由を駆動する力の源は存在のあいまいさである。三つ目の〈経験的－計算論的二重体〉は多少、悲観的なトーンで記述したが、それでも二重体である限りで両義性は確保されているのであり、主体形成の契機は分散していても消えることはない。その「契機」を拾い上げていくのが文学の仕事である。その意味で文学の役割が消えるとも思わない。そもそも〈映画的主体〉から〈ビデオゲーム的主体〉まで不可欠の構成概念としてある「無」（消滅）の問題にしても、それに表象を与えることができるのは、逆説的にも物のリアルな再現能力に根本的な欠陥を抱える文学（非実体的な言語芸術）だけなのである。文学だけが〈映画的主体〉も〈ビデオゲーム的主体〉も、そして〈小説的主体〉も、すべてを対象として表象できるのだ。コスト・パフォーマンスの最大化などの計算論理によって「意識」の働きを消失した〈経験的－計算論的二重体〉を描く代わりに、「意識」（心）を新たに芽生えさせた人造人間的な〈計算的－経験論的二重体〉を描くことも、その上に再び〈超越論的〉なレイヤーを重ねて装いを改めた人間小説を復活させることも、いくらでも書けるはずなのである、理屈の上では。

例えば兆候的な現象だけでも言及しておけば、第四章の末尾で扱った人称移動（焦点移動）の小説がある。これは見ようによっては、消滅しつつある「世界」への危機意識に駆られつつ、なおも「世界」を語る権利の強引な回復を志向している。もちろんセカイ系と括ることが可能な、二〇〇〇年代に流行した通俗小説のようなナイーヴで観念的（妄想的）な「世界」の回復ではなく、小説の語りの機構を解放することによってである。似た試みは、すでに横光利一が一九三〇年代に実践して、公式的な解法を導くことに固執したために頓挫した。現代の人称移動の小説は、それを完成された機構として示そうとしたのではなく、小説の基体的な「世界」のありようを慣習的なルールの違反によって露呈させる方向を進んだのだ。小説の語りのメカニズムを人間的同一性の失調・破れ・危機・不安に曝すことで、古い近代小説の機構を未完成のものとして捉え直し、改善の余地を探ろうとしたのである（所々ミスをしながら手品をする様子を見せる手品師たちが現れたようなものである）。この「世界」認識に胚胎される人間性は、「世界」なき後の「世界」に基づいて組み替えられた主体性の可能性を文学史に植え込んだはずである。

そもそもこうした分裂的な機構が想定可能になったのは、VRやARなどの分人的な主体性を促す現在のメディア・テクノロジーの発達があってこそである。かつて「世界」の基準点とされ続けた「人間」の主要機能が人工知能（AI）に置き換えられる可能性がでてきた現在、そのイメージを小説の機構に差し戻した時に人称移動の方法が意識されるようになったのではないか。つまり、ごく大雑把にいえば、一人称＋三人称の立場を同時に取ることのできるような人工知能的な主体――高次元生物体といってもいい――が彼らの提示した次世代の「人間」の姿の一つなのである。論じてきたように、一人称（私）と三人称（他者）の総合は過去にも様々に試みられてきたのだが、たとえそれが一九三〇年代や戦後の反人間主義《アンチ・ヒューマニズム》の時代であっても、大っぴらにルール違反をするまでは「人間」を捨てていなかった。小説はあくまで「人間」を描くための機構だったからである。そのため、反動的に肥大した主観性が強引に「世界」の分裂を覆いまとめ上げる方向に行きがちだった（メタフィクションはその落とし子の一例である）。だが二〇一〇年代には、AIが人間の知能を超えるシンギュラリティ（技術的特異点）の言葉も人口に膾炙し、人間を超える人間らしき存在のモデルが身近なイメージとして現れてきた。それを想像可能にしたのは、「計算論的」主体をもたらしたとして批判の対象とされたのと同じ種類のテクノロジーだったことは、皮肉というよりは、文学という仕組みの一つの真理を示しているように見える。一群の人称不可解な小説が、どれほどの効果を続く現代文学のスタイルに及ぼしたのかの判断は、まだ計り知れないところが残る。何かしらの大きな変化の要因となる力を伝達したのか、それとも小説の形態に固執するあまり、持続しない一過的な現象として消え失せたのか。

なお、第二章で少し言及したように、上田岳弘の宇宙的な「神視点」などは既に派生形として結実した例である。近代小説は、登場人物の主観的な想像力の範囲に語り手の視野が留め置かれるのが普通である（それが本書における「超越論的」の意味である）。一人称の視野に限定された小説でなければ、登場人物が知りえないことを語り手が書くことは全く問題ないが、その世界内の人物たちが何らかの形で想像しえないものには自然とならない（それがヒューマニズムの足枷である）。つまり、登場人物の想像を絶する視野を持った語り手を置くことは、それだけで現代文学が近代文学の限界を壊す方法の一つなのだ。この上田ほどの視点の上昇はないが、ほかに古川真人の芥川賞受賞作「背高泡立草」（『すばる』二〇一九・一〇）が、焦点化された人物の想像の範囲をこえた「家屋」あるいは「草」の一世紀以上にわたる記憶をオムニバス式に語る作りを採用していたのも、同じ課題の同時代的認識から生まれたアイデアと言えるだろう。そう考えると、人称移動はたまたま一人称と三人称がクロスオーバーしているために奇抜な矛盾的手法に見えたが、重要なのは視点の移動のほうではなく、両者をともども「超絶」する視点、いわば「超人類的語り手」や、あるいは「人間外的な主体」（例えば村田沙耶香のような「宇宙人」的なセクシュアリティの追求）だけがトレンドのエッセンスだった可能性もある。もしかしたら人称移動のあざとさよりも、「脱人称」と呼ぶべき汎用形を基準に、その影響の持続や拡大を考えるほうが適切なのかもしれない。実際、最近の芥川賞の受賞作・候補作だけを例にしても、今村夏子「むらさきのスカートの女」（二〇一九）、遠野遥「破局」（二〇二〇）、宇佐美りん「推し、燃ゆ」（二〇二〇）、石沢麻依「貝に続く場所にて」（二〇二一）、小砂川チト「家庭用安心坑夫」（二〇二二）など、いずれも様々な形で語りの人称処理が「普通」ではない。無論、近代小説の近代的人間像のコミュニケーション能力を基準とした場合の話で、そうしたものを読み慣れていなければ、全く気付かないと思われるくらい微妙なときもある。それでも語りの構造が従来基準と異なるということは、その実質的な働きを支えてきた近代的な「同情」や「感情移入」の原理自体が根本的に変形しつつあることを示している。

結局のところ、そのような傾向が小説や文学の全体的なイメージを変えてしまうほどの特異点を迎えるまでは、信頼に足る評価や予測はできそうにない。だが新たな主体形成の契機が全て見逃されるわけではなく、何らかの形で認知されうるものであることを示すだけでも十分な意味がある。文学的な営為として、計算論的な不可視の領域も含めた思考困難なものを意識過剰に書き起こし（言語によって可視化し）、そして存在論的な差異化（二重化）によって主体の「自由」をその都度確保していくこと。それさえ継続できるのなら、結局、どこかに消えてしまったかと思えた人間的「世界」は、かたちを柔軟に変えて回帰し、新たな美学によって肯定されていく。何度も言うが、元来「世界」は人間の主体的自由を慈しむために生まれた概念なのだから。

こんなに沢山書いておいて何言っているのだと思われるかもしれないが、本書はもともと入門書的（教育目的的）なものを目指していたし、脱稿した現在でもその気持ちは残っている。一般的な文学研究において期待される精細度を諦めた代わりに、研究の深化のために細分化された日本近現代文学の各事象に有機的な筋を通すため、少なくとも自分にとって腑に落ちるものにするために、コンセプチュアルであることを心掛けた。「批評」的とも言えるかもしれない。私は良い概論を目指すなら、多少は「批評」的であるべきだと考えている。

現代において、文学を論じるという行為自体が不要とされつつある、という危惧は当然ある。意識を持たないＡＩが受験的な国語で高得点を出すのは予想できる未来である。他者の「世界」に対立、同化、脱構築などによって関わらなくても、入試問題であれば記号論的に解けるし、論述問題でも論理的要約や史的説明は既成文の組み合わせ（取捨選択）で十分可能だからだ。国語の読解力テストを解くことと文学を論じることは一応別ものであり、人間と同等の身体を持たないＡＩが文学的「世界」をまともに論じることができる日は、おそらくやってこないだろう。一方で、「いいね！」や絵文字によって記号化された共感はオンラインに溢れていて、感情的コミュニケーションを消化する回路は別個に確保されているように見える。現代のメディア環境にあっては、両者は別々に処理されるほうが効率のいいことに人々は気づいてしまった。近代において二元的に分裂した主観と客観を合一するために求められた文学的な共感力（感情移入）は、もはや古い意味での「人間」の再生の役割を果たさなくなったのだ。

村上春樹のデビュー作『風の歌を聴け』には、「僕」は以前、「全ての物事を数値に置き換え」ることで「人間の存在理由《レーゾン・デートゥル》」を探り当てる小説を書こうとしたというエピソードがある。だが、「結局小説は完成しなかった」。この話から、ビッグデータ解析によって人間を説明する統計学的思考がクローズアップされるのと同じ速度で、文学の「存在理由」も消滅しつつあることの予言を読み取る人も多いに違いない。しかし私は、人間の存在論的な条件はいつの時代も変化の途上にあり、新旧のはざまにあってその齟齬を捉えること、そして最終的に人間の定義など決して「完成」しないことを描くのも文学の役割だと考えている。その意味でなら、文学はもとより、文学研究もまだ役割を果たし終えていない。

各章の初出一覧をここに挙げておきたい（初出稿には全て――時に原形を留めないほどの――大幅な加筆修正を施している）。

＊＊＊

はじめに：書下ろし

第一章：「「世界」文学試論――貧乏的世界文学の系譜と村上春樹――」『文藝と思想』二〇二四・三

第二章：書下ろし

第三章：書下ろし＋【シンポジウム登壇】「「世界文学」を解離する方法に向けて――比較文学の可能性？――」日本比較文学会第83回全国大会、二〇二一・六、シンポジウム「二つの「世界文学」の間

――いま比較文学は何ができるのか――」＋【招待講演】「「世界文学」論の時代の日本文学――「世界」概念とその表象の変遷を追って――」日本比較文学会北海道支部、二〇一九・一一、北海学園大学。

第四章：「現代小説と感情移入の機制――理論的共生としての「演技」の系脈――」『昭和文学研究』二〇二〇・九＋"Kunikida Doppo and the Phenomenological Turn at the End of the Nineteenth Century: An Interface between Empathetic Aesthetics and the Modernization of Narrative Style," PAJLS, Volume 22 (2022).

第五章（間章）：「小説家としての子規――先駆する〈写生〉――」『文藝と思想』二〇二三・三。

第六章：「消滅の寓意と〈想像力〉の問題――大江健三郎から村上春樹へ――」『文学＋』第一号、二〇一八＋【学会発表】「翻訳的日本近代と純粋言語の夢――村上春樹と先行者たち――」世界文学・語圏横断ネットワーク（ＣＬＮ）第14回研究集会、二〇二一・九、パネル「世界文学再考――『生まれつき翻訳』のアクチュアリティ――」。

終章：【学会発表】「現代文学と意志の問題――非形成的な「世界」へ向かって――」三学会合同国際研究集会、二〇一九・一一。

＊　＊　＊

予定では遅くとも二〇二二年度中の出版だったものが、さらに延びてしまった。雑務に忙殺されたこともあるが、本として提示可能な程度にコンセプトを安定させるのに手間取った部分が大きい。初出一覧を振り返ると四、五年に亘って多くの方々にお世話になったことが思い返される。本主題の構想は、英文学・映画研究者の佐藤元状が「世界文学の現在」と題したシンポジウムを主催した折に、世界文学というテーマにほとんど興味を持っていなかった門外漢の私を友人枠で誘ってくれたことに始まる。そのときは半ば思い付きのギャグで「世界文学」と「セカイ系」を比較してみたのだが（「「世界文学」という自己意識の展開――昭和年代以後の「世界」と「セカイ」の相関性について」二〇一六・一一・五、慶應義塾大学日吉キャンパス）、後日、井上暁子さんのお招きで熊本大学にて比較文学の集中講義（二〇一九・九）を担当した際、他にネタが見つからず、同テーマが自分の中で再燃して形を成した。佐藤君には、他に上記のウォルコウィッツ『生まれつき翻訳』の和訳出版記念としてのパネル発表のときにも声を掛けてもらっており、要所要所で知見を深める助けを頂戴してきた。同じように上記の比較文学会北海道支部の講演や同会全国大会のシンポジウムに招いて下さった中村三春先生のご厚意からは、社交の不得手な自分が書いたものでも、どこかで誰かがちゃんと学問的に評価してくれる可能性があるという当たり前のことを知った。おかげで、この業界で頑張れる自信を得たことが一番大きい。また、前著（『意志薄弱の文学史』）では出版と前後したために、博士論文審査を担当して下さった小森陽一先生、品田悦一先生、島村輝先生、山田広昭先生、林少陽先生のお名前を記載する機会が持てなかった。この場を借りて謝意を表したい。本書執筆期間中には、同人誌の座談会や集中講義など本件に関わる考察の機会をくれた梶尾文武さん、英語翻訳関係ではエリック・シリックスさん、『ユリイカ』『現代思想』（青土社）の編集者たち、また、部分的にとはいえ「世界」などという誇大なテーマに付き合わせてしまった過去数年の学部ゼミ生や院生の皆さん、特に昨年度修士課程を修了した清水美行さんには難読な箇所の指摘や校正作業を全面的に手伝ってもらい、本当に助かりました。そして、松籟社の木村浩之さんには大量の修正やわがままを聞いて頂いた。お世話になった関係者全ての名前は記せないが、皆さんに心よりお礼申し上げたい。

なお、本書を出版するにあたって福岡女子大学から研究奨励交付金（研究C）の助成を頂いた。その勤務校（国際教養学科）ではコース制が廃止になった。旧国文学科を縮小して引き継いだ日本言語文化コースなるところに属していたが、今年度末に卒業生を送り出して最後になる。これも一つの「消滅」の事例なのだろうが、それほど悲観しているわけではないことは、一応本書で論じてきたつもりである。各時代や場所毎の人間を支える社会的価値の「消滅」を描く無二の表現手段であると同時に、それをサバイヴする最良の思考ツールもまた、私にとっては文学的知性なのである。

【ら行】

【わ行】

【や行】

【ま行】

【は行】

【な行】

【た行】

【さ行】

【か行】

人名索引

・本文および註で言及した主な作家、研究者等の人名を五十音順に配列した。

【あ行】

【著者紹介】

坂口　周（さかぐち・しゅう）

1977年東京都生まれ。

東京大学大学院総合文化研究科修士課程修了。英国・ロンドン大学ゴールドスミス校大学院修士課程メディア & コミュニケーション専攻修了。東京大学大学院総合文化研究科博士課程単位取得満期退学。博士（学術）。

現在、福岡女子大学国際文理学部准教授。

専攻は日本近現代文学・文化研究。

著書に『意志薄弱の文学史 ── 日本現代文学の起源』（慶應義塾大学出版会）がある。「運動する写生 ── 映画の時代の子規」で第57回群像新人文学賞（講談社主催）評論部門優秀作受賞。


「世界」文学論序説──日本近現代の文学的変容

2025年1月31日　初版第1刷発行　　　定価はカバーに表示しています

著　者　　坂口　周

発行者　　相坂　一

発行所　松籟社（しょうらいしゃ）
〒612-0801　京都市伏見区深草正覚町1-34
電話　075-531-2878　振替　01040-3-13030
url　http://www.shoraisha.com/

印刷・製本　モリモト印刷株式会社
装幀　坂口周／安藤紫野（こゆるぎデザイン）
Printed in Japan

ISBN978-4-87984-460-6　C0095